MARIE NIEBLER

WE ARE LIKE THE *Sea*

Roman

Auch wenn einige Schauplätze real existieren, sind alle handelnden Personen und die Handlung in diesem Roman frei erfunden. Ähnlichkeiten mit lebenden oder verstorbenen Personen wären rein zufällig.

1. Auflage 2022
Originalausgabe
© 2022 by Marie Niebler
© 2022 by MIRA Taschenbuch in der
Verlagsgruppe HarperCollins Deutschland GmbH, Hamburg
Der Abdruck aus dem Gedicht *Highway Heart* von David Jones erfolgt
mit freundlicher Genehmigung des Autors.
Gesetzt aus der Stempel Garamond
von GGP Media GmbH, Pößneck
Druck und Bindung von CPI books GmbH, Leck
Printed in Germany
ISBN 978-3-7457-0334-4
www.harpercollins.de

Liebe Leserin, lieber Leser,

dieses Buch behandelt Themen, die potenziell triggernd sein können. Falls du glaubst, möglicherweise betroffen zu sein, findest du auf der letzten Seite eine genaue Auflistung. Achtung: Diese Auflistung enthält Spoiler für die Handlung.

And I was
Never sure
Whether you
Were the
Lighthouse or
The storm.

— DAVID JONES, HIGHWAY HEART

Für Fam
Du bist Leuchtturm durch und durch ♡

Playlist

Gregory Alan Isakov – Salt And The Sea
Fatherson – The Rain
Birdy – Second Hand News
SYML – DIM
George Ogilvie – Grave
The Ninth Wave – Come Down Forever
SYML – Clean Eyes – Acoustic
Son Lux – A Different Kind of Love
HEAVN – Throw Me a Line
TENDER – Vow
SYML – Take Me Apart
Bon Iver, St. Vincent – Rosyln
The Lumineers – Caves
TENDER – Melt
Vlad Holiday – So Damn Into You
HAEVN – Sinner Love
Au/Ra – Panic Room – Acoustic
SYML – Fear of the Water
flora cash – I Wasted You
SYML – STAY CLOSE
HAEVN – Back in the Water
BANKS – If We Were Made of Water – Live and Stripped
Foals – Into the Surf
Olivia Dean – Slowly
BANKS – Contaminated
Novo Amor – I Make Sparks
Birdy – Lighthouse

Kapitel 1

LAVENDER

Die Westküste begrüßt mich mit strömendem Regen. Er flutet die Windschutzscheibe meines alten Golfs und lässt es aussehen, als wäre er auf Tauchgang. Weltuntergangsstimmung. Passend zu dem flauen Gefühl in meinem Magen.

Das Prasseln auf dem Autodach hat das Radio übertönt, weshalb ich es schon vor einer Stunde ausgeschaltet habe. Die Scheibenwischer laufen auf Hochtouren, aber meine Sicht ist dennoch bis zur Unkenntlichkeit verschwommen.

Port McNeill ist mit seinen rund zweitausend Einwohnern eigentlich beschaulich. In der kleinen Hafenstadt kann man sich gar nicht verfahren – dachte ich. Wie sich herausstellt, ist es sehr wohl möglich, wenn man nur zwei Meter weit sehen kann und aufgeregter ist als vor einem Vorstellungsgespräch.

Ich hasse das. Diesen ganzen verfluchten Tag.

Verzweifelt halte ich nach den Schildern zum Hafen Ausschau. Die Fähre legt in zehn Minuten ab, und obwohl ich sehr viel Wasser sehe, ist da keine Spur von einem Ozean. Wenn ich sie verpasse, muss ich zwei Stunden auf die nächste warten. Und ich weiß nicht, ob ich das durchstehe, ohne mich vor Nervosität zu übergeben. Nicht, dass es besser wäre, auf diese schwimmende Blechbüchse zu steigen und mich von den Wellen durchschütteln zu lassen.

Der Gedanke an die Insel hat mittlerweile sämtliche meiner Eingeweide verknotet und macht sich nun daran, meine Kehle zuzuschnüren. Ich wollte nie zurückkommen. Ich wollte diese Küste nie wieder betreten. Ich wollte …

War das ein Schild?

Ich reiße den Kopf herum und recke den Hals, bin aber bereits daran vorbei. Da stand *Hafen*, oder? In welche Richtung zeigte der Pfeil? Geradeaus?

Okay, ich bin spät dran, vielleicht fahre ich besser noch einmal zurück und …

Ich schaue wieder nach vorn und schreie erschrocken auf. Irgendwie schafft es mein überfordertes Gehirn, den Befehl zum Bremsen zu geben, während der Rest meines Körpers in Schockstarre ist. Der Golf kommt mit einem Ruck zum Stehen, der Gurt schneidet schmerzhaft in meine Schulter, der Motor geht stotternd aus. Mein Herz hingegen beschleunigt nach dem kurzen Aussetzer, den es zweifelsohne hatte, auf doppelte Geschwindigkeit.

Wie betäubt starre ich die Gestalt an, die knapp vor meiner Motorhaube auf der Straße steht. Ich hätte fast jemanden überfahren! Wenn das kein schlechtes Omen ist, weiß ich auch nicht. Erst der Regen und jetzt das. Gott schreit gerade ganz laut *hau ab*. Wenn ich das nur könnte.

Die Person steht da wie angewurzelt. Ich glaube, es ist ein Mann, zumindest lassen die breiten Schultern und seine hochgewachsene Statur darauf schließen. Und er hat sicher einen noch größeren Schrecken bekommen als ich.

Mit zitternden Fingern lasse ich das Autofenster herunter. Sofort prasselt der kalte Regen über die Innenseite der Tür, meinen Ärmel und meinen linken Oberschenkel. Toll. Gar kein Problem, ich verbringe gern die nächste Stunde durchnässt.

»Ist alles in Ordnung?«, rufe ich und versuche den Kopf aus dem geöffneten Fenster zu strecken.

Der Mann löst sich aus seiner Starre und kommt um den Wagen herum auf mich zu. Ohne den Sturzbach auf meiner Windschutzscheibe, der alles verschwimmen lässt, erkenne ich, dass er die navyblaue Uniform der Küstenwache trägt. Und er ist nass bis auf die Knochen. Seinen Kopf kann ich nicht sehen, weil er über dem Autodach verschwindet.

»Alles bestens«, erwidert er. Seine tiefe Stimme hat etwas Beruhigendes. Sie klingt völlig unbeeindruckt, als würde ihm so was ständig passieren. Im Gegensatz zu mir scheint er die Fassung bewahrt zu haben. Dabei ist er derjenige, der fast im Krankenhaus gelandet wäre. »Aber bei dem Wetter solltest du nicht auf der Straße sein, das ist gefährlich.«

Er meint wahrscheinlich eher »*Du* bist gefährlich«. Und ich *möchte* auch wirklich nicht auf der Straße sein. Doch leider habe ich keine Wahl. »Ich suche den Hafen«, sage ich hilflos. »Meine Fähre geht gleich.«

Der Mann erreicht mich und beugt sich zu mir herunter. Sein Gesicht erscheint vor dem offenen Fenster, und ich blinzle verdattert. Er ist jünger, als ich dachte. Eher in meinem Alter, Anfang zwanzig. Die Haare kleben ihm tropfnass in der Stirn, ein dunkler Bartschatten bedeckt sein Kinn, und er mustert mich aus seinen schieferblauen Augen.

Einen Moment lang bin ich sprachlos. Vielleicht liegt es daran, dass dieses ganze Szenario wirkt wie aus einem Hollywood-Blockbuster, in dem er die Hauptrolle spielt, doch ich glaube, das ist der schönste Mann, dem ich je begegnet bin. Ein Schmunzeln stiehlt sich auf seine Lippen. Keine Ahnung, was er so lustig findet. Ob schon mal jemand klischeehaft in Ohnmacht gefallen ist, nur weil er gelächelt hat?

»Wohin willst du denn?« Sein Tonfall ist wärmer als eben. Ein angenehmer Schauer läuft mir über die Arme, und die Gänsehaut kommt nicht mehr von der Kälte.

»Nach Sointula.« Der Name bleibt bleiern auf meiner Zunge liegen, selbst nachdem ich ihn ausgesprochen habe. Ich versuche, nicht das Gesicht zu verziehen, doch ich glaube, es gelingt mir nicht ganz.

Mr. Hollywood hebt die Brauen. »Bei dem Wetter? Perfekter Zeitpunkt für einen Tagesausflug. Ich will nicht behaupten, das sei keine gute Idee, aber …« Er lacht.

»Aber eigentlich schon?«, scherze ich verlegen. Keine gute Idee, ja. Wohl eher die schlimmste Idee aller Zeiten. Ein Tagesausflug … Ich wünschte, dem wäre so.

Das Schmunzeln wächst zu einem Grinsen. »Nimm es mir nicht übel, aber Malcolm Island ist nicht mehr als ein Stückchen Wald umgeben von Wasser. Bei diesem Wetter überflutet von noch mehr Wasser. Ehrlich gesagt hätte es mich weniger gewundert, wenn du gesagt hättest, du willst dir unsere Riesenmaserknolle anschauen, die hat wenigstens einen touristischen Mehrwert.«

»Eure … was?«

Er stützt einen Unterarm auf dem Fensterrahmen ab, und sein Gesicht kommt meinem so nah, dass ich ein paar vereinzelte Sommersprossen auf seiner Nase erkennen kann. »Port McNeill hat die größte Maserknolle der Welt. Wie kannst du das nicht wissen?« Er zwinkert mir zu.

Hitze steigt mir ins Gesicht. »Da bin ich wohl schlecht informiert.«

»Sieht so aus. Sag Bescheid, falls du einen Fremdenführer brauchst. Hier um die Ecke gibt es auch noch einen Mülleimer, der seit dreißig Jahren nicht geleert wurde. Wir haben schon bei Guinness angerufen, zwei Weltrekorde sind immerhin besser als einer, aber sie sind leider verhindert.«

Ich schnaube. »Klingt ja romantisch.«

»Nur mit der richtigen Begleitung.« Er grinst verwegen, und mein Herz legt noch einmal an Tempo zu. Flirtet Mr. Hollywood mit mir? Ich glaube schon. Doch dafür habe ich leider wirklich keine Zeit.

»Ich würde ja gern mehr über euren übervollen Mülleimer hören, aber meine Fähre geht in fünf Minuten«, stammle ich.

Sein Gesichtsausdruck wird ernster. »Ah. Klar. Du bist schon auf dem richtigen Weg. Einfach weiter die Straße runter und bei der großen Abzweigung rechts. Ist nicht zu übersehen. Wenn du willst, kann ich die Fährenleute anpiepen und ihnen sagen, dass sie kurz auf dich warten sollen.«

»Oh. Das wäre toll!«

»Alles klar.« Er lächelt und richtet sich wieder auf. »Fahr vorsichtig und viel Spaß auf der Insel. Falls du Hilfe brauchst, weißt du ja, wo du mich findest.« Er weist auf das Coast-Guard-Abzeichen an seiner Brust und klopft zum Abschied aufs Autodach. Dann dreht er sich um und überquert die Straße.

»Danke!«, rufe ich. Wie benommen schaue ich ihm hinterher – oder vielmehr auf seinen Hintern, der in der nassen Hose viel zu gut zur Geltung kommt. Bis mir wieder einfällt, dass der Regen gerade meinen Wagen unter Wasser setzt und ich zu dieser verfluchten Fähre muss. Kopfschüttelnd lasse ich das Fenster hoch und starte den Motor.

Ich weiß nicht mal, was eine Maserknolle ist. Es klingt absolut unspektakulär, von dem Mülleimer ganz zu schweigen. Aber wenn dieser Kerl sie mir zeigt, bin ich interessiert.

Vielleicht sollte ich einen Ausflug nach Port McNeill machen. Je mehr Gründe ich finde, um die Insel wieder zu verlassen, je mehr Ablenkung, desto besser. Aber erst mal muss ich dort ankommen. Und irgendwie das Unwetter überleben, das sich in meinem Inneren zusammenbraut und spätestens dann über mich hinwegfegen wird, wenn ich über die Schwelle meines neuen Hauses trete.

Malcolm Island wirkt vom Meer aus, als stünde die Insel kurz vor dem Weltuntergang. Der Sturm wütet hier noch heftiger als in Port McNeill. Die Wellen schlagen gefährlich hoch, und die Bäume hinter den wenigen Häusern des Fischerdorfes Sointula biegen sich im Wind. Beim Anblick des Ortes breitet sich Gänsehaut auf meinen Armen aus. Ich fühle alles und gleichzeitig nichts. Es ist ein skurriles Déjà-vu. Ich weiß, ich war schon mal hier, doch ich kann mich so schlecht daran erinnern, dass ich es genauso gut geträumt haben könnte.

Die Fähre hat tatsächlich auf mich gewartet. Womöglich nur, weil ich die einzige Passagierin bin und sie ansonsten leer gefahren wäre, aber der Grund ist mir egal. Eine halbe Stunde nach meinem Beinahe-Unfall mit Mr. Hollywood docken wir in Sointula an.

Gerade mal fünfzehn Meilen ist Malcolm Island lang. Und obwohl die Insel geschützt in der *Queen Charlotte Strait*, der Meerenge zwischen Vancouver Island und dem Festland British Columbias, liegt, ist dieser Spätsommersturm heftiger als alles, was ich in Edmonton je an Unwettern erlebt habe.

Das Runterfahren von der Fähre ist eine Ruckelpartie, und ich atme erleichtert auf, als ich endlich wieder festen Boden unter den Rädern habe. Ich bin kein Inselmädchen mehr. Die Wellen machen mir eine Scheißangst. Und wenn ich daran denke, dass ich erneut auf dieses Schiff muss, um wieder hier wegzukommen, fühle ich mich noch gefangener als ohnehin schon. Malcolm Island ist ein Käfig mit Ozean-Gitterstäben. Die Gefängniszelle, in der ich für alles büßen muss, was ich in den letzten Jahren verbrochen habe. Und das ist einiges.

Beruhig dich, Lavender. Es ist okay.

Ich sage es mir wieder und wieder, während ich den Golf auf dem kleinen Fährenparkplatz zum Stehen bringe. Die Bürgermeisterin wollte mich hier treffen, doch es würde mich nicht wundern, wenn der Sturm sie weggeweht hat.

Missmutig lasse ich den Blick schweifen. Der Platz ist menschenleer, aber ein paar Meter weiter ist ein Supermarkt. *Brenda's Choice* steht da in großen gelben Lettern. Wenn meine Verabredung nicht auftaucht, könnte ich dort nach dem Weg fragen. *Kann* ich. Nur dass ich das nicht tun will. Es gibt keinen effektiveren Weg, um die Aufmerksamkeit des ganzen Dorfs auf mich zu lenken. Und damit auch ihren Ärger.

Ich beiße mir auf die Unterlippe und wäge meine anderen Optionen ab. Blind draufloszufahren, um die Straße zu finden, scheint mir nach dem Zwischenfall in Port McNeill nicht empfehlenswert. Und Google Maps wird teuer, wenn ich bedenke, dass mein Datenvolumen aufgebraucht ist. Verdammt …

In diesem Moment geht die Glastür des Supermarkts auf, und jemand in quietschgelber Regenjacke eilt durch den Sturm auf mich zu. »Lavender Whitcomb?«, ruft eine Frauenstimme. »Ja!«, schreie ich zurück und will das Fenster runterlassen. Doch die Frau rennt schon um den Wagen herum und steigt auf der Beifahrerseite ein, wobei sie einen regelrechten Schwall Wasser mit ins Innere bringt. Jetzt ist es offiziell. Ich muss den Golf später trockenlegen.

»Hui!«, macht die Fremde und zieht sich die Kapuze vom Kopf. Wilde aschgraue Locken kommen darunter zum Vorschein, und sie wendet mir ihr wettergegerbtes Gesicht zu. »Du bringst aber ein Mistwetter mit! Gehört sich das in Edmonton so?« Lachend streckt sie mir eine nasse Hand entgegen. »Sally Oberg! Falls du dich nicht erinnerst.«

Ich schüttle ihre Hand. »Mit Ihnen habe ich telefoniert, oder?«

»Ja. Aber wir kennen uns schon, wenn man es genau nimmt. Nur dass du damals ein blonder Zwerg mit Zahnlücken warst.«

Mir wird mulmig zumute. Sie erinnert sich an mich. »Nein, tut mir leid.«

»Kein Problem. Ist ja schon etwas her, und Kinder haben andere Prioritäten als alte Frauen wie mich. Fahr mal weiter, da die Straße lang. Ich zeig dir das Haus. Die Besichtigung der restlichen Insel verschieben wir vielleicht lieber, außer du hast ein Schlauchboot im Kofferraum.« Sie lacht wieder.

»Ich habe leider nur eine Schwimmnudel«, scherze ich halbherzig und starte den Motor. Diesmal fahre ich bewusst langsam. Nicht, dass sich noch mehr attraktive Männer vor meine Motorhaube stürzen. Wobei man in diesem Kaff wohl kaum damit rechnen kann. Um ehrlich zu sein, will ich nur nicht beim Haus ankommen. Nie. Ich will umdrehen. Flüchten.

Es ist merkwürdig genug, dass ich jemanden brauche, der mir den Weg dorthin zeigt. Merkwürdig, dass ich mich an so wenig erinnere, was diese Insel betrifft. Zwölf Jahre ist es her, doch sie fühlen sich an wie hundert.

»Sind das deine echten Haare?«, fragt Ms. Oberg ungeniert und mustert meine pastelllila Wellen von der Seite.

Ich werfe ihr einen flüchtigen Blick zu, aber sie wirkt unvoreingenommen. »Ja. Also, sie sind gefärbt. Keine Perücke.«

»Wie alt bist du jetzt? Einundzwanzig?«

»Ja.«

»Mh. Bei euch jungen Leuten ist so was in, oder?«

»Ich schätze …« Eigentlich habe ich sie wegen Mom gefärbt. Weil das ihre Lieblingsfarbe war, und sie mir deswegen diesen Namen gegeben hat. Ich fühle mich ihr so näher, auch wenn ich sie nie gekannt habe.

Ms. Oberg nickt. »Ich kann mich an deinen letzten Sommer hier erinnern. Du hast dir immer diese bunten Strähnen reingebunden. Da hätten wir es ahnen müssen.«

In mir zieht sich alles zusammen. Die Erinnerung kommt ungebeten. Ich weiß noch, wie ich damals mit Onkel Jenson einkaufen war, das erste Mal die Strähnen im Haar, stolz wie Oskar. Mein Cousin Brad war neidisch und wollte sich daraufhin die Haare lang wachsen lassen, doch dazu ist es nie gekommen. Eilig wische ich den Gedanken beiseite.

»Hm«, mache ich nur.

»Manche Dinge ändern sich eben nie, was? Da vorn links, die kleine Abzweigung rein. Erkennst du es wieder?«

Ich setze den Blinker, und wir ruckeln eine matschige Einfahrt entlang. Wir sind außerhalb des Dorfkerns, hier liegen die Häuser weiter auseinander. Zwischen den Bäumen vor uns lugt der Ozean hindurch, und am Ende des Weges taucht ein kleines altes Holzhaus in unserem Sichtfeld auf.

Ich kann mich kaum an die Sommer erinnern, die ich hier verbracht habe. Nur Bruchstücke, Fragmente, die tief unter haufenweise Schuld und Schmerz begraben liegen. Aber der Anblick des Hauses ist so vertraut, als wäre ich nie weg gewesen. Als wäre es nur zwölf Monate her und nicht zwölf Jahre. Es sticht. So sehr, dass mir für einen Augenblick die Luft wegbleibt.

»Park mal so nah wie möglich an der Veranda«, fordert Ms. Oberg. »Ich bin zwar schon nass, aber du musst mein Schicksal ja nicht teilen.«

Kaum dass der Motor aus ist, hechtet die Dame mit einer beeindruckenden Schnelligkeit unter das schützende Dach. Ich folge ihr etwas vorsichtiger und fühle ich mich wie ein begossener Pudel, bis ich die Veranda erreiche. Doch das Gefühl weicht schnell wieder der Übelkeit, die mich seit Tagen begleitet. Ms. Oberg hält mir einen Schlüssel vor die Nase, und auch ihr Gesichtsausdruck hat etwas von seiner Leichtigkeit eingebüßt. Das gehört sich wohl so, wenn man das Haus eines Verstorbenen übergibt.

»Das ist jetzt deiner«, sagt sie bedeutungsvoll.

Hastig nehme ich ihn entgegen, und beinahe wäre mir das kalte Metall durch die Finger gerutscht. Ich beeile mich mit Aufsperren, damit Ms. Oberg das Zittern meiner Hände nicht bemerkt. Das Bedürfnis, mich zu übergeben, wird mit jeder Sekunde stärker, doch ich reiße mich zusammen. Die Tür geht mit einem Klacken auf, und mein Magen überschlägt sich.

Die Bürgermeisterin betritt das Haus zuerst. Ich muss mich am Türrahmen festklammern, um es hinter ihr über die Schwelle zu schaffen. Aufrecht stehen zu bleiben. Nicht einzuknicken. Zum Glück bekommt sie es nicht mit. Sie hat mir den Rücken zugewandt, das Licht angeknipst und lässt den Blick über die alte Wohnküche schweifen, in der wir stehen.

Das Innere des Hauses sieht heruntergekommener aus, als ich es mir vorgestellt habe. Die meisten Möbel sind mit Laken abgedeckt. Auf der Kommode neben der Tür liegt eine dicke Staubschicht, fast als hätte hier seit meinem Verschwinden niemand mehr gewohnt. Als würde dem Haus schon viel länger das Leben fehlen. Dabei ist Onkel Jensons Tod doch erst vier Monate her.

Vielleicht nehme ich es nur wegen meiner Schuldgefühle so wahr. Denn gleichzeitig meine ich, ihn noch lachen zu hören. Es kommt mir so vor, als müsste ich nur den Kopf drehen, um ihn und Brad auf dem Sofa sitzen zu sehen. Als würde es noch nach seinem geliebten Kaffee und dem Rührei mit Frühlingszwiebeln duften, das er immer für uns gekocht hat.

»Wir haben nichts angerührt«, reißt Ms. Oberg mich aus meinen Gedanken und schaut mich an. Hektisch blinzle ich die Tränen weg. Sie scheint es nicht zu bemerken. »Alles ist so, wie er es zurückgelassen hat. Na ja, bis auf die Laken und ein paar grundlegende Dinge.«

»Okay.« Meine Stimme klingt brüchig. Falls ihr das auffällt, sagt sie nichts dazu.

»Warmwasser und Strom funktionieren. Aber ich glaube, das Telefon ist abgestellt oder abgesteckt, das müsste sich vielleicht mal jemand anschauen. Wie lange bleibst du denn?«

Ich zucke hilflos mit den Schultern. Wenn es nach mir ginge, wäre ich ja nie zurückgekehrt. Doch ich kann nirgendwo anders hin. Nicht ohne Job, Geld oder einen Plan. Und obwohl mir seit Wochen klar war, dass das Studentenwohnheim mich rauswerfen würde, habe ich mich um nichts davon gekümmert. Irgendwie dachte ich, Dad würde auf wundersame Weise seine Meinung ändern. Seinen Charakter. »Eine Weile«, murmle ich.

»Und du willst wirklich verkaufen?« Ist das Enttäuschung in ihrer Stimme? Nein, bestimmt nicht.

»Besser, als wenn es leer steht.«

Ms. Oberg antwortet nicht sofort. Sie mustert mich, und ich frage mich, was sie wohl denkt. Ob sie das Mädchen von damals damit vergleicht, wie ich jetzt bin. Und wenn ich so darüber nachdenke, war es vielleicht doch Enttäuschung, die ich da eben gehört habe. Enttäuschung über mich.

»Wird viel Arbeit, alles auf Vordermann zu bringen«, meint sie. »Oder willst du es günstig loswerden …? Die Preise für alte Immobilien sind hier nicht berauschend, das sage ich dir gleich. Das Grundstück hingegen …«

»Mal sehen«, sage ich nur vage. Ich habe doch keine Ahnung. Ich will daran gar nicht denken. Ich will zurück zu dem viel angenehmeren Zustand des Verdrängens.

Ms. Oberg nickt und tritt hinüber in die Küche. »Komm mal her. Ich hab etwas für dich.« Sie zieht vorsichtig das Laken vom Esstisch und hängt es über einen der Stühle. Dann nimmt sie eine Papiertüte von der Arbeitsfläche und stellt sie vor mir ab. »Ich hab dir ein bisschen was eingekauft. Milch. Einen Tee …« Sie holt alles nacheinander aus der Tüte und legt es auf den Tisch. »Brot. Den Kühlschrank habe ich angestellt. Dort drin sind noch Aufschnitt und Käse. Und was Süßes.« Sie holt eine Tafel Schokolade hervor. »Aber das isst du nicht so, was?« Ihr Blick wandert über meinen Körper.

»Doch, schon.« Ich zögere einen Moment. Will ich dieser Frau etwas Persönliches von mir erzählen? Sie wirkt nett. Und das, obwohl sie weiß, wer ich bin. Persönlicher geht sowieso nicht mehr. »Aber ich jogge gern«, füge ich hinzu.

»Ah. Hoffentlich magst du dabei Gesellschaft.«

»Wie meinen Sie das?«

Sie lächelt. »Na ja, Hirsche, Vögel, Nerze und wenn du am Strand joggst, vielleicht sogar ein paar Wale …«

»Ach so. Mal schauen, ob die mit mir mithalten können.«

Ms. Oberg lacht laut. »Ich sehe schon, du hast Humor. Das ist gut, den braucht man, um mit all den Witzbolden hier im Dorf auszukommen. Benötigst du sonst noch was? Soll ich dir helfen deine Sachen reinzubringen? Wobei jetzt vielleicht kein idealer Zeitpunkt ist …« Sie blickt aus dem Fenster über der Küchenspüle, gegen das der Regen peitscht.

»Ich komme zurecht«, lehne ich ab. »Soll ich Sie wieder ins Dorf fahren?«

»Ach was. Ist nicht weit. Ich bin ohnehin schon nass. Wenn man hier wohnt, gewöhnt man sich dran, das wirst du dann schon merken. Ach ja. Hier habe ich dir ein paar Sachen aufgeschrieben.« Sie nimmt einen Zettel vom Kühlschrank. »Die Ladenöffnungszeiten, meine Telefonnummer, Fährenfahrplan. Wenn du irgendetwas brauchst, ruf an, ja? Oder komm vorbei. Ich kenne jeden auf der Insel. Die Leute hier sind sehr hilfsbereit, also versuch bitte gar nicht erst, irgendwelche großen Möbel allein zu tragen oder so.«

Ich lächle, auch wenn es sicher genauso gequält aussieht, wie es sich anfühlt. Ich glaube nicht daran, dass die Leute hier nett sein werden. Zumindest nicht die, die mit meinem Onkel befreundet waren. Dementsprechend werde ich gar nicht erst einen Gedanken daran verschwenden, die Möbel zu verschieben. Am besten, ich lasse alles so, wie es ist. Mische mich nicht ein. Bloß keine Aufmerksamkeit. »Danke, Ms. Oberg.«

»Ach.« Sie winkt ab, aber ihre Miene verfinstert sich kaum merklich. »Ich bin einfach froh, dass du jetzt hier bist. Wie du schon sagtest … besser, als wenn es leer steht.« Sie klopft mir im Vorbeigehen auf die Schulter und setzt ihre Kapuze wieder auf. Mit Mühe versucht sie, ihre Locken darunterzukriegen. »Mach's gut, Lavender. Und mein Beileid.«

Ich schlucke schwer und bringe nicht mehr als ein Nicken zustande. Die Bürgermeisterin verlässt das Haus und zieht die Tür hinter sich zu, aber ihre Worte klingen in mir nach, legen sich bleischwer in meine Magengrube.

Mein Beileid. Als hätte nicht jeder auf dieser Insel das mehr verdient als ich.

Ich bin froh, dass du jetzt hier bist.

Besser, als wenn es leer steht.

Ich habe das selbst gesagt. Doch es aus einem fremden Mund zu hören, macht die Worte schmerzhafter. Ich bin hier nicht mehr willkommen, das weiß ich. Egal, wie freundlich Ms. Oberg lächelt, egal, wer meine Möbel rückt. Ich bin es seit zwölf Jahren nicht mehr und werde es nie wieder sein. Dafür habe ich nach dem Unfall selbst gesorgt.

Ich starre Ms. Oberg hinterher. Es ist nichts zu hören bis auf das Tosen des Sturms und das Prasseln des Regens.

Von zwei der Zimmer oben aus kann man den Ozean sehen. Früher habe ich die Fenster immer aufgemacht und mich rausgelehnt, weil ich glaubte, der Wind, der einem dort ins Gesicht schlägt, sei das schönste Gefühl auf der Welt. Jetzt kann ich mir nicht mehr vorstellen, diese Treppe zu erklimmen und die drei Schlafzimmer noch mal zu betreten. Allein in diesem Wohnzimmer zu stehen, kostet mich all meine Kraft.

Ich gehe zum Sofa und ziehe das Laken ab. Die Couch ist dieselbe wie damals. Dunkelrot, in L-Form. An einem Nachmittag habe ich Brad beim Herumalbern versehentlich mit meinem Ellbogen gestoßen, als er gerade ein Glas Kirschsaft in der Hand hatte, und er hat alles vollgetropft. Onkel Jenson hat gescherzt, dass man es dank der Farbe ohnehin nicht sehen könne. Aber der Fleck ist getrocknet und wurde zu einem dunklen Braun, das sich bis heute von dem Stoff abhebt. Ein Beweis, dass ich mal hier war. Etwas, das nicht gemeinsam mit mir verschwunden ist.

Dieser Fleck ist treuer als ich. Und dieses Wissen zerreißt mir das Herz. Erinnerungen drängen in mir an die Oberfläche. Ich lasse mich auf das Polster fallen und schlinge die Arme eng um meinen Körper.

Ich will sie nicht. Ich will nicht hier sein.

Ich will dieses Haus nicht haben, das so voll mit allem ist, was ich zwölf Jahre lang vermieden habe.

Aber was will ich stattdessen? Jetzt, wo Dad mein Leben nicht mehr diktiert, fühle ich mich aufgeschmissen. Überfordert. Erst hat er mich ins Internat gezwungen, dann in einen Studiengang, den ich nicht wollte. Was er mir nie beigebracht hat, ist, selbst etwas zu entscheiden. Warum auch? Seine Entscheidungen waren ohnehin die einzig richtigen. Ich wünschte, er würde sich wenigstens melden, und gleichzeitig bin ich wütend auf ihn. Zwei Wochen Funkstille sind es schon, und ich komme mir erbärmlich vor, ihn um Geld gebeten zu haben. Ich will sein verdammtes Geld nicht, weil es schon immer an Bedingungen geknüpft war, die ich eigentlich gar nicht erfüllen wollte. Aber es ist so hart allein … Ich sacke auf der Couch zur Seite und schließe die Augen. Wenn ich es mir stark genug wünsche, ist das dann alles ein Traum?

Wohl kaum. Die Tränen sind echt. Das Schluchzen auch. Der Schmerz erst recht. Ich rolle mich so klein zusammen, wie es irgendwie geht, und lasse alles über mich hereinbrechen.

Kapitel 2

JONNE

Dieser Sturm ist der schlimmste, den wir im letzten halben Jahr hatten. Ich bin seit zehn Stunden nass, habe drei Sets Wechselklamotten durch und den Wunsch aufgegeben, trocken zu Hause anzukommen. Der Regen hat mittlerweile aufgehört, aber es lohnt sich nicht mehr, sich noch umzuziehen. Die Spätsommertemperaturen machen die Nässe erträglich, und ich bin ohnehin gleich daheim.

Ich betrete *Brenda's*, und die Glocke über der Tür kündigt mich an. Wie so oft sitzt Brenda hinter der Kasse, die Nase in einem ihrer Kreuzworträtsel vergraben. Sie schaut auf und nickt, als sie mich erkennt. Ihr Blick wandert an mir hinab und bleibt dann vorwurfsvoll am Boden zu meinen Füßen hängen, den ich volltropfe. Sie schaut mir wieder ins Gesicht und hebt die Brauen. Ich zucke entschuldigend mit den Schultern.

Brenda rollt mit den Augen und weist in Richtung der Regale. Ein stummes *geh*. Sie hat wohl einen guten Tag. Wenn sie eine ihrer Launen hätte, würde ich es ihr zutrauen, dass sie mich mit dem Besen wieder aus dem Laden scheucht. Und manchmal lege ich es genau darauf an, weil ich weiß, dass es ihr insgeheim Freude bereitet und ihr zumindest ein zufriedenes Schmunzeln aufs Gesicht zaubert. Ich grinse Brenda an, schüttle mich wie ein Hund und verschwinde schnell aus ihrem Sichtfeld. Ihr Lachen folgt mir.

»Unverschämte Kundschaft mit sechs Buchstaben?«, ruft sie.

»Aalton!«, gebe ich zurück.

»Bravo, hast ja doch was im Köpfchen! Bevor ich's vergesse, sag deiner Cousine, dass ihre Horrorbestellung da ist.«

»Oje, hoffentlich vergesse *ich* es nicht«, witzle ich über das Regal hinweg.

»Ich sag ja: unverschämt! Pass auf, *Mr. Aalton*, oder ich hole den Wischmopp!« Sie betont meinen Namen fast spöttisch.

»Willst du nicht lieber erst wischen, wenn ich wieder draußen bin?«

Brenda schnaubt so laut, dass ich es selbst hinten im Laden höre. Lachend trete ich um die nächste Ecke, aber es bleibt mir im Hals stecken, als ich sehe, wer dort vor dem Kühlregal steht. Was macht *sie* denn noch hier? Ich habe nicht damit gerechnet, sie wiederzusehen. Die meisten Tagestouristen reisen am Nachmittag wieder ab und stehen nicht nach Feierabend im Supermarkt.

Die Fremde hat mir den Rücken zugewandt. Ihre lilafarbenen Haare fallen ihr vom Wind zerzaust bis unter die Schulterblätter, und sie trägt einen dunkelblauen Regenmantel mit passenden Gummistiefeln. Ihre Beine sind nackt, ich sehe noch den Saum eines weißen Rocks. Sie wirkt in Gedanken, also räuspere ich mich. Fast schüchtern dreht sie sich zu mir um, und wie schon heute Mittag trifft mich ihr Blick mitten in den Magen. Es liegt eine Niedergeschlagenheit darin, die in mir das sofortige Bedürfnis weckt, sie in den Arm zu nehmen und zu trösten. Ich kann gar nicht erklären, was genau es ist. Sie wirkt aufgelöst, als müsste sie sich mit Mühe zusammenhalten, während die Fassade unaufhörlich bröckelt. Und scheinbar verliert sie den Kampf, denn im Vergleich zu jetzt war sie heute Mittag geradezu freudestrahlend. Ihre blauen Augen sind rot umrandet, als hätte sie geweint, und allein bei der Vorstellung zieht sich etwas in mir schmerzhaft zusammen. Verdammter Beschützerinstinkt. Verdammte Sommersprossen …

»Du bist ja immer noch hier«, platzt es aus mir heraus. Fuck, das klang echt unhöflich. Ich schiebe ein Schmunzeln hinterher, und ihre Miene hellt sich ein klein wenig auf.

»Und du bist immer noch nass«, kontert sie und lässt ihren Blick über meinen Körper wandern.

Ich muss lachen, und jetzt schleicht sich ein Lächeln auf ihre Lippen. Ich weiß wieder, warum ich heute Mittag so peinlich von vollen Mülleimern erzählt habe. Wenn sie lächelt, brennen in meinem Gehirn irgendwelche Synapsen durch – oder was auch immer da oben so vonstattengeht. Es macht sie unbeschreiblich schön. Und es wischt diesen schwermütigen Ausdruck von ihrem Gesicht, der dort einfach nicht hingehört.

»Leider, ja«, bestätige ich. »So schnell trifft man sich wieder. Du hast es also zur Fähre geschafft?«

»Dank dir, ja.«

Ich runzle die Stirn und trete näher an sie heran. Erst in diesem Moment wird mir bewusst, wie spät es ist. Die letzte Fähre zurück ist eben gefahren. »Du bleibst länger?«

Die Fremde nickt.

»Und ich dachte, du wärst eine abenteuerlustige Tagestouristin, die auf Extremwetter steht.«

Sie zögert. »Über das *abenteuerlustig* lässt sich diskutieren. Aber ein Tag reicht sowieso nicht, ich muss mir immerhin dieses … Knollending anschauen, von dem du so geschwärmt hast. Und den berüchtigten Mülleimer.«

Dieser gottverdammte Mülleimer. Ich überspiele es mit einem Grinsen. »Du meinst die größte Maserknolle der Welt. Für die Bezeichnung *Knollending* würde man dich in Port McNeill wahrscheinlich mit Fackeln und Mistgabeln jagen.«

Röte stiehlt sich auf ihre hellen Wangen, aber sie hält meinem Blick stand und reckt kaum merklich das Kinn. »Ich brauche wohl wirklich einen Fremdenführer.«

Ich versuche meine Überraschung zu verbergen und scheitere kläglich. Sie geht darauf ein? Damit habe ich nicht gerechnet. Doch ich werde mich nicht beschweren. »Stets zu Diensten«, erwidere ich. »Aber wenn ich ehrlich bin … den Mülleimer würde ich weglassen.«

»Obwohl er so romantisch ist?«

Ich zwinkere ihr zu. »Es gibt noch ein paar romantischere Orte.«

Ihre Wangen werden dunkelrot. »Du bist der Experte. Ich lasse mich überraschen.« Scherzen wir oder meint sie es ernst? Ich weiß auf jeden Fall, wie *ich* es meine. Und das hier ist eine Steilvorlage für ein Date, oder?

»Morgen dann?«, schlage ich vor. »Das Wetter soll besser werden. Ich habe frei. Um eins geht die Fähre, und wenn wir zurück sind, zeige ich dir die Insel.«

Was tue ich hier eigentlich? Seit wann mache ich mich an Touristinnen ran? Doch sie hat etwas an sich, das mir schon den ganzen Tag nicht aus dem Kopf gegangen ist. Es ist ihr Gesicht. Zumindest ist es das, was ständig vor meinem inneren Auge aufgetaucht ist. Ihr trauriger Blick. In Kontrast dazu ihr Lächeln. Und die Tatsache, dass sie mir bekannt vorkommt. Dabei bin ich mir sicher, sie noch nie gesehen zu haben. Daran würde ich mich erinnern.

Ihre Überraschung ist offensichtlich. Vielleicht hat sie doch nur einen Witz gemacht. Ich rechne schon mit einer Absage, doch ihre Augen beginnen zu strahlen, und ein zaghaftes Lächeln umspielt ihre vollen Lippen. Fuck, sie ist süß. »Dann treffen wir uns an der Fähre?«, fragt sie.

»Zehn vor eins?«

»Klingt gut.«

Wieder kann ich mein Grinsen nicht verbergen. Ich stehe da wie ein verknallter Teenager und himmle sie an. Mein letzter freier Sonntag ist eine Ewigkeit her, und ich wollte den morgigen Tag eigentlich nutzen, um ein paar dringende Sachen von meiner To-do-Liste abzuhaken. Dennoch macht es mich seltsam glücklich, ihn stattdessen mit ihr verbringen zu können.

»Wirst du was Trockenes anziehen?« Sie errötet noch mehr und beißt sich auf die Unterlippe, als hätte sie das nicht sagen wollen. Mein Blick bleibt unweigerlich daran hängen.

»Du verlangst unmögliche Dinge von mir«, raune ich. Sie muss aufhören, so zu lächeln. Es löst einen Sturm in mir aus, der schlimmer ist als das Unwetter draußen.

»Wirst du bei deinem Job oft nass?«, fragt sie verstohlen und wendet sich dem Kühlregal zu. Sie öffnet die Tür und nimmt eine Packung Joghurt heraus. Bevor mein Verstand einschreiten kann, bin ich schon direkt hinter sie getreten und greife an ihr vorbei nach der Butter. Dabei komme ich ihr so nah, dass ich ihr Parfüm riechen kann. Sie duftet nach Vanille und … Kardamom? Süßlich, ein bisschen nach Herbst. Und sie ist groß für eine Frau, wenn auch ein Stück kleiner als ich. Es gefällt mir, dass wir fast auf Augenhöhe sind. Dass ihr Gesicht so nah an meinem ist.

»Normalerweise nur, wenn ich Ertrinkende aus dem Wasser retten muss«, antworte ich leise.

Sie sieht zu mir hoch, und ich frage mich, auf was für ein Niveau ich hier sinke. Gebe ich ernsthaft mit meiner Rettungsschwimmerausbildung an, um eine Frau zu beeindrucken? Die Leute, denen ich das Leben gerettet habe, kann ich an meinen Fingern abzählen.

»Gerade siehst du eher aus, als wärst du selbst fast ertrunken«, erwidert sie grinsend.

Ich muss lachen. »Touché.« Ihr Gesicht ist voller Sommersprossen. Sie scheinen mehr zu werden, je näher man ihr kommt. Ich erwische mich dabei, wie ich versuche sie zu zählen und dabei wieder nur dastehe und sie anstarre.

Sie schließt die Regaltür und hebt ihren vollen Korb hoch, ohne sich von mir zu entfernen. »Ich hab alles.«

»Kann ich dir tragen helfen?« Die Worte haben meinen Mund verlassen, bevor ich groß darüber nachdenken kann.

»Brauchst du nichts mehr?« Sie schaut hinunter auf die Butter in meiner Hand.

»Nope.«

»Du kommst nur für eine Packung Butter her?«

»Buttertoast«, sage ich gespielt ernst. Mehr wird es morgen früh dann auch nicht geben, da ich gerade den Rest meiner Einkaufsliste ignoriere. Erst rede ich über Mülleimer, dann über Buttertoast. Warum sie noch nicht vor mir geflüchtet ist, ist mir ein Rätsel. Aber sie wirkt eher belustigt als besorgt. »Darf ich?«

Ich nehme ihr den Korb ab und bringe ihn für sie zur Kasse. Brenda zieht fragend die Augenbrauen hoch, als sie uns zusammen erblickt, sagt aber nichts. Ich lege die Butter aufs Kassenband und helfe dann, auch die anderen Sachen daraufzupacken.

»Das macht zwei Dollar, Jonne«, verkündet die ältere Dame mit einem vielsagenden Unterton.

Ich reiche Brenda das Geld, ignoriere ihren Blick und stecke die Butter in meine Jackentasche. Der Einkauf meiner Begleitung ist um einiges größer. Ich packe alles in zwei Tüten und warte, dass sie bezahlt. Dabei entgeht mir nicht, dass Brendas Hand unter ihren Kassentresen wandert. Zweifelsohne zu den Werbekondomen, die sie dort bunkert und mit denen sie sich ständig Scherze erlaubt.

Ich räuspere mich lautstark, und sie erstarrt. Beide Frauen schauen fragend zu mir. Brenda hat eine Unschuldsmiene aufgesetzt, doch ich fixiere sie stur mit meinem Blick und schüttle langsam den Kopf. Sie verdreht die Augen, zieht ihre Hand zurück und nimmt das Geld entgegen. Als wir kurz darauf den Laden verlassen, bin ich erleichtert. Ich liebe unsere Dorfgemeinschaft, doch sie kann auch anstrengend sein. Morgen spricht zweifelsohne die ganze Insel über uns. Kein Geheimnis ist vor Brendas wachsamen Augen und ihrem losen Mundwerk sicher.

Draußen regnet es wieder, aber der Wind hat nachgelassen. Meine Begleiterin zieht sich die Kapuze ihres Regenmantels über den Kopf und sieht mich entschuldigend an. »Ich bin hergelaufen. Du musst nicht …«

Ich schüttle den Kopf. »Bin schon nass, vergessen? So bin ich wenigstens nass und nützlich.«

»Ertrinkende retten ist dir nicht nützlich genug?«, zieht sie mich auf und setzt sich in Bewegung.

Ich folge ihr. »Das passiert so selten, das zählt nicht. Wo wohnst du denn? Weit kann es ja nicht sein.«

Sie antwortet nicht sofort. Ich werfe ihr einen Seitenblick zu und sehe, wie sie sich wieder auf die Unterlippe beißt. »In einem von den Häusern unten am Meer.«

»Kaleva Road?«, rate ich. Für alles andere hat sie die falsche Richtung eingeschlagen.

»Jep.«

Ich wusste gar nicht, dass dort jemand an Touristen vermietet. Aber woher auch? Ich meide die Straße. »Wo kommst du her?«

»Edmonton.«

Fuck, okay. Das ist weit. Aber nicht zu weit, oder? Wie lang dauert ein Flug von Vancouver aus? Zwei Stunden? Warum denke ich über so was nach? Mann, ich kenne diese Frau gar nicht. Ich möchte es nur unbedingt. Ich will wissen, wer sie ist. Warum mich dieses Gesicht nicht loslässt. Und dieses Bedürfnis hatte ich lang nicht mehr.

»Großstadtmädchen, was?«, ist das Einzige, was mir einfällt. Wir lassen den Ortskern hinter uns und folgen der Straße, die parallel zum Ozean in Richtung Osten verläuft.

»Ja. Aber … ich hab mich dort nie richtig wohlgefühlt, ehrlich gesagt.« Ihre Stimme klingt mit einem Mal wieder niedergeschlagen. Erneut muss ich an ihren Blick von vorhin denken. An ihre geröteten Augen. Nur zu gern würde ich herausfinden, was mit ihr los ist. Aber ich will nicht zu aufdringlich sein, also verkneife ich mir die Frage.

»Wohnst du nicht mehr dort?«, hake ich vorsichtig nach.

»Nein.« Sie kaut wieder auf ihrer Lippe. Ist sie nervös, oder ist das einfach eine Angewohnheit von ihr?

»Und wo wohnst du jetzt?«

Stille. »Hier«, sagt sie dann so leise, dass ich es über das Rauschen der Wellen hinweg fast nicht höre. »Erst mal.«

Okay. Jetzt habe ich einen ganzen *Haufen* an Fragen. Vorneweg die, warum sie ausgerechnet hierher gekommen ist. Sie wirkt nicht glücklich, oder? Wäre sie lieber woanders?

»Na dann, umso besser, dass du einen kompetenten Fremdenführer wie mich an deiner Seite hast«, versuche ich sie aufzumuntern. »Ich bin sicher, du wirst dich hier bald wie zu Hause fühlen. Die Leute sind furchtbar nett. Also wirklich furchtbar. Manchmal wäre ein bisschen Distanz ganz gut.« Ich zwinkere ihr zu.

Sie schnaubt, aber es klingt eher wie ein Schluchzen. Irgendwie habe ich das Gefühl, dass wir die Kurve heute nicht mehr kriegen. Trotzdem lächle ich sie an. Lieber würde ich sie in den Arm nehmen, doch das steht mir nicht zu.

Sie versucht, es zu erwidern, scheitert allerdings kläglich. Was auch immer mit ihr los ist, lässt sich nicht einfach so beiseiteschieben.

»Wie heißt du eigentlich?«, frage ich, um sie vom Thema abzulenken.

Sie zögert wieder. »Lavender. Und du bist Jonne? Die Frau an der Kasse hat dich so genannt.«

Der Name lässt mich stocken. Aber das ist nur ein beschissener Zufall, oder? Bestimmt. Sie ist nicht *die* Lavender. Sie kann es nicht sein. Selbst wenn wir zu der Straße laufen, um die ich sonst einen Bogen mache.

»Jep«, antworte ich.

»Der Name ist ungewöhnlich.«

»Er ist finnisch.«

»Ah.« Sie nickt verstehend.

»Du kennst dich also mit der Inselgeschichte aus?« Ist sie es doch? Quatsch. Das kann man auch im Internet herausfinden. Achtzig Prozent der Touristen wissen das.

»Minimal. Ich weiß, dass es ursprünglich eine finnische Siedlung war.«

»Genau. Meine Urgroßeltern waren bei der Gründung dabei. Und in meiner Familie halten sich einige Traditionen hartnäckig. Zum Beispiel die, seinen Kindern Namen zu geben, die kein Kanadier richtig aussprechen kann. Wenn du wüsstest, wie oft ich *Johnny* genannt werde ...«

»Mir gefällt Jonne«, sagt sie.

Lavender ... Sie ist es nicht. Ich bin mir sicher. Allein der Gedanke ist doch absurd. »Danke.«

»Was bedeutet er?«

Oh, fuck. »Das musst du meine Mutter fragen«, rette ich mich. Ich bin nicht gut im Lügen. Also umgehe ich die Antwort besser.

Misstrauisch zieht Lavender die Augenbrauen zusammen. Sie hat mich durchschaut. »Ist es was Peinliches?«

Ich versuche, ein ernstes Gesicht zu bewahren. »Ich weiß nicht, was du meinst.«

»Ich werde googeln«, warnt sie mich. »Also … sobald ich Internet habe.«

»Du hast kein Internet?«

»Nein. Das Telefon geht auch nicht.«

»Hm. Soll ich es mir mal anschauen? Was sagen denn deine Vermieter dazu?«

Sie schüttelt den Kopf. »Das Haus gehört mir.«

»Wie, das Haus gehört …«

Ich halte inne.

Lavender ist auf eine der Grundstückseinfahrten abgebogen, und ein schmerzhafter Stich schießt durch meinen ganzen Körper.

Ich würde mir gern weiter einreden, dass das nicht wahr ist. Aber wie schon erwähnt: Ich bin nicht gut im Lügen. Der Name. Die Straße. Das Haus, das jetzt ihr gehört. Bis gestern hat es leer gestanden. Es hätte so bleiben sollen.

Ich weiche einen Schritt zurück. Lavender bleibt stehen und sieht mich an. Die Verunsicherung in ihrem Blick spricht Bände. Sie weiß es genauso gut wie ich, oder? Deswegen hat sie vorhin gezögert, hat nur die Straße genannt.

»Was ist los?«, fragt sie leise.

Ich schnaube und kämpfe gegen die Wut an, die in mir hochkocht. Als wüsste sie das nicht. Ich komme mir so verarscht vor.

Lavender Whitcomb. Die Nichte von Jenson Whitcomb.

Fuck! Natürlich kommt sie mir bekannt vor. Ich habe dieses Gesicht schon tausendmal gesehen – nur zwölf Jahre jünger und umrahmt von schulterlangen hellblonden Haaren. Das Bild von ihr steht wahrscheinlich heute noch auf Jensons Kommode. Ich habe es so oft angestarrt und mich geärgert. Über sie. Ihre Züge sind dieselben. Auch die Sommersprossen sind geblieben. Sie lassen sie weiterhin niedlich und unschuldig wirken, verbergen ihren hässlichen Charakter.

Es kostet mich alles an Selbstbeherrschung, Lavenders Einkäufe nicht gegen den nächstbesten Baum zu schleudern. Stattdessen stelle ich die Tüten geradezu schmerzhaft sanft auf dem matschigen Weg ab. Das Papier wird durchweichen und reißen. Es ist mir scheißegal.

»Jonne?«, fragt sie zaghaft, und der Sturm in meinem Inneren schnürt mir die Luft ab. Vorhin war er etwas Positives. Jetzt ist es purer Hass. Sie klingt so verletzlich. Aber es ist alles nur Fassade. Ich weiß ganz genau, wer sie ist. Was sie getan hat. Was sie hier macht.

Sie ist hier, um auch noch den letzten Rest, der von Jenson geblieben ist, zu zerstören. Und wenn ich nicht sofort von hier verschwinde, werde ich explodieren.

»Ich muss los«, würge ich hervor und wende mich ab. Ich erkenne meine eigene Stimme nicht wieder. Sie klingt eisig.

Die ersten Schritte, die ich mache, sind die schlimmsten. Weil ich mich umdrehen und ihr ins Gesicht schreien will. Weil ich ihr den Haustürschlüssel aus der Hand reißen sollte, den sie vorhin aus ihrer Tasche gezogen hat. Weil ich ihr entgegenbrüllen will, was ich von ihr halte.

Aber was würde das bringen, außer dass Jenson sich im Grab umdreht? Er hat genug gelitten. Und das ihretwegen.

Also laufe ich weiter, vergrabe die Hände in meinen Jackentaschen und umklammere die Butterpackung, als ginge es um mein Leben.

Lavender folgt mir nicht. Sie steht einfach nur da, ruft mir nicht noch einmal nach. Schweigt. Wahrscheinlich weil ihr absolut klar ist, dass sie nichts sagen kann, was helfen würde. Und dass sie nichts als Verachtung verdient hat.

Kapitel 3

LAVENDER

Er wird nicht kommen.

Das wusste ich schon, als Jonne sich gestern einfach umgedreht und meine Einkäufe in den Matsch gestellt hat, kaum dass er realisiert hat, wer ich bin. Das war es, was ihn zum Gehen bewegt hat. Erst war er nett zu mir. Aber mein Name in Verbindung mit diesem Haus hat aus mir jemanden gemacht, mit dem er keine weitere Sekunde verbringen wollte. Für den er nicht mal einen Abschiedsgruß übrig hatte. Er bereut wahrscheinlich jedes freundliche Wort, das er mit mir gewechselt hat. Und ich kann es ihm nicht mal verübeln.

Dennoch trifft mich die Erkenntnis in diesem Moment härter als erwartet. Ich hocke auf einem Pfosten der Hafenabsperrung und lasse zu, dass ein kleiner Teil von mir sich schmerzhaft über dieses abrupte Ende wundert. Das war es dann mit Jonne. So schnell, wie er in meinem Leben aufgetaucht ist, so schnell ist er auch wieder verschwunden.

Es sollte mich nicht stören. Es war vorhersehbar.

Aber an diesem düsteren Tag gestern war er das Einzige, das mich über Wasser gehalten hat. Und jetzt?

Jetzt gehe ich unter.

Reiß dich zusammen, Lavender.

Wenn ich ehrlich bin, ist der stechende Schmerz, den der Anblick der ablegenden Fähre in mir auslöst, sogar besser als der dumpfe, der mir schon in den Gliedern sitzt, seit ich Edmonton verlassen habe. Und dieser Vergleich ist noch fragwürdiger als die Tatsache, dass ich ernsthaft dachte, Jonne könnte mich mögen und heute trotz allem zu unserer Verabredung erscheinen. Wie konnte es passieren, dass ich ihn in diesen wenigen Minuten, die wir uns kannten, schon so nah an mich herangelassen habe, dass er mich verletzen konnte? Bin ich so verzweifelt, dass ich mich an jeden noch so dünnen Strohhalm klammern muss?

Ja. Verdammt …

Ich wende den Blick vom Hafen ab und vergrabe einen Moment lang das Gesicht in den Händen. Eigentlich wollte ich meine düsteren Gedanken so loswerden, aber die Augen zu schließen bewirkt eher das Gegenteil. Es bringt die Albträume von heute Nacht zurück. Ich sehe wieder Onkel Jenson vor mir, das so vertraute Schmunzeln auf seinen Lippen. Das freche Grinsen von Brad. Und dann Jonnes freundliches Lächeln, das erlischt, bevor ich es genießen kann. Genauso schnell, wie Brad und Jenson gestorben sind.

Der Gedanke lässt mich erschaudern. Ich schüttle den Kopf und konzentriere mich wieder auf die Wellen in sicherer Entfernung. Obwohl der Sturm abgeklungen ist, bleibt das Meer unruhig. Bedrohlich.

Eigentlich sollte ich froh sein, dass Jonne nicht aufgetaucht ist. Bei diesem Seegang will ich wirklich nicht auf die Fähre, die gerade wild schaukelnd auf Vancouver Island zusteuert. Bestimmt hätte ich mich blamiert und ihm entweder vor die Füße gekotzt oder mich so fest in seinen Arm gekrallt, dass er danach hätte genäht werden müssen. Auch ein guter Weg, um ein Date zu ruinieren.

Und was hätten wir überhaupt am anderen Ufer gemacht? Port McNeill angeschaut, das nur ein Haufen alter Häuser rund um eine übergroße Was-auch-immer-Knolle ist? Sind wir mal ehrlich, darauf hatte ohnehin keiner von uns beiden Lust.

Aber das ist auch gelogen. Ich würde gerade alles tun, um mich von meinem Leben abzulenken. Fuck, jetzt denke ich schon wieder darüber nach. Ich merke erst, dass ich auf meiner

Unterlippe kaue, als ich Blut schmecke. Nicht mal diesen Tick habe ich unter Kontrolle. Mein Leben ist mir so endgültig entglitten, dass ich gar nicht weiß, wo ich anfangen soll, um es wieder in den Griff zu bekommen. Wie soll ich das anstellen? Womit beginnt man, wenn alles, wirklich alles, derart in Scherben liegt?

Ich seufze tief. Geld. Das wäre ein guter Anfang. Insbesondere, weil ich mir bald nicht mal mehr Essen leisten kann. An die Strom- und Wasserrechnungen will ich überhaupt nicht denken. Ich brauche einen Job, und zwar dringend.

Doch auch bei diesem Punkt bin ich ratlos, wo ich beginnen soll. Ich habe ja keinerlei Berufserfahrung, keine Ausbildung. Vielleicht sollte ich stattdessen direkt schauen, ob ich das Haus loswerde. Nur weil Ms. Oberg behauptet, es sei nichts wert, muss das ja nicht stimmen, oder? Nur wie finde ich das heraus, ohne einen Makler zu bezahlen, den ich mir absolut nicht leisten kann? Vielleicht wenn ich ein paar der Möbel verkaufe …

Okay, Lavender. Jetzt denk mal mit. Du lebst auf einer verdammten Insel. Niemand wird hierherkommen, um eine alte Couch mit Kirschflecken abzuholen. Mal abgesehen davon, dass das dein Bett ist, weil du dich nicht überwinden kannst, hoch zu den Schlafzimmern zu gehen aus Angst, dass dich die Erinnerungen dort erschlagen. Und wenn du das Haus jetzt verkaufst, hast du zwar ein bisschen Geld auf dem Konto, aber immer noch keinen Job und kein Dach mehr über dem Kopf.

O Gott … Wenn ich wenigstens Internet hätte. Ich bin nicht vorbereitet. Dieses ganze Unterfangen war völlig kopflos. Und das nur, weil ich bis zur letzten Minute gezögert habe. Weil ich einfach nicht wahrhaben wollte, dass ich hier ende. Zwei Wochen hätte ich Zeit gehabt. Mehr sogar. Schon als das Prüfungsergebnis in meinem Postfach landete, hätte ich darüber nachdenken können. Spätestens nach der Exmatrikulation hätte ich es tun müssen.

Aber ich war zu feige. Bin es immer noch. Ich möchte schreien. Oder heulen. Vielleicht auch beides gleichzeitig. Ich habe keine Ahnung.

Ziellos stehe ich auf, wende mich vom Meer ab und setze mich in Bewegung. Wohin überhaupt? Wahrscheinlich nach Hause, um mich dort wieder weinend auf dem Sofa zusammenzurollen. Klingt nach einem Plan.

Allerdings komme ich nicht weit. Gerade als ich den kleinen Platz überquere, tritt eine junge Frau in meinem Alter aus dem Supermarkt. Sie trägt ihre dunklen Haare als Longbob mit kerzengeradem Pony und hat sich ein dick in Klebeband eingewickeltes Päckchen unter den Arm geklemmt. Ihr Blick fällt auf mich, und ein Strahlen breitet sich auf ihrem hübschen Gesicht aus.

»Du bist die Neue!«, ruft sie aus und kommt auf mich zugeeilt. Ich erstarre und weiß einen Moment nicht, was ich jetzt tun soll. Die Neue? Ist das ein Kompliment? Eine Beleidigung? Warum lächelt sie so, wenn sie doch weiß, wer ich bin? Beinahe rechne ich damit, dass die Fremde mit der Stupsnase mir übermäßig euphorisch eine klatscht, aber stattdessen streckt sie mir ihre Hand entgegen, und ich ergreife sie rein aus Reflex.

»Hi!« Sie drückt kräftig zu. Nicht schmerzhaft, sondern herzlich. Ihre blauen Augen lächeln mit ihrem Gesicht um die Wette, und alles an ihr wirkt so echt, dass ich noch verwirrter bin. »Ich bin Auri!«

»Ähm … Lavender«, stammle ich und lasse zu, dass sie meinen Arm durchschüttelt. Sie ist ein ganzes Stück kleiner als ich, aber sie hat verdammt viel Kraft.

»Weiß ich doch! Du bist Jensons Nichte! Sally hat mir erzählt, dass du gestern angekommen bist. Sally Oberg, meine ich.«

»Oh … okay«, mache ich nur.

Auri lässt meine Hand los, und ich unterdrücke das Bedürfnis, die Arme schützend vor meiner Brust zu verschränken.

»Dich hat bestimmt noch keiner rumgeführt, oder?«, fragt sie. »Schaust du dich gerade um?«

»Nein, also … noch nicht. Aber du musst nicht …«

»Ich hab Zeit! Du brauchst unbedingt eine Führung, jetzt, wo du hier wohnst.«

Ich öffne den Mund, um zu protestieren. Um ihr zu sagen, dass ich hier ganz sicher nicht wohne, dass ich keine Führung brauche, um ihr irgendeine Ausrede aufzutischen, weshalb ich dringend wegmuss. Doch da hat Auri sich bereits bei mir untergehakt und zieht mich in Richtung Dorfkern. Panik steigt in mir auf. Ich kann nicht …

»Das Wichtigste ist direkt hier!«, verkündet sie. »Die *Chocolate Dreams Bakery*. Ich würde *sterben* für Tommys Schokobrötchen. Wirklich. Manchmal esse ich drei am Tag. Dafür verzichte ich gern auf eine richtige Mahlzeit. Oh, wie wär's mit einer Wegzehrung? Ich spendier dir eins!«

Mein Gehirn ist völlig überfordert mit der Flut an Informationen, die Auri mir hier vor die Füße wirft. Dazu kommt das vage Gefühl eines Déjà-vus, weil ich so oft in dieser Bäckerei gestanden haben muss und mich so gut wie nicht daran erinnere. Auri steuert auf das kleine Gebäude zu, das direkt am Hafen liegt, und ich stemme automatisch die Beine in den Boden, unfähig, auch nur einen weiteren Schritt darauf zu zu machen. Alles in mir zieht sich zusammen. Allein bei dem Gedanken, den Leuten da drin gegenüberzustehen, bricht mir der Schweiß aus. Eine Reaktion wie die von Jonne gestern reicht mir. Für den Rest meines Lebens, wenn ich ehrlich bin.

»Nein danke. Ich hab gerade gegessen«, lüge ich und bekomme sofort ein schlechtes Gewissen.

»Auch kein halbes?«, bietet Auri an, die meine Stimmung nicht bemerkt zu haben scheint. Habe ich so ein gutes Pokerface? »Ich opfere mich und esse deine zweite Hälfte.« Sie zwinkert mir zu. Warum ist sie so freundlich? Kannte sie meinen Onkel nicht? Das hier ist doch ein winziges Fischerdorf. Hier kennt jeder jeden.

»Vielleicht ein andermal«, erwidere ich. »Und ich weiß auch nicht … wegen der Führung …«

»Oh. Okay, verstehe.« Jetzt hat sie es begriffen. Die Enttäuschung ist ihr anzusehen, aber sie lächelt und lässt meinen Arm los. »Sorry, ich habe dich ganz schön überrumpelt, oder? Ich habe mal wieder erst gemacht und dann nachgedacht. Wie immer.« Auri lacht verlegen und befördert das Päckchen von ihrem rechten Arm unter ihren linken, als müsste sie dort meinen ersetzen. Ein Geruch, der mich an alte Turnschuhe erinnert, wird dabei von der nächsten Windböe zu mir rübergetragen. Ich versuche, nicht die Nase zu rümpfen.

»Kein Problem«, versichere ich ihr. »Aber ich muss mich erst akklimatisieren, bevor ich mich ins Getümmel stürze.«

»Na klar. Kann ich dir vielleicht bei irgendwas helfen?« Auri schaut mich so hoffnungsvoll an, dass meine Gewissensbisse noch größer werden.

Einen Moment lang stehe ich unschlüssig herum. »Kannst du mir zeigen, wo Ms. Oberg wohnt?«, frage ich dann. »Oder vielleicht rufe ich sie lieber an. Ich will sie nicht stören.«

»Ach, Quatsch! Sally hat bestimmt Zeit! Ich bring dich hin, das ist nicht weit.«

»Okay. Danke.«

Auri setzt sich schlendernd in Bewegung, und ich trotte neben ihr her, darauf bedacht, möglichst wenig Aufmerksamkeit auf mich zu ziehen. Die Straßen sind relativ leer, obwohl heute Sonntag ist. Vielleicht liegt es an den Windböen, die immer wieder über die Insel fegen und einem die Haare ins Gesicht peitschen. Hin und wieder begegnen wir Leuten. Auri grüßt jeden freundlich. Ich tue es ihr verhalten nach und lasse die kritischen bis neugierigen Blicke der Inselbewohner über mich ergehen.

»Bist du gestern gut angekommen?«, will Auri wissen. Das Paket wechselt wieder die Seite – zum Glück, denn so ist es weiter von mir entfernt, und weniger von dem Miefgeruch weht zu mir herüber.

»Es war okay«, murmle ich.

»Mit dem Haus alles in Ordnung? Ich hab gehört, es ist in keinem so guten Zustand?«

Warum behaupten das alle? Es sah doch ganz in Ordnung

aus. Klar, es ist uralt, aber … Andererseits habe ich wirklich keine Ahnung von Häusern.

Ich zucke mit den Schultern. »Soweit ich es beurteilen kann, ist alles okay. Nur das Internet funktioniert nicht. Dabei habe ich heute Morgen schon vom Handy aus mit der Firma telefoniert, der Anschluss ist noch freigeschaltet.«

Auri stöhnt auf. »Technik! Aber das kann hier bestimmt jemand reparieren.«

»Kennst du einen günstigen Handwerker?«, frage ich hoffnungsvoll. »Ich bin ein bisschen knapp bei Kasse, aber …«

»Günstig?«, unterbricht Auri mich. »Quatsch, Lavender. Hier würde niemand Geld für so was nehmen, das machen deine neuen Nachbarn für umsonst! Mach dir deshalb keine Sorgen.«

»Umsonst?«, wiederhole ich erschrocken. »Ihr kennt mich doch gar nicht! Das kann ich nicht annehmen.«

»Klar kannst du! Hier auf der Insel hilft man sich gegenseitig. Aus Tradition und Überzeugung. Das ist unsere Lebensphilosophie. Brauchst du sonst noch irgendwas? Raus mit der Sprache.«

Eigentlich will ich Auri nicht zu viel von mir verraten. Ich habe zu große Angst, dass alles, was ich sage, hier irgendwann gegen mich verwendet wird. Doch sie ist so nett. Wenn ich sie nicht um Hilfe bitten kann, wen dann?

»Ich bräuchte einen Job«, gestehe ich widerwillig. »Irgendwas Kleines, um ein bisschen Geld zu verdienen. Nur temporär. Ich weiß nicht, wie lange ich noch hier bin.«

»Du willst nicht bleiben?« Auri klingt, als hätte ich ihr soeben eröffnet, dass ich keine Schokobrötchen mag.

»Keine Ahnung.«

»Du musst bleiben! Wir brauchen mehr Girlpower auf Malcolm Island!« Sie lächelt mich breit an, und ich lächle automatisch zurück. Bei ihr kann man nicht anders. »Bei dem Job kann ich dir nicht helfen, aber lass uns das auch Sally fragen. Sie weiß sicher was. Sie bekommt alles mit, was hier passiert«, fügt sie zerknirscht hinzu. »Wirklich alles.«

»Soll ich fragen …?«

Schwach schüttelt sie den Kopf. »Sagen wir es so … wenn es nach mir gegangen wäre, hätte sie nicht meinen nackten Hintern gesehen.«

Ich hebe entsetzt die Brauen.

Auri zuckt mit den Schultern und grinst. »Nacktbaden.«

»Ist das nicht saukalt?«

»Jap. Außer man wärmt sich dabei anderweitig …«

»Okay. Ich glaube, ich habe genug gehört«, unterbreche ich sie. »Und Ms. Oberg hat sicher mehr als genug gesehen.«

Auri lacht. »Ich glaube, seitdem unternimmt sie nachts keinen kleinen Spaziergang mehr. Mein Po hat sie nachhaltig verstört. Wir sind gleich da. Es ist das Haus da vorn. Direkt neben dem Museum.«

Ich mustere die unscheinbaren Gebäude vor uns. »Hier gibt es ein Museum?« Daran erinnere ich mich wirklich nicht.

»Ja, wusstest du das nicht? Es ist großartig! Direkt hier ist auch unser Secondhandladen, der ist aber eher ein Witz. Könnte man höchstens als Requisitenlager für einen Horrorfilm zweckentfremden. Und die Bücherei. Unsere Bürgermeisterin Sally und ihre Tochter Laina kümmern sich um alles. Du musst dir das Museum unbedingt mal anschauen, da kann man die ganze Geschichte der Insel nachverfolgen!«

»Okay, werde ich machen.«

»Schon zwei Sachen auf deiner Liste. Das und Tommys Schokobrötchen.«

»Die scheinen es dir wirklich angetan zu haben.«

Auri tätschelt mir gespielt ernst die Schulter. »Irgendwann wirst du es verstehen.«

Wir erreichen das kleine Holzhaus, auf das Auri zugesteuert hat, und sie drückt die Klingel. Es muss schon recht alt sein, aber es ist deutlich, dass seine Besitzer sich gut darum kümmern. Alles scheint noch in bester Ordnung, die Fenster sind geputzt und die beiden Beete neben der Tür ordentlich gepflegt. Quietschgelbe Dahlien wachsen dort bis über die Fensterbretter empor und bieten so einen natürlichen Sichtschutz.

Ein Windspiel hängt unter dem Vordach und klimpert munter vor sich hin.

Im Haus tut sich so lange nichts, dass ich schon gegangen wäre, wäre ich allein gewesen. Aber Auri bleibt seelenruhig stehen und wechselt nur das Päckchen wieder in ihren anderen Arm. Erneut weht der Geruch zu mir rüber, und ich muss sie einfach fragen. »Was ist da eigentlich drin?«

Frech grinst Auri mich an und hält mir den Karton entgegen. »Riech mal und rate.«

Diesmal kann ich nicht verhindern, dass ich das Gesicht verziehe. Ich denke gar nicht dran, meine Nase diesem Ding zu nähern. »Ich rieche es schon die ganze Zeit«, gestehe ich. »Und ich habe keinen Schimmer.«

»Käse.« Sie schnuppert selbst an dem Päckchen, als würde es nach Rosen duften, und klemmt es sich mit seliger Miene zurück unter den Arm. »Der beste Blauschimmelkäse an der ganzen Westküste.«

»Ah!«, mache ich. Also, doch keine Turnschuhe.

Sie wirft mir einen belustigten Blick zu. »Was dachtest du denn?«

Ich werde rot. »Keine Ahnung. Vielleicht, dass du biologische Kriegswaffen schmuggelst oder so.«

Auri lacht laut. »Wenn man den Leuten hier Glauben schenken darf, tue ich das auch. Brenda, das ist die Ladenbesitzerin, tut immer so, als wäre das Zeug giftig. Sie bestellt es für mich vom Festland, und wenn ich es nicht sofort abhole, wenn die Lieferung da ist, bekomme ich es so dick in Plastik eingewickelt, dass ich eine Säge brauche, um es wieder aufzubekommen.«

»Und es stinkt trotzdem noch«, stelle ich nüchtern fest.

Sie wackelt mit den Augenbrauen. »Jep.«

Endlich wird die Tür geöffnet. Ms. Oberg schaut uns entgegen. Sie trägt eine dunkelgraue Stoffhose und dazu eine knallrote Bluse. Ihre Locken stehen wild zu allen Seiten ab, und ein leicht gehetzter Ausdruck liegt auf ihrem Gesicht.

»Hallo, ihr beiden. Das ist ja eine Überraschung.« Fahrig

wischt sie sich etwas von der Wange, das aussieht wie eine Staubfluse. »Bitte entschuldigt, ich war auf dem Dachboden. Kommt doch rein.«

Wir grüßen sie ebenfalls, und ich will gerade über die Schwelle treten, da fällt ihr Blick auf Auris Paket. Ms. Oberg kneift die Augen zusammen. »Das bleibt draußen.«

»Im Ernst?«, beschwert Auri sich, bückt sich jedoch und stellt es zu ihren Füßen ab. »Ihr übertreibt alle maßlos.«

»Brenda hat mir erzählt, dass es diesmal besonders schlimm ist. Ich gehe kein Risiko ein.«

»Laut Brenda ist es *jedes Mal* besonders schlimm ...«

»Sie hat ein feines Näschen«, stimmt Ms. Oberg zu und führt uns durch den schmalen Flur in eine große Wohnküche mit einer Fensterfront mit Blick aufs Meer. »Immer wenn ich backe, steht sie ganz zufällig nach Feierabend vor meiner Tür. Es ist ein wenig gruselig.«

Ich schaue mich im Zimmer um. Ms. Obergs Inneneinrichtung ist überraschend geschmackvoll. Die Möbel sind alle aus hellem Holz, die Wände sind in Cremefarbe mit hellblauen Akzenten gestrichen. Überall hängen Makrameeampeln mit Pflanzen, Windspiele, Traumfänger und Muscheln. Es ist ein maritimes Feeling, das sofort beruhigend wirkt. Und mittendrin steht Ms. Oberg mit ihrer knallroten Bluse. »Kann ich euch einen Kaffee anbieten?«, fragt sie.

»Du meinst einen Caramel Latte mit extra Schaum?«, entgegnet Auri, lässt sich auf einen der Stühle fallen und klimpert zuckersüß mit den Wimpern.

Ms. Oberg verdreht die Augen. »Na schön. Für dich auch, Liebes?« Sie wendet sich an mich.

»Oh ... ähm ... keine Umstände.«

Sie lächelt. »Ob ich einen mache oder fünf, macht für mich keinen Unterschied.«

»Wenn du schon nicht Tommys Schokobrötchen probiert hast, musst du wenigstens mein Lieblingsheißgetränk probieren«, insistiert Auri.

»Ich fühle mich geehrt!«, ruft Ms. Oberg.

»Du meinst, dein Kaffeevollautomat und der Milchaufschäumer fühlen sich geehrt.«

»Na hör mal, Fräulein, wer kippt denn genau die richtige Menge Karamellsirup in die Tasse?«, beschwert sie sich.

»Ich nehme auch einen«, unterbreche ich die Diskussion kleinlaut.

»Kommt sofort.« Ms. Oberg geht zu besagter Maschine hinüber, und kurz darauf erfüllt ein lautes Brummen die Küche. Auri holt ihr Smartphone aus der Tasche und tippt darauf herum. Ich lasse den Blick aus dem Fenster schweifen. Der Nebel, der bei meiner Ankunft gestern noch über dem Meer lag, hat sich jetzt geklärt, sodass man Vancouver Island in der Ferne sehen kann. Dunkel und schemenhaft erhebt sich die bewaldete Landmasse aus den Wellen.

Wenig später verstummt das Brummen. Ich wende mich wieder vom Ozean ab. Auri hat das Handy weggepackt und nimmt sich einen Keks von einem Teller in der Mitte des Tisches. Aus Ms. Obergs Richtung ertönt Klirren und Klimpern.

»Also, was führt euch her?«, fragt sie. »Ist alles in Ordnung mit dem Haus? Du hast doch keine Mäuse gefunden?« Sie klingt tatsächlich besorgt. Mäuse? Das fehlt mir noch.

»Nein, alles bestens. Also, zumindest größtenteils. Internet und Telefon gehen nicht, wie Sie schon meinten.«

Sie sieht zu mir herüber. »Oje. Ist es kaputt?«

»Ich glaube, man muss es nur richtig anschließen«, antworte ich kleinlaut. Ich habe keine Ahnung davon, aber das hat zumindest der Typ vom Support gemeint. Und mir angeboten, für mehrere hundert Dollar einen Techniker herzuschicken, der das übernimmt. Das kann ich mir leider nicht leisten. »Kennen Sie vielleicht jemanden, der sich das günstig einmal anschauen würde? Oder eine Firma in der Nähe von Port McNeill …?«

Ms. Oberg schüttelt den Kopf. Sie kommt mit zwei Lattemacchiato-Gläsern zu uns, die bis oben hin mit cremigem karamellbraunem Kaffee gefüllt sind. Auf beiden thront eine

Schaumhaube mit Schokoflocken und Zimtstaub, die beinahe an den Seiten herunterläuft.

»Sally, ich liebe dich!«, ruft Auri und reißt ihr das Glas aus den Händen.

»Danke«, erwidere ich lächelnd.

»Keine Ursache. Und eine Firma kommt gar nicht infrage, Liebes. Wir finden jemanden, der sich das für dich anschaut, und wenn wirklich nichts repariert werden muss, kostet dich das keinen Cent, verstanden? Ich habe da schon jemanden im Sinn, der mir noch einen Gefallen schuldet und das für dich übernehmen könnte.«

Auri nuschelt etwas Zustimmendes. Es geht in ihrem Caramel Latte unter.

Ich traue mich nicht, noch mal zu widersprechen. »Danke«, meine ich stattdessen wieder. »Das wäre wirklich nett.«

Sie winkt ab und setzt sich zwischen uns an den Tisch. Dann schiebt sie mir vielsagend den Teller mit den Keksen zu. »Erzähl mir, wie ich helfen kann, und ich tue mein Bestes. Das ist mein Job. Und ich mache ihn gern.«

Jetzt muss ich ehrlich lächeln. Weil ich sowohl Auri als auch Ms. Oberg ihre Freundlichkeit glaube. Das ist nicht gespielt. Die beiden sind einfach herzliche, offene Menschen, die sich entweder nicht für meine Fehler interessieren oder gewillt sind, mir eine zweite Chance zu geben. Mein Herz zieht sich unweigerlich zusammen. Schnell greife ich nach einem Keks und trinke einen Schluck von dem Kaffee. Er ist pappsüß, aber auch verdammt lecker. Und der Keks schmeckt, als wäre mehr Schokolade als Mehl darin. Nicht, dass ich mich beschweren würde.

»Kennst du jemanden auf der Insel, der eine Aushilfe sucht?«, fragt Auri.

»Oder vielleicht Unterstützung im Haushalt?«, füge ich hinzu. »Irgendwas.«

Ms. Oberg runzelt die Stirn. »Du meinst, du suchst einen Job?« Die Frage steht ihr ins Gesicht geschrieben. *Heißt das, du bleibst länger?*

47

»Nur vorübergehend«, beteuere ich. »Bis ich weiß, wie es weitergeht.«

»Was hast du denn zuvor gemacht?«

Ich verziehe das Gesicht. »Ich habe Business Administration studiert.«

»Das hat dir nicht gefallen? Oder warum hast du aufgehört?«

»Nicht wirklich, nein.« Das war Dads Wunsch, weil ich mich vehement dagegen gewehrt habe, wie er Anwältin zu werden. Und vor allem durfte ich nach all den versemmelten Prüfungen auch gar nicht mehr weiterstudieren, aber das behalte ich lieber für mich.

»Hm.« Ms. Oberg scheint erst einmal ratlos.

»Braucht Brenda jemanden im Laden?«, hakt Auri nach.

»Nicht, dass ich wüsste.«

»Und in der Bücherei?«

»Laina ist ja allein schon unterfordert.«

»Hm«, macht nun auch Auri.

Meine Hoffnung schwindet. Ich könnte mir etwas auf Vancouver Island suchen. Aber das würde bedeuten, jeden Tag fast eine Stunde lang mit dieser furchtbaren Fähre zu fahren.

»Sucht Saana nicht eine Nachhilfe?«, meint Ms. Oberg plötzlich.

»Für Miko? Sie hatten was in Port Mcneill, aber das lief nicht so gut.«

Ms. Oberg hebt die Brauen.

»Ich weiß nicht …«, setzt Auri vorsichtig an.

»Was soll schon passieren?«, erwidert Ms. Oberg. Sie klingen ein bisschen, als würden sie mich zum Löwenfüttern in den Zoo schicken wollen. Trotzdem mische ich mich ein, bevor Auris Zweifel überwiegen. Lieber Löwen als die Fähre.

»Nachhilfe klingt super. Wie alt ist Miko?«

»Fünfzehn«, murrt Auri. »Er ist mein Cousin, aber leider manchmal ein bisschen schwierig.«

»Beißt er?«, rutscht es mir heraus.

Sie runzelt die Stirn. »Nein?«

»Gut, dann mache ich es.«

Ms. Oberg lacht. »Schau, Auri! Das klingt doch vielversprechend. Miko wird sie mögen.«

»Traust du dir das zu?«, fragt Auri seufzend. »Also mit dem Stoff? Er braucht Nachhilfe in … allem, schätze ich.«

»Ich könnte es zumindest versuchen«, schlage ich vor.

»Na schön, ich frage Saana. Aber ich bin nicht auf dem neuesten Stand, also keine Garantie. Vielleicht haben sie schon jemanden.«

»Klar! Danke!«

Ihre Augen funkeln. »Aber nur, wenn du dafür mit mir Schokobrötchen essen gehst.«

Ich nicke eilig. »Deal.«

»Du und diese Schokobrötchen«, meint Ms. Oberg kopfschüttelnd. »Dieses ganze Süßzeug ist wirklich nicht gesund für dich.«

»Und trotzdem machst du mir jedes Mal dieses göttliche Heißgetränk.« Auri hebt das halbvolle Latte-macchiato-Glas in die Höhe, als wäre es Baby Simba in *König der Löwen*.

»Hör auf, du machst nur eine Sauerei!«, warnt Ms. Oberg sie. »Und jetzt revanchier dich mal für die süße Sünde, indem du mich alte Frau auf den neuesten Stand bringst. Ich wurde heute noch nicht unterhalten, und du warst sicher bei Brenda, das Päckchen holen. Also. Raus mit der Sprache. Ihr habt doch Zeit?« Sie sieht mich fragend an.

Ich zucke mit den Schultern. Meine To-do-Liste ist gefühlt endlos, aber ich habe sowieso keine Ahnung, wo ich anfangen soll. Und die Ablenkung kann ich gut gebrauchen. »Klar«, antworte ich.

»Aber spätestens in einer halben Stunde brauche ich einen zweiten Caramel Latte«, warnt Auri.

»Jaja«, brummt Ms. Oberg. »Weiß ich doch.«

Kapitel 4

JONNE

Ich habe eine beschissene Impulskontrolle. Das wird mir gerade wieder unangenehm bewusst. Mein erster Gedanke, als ich gestern nach der Sache mit Lavender Whitcomb zu Hause ankam, war: Sally wusste es. Sie wusste es, und sie hat mir kein Wort gesagt.

Ich habe die Wut runtergeschluckt. Mir vorgenommen, zu schweigen. Und jetzt bin ich doch auf dem Weg, um mich bei ihr zu beschweren. Weil ich will, dass ihr klar ist, wie scheiße ich das finde.

Den ganzen Tag über habe ich gegen das Gefühl angekämpft. Weil ich nicht wütend sein will. Nicht noch mehr Zeit an diese Gedanken verschwenden möchte. Das alles am liebsten einfach hinter mir lassen würde.

Aber es ist hoffnungslos. Mein Dickschädel ist ungefähr so gut zu lenken wie ein Großfrachter. Und meine Wut gestern hat mir bereits den entscheidenden Stoß in Richtung der verheerenden Strömung gegeben. Ich habe kurz das Steuer verrissen, und jetzt treibt das Schiff unweigerlich ab. Langsam, aber stetig in Richtung Katastrophe. Ich bin mir sicher, dass dieses Gespräch gleich kein gutes Ende nehmen wird, aber wir müssen es trotzdem führen.

Etwas an diesem Gedanken lässt mich an meiner geistigen Gesundheit zweifeln. Irgendwann im Laufe dieser Überlegungen hätte doch jeder normale Mensch gesagt: Fuck it, ich gehe wieder nach Hause. Lass gut sein.

Aber nein. Nicht ich. Meine Selbstbeherrschung ist mit Jenson Whitcomb gestorben, und ich bezweifle allmählich, dass ich sie je wiederkriege. Er hätte mich zurückgehalten. Er hätte gewusst, was er sagen muss, um mich zu beruhigen.

Vor Sallys Tür steht ein dick in Klebeband eingewickeltes Päckchen, und ein fauliger Geruch hängt in der Luft. Auri ist also hier. Großartig, eine Zeugin. Ich kann ihren verurteilenden Blick schon förmlich spüren. Doch auch das bringt mich nicht zum Umdrehen. Ich habe so viel Frust in mir, dass ich Angst habe, ich könnte platzen, wenn ich jetzt meine Klappe halte.

Ich klingle, nur um mich anschließend selbst hineinzulassen. Die Tür ist nie abgesperrt, und so mache ich das schon, seit ich ein kleiner Junge war. Früher habe ich nicht mal geklingelt, sondern bin einfach rein. Spätestens, wenn ich unangekündigt im Wohnzimmer stehe, merkt Sally schon, dass ich da bin. Aber seit ich ihre Tochter Laina damit mal fast zu Tode erschreckt habe, weil sie dachte, ich sei ein Einbrecher, kündige ich mich wenigstens an.

Sally kommt mir schon im Flur entgegen. Sie tritt soeben aus der Küche, und ihr Gesicht hellt sich auf, als sie mich erblickt. Meine Minene hingegen bleibt finster. Das lässt sie zögern. »Jonne, mein Junge?«

»Wir müssen reden.«

Sie runzelt die Stirn. »Ist jemand gestorben?«

Es ist nur einer ihrer flachen Witze. Aber er tut selbst vier Monate später noch weh. Ich überspiele das Ziehen in meiner Brust.

»Wusstest du, dass Lavender Whitcomb auf die Insel kommt?«, entfährt es mir.

Bitte sag Nein. Sag einfach Nein.

Doch Sally verschränkt ihre Arme vor der Brust, hebt die Brauen und mustert mich mit erhobenem Kinn. »Ja, das wusste ich.«

Ich wollte die Beherrschung bewahren. Wollte ich wirklich. Aber die ganze Wut, die ich den Tag über unterdrückt hatte, platzt mit einem Mal aus mir heraus und lässt meine Stimme ungewollt laut werden. »Und es kam dir nicht in den Sinn, mir das zu sagen?«

Sally bleibt unbeeindruckt. »Warum hätte ich das tun sollen?«

»Warum?«, wiederhole ich ungläubig. »Du weißt ganz genau, warum!«

»Damit du dich darüber hättest aufregen können? So wie du es jetzt machst?«

Ihre Ignoranz macht mich nur noch ungehaltener. »Du hättest mich warnen können, verdammt!«

»Wovor denn warnen, Jonne? Sie ist eine normale Frau.«

Ist sie nicht, will ich rufen, aber ich halte die Worte mühsam zurück. »Weißt du eigentlich, was das mit mir macht?«, stoße ich stattdessen aus. »Du hast mich ins offene Messer laufen lassen. Ich hatte *keine Ahnung*.«

»Das Messer ist nur so scharf, wie du es machst.«

»Komm mir jetzt nicht mit so einem pseudophilosophischen Bullshit! Hättest du mich einfach gewarnt, dann …«

Dann wäre ich ihr nicht unvorbereitet in die Arme gelaufen. Dann hätte ich nicht mit ihr geflirtet. Ausgerechnet mit ihr. Dann hätte ich nicht mehr mit ihr gesprochen, als ich je mit ihr sprechen wollte. Dann hätte ich jetzt nicht das Scheißgefühl, dass *ich* einen Fehler gemacht habe und nicht sie, nur weil ich sie im Regen habe stehen lassen.

»Ich hab es dir nicht erzählt, weil mir klar war, dass du so reagieren würdest!«, fährt Sally mich an. »Du denkst nicht rational, wenn es um dieses Haus geht, Jonne, das wissen wir beide! Aber das brauchst du nicht an dem armen Mädchen auszulassen, obwohl du sie gar nicht kennst! Und das Letzte, was ich brauche, ist, dass du das halbe Dorf gegen sie aufstachelst, bevor sie überhaupt hier ankommt!«

Ich balle die Hände zu Fäusten. »Klar, sicher, genau das hatte ich vor! Mit Fackeln und Mistgabeln durch die Straßen marschieren und mir einen wütenden Mob suchen, um die Hexe zu verbrennen! Das denkst du von mir? Im Ernst?

Und ich lasse nichts an ihr aus, sie ist doch erst an allem schuld!«

»Das denkst du vielleicht, aber bist du dir da sicher?«

»Natürlich!«

»Jonne.«

»Sally, sie hat *jahrelang* …«

»Ich will das nicht hören!«, unterbricht sie mich scharf. »Das ist deine Seite der Geschichte. Und allein davon schließt du auf ihren ganzen Charakter? Lavender wirkt mir wie eine freundliche junge Frau. Deine Cousine scheint auch angetan von ihr zu sein, die beiden waren vorhin hier.«

Ich beiße die Zähne zusammen und grabe die Fingernägel in meine Handballen. »Auri isst auch Käse, der riecht wie Mikos ungewaschene Sportsocken. Ihrem Urteil vertraue ich herzlich wenig!«

Sally schnaubt. »Dieser Käse stinkt vielleicht fürchterlich, doch er schmeckt ausgezeichnet. Manchmal kann der erste Eindruck eben täuschen.«

Was sie nicht sagt. Das habe ich gestern am eigenen Leib erfahren.

»Wie lang bleibt sie?«, presse ich hervor, um das Gespräch zu beenden, bevor Sally noch weiter mit ihrer Moralkeule ausholt. »Wann ist sie wieder weg?«

»Keine Ahnung.«

»Großartig.«

»Jonne Aalton!« Ihr Mutter-Tonfall. Damit hätte ich rechnen müssen. »Du wirst nett zu dieser jungen Frau sein, hast du mich verstanden?«

Ich schnaube nur.

Sally funkelt mich an. »Das ist mein Ernst. Diese Insel soll nicht für deine unverhältnismäßige Unfreundlichkeit bekannt werden.«

»Mhm«, mache ich durch zusammengebissene Zähne und verkneife mir sämtliche Erwiderungen.

»Gib Lavender eine Chance. Vielleicht überrascht sie dich.«

Ich sage einfach gar nichts. Bewege mich nicht. Ich weiß,

dass es sinnlos ist, ihr zu widersprechen, aber ich werde auch ganz sicher nicht zustimmen.

»Da fällt mir ein … Ich habe noch eine Aufgabe für dich.« Etwas daran, wie sie das sagt, lässt meine Alarmglocken schellen. »Nein«, entgegne ich sofort. »Was auch immer du vorhast. *Nein.*«

»Du schuldest mir noch einen Gefallen, schon vergessen?« *Fuck.* »Ich reparier nächstes Wochenende deinen Schuppen. Scheiße, ich repariere jetzt sofort deinen Schuppen.«

Sie schüttelt den Kopf, wobei ihre Locken mitwippen. »Der Schuppen interessiert mich nicht, Jonne. Ach ja, aber bevor ich es vergesse: Deine Cousine hat ihren Käse stehen lassen. Nimm den mit, wenn du gehst. Der Gestank kommt schon durch das geschlossene Badfenster rein.«

»Das zählt als Gefallen«, rede ich mich heraus.

»Ja, für Auri. Nicht für mich. Willst du dich setzen oder möchtest du in der Nähe der Tür stehen bleiben, um wütend rausstürmen zu können, wenn ich dir sage, was ich von dir will?«

Meine Miene verfinstert sich weiter. Ich bleibe stur stehen, aber Sally starrt mich nieder, und ich weiß leider längst, dass ich verloren habe. Wie vermutet. Das Gespräch geht nicht gut aus. Und ich ahne Schlimmes.

»Ich bin seit Jahren nirgendwo mehr wütend rausgestürmt«, erinnere ich sie zerknirscht. »Und dann mach mir wenigstens einen Kaffee, wenn du mich schon foltern willst.« Ich dränge mich an ihr vorbei in die Küche.

»So schwarz wie deine Stimmung?«, säuselt sie.

Ich verdrehe die Augen. »Unmöglich.«

Kapitel 5

LAVENDER

Nachdem Ms. Oberg uns gestern beinahe ein Ohr abgekaut hätte – so viel zu *wir* müssen *sie* unterhalten –, hat Auri mich doch noch durch den Rest des Dorfes geführt. Viel zu sehen gab es allerdings nicht.

In Sointula wirkt alles ein wenig heruntergekommen. Die Häuser, die Straßen, die beiden Häfen im Norden und Süden des Ortes. Fast so, als wäre das hier ein Schönheitsideal. Die wenigen Geschäfte sehen aus wie aus den Neunzigerjahren, mit altbackener, abblätternder Schrift in den Schaufenstern und Moos auf den Dächern. Trotzdem oder vielleicht deshalb hat das Fischerdorf einen gewissen Charme. Hier legt niemand Wert auf Optik, schrille Werbeschilder oder die neueste Technik. Hier wird gekauft, was da ist, von Leuten, die man kennt.

Einiges kam mir leicht vertraut vor, war behangen mit Erinnerungsfetzen, die mich ungebeten einholten. An Nachmittage mit Brad und Jenson, wenn wir gemeinsam auf dem Weg zum Strand waren, zum Einkaufen, zur Bäckerei. Anderes erschien mir, als sähe ich es zum ersten Mal, dabei müssen einige der Häuser seit sicher fünfzig Jahren hier stehen.

Immer wieder sind uns Dorfbewohner begegnet, und ich bin froh, dass uns niemand in ein Gespräch verwickelt oder mich direkt angesprochen hat. Aber ich weiß genau, dass sie alle hinter meinem Rücken nach mir fragen werden. Sich über mich unterhalten, spekulieren, was ich wohl hier suche. So funktionieren kleine Dörfer.

Werden sich ihre Blicke bald verändern, wenn alle ganz genau wissen, wer ich bin? Werden sie in Zukunft nicht mehr interessiert schauen, sondern sich angewidert abwenden, wenn sie mich sehen, so wie Jonne es getan hat?

Der Gedanke bereitet mir Bauchschmerzen. Ich will es gar nicht herausfinden. Aber ich fürchte, ich könnte die Antwort auf die Frage gleich erhalten.

Auri hat mir gestern Abend noch eine SMS geschrieben, dass Ms. Oberg jemanden gefunden hat, der sich mein Internet anschaut. Ich habe ihr nach der Dorfführung meine Nummer gegeben, weil sie praktisch darauf bestanden hat. Anfangs habe ich mich davor gescheut, sie so nah an mich ranzulassen, doch mittlerweile bin ich froh, sie in meinen Kontakten zu haben. Eine Verbündete. Jemanden, den ich anrufen könnte, falls es hart auf hart kommt. Sie hat sich sogar gemerkt, dass ich keine mobilen Daten habe.

Ich glaube, Auri mag mich wirklich. Keine Ahnung, wieso. Aber ich mag sie auch. Und das ist mein neuer kleiner Lichtblick, an dem ich mich von nun an verzweifelt festklammern werde. Der neue Strohhalm. Ich hoffe nur, er knickt nicht ebenso leicht wie der, den Jonne mir hingehalten hat.

Zum gefühlt hundertachtzigsten Mal schaue ich auf die Uhr. Wen auch immer Ms. Oberg organisiert hat, er oder sie ist zu spät. Siebzehn Uhr war ausgemacht, und jetzt ist es schon zehn nach.

Auri musste heute arbeiten, sie ist Floristin in Port McNeill. Und da ich mich ohne sie nicht aus dem Haus getraut habe und kein Internet hatte, habe ich den Tag damit verbracht, herumzusitzen und mein Leben zu zerdenken. Eine tolle Freizeitbeschäftigung. Wirklich. Ich hätte stattdessen wenigstens putzen können, allerdings habe ich es nicht über mich gebracht. Die dicke Staubschicht auf einigen der Möbelstücke fühlt sich an, als wäre sie ein letztes Überbleibsel meines Onkels, auch wenn sie sich wohl erst nach seinem Tod dort angesammelt hat. Und wenn ich nur daran denke, sie wegzuputzen, überfällt mich Erschöpfung. Ich merke, dass ich wieder kurz davor bin, in diese Sorgenspirale abzurutschen, die an einem sehr finsteren Ort endet. Und obwohl mir das bewusst ist, komme ich nicht dagegen an. Manchmal fühle ich mich deswegen so hilflos, dass mir jegliche Luft zum Atmen wegbleibt. Ich habe nichts mehr unter Kontrolle. Weder meinen Körper, mein Leben …

Die Türklingel reißt mich aus meinen Gedanken, aber ich weiß nicht, ob ich erleichtert oder verunsichert sein soll. Wie wird die Person da draußen auf mich reagieren? Nervös streiche ich meine Haare zurück.

Okay, Lavender. Egal, wer da vor der Tür steht – sei einfach nett, und die Person wird es sicher auch sein. Er oder sie schaut sich nur die ollen Kabel an und verschwindet wieder. Vielleicht ein bisschen Small Talk, das war's. Nicht schlimm. Das schaffst du.

Ich atme tief durch, nehme all meinen Mut zusammen und öffne die Tür. »Ha…«

Ich erstarre mitten in der Bewegung, und die Begrüßung bleibt mir im Hals stecken. Ausgerechnet Jonne steht dort, sein Hollywood-Gesicht finster wie die Nacht. Er sieht aus wie der Superheld, der gleich dem Bösewicht den Garaus macht, und ich trete automatisch einen Schritt zurück.

Zum ersten Mal sehe ich ihn in Freizeitkleidung. Er trägt eine Jeans und ein dunkelgraues T-Shirt, das an seinen breiten Schultern spannt. Die muskulösen Arme hat er wie einen Schutzwall vor der Brust verschränkt, seine Füße sind schulterbreit auseinander wie bei einer Kampfhaltung, und alles an ihm schreit *Abwehr*.

Mein Herz schlägt so heftig, dass ich mir sicher bin, dass er es hört. Mir wird heiß und kalt gleichzeitig. Warum in Gottes Namen ist er hier? Warum, warum, warum? Ausgerechnet er? Er sieht nicht aus, als wolle er sich versöhnen. Eher nach noch mehr Konfrontation.

Ich muss mich räuspern, um irgendeinen Laut aus meiner Kehle zu kriegen. Und dann wird es trotzdem nur ein kaum hörbares *Hi*, das mehr wie eine Frage klingt als eine Begrüßung.

Jonne weicht meinem Blick aus, und das ist gut so, denn aus seinen schieferblauen Augen schießen mir regelrechte Blitze entgegen. Gerade erinnern sie mich an ein Gewitter. Und zwar keines von der seichten Sorte.

Er deutet mit dem Kopf in Richtung Wohnraum. »Ich soll dir mit dem Internet helfen.«

Ein kleiner Teil meiner Anspannung fällt von mir ab. Immerhin ist er nicht hier, um mir die Meinung zu sagen. Ich bin heute emotional schon so strapaziert, dass er mich wahrscheinlich mit nur einem Satz zum Heulen bringen könnte. Und diese Blöße möchte ich mir nicht geben.

»Ah«, mache ich nur. Warum liegen mir gerade tausend Worte auf der Zunge? Entschuldigungen, Erklärungen, Fragen? Ich weiß nicht, was davon ich nehmen würde, aber mein Gehirn will, dass ich irgendetwas sage. Irgendetwas, um das zwischen uns zu reparieren. Aber da gibt es nichts, oder? Und wozu sollte ich auch? Er hat mir doch den Rücken gekehrt, ohne ein einziges Wort.

Warum sollte ich noch welche an ihn verschwenden?

Weil es deine Schuld ist, verdammt noch mal.

Jonne schaut mich wieder an. Seine Gewitteraugen starren mich nieder. Sein Blick schmerzt mehr, als er sollte.

Warum tut ausgerechnet seine Abneigung so weh? Weil sie so offensichtlich ist? Weil er erst nett war und mir seine Zuneigung wie ein Leckerli vor die Nase gehalten hat, bevor sich alles zum Schlechten wenden musste? Oder ist es nur, weil er so verdammt gut aussieht, dass ich automatisch das Bedürfnis habe, ihm näherzukommen und ihn zu berühren?

Ich glaube, ganz so oberflächlich bin ich nicht.

Jonne hebt fragend eine Braue, und irgendwie schafft er es, dass diese kleine Bewegung einer Beleidigung gleicht. Keine Ahnung, wie, doch immerhin befreit er mich damit aus meiner Starre. »Komm rein«, krächze ich und trete zur Seite.

Der Raum scheint auf die Größe eines Hamsterkäfigs zu schrumpfen, kaum dass Jonne durch den Türrahmen getreten ist. Er nimmt mehr Platz ein, als er sollte. Seine Schultern sind nach hinten gezogen, sein Kinn erhoben, und das lässt ihn riesig erscheinen. Oder vielleicht ist es auch nur der Tatsache zu schulden, dass ich mich in seiner Gegenwart plötzlich winzig klein fühle. Ich bin es nicht gewohnt, dass Männer mich derart überragen. Und noch weniger, dass mich jemand anschaut, als wäre ich Abschaum.

War die Luft hier drin schon die ganze Zeit über so dünn? Ich kann gar nicht mehr atmen. Obwohl meine Lungen arbeiten, bekommen sie einfach keinen Sauerstoff mehr.

Reiß dich zusammen, Lavender. Jetzt nicht.

Jonne lässt den Blick durch den Raum schweifen, und ich beiße mir vor Scham auf die Unterlippe. Es ist offensichtlich, dass ich auf dem Sofa schlafe. Die Decke und das Kissen liegen zerwühlt darauf, mein Koffer steht auf dem Boden daneben, und der Couchtisch ist eine Mischung aus Kleiderschrank und Nachtkästchen.

Auf der Küchentheke stehen noch die halb zerrissenen, dreckigen Tüten von unserer Begegnung vorgestern. Das, was nicht in den Kühlschrank musste, habe ich immer noch nicht weggeräumt. Wie laut kann ein Zimmer eigentlich schreien: *Ich habe keine Kontrolle über mein Leben?* Dieser Raum sagt mehr über meinen geistigen und emotionalen Zustand aus, als ich es mit Worten je könnte. Und ich hoffe, dass Jonne das nicht durchschaut. Dass es ihm nicht auffällt. Dass er einfach wegsieht. Ich kann seinen Blick nicht ertragen.

»Der Anschluss ist …«, setze ich an, komme aber nicht dazu, den Satz zu beenden. Jonne hat sich bereits in Bewegung gesetzt und durchquert mit zielsicheren Schritten den Wohnraum. Schon hat er Jensons alten Schreibtisch erreicht, der sich an der hinteren Wand vor dem Fenster mit Blick auf den zugewachsenen Garten befindet, und kniet sich in den Kabelsalat darunter.

Seine Bewegungen sind so zügig, dass sie fast schon hektisch wirken. Gleichzeitig scheint er genau zu wissen, was er da tut. Er steckt irgendwelche Kabel am Router und an der Wand um und drückt ein paar Knöpfe, von denen ich keine

Ahnung habe, wofür sie da sind. »Hast du bei der Firma angerufen?«, fragt er knapp, ohne mich anzuschauen.

Jetzt bin ich es, die die Arme vor der Brust verschränkt. In seinen Worten liegt so viel Abneigung, dass sich jedes einzelne anfühlt wie ein Messerstich. »Ja. Der Vertrag läuft noch bis Ende des Jahres.«

»Okay.« Er braucht nur wenige Minuten, dann stellt Jonne den Router geradezu behutsam ab und erhebt sich. »Dauert jetzt kurz, bis das WLAN geht«, murmelt er. Noch immer schaut er mich nicht an. »Am besten, du aktualisierst mal.«

»Danke …«

Er lehnt sich an den Tisch und sieht überall hin, nur nicht zu mir. Spätestens jetzt fällt ihm mein Bettenlager auf. Zwischen seinen Brauen hat sich eine steile Falte gebildet. »Ich warte so lang.«

Schweigen senkt sich über uns, und ich stehe hilflos herum. Die Stille ist nicht nur unangenehm, sie ist schmerzhaft. Sie verursacht ein Ziehen in meiner Magengrube, das sich langsam, aber sicher zu meinem Herzen hocharbeitet. Noch nie hat sich jemand mir gegenüber so verhalten. Ich habe keine Ahnung, wie ich damit umgehen soll.

Ich hole mein Handy aus meiner Hosentasche und beginne die WLAN-Suche zu aktualisieren. Immer und immer wieder, nur damit ich Jonne nicht anschauen muss.

Keine Verbindung gefunden.

Keine Verbindung gefunden.

Keine Verbindung gefunden.

Keine Ver…

»Gibt's oben ein Problem?«

Jonnes Stimme lässt mich zusammenzucken. Ruckartig hebe ich den Kopf. Sein Blick ruht nicht auf mir, sondern auf dem zerwühlten Sofa. Aber jetzt, wo ich ihn ansehe, schaut er zu mir. Ich kann seinen Gesichtsausdruck nicht mehr lesen. Die offensichtliche Abneigung, die vorhin darin stand, ist verschwunden. Noch immer wirkt er alles andere als freundlich. Doch er macht irgendwie einen … gequälten Eindruck.

Mein Herz zieht sich zusammen. »Oben?«, würge ich hervor. Allein von dem Wort bricht mir der Schweiß aus.

Jonne weist mit dem Kopf auf die Treppe. »Ist oben irgendwas kaputt? Das Dach wieder undicht?«

Ich umklammere mein Handy. »Nein, alles bestens.«

Er runzelt die Stirn, sagt aber nichts. Mit zusammengepressten Lippen wendet er den Blick wieder ab und fixiert den Lampenschirm neben sich.

Ich starre wieder auf mein Display und aktualisiere weiter die Liste. Nur dass meine Finger jetzt zittern, als wäre ich gerade in Eiswasser geschwommen. Diesmal ploppt tatsächlich eine neue Verbindung auf.

Whit-LAN

Mein Herz bebt. Onkel Jensons Lachen hallt mir wieder in den Ohren. Und es klingt so verdammt echt. Dabei kann das doch gar nicht sein, wenn man es zwölf Jahre lang nicht gehört hat.

»Es geht«, bringe ich heraus.

»Das Passwort ist Freiheit, alles klein«, höre ich Jonne sagen. Seine Stimme dringt nur entfernt zu mir durch, als wäre er mit einem Mal weit weg. Ich nehme wahr, wie er sich wieder an mir vorbeischiebt, doch mein ganzer Körper ist wie erstarrt. Ich schaffe es nicht, zu ihm aufzusehen. Stattdessen starre ich auf die kleinen Buchstaben vor mir und blinzle die Tränen weg, die mir in die Augen steigen. Hinter mir wird die Haustür geöffnet, aber nicht wieder geschlossen. Ist Jonne noch da? Hat er sie offen gelassen?

»Geht's?«, fragt er in die Stille.

Ich schlucke und schnappe nach Luft. Ich muss den Kopf schütteln, um ihn freizubekommen. Dann tippe ich mit fahrigen Bewegungen das Passwort ein.

Verbunden

»Ja«, krächze ich. »Danke.« Ich kann mich nicht umdrehen.

Weil Jonne dann bemerkt, dass ich fast weine, und weil ich mich generell nicht mehr bewegen kann.

Also weiß ich nicht, was er hinter meinem Rücken tut. Ob er mich jetzt schief ansieht, fragend, besorgt. Oder ob er doch wieder diesen hasserfüllten Gesichtsausdruck hat, der sich mir jedes Mal ins Gedächtnis brennt. Ob er die Nase rümpft oder mich stumm verflucht.

Er sagt jedenfalls nichts mehr, aber er muss noch einige Sekunden dort stehen. Erst dann fällt die Tür schwer ins Schloss, und ich höre, wie sich seine Schritte auf der Veranda entfernen.

Ich atme tief ein, doch es bringt nichts.

Wie sich herausstellt, war gar nicht er es, der all den Sauerstoff im Raum aufgebraucht hat. Ich glaube eher, es sind meine Dämonen, die wieder an die Oberfläche geklettert sind und mir jetzt Stück für Stück die Kehle zuschnüren, mir die Luft wegatmen.

Und sie lassen keinen einzigen Atemzug für mich übrig.

Kapitel 6

JONNE

Ich kann Lavender in diesem Haus nicht ertragen. Sie. Ihre Sachen. Ihren *Duft.*

Es riecht anders, verdammt. Nicht mehr nach Jenson. Nur noch nach ihr. Nach ihrem süßlichen Parfüm, das ich vor zwei Tagen noch anziehend fand und jetzt verabscheue. Der Vanilleduft hängt mir in der Nase, und nicht mal der Geruch nach Salz und Meer kann ihn vertreiben. Es ist, als hätte Lavender mit ihrer Anwesenheit hier etwas von Jenson vernichtet. Es unwiederbringlich ausgelöscht. Und ich hasse sie dafür. Ich hasse alles an dieser Situation.

Jetzt, wo ich das Haus hinter mir lasse, fällt meine Selbstbeherrschung in sich zusammen, und meine Hände zittern noch stärker als eben schon. Mir ist schlecht. Keine Ahnung, wie ich es geschafft habe, den Router anzuschließen, ohne ihr auf den Teppich zu kotzen. Mein Magen ist ein einziger großer Knoten. Als müsste irgendwas aus mir raus, das aber nicht rauskann.

Ich will schreien.

Ich will auf etwas einschlagen.

Ich will umdrehen und ihren verdammten Koffer in den Hof schmeißen, will in Jensons Haus alles wieder so hinstellen, wie es war, jede Spur von Lavender Whitcomb beseitigen.

Und gleichzeitig will der verfluchte soziale und hilfsbereite Teil von mir ihren bebenden Körper in meine Arme ziehen, ihr sanft über den Rücken streicheln und ihr sagen, dass alles wieder gut wird.

Sie leidet. Das ist so offensichtlich, dass nicht mal ich es leugnen kann. Sie hat kein Recht dazu, und doch tut sie es. Und ich hasse sie noch mehr dafür. Ich hasse mein Scheißherz, das weich wird, wenn es sie sieht. Ich hasse mein verräterisches Gehirn, das sich fragt, warum sie im Wohnzimmer schläft, warum sie auf ihrer Lippe kaut wie auf einem Kaugummi, warum sie überhaupt hier ist, obwohl sie es doch so offensichtlich nicht sein will.

Vielleicht sollte ich sie das einfach fragen und es abhaken. Aber sie würde mir nicht ehrlich antworten, genau wie eben, als ich meine verdammte Klappe nicht halten konnte und wissen musste, ob im Obergeschoss alles in Ordnung ist. Und ich will die Antworten auch gar nicht.

Ich will gar nichts von Lavender Whitcomb, außer dass sie verschwindet und nie wiederkommt. Ist das zu viel verlangt?

Meine Beine erhöhen wie von selbst die Geschwindigkeit, und bevor ich es mir anders überlege und doch noch zurückgehen kann, verfalle ich ins Joggen. Es ist nicht angenehm mit der Jeans, aber wenigstens spült es meinen Kopf ein wenig frei, treibt all diese zerstörerischen Gefühle in mir in den Hintergrund. Am Ende der Einfahrt biege ich nicht in Richtung des Dorfes und somit meines Elternhauses ab, sondern renne weiter nach Osten am Meer entlang und kurz darauf nach Norden in den Wald. Der Schatten der Bäume fällt auf mich, der Duft nach Tanne und Erde hüllt mich ein.

Sofort fühle ich mich befreiter. Oder, besser gesagt, geschützter. Nicht mehr so ausgeliefert. Ich hole tief Luft und atme sie noch tiefer wieder aus.

Lavender wird nicht ewig bleiben. Das rede ich mir zumindest ein. Wenn ich Glück habe, laufe ich ihr gar nicht mehr über den Weg. Wenn Sally will, dass ich mich ihr noch einmal nähere, wird sie mich eigenhändig fesseln und bis zu Jensons Haus tragen müssen. Das heute war eine so unerhörte Forderung, dass es reicht, um die nächsten zehn Jahre keinen Gefallen mehr für sie erledigen zu müssen. Ich weiß nicht, warum ich überhaupt zugestimmt habe. Ich bezweifle, dass man eine

Gefälligkeit erzwingen kann. Aber ich fürchte, ich war mal wieder zu weich. Und Sally nutzt das gern schamlos aus, um durchzusetzen, was sie für richtig hält.

Von der Kaleva Road bis hoch zu meinem Haus sind es etwa drei Meilen, und ich jogge die Strecke in nur zwanzig Minuten. Daheim angekommen, reiße ich mir die Jeans und das klebende Shirt vom Leib und springe unter eine eiskalte Dusche. Mein Blut kocht immer noch. Es kocht seit *Tagen*. Aber mit jeder Minute, die das Wasser über meinen Körper läuft, kühlt es weiter ab. Ich habe das Bedürfnis, stundenlang hier zu stehen. Bis die Kälte sich so weit in mir ausgebreitet hat, dass ich gar nichts mehr spüre. Aber ich bin jetzt schon zu spät für das Familienessen, und ich will Mom nicht warten lassen. Das ist nie eine gute Idee.

Widerwillig steige ich aus der Dusche, schlüpfe in frische Klamotten und hole mein Fahrrad aus dem Schuppen. Um zehn vor sechs betrete ich mein Elternhaus – zwanzig Minuten zu spät.

Mom fängt mich schon im Flur ab, und ich habe ein unangenehmes Déjà-vu zu dem Gespräch mit Sally gestern. Nur diesmal bin nicht ich der, der wütend sein darf. Sie lässt den Blick über mich schweifen, und ich weiß genau, dass sie ihre übliche Lageanalyse macht. Mom sieht alles. Meinen finsteren Gesichtsausdruck, den ich einfach nicht verbergen kann, wie außer Atem ich noch bin, dass ich keine Jacke trage, obwohl es ihrer Meinung nach zu kalt dafür ist. Sie scannt mich von oben bis unten auf Verletzungen ab, und dann zögert sie. Wahrscheinlich, weil sie nicht zu hundert Prozent einschätzen kann, ob sie besorgt oder sauer sein soll. »Wo warst du?«, fragt sie betont neutral und verschränkt die gebräunten Arme vor der Brust.

»Joggen«, antworte ich stumpf und will mich an ihr vorbeischieben. Lieber ist sie wütend, als dass ich ihr von Lavender erzähle.

Mom streckt einen Arm aus und blockiert mir damit den Weg ins Esszimmer. »Nicht so schnell, junger Mann.«

Ich seufze innerlich. Gleichzeitig muss ich schmunzeln.

Saana Aalton ist eine zierliche Frau, die mir gerade mal bis zum Kinn geht. Aber Gott bewahre, wenn man sich mit ihr anlegt. »Ich nehme an, du wirst ohnehin nicht darüber reden«, stellt sie ernst fest. »Aber muss ich mir Sorgen machen?«

»Tust du das nicht sowieso durchgehend?«, frage ich lächelnd.

Sie boxt mir gegen den Arm. Ihre Miene bleibt eindringlich, doch ihre Augen lachen. »Jonne Aalton! Reite nicht so auf den Nerven deiner armen Mutter rum!«

Ich ziehe sie an mich und drücke sie fest. »Wie könnte ich es wagen.« Sanft küsse ich sie auf das sandfarbene Haar. »Hey, Ma.«

Versöhnlich tätschelt sie meinen Rücken. »Meine Güte, du wirst jede Woche breiter. Bald komme ich mit den Armen nicht mehr rum.«

»Das bildest du dir bestimmt nur ein.«

»Ach ja?« Sie lehnt sich in meiner Umarmung zurück, bis sie mich ansehen kann. Die Besorgnis in ihrer Stimme ist unverkennbar. »Ich habe letztens Bilder von dir von Anfang des Jahres gefunden. Im Vergleich zu jetzt warst du da eine Bohnenstange. Seit der gute Jen…«

»Ich sterbe vor Hunger«, unterbreche ich sie, löse mich von ihr und flüchte ins Esszimmer. Warum muss sie das ansprechen? Warum ausgerechnet jetzt?

»Ich mache mir nur Sorgen, Jonne«, höre ich sie hinter mir leise sagen. Aber ich weiß, dass sie nicht weiter darauf eingehen wird, weil der Rest der Familie im Raum ist.

Dachte ich zumindest. Ich kneife die Augen zusammen.

Dad und Auri sitzen sich am Tisch gegenüber und lachen. Zweifelsohne über irgendeinen Witz, den beide schon hundertmal gehört haben. Sie drehen sich zu mir um, und Auri hebt grinsend eine Hand. Dad zieht einladend den Stuhl neben sich zurück. »Jonne!«, grüßt er mich. »Na endlich. Deine Mutter wollte schon den Suchtrupp losschicken. Setz dich.«

»Die Verspätung tut mir leid«, meine ich, rühre mich jedoch nicht von der Stelle.

Es ist zwar für fünf gedeckt, aber wie es scheint, bin ich der Letzte, der am Tisch aufkreuzt. »Wo ist Miko?« Es sollte nicht so sehr wie eine Drohung klingen. Tut es aber.

Mom seufzt. »Auf seinem Zimmer. Lass gut sein, Jonne, er …«

Ich stapfe bereits wieder an ihr vorbei in den Flur und die Treppe hoch. Wir hatten eine Abmachung, verdammt. Mehrere sogar. Das weiß mein Bruder doch genau. Warum muss er sie alle brechen?

Ich klopfe nur einmal an, bevor ich an der Klinke rüttle. Natürlich hat er abgesperrt. Warum nehmen sie ihm nicht endlich den verfluchten Schlüssel weg?

»Miko!« Ich hämmere gegen das Holz. »Mach sofort auf!« Keine Reaktion.

»*Jetzt* oder ich trete die verdammte Tür ein!«

»Jonne!«, höre ich Mom von unten rufen, aber ich ignoriere es. Ich verpasse der Tür einen ordentlichen Tritt, der zwar keinen Schaden anrichtet, doch Miko hoffentlich etwas Respekt einflößt. Dann fange ich an zu zählen wie im Kindergarten. »Drei … Zwei …«

»Fuck, Mann!«, ertönt es von drinnen. »Ich komm ja schon.«

Ein Rumpeln ist zu hören. Wahrscheinlich hat Miko wieder irgendetwas umgeworfen, weil sein Zimmer aussieht wie eine Müllhalde und nicht mal der Weg von der Tür bis zum Kleiderschrank frei ist. Kurz darauf wird der Schlüssel im Schloss umgedreht, und er öffnet mir.

Ich werfe einen flüchtigen Blick über seine Schulter, zu den Haufen an Dreckwäsche, den Coladosen, dem pausierten Playstation-Shooter auf dem Fernseher. Dann packe ich ihn auch schon am Kragen seines viel zu teuren Hoodies und zerre ihn auf den Gang.

»Abendessen. *Jetzt*.« Ich lasse Miko unsanft los, und er stolpert, bevor er sich fängt.

Scheiße, ich sollte nicht so grob sein. Er ist fünfzehn und hat die Statur von einem Streichholz, aber sein Verhalten macht mich so unheimlich wütend, und nach der Begegnung mit Lavender eben …

»Du bist ja gut drauf«, murrt er und reibt sich den Nacken.

»Ich hab keinen Hunger, okay? Ich ess später was.«

Ich fixiere ihn mit meinem Blick, allerdings weicht Miko ihm aus. Seine zerzausten dunklen Haare fallen ihm in die Stirn. Es gefällt mir nicht, dass er so ruhig bleibt. Weil er das normalerweise nicht tut. Und ich habe schon bemerkt, dass seine Augen gerötet sind. Ich sollte nicht vom Schlimmsten ausgehen. Tue ich trotzdem.

»Hast du gekifft?«, frage ich leise. Ich bin so sauer, dass es fast schon einem Knurren ähnelt.

Miko antwortet nicht. Er starrt nur an die Wand und blinzelt übermäßig, wahrscheinlich, um wieder klarer im Kopf zu werden, damit ihm eine gute Ausrede einfällt.

Verdammter Vollpfosten. Ich stapfe zurück in sein Zimmer und beginne, ohne zu zögern, damit, es zu durchsuchen. Ich werde dort sicher auch einiges entdecken, das ich nicht finden wollte, aber wenn er schon wieder mit Drogen zu tun hat, ist mir das scheißegal. Das Erste, was ich mache, ist, seine Matratze hochzuheben, um darunterzuschauen. Miko ist mir nachgeeilt und zerrt vergeblich an meinem Arm.

»Jonne, Mann! Lass das!«

»Wo ist das Zeug?«, fahre ich ihn an.

»Ich hab nichts mehr, okay? Es war nur ein Joint!«

Ich schnaube. »Ich glaube dir kein Wort.« Ich reiße seinen Nachttisch auf. Darin herrscht pures Chaos. Obenauf liegt eine Packung Kondome. Wozu auch immer er die in seinem Alter braucht. Miko wird nun ebenfalls wütend. Er schubst mich von der Seite, aber auch, wenn ich es vor ihr nicht zugebe, hatte Mom recht. Ich habe in den letzten Monaten einiges an Muskelmasse zugelegt. Und dagegen kommt mein Bruder mit seinen dünnen Ärmchen nicht an.

»Lass das, das sind meine Sachen!«, schreit er mich an.

»Und was ist das?«, blaffe ich und ziehe ein Tütchen mit Gras unter den Kondomen hervor. »Getrockneter Baldrian, oder was?«

»Fick dich!« Miko greift nach der Tüte, doch ich ziehe sie ihm weg.

»Wie viel finde ich noch, wenn ich weitersuche, hm? Nur ein Joint, dass ich nicht lache! Ich hab dir hundertmal gesagt, du sollst den Mist lassen!«

»Es geht dich gar nichts an, was ich tue!« Er stemmt sich wieder gegen mich, aber ich stecke das Gras bereits ein und steige über die Dreckwäscheberge zu seinem Kleiderschrank. Jetzt flippt Miko erst so richtig aus. Er wirft mir wüste Beschimpfungen an den Kopf und reißt von hinten an meinem Shirt. Und genau das beweist mir, dass ich auf dem richtigen Weg bin.

Er versucht, sich vor die Tür zu stellen, aber ich schiebe ihn beiseite und öffne sie. Ich muss nicht mal lange suchen, um eine halb volle Flasche billigen Whiskey zum Vorschein zu bringen. Scheiß. Verdammter. Whiskey. Ich drehe mich zu Miko um. »Du sagst mir jetzt, wo du das herhast.«

»Hau aus meinem Zimmer ab, du Arschloch!«, brüllt er.

»Miko. Du sagst mir jetzt *sofort*, wo du das herhast, oder ich …«

»Das reicht!«

Moms Stimme lässt uns beide herumwirbeln. Sie steht im Türrahmen, die Hände in die Hüften gestemmt und das Gesicht wutverzerrt. Ihr Leid kann es trotzdem nicht ganz verbergen.

»Wir essen. *Jetzt.*«

Ich werfe Miko einen finsteren Blick zu und nehme ihm die Whiskeyflasche ab, die er verzweifelt umklammert hat, als wäre sie sein einziger Lebensinhalt. »Wir sind noch nicht fertig.«

»Fick dich!«

»Miko!«, empört Mom sich.

»Verpisst euch beide!«, fährt er sie jetzt an.

69

Ich fasse ihn an der Schulter. »So redest du nicht mit deiner Mutter!«

»Jonne! Sei nicht so grob!«

Eure sanfte Art bringt doch auch nichts, wäre es mir beinahe rausgerutscht. Widerwillig lasse ich meinen Bruder los.

»Runter!«, fordert Mom. »*Jetzt sofort!*«

Ich schnaube und stapfe zur Tür. Mom macht mir Platz, und ich schiebe mich wortlos an ihr vorbei.

»Kommst du?«, höre ich sie fragen, aber da knallt Miko ihr auch schon die Tür vor der Nase zu.

Ich bleibe auf dem Treppenabsatz stehen und nehme einen tiefen Atemzug, während ich die Whiskeyflasche aufschraube. Ich trinke einen Schluck. Das Zeug brennt wie Feuer und schmeckt wie Spiritus.

Mom tritt neben mich und schlägt mir gegen den Oberarm. »Lass das!«, zischt sie. »Du siehst aus wie ein verdammter Alkoholiker.«

Freudlos lache ich auf. »Der Alkoholiker ist da drin, Ma. Oder zumindest zukünftiger, wenn sich nicht bald was ändert.«

Mir entgeht nicht, wie ihre taffe Maske in sich zusammenfällt. Das mit Miko macht ihr zu schaffen. Dad auch. Natürlich tut es das. Sie hatten einen Sohn, der sie beide vergöttert hat und immer getan hat, was man von ihm wollte. Und der zweite will nichts von ihnen wissen.

»Komm …« Ich lege ihr einen Arm um die Schultern und führe sie die Treppe runter. »Lass uns was essen.«

Ihr entkräftetes Seufzen geht mir durch Mark und Bein. Ich fühle mich dafür verantwortlich, weil ich diesen Streit eben angezettelt habe. Und weil ich keine Lösung weiß, wo sie und Dad ebenfalls keine finden. Egal, wie oft ich mir sage, dass das alles nicht meine Schuld ist, es bringt nichts.

Miko entgleitet uns immer mehr. Er ist ein Problemkind, schwer erziehbar, perspektivlos, was auch immer. Er wird seinen Abschluss nicht schaffen, wenn er so weitermacht. Und die Sommerferien verschlimmern alles nur noch. Jetzt hat er gar keine Struktur mehr. Meinen Eltern fehlt die Kraft und die Zeit, um ihm eine zu bieten und ihn halbwegs auf der Spur zu halten.

Als Mom und ich wieder das Esszimmer betreten, lachen Dad und Auri nicht mehr. Sie haben mit Sicherheit alles gehört, so hellhörig, wie dieses Haus ist. Dad hat tiefe Falten auf der Stirn, und Auri knubbelt an ihrer Serviette herum.

Sie wirken nicht überrascht, dass wir ohne Miko wiederkommen. Selbst die Whiskeyflasche, die ich demonstrativ auf dem Tisch abstelle, scheint niemanden zu wundern. Ich krame das Tütchen mit dem Gras aus meiner Hosentasche und werfe es daneben. Dad rauft sich die Haare. Schwer seufzend lässt sich Mom neben ihm auf ihrem Stuhl nieder.

Auri räuspert sich. »Vielleicht gehe ich besser.«

»Quatsch, bleib nur«, widerspricht Mom ihr und zwingt sich zu einem Lächeln. »Wir essen jetzt.«

Dad steht auf und holt den Nudelauflauf aus dem Ofen, während Mom ihm und Auri Rotwein einschenkt, als wäre das hier ein Festessen und kein Trauerspiel. Die konfiszierten Sachen von Miko werden vom Tisch genommen und die Teller mit Auflauf gefüllt.

Ich setze mich neben Auri, und einige Minuten lang essen wir stumm. Bis ich es einfach nicht mehr aushalte und meine Gabel sinken lasse. »Schweigen wir das jetzt tot?«, frage ich in die Stille hinein.

Mom und Dad werfen sich einen Blick zu. Auri schiebt sich eilig einen großen Bissen in den Mund und beugt sich tiefer über ihren Teller. Sie hat sich ihren Abend sicher anders vorgestellt.

»Wir haben Miko eine neue Nachhilfelehrerin organisiert«, meint Mom. »Auri kennt sie. Sie sagt, sie wird das bestimmt gut machen.«

Ich mustere meine Cousine von der Seite. Sie weicht meinem Blick aus und nickt nur hastig. Jetzt so im Mittelpunkt zu stehen, macht die Situation für sie wohl noch unangenehmer.

»Toll. Und was tun wir mit dem Rest seiner Zeit?«

Mom seufzt. »Wenn seine Noten erst mal besser sind …«

»Seine Noten sind scheißegal, Mom! Um sein verdammtes Hirn mache ich mir Sorgen! Abgesehen davon, werden seine Noten von Nachhilfe auch nicht plötzlich besser. Du bekämpfst nur das Symptom, nicht die Ursache.«

»Und was sollen wir deiner Meinung nach tun? Wir haben alles versucht, Jonne. Das weißt du doch. Es bringt nichts. Wenn die Schule wieder losgeht, wird es bestimmt besser.«

»Das sind noch sechs Wochen, Ma! Und es ist *jetzt* schon viel zu schlimm! Willst du das echt weiter ausreizen? Nehmt ihm endlich diesen verdammten Zimmerschlüssel weg und …«

»Ich will nicht noch mehr Streit, Jonne!« Sie knallt ihre Gabel auf den Teller und zuckt durch das laute Klirren selbst zusammen. »Es reicht«, flüstert sie. »Ich kann nicht mehr.«

Fuck. Jetzt fällt Moms Fassade endgültig in sich zusammen. So den Tränen nahe habe ich sie selten erlebt. Hilfe suchend schaue ich zu Dad, aber der wirkt genauso müde wie sie.

Meine Eltern sind nicht mehr die jüngsten. Dad wird dieses Jahr fünfzig, Mom ist Mitte vierzig. Sie arbeiten beide Vollzeit auf Vancouver Island und haben keine Energie mehr für den Mist, den Miko abzieht.

Ich mache ihnen keinen Vorwurf. Ich weiß, wie sehr sie es versuchen. Doch so kann es nicht weitergehen. Ich atme tief durch. Die Idee, die ich gleich aussprechen werde, kaue ich schon seit Wochen durch. Ich habe mich vor ihr gedrückt, weil sie die letzte Möglichkeit ist und alles noch verschlimmern könnte. Aber, fuck …

Wenn ich das jetzt nicht mache, ist es vielleicht zu spät, um Miko noch zu retten. »Er zieht zu mir«, verkünde ich.

Auri verschluckt sich an ihrem Rotwein und hält sich prustend die Hand vor den Mund. Mom und Dad starren mich an.

»Ich räume Miko das Gästezimmer frei, und er wohnt bei mir, bis die Schule wieder anfängt. Oder länger, wenn es sein muss.«

»Du musst doch arbeiten«, widerspricht mein Vater.

»Ich habe reichlich Überstunden und Urlaub übrig.« Und notfalls genug auf dem Konto, um unbezahlten Urlaub zu nehmen, aber das spreche ich lieber nicht aus. »Wir haben genug Personal, das halten die schon aus.«

»Jonne«, setzt Mom an. »Du musst nicht ...«

»Ma, bitte. Versuch jetzt nicht, mich zu beschützen. Ich bin dreiundzwanzig. Ich weiß, was ich tue. Und hier geht es um Miko.«

Sie zögert. Dad schweigt. »Ich will nicht, dass ihr beiden streitet«, gibt sie leise zu.

»Und ich will nicht, dass mein Bruder sich heimlich betrinkt und Drogen nimmt. Ich schätze, man kann nicht alles haben.«

»Aber bist du dir sicher? Ich meine ...«

»Mom.«

»Schon gut. Na schön.« Sie schluckt, und Dad schlingt ihr einen Arm um die Schultern. »Aber wenn du Hilfe brauchst, sagst du Bescheid, ja?«

Ich lege meine Hand auf ihre. »Immer doch.«

»Gut ...« Mom drückt meine Finger, und obwohl sie sich sorgt, merke ich auch, dass sie erleichtert ist. Ich lächle sie an, und sie erwidert es zaghaft.

Dad seufzt. »Also schön. Können wir dann jetzt in Ruhe essen?«, scherzt er.

»Unbedingt«, sage ich. »Der Auflauf ist wirklich großartig. Wie immer.«

Auri nuschelt etwas Zustimmendes, den Mund schon wieder voll. Mom bedankt sich. Dad grinst und lädt mir direkt noch eine Kelle Nudeln auf den Teller.

Und ich frage mich, wie lang es wohl dauern wird, bis ich meine Entscheidung bereue.

Kapitel 7

LAVENDER

Auri wartet am Nachmittag wie abgesprochen vor der Bäckerei, und ich bin unendlich dankbar, dass sie nicht doch schon ohne mich rein ist. Ich finde es schlimm genug, allein durchs Dorf zu laufen. Vielleicht werde ich paranoid, aber ich habe das Gefühl, jeder, der mir in Sointula begegnet, schaut mich komisch an.

Leider werde ich mich nicht ewig in Jensons Haus verstecken können. Zwar geht das Internet jetzt wieder, was für genug Ablenkung sorgt, doch früher oder später werde ich einkaufen müssen. Und noch dazu soll ich Auris Cousin heute zum ersten Mal Nachhilfe geben. Dafür, dass es mitten in den Ferien ist, hat die Familie es ganz schön eilig. Aber soweit Auri mir das erzählt hat, hat der Junge große Probleme in der Schule und muss viel nachholen.

Bleibt abzuwarten, ob ich dieser Aufgabe gewachsen bin. Ich war in meiner eigenen Schulzeit eine absolute Niete in manchen Fächern, und ich bezweifle, dass sich das geändert hat. Vielleicht stellen sie heute auch fest, dass ich gar nicht als Nachhilfe geeignet bin. Aber sollte man so was nicht vorher erfragen …?

Ich wische die Zweifel beiseite, als Auri mir wortwörtlich entgegenhüpft und mich in eine enge Umarmung zieht. Sie riecht nach Blumen. Zu meiner Erleichterung umgibt sie kein Geruch nach ihrem geliebten Stinkekäse. Der Gedanke lässt mich lächeln. »Hi«, begrüße ich sie.

»Endlich!«, ruft sie an meinem Ohr, und ich zucke zusammen. Auri löst sich von mir, ihre blauen Augen funkeln. »Ich hab so einen Kohldampf! Ich habe den ganzen Nachmittag noch nichts gegessen, und wir hatten einen Kunden, der darauf bestanden hat, dass der XXL-Blumenstrauß, den er bestellt hat, eins zu eins aussieht wie im Katalog! Kein Stängel durfte zu lang sein. Ernsthaft. Und dann hat der Creep mich auch noch die ganze Zeit dabei überwacht, damit bloß kein Blatt verrutscht! Manche Leute wollen nicht verstehen, dass Floristin ein kreativer Beruf ist! Die Schönheit liegt doch darin, dass jeder Strauß individuell ist! Soll er sich nächstes Mal Plastikblumen kaufen!« Sie atmet frustriert aus.

»Das klingt anstrengend.«

»Und wie! Und er hat nicht mal Trinkgeld gegeben!«

Ich schüttle den Kopf und schmunzle in mich hinein. Es ist so einfach, sich mit Auri zu unterhalten. Primär, weil sie einen Großteil des Redens übernimmt. »Was für ein Arsch«, pflichte ich ihr bei.

Auris Miene hellt sich auf. »Du weißt genau, was ich hören will. Sehr gut.« Sie hält mir die Glastür der *Chocolate Dreams Bakery* auf, und ein Glöckchen über der Tür kündigt uns an. Gemeinsam betreten wir das Café.

Der kleine Raum hat eine Glasfront mit Blick auf den Ozean. Heute ist das Wetter gut, deshalb kann man problemlos bis Vancouver Island schauen. Alles ist hell eingerichtet – weiße Tische und Stühle, dazu ein freundlicher Parkettboden. Die Wände sind hellblau gestrichen. Es erinnert mich ein wenig an Ms. Obergs Haus.

Direkt gegenüber der Tür befindet sich die Theke, in der aufgrund der Uhrzeit nur noch wenig Gebäck ausliegt. Die meisten der Fächer sind leer, unter anderem das mit der Aufschrift *Schokobrötchen, 3,10$*, und ich kann jetzt schon den Schmollmund erkennen, der sich seinen Weg auf Auris Gesicht bahnt.

Ein großer, schlaksiger Typ in unserem Alter kommt aus dem Durchgang hinter der Theke. Seine hellbraunen Haare sind zerzaust, und ein Haarnetz baumelt zwischen seinen Fingern. Er sieht erst Auri mit seinen dunklen Augen an und dann mich, bevor sein Blick wieder zu ihr wandert.

»Na endlich. Ich dachte schon, du willst draußen vor dem Laden ein Zelt aufschlagen.« Seine Miene bleibt ernst. Seine Stimme klingt geradezu sachlich. Aber es schwingt ein Unterton in ihr mit, der einem Augenzwinkern gleicht.

Einen Moment lang schauen Auri und der Fremde sich einfach nur an. Plötzlich grinsen sie über beide Ohren wie zwei unartige Kinder. Auris Gesicht verfinstert sich schlagartig wieder. »Hast du keine Schokobrötchen mehr?« Sie deutet überflüssigerweise auf die leere Auslage.

»Oje.« Der Verkäufer setzt eine gespielt entsetzte Miene auf. »Sag bloß!«

»Tommy, ich meine es ernst! Ich brauche jetzt ein Schokobrötchen!«

»Nur eins?«

»Mindestens!«

Seine Augen funkeln herausfordernd. »Sonst was?«

»Sonst esse ich dich!«

Er schnaubt. »Nur zu.«

»Tommy!« Auris Stimme wird zu einem Flehen.

Er stützt sich mit den Unterarmen auf den Tresen und schaut aus seinen geschätzten drei Metern Körpergröße zu uns runter. Oder eher zu Auri, denn die beiden scheinen mich völlig vergessen zu haben. »Was genau würdest du alles tun, um ein Schokobrötchen zu bekommen?«, raunt er verschwörerisch. Seine Stimme jagt mir eine Gänsehaut über die Arme. Das klingt verdammt zweideutig. Störe ich?

»Morden«, antwortet Auri todernst.

»Hm.« Tommy schüttelt den Kopf. »Das reicht mir nicht.«

»Ich denke, du bist anderer Meinung, wenn du erst mal im Grab liegst!«

Da ist sein Grinsen wieder, genauso strahlend warm wie die Augustsonne draußen. »Und wer soll dir dann Schokobrötchen backen, hm? Dein Plan ist nicht durchdacht.«

76

Und da ist auch Auris Schmollmund. »Bitte sag mir, dass du noch Schokobrötchen hast, Tom.«

»Hm. Vielleicht wenn du deinen besten Freund mal ordentlich begrüßt, anstatt dich nur zu beschweren.«

Auri klimpert mit den Wimpern. »Mit einem Tritt in die Eier?«

Mir entweicht ein schockiertes Schnauben, aber Tommy lacht nur, zieht eine volle Bäckertüte unter der Theke hervor und hält sie in die Luft. »Mal im Ernst, für wen hältst du mich?«

Auri quiekt und stürmt um die Auslage herum. Sie springt an Tommy hoch, schlingt die Arme um seinen Nacken und hängt dann wie ein übergroßes Äffchen an ihm. Er drückt sie unbeholfen an sich, in einer Hand die Tüte und eine leichte Röte im Gesicht. »Ich wusste, dass ich dich nicht umbringen muss!«, ruft Auri und drückt ihm einen Kuss auf die Wange.

Tommy läuft noch mehr an. »Ganz ruhig, es sind nur Brötchen.«

Auri lässt wieder von ihm ab, schnappt ihm die Beute aus der Hand und schaut hinein. »Oje, nur vier. Tja, für dich gibt's leider keins, Lavender.« Sie grinst mich an. Auch Tommy scheint wieder einzufallen, dass da noch jemand steht. Er streckt mir eine große Hand entgegen und lächelt entschuldigend. »Sorry, wie unhöflich von mir. Ich bin Tommy, mir gehört der Laden.«

»Lavender Whitcomb«, stelle ich mich vor, und für den Bruchteil einer Sekunde entgleisen ihm die Gesichtszüge. Mein Herz scheint einen Schlag auszusetzen.

»Oh?«, macht er und wirft Auri einen fragenden Blick zu.

Diese rammt ihm einen Ellbogen in die Seite. »Lavender ist neu auf der Insel und meine zukünftige beste Freundin. Streng dich lieber an, sonst löst sie dich bald auf dem ersten Platz ab.«

»Kann sie Schokobrötchen backen?«, fragt Tommy lachend.

»Leider nein«, erwidere ich leise.

»Ich glaube, dann bin ich sicher. Teilst du die jetzt wirklich nicht, Auri? Ich hatte keine Ahnung, dass ihr zu zweit kommt. Es ist nicht mehr viel da, aber du kannst dir gern was aussuchen, Lavender. Geht aufs Haus.«

»Nein, sie *muss* ein Schokobrötchen essen!«, sagt Auri. Ihr Blick schweift über die Auslage. »Und vielleicht noch einen Stachelbeermuffin.«

Tommy verdreht gespielt genervt die Augen, nimmt Auri die Tüte ab und packt die Brötchen sowie einen Muffin auf zwei Teller. »Kaffee?«, wendet er sich an mich. »Oder lieber den karamellisierten Zuckertod, den Auri immer trinkt?«

Ich schüttle den Kopf. »Ganz normal mit Milch bitte.«

Er nickt und wendet sich der Kaffeemaschine hinter ihm zu. Auri schnappt sich die Teller und setzt sich damit an einen der Tische vor der Fensterfront. Kaum dass ich Platz genommen habe, habe ich auch schon ein Schokobrötchen vor der Nase. Ich nehme es ihr ab und beiße ergeben hinein. Erwartungsvoll beobachtet Auri mich.

»O mein Gott«, nuschle ich und halte mir die Hand vor den Mund. »Okay. Das ist abartig lecker.«

»Das wollte ich hören«, kommt Tommy der grinsenden Auri zuvor und stellt die Getränke vor uns ab. Auri kriegt etwas, das aussieht wie ein Cappuccino, jedoch riecht wie purer Karamellsirup. Meine bisherige Reaktion hat aber scheinbar nicht ausgereicht, denn die beiden mustern mich weiter mit hochgezogenen Brauen.

»Wie viel Schokolade ist da drin?«, frage ich. »Das schmeckt, als wäre man in einen Schokobrunnen gefallen.«

»Willst du nicht wissen«, antwortet Tommy lächelnd und zieht sich einen Stuhl zurück. »Darf ich mich zu euch gesellen oder wird das ein streng geheimes Frauengespräch?«

»Du darfst«, erwidert Auri. »Ich versuche, Lavender auf ihre erste Nachhilfestunde mit Miko vorzubereiten.«

»O Shit«, macht Tommy nur und nimmt sich ein Schokobrötchen von Auris Teller. Sie schlägt nach seiner Hand, doch er greift mit der anderen ihr Handgelenk und hält sie zurück, während er hineinbeißt.

»Das klingt ja ermutigend«, murmle ich. »Ist dieser Miko so schlimm?«

»Mhhh«, macht Tommy mit vollem Mund und schüttelt hektisch den Kopf. Wahrscheinlich weil Auri ihn gerade mit einem Todesblick anfunkelt.

»Okay, jetzt mal im Ernst?«, frage ich verunsichert.

Tommy schluckt den Bissen runter. »Nein, echt. Menschlich gesehen ist Miko voll in Ordnung.«

»Aber ...?«

Hilfe suchend sieht er zu Auri.

»Nichts aber«, rettet diese ihn. »Ich hab dir ja gesagt, dass er Probleme in der Schule hat. Aber er tut keiner Fliege was zuleide. Echt.«

Irgendwie klingt das nicht besonders glaubwürdig. »Okay.«

»Probier's einfach mal aus, ja?«, fleht Auri schon fast. »Ich glaube, du würdest gut mit ihm auskommen. Er braucht jemanden wie dich, der ein bisschen sanfter mit ihm umgeht und ihm nicht alles einprügeln will.«

Ich runzle die Stirn. Was soll das denn heißen? »Jetzt ist der Termin sowieso schon ausgemacht«, meine ich nur. Absagen will ich so kurz vorher nicht mehr. Auri lächelt mich über ihren Cappuccino hinweg entschuldigend an.

»Themawechsel?«, schlägt Tommy vor, und wir nicken beide. »Okay. Was führt dich auf die Insel, Lavender?«

O Gott. Ich beiße mir auf die Unterlippe und lasse es gleich darauf wieder, weil es sicher verdächtig aussieht. Mein Kopf ist wie leer gefegt. Mir fällt keine Antwort ein. Keine Ausrede. »Ich ...«, stammle ich. »Also ...«

»Lavender wollte mal nach dem Haus sehen«, kommt Auri mir zu Hilfe. »Schauen, ob Jensons alte Bruchbude noch was taugt oder schon abrissreif ist.« Sie zwinkert mir zu.

»Abreißen?« Tommy hebt die Brauen. »Erzähl das mal deinem Cousin.«

»Der hat andere Sorgen.«

Fragend schaut er sie an.

»Erzähl ich dir später.« Wieder ein verlegenes Lächeln in meine Richtung. »Sorry, Lav, aber …«

»Familienangelegenheit. Schon klar.« Ich ziehe mit Mühe meine Mundwinkel hoch und nippe an meinem Kaffee. Mit Tommys Frage eben hat sich ein mulmiges Gefühl in meinem Bauch festgesetzt. Gleichzeitig wird mir beim Klang dieses neuen Spitznamens warm ums Herz. »Kennt ihr euch schon lange?«, versuche ich das Gespräch von mir wegzulenken. Dabei ist die Antwort offensichtlich.

»Schon immer«, bestätigt Auri meine Vermutung. »Unsere Mütter haben sich schon mit uns getroffen, als wir rund um die Uhr geschrien und gequengelt haben.«

»Ein Teil von uns tut das heute noch«, bemerkt Tommy und kassiert wieder einen Ellbogen in die Rippen. »Größentechnisch hat sich auch nicht viel getan«, schiebt er hinterher und fängt Auris nächsten Boxhieb mit seiner Hand ab.

»Hättest du mir nicht immer alles weggefuttert, wären wir vielleicht beide normal groß geworden«, frotzelt sie.

»Das wäre aber furchtbar langweilig. Dann könnte ich dir gar nicht heimlich auf den Kopf spucken.«

Ich schmunzle in meinen Kaffee und verfolge das Geplänkel der beiden, das bald in Geschichten aus ihrer Kindheit auf der Insel übergeht. Tommy und Auri dürften in meinem Alter sein. Wenn ich so darüber nachdenke, müsste ich sie eigentlich kennen. Sointula hat nur etwa fünfhundert Einwohner, die wenigsten davon Kinder. Als ich früher in den Sommerferien zu Besuch war, haben Brad und ich oft mit anderen gespielt. Nur ist diese Erinnerung jetzt so weit weg, dass ich sie nicht mehr greifen kann.

Was für eine Beziehung hätten wir wohl, wenn ich weiterhin jedes Jahr wiedergekommen wäre? Wären Auri und ich dann genauso eng befreundet wie sie und Tommy? Oder hätte sich ohnehin alles im Sand verlaufen?

Ich esse den Rest meines Schokobrötchens und teile mir mit Auri den Muffin, der mir ehrlich gesagt noch besser schmeckt.

Die fruchtige Säure der Beeren sagt mir mehr zu als Schokolade, doch wenn ich Auri das gestehe, ist das für sie wahrscheinlich Blasphemie. Also schweige ich, lausche ihren Diskussionen, in die sie mich hin und wieder einzubinden versuchen, und behalte die Uhr im Auge.

»Ich glaube, wir müssen los«, sage ich nach vierzig Minuten und reiße die beiden aus einer Lästerstunde über ihre ehemaligen Highschoollehrer.

»Mist!«, ruft Auri aus. Vor ihr stehen noch zwei Schokobrötchen und ihr halber Caramelccino, wie Tommy das Gebräu vor ein paar Minuten genannt hat. Sie trinkt schnell aus, und Tommy steht mit ihrem Teller in der Hand auf.

»Die nehme ich in Gewahrsam. Treffen wir uns heute Abend bei dir oder bei mir?« Er wackelt mit den Brauen.

Interessiert sehe ich zwischen den beiden hin und her.

Auri verdreht die Augen. »Zu dir. Wir machen einen Filmabend«, erklärt sie mir.

»Ah.«

»Hey, wie wär's, wenn du auch kommst!«

»Oh. Passt schon, ich will euch nicht stören«, erwidere ich rasch.

»Du störst nicht! Und dann muss ich Tommys endlosen Schwall an Filmfakten nicht allein ertragen.«

Tommy streckt ihr die Zunge raus und verschwindet mit den Schokobrötchen hinter die Theke.

Ich spüre, wie ich rot werde. »Ich weiß noch nicht«, meine ich kleinlaut. »Vielleicht.«

Ich würde gern zusagen. Aber die Abende sind immer am schlimmsten. Womöglich liegt das auch daran, dass ich an zwei von dreien, die ich jetzt hier auf der Insel bin, Zeugin von Jonnes Gastfreundschaft wurde, doch ich habe mich hier schon unverhältnismäßig oft in den Schlaf geweint. Und ich habe keine Ahnung, wie lange ich heute durchhalte, bevor sich die ersten Tränen ankündigen.

»Du kannst es dir ja überlegen«, sagt Auri. »Kein Druck.«

»Mache ich.«

Sie erhebt sich und geht mir voran zur Tür. »Bis später«, ruft sie Tommy zu, der zum Abschied die Hand hebt.

»Bis dann«, sage ich.

Wir treten hinaus in die Nachmittagssonne. Nach dem miesen Wetter in den letzten Tagen merkt man heute wieder deutlich, dass August ist. Ich fange sofort an zu schwitzen und kann nur hoffen, dass ich keinen Sonnenbrand bekomme.

Auri führt mich durchs Dorf zum Haus der Familie Aalton. Der Nachname kam mir bekannt vor, und ich frage mich schon die ganze Zeit, ob ich wohl als Kind mal bei ihnen war, doch das Gebäude erkenne ich nicht wieder. Es liegt in zweiter Reihe im nördlichen Teil des Dorfes, aber man kann dennoch zwischen den anderen Häusern hindurch aufs Meer schauen. Zudem ist es moderner als die meisten auf der Insel. Man sieht ihm an, dass es irgendwann in den letzten zehn oder zwanzig Jahren neu gebaut wurde. Zwar ist es trotzdem aus Holz, doch alles ist noch top in Schuss. Die Fenster sind ausladend und groß, die Rahmen und die Haustür sind mattschwarz gestrichen. Auf der Veranda stehen ein Tisch und Stühle, alles in perfektem Zustand.

Es wirkt nicht so heimelig wie das Haus von Ms. Oberg, aber dennoch einladend. Irgendwie … reiner. Als könnte man beim Übertreten der Schwelle automatisch etwas hinter sich lassen, das man da drin nicht braucht. Vorzugsweise wäre das meine Nervosität, die wieder Besitz von mir ergreift. Auri lässt mir allerdings keine Zeit, um mich mit dem Gefühl zu befassen. Sie erklimmt vor mir die Stufen zur Haustür und drückt die Klingel.

Schon nach wenigen Sekunden öffnet uns eine Frau mittleren Alters. Sie hat hellbraune Haare, grüne Augen, sonnengebräunte Haut mit vereinzelten Sommersprossen und ein absolut herzliches Lächeln. Sofort findet ihr Blick mich, und sie strahlt noch mehr. »Hallo! Du musst Lavender sein!« Sie schüttelt mir die Hand.

Ich nicke. »Freut mich sehr, Mrs. Aalton.«

»Ach was, nenn mich Saana! Bitte. Hey, Auri.« Sie schließt

ihre Nichte kurz in die Arme und hält uns dann die Tür auf. »Kommt doch rein.«

Durch einen Flur mit offenem Treppenhaus gelangen wir in ein großes Wohn- und Esszimmer mit angrenzender Küche. Auf dem hölzernen Esstisch stehen eine Kanne Kaffee, Tassen, zwei Flaschen Apfelschorle und ein Teller mit Keksen, den Auri zielsicher ansteuert. »Setzt euch doch«, bittet Saana uns und wendet sich wieder der Treppe zu. »Miko?«, ruft sie nach oben. »Kommst du bitte?«

Ich lasse einen Moment lang den Blick über die Einrichtung schweifen. Der große Raum ist fast schon minimalistisch eingerichtet. Viele offene Flächen, nur die wichtigsten Möbel. Ein Bücherregal neben dem Sofa, kein Fernseher. Dafür viele Zimmerpflanzen, denen es neben den bodentiefen Fenstern vor der Terrasse besonders zu gefallen scheint. Die hintere Wand des Raumes ist in dunklem Anthrazit gestrichen, was ihm eine beruhigende Atmosphäre verleiht.

Schritte poltern die Treppe hinunter, und kurz darauf betritt Saana mit einem Teenager im Schlepptau das Zimmer.

Das ist also der berüchtigte Miko. Er hat die Statur von jemandem, der mitten im Wachstum ist – schlaksig, die Bewegungen ein bisschen unbeholfen, als wüsste er noch nicht ganz mit seinem neuen Körper umzugehen. Seine dunklen, fast schwarz wirkenden Haare sind zerzaust und fallen ihm wild in die Stirn. Seine blauen Augen mustern mich erwartungsvoll. Er trägt eine Jogginghose und ein T-Shirt, die Hände hat er in den Taschen vergraben. So wie es aussieht, hat er mit dem ersten Bartwuchs zu kämpfen, denn über seiner Oberlippe zeichnen sich dunkle Stoppeln ab, und er hat zwei halb verheilte Schnitte an den Wangen.

Trotzdem wette ich, die Mädchen in seinem Alter reißen sich um ihn. Er hat ein hübsches Gesicht und dazu diese typische Bad-Boy-»mir doch alles scheißegal«-Ausstrahlung. An irgendjemanden erinnert er mich. Aber ich komme nicht darauf. »Hi«, sage ich und strecke ihm die Hand entgegen. »Ich bin Lavender.«

Miko mustert sie, als würde er damit rechnen, einen Elektroschock zu kriegen, wenn er sie schüttelt. Saana stupst ihn leicht in die Seite, und er macht brummend einen Schritt auf mich zu und ergreift sie.

»Miko«, murrt er.

»Freut mich.«

Miko zuckt mit den Schultern, geht zum Tisch und lässt sich gegenüber von Auri auf einen der Stühle fallen. Er wirft seiner Cousine einen verstohlenen Blick zu, schnappt sich einen Keks und senkt den Kopf.

Ich setze mich neben Auri, und Saana nimmt am Kopfende Platz. »Willst du selbst sprechen?«, fragt sie ihren Sohn. Er reagiert nicht. »Also gut, dann mache ich es kurz.« Sie wendet sich mir zu. »Sagen wir es, wie es ist. Miko hatte letztes Schuljahr furchtbare Noten und ist gerade so durchgekommen. Mit Biegen und Brechen. Aber wenn er den Stoff, den er nicht beherrscht, nicht nachholt, geht das nächstes Jahr nicht so glimpflich aus. Deswegen wäre es schön, wenn du jetzt in den Ferien die wichtigsten Sachen noch mal mit ihm durchgehen könntest. Und auch während des Schuljahrs. Falls du dann noch hier bist und Zeit hast, versteht sich.«

»Ein paar Wochen bin ich sicher noch auf der Insel«, gebe ich zu. »Und so lange tue ich das gern. Aber … ich müsste mir die Sachen vorher alle selbst noch mal anschauen. Manches weiß ich bestimmt nicht mehr auswendig.«

»Egal!«, erwidert Saana strahlend. »Ich bin sicher, das kriegst du hin. Wir würden es ja selbst machen, aber wir haben einfach keine Zeit. Bei der Bezahlung werden wir uns bestimmt einig!« Und diese Aussage bedeutet so viel wie: Wir zahlen dir, was du willst.

»Auf jeden Fall«, versichere ich ihr. Ich bin schon unterqualifiziert. Da werde ich ihre Verzweiflung nicht auch noch ausnutzen und zu viel Geld verlangen.

»Wenn du möchtest, könnt ihr gleich mal gemeinsam hoch ins Arbeitszimmer. Verschaff dir einfach einen Überblick von der Lage, lernt euch ein bisschen kennen oder fangt schon mal an, wie ihr wollt. Danach können wir alles Weitere ausmachen? Eine Probestunde sozusagen? Bezahlt natürlich.«

Auri grinst zufrieden, und ich lächle Saana an. »Das klingt gut.«

Miko nimmt sich wortlos drei weitere Kekse, steht auf und geht, ohne mich anzusehen, in Richtung Treppe. Ich zögere nicht lange und folge ihm. Saana versucht ihren besorgten Blick mit einem Lächeln zu überspielen, doch ihre Brauen bleiben eng zusammengezogen.

»Viel Spaß!«, ruft Auri uns hinterher.

»Danke.« Insgeheim bin ich froh, dass sie hier unten wartet, bis wir fertig sind. Es fühlt sich ein bisschen an, als hätte ich einen Babysitter, aber gleichzeitig habe ich trotz Saanas Freundlichkeit ein mulmiges Gefühl bei der Sache. Einfach, weil das hier eine Familie der Insel ist und ich … eben ich bin. Die Außenseiterin. Die Böse.

Miko führt mich die Treppe hoch und durch einen schmalen Flur, bis zu einer offenen Tür ganz am Ende. Er hält sie mir auf, und wir betreten ein geräumiges Arbeitszimmer, das mit seiner Möblierung unterfordert zu sein scheint. Darin befinden sich nur ein großer Schreibtisch mit zwei Stühlen, ein Schrank und eine kleine Schlafcouch zum Ausklappen.

Auch hier ist wieder eine Wand anthrazit gestrichen, auf dem Boden sind helle Holzdielen verlegt. Von einem Fenster aus schaut man nach Westen aufs Meer, die anderen beiden bieten eine Aussicht auf den dichten Wald hinter dem Fischerdorf. Ich konzentriere mich auf den Schreibtisch, der über und über mit Stapeln von Büchern, Ordnern und Heften beladen ist. Wie kann Miko so schlecht in der Schule sein, wenn er seine Sachen so ordentlich beisammenhat? Doch als ich näher an die Unterlagen herantrete, entdecke ich auf einigen den Namen *Hannah Howard*. Geliehen also.

»Ist bisschen viel«, murmelt Miko schräg hinter mir und beißt in seinen letzten Keks. Den Rest hat er auf dem Weg hoch schon verdrückt. Wow, er spricht! Freiwillig!

»Egal«, sage ich. »Das kriegen wir schon hin.« Vielleicht sollte ich nicht so optimistisch tun, wenn ich keine Ahnung habe, wo ich anfangen soll. Aber das Wichtigste ist es wahrscheinlich, ihn zu motivieren. Oder zumindest nicht zu verschrecken.

Miko mustert mich verstohlen und kommt ein wenig näher, weg von der Tür, die er hinter sich geschlossen hat. »Bist du Lehrerin?«

Ich schnaube. »Nein. Ich habe Business Administration studiert.«

»Echt?« Er schiebt die Hände wieder in die Taschen seiner Jogginghose und fährt mit seinen nackten Zehen eine Lücke im Parkett nach. »Klingt langweilig.« Er sagt es ganz trocken. Nicht beleidigend oder fragend, sondern mehr, als wäre das ein Fakt. Ich könnte mich jetzt über seine unverschämte Art beschweren, aber, offen gestanden, teile ich seine Meinung. Das Studium hat mir nie Spaß gemacht. Meine Kommilitonen sind darin aufgegangen, doch für mich war es eine Qual, die ich nur ertragen habe, weil mein Vater nichts anderes akzeptiert hat. »Kann ich bestätigen«, sage ich.

»Hm«, macht Miko. Er lehnt sich gegen die Tischplatte und spielt mit einer Hand an dem Tacker herum, der neben ihm steht. Ist er auch nervös? Ich verstehe ihn gut. Der Drang, wieder meine Unterlippe mit den Zähnen zu malträtieren, ist fast unerträglich.

»Womit willst du anfangen?«, frage ich und trete ganz an den Tisch heran. Irgendwie scheinen die Bücher mehr zu werden, je näher man kommt. Ich entdecke dünne zwischen den dicken Wälzern. Ist es normal, dass man so viele Fächer hat?

Miko zuckt mit den Schultern, und ich betrachte ratlos den riesigen Berg an Unterlagen, den wir durcharbeiten sollen. Was jetzt? Alphabetisch? Von oben nach unten?

»Was ist dein Lieblingsfach?«

Er gibt ein lautes Schnauben von sich. Aber als ich ihn nur fragend anschaue, wird seine Miene ernster. Miko zieht die

Brauen zusammen, genau wie seine Mutter eben, und eine Falte erscheint zwischen ihnen. »Keine Ahnung … Kunst?«

»Eins, das man lernen kann?«, spezifiziere ich lächelnd.

Miko schneidet wieder eine Grimasse. »Scheiße. Können wir nicht Kunst lernen?«

»Hast du dafür ein Buch?«

»Ne …«

»Dann leider nicht. Also? Such einfach was aus.«

»Hm …« Unschlüssig schaut er hinunter auf den Bücherstapel. »Bio? Pflanzen und Tiere und so … ist ganz nett.«

»Gut. Dann fangen wir mit Bio an.«

»Hast du Ahnung davon?«, fragt er hörbar skeptisch, lässt sich jedoch auf einen der Schreibtischstühle sinken.

»Nein«, erwidere ich. »Aber wir kriegen das schon hin, okay?« Wie oft kann ich diese Floskel wohl wiederholen, bevor er merkt, dass ich gar nicht so wirklich dran glaube?

»Nur wenn du schlauer bist als ich«, murmelt er.

»Schlauer nicht. Höchstens motivierter, aber ich werde ja auch bezahlt.«

Miko lacht leise. Ein Glück. »Okay. Cool. Na dann.«

Ich werfe ihm einen belustigten Seitenblick zu und setze mich ebenfalls. Miko ist wirklich in Ordnung, wenn auch etwas planlos. Aber er scheint mich noch nicht zu hassen und das ist, denke ich, schon mal eine gute Basis.

»Fuck, willst du was trinken oder so?«, fragt er und ist schon halb dabei, wieder aufzustehen.

»Gerade nicht, danke«, halte ich ihn auf. »Zeig mir lieber mal, welches dein Biobuch ist.« Ich deute auf den Stapel.

Grüblerisch kneift er die Augen zusammen und fixiert die Bücher. Dann entfährt ihm ein Lachen. »Scheiße, Mann. Keine Ahnung!«

Ich stöhne auf und kassiere dafür einen Seitenblick von ihm. »Na toll«, meine ich lachend.

Er zuckt erneut mit den Schultern. »Das Grüne?«, schlägt er vor und holt es aus dem Stapel. »Oh, nee. Ist Mathe. Das schmeißen wir lieber weg.«

»Bin dabei, wenn du deiner Mutter nichts davon sagst. Hier.« Ich habe den richtigen Buchrücken entdeckt und ziehe das rote Biobuch zwischen den anderen hervor. »Okay, was ist das Letzte aus dem Fach, an das du dich erinnerst?«

Miko überlegt einen Moment. »Letztes Jahr haben wir mal nen Frosch aufgeschnitten.«

»Okay ...«, mache ich nur, etwas ratlos über diese Aussage.

»War saueklig. Das lassen wir bitte weg.«

Ich werfe ihm einen belustigten Blick zu. Dieser Typ ... »Auch damit kann ich leben. Wie wär's, wenn wir stattdessen vorn anfangen?« Ob das die beste Strategie ist, weiß ich zwar nicht, doch wenigstens haben wir dann irgendetwas Sinnvolles gemacht.

»Deal«, sagt Miko und schlägt das Buch auf. »O Mann, ich hoffe, Auri lässt mir Kekse übrig.«

Kapitel 8

JONNE

Ich trage noch meine Uniformhose, als ich das Haus meiner Eltern betrete. Nach der Arbeit habe ich nur das hellblaue Hemd schnell gegen ein schwarzes Shirt getauscht, und jetzt komme ich mir mit den dunklen Klamotten vor wie der verdammte Grim Reaper. Ich befördere zwar niemanden in die Hölle, aber für Miko wird es sich zweifelsohne so anfühlen. Mir ist klar, dass es ein Riesendrama geben wird, wenn ich ihn gleich in meinen Plan einweihe. Viele Flüche und Verwünschungen, möglicherweise einen Fluchtversuch ... Ich bin auf alles vorbereitet. Er nicht. Das ist mein großer Vorteil.

Mom und Dad haben ihn nicht vorgewarnt, weil ich nicht wollte, dass er seinen Frust an ihnen auslässt. Außerdem musste ich erst bei der Arbeit alles klären. Zum Glück sind wir die nächste Zeit ohnehin überbesetzt, weshalb ich gleich mehrere Wochen freibekommen habe, um meine Überstunden abzubauen. Zumindest einen Teil davon, denn ich habe im Frühjahr jede freie Minute auf Arbeit verbracht. Das bedeutet, dass Miko mich in nächster Zeit sehr viel an der Backe haben wird – und ich ihn.

Ich habe schon eine Liste mit Aufgaben, die erledigt werden müssen. Die wird uns zumindest am Anfang beschäftigt halten. Ganz oben stehen das Dach von Sallys Schuppen, die kaputten Latten an Auris Gartenzaun, die schleifende Küchentür bei ihren Eltern und die Klappe an Brendas Kassentresen, die seit ein paar Wochen klemmt. Da Miko in seinem Leben noch nie freiwillig ein Werkzeug in die Hand genommen hat, werden wir allein dafür sicher ewig brauchen.

»Hallo?«, rufe ich ins Haus und werfe dabei einen prüfenden Blick auf das Schuhregal neben der Tür. Vielleicht ist Miko gar nicht daheim. Dann könnte ich seine Tasche selbst packen und wäre mir wenigstens sicher, dass er nicht seinen ganzen Grasvorrat in seinen alten Socken schmuggelt. Aber seine schwarzen Sneaker stehen dort. Kein Glück also.

»Esszimmer!«, höre ich Moms Stimme. Ich durchquere den Flur und finde sie und Auri bei einer Tasse Kaffee am Tisch.

»Hey.« Ich beuge mich zu Mom runter und umarme sie, dann wiederhole ich es bei meiner Cousine. Sie riecht wie immer wie ein ganzer Strauß Blumen. Bis heute bin ich mir nicht sicher, ob das ein Parfüm ist oder es an ihrem Job liegt.

»Was treibt dich denn direkt nach der Arbeit her?«, will Mom mit einem Blick auf meine Hose wissen und greift zu einer leeren Kaffeetasse, die auf dem Tisch steht.

Ich winke ab, und sie lässt sie wieder sinken. »Ich komme, um Mikos Leben zu zerstören«, brumme ich. »Auf der Arbeit habe ich alles geklärt.«

»Oh.« Mom ist anzuhören, dass sie immer noch nicht begeistert von der Idee ist. Doch sie widerspricht mir auch nicht. Das werte ich als Zustimmung. Ich lege ihr eine Hand auf die Schulter. Sie umfasste meine und ringt sich ein Lächeln ab. »Er hat gerade seine erste Nachhilfestunde. Aber sie müssten in ein paar Minuten fertig sein.«

»Okay. Ist Dad auch da?«

»Im Garten.«

»Gut. Ich such ihn mal.« Ich gehe durch die Terrassentür im Wohnzimmer nach draußen und lasse die beiden wieder allein. Der Garten meiner Eltern ist verwinkelt und wirkt auf den ersten Blick wild. In Wahrheit verbringen Mom und Auri hier an den Wochenenden allerdings so viel Zeit, dass man sich bei jedem einzelnen Blatt sicher sein kann, dass es genau dort hingehört, weil es sonst längst ihren Gartenscheren zum Opfer gefallen wäre. »Dad?«, rufe ich. Er ist nirgendwo zu entdecken.

»Jonne?«

»Ja. Wo bist du?«

»Hier oben!«

Verwirrt schaue ich mich um. Dad sitzt auf dem Dach unserer alten Garage, neben ihm ein kleiner Stapel Ziegel. Und die verdammte Leiter ist nur angelehnt.

»Bist du lebensmüde?« Ich trete näher zu ihm, damit er meinen verärgerten Blick sieht. Er bedenkt mich nur mit einem Schmunzeln und reibt sich über das schüttere Haar. »Was wird das?«, hake ich nach.

»Ich repariere das Dach.«

»Ich hab doch gesagt, dass ich das erledige.«

»Ich weiß. Aber heute ist das Wetter so gut, und im Architekturbüro war wenig los. Deine Mutter hat schon um drei ihre Sachen gepackt, und ich wollte nicht noch ewig allein dasitzen.«

»Und da dachtest du, du gehst dir erst mal was brechen?«, frage ich und stoße mit dem Fuß gegen die wackelnde Leiter.

Dad winkt ab und macht sich daran, die letzten Dachziegel zu legen. »Bin gleich fertig, dann komme ich runter.«

»*Wie* du runterkommst, ist eher meine Sorge«, murmle ich und halte die Leiter fest. »Aber vielleicht willst du doch lieber oben bleiben, ich überbringe Miko gleich die Hiobsbotschaft.«

Mein Vater schaut über seine Schulter hinweg zu mir runter. »Willst du ihn heute schon mitnehmen?«

»Wenn er mir nicht entwischt.«

»Hm.«

»Was, hm? Es ist besser so, Dad.«

»Ja, ich weiß.« Er seufzt. »Ehrlich gesagt ist das der letzte Weg, den ich überhaupt noch sehe, bevor deine Mutter und ich uns Hilfe suchen müssen. Wobei ich mich zunehmend frage, ob wir das nicht schon längst hätten tun sollen.«

»Und was für Hilfe genau soll das sein?«

»Da gibt es verschiedene Anlaufstellen. Keine Ahnung, wie genau das läuft, Junge. Deine Mutter hat sich damit mehr befasst. Offensichtlich war sie auch nicht ganz überzeugt, sonst hätten wir diese Unterhaltung jetzt nicht.« Er macht die letzten Ziegel fest, rüttelt noch einmal probehalber daran und kraxelt das Dach runter bis zur Leiter. Ich bin schon halb darauf vorbereitet, meinen Vater unten aufzufangen, aber Dad schafft es ohne Sturz zurück auf den Boden. Er reibt sich die Hüfte, dann zieht er mich in eine Umarmung und klopft mir auf den Rücken. »Deine Unterstützung bedeutet uns wirklich viel, Jonne.«

»Das ist doch selbstverständlich.« Ich würde jedem auf dieser Insel helfen. Und ich tue es auch oft genug. Dass meine Eltern immer noch jedes Mal überwältigt sind, wenn ich ihnen etwas abnehme, irritiert mich.

»Ist es nicht«, beharrt Dad. »Aus dir ist ein großartiger Mann geworden.«

Mein Magen zieht sich unangenehm zusammen, und ich erwidere nichts mehr.

Mein Vater löst sich von mir und sieht auf seine Uhr. »Ist die Nachhilfe schon vorbei?«

»Eben meinte Mom, dass es noch kurz dauert.«

»Gut, dann schauen wir mal. Aber die junge Frau hat es immerhin eine ganze Stunde mit deinem Bruder ausgehalten. Das ist doch schon mal ein gutes Zeichen.«

»Rekordverdächtig«, bestätige ich. »Vielleicht stürmt sie aber auch gleich schreiend und fluchend aus dem Zimmer und kommt nie wieder.«

Dad schmunzelt in sich hinein und beginnt die Leiter abzubauen. Gemeinsam bringen wir sie in die Garage und machen uns wieder auf den Weg zurück ins Haus. Schon als wir uns der Tür nähern, höre ich eine Frauenstimme. Darauf folgt Mikos zustimmendes Brummen und dann die lautere Stimme meiner Mutter.

»Was meinst du?«, schnappe ich noch auf.

»Ja. Aber es wird eine ganze Menge Arbeit.«

»Das war uns bewusst. Aber wenn du es machen würdest, wäre uns sehr geholfen.«

»Klar, gern. Miko und ich kriegen das schon hin. Oder?«

»Jo«, höre ich meinen Bruder antworten und runzle die Stirn. Dad wirft mir einen Blick zu. Dass Miko seiner Nachhilfe zustimmt, hätte ich nicht erwartet. Gleichzeitig ist ein Teil meines Gehirns damit beschäftigt, darüber nachzudenken, woher ich die Stimme der Fremden kenne. Sie kommt mir bekannt vor.

»Großartig! Wirklich, tausend Dank, Lavender!«, sagt Mom, als ich gerade über die Schwelle der Terrassentür trete. Ich bleibe abrupt stehen, und mein Blick schießt zu der Frau mit den lilafarbenen Haaren, die mitten in meinem gottverdammten Esszimmer steht.

Nein!

Dad rumpelt von hinten in mich hinein, und wir stolpern ins Wohnzimmer. Vier Köpfe wirbeln zu uns herum. Lavenders Blick trifft meinen, und wir starren uns an. Aus dem Augenwinkel nehme ich wahr, wie Dad sich fluchend den Fuß reibt, allerdings schaffe ich es nicht, mich von ihren blauen Augen zu lösen. Meine Wut auf diese Frau ist mit einem Mal wieder so präsent, als wäre sie nie fort gewesen. Und ich kann Lavender förmlich schrumpfen sehen.

»Was macht sie hier?«, entfährt es mir. Erst jetzt schaffe ich es, auch die anderen Anwesenden anzuschauen.

Mom zieht verärgert die Brauen zusammen. Auris Augen weiten sich, während Dad mir beschwichtigend eine Hand auf den Rücken legt, die ich sofort abschüttle.

»Jonne, das ist Lavender«, stellt Mom sie vor. »Mikos neue Nachhilfe.«

Ich kann in ihren Augen lesen, dass sie sich schuldig fühlt. Weil sie genau weiß, wer das ist. Dennoch stellt sie uns vor, als wäre nichts. Nur langsam komme ich näher. Ein Teil von mir hegt die Hoffnung, dass Lavender sich einfach in Luft auflöst, wenn ich lang genug warte. Doch das tut sie nicht. Sie steht weiterhin da, die Schultern verkrampft, die Unterlippe kaum merklich zwischen die Zähne gezogen.

»Lavender, das sind mein Mann Jari und mein Sohn Jonne«, sagt Mom unberührt.

»Wir kennen uns schon«, krächzt sie.

»Tut ihr?«, fragt Auri überrascht.

»Flüchtig«, stoße ich knurrend hervor und fixiere Mom, die mir unnachgiebig das Kinn entgegenreckt. Was soll das? Will mich eigentlich jeder auf dieser Scheißinsel leiden sehen?

»Ich ... ich gehe dann mal besser«, meint Lavender hektisch. »Wir können ja telefonieren, Sa... Mrs. Aalton.«

»Ich hab doch gesagt, du kannst mich Saana nennen«, beschwört Mom sie und folgt ihr. Auri wirft mir einen fragenden Blick zu, steht vom Tisch auf und verschwindet ebenfalls in den Flur.

Miko schnaubt und schlurft in die Küche zum Kühlschrank. »Jonne, der Frauenschreck«, witzelt er und holt sich einen Pudding heraus.

»Alles okay?«, erkundigt sich Dad neben mir leise.

»Ich sage dazu gar nichts«, zische ich. »Ihr wisst doch wohl, wer sie ist?«

»Wer denn?«, wirft Miko ein und schiebt sich seinen vollen Löffel in den Mund.

Wir ignorieren ihn. Dad schüttelt den Kopf. »Jetzt schon. Aber sagt ihr Name wirklich so viel über sie aus?«

»Ja!« Wenn er nur wüsste. Manchmal wünschte ich, ich wäre nicht der Einzige, der die ganze Geschichte kennt, der alles hautnah miterlebt hat. Manchmal wünschte ich, mein Gewissen würde mir erlauben, es einfach jedem zu erzählen, mir endlich all die Wut von der Seele zu reden. Danach würde mir sicher keiner mehr die Schulter tätscheln und mir erklären, ich solle ihr doch eine Chance geben. Danach wäre Lavender Whitcomb bei ihnen genauso unten durch wie bei mir.

Fuck. Wann bin ich eigentlich so geworden? Dass ich jemandem das wünsche? Ich glaube, der Krebs hat mich ebenso endgültig zerfressen wie Jenson. Nur auf andere Art und Weise.

Ich versuche, meine Wut mit einem lauten Schnauben abzuschütteln. Es gelingt mir nicht ganz, doch seitdem Lavender aus meinem Sichtfeld verschwunden ist, kann ich wieder etwas klarer denken. Zeit für meine eigentliche Aufgabe hier.

»Die Nachhilfe könnt ihr schön weiter hier bei euch machen«, teile ich meinem Vater mit und trete auf Miko zu. Dieser schaut aufgrund der Aussage reichlich irritiert. Er hat also wirklich keine Ahnung von unserem Vorhaben.

»Wie, weiter hier?«, fragt er.

»Wir müssen reden. Setz dich.«

Mein Bruder mustert mich einmal von Kopf bis Fuß, als müsste er sich überlegen, ob er eine Prügelei mit mir anzetteln soll, dann hebt er provokant die Brauen. »Kommst du, um dich zu entschuldigen?«

Ich bemühe mich um Ruhe. »Nein.«

»Dann nö.«

Ich sehe Miko erwartungsvoll an, aber er rührt sich kein Stück. »Schön, dann sag ich es dir eben im Stehen. Du ziehst ab heute zu mir. Pack deine Sachen.«

»Was?« Er starrt mich an.

Dad seufzt laut. »Nur für die Sommerferien, Miko.«

»Vorerst«, füge ich hinzu.

»Warte, was?«, entfährt es ihm, und er wirbelt zu unserem Vater herum. »Ganz sicher nicht!«

»Das steht nicht zur Diskussion«, beharre ich. »Pack deine Sachen, sonst mach ich es.«

»Lässt du deine miese Laune jetzt an mir aus?« Er funkelt mich an.

»Das hat nichts mit meiner Laune zu tun, sondern nur mit deinem Verhalten.«

Miko ist einen Moment lang sprachlos. »Mom!«, ruft er dann.

»Schön. Dann packe ich für dich.« Ich steuere auf den Flur zu.

Miko knallt seinen Pudding auf die Küchentheke und drängt sich an mir vorbei. »Halt dich bloß von meinen Sachen fern, du Arsch! *Mom!*«

Gemeinsam betreten wir den Flur. Mom schließt soeben die Haustür und dreht sich zu uns um, eine tiefe Furche zwischen den Brauen. »Du hast es ihm schon gesagt?«

»Du weißt es auch!«, stößt Miko aus und klingt dabei, als hätten wir ihm eröffnet, dass er adoptiert ist. Ist es für ihn wirklich so überraschend, dass wir uns absprechen? »Fickt euch!« Er stürmt die Treppe hoch, und kurz darauf knallt seine Zimmertür hinter ihm zu.

Ich verkneife mir ein Seufzen. Mom sieht gestresst aus, und ich will ihr nicht noch mehr Grund dafür geben, also tue ich einfach so, als wäre mir Mikos Reaktion egal. »Hast du den Schlüssel?«, frage ich nur. Wenn Miko sich da drin verbarrikadiert, wird das eine lange Nacht.

»Eben geholt, als du raus in den Garten bist«, murmelt sie und zieht ihn aus ihrer Hosentasche. »Ich weiß nicht, Jonne …« Jetzt seufze ich doch. Obwohl Mom meine Komplizin bei diesem Unterfangen ist, ist es ihr verdammt unangenehm.

»*Arschloch*«, brüllt Miko von oben. Er hat den fehlenden Schlüssel also auch bemerkt. Und er denkt, dass ich das war.

»Deinen Stoff kannst du hierlassen!«, rufe ich zurück und kassiere eine weitere Beschimpfung. Dann tritt Stille ein.

Ich setze mich auf die Treppe und lege den Kopf in den Nacken. Ich hasse es, mit Miko zu streiten. Dabei ist das alles, was wir noch tun. Und nach heute wird es sicher nicht besser werden.

Noch dazu ist mir soeben wieder eingefallen, dass Miko sich fast ausschließlich von Pudding, Cola und Chips ernährt. Keine Ahnung, warum er trotzdem aussieht wie eine Bohnenstange, aber wenn ich zusätzlich versuche, seine Ernährung umzustellen, macht das die Situation wahrscheinlich noch schlimmer. Das wiederum bedeutet, dass mein Kühlschrank bald voll mit dem Zeug sein wird.

Ich weiß nicht, warum mich das so stört. Vielleicht ist es einfach die Verzweiflung über die Gesamtsituation, die langsam in mir Fuß fasst.

Zögerlich kommt Mom näher. »Es lief wirklich gut mit Lavender. Die beiden kommen super miteinander aus.«

»Mhm.«

»Nur weil sie Jensons Nichte ist …«

»Ich will nicht drüber reden, Ma.«

»In Ordnung …« Sie setzt sich neben mich und dreht den Schlüssel zwischen ihren Fingern. »Es tut mir leid, dass ich dich nicht gewarnt habe. Ich dachte, du würdest es nicht wissen wollen.«

Ich zucke mit den Schultern. »Schon gut. Ich hab ja nicht danach gefragt.«

Mom seufzt, legt mir einen Arm um und lehnt ihren Kopf an meinen. »Kommst du wirklich zurecht? Mit allem?«, flüstert sie. »Sag mir die Wahrheit. Bitte.«

»Scheiße passiert«, murmle ich nur.

»Das war keine Antwort, Jonne.«

Vorsichtig streife ich ihren Arm ab und stehe auf. »Ich schaue mal nach Miko.«

Ihr besorgter Blick geht mir durch Mark und Bein. »Okay. Viel Glück.«

Das werde ich wohl brauchen. Miko ist unberechenbar, und es kann gut sein, dass ich ihn heute gefesselt und geknebelt hier raustragen muss.

Doch als ich leise an seine Tür klopfe und sie öffne, sehe ich, wie er energisch Sachen in seine Sporttasche schmeißt. Er funkelt mich hasserfüllt an und knallt mir die Tür vor der Nase zu.

Aber er packt. Mehr will ich gar nicht.

»Ich warte unten«, lasse ich ihn wissen.

Die Beleidigung, die er mir hinterherruft, ignoriere ich gekonnt.

Kapitel 9

LAVENDER

Ich komme mir vor wie eine Einbrecherin, die auf frischer Tat ertappt wurde. Mein Puls rast, meine Hände zittern und meine Wangen glühen.

Ich bemühe mich, in normaler Geschwindigkeit zu gehen, mache dabei aber so riesige Schritte, dass Auri fast rennen muss, um mit mir mitzuhalten.

Eigentlich will ich nicht, dass sie mir folgt. Aber ich bringe nichts über die Lippen, was sie davon abhalten würde. Auch sie hat noch nichts gesagt. Sie folgt mir stumm durch das Dorf. Trotzdem kann ich förmlich spüren, wie sich ihr fragender Blick in meinen Hinterkopf bohrt und sie sich Worte zurechtlegt, die sicher den Finger noch tiefer in die Wunde legen werden.

Es hätte mir auffallen müssen, als ich Miko gesehen habe – die Ähnlichkeit zwischen ihm und seinem Bruder. Wenn man den Altersunterschied und den Bartwuchs ignoriert, sind sie sich wie aus dem Gesicht geschnitten. Beide jüngere Ebenbilder ihres Vaters. Und der Nachname … Ich habe ihn im Supermarkt gehört, kurz bevor ich Jonne dort begegnet bin. Deshalb kam er mir bekannt vor.

Hätte ich gewusst, wer dort wohnt, hätte ich dieses Gebäude nie betreten. Ich weiß genau, wie sehr Jonne mich verabscheut. Ich spüre es in jedem seiner Blicke. Und ich will ihm nicht noch mehr Gründe geben, mich zu hassen.

»Du hast Jonne also schon getroffen?«, fragt Auri und schließt weiter zu mir auf.

»Ja«, bringe ich hervor.

Sie greift meine Hand und bringt mich so dazu, anzuhalten. »War er nett?«

Widerwillig drehe ich mich zu ihr um. Sie hat fast dieselben blauen Augen wie die Männer der Aalton-Familie. Ihre haben denselben dunklen Ring um die Iris, nur dass sie etwas heller sind. Kein Schieferblau. Ich wette, sie sind väterlicherseits verwandt. »Anfangs«, würge ich hervor.

»Oje.«

»Ist okay …«

Auri drückt meine Finger. »Glaube ich nicht. Jonne reagiert über, wenn es um Jenson geht. Er wird da echt ein anderer Mensch. Und kein angenehmer.«

Reagiert er wirklich über? Ich bin mir da nicht so sicher. Ich denke eher, ihm ist absolut klar, was er tut. »Und wieso?«, wage ich zu fragen. Wenn sie auch weiß, was ich getan habe …

»So genau kann das niemand sagen. Wahrscheinlich nicht mal er selbst. Aber die beiden waren so was wie beste Freunde.«

»Warte … wer?«

»Jonne und der alte Jenson.«

Verwirrt schaue ich Auri an. Mein Onkel war über fünfzig.

»Schon seit Jonnes Kindheit«, erklärt sie. »Nachdem Brad damals ertrunken ist, wurde Jonne wie ein Sohn für Jenson. Das hat sich immer weiter gefestigt. Jonne hat *alles* für ihn getan. Hat ihn sogar gepflegt, als er an Krebs erkrankt ist. Und das fast ganz allein. Ich glaube, das hat ihn ziemlich kaputt gemacht.« Auri ist immer leiser geworden, und ihre Worte liegen mir immer schwerer im Magen, gemeinsam mit den Schuldgefühlen, die mich bei der Erwähnung von Brad einholen. Das habe ich nicht geahnt. Wie auch? Ich hatte keine Ahnung …

»Das klingt jetzt lächerlich«, setzt Auri vorsichtig an. »Und normalerweise ist so was nicht Jonnes Art. Ich schwöre, er ist ein guter Kerl. Aber … wahrscheinlich ist er angepisst, dass du das Erbe bekommen hast und nicht er.«

Mir entfährt ein Schnauben. Doch Auris Gesicht bleibt todernst. Ich starre sie an. Das soll es sein? Geht es gar nicht um mich, sondern nur um das verdammte Haus?

Das ergibt überhaupt keinen Sinn. Jonnes Eltern wirken wohlhabend. Bei der Coast Guard verdient man sicher auch nicht schlecht. Was will er mit dieser *alten Bruchbude*, wie sie alle nennen?

Aber vielleicht hat es für ihn sentimentalen Wert. Wenn er und Jenson wirklich so eng befreundet waren, hängt er sicher sehr daran. Und ich wusste von nichts, wusste nicht mal, dass mein Onkel gepflegt werden musste. Das sagt wohl schon genug darüber aus, wie sehr ich dieses Haus verdient habe – nämlich gar nicht. Dennoch hat Jenson es mir vererbt und nicht seinem Ziehsohn. Ich schätze, das ist ein guter Grund, um verdammt wütend zu werden.

Auri seufzt. Wahrscheinlich verunsichert es sie, dass ich immer noch nichts gesagt habe. »Mein Cousin kann ein echter Arsch sein«, gesteht sie und verdreht zur Untermalung die Augen. »Aber nur, weil er einen viel zu genauen moralischen Kompass hat und immer das Richtige tun will, selbst wenn das mit den falschen Mitteln geschieht. O Mann, wann habe ich angefangen, die Leute so zu analysieren? Ist ja gruselig.«

»Du kennst ihn eben gut«, breche ich mein Schweigen.

Sie nickt. »Stimmt. Und was ich eigentlich meine: Lass dich von seiner Laune nicht stören, ja?«

Ich schnaube gestresst. »Du hast leicht reden. Saana erwartet, dass ich mehrmals die Woche bei ihm zu Hause seinem Bruder Nachhilfe gebe.«

»Jonne wohnt da gar nicht. Und in die Nachhilfe hat er sich nicht einzumischen, das kann ich Saana gern sagen.«

»Ich weiß nicht. Vielleicht …«

»Nein, Lavender!«, unterbricht sie mich scharf. Verwirrt klappe ich den Mund wieder zu. Auri stemmt die Hände in die Hüften und funkelt mich wütend an. »Miko hat ungewohnt glücklich gewirkt, als ihr wieder nach unten gekommen seid. Also zumindest dafür, dass es Nachhilfe war. Er braucht dich!

Du kannst ihm helfen! Und du brauchst das Geld. Außerdem hast du vorhin noch erzählt, dass du es gern machen würdest! Du lässt dir jetzt nicht von einem Kerl, der mit einer Laune rumläuft, als hätte er sich die Eier im Hosenstall eingeklemmt, diesen Job madig machen, klar?«

Ich muss lachen. Gleichzeitig ist Auris Miene so ernst, dass ich mich sofort wieder zusammenreiße. Sie hat recht. Ich habe nur leider dennoch riesigen Schiss. Was sie von mir verlangt, ist einfacher gesagt als getan. »Okay«, willige ich ein. »Ich versuch's.«

»Mehr will ich nicht.« Auri lächelt versöhnlich, hakt sich bei mir unter und zieht mich weiter die Straße entlang. »Ich helfe dir auch, okay? Falls Jonne noch mal fies ist. Wir können es Saana petzen, die bringt ihm Manieren bei. Bei ihr wird er zu einem harmlosen kleinen Schoßhund.«

»Ich will mich wirklich nicht in Familienangelegenheiten einmischen.«

»Gut, dann klauen wir eben sein Fahrrad und versenken es im Meer, um ihm eine Lektion zu erteilen. Funktioniert für mich genauso gut.«

Ich mustere Auri. »Du bist echt gefährlicher, als du aussiehst.«

»Endlich erkennt das mal jemand!«

»Also wer das nicht erkennt, der ist nicht mehr zu retten. Du versteckst es ja nicht mal.«

»Sie unterschätzen mich, weil ich kleiner bin als sie. Doch sie alle bereuen es früher oder später!«

Ich lache, und Auri grinst mich an.

»Kommst du noch mit zu Tommy?«, will sie wissen. »Filmabend? Wir bestellen Pizza. Aber der Laden hat auch Burger. Oder Salat.« Sie klingt tatsächlich hoffnungsvoll. Und ich wage es, ihr zu glauben, dass sie mich gern dabeihätte, auch wenn das in meinem Kopf rein gar keinen Sinn ergeben will. Trotzdem nagt die Begegnung mit Jonne weiterhin an mir. Und das, was Auri mir über Jenson erzählt hat, hat ein tiefes Loch in meine Magengrube gerissen, in das sämtliche meiner

Organe abzurutschen drohen. Dieser Filmabend ist keine gute Idee.

»Tut mir leid, aber ich glaube, ich brauche jetzt ein bisschen Zeit für mich.«

»Ah. Okay, kein Problem.« Auri versucht ihre Enttäuschung zu überspielen, doch so ganz gelingt es ihr nicht. »Vielleicht nächstes Mal?«

»Gerne. Wirklich. Und danke für die Einladung.«

»Soll ich dich noch heimbringen?«

Ich winke ab. »Geh du lieber zu deinen Schokobrötchen. Ich finde den Weg.«

»Falls Tommy sie nicht aufgegessen hat!«

»Als ob er das wagen würde.«

»Stimmt auch wieder. Er macht zwar auf Macho, aber in Wirklichkeit hat er eine Riesenangst vor mir!«

Ich schmunzle. »Jap. Das sieht man ihm an.«

Auri umarmt mich fest zum Abschied. »Also gut. Bis dann. Und, Lavender?«

»Ja?«

»Bitte nimm den Job an! Miko braucht dich echt.«

»Okay«, ergebe ich mich. »Solange Jonne mir nicht hinter der Haustür auflauert und mir ein Bein stellt oder so.«

»Nein, das ist nicht sein Stil. Ich glaube, er würde eher eine Schnur spannen, um dich zu Fall zu bringen. Oder ein Loch buddeln. Irgendwas, wo er dann, während du stürzt, grimmig guckend mit verschränkten Armen in der Ecke stehen und leise *Karma* murmeln kann.«

Ich muss lachen. »Na toll.«

»Das tut er aber auch nicht. So wie ich ihn kenne, wird er sich eher so fern von dir halten wie möglich.«

Sie verabschiedet sich, und ich setze meinen Weg noch ratloser fort als zuvor. *Jonne* soll *mir* aus dem Weg gehen? Jetzt fühle ich mich erst recht wie ein Eindringling. Wie muss das für ihn sein? Ich komme auf diese Insel und bringe alles durcheinander. Ich wollte das nicht. Es war nie meine Absicht, jemanden wütend zu machen oder traurig, oder Leute gegen mich aufzustacheln. Verdammt, genau das war doch sogar meine größte Angst.

Und was, wenn das, was Auri gesagt hat, stimmt? Wenn es nur um das Haus geht? Das könnten wir doch klären. Wenn er möchte, kann er es sogar kaufen. Ich will es doch gar nicht.

Vielleicht kann ich mich noch mit Jonne gut stellen. Wir werden sicher keine Freunde mehr, aber es würde mir schon reichen, wenn er mich nicht mehr anschaut, als gäbe es nichts Verabscheuungswürdigeres als mich. Es erinnert mich viel zu sehr an meine eigenen Gefühle.

Aber allein der Gedanke daran, ihn anzusprechen, lässt meinen Mund trocken werden und schnürt mir die Kehle zu.

Wäre es nicht heuchlerisch, es zu versuchen? So zu tun, als wäre nichts, wenn mich doch mein Gewissen seit Jahren nicht schlafen lässt? Sie waren befreundet. Er hat meinen Onkel gepflegt, ihm beigestanden, als ich es nicht getan habe. Er hat das Loch gefüllt, das Brad hinterlassen hat, während ich nach seinem Tod die Flucht ergriffen habe.

Ich sollte Jonne danken. Allerdings hat eine wachsende Ohnmacht von mir Besitz ergriffen, und jeder Schritt zu Jensons Haus wird schwerer und schwerer. Als ich endlich angekommen bin, ist meine Brust so eng, dass ich fast nicht mehr atmen kann.

Trotzdem knipse ich das Licht an. Lasse zu, dass der Anblick des Wohnzimmers mir wie jedes Mal ein Stück aus dem Herzen reißt.

Einen Moment lang schaue ich mich suchend um. Für den Bruchteil einer Sekunde ziehe ich in Erwägung, die Stufen hoch ins Obergeschoss zu erklimmen, um dort nach Beweisen für Auris Geschichte zu suchen. Aber ich weiß genau, dass ich das nicht schaffen würde.

Stattdessen laufe ich rüber zum Schreibtisch, unter dem der Router steht und den ich bisher nicht angerührt habe. Mit zitternden Fingern öffne ich die Schublade.

Sie ist bis oben voll mit Papierkram, so als hätte jemand einfach alles, was noch obendrauf lag, hineingestopft, um anschließend eines dieser furchtbaren weißen Laken darüberzuwerfen. Alte Rechnungen, Vertragskündigungen, Abschiedskarten adressiert an einen Toten. Mir wird übel.

Wahrscheinlich wäre es meine Aufgabe gewesen, mich durch all das zu wühlen, es zu sortieren, irgendwie Ordnung in dieses beendete Leben zu bringen. Stattdessen hat es jemand anders erledigt. Wenn ich daran denke, dass Jonne all diese Briefe vor mir in der Hand hatte, dass er vor einem drittel Jahr hier gestanden hat, womöglich mit Tränen in den Augen …

Ich beiße mir so fest auf die Unterlippe, dass es wehtut, und krame weiter. Am Boden der Schublade finde ich einen Packen Fotos, die mit dem Motiv nach unten liegen, und meine Hände werden klamm.

Ich nehme sie heraus und schaffe es erst nicht, sie umzudrehen. Das Datum auf der Rückseite sagt mir, dass sie alle am selben Tag gemacht oder zumindest gedruckt wurden. Vor etwa einem halben Jahr, am Valentinstag. Hatte Jenson eine Beziehung? Auch das weiß ich nicht. Ich weiß absolut nichts über diesen Mann, der mir mal so wichtig war.

Vorsichtig mache ich die Schublade wieder zu, knipse die Stehlampe neben dem Sofa an, die ich als Nachtlicht benutze, und lösche das große Licht. Anschließend setze ich mich mit den Bildern auf mein provisorisches Bett und drehe sie um.

Mir war klar, dass es schlimm sein würde. Aber nicht *so* schlimm. Schon das erste Foto löst eine regelrechte Sturmflut in meinem Inneren aus. Eine Mischung aus Trauer, Reue und Verzweiflung spült über mich hinweg und lässt all meine Mauern brechen, als wären sie nicht aus Stein, sondern aus dünnem Karton. Die Tränen kommen sofort, und ich halte das Bild ein Stück von mir weg, um es nicht zu ruinieren.

Der Anblick schmerzt. Jonne und Jenson sind darauf zu sehen, Wange an Wange. Jonne hat dem älteren Mann einen Arm um die Schultern gelegt, und mein Onkel wirkt geradezu zerbrechlich. Sein Gesicht ist eingefallen, seine Schultern sind schmal, von seinen früheren blonden Locken ist fast nichts mehr übrig. Liegt das am Krebs oder einfach am Alter? Warum weiß ich das nicht, verdammt? Ich weiß nicht mal, ob er eine Chemo gemacht hat oder nicht. Dunkle Ringe zeichnen sich unter seinen Augen ab, und obwohl Onkel Jenson herzhaft lächelt, ist das Foto nicht in der Lage, Glück auszustrahlen. Nicht, wenn man weiß, was für einem Schicksal er erlegen ist.

Mein Blick bleibt an Jonne hängen. Jonne, dessen Lächeln mir von unserer ersten Begegnung noch vertraut vorkommt, und das doch so grundlegend anders ist. Es ist traurig, leer. Wenn ich ihn so anschaue, glaube ich, genau zu wissen, was er in diesem Moment gefühlt hat. Und gleichzeitig kann ich mir nicht anmaßen, das nachempfinden zu wollen. Ich weiß gar nichts. Ich habe es nicht einmal verdient zu trauern. Alles, was ich empfinden darf, ist die tiefe Schuld, die mich immer mehr überkommt.

Schnell befördere ich das Bild hinter die anderen in der Hoffnung, darunter ein harmloseres zu finden. Aber diesmal ist es eines gemeinsam mit Sally. Jenson sieht fast unverändert aus, sie hingegen wirkt deutlich mitgenommen.

Ich versuche, nicht zu genau hinzusehen, während ich den Rest des Stapels überfliege. Ich entdecke Jonnes Eltern, Auri, Tommy, die Frau aus dem Supermarkt. Und bei jedem schaffe ich es nicht länger als einen winzigen Augenblick, hinzuschauen.

Das hier sind Abschiedsfotos.

Die letzten Erinnerungen eines Mannes, der wusste, dass sein Leben vergänglich ist. Der seinen Tod wahrscheinlich im Kalender hätte eintragen können. Und seine einzige Nichte, die letzte Verwandte, abgesehen von seinem furchtbaren Bruder, ist auf keinem von ihnen.

Weil sie einfach nicht da war.

Kapitel 10

JONNE

Miko kam ohne Murren mit. Um genau zu sein, hat er seit seinen wüsten Beschimpfungen beim Türzuknallen kein einziges Wort mehr mit mir gesprochen. Er hat sich nicht mal von Mom und Dad verabschiedet. Als ich daraufhin die verdammte Playstation aus seiner überquellenden Sporttasche geholt und demonstrativ im Flur auf die Treppe gestellt habe, hat er aufgehört mich anzuschauen.

Mir soll es recht sein. Immerhin tut er, was ich ihm sage. Ich wünschte nur, es würde mich nicht so fertigmachen. Ich wünschte, es würde mir nicht das beschissene Herz zerreißen, weil es sich anfühlt, als würde ich meinen kleinen Bruder verraten. Ich wollte ihn immer nur beschützen. Alles, was ich tue, ist zu seinem Besten. Warum sieht er das denn nicht? Warum muss es mit ihm so verdammt kompliziert sein? Oder mache ich wirklich alles falsch?

Ich habe Mikos Tasche bis zu meinem Haus getragen. Kaum dass wir über die Türschwelle waren, hat er sie mir aus der Hand gerissen und sich in seinem neuen Zimmer verschanzt. Keine Ahnung, was er da drin treibt, ohne Playstation oder WLAN. Ich komme nicht drum herum, mir ständig vorzustellen, wie er auf seinem Bett liegt und weint. Aber Miko weint nicht, oder? Das geht nicht gut mit seiner Bad-Boy-Mentalität einher.

Ich koche Spaghetti Bolognese und sitze wie erwartet allein am Esstisch. Also stelle ich seine Portion in den Kühlschrank, schalte den Fernseher an und sitze allein auf dem Sofa. Es läuft *Indiana Jones*, und ich erwische mich dabei, wie ich den Fernseher lauter stelle, damit Miko es hört, und immer wieder erwartungsvoll in Richtung Flur schaue. Als würden irgendein Film und Mikos Lieblingsessen plötzlich wiedergutmachen, was jahrelang falsch gelaufen ist. Als wäre ich dadurch wieder fünfzehn und er sieben, als könnten wir so wieder harmonisch auf der Couch liegen und einfach nur … Brüder sein.

Diese Zeiten sind vorbei. Und ich fürchte, ich muss akzeptieren, dass sie nicht zurückkommen werden. Ich bin nicht einfach nur Mikos Bruder, ich bin ein weiterer Erziehungsberechtigter. Und ich schätze, diese Tatsache allein reicht, um unsere Beziehung zu vergiften.

Eine halbe Stunde vor Ende des Films gehe ich ins Bett. Ich ziehe mich um, putze Zähne und lösche das Licht. Dann liege ich wach da und starre an die Decke. Es dauert etwa drei Stunden, bis Miko den ersten Fluchtversuch unternimmt. Um halb zwei schleicht er aus seinem Zimmer und versucht es mit der Haustür. Nur habe ich die von innen abgesperrt. Genauso wie die Terrassentür im Wohnzimmer, an der ich ihn als Nächstes vermute. Natürlich könnte er zum Fenster raus. Das Haus ist ein Bungalow, komplett ebenerdig, und auch wenn es sich für Miko wie Knast anfühlen muss, gibt es keine Gitterstäbe vor seinem Zimmerfenster. Er könnte jederzeit fliehen, aus welchem Grund auch immer. Aber die Botschaft, die ich ihm mit den beiden Türen stumm gesendet habe, ist eindeutig: Wag es ja nicht.

Und *ausnahmsweise* tut Miko mal, was gut für ihn ist. Ich höre, wie er sich in der Küche über den Kühlschrank hermacht, und seufze. Ich bin so verdammt tief gesunken.

Ehrlich gesagt kann ich nicht mehr nachvollziehen, warum Miko mich vergöttert hat, als er kleiner war. Mittlerweile verabscheut er mich sicher, und ich selbst tue es auch. Manchmal zumindest. Wenn mir die Schuld wieder zu schwer auf den Schultern liegt und ich mir alles vor Augen halte, worin ich gescheitert bin. Vielleicht werde ich Miko nicht retten können.

Genauso wenig, wie ich es bei Jenson konnte. Obwohl es irrational ist, glaube ich manchmal, dass das an mir lag. Dabei hätte ich nichts anders machen können, das weiß ich. Im Gegensatz zu einer gewissen anderen Person.

Ausgerechnet Lavender Whitcomb gibt Miko Nachhilfe. Und kaum taucht sie vor meinem inneren Auge auf, falle ich wieder in das Loch, aus dem ich mich seit Monaten rauszuziehen versuche.

Ich spüre wieder Jensons warme Hand auf meiner Schulter, die sie sanft drückt. Ich höre sein Lachen, seine gutmütige Stimme. Ich spüre seine Umarmung, den Geist seiner Berührung, erinnere mich an jedes verdammte gute Wort, das er in all den Jahren zu mir gesagt hat. Ich bin wieder dreizehn und Jensons Hand ruht auf meiner, während er mir beibringt, wie man eine Angelrute richtig auswirft. Ich bin fünfzehn, und er gibt mir Nachhilfe in Mathe, weil Dads Erklärung mich nur noch mehr verwirrt hat. Ich bin siebzehn, und Jenson muss mich beruhigen, weil ich verknallt und überfordert mit meinen Gefühlen bin. Und dann bin ich wieder elf und liege in seinen Armen, während wir beide weinen.

Ich raufe mir die Haare, reibe mir mit den Händen über das Gesicht und knipse meine Nachttischlampe an. Einen Moment lang verfolgt mich der Anblick von Jensons ausgemergelter Gestalt, steht wie eine Fata Morgana vor meinem Kleiderschrank und blickt verurteilend auf mich herunter. Ich starre an die Decke, bis ich mir sicher bin, meine Gedanken unter Kontrolle zu haben, und setze mich im Bett auf. Ich kann heute nicht schlafen.

Ich will auch nicht, weil ich weiß, dass er mich im Traum verfolgt. Aber ich kann jetzt nicht aus meinem Zimmer, weil Miko dann aus der Küche flüchten wird wie eine Gazelle vom Wasserloch, wenn der Löwe dort ankommt. Also hole ich das Skizzenbuch und die Graphitstifte aus meiner Nachttischschublade. Mir entweicht ein Schnauben, weil ich dabei daran zurückdenke, was Miko in seiner hat. Gras statt Papier und Kohle. Aber so unähnlich sind wir uns wohl nicht, denn das

Zeichnen ist für mich auch wie ein Rausch. Es befördert mich für ein paar Stunden aus der Realität und macht die Welt erträglicher.

Ich schlage eine leere Seite auf und starre sie an. Normalerweise zeichne ich immer das Erste, was mir in den Sinn kommt. Oder zumindest habe ich das früher gemacht. Seit Jensons Krankheit geht das nicht mehr. Sein Gesicht ist überall. Es soll nicht auch noch in meinen Zeichnungen bleiben. Und neuerdings ist da Lavenders. Mit diesem entsetzten Ausdruck, als sie mich vorhin im Wohnzimmer meiner Eltern entdeckt hat. Auch darauf kann ich verzichten.

Ich wische den Gedanken an sie beiseite, aber abgelöst wird er von einem weiteren. Von ihrem Gesicht, als ich sie zum ersten Mal gesehen habe. Bevor ich wusste, wer sie ist. Als ich noch dachte, sie sei hübsch, mich ihr Geruch nach Vanille angezogen hat wie eine Motte das Licht. Als sie noch nicht so eingeschüchtert von mir war und dennoch den Tränen nahe. Als sie so klein, zerbrechlich und verloren aussah, dass ich mir nichts mehr gewünscht habe, als sie in den Armen zu halten. Ich hasse es, dass ich dieses Bedürfnis zeitweise immer noch verspüre. Dass ich es nicht abschütteln kann. Dass mein Hirn zwar weiß, was sie verbrochen hat, aber sich trotzdem immer wieder von ihr täuschen lässt.

Lavender hat es verdient, sich so zu fühlen. Das ist die logische Konsequenz aus ihren Entscheidungen. Allerdings lässt sich mein eigenes Gewissen nicht abschalten. Es sagt mir genau, was *ich* falsch mache, obwohl es darum doch gar nicht geht. Ich konzentriere mich auf die Wut, die mich wieder überkommt, um die Trauer loszuwerden. Und als das halbwegs zu wirken scheint, versuche ich es mit einer glücklichen Erinnerung. Ich stelle mir Jensons Wohnzimmer vor.

Nicht so, wie es jetzt ist – wo der Bereich rund um das Sofa aussieht wie das Hotelzimmer eines Kurzurlaubers und alles sich falsch anfühlt – sondern so, wie es immer war. Als er noch gelebt hat. Ich stelle mir vor, wie mein Freund dasitzt, eine Tasse Kaffee in der einen und die Zeitung in der anderen Hand, und mich über den Rand seiner Lesebrille hinweg amüsiert anschaut.

Das zeichne ich. Diesen Fetzen Nostalgie, den ich für immer behalten will und der gleichzeitig schon so verblasst ist, dass ich mir gar nicht mehr sicher bin, ob er je passiert ist. Je mehr ich darüber nachdenke, desto mehr komme ich ins Zweifeln. Schon nach wenigen lockeren Strichen weiß ich, dass das Bild nichts wird. Irgendetwas stimmt nicht, und ich habe keine Ahnung, was es ist. Doch ich kann nicht aufhören. Nicht aufgeben. Denn es gar nicht erst versucht zu haben wäre noch schlimmer, als die Zeichnung zu versauen. Stur mache ich weiter, lasse Jensons Gesicht schließlich aus, um nicht das Risiko einzugehen, dass es genauso ausgemergelt aussieht wie in meinen Albträumen. Ich schlage das Buch erst zu, als meine Sicht durch die Tränen so verschwommen ist, dass ich nicht mehr erkenne, wo ich den Stift ansetze. Fuck.

Ich kam damit klar, verdammt.

Es war alles in Ordnung. Bis *sie* hier auftauchen und alles wieder an die Oberfläche wühlen musste. Lavender ist der Finger in der Wunde, das Öl im Feuer. Als hätte es nicht gereicht, was sie schon getan hat, muss sie herkommen und alles noch schlimmer machen. Frustriert lege ich mein Skizzenbuch beiseite und wische die Tränen vom Umschlag. Ich setze mich weiter auf, stütze mich mit den Ellbogen auf meine Oberschenkel und kneife mir mit Daumen und Zeigefinger fest in die Nasenwurzel.

Es brennt. Meine Augen vom Weinen und mein Herz von dem Verlust, den ich nie überwinden werde. Tief atme ich durch. Versuche mich zu beruhigen. Es ist in Ordnung zu trauern. Es ist in Ordnung, nicht in Ordnung zu sein.

Aber es ist auch in Ordnung, mir zu wünschen, dass mein Freund noch am Leben wäre, oder? Es ist in Ordnung, dass ich *alles* dafür geben würde, koste es, was es wolle. Dass mein Herz weiterhin so unerträglich schmerzt, weil er doch nie zurückkehren wird. Dass ich mich manchmal so verloren fühle, dass ich glaube, das Licht am Ende des Tunnels nicht mal mehr zu erkennen, wenn es mir mitten ins Gesicht strahlt. Dass ich in meiner Trauer versinke und mich manchmal bewusst noch tiefer darin vergrabe, weil man den Boden leichter erreicht als den Ausgang des Loches, und ich die irrationale Hoffnung habe, dass irgendwo ganz unten vielleicht doch ein Ort ist, der … besser ist. Oder an dem ich schon so betäubt bin, dass ich gar nichts mehr fühle.

Ich höre, wie Miko wieder in sein Zimmer schleicht und die Tür hinter sich zuzieht. Bestimmt verlässt er es heute Nacht nicht noch einmal. Und wenn, dann wird er sicher nicht zu mir wollen, sondern sich wieder wie ein Einbrecher auf Zehenspitzen durchs Haus bewegen. Das hoffe ich zumindest, denn sonst habe *ich* zur Abwechslung ein Problem. Es ist eine Sache, wenn *er* sich aus dem Haus schleicht. Eine andere, wenn sein großer Bruder das macht.

Ich wische mir die Tränen von den Wangen, stehe aus dem Bett auf und trete vor meinen Kleiderschrank. Rasch habe ich meine Schlafshorts gegen eine Jogginghose getauscht und mir ein Shirt und eine dünne Sweatjacke übergezogen. Den Haustürschlüssel stecke ich ein für den Fall, dass Miko doch in mein Zimmer kommt und beschließt, mich auszusperren. Denn wenn ich nicht will, dass er meinen Abgang bemerkt, muss ich zum Fenster raus und es hinter mir offen lassen. Bescheuert. In letzter Zeit ist alles, was ich tue, absolut sinnbefreit.

Ich klettere aus dem Fenster und laufe los. Erst langsam, weil es hier im Wald stockfinster ist und sich meine Augen noch an die Dunkelheit gewöhnen müssen. Dann etwas schneller. Nach wenigen Minuten habe ich den groben Kiesstrand der Nordküste Malcolm Islands erreicht. Durch das helle Mondlicht kann ich mich jetzt sicherer bewegen. Ich jogge am Meer entlang bis zum Kap, das ich von hier aus schon sehen kann. Wenn man es denn Kap nennen mag. In Wahrheit ist es nicht mehr als eine kleine, spärlich begrünte Landzunge, die ein Stück erhöht ins Meer ragt. Sie ist vielleicht zwei Meter breit und drei Meter lang, aber vorn ist sie von glatt gespülten

Felsen gesäumt, die gut einen Meter über dem Meeresspiegel liegen.

Ich sitze oft dort, weil es sich dann anfühlt, als wäre man gar nicht mehr auf der Insel selbst, sondern schon mitten auf offener See. Die Gischt spritzt einem bei starkem Wellengang ins Gesicht, der Wind reißt an den Haaren und bläst einem den Kopf frei. Aber das muss jetzt noch etwas warten.

Ich lasse mich in das feuchte Moos auf der Landzunge sinken und hole die Dehnungen nach, die ich eigentlich schon vor dem Joggen hätte erledigen sollen. Dann beginne ich mein Training mit einem Satz Sit-ups, danach Push-ups, anschließend einhändige Push-ups.

Mittlerweile kenne ich sämtliche Abfolgevariationen auswendig, und nicht selten kommt etwas dazu. Ich könnte das stundenlang machen. Und manchmal, wenn mich Jensons Krebs einholt, so wie jetzt, tue ich das auch.

Das ist eines der Dinge, das ich meiner Mutter besser nie erzählen werde, weil sie sich dann noch mehr Sorgen macht als ohnehin schon.

Und vielleicht tut sie das sogar zu Recht.

Kapitel 11

LAVENDER

Ich habe kaum geschlafen. Es hat Stunden gedauert, bis ich mich einigermaßen beruhigt hatte. Anschließend bin ich immer wieder weggenickt, nur um kurz darauf aus dem Schlaf hochzuschrecken, weil mich die Fotos von meinem Onkel selbst im Traum verfolgen. Es war eine dieser Nächte, die sich endlos anfühlen, weil sich die Gedanken unaufhaltsam im Kreis drehen und die Zeit einfach nicht vergehen will. Man liegt wach und leidet. Es ist unerträglich.

Dennoch konnte ich mich nicht überwinden aufzustehen und etwas anderes zu machen. Zu groß war mein Wunsch, einzuschlafen und die Welt dadurch für ein paar Stunden vergessen zu können. Aber als draußen das erste Licht des anbrechenden Tages zu erkennen ist, halte ich es nicht mehr aus. Ich schlüpfe in meine Laufkleidung und raus ins Freie. Die Morgenluft ist frisch und kalt, und ich bilde mir ein, der Geruch nach Salz und Meer wäre stärker als sonst. In den Bäumen um mich herum zwitschern die ersten Vögel, abgesehen davon ist es still.

Seit meiner Ankunft hier war ich noch nicht joggen. Meine Schuldgefühle haben sich zu schwer dafür angefühlt. Als würden sie mir wie eine Eisenkugel am Fuß hängen und mich zurückhalten. Aber kaum, dass ich in den Laufschuhen stecke, merke ich sofort, wie sehr ich es brauche. Es ist mein Ventil. Mein Ausweg aus bedrückenden Situationen, wenn auch nur temporär. Wenn ich jogge, kommt es mir so vor, als könnte ich meine Probleme damit hinter mir lassen, wortwörtlich vor ihnen weglaufen. Selbst wenn es nur ein paar Meilen sind. Ein paar Minuten Klarheit sind immer noch besser, als zu Hause an meinen Gedanken zu ersticken.

Ich jogge langsam los, und mein Körper fällt augenblicklich in seinen gewohnten Laufrhythmus. Es ist noch sehr früh, doch ich habe trotzdem Angst, irgendwelchen Inselbewohnern zu begegnen. Deshalb bleibe ich nur kurz auf der Straße und biege dann auf einen kleinen Trampelpfad am Waldrand ab, der mich von der Küste wegführt. Er ist mir vorher schon mal aufgefallen, und ich habe die Hoffnung, dass er mich bis an die Nordküste der Insel bringt, die nicht bebaut ist. Dort gibt es nur Wald, groben Kiesstrand und Meer. An dieser Stelle hier dürfte die Insel nur um die drei Meilen breit sein, vielleicht weniger. Wenn ich mich nicht verlaufe, schaffe ich die Strecke, bevor die Sonne aufgeht. Schon jetzt färbt sich der Himmel pastellrosa, und ich glaube, der Anblick in einer halben Stunde wird atemberaubend sein.

Die Luft im Waldesinneren riecht nach Harz und Tannenzweigen. Das Rauschen des Ozeans tritt in den Hintergrund, stattdessen hüllt mich das Zwitschern der Vögel ein. Doch obwohl ich laufe, schaffe ich es diesmal nicht, meine Gedanken hinter mir zu lassen. Die Begegnung mit Jonne gestern hängt mir nach. Dass er Mikos Bruder ist, macht alles so viel komplizierter. Selbst wenn es, wie Auri vermutet, nur um das Haus geht. Aber sie und Saana wollen unbedingt, dass ich Miko Nachhilfe gebe. Sie scheinen fast schon verzweifelt zu sein. Und ich brauche das Geld. Also werde ich tun, was Auri gesagt hat: Ich werde mich nicht von Jonne davon abhalten lassen, den Job anzunehmen.

Die Entscheidung fühlt sich richtig an, und dennoch erleichtert sie mich nicht. Einfach, weil es bedeutet, Jonne in Zukunft noch öfter zu begegnen. Aber ich werde lernen müssen, damit umzugehen. Mich bei ihm entschuldigen. Mich vielleicht sogar mit ihm aussprechen, wenn er das zulässt und mich nicht der Mut verlässt. Allein bei dem Gedanken zieht sich alles in mir zusammen, doch ich beschleunige meine Schritte, um meiner Entscheidung mehr Kraft zu geben, und schwöre es mir selbst.

Ich werde das regeln. Ich werde das schaffen. Nach dem Frühstück rufe ich Saana an und teile ihr meine Entscheidung mit. Und danach frage ich Auri, wie der Filmabend mit Tommy war, den ich, ohne zu zögern, ausgeschlagen habe. Wir kennen uns noch nicht gut, aber Auri bemüht sich um mich, als hätte sie wirklich Interesse an einer Freundschaft. Und ich? Ich lasse mich nur stumpf von ihr mitziehen und zeige keinerlei Eigeninitiative. Ich will mir ihre Freundlichkeit wenigstens verdienen. Andererseits sollte ich vielleicht nicht so viel Nähe zulassen, wenn man bedenkt, dass ich nicht lange auf der Insel bleiben werde.

Oder? Es gibt Telefone, das Internet, Flugzeuge … Steht mein Wohnort einer Freundschaft im Weg? Ich habe schon lange niemanden mehr, zu dem ich eine Verbundenheit spüre. Es wäre schön, das zu ändern. Jemanden zum Reden zu haben.

Und die Frage ist doch: Wo will ich überhaupt in Zukunft arbeiten? Denn jetzt, wo ich Edmonton bereits verlassen habe, zieht mich rein gar nichts mehr dorthin zurück. Möglicherweise ist das eine Chance für mich. Ein Neuanfang. Aber das bedeutet auch, dass ich mich völlig halt- und heimatlos fühle, als würde ich nirgendwo mehr hingehören. Als hätte diese Welt gar keinen Platz mehr für mich. Und dieser Gedanke bringt mich wieder so nah an den Rand der Verzweiflung, dass mir die Tränen in den Augen brennen.

Ich schüttle energisch den Kopf und nehme jetzt erst wieder bewusst wahr, wie der Wald an mir vorbeizieht. Es passiert oft, dass ich mit meinen Gedanken abdrifte, bis ich nichts mehr um mich herum mitkriege. Ich habe keine Ahnung, wo ich gerade bin. Meine Beine haben mich getragen, ohne dass ich gesehen habe, wohin. Bleibt nur zu hoffen, dass sich der Weg nicht irgendwo gegabelt hat und ich blind eine Richtung eingeschlagen habe. Sonst könnte ich mich tatsächlich verlaufen haben.

Ich ziehe in Erwägung, wieder umzudrehen. Aber im Moment befinde ich mich auf einem kerzengeraden Pfad, also kann ich mich nicht schlimmer verirren als ohnehin schon. Und meine Sorgen schwinden weiter, als mir bewusst wird, dass ich den Ozean wieder hören kann. Vor mir strahlt pinkfarbenes Licht zwischen den Baumkronen hindurch und der Wald wird immer lichter. Ich verlangsame meine Schritte, um den Anblick, der sich mir gleich bieten wird, genießen zu können. Das Brennen in meiner Lunge und meinen Beinen bemerke ich, doch ich ignoriere es und hefte meinen Blick auf das kleine Stückchen Ozean, das soeben zwischen den Bäumen in mein Sichtfeld gerückt ist.

Etwa hundert Meter später trete ich aus dem Wald heraus an den Nordstrand Malcolm Islands. Der Kies knirscht unter meinen Füßen, und vom Meer her weht mir ein sanfter Wind entgegen. Die Wellen glitzern golden und pink, passend zum Farbspektakel, das sich zu meiner Rechten am Horizont abspielt. Hinter einer dünnen Nebelwand zeichnet sich am anderen Ufer das Festland British Columbias ab.

Ich bleibe stehen, schließe kurz die Augen und atme tief durch. Ich habe so lange in der Großstadt gelebt, dass ich vergessen habe, wie schön die raue Natur sein kann. Wie belebend. Wie heilsam. Und all die Jahre habe ich völlig verdrängt, wie sehr ich das vermisse. Mit Jenson und Brad war ich oft wandern. Auch das Internat, das ich lange besucht habe, lag außerhalb der Stadt, doch da habe ich die Natur meist nur von meinem Zimmerfenster aus gesehen. Allein wollte ich keine Ausflüge machen, es hätte zu sehr wehgetan. Joggen war ich auf dem Sportplatz.

Ich stehe ein paar Minuten so da, während der Horizont heller wird. Dann erst präge ich mir das Strandstück, auf dem ich stehe, genau ein, damit ich später den Trampelpfad wiederfinde, und setze mich in Bewegung. Ich folge der Küste in Richtung Osten am Waldrand entlang. Ein Teil von mir sehnt sich danach, näher ans Wasser zu gehen, die Schuhe auszuziehen und durch die kalten Wellen zu waten. Aber die Angst ist größer als die Sehnsucht. Vielleicht nächstes Mal. Nicht heute. Ich bleibe in sicherem Abstand.

Schon nach wenigen Minuten schiebt sich die Sonne über den Horizont, und ich blinzle gegen das goldene Licht an. Die Wärme prickelt auf meinem vom Wind eiskalten Gesicht, und ein Lächeln schleicht sich auf meine Lippen. Ich steuere auf eine kleine Landzunge zu, die an der Spitze von großen Felsen gesäumt ist. Erst aus der Nähe erkenne ich, dass auf einem von ihnen jemand sitzt, die Knie an die Brust gezogen, und in Richtung Festland blickt. Es muss schön sein, so nah am Wasser zu sitzen, den Wind in den Haaren, die Wellen direkt unter einem, und dabei den Sonnenaufgang zu beobachten.

Ich ziehe mich ein Stück weiter in den Wald zurück, um möglichst unbemerkt an der Person vorbeizukommen. Ich will nicht noch mehr Aufmerksamkeit auf mich lenken, und erst recht in kein Gespräch verwickelt werden. Und stören möchte ich genauso wenig. Aber der Mann kommt mir bekannt vor. Und je mehr ich mich ihm nähere, desto sicherer bin ich mir, wer es ist.

Ausgerechnet Jonne Aalton.

Mein Herz schlägt wie wild, aber ich nehme all meinen Mut zusammen und laufe trotzdem weiter. Wenn es wirklich nur um das Haus geht, wäre zwischen Jonne und mir doch eigentlich alles in Ordnung. Vielleicht will er es sogar kaufen. Dann wäre ich es los und er mich. Win-win, oder nicht?

Auf Höhe der Landzunge bleibe ich stehen und schaue unschlüssig zu ihm hinüber. So zusammengekauert, wie er dasitzt, sieht er viel weniger einschüchternd aus, als ich ihn gestern wahrgenommen habe. Und wenn ich ihn einfach anspreche? Es hinter mich bringe? Meine Kehle schnürt sich von ganz allein zu. Was soll ich denn sagen? Noch dazu müsste ich verdammt nah ans Wasser.

Aber mir kann gar nichts passieren. Jonne ist ausgebildeter Rettungsschwimmer, er wird mich ja wohl rausziehen, sollte ich ins Meer fallen, selbst wenn er mich nicht leiden kann. Hoffe ich zumindest. Ich schlucke schwer.

Trau dich, Lavender. Sei ein Mal mutig.

Aber in dem Moment, als ich den ersten Schritt auf ihn zu mache, erhebt Jonne sich und richtet sich zu seiner vollen Größe auf. Schon wirkt er unnahbarer, unberechenbarer. Wenn er steht, hat er irgendwie mehr Macht über mich.

Ich zögere. Jonne steht weiterhin mit dem Rücken zu mir und starrt aufs Meer. Sekunden verstreichen. Vielleicht auch Minuten. Und ich warte eigentlich nur darauf, dass er sich umdreht und mich hier entdeckt.

Aber das tut er nicht. Stattdessen streift er sich das dunkle Shirt über den Kopf und wirft es neben sich. Ich starre wie gebannt auf seinen muskulösen gebräunten Rücken und bin jetzt so irritiert, dass ich mich gar nicht mehr rühren kann. Nicht mal, als er seine Jogginghose und kurz darauf seine Boxerbriefs auszieht.

Was macht er da? Und was mache *ich*!

Ich sollte wegsehen, verdammt. Stattdessen schaue ich auf Jonnes nackten Hintern und mir steigt Hitze in die Wangen, bis mein ganzer Kopf glüht. Wenn er sich jetzt umdreht, sterbe ich. Einerseits vor Scham und andererseits, weil er mich dann entdeckt und bestimmt sehr sauer sein wird.

O Gott. Was sehe *ich* denn, wenn er sich jetzt umdreht!

Doch Jonne steht einfach nur weiterhin da wie eine Statue. Ich brauche einen Moment, um mich wieder zu fassen. Ich will mich endlich abwenden, da bewegt er sich doch. Er tritt vor an den Rand des Felsens und springt dann, ohne zu zögern, mit einem Kopfsprung ins eiskalte Meer.

Mir entweicht ein erschrockenes Quieken, und ich mache automatisch einen Schritt aufs Wasser zu. Ist das nicht gefährlich? Sollte man nicht langsam rein? Kann er keinen Kälteschock oder so kriegen? Aber da taucht Jonne bereits wieder zwischen den Wellen auf und schwimmt in Richtung Festland.

Okay. Schön. Gar kein Ding. Er wird schon wissen, was er tut. Vielleicht ist das seine Morgenroutine, genau wie das Joggen meine ist. Er kommt hierher, wo ihn niemand sieht, und geht Nacktbaden in gefühltem Eiswasser. Ganz normal.

Hat Auri nicht auch irgendwas in die Richtung von sich selbst erzählt? Ist das hier ein Trend?

Ich schüttle fassungslos den Kopf und versuche, den Anblick von Jonnes Hintern aus meinen Gedanken zu verbannen. Mit wenig Erfolg. Der Kerl sieht selbst nackt aus wie ein verdammter Hollywoodstar. Ich ziehe mich tiefer in den Wald zurück und trete den Rückweg an. Nicht, dass er mich jetzt doch entdeckt. Dennoch drehe ich mich noch einige Male zu ihm um, nur um mich zu versichern, dass er nicht ertrinkt. Doch Jonne zieht im Meer seine Runden, als wäre es ein übergroßer Swimmingpool. Unfassbar.

Meine Ohren glühen immer noch. Verdammt, mein ganzer Körper glüht. Ich glaube, zu Hause brauche ich erst mal eine kalte Dusche.

Saana hat mich gleich wieder für heute Abend eingeladen. Sie klang so begeistert über meine Zusage, dass ich direkt ein besseres Gefühl hatte. Besonders als Auri mir kurz danach zusicherte, mich zu begleiten. Angeblich tut sie es nur, weil sie Saanas Kekse so gern isst, aber ich glaube eher, dass sie aufpassen will, dass ich nicht ohne Rückendeckung Jonne in die Arme laufe. Ihre Pläne liefen allerdings etwas aus dem Ruder. Erst hieß es, sie würde mich hier beim Haus abholen. Und kurz darauf kündigte sie an, eine Stunde früher zu kommen, damit wir uns vorher noch unterhalten können.

Eigentlich wollte ich den Tag nutzen, um mich über mögliche Jobs und das Prozedere des Hausverkaufs schlauzumachen. Stattdessen habe ich wie wild geputzt, um es irgendwie aussehen zu lassen, als hätte ich mein Leben unter Kontrolle und würde nicht auf dem verdammten Sofa schlafen.

Ich habe die Hoffnung, dass ich Auri in der gemeinsamen Stunde wenigstens dazu überreden kann, mit mir einkaufen zu gehen. Natürlich unter Vorwand, denn ich werde ihr sicher nicht sagen, dass ich mich nicht allein in den Laden traue. Doch meine Pläne werden durchkreuzt, als ich ihr am Nachmittag die Tür öffne und sie mit einem großen Karton voller Pflanzen dort steht.

»Ähm … hi?«, mache ich verwirrt und sehe ratlos hinunter auf die rosa- und pastelllilafarbenen Blüten vor meiner Nase. »Was ist das?«

»Astern!« Auri schiebt sich freudig an mir vorbei ins Haus und stellt den Karton auf dem Küchentisch ab. Sie nimmt einen der kleinen Plastiktöpfe samt Blume heraus und hält ihn mir entgegen. »Gefallen sie dir? Ich dachte, du magst die Farbe bestimmt. Passt so gut zu deinen Haaren.«

Ich nicke etwas irritiert und nehme ihr die Pflanze ab. Dann stehe ich ratlos damit herum. »Und … jetzt?«

»Bei meiner Arbeit ist direkt nebenan eine Gärtnerei, mit der wir kooperieren. Sie wollten die Blumen loswerden, weil die Saison fast rum ist und sie sie sonst wegwerfen müssten. Da dachte ich mir, es ist ohnehin Zeit, dass sich mal wieder jemand um den Garten hier kümmert.«

Skeptisch ziehe ich die Augenbrauen hoch. Seit ich hier bin, habe ich keinen einzigen Fuß in den Garten gesetzt. Und ich hatte es, um ehrlich zu sein, auch nicht vor.

Auri jedoch stapft zielsicher durchs Wohnzimmer, ohne sich nach mir umzuschauen, und reißt die Terrassentür auf. »Ach du Scheiße!«, ruft sie. »Das ist ja ein Dschungel!«

Zögerlich folge ich ihr nach draußen. Sie hat recht. Die kleine gepflasterte Terrasse, von der aus man durch die Hecke hindurch vereinzelt einen Blick aufs Meer erhaschen kann, ist größtenteils zugewachsen. Die zwei Beete, die sie säumen, sind hüfthoch mit Unkraut zugewuchert, und die Büsche sowie Sträucher am Rand des Grundstücks strecken ihre Äste meterweit nach allen Seiten aus.

Auri schnalzt empört mit der Zunge, holt zwei Paar Gartenhandschuhe aus ihrem Jutebeutel und reicht mir eines davon. Dann kämpft sie sich durch das Dickicht zu einem kleinen

Schuppen, den ich in dem Gestrüpp beinahe übersehen hätte. Bei dem Anblick kommen Erinnerungen zurück. Als Kind saß ich mal beim Versteckenspielen mit Brad dort drin. Stundenlang, in völliger Dunkelheit, während es überall um mich herum geraschelt hat, weil Mäuse irgendwo ihr Nest hatten. Brad hat mich nicht gefunden und die Suche irgendwann aufgegeben. Und ich habe weiter in der Ecke gesessen und Rotz und Wasser geheult, weil ich dachte, ich müsste jetzt für immer dableiben. Onkel Jenson hat mich irgendwann gefunden, auf den Arm genommen und getröstet. Er meinte, es sei alles gut. Bis zu Brads Tod war es das auch.

Schnell blinzle ich die Erinnerung fort und folge Auri. Sie wischt sich fluchend Spinnweben aus dem Gesicht und sucht etwas in den vollgerümpelten Regalen. Kurz darauf hält sie triumphierend eine Gartenschere in die Höhe. »Wusste ich doch, dass die noch da ist! Hier hat noch nie jemand aufgeräumt. Typisch. Willst du die Beete frei machen oder die Rosen zurückschneiden?« Sie greift nach einem großen Eimer.

Ich ziehe verunsichert die Unterlippe zwischen die Zähne und zucke hilflos mit den Schultern. Auri trägt bereits ihre Handschuhe, während ich meine in der einen, die Aster in der anderen Hand halte und nicht so recht weiß, wohin damit. »Ich hab wirklich null Ahnung vom Gärtnern«, gestehe ich.

»Okay, dann lasse ich dich nicht an die Rosen. Aber Unkraut erkennst du, oder?«

Ich sehe sie nur ratlos an.

»Okay ... vielleicht schauen wir erst mal gemeinsam.« Sie geht wieder zurück zu den Beeten vor der Terrasse, stemmt die Hände in die Hüften und starrt hinunter auf den Dschungel dort. »Hm. Also wenn ich mir das so anschaue, ist das *alles* Unkraut. Die Gräser wollen wir hier nicht. Das sieht mir nach Mohn aus, aber der ist sowieso seit Monaten abgeblüht, kannst du also rausreißen. Und ich glaube, das da vorn ist eine wilde Brombeere. Da musst du auf deine Hände aufpassen. Die haben Mörderstacheln. Lass mal sehen, vielleicht schneide ich die lieber vorh... ah!«

Auri macht einen Schritt ins Beet und sackt nach vorn weg. Ich lasse reflexartig die Aster fallen und packe meine Freundin am Oberarm. Sie klammert sich an mir fest und reißt mich dabei fast mit zu Boden. Kurz rutscht sie noch ab – wohin auch immer –, bevor sie wieder halbwegs sicher steht. Mit wackligen Beinen und vor Schreck geweiteten Augen.

Ich sehe wahrscheinlich genauso überrumpelt aus wie sie. Mit Mühe löse ich meinen Griff wieder von ihrem Arm und atme tief durch, um mein rasendes Herz zu beruhigen. »Was war das denn?«, stoße ich aus und ziehe Auri sicherheitshalber einen Schritt vom Beet weg. Sie hat die Finger weiterhin in meinen Arm gekrallt und schiebt mit einem Fuß das Unkraut vor sich beiseite. Dahinter kommt ein etwa ein Meter breites und ebenso tiefes Loch zum Vorschein, in das sie soeben fast gefallen wäre.

»Fucking hell!«, flucht sie und stampft mit dem Fuß auf. Sie löst sich von mir und schüttelt ihre Hände aus. »Wer will uns denn da umbringen?«

»Ich glaube, das ist ein Zeichen«, murmle ich. »Ein schlechtes Omen.«

»Ach was! Da haben sie vor zwei Jahren einen Strauch rausgemacht und waren offensichtlich zu faul, diese *Todesfalle* wieder zu schließen! Wenn ich diese Arschlöcher erwische!« Sie fuchtelt wild umher, wettert munter weiter und stakst auf zittrigen Beinen zurück auf die Terrasse. Ich höre einige wüste Beschimpfungen und halte mich lieber im Hintergrund. Wenn es etwas gibt, was ich bereits über Auri gelernt habe, dann ist es, dass man sich ihr besser nicht in den Weg stellt, wenn sie wütend ist. Sie braucht ein paar Minuten, bis sie sich wieder halbwegs beruhigt hat. »Zieh die Handschuhe an!«, befiehlt sie mir dann schon fast.

»Aber ...«

»Das können wir so nicht lassen! Sonst kann ich mich ja gar nicht bei den anderen beschweren, wenn ich rausfinde, wer das war! Wenigstens das Unkraut muss weg, damit man sieht, dass man da in den Tod stürzen kann. Wir reißen alles raus.

Danach stutze ich die Rosen, die blühen dann nächsten Sommer richtig schön.«

Ihr Tonfall klingt immer noch leicht aggressiv, also murmle ich nur ein »Ja, Ma'am« und füge mich meinem Schicksal. Auri zeigt mir, wie man das Unkraut mitsamt der Wurzel herausreißt, danach machen wir mit dem Beet kurzen Prozess. Oder eher langen, denn wir brauchen fast die ganze Stunde, um es sauber zu kriegen und die Astern einzupflanzen. Die, die ich fallen gelassen habe, sieht reichlich geknickt aus, aber Auri meint, das sei kein Problem, da sie ohnehin erst im Folgejahr blühen würden.

Ich verkneife es mir, sie daran zu erinnern, dass ich dann nicht mehr hier sein werde, und lasse zu, dass sie sich den Rosen widmet, während ich mich umziehe. Dann freut sich nächstes Jahr eben jemand anders darüber.

So ungern ich es auch wahrhaben will, wahrscheinlich ist es generell keine schlechte Idee, den Garten auf Vordermann zu bringen. Das Haus wäre so bestimmt attraktiver. Und die Gartenarbeit hat immerhin das geschafft, was das Joggen heute Morgen nicht konnte: Sie hat mich abgelenkt. Ich habe die ganze Stunde über nur an Unkraut gedacht und nicht an mein verkorkstes Leben.

Als ich mit frischen Klamotten wieder zurück nach draußen trete und das Eck rechts von der Tür zum ersten Mal von Weitem erblicke, verspüre ich eine tiefe Zufriedenheit. Es wirkt jetzt richtig ordentlich. Auri gießt soeben die Astern, die wir abwechselnd rosa und lila eingepflanzt haben. Der Rosenstrauch, der vorhin den Schuppen überwuchert hat, ist gestutzt. Nur das Loch im Beet stört noch, aber ich versuche, nicht zu sehr darüber nachzudenken.

»Können wir los?«, frage ich. »Es ist gleich fünf.«

»Klar!« Auri stellt die Gießkanne weg, streift sich die Handschuhe ab und kommt ins Haus.

Ich schließe die Terrassentür hinter uns. »Danke für deine Hilfe. Das war eine gute Idee.«

»Nichts zu danken! Gärtnern ist mein Hobby. Bei mir und

Saana ist schon alles gemacht, also habe ich dich schamlos ausgenutzt, um mich hier auszutoben.« Sie zwinkert mir zu.

»Und Aggressionen auszulassen«, scherze ich.

»Das war aber auch nötig nach dieser Nahtoderfahrung!« Sie läuft zur Haustür und hält sie mir auf.

»Äh ... willst du dich nicht umziehen?« Auri ist von oben bis unten mit Dreck besudelt. Ihre Knie sind braun, weil sie sich ins Beet gekniet hat, und sie hat sogar einen Streifen Erde an der Wange.

»Ach was. Man kennt mich hier so.«

Ich versuche, ihr niedliches Gesicht mit der Stupsnase und den kerzengeraden Bobschnitt mit dieser Aussage in Einklang zu bringen und scheitere. Die Male, die ich sie getroffen habe, war sie zwar nicht unbedingt top gestylt, aber auf jeden Fall hübsch angezogen und ordentlich. Andererseits hätte ich anfangs auch nicht erwartet, dass Auri es so faustdick hinter den Ohren hat. Ihr Aussehen trügt also ohnehin. »Gut, wenn das so ist.« Ich nehme meinen Schlüssel und begleite sie nach draußen. Es muss schön sein, einen Ort zu haben, an dem man rumlaufen kann, wie man will, ohne Angst haben zu müssen, dafür verurteilt zu werden.

Auf dem Weg zur Nachhilfe erzählt Auri mir ausführlich von dem Film, den sie mit Tommy geschaut hat, und lässt es sich dabei nicht nehmen, jeden seiner schlechten Witze nachzuerzählen. Ich weiß nicht, ob die Witze lustig sind oder nur die Art, wie Auri seine tiefe Stimme imitiert, doch ich erwische mich dabei, wie ich immer mehr darüber lache.

Die gute Stimmung findet ein jähes Ende, als Saana uns die Tür öffnet. Sie hat ein Lächeln aufgesetzt, das eher angestrengt als herzlich wirkt, und zwischen ihren Brauen ist noch eine Sorgenfalte zu erahnen, die sie wohl eben mühsam geglättet hat. Sie begrüßt uns und bittet uns rein. Dass Auri dabei meinen halben Garten mit ins Haus trägt, scheint sie nicht zu stören. Ich glaube sogar, es fällt ihr nicht mal auf. Sie wirkt anders als gestern. Irgendwie abwesend. Ich werfe Auri einen fragenden Blick zu, aber die zuckt nur mit den Schultern.

»Miko!«, ruft Saana und geht uns voran ins Esszimmer. »Lavender ist da!«

Wir folgen ihr ins Zimmer, und mein Herz erleidet einen kurzen Aussetzer. Jonne sitzt am Esstisch und mustert mich. Er hat die Ellbogen auf der Tischplatte abgestützt und schaut finster drein. Ausnahmsweise scheint es allerdings nicht nur an mir zu liegen. Die gesamte Stimmung im Raum ist am Tiefpunkt.

Miko hockt seinem Bruder gegenüber wie ein jüngeres Spiegelbild. Auch er starrt düster vor sich hin. Vor ihm auf dem Tisch liegen die Überreste einer zerfetzten Serviette, als hätte er seine Wut an irgendetwas auslassen müssen.

»Hi«, sage ich verunsichert und bleibe bei der Tür stehen. Auri drängelt sich an mir vorbei.

»Wow, Partystimmung!«, ruft sie. »Euch auch einen wunderschönen Abend!«

Ein Schmunzeln zupft an Mikos Lippen, als Auri ihm einen Arm umlegt und durch die Haare wuschelt. Jonne wendet nur stumm den Blick von mir ab und widmet sich seinem Glas.

Miko sieht mich an und versucht sich an einem Lächeln, das erzwungener nicht sein könnte, und ich erwidere es ebenso steif. Was ist hier heute nur los? Ist irgendwas passiert?

»Wollt ihr gleich hoch?«, schlägt Saana vor, und ich nicke eilig. Alles, bloß nicht mit Jonne am Tisch sitzen. Miko ist augenblicklich auf dem Weg zur Tür, und Saana tätschelt ihm im Vorbeigehen die Schulter. »Viel Spaß.«

Er sagt nichts. Schaut sie nicht mal an.

Auri seufzt und lässt sich auf seinen frei gewordenen Platz sinken. »Bis gleich, Lav.«

Kaum, dass sie sitzt, ist es Jonne, der sich erhebt. »Ich such mal Dad«, verkündet er, nimmt seine Kaffeetasse und verschwindet damit durchs Wohnzimmer in den Garten.

Okay. Das wirkte wie eine Flucht. Aber ich bin doch sowieso gleich nicht mehr da? Ich folge Miko die Treppe hoch in das kleine Arbeitszimmer. Er schließt die Tür hinter uns, lässt sich auf den Stuhl fallen und schlägt wortlos das Biologiebuch auf.

Zögerlich setze ich mich neben ihn. Wir starren beide die bunten Seiten an, und ich spiele mit dem Gedanken, die Situation einfach zu ignorieren und mich dem Stoff zu widmen. Aber irgendwie kann ich das nicht. Miko wirkt frustriert. Also schlage ich das Buch kurzerhand wieder zu und drehe mich zu ihm. Er reagiert nicht mal.

»Was ist los?«, frage ich vorsichtig.

Er schnaubt. »Nichts. Alles bestens.«

»Das wirkt aber ein bisschen anders.«

Mikos Mundwinkel zucken. »Mein Bruder ist ein Arsch, sonst nichts. Also alles wie immer. Ach ja, und meine Eltern finden das super. Eine richtige Arschlochvereinigung.«

Ich beiße mir auf die Unterlippe. Legt Jonne sich jetzt wegen mir auch mit Miko an? »Wieso? Was hat er gemacht?«

Schweigen. »Du willst nicht drüber reden.«

Flüchtig sieht Miko zu mir hoch. »Bringt doch eh nichts.«

»Na ja … vielleicht kann ich dir ja helfen. Oder du kannst wenigstens ein bisschen Frust loswerden.«

Er schüttelt stumm den Kopf und starrt wieder auf den Tropenfrosch, der vorn auf seinem Biobuch abgebildet ist. Ich will ihn nicht drängen. Aber … »Falls du doch mal reden willst, kannst du gerne zu mir kommen, okay? Nur damit du es weißt.«

»Hm.«

Das Angebot wird er wohl nicht annehmen. Doch ich wollte es gesagt haben. Und jetzt …? So brauche ich nicht mit ihm Nachhilfe zu machen. »Worüber willst du stattdessen reden?«, frage ich.

Fragend schaut er zu mir auf und hebt eine Braue. »Was ist mit Bio?«

»Kann ein bisschen warten, oder? Wir müssen ja nicht jede Minute nur pauken.«

Er zuckt mit den Schultern. »Hab nichts zu erzählen.«

»Was machst du denn so in deiner Freizeit? Was hast du für Hobbys?«

»Zocken«, erwidert er schlicht.

»Was zockst du?«

»Playstation. So böse Killerspiele.« Er verdreht die Augen. Ich schmunzle. »Ah ja, ganz gefährlich. Hast du heute schon was gespielt?«

Miko presst die Lippen zusammen. »Geht schlecht. Jonne hat mir die Playstation weggenommen.«

»Oh. Mist.«

»Jup …«

Ich merke, dass wir wieder ins Schlechte-Laune-Gebiet steuern, und wechsle schnell das Thema. »Und womit vertreibst du dir stattdessen die Zeit? Du hast doch bestimmt noch andere Hobbys.«

Erneut zuckt Miko mit den Schultern. »Meine Freunde und ich hängen oft auf Vancouver Island ab. Geht aber auch nicht, hab Inselarrest.«

»Inselarrest?«

»Jo.«

Ich verkneife mir jegliche Nachfragen. Das klingt, als hätte Miko ziemlichen Stress mit seiner Familie. »Aber besser als Hausarrest, oder? Gibt es hier auf der Insel nichts, was ihr machen könnt?«

»Klar. Wie wär's mit einem Ausflug in den Supermarkt?«

»Okay, tut mir leid. Ich wollte dich nicht damit nerven.«

»Schon gut«, brummt er. »Ist halt alles scheiße grade.«

Ich verfalle in hilfloses Schweigen. Ich habe keine Ahnung, wie ich ihm helfen kann. Oder welches Thema fettnäpfchenfrei ist. Ich trete in eins nach dem anderen.

Miko seufzt. »Boah, dachte nicht, dass ich das mal sage, aber können wir nicht einfach Bio machen?«

»Klar.« Schnell schlage ich das Buch wieder auf. »Die Fragerei tut mir leid. Wir können auch nur stinknormale Nachhilfe machen. Ohne Reden.«

Miko wirft mir einen verhaltenen Blick zu und zieht das

Buch zu sich heran. Er senkt den Blick. »Nee, ist schon okay«, murmelt er. »Also mit den Fragen, meine ich. Bin heute nur mies drauf.«

»Das verstehe ich.«

»Nächstes Mal vielleicht. Wir sehen uns ja jetzt öfter.«

»Tu mal wenigstens begeistert«, scherze ich.

Er sieht zu mir auf und ... lächelt. Schwach, aber ehrlich. »So besser?«, fragt er.

Ich nicke. »Viel besser.«

Kapitel 12

JONNE

Ich verbringe die Stunde mit Dad im Garten und versuche, meine Gefühle im Zaum zu halten. Es reicht schon, dass Mom ausgerechnet Lavender Whitcomb als Nachhilfe aussuchen musste. Aber dass Auri sie beim Spitznamen nennt, hat mir den Rest gegeben. Hat sich eigentlich dieses ganze verdammte Dorf gegen mich verschworen? Sie wissen alle, wie es mir damit geht. Und niemanden interessiert es.

Immerhin bleibt es im oberen Stockwerk ruhig. Ich höre keine Türen knallen oder wüste Beschimpfungen. Miko hasst uns momentan alle abgrundtief, doch wenigstens vor Lavender reißt er sich zusammen. *Ausgerechnet* vor Lavender. Nicht mal seine beschissene Teenager-Attitüde ist auf meiner Seite.

Als die Nachhilfestunde sich dem Ende neigt, gehe ich wieder rein und setze mich widerwillig zu Mom und Auri an den Küchentisch. Dad beansprucht den Platz neben mir, und das beruhigt mich immerhin ein kleines bisschen. Mir ist klar, dass er in die Sache nicht bewusst involviert ist. Seine Neutralität ist mein Rettungsanker, weil sie bedeutet, dass diese Verschwörung irgendwo ein Ende hat.

Mom und Auri unterhalten sich leise über die Arbeit. Im ganzen Raum duftet es schon nach Moms Risotto. Auf dem Herd steht ein großer Topf, und der Tisch ist für fünf gedeckt.

Ich bezweifle, dass diese Familie heute ein gemeinsames Essen aushält, aber Moms Gutmütigkeit entkommt niemand.

Wir kommen hier erst wieder raus, wenn die Teller entweder leer sind oder in hohem Bogen durchs Zimmer fliegen. Ich spreche aus Erfahrung.

Vielleicht kann zumindest Auri sich vor dem Desaster drücken, wenn sie sich eine gute Ausrede überlegt. Andererseits ist sie für die Lavender-Situation verantwortlich, also gönne ich ihr das eigentlich nicht. Meine Cousine bemerkt meinen Blick und streckt mir demonstrativ die Zunge raus. Ich rolle mit den Augen. »Könntest du gleich wenigstens so tun, als wärst du höflich?«, zischt sie mir zu, und ich weiß, was sie meint. Es geht schon wieder um *sie. Alles* dreht sich nur noch um diese verdammte Frau.

Mom sieht zu uns herüber, und auch Dad mustert uns interessiert.

Ich schnaube. »Könntest du wenigstens versuchen, dich nicht in alles einzumischen?«

»Das ist auch meine Familie.«

»Das macht es nicht zu deiner Angelegenheit.«

»Kinder …«, setzt Mom an, aber in dem Moment hören wir, wie oben die Tür geöffnet wird, und sie verstummt schlagartig. Zwei Paar Schritte kommen die Treppe hinunter. Eines mit lautem Gepolter, das andere federleicht.

Mom steht auf, um die beiden im Flur abzufangen, und ich folge ihr. Primär, weil ich nicht will, dass Miko ihr gleich den Stinkefinger zeigt und dann durch die offene Haustür die Flucht ergreift. Doch zu meiner Überraschung wirkt er gelöst. Geradezu zufrieden. Erst als er mich erblickt, verfinstert sich seine Miene wieder.

Lavender hingegen wirkt bis aufs Äußerste angespannt. Sie sieht mich und läuft rot an, zieht die Unterlippe zwischen die Zähne, verschränkt die Arme hinter dem Rücken und reckt zaghaft das Kinn. Ihr Blick trifft meinen und hält ihm stand. Einen Moment lang weiß ich nicht so recht, wie mir geschieht.

Die letzten Male hat sie sich kaum getraut, mich anzuschauen. Jetzt hingegen durchleuchten ihre blauen Augen mich, als wäre es ihr verdammtes Recht, in meinen nach einer Antwort zu suchen – auf welche Frage auch immer.

Wir liefern uns ein regelrechtes Blickduell, und ich glaube, keiner will zuerst nachgeben. Aber so komme ich endlich dahinter, was mich an ihren Augen dermaßen fasziniert hat. In meiner Familie hat fast jeder blaue Augen. Lavenders allerdings sind anders. Sie hat nicht diesen dunklen Ring um die Iris, den alle Aaltons haben. Ihre sind durchgehend hellblau wie ein klarer Frühlingshimmel. Unschuldig. Noch mehr Schein.

»Wie war es?«, fragt Mom und reißt mich damit aus meinen Gedanken. Lavender löst ihren Blick von mir, lässt von ihrer Unterlippe ab, die jetzt leicht geschwollen ist, und lächelt. Statt zu antworten, schaut sie erwartungsvoll zu Miko.

»Gut«, murmelt dieser und lächelt ebenfalls kaum merklich. »Weiß jetzt mehr über Schnecken, als man je wissen muss.«

»Das klingt ja spannend!«, behauptet Mom. »Ich glaube, es war eine gute Idee, mit Bio anzufangen.«

Ich verschränke die Arme vor der Brust und lehne mich gegen den Türrahmen, während Mom die beiden weiter ausfragt. Auri taucht hinter mir auf und reckt den Hals, um über meine Schulter zu sehen. Ich mache ihr ein wenig Platz, und sie quetscht sich neben mich.

»Zwerg«, raune ich und bekomme einen freundschaftlichen Ellbogen in die Seite.

»Gründe doch einen Riesenclub mit Tommy«, spottet sie. »Dann könnt ihr euch gemeinsam daran hochziehen, dass ihr durchgehend ausseht, als würdet ihr auf Stelzen laufen.«

Ich werfe ihr einen belustigten Blick zu. »Ich glaube, Tommy würde mir auf den Kopf spucken, wenn ich ihm das vorschlage.« Und das könnte er auch, denn Tommy ist *wirklich* riesig.

»Da habe ich auch nichts dagegen.«

Ich seufze. Mom stellt immer noch Fragen. Ich erwische Lavender dabei, wie sie zu mir schaut und dann schnell wieder weg. So kenne ich sie schon eher.

»Das klingt alles wunderbar!«, erwidert Mom strahlend. »Ich freue mich so. Übrigens habe ich Risotto gekocht. Willst du zum Essen bleiben, Lavender? Auri bleibt auch!«

Ich erstarre. Mein ganzer Körper verkrampft sich. Das ist doch nicht ihr verdammter Ernst.

Lavender sieht aus wie ein Kaninchen im Scheinwerferlicht. Ihr Blick huscht zu mir, dann zu Auri, dann wieder zu Mom. Ihr Gesicht läuft rot an. »Ich … äh«, stammelt sie. »Ich …«

»Hast du nicht gleich diesen Videocall mit deinen Freunden aus Edmonton?«, rettet Auri sie. Oder eher uns.

»Ja, genau«, krächzt Lavender. »Tut mir leid.«

»Oh, wie schade!«, sagt Mom. »Aber kein Problem. Dann viel Spaß dabei, und wir sehen uns morgen.«

»Danke.«

Auri tritt vor, um Lavender zum Abschied zu umarmen. Miko wirft ein Bye in den Raum und drängt sich an mir vorbei ins Esszimmer. Ich will ihm folgen, als ich meinen Namen höre. »Jonne?«

Lavenders Stimme klingt zittrig, aber ich habe mich nicht verhört. Ich drehe mich zu ihr um. Wieder schaut sie mir direkt in die Augen und hält meinem Blick stand. Aus dem Augenwinkel nehme ich wahr, wie Mom und Auri verwirrt zwischen uns hin und her schauen. Verdammt, ich bin auch verwirrt.

»Was?«, bringe ich heraus.

Sie schluckt. »Hast du noch einen Moment?«

Nein. Vergiss es. Nur über meine Leiche. Die Worte liegen mir auf der Zunge. Aber ich spüre Moms warnenden Blick auf mir und bin zwangsweise an meine gute Erziehung erinnert.

»Okay«, sage ich schlicht.

Lavender lächelt Mom und Auri an und lädt sie damit höflich aus dem Gespräch aus. »Guten Appetit.«

Die beiden ziehen sich ins Esszimmer zurück, Auri stößt mir noch mal warnend den Ellbogen in die Seite, dann schließen sie die Tür hinter sich.

Einen Moment lang scheint keiner von uns auch nur ein Wort herauszubringen. Lavender und ich starren uns an, und ich bin plötzlich wieder im Supermarkt vor dem Kühlregal, mir gegenüber eine Fremde, die sich mit ihren traurigen blauen Himmelaugen viel zu tief in mein Herz katapultiert hat.

Ich runzle die Stirn und wische den Gedanken beiseite. Lavender zögert weiterhin. Ich kann sehen, dass das, was sie sagen will, sie viel Überwindung kostet. Und das kann nichts Gutes bedeuten. Ich wünschte, sie würde es einfach lassen. Ich wünschte, sie wäre gar nicht erst hier.

»Was?«, frage ich erneut, und diesmal klingt es ruppiger. Vielleicht weil Mom nicht danebensteht. Oder aber auch, weil nett zu ihr zu sein mir mehr Selbstbeherrschung abverlangt, als ich momentan aufbringen kann.

Lavender atmet tief ein. Es ist, als würde sie damit den gesamten Sauerstoff aus dem Raum saugen. Ich verschränke meine Arme fester und wappne mich für ihre Worte. Will sie eine große Rede schwingen? Mich von ihrer Unschuld überzeugen? Oder die Schuld auf mich abwälzen? Ich will das nicht hören. Ich will das nicht hören. Ich will das nicht …

»Es tut mir leid«, flüstert sie.

Ich starre sie an. Lavenders Wangen sind gerötet. Ihr Atem geht stoßweise. Ich kann ihren Puls förmlich flattern sehen.

Verdammt, ich habe doch mit allem gerechnet. Warum zieht es mir dann trotzdem den Boden unter den Füßen weg?

»Was?«, wiederhole ich, als wäre es das einzige Scheißwort, das ich noch beherrsche. Diesmal ist es ein Krächzen. »Was tut dir leid?«, setze ich nach und mache, ohne es zu wollen, einen Schritt auf sie zu. Mein Körper bewegt sich wie von allein. Mit einem Mal habe ich meine Arme an meinen Seiten und straffe die Schultern, baue mich vor ihr auf wie ein Türsteher.

Ich weiß nicht mal, warum. Ich hasse es. Ich hasse, dass es Lavender Angst macht und ich das überdeutlich in ihrem Blick erkenne, obwohl ich ihr niemals etwas zuleide tun würde. Aber sie weicht nicht zurück. Sie hebt das Kinn, um mir weiterhin in die Augen schauen zu können, und schluckt schwer.

»Es tut mir leid, was mit Jenson passiert ist«, haucht sie.

Mein Herz überspringt ein paar Takte, nur um mir danach davonzugaloppieren. Hitze steigt in mir hoch, sammelt sich wie Galle in meinem Hals.

»Ich weiß, dass ihr euch sehr nahestandet«, fährt sie fort. »Das muss furchtbar für dich sein.«

Für mich. Ja. Sie interessiert das alles einen Scheißdreck, was? Es könnte ihr nicht egaler sein.

Ich schlucke meine Wut hinunter – immer und immer wieder, denn sie brodelt zurück an die Oberfläche wie heiße Lava in einem Vulkan. Lavender hingegen ringt weiter um Worte. Als könnte sie irgendetwas sagen oder tun, das mich besänftigt.

»Ich habe auch keine Ahnung, wieso Onkel Jenson ausgerechnet mir das Haus vererbt hat. Glaub mir, für mich war das genauso ein Schock wie für dich.«

Einatmen. Ausatmen. Sie weiß nicht, warum? Ich weiß es ganz genau. Und was, verdammt noch mal, ändert das?

»Wenn dir das Haus so wichtig ist …«

»Das Haus interessiert mich einen Scheißdreck«, rutscht es mir heraus. Und es ist die Wahrheit. Es ist voll mit schmerzhaften Erinnerungen. Meine persönliche Folterkammer.

Lavender presst die Lippen zusammen. »Okay. Ich dachte nur, es würde dich stören, dass ich es bekommen habe, weil ihr … weil du …«

»Weil ich was? Weil ich mich um ihn gekümmert habe?« *Weil ich mich für ihn interessiert habe, im Gegensatz zu dir? Weil ich ihn nicht in der Scheiße habe stecken lassen, als wäre er mir egal?*

Mein Blut kocht. Was bildet sie sich ein, so über mich zu urteilen? Mir irgendwelche Motive für meine Wut zu unterstellen, nur um sich ihre kleine kaputte Welt schönzureden?

Lavender braucht einen Moment, um sich zu sammeln. Zittrig atmet sie ein und streicht sich nervös eine lilafarbene Strähne hinters Ohr. »Hör zu, ich weiß, dass du mich nicht magst. Aber ich gebe Miko ab jetzt Nachhilfe, also können wir wenigstens normal miteinander umgehen? Für Miko?«

»Willst du wirklich so tun, als würde er dich interessieren?«, stoße ich harsch hevor.

Lavender wird bleich um die Nase. »Was?«

»Wem willst du hier eigentlich was vormachen? Mir oder dir selbst?«

»Ich weiß nicht, wovon du …«

»Erzähl mir keinen Scheiß!«, bricht es aus mir heraus. »Ich mag dich nicht? Das ist eine maßlose Untertreibung. Und jetzt soll ich so tun, als wäre alles Friede, Freude, Eierkuchen? Als hätte ich kein verdammtes Problem mit dir?«

»Aber … wir kennen uns doch gar nicht richtig …«

Ich schnaube verächtlich. »Du kennst *mich* vielleicht nicht. Ich weiß aber genau, wer du bist, *Lavender Whitcomb*. Was soll diese Unschuldsnummer? Dachtest du wirklich, du kommst einfach so davon, wenn du tust, als wäre nichts gewesen? Scheiße, man sieht dir doch genau an, wie schlecht dein Gewissen ist! *Du* weißt genau, was du getan hast! Du bist Jensons einzige Nichte. Die, die bis sie neun war, jeden Sommer hier verbracht hat und danach nie wiederkam. Die, die jahrelang seine Anrufe ignoriert hat, seine Karten, seine Geburtstagsgeschenke, das Geld, das er ihr geschickt hat. Die, die es nicht mal gejuckt hat, dass ihr Onkel einen fucking Hirntumor hatte! *Du warst nicht mal bei der Beerdigung, verdammte Scheiße! Und jetzt soll ich so tun, als wäre alles bestens?«*

Ich habe keine Ahnung, wann ich angefangen habe zu schreien. Aber ich kann nicht mehr aufhören. Es sprudelt alles unaufhaltsam aus mir raus. Lavender steht vor mir wie erstarrt und sieht so klein aus wie nie zuvor. Es macht mich nur noch wütender. Dass sie so unschuldig aussehen kann, obwohl sie insgeheim so einen treulosen Charakter hat. »Meinst du echt, es geht um das Haus? Oder meinen Bruder?«, fahre ich sie weiter an und blinzle eine Träne weg, die sich in meinen Augenwinkel verirrt hat. »Meinst du, irgendwas davon interessiert mich noch, wenn ich meinen *besten Freund* verloren habe und du ihn zwölf Jahre lang hast leiden lassen? Sein Sohn ist gestorben und du, die wie eine Tochter für ihn war, hast ihn aus deinem Leben gestrichen, als wäre er nicht mehr wert als der Dreck unter deinen Schuhsohlen!«

»Ich ...« Lavender ist den Tränen nahe. Ihre Unterlippe bebt. Ich schätze, die Wahrheit tut weh.

»Vergiss es«, schneide ich ihr das Wort ab. »Spar's dir einfach. Ich will deine Rechtfertigungen nicht hören. Gute Nacht.« Ich drehe mich um, reiße die Tür zum Esszimmer auf und stolpere beim Betreten des Raumes beinahe über Auri, die wohl in den Flur wollte. Wir stehen uns gegenüber, und sie starrt mich mit vor Entsetzen geweiteten Augen an, ihr Gesicht eine Mischung aus wutverzerrt und schockiert. Noch während sie den Mund öffnet – zweifelsohne um mir gehörig die Meinung zu sagen –, höre ich hinter mir die Haustür ins Schloss fallen.

Was auch immer Auri mir entgegenschleudern wollte, sie bringt es nicht über die Lippen. Stattdessen schüttelt sie ungläubig den Kopf, schließt wutschnaubend den Mund wieder und schiebt mich energisch zur Seite, um Lavender zu folgen.

Ich wende mich dem Rest meiner Familie am Esstisch zu. Mom hält sich die Hand vor den Mund und starrt hinunter auf ihren leeren Teller. Dad hat die Stirn gerunzelt und mustert mich besorgt. Miko funkelt mich noch hasserfüllter an als sonst.

Mir war schon vor dem Gespräch mit Lavender bewusst, dass sie jedes Wort hören werden. Vielleicht wollte ich das sogar – damit endlich jemand außer mir die Wahrheit über sie kennt. Was sie jetzt damit machen, können sie sich selbst aussuchen. Ich setze mich ans Kopfende des Tisches und fange ohne ein Wort an, jedem Risotto auf den Teller zu laden.

Mom sieht nicht auf. Dad runzelt die Stirn noch mehr. Und Miko zieht seinen Teller weg, als ich danach greife.

»Du bist so ein Wichser«, keift er.

»Miko!«, entfährt es Mom, und endlich löst sie sich aus ihrer Starre.

»Was denn? Ist doch so! Ich mochte sie, und er hat sie vergrault! Jetzt kommt sie bestimmt nie wieder, und ich muss

wieder Nachhilfe in Port McNeill bei so einer komischen stin-
kenden Oma wie dieser Miss Wahlberg nehmen! Kannst du
nicht ein Mal kein Arsch sein?«

»Sie hat damit angefangen.«

»Sie hat sich entschuldigt«, sagt Mom leise.

Ich wirble zu ihr herum. »Und wofür? Für nichts!«

»Jonne.« Sie legt mir eine Hand auf den Unterarm. »Vielleicht …«

»Nimm sie bloß nicht in Schutz«, unterbreche ich sie und
befreie mich aus ihrem Griff. »Ihr habt keine Ahnung, wer sie
ist!«

»Wir haben jetzt auf jeden Fall eine Vorstellung davon, was
du denkst, wer sie ist«, mischt Dad sich ein.

»Und was soll das bedeuten?«, rufe ich. »Dass ich es mir
auch hätte ausdenken können?«

»Das meinen wir doch überhaupt nicht«, sagt Mom hilflos.
»Aber das mit Jenson war hart für dich. Und möglicherweise
bist du deshalb ein bisschen zu hart zu Lavender. Du schlägst
blind um dich …«

Ich springe auf. Das wird mir alles zu viel. Plötzlich bin ich
der Böse und sie das Opfer? Nur weil ich meine Worte nicht
in Zuckerwatte gepackt habe, damit auch ja niemand verletzt
wird?

»Ich erwarte dich spätestens um neun«, lasse ich Miko wissen, dann wende ich meiner Familie den Rücken zu. »Guten
Appetit euch.«

»Jonne, lass uns essen«, bittet Mom und erhebt sich ebenfalls.

Ich schüttle im Gehen den Kopf. »Ich brauche jetzt Zeit für
mich. Gute Nacht.«

»Wir wollen dir nur helfen.«

»Ich brauche keine Hilfe, danke.« Ich marschiere durch die
offene Tür in den Flur, ohne mich umzusehen. Mom folgt mir.

»Wir wissen beide, dass das nicht stimmt«, flüstert sie und
macht die Tür hinter sich zu. »Wenn du darüber reden würdest …«

»Es gibt nichts zu reden!«, fahre ich sie an, und wir erschrecken beide über meine Lautstärke. Ich raufe mir die Haare. »Fuck, Ma ... Bitte lass es einfach gut sein.«

Mom kommt langsam auf mich zu, als wäre ich ein wildes Tier, das bei jeder ihrer Bewegungen scheuen könnte, und fasst meine Hände. »Ich bin deine Mutter, Jonne«, flüstert sie. »Das kann ich nicht.«

Ich lege den Kopf in den Nacken und schließe die Augen. Tief durchatmen. Ich weiß, dass dieses beschissene, erdrückende Gefühl der Trauer in meiner Brust irgendwann verschwinden wird. Irgendwann wird alles besser.

Aber wann, verdammt? Nachdem es mich gänzlich zerfressen hat? Wenn von mir gar nichts mehr übrig ist?

»Wir wollen und wollten dich nie verletzen, ich hoffe, das weißt du«, wispert Mom und drückt meine Finger. »Und wenn du nicht möchtest, dass Lavender Miko Nachhilfe gibt, dann ...«

Ich schüttle bereits den Kopf. »Jetzt ist es zu spät. Ich brauche keine Rache, Ma.«

»Das weiß ich doch. Aber wenn du Abstand von ihr willst ...«

»Dann halte ich selbst Abstand zu ihr. Ich will nicht der Grund sein, dass jemand seinen Job verliert.« Egal, wie sehr das Arschloch in mir sich das in diesem Moment wünscht.

»Okay.«

»Ich gehe jetzt«, sage ich ruhig. Meine Wut ist verraucht. Zurück bleibt nur schmerzhafte Leere.

Mom hält meine Hände fest und schaut mir tief in die Augen. »Ich möchte nicht, dass wir uns im Streit trennen.«

»Tun wir nicht, okay?« Verdammt, sie sieht so traurig aus. Seufzend ziehe ich sie in meine Arme. »Es ist nicht eure Schuld«, raune ich ihr ins Ohr.

Sie klammert sich an mich. »Oh, Jonne ...«

Ich küsse Mom aufs Haar und schiebe sie dann sanft von mir, bevor sie noch anfängt zu weinen. »Miko soll mir was vom Risotto mitbringen, ja? Wir sehen uns morgen.«

»Okay.«

»Hab dich lieb, Ma.«

»Wir dich auch.«

Ich lächle sie schwach an. »Weiß ich doch.«

Kapitel 13

LAVENDER

Ich habe die Nacht über nicht geschlafen. Habe nichts gegessen. Habe jede einzelne von Auris Nachrichten ungelesen weggewischt und ignoriert.

Ihre beiden Anrufe gingen ins Leere, ebenso wie ihre Rufe nach mir gestern Nacht. Ich bin vor ihr weggerannt, anders kann man es nicht nennen. Sie hat gehört, was Jonne mir an den Kopf geworfen hat, und ich will nicht darüber nachdenken, was sie jetzt von mir hält. Auri ist in der letzten Woche zu einer Freundin geworden – etwas, das ich schon lange nicht mehr hatte. Aber ich kann mir nicht vorstellen, dass sie das weiterhin sein will. Nicht seitdem sie weiß, wie ich wirklich bin und wie wenig man sich auf mich verlassen kann.

Eine kleine Stimme in meinem Hinterkopf sagt mir, dass die vielen Nachrichten von ihr eine andere Sprache sprechen. Doch der Großteil meines Verstands warnt mich davor, sie zu öffnen, weil die Worte ebenso gut genauso schmerzhaft sein könnten wie die von Jonne. Er war auch mal nett. Anfangs, bevor er wusste, wer ich bin.

Die letzten Tage habe ich tatsächlich Hoffnung geschöpft, dass mein Aufenthalt in Sointula nicht so schlimm werden würde wie befürchtet. Aber es war nur eine Frage der Zeit. Irgendwann musste meine Vergangenheit mich einholen und das Kartenhaus über mir zusammenbrechen.

Jonnes Anschuldigungen klingen in Endlosschleife in meinen Gedanken nach. Es sind seine Worte, aber meine eigene

Stimme, die sie wiederholt. Alles, was er gesagt hat, war wahr. Aber … Ja, was aber? Es gibt keine Rechtfertigung, keine Entschuldigung für mein Verhalten. Egal, wie wenig ich das wahrhaben will.

Ich sehe schon wieder auf die Uhr und atme tief durch. Kurz vor neun. Ich habe vor zwei Stunden eine Nachricht an Saana geschickt, dass ich mich nicht gut fühle und die Nachhilfe heute deshalb absagen muss. Es ist keine Lüge, denn gut geht es mir definitiv nicht. Meine Hände zittern, und meine Gedanken überschlagen sich. Ich kann Miko keine Nachhilfe mehr geben, wenn das bedeutet, Jonne immer wieder zu begegnen. Ich kann ihm nicht mehr unter die Augen treten.

Allerdings habe ich es nicht über mich gebracht, ihr ganz abzusagen. Ich brauche weiterhin das Geld. Vielleicht finde ich einen anderen Aushilfsjob, bis das Haus verkauft ist. Irgendetwas weit weg von Jonne und seinen verurteilenden Gewitteraugen. Vielleicht sogar etwas, das für eine kleine Wohnung reicht, denn ich halte es hier nicht mehr aus. Ich habe wirklich geglaubt, ich könnte es schaffen. Aber das war ein Trugschluss, weil Auri so nett war. Ich schaffe es nicht. Diese Insel bringt mich um.

Die Uhr auf meinem Handydisplay springt auf neun um, und ich wähle die Telefonnummer des einzigen Maklerbüros in der Nähe von Port McNeill. Die halbe Nacht habe ich damit verbracht, zu recherchieren, und seit drei Stunden warte ich darauf, dass das Büro aufmacht. Zweimal vertippe ich mich, bevor die Nummer endlich stimmt. Dann stelle ich das Samrtphone auf Lautsprecher und lege es vor mir auf dem Couchtisch ab, damit es mir nicht versehentlich während des Gesprächs aus den zitternden Fingern rutscht. Meine Unterlippe ist offen, weil ich die halbe Nacht darauf herumgekaut habe, und jetzt schmecke ich wieder Blut.

Eine Frauenstimme meldet sich, und ich ringe einen Moment lang um Worte. Das ist Jensons Heim, das ich hier verkaufe. Sein Haus. Alles, was ich noch von ihm habe. Aber warum interessiert mich das plötzlich? Das hat es doch die ganze Zeit nicht. Ich will es nicht behalten. Es tut weh.

»Hallo, mein Name ist Lavender Whitcomb«, bringe ich heraus. »Ich möchte mein Haus verkaufen.«

»Oh, wie schön, dass Sie zu uns gefunden haben, Mrs. Whitcomb! Damit sind wir Ihnen gern behilflich. Darf ich fragen, in welchem Ort Ihr Haus steht?«

Ich atme auf. »In Sointula. Auf Malcolm Island.«

»Oh.«

»Sogar mit Meerblick«, füge ich hinzu, denn die Stimme der Dame klingt mit einem Mal nicht mehr so begeistert.

»Das klingt traumhaft, Mrs. Whitcomb. Wurde denn schon eine grobe Werteinschätzung vorgenommen?«

»Nein, noch nicht.«

»In Ordnung. Könnten Sie mir dann bitte Baujahr, Grundstücksgröße, Wohnfläche, Heizungsart und, falls vorhanden, Besonderheiten nennen? Haben Sie zum Beispiel einen Pool im Garten oder eine Sauna?«

Ich verkneife mir ein verzweifeltes Lachen und gebe ihr die Daten durch. Von den Mäusen, die Ms. Oberg erwähnt hat, sage ich lieber nichts. Und hat Jonne nicht gefragt, ob das Dach undicht ist? War das schon mal ein Problem? Ein Grund mehr, nicht ins obere Stockwerk zu gehen, wer weiß, was mich dort erwartet.

Die Frau in der Leitung macht immer wieder *ah* und *mh*, während sie alles in den Computer eingibt. Dann sagt sie »einen Moment bitte«, und ich höre sie weiter tippen. Es dauert ein paar Minuten. »Mrs. Whitcomb?«

»Ja?«

»Wir übernehmen gern die Vermittlung Ihrer Immobilie. Dafür bieten wir Ihnen ein Rundum-Paket mit professioneller Werteinschätzung vor Ort durch einen unserer Experten, Vermittlung, Vertragsabwicklung und Zahlungsüberprüfung.«

»Das klingt toll!«

»Leider fallen dafür aber Kosten für Sie an, die Sie im Voraus bezahlen müssten.«

Meine Hoffnungen schwinden. Warum das denn? »Und wie viel kostet es?« Sie nennt mir die Summe, und spätestens jetzt hätte ich das Handy fallen gelassen. »Was?«, stammle ich und blinzle die Tränen zurück. Das ist mehr Geld, als ich je besessen habe. Wie soll ich mir das leisten? »Arbeiten Sie denn nicht auf Provision?«, bringe ich hervor. »Auf der Website stand …«

»Tut mir leid. Das machen wir nicht immer. Ihre Immobilie qualifiziert sich nicht für unser Provisionsprogramm.«

»Wieso denn nicht?«

Einen Moment ist es still in der Leitung.

»Wieso?«, frage ich noch mal, diesmal hörbar verzweifelt.

»Weil wir uns hier keinen hohen Gewinn erwarten«, höre ich schließlich. »Das Haus ist recht alt, die Heizung …«

»Das Haus ist in Ordnung!«, entfährt es mir. Dabei bin ich mir da nicht so sicher.

»Das kann ja sein. Doch in Ordnung reicht nicht, um einen angemessenen Preis zu erzielen. Bei Baujahr und Bauart, die Sie mir genannt haben, gehe ich davon aus, dass potenzielle Käufer nur am Grundstück und nicht an der Immobilie interessiert wären. Und baufällige Gebäude haben, ganz vereinfacht gesagt, einen negativen Wert, da Sie die Abrisskosten beachten müssen. Das Grundstück allein würde zwar einen Gewinn einbringen, aber der ist nicht groß genug, als dass wir dafür in Vorleistung gehen würden. Sehen Sie es so, wenn wir einen Käufer finden, haben Sie ihr gezahltes Geld ja wieder. Und Sie müssen sich nicht sofort entscheiden. Ich habe Ihre Angaben im System hinterlegt, und Sie können jederzeit anrufen, wenn Sie verkaufen möchten oder weitere Fragen haben, in Ordnung? Mrs. Whitcomb? Sind Sie noch dran?«

Ich reibe mir über das Gesicht. »Es wird abgerissen?«

»Das nehme ich mal schwer an. Bei dem Alter … Wir bieten auch eine unverbindliche Werteinschätzung für nur …«

»Nein danke«, unterbreche ich sie. »Ich … muss mir das erst überlegen. Einen schönen Tag noch.«

»In Ordnung. Den wünsche ich Ihnen auch.«

Ich drücke den roten Hörer, und mit dem beendeten Anruf verlässt mich auch jeglicher Mut. Sie wollen das Haus abreißen? Das geht nicht, es ist immerhin Jensons! Es ist alles, was von meiner Kindheit übrig ist! Aber was, wenn ich es wirklich nicht loswerde? Wie komme ich denn dann wieder von hier weg? Selbst wenn ich irgendwo einen Job finden würde – ohne Ausbildung oder Erfahrung –, habe ich nicht mal genug Geld, um die Zeit bis zum ersten Lohn zu überbrücken. Und ohnehin wird niemand jemandem ohne Job eine Wohnung vermieten.

Das kann nicht sein! Irgendwer wird doch wohl ein Haus am Meer wollen! Ich verbringe die nächste Stunde damit, alle Maklerbüros im Umkreis von hundert Meilen abzutelefonieren. Ohne Erfolg. Den meisten ist das Haus zu weit weg. Der Rest macht mir ähnliche Vorschläge wie die Dame eben. Beim letzten Gespräch bin ich bereits so aufgelöst, dass der Mann am Telefon mich fragt, ob es mir gut geht und ob ich Hilfe brauche. Ich lehne dankend und vor allem schluchzend ab, bevor ich auflege. Seine beiden Rückrufe drücke ich weg.

Meine Verzweiflung spült über mich hinweg wie eine Sturmflut. Sie zieht mich erbarmungslos unter Wasser, drückt mir die Luft aus den Lungen. Ich wische mir die Tränen aus den Augenwinkeln und suche am Laptop nach Universitäten in der Nähe. Im Norden von Vancouver Island gibt es nicht viel, und ehrlich gesagt ist mir das auch zu nah an Sointula. Aber Flugtickets oder eine lange Autofahrt wären zu teuer, bleiben mir also nur noch Victoria oder Burnaby.

Eigentlich will ich nicht mehr studieren. Allein der Gedanke an weiteres stures Lernen und diese furchtbaren Prüfungen macht mich fertig. Aber wenn ich es tue, gibt Dad mir wieder Geld. Zumindest, wenn ich ihm schwöre, danach auf die Law School zu gehen, so wie er es von Anfang an wollte. Nur dass ich die Einschreibefristen natürlich überall schon verpasst habe.

Ich versuche es trotzdem. Im Verlauf des Vormittags klicke ich mich durch die Websites aller Universitäten in den beiden

Städten, lade meine Zeugnisse hoch und bewerbe mich als Nachrückerin für die Wohnheime und irgendwelche Studiengänge, die möglichst wenig Ähnlichkeit mit Business Administration haben. Fast überall ist Mathe enthalten, was mich meinen letzten Studienplatz gekostet hat, deshalb lande ich am Ende bei Human Development und Education.

Die Chancen, für September noch einen Platz zu kriegen, gehen wahrscheinlich gegen null. Es sind nur noch wenige Wochen bis zum offiziellen Semesterbeginn. Jetzt heißt es warten und irgendwie meine Zeit auf dieser Insel hier absitzen, ohne zu verzweifeln. Ich kämpfe mich vom Sofa hoch und laufe im Wohnzimmer auf und ab. Stillsitzen ist keine Option mehr, denn das bringt mich langsam, aber sicher um. Am liebsten würde ich jemanden anrufen, aber wen denn? Den besorgten Makler von eben? Ich habe keine Freunde, keine Familie. Mein Vater erfüllt diese Definition schon lange nicht mehr, wenn wir ehrlich sind. Mom und Onkel Jenson sind tot. Eigentlich bin ich an die Einsamkeit gewöhnt, doch mein Studium, so wenig ich es auch mochte, hat mir Halt gegeben. Nun ist auch das weg. Und ich fühle mich so losgelöst vom Rest der Welt wie nie zuvor. Als gäbe es endgültig nichts mehr, woran ich mich orientieren kann. Wo soll ich denn hin? Wo endet man, wenn man derart grundlegend verloren geht?

Ich will es nicht herausfinden, verdammt. Ich will die Kontrolle über mein Leben zurück, auch wenn ich sie, genau genommen, nie hatte. Die hatte immer nur Dad. Er hat mir nie gezeigt, wie ich sie übernehme, wie man selbst zurechtkommt. Mein ganzes Leben lang hat er mich auf Wegen abgesetzt, deren Ziel glasklar war. In der Grundschule mit Ziel Internat. Im Internat mit Ziel Uni. In der Uni mit Ziel Law School. Und nun stehe ich mitten im Nirgendwo Malcolm Islands und habe eigentlich nur noch ein Ziel: weg.

Doch genau das kann ich nicht.

Ich reiße die Terrassentür auf und stolpere barfuß nach draußen. Bloß raus aus diesem Haus und den damit verbundenen Gedanken, die mir so schwer auf den Schultern liegen und mich zu erdrücken drohen. Ich schnappe nach Luft. Es riecht nach Salz und Meer und dem nahenden Herbst. Durch den Tränenschleier sehe ich den Garten nur verschwommen. Auris Astern sind rosa- und lilafarbene Farbkleckse im endlosen Grün, aber ich habe noch gut in Erinnerung, wie verwahrlost er ist.

Es wirkt wie ein Sinnbild für meinen Kontrollverlust. Vielleicht wäre man dem Unkraut und dem Wildwuchs leichter Herr geworden, hätte man sich schon vor Jahren damit auseinandergesetzt und nicht erst jetzt, wo es eigentlich zu spät ist und man gar nicht mehr weiß, wo man anfangen soll.

Ich blinzle die Tränen weg und konzentriere mich auf das ordentliche Beet, in dem wir das Unkraut gerupft haben. Das Loch, in das Auri fast gefallen wäre, ist immer noch da. Der dunkle Abgrund starrt mir entgegen.

War das gestern auch schon so groß, oder ist es mit meiner Verzweiflung gewachsen? Stand mein Onkel auch manchmal hier auf seiner Terrasse, hat hineingestarrt und sich hilflos gefühlt, während sich seine Gedanken unaufhörlich im Kreis gedreht haben? Wie muss es für ihn gewesen sein, zu wissen, dass er sterben würde? Hat er es einfach akzeptiert oder hat sich alles in ihm dagegen gesträubt? Jetzt ist er selbst unter der Erde. Sie haben ihn eingeäschert, das weiß ich. Und das Loch, in dem sie ihn begraben haben, war wahrscheinlich nicht viel breiter als dieses hier.

Ich wende mich ruckartig ab. Es ist nur ein einfaches Loch in einem Beet, Lavender, sage ich mir, aber es fühlt sich plötzlich nicht mehr danach an. Es muss weg. Ich muss irgendetwas verändern, und sei es nur, diesen Garten in Ordnung zu bringen.

Aus einem Impuls heraus laufe ich wieder nach drinnen, schnappe mir Schlüssel und Geldbeutel und stürme in den Hof. Ich werfe mich auf den Fahrersitz meines alten Golfs und starte den Motor. Er springt nur stotternd an, wie immer, wenn ich ihn ein paar Tage nicht gefahren bin, aber schon kurz darauf schnurrt er wieder wie gewohnt. Bevor ich es mir anders überlegen kann, schnalle ich mich an und lenke den Wagen in Richtung Straße.

Seit ich Auri kenne, war ich nicht mehr allein im Dorf unterwegs. Und nach dem Streit mit Jonne gestern würde ich am liebsten niemandem hier mehr unter die Augen treten, jedoch überwinde ich meine Angst.

Der Baumarkt befindet sich am zweiten Hafen im Norden des Dorfes, wo die privaten Boote anliegen. Ich schnappe mir einen Einkaufswagen und steuere damit so energisch auf die selbst öffnenden Türen des Ladens zu, als wäre ich Harry Potter auf dem Weg zu Gleis Neundreiviertel und müsste dafür durch eine Backsteinmauer. In Wahrheit befürchte ich nur, doch einen Rückzieher zu machen. Ich will nicht, dass die Angst die Kontrolle behält. Ich will mich nicht von den Meinungen Fremder abhängig machen, selbst wenn die von Jonne berechtigt ist. Ich betrete das Geschäft und murmle dem Mann an der Kasse ein Hallo zu, ohne ihn direkt anzusehen. Er antwortet nicht. Vielleicht bin ich aber auch schon zu weit weg, um es zu hören. Zielsicher schiebe ich den Wagen vorwärts, obwohl ich keine Ahnung habe, wohin ich muss. Doch meinetwegen verbringe ich hier Stunden. Hauptsache, es spricht mich niemand an und fragt, ob ich Hilfe brauche. Ich will nicht auffallen, keine Aufmerksamkeit von irgendwem. Niemand soll einen Grund haben, über mich nachzudenken, und dabei fühle ich mich zum wiederholten Mal wie eine Verbrecherin. Das ist es, was diese Insel in mir auslöst und mir nach und nach einbrennt, nachdem ich es jahrelang verdrängt habe: das berechtigte Gefühl, etwas verbrochen zu haben. Am liebsten würde ich mich unsichtbar machen, unbemerkt wieder von hier verschwinden. Mich am besten direkt auf diese furchtbare Fähre setzen und abhauen.

Stattdessen ziehe ich die Schultern nach hinten und irre gespielt zielsicher durch den Laden, bis ich endlich den Gartenbedarf finde. Die Abteilung ist leer, und ich atme erleichtert durch. Die Luft riecht nach feuchter Erde und Dünger. Nach einer kurzen Ratlosigkeit über die richtige Blumenerde, wähle ich kurzerhand die billigste, die zum Glück auch im untersten Regal liegt. Hätte ich die aus den oberen Reihen genommen, wäre ich wahrscheinlich davon erschlagen worden, denn wie sich herausstellt, ist schon ein einziger Sack verdammt schwer. Mit Mühe bekomme ich ihn auf die untere Ablage meines Einkaufswagens gezogen.

Da ich nicht weiß, wie viel ich brauche, und auf keinen Fall noch mal herkommen will, lade ich gleich fünf Säcke auf. Auf dem Weg zum Ausgang sammle ich noch drei weiß blühende, halb vertrocknete Blumenstauden ein, die zum Sonderpreis angeboten werden. An der Kasse steht bereits ein älterer Herr, der das gesamte Band vollgepackt hat. Werkzeuge, die ich nicht mal benennen kann, und haufenweise kleine Päckchen mit Schrauben und Nägeln. Außerdem hat er den ganzen Einkaufswagen voller Holz.

Ich verkneife mir ein Seufzen und stelle mich an. Die Erde lasse ich im Wagen liegen, da ich sie niemals aufs Band kriegen würde. Hinter mir stellt sich noch jemand an, und sofort fühle ich mich eingesperrt. Wie auf dem Präsentierteller. Ich muss mich davon abhalten, auf meiner Unterlippe zu kauen. Es interessiert doch niemanden, wer an der Kasse steht und ein paar Säcke Erde kauft. Nur der Kassierer wirft mir beim Scannen der Artikel meines Vordermanns immer wieder einen skeptischen Blick zu, aber den versuche ich zu ignorieren. Zwischenzeitlich ringe ich mich sogar zu einem Lächeln durch, das nicht erwidert wird.

Bis der Mann vor mir endlich bezahlt hat, hat sich hinter mir eine Schlange gebildet. Ich schiebe den Wagen zur Kasse und atme tief durch. »Hallo. Ich hab noch fünf Säcke Erde.«

Der Mann hinter der Kasse rümpft die Nase, steht auf und öffnet das Kassentürchen. Er nimmt den Scanner und sucht auf dem obersten Sack nach dem Barcode. »Soso«, meint er. »Die Whitcomb-Göre ist also wirklich auf der Insel. Jetzt, wo dein Onkel tot ist, traust du dich wohl wieder her?«

Wie versteinert starre ich den älteren Herrn an, der bei seinen Worten nicht einmal den Kopf hebt. Er scannt den Barcode fünfmal und richtet sich wieder auf. Eigentlich ist er kleiner als ich, aber so wie er mich jetzt anfunkelt, fühle ich mich winzig.

»Warum Jenson sein Erbe so leichtfertig in den Sand gesetzt hat, werde ich wohl nie verstehen. Alles geht an diese undankbare Jugend ...« Kopfschüttelnd setzt er sich wieder in seine Kabine, knallt die Tür zu und scannt die drei Blumen. Auf dem Kassenbildschirm wird der Originalpreis angezeigt, fast vier Dollar pro Blume statt dem reduzierten Preis von fünfzig Cent, und er macht keine Anstalten, es zu korrigieren. Ich sollte etwas sagen. Irgendwas. Aber ich bringe kein Wort heraus. Ich kämpfe gegen die Tränen und die Verzweiflung an, die mich zu überwältigen drohen.

»Neunundvierzig zwanzig«, fordert der Mann. Ich krame mit zitternden Fingern fünfzig Dollar aus meinem Geldbeutel, werfe sie ihm hin, packe die Blumen und flüchte aus dem Baumarkt. »He, dein Wechselgeld!«, ruft er mir nach, aber ich höre den spöttischen Tonfall aus seiner Stimme und drehe mich nicht mal mehr um. »Hast es wohl dicke«, spottet er, bevor sich die Glastüren hinter mir schließen.

Mit gesenktem Kopf schiebe ich den Wagen zum Auto und bin froh, dass ich so weit weg von der Tür wie möglich geparkt habe. Mir liegt ein sengend heißer Stein im Magen, und obwohl der Kassierer sicher längst mit den anderen Kunden beschäftigt ist, spüre ich noch seinen Blick auf mir, der mir ein Loch in den Rücken brennt. Sie hassen mich. Diese ganze Insel verabscheut mich zutiefst. Was Jonne gesagt hat, ist sicher das, was sie alle denken. Und ich habe keine Gefälligkeiten verdient, keine netten Worte und erst recht nicht dieses Haus, das Onkel Jenson einfach irgendjemand anderem hätte vererben sollen. Warum ausgerechnet mir? Warum nicht Jonne?

Ich weiß, dass mein Onkel von mir enttäuscht war. Er sicher am allermeisten, auch wenn er mir das nie geschrieben und dennoch immer weiter Geld geschickt hat. Vielleicht war das Haus ja seine Rache, wer weiß.

Aber nein. Das hätte Onkel Jenson nie getan. Dafür war er viel zu gutmütig. Trotz allem wollte er mir mit dem Haus sicher helfen, und irgendwie hat er das auch geschafft, denn wo wäre ich jetzt ohne es?

Ich blinzle Tränen weg und öffne den Kofferraum meines Golfs. Wahrscheinlich werde ich nie verstehen, wieso er das getan hat, genau wie der Kassierer. Eilig bücke ich mich nach einem der Säcke Erde und versuche ihn in den Kofferraum zu heben. Vergeblich. Ich bekomme ihn gerade mal zu einem Drittel angehoben, bevor ich aufgebe.

So funktioniert das nicht. Sie sind viel zu schwer, um sie aus dem Stand zu heben, also gehe ich in die Hocke und versuche es aus den Beinen. Nur dass ich den verdammten Sack trotzdem nicht gehoben bekomme. Dadurch, dass er so unförmig ist und sich biegt, kriege ich ihn kaum richtig gepackt und muss gefühlt noch mehr Kraft aufwenden als ohnehin schon. Der zweite Versuch scheitert ebenfalls, der dritte ist sogar noch kläglicher. Scheiße. Das darf doch jetzt nicht wahr sein. Warum habe ich nicht schon im Laden daran gedacht, dass es zwar einfach ist, die Säcke aus dem Regal auf den Wagen zu ziehen, aber es andersrum fast unmöglich ist? Eine weitere Träne verirrt sich in meinen Augenwinkel. Energisch blinzle ich sie weg und fasse wieder den Sack, aber sofort folgt ihr eine weitere und rinnt mir die Wange runter.

Großartig. Ich blamiere mich heulend auf einem Baumarktparkplatz. Mit Sicherheit sind hinter mir die anderen Kunden, die nach mir an der Kasse standen, und sehen mir zu. Geschieht ihr recht, werden sie sich denken. Whitcomb-Göre hat er mich genannt. Ich schlucke schwer und konzentriere mich stur auf meine Aufgabe. Umdrehen kann ich mich nicht. Um Hilfe bitten genauso wenig, weil mir sowieso niemand helfen würde. Wer sollte das denn tun? Niemand will mich hier haben und das zu Recht.

Verdammt, ich kann nicht mal Auri anrufen, weil sie auf der Arbeit ist und ich sie außerdem ignoriert habe wie der Feigling, der ich schon mein ganzes Leben lang bin. Ich muss das jetzt allein schaffen, es führt kein Weg vorbei. Ich muss ab jetzt vieles in meinem Leben allein schaffen, und ich bin mir nicht sicher, ob ich dafür bereit bin.

Schon als ich erneut anfange zu heben, weiß ich, dass es vergeblich ist. Ich bin einfach zu schwach – körperlich genauso wie charakterlich. Alles an mir ist eine Enttäuschung, und meine Wut auf mich selbst brennt mir ein Loch in den Magen. Ich nehme all meine Kraft zusammen und hieve die vordere Hälfte des Sacks hoch. Der Einkaufswagen rollt dabei vorwärts und stößt gegen den Autoreifen. Ich stoppe ihn mit dem Fuß und schaffe es eben so, die vordere Kante des Sacks auf den Rand des Kofferraums aufzulegen, doch er hängt in der Mitte durch und droht wieder nach unten zu rutschen. Es kostet mich all meine Kraft, ihn davon abzuhalten. Daran, ihn ganz in den Wagen zu kriegen, ist überhaupt nicht zu denken.

Aber er muss. Er muss einfach. Ich kann da nicht noch mal rein. Und ich kann auch keine fünfzig Dollar in den Sand setzen, indem ich aufgebe und die Sachen hierlasse.

Ich beiße mir so fest auf die Unterlippe, dass es wehtut, aber die Tränen kommen jetzt trotzdem unaufhaltsam. »Bitte«, flehe ich leise. »Geh einfach rein, bitte …«

Ein letztes Mal ziehe ich und versuche dabei nicht daran zu denken, dass nach diesem Sack noch vier weitere kommen. Oder daran, was ich tun soll, wenn ich es wirklich nicht schaffe. Was für eine geniale Idee, schießt es mir ironisch durch den Kopf.

Ich zerre mit aller Kraft, mit der letzten Energie, die ich noch habe. Und es sieht wirklich so aus, als könnte ich es schaffen. Ich kriege den Sack ein Stück höher, sodass er sicher auf dem Kofferraum aufliegt und ich loslassen kann, ohne dass er abrutscht.

Erschöpft atme ich durch, schüttle kurz meine Arme aus und wappne mich für die zweite Hälfte. Und gerade als ich glaube, ich könnte es tatsächlich schaffen, rollt der Einkaufswagen weg und mit ihm all meine Hoffnungen.

Eilig packe ich den Sack wieder und versuche, ihn vom Abrutschen abzuhalten, doch mir ist jetzt schon klar, dass das nichts bringen wird. Ich spüre, wie die Erde ihr Gewicht verlagert, in meinem Griff wieder schwerer wird, und ich habe meine Hände so positioniert, dass ich sie nicht sinnvoll davon abhalten kann. Gleich muss ich wieder von vorn anfangen. Ich könnte genauso gut aufgeben, aber ich klammere mich stur an dem bunten Plastik fest.

Der Sack rutscht mir unvermeidbar aus den Fingern. Kurz bevor ich ihn nicht mehr halten kann, tritt jemand auf die andere Seite des Einkaufswagens, und zwei kräftige warme Hände lösen meine ab. Erschrocken sehe ich auf, und mein Herz macht einen Salto, bei dem mir die Knie weich werden.

Warum …?

Jonne trifft flüchtig meinen Blick, bevor er sich der Erde widmet. Seine Augen funkeln genauso wütend wie bei unserem letzten Gespräch, sein Gesicht ist mal wieder finster wie die Nacht. Ich verstehe nicht, wie das seiner Attraktivität keinen Abbruch tun kann. So gern ich es auch würde, ich kann die Hitze, die mir in die Wangen steigt, nicht allein auf meine Schuldgefühle schieben.

Ohne meine Hilfe hievt er den Sack in den Kofferraum und bückt sich nach dem nächsten. Ich stehe da wie angewurzelt, und kein einziger Ton will aus meiner Kehle entweichen. Meine Hände zittern, doch wenigstens die Tränen kann ich irgendwie zurückhalten. Ich will nicht, dass Jonne Mitleid mit mir hat, wobei ich mir da wohl ohnehin keine Sorgen machen muss. Aber er soll auch nicht sehen, wie schwach ich bin, selbst wenn er es längst weiß.

Jonne befördert die fünf Säcke problemlos in den Kofferraum. Er trägt eine dunkle Jeans und ein graues Shirt, das seine muskulösen Arme entblößt. Es ist erstaunlich, wie er in jeder Hinsicht stärker zu sein scheint als ich. Nicht nur körperlich. Er hatte die Kraft, sich um meinen sterbenden Onkel zu kümmern, während ich es nicht mal geschafft habe, ihn anzurufen. Jonne ist das genaue Gegenteil von mir, und ich wünschte …

Ich wünschte, er wäre auf meiner Seite statt gegen mich. Ich wünschte, er wäre mir eine Stütze und kein Hindernis. Ich wünschte, wir wären nicht so meilenweit voneinander entfernt.

Er schichtet den letzten Sack in den Kofferraum und schlägt die Klappe ein wenig zu energisch zu. Mein Blick haftet noch kurz am Wagen, bevor ich es schaffe, mich Jonne zuzuwenden. Er sieht hinunter auf die drei vertrockneten Blumen mit den grellroten Sonderpreis-Aufklebern und zieht dabei ein Gesicht, als hätte er körperliche Schmerzen.

Das Schweigen zwischen uns ist unerträglich. Mir wäre es fast lieber, er würde mich wieder anschreien. Ich öffne den Mund, um etwas zu sagen – was, weiß ich noch nicht –, doch in dem Moment nimmt Jonne die drei Blumentöpfe an sich und wendet sich dem Baumarkt zu. »Bin gleich wieder da.«

»Was?«, entfährt es mir, aber er überquert bereits mit großen Schritten den Parkplatz und steuert zielsicher auf die Glastüren zu. Ohne sich noch mal umzusehen, verschwindet er ins Innere. Entsetzt schaue ich ihm nach. Ist das gerade wirklich passiert?

Ich stehe immer noch da wie versteinert, als Jonne wenige Minuten später wieder nach draußen tritt, die Blumen unter dem Arm. Er kommt zu mir zurück und hält mir wortlos elf Dollar entgegen. Ich weiß nicht, was ich sagen soll.

»Du musstest nicht …«, stammle ich.

»Und das Arschloch da drin mit so was davonkommen lassen?«, stößt Jonne verärgert aus und drückt mir das Geld in die Hand. »Der Typ kann froh sein, dass es nur den einen Baumarkt auf der Insel gibt, sonst würde keiner auch nur einen Nagel bei ihm kaufen. Er ist ein verbitterter Griesgram. Wo muss die hin?« Er nickt zur Erde im Kofferraum.

Ich presse kurz die Lippen zusammen, um zu verhindern, dass ich in seiner Gegenwart wieder darauf rumkaue. »Geht schon, danke.«

Jonne atmet tief durch. »Wenn du sie nicht in den Kofferraum reinbekommen hast, wie willst du sie dann wieder rausholen?« Er klingt bemüht ruhig, aber in seinem Tonfall schwingt dennoch etwas Ruppiges mit, und sein Gesicht wirkt ebenfalls alles andere als freundlich.

Ich schaue wieder zum Auto, als könnte es mir eine Antwort auf seine berechtigte Frage liefern. Vor allem aber kann ich so Jonnes Blick ausweichen. »Du musst mir nicht helfen«, meine ich kleinlaut. Es folgt Schweigen. Mein Blick huscht doch wieder zu ihm und trifft für einen Moment seinen. Er scheint mit sich zu ringen. Es ist deutlich, wie gern er diese Antwort einfach akzeptieren und gehen würde. Doch Jonnes Hilfsbereitschaft ist offenbar noch sturer als er selbst, denn er deutet mit dem Kopf wieder zum Wagen. »Ich fahre mit.«

Woran erkennt man einen Herzinfarkt? Ich glaube, ich habe soeben einen. »Was?«, quieke ich. »Aber …«

»Nichts aber«, unterbricht er mich scharf. »Ich akzeptiere gern ein klares Nein, aber das gerade sind doch nur leere Ausreden, weil du dich nicht traust, Ja zu sagen, oder?«

Ich schlucke schwer. Weil er recht hat. Und weil ich Nein sagen sollte, obwohl das so ist. Keiner von uns will das hier. Und dennoch kommt mir keine Antwort über die Lippen.

Jonne stellt die Blumen aufs Autodach und packt den Einkaufswagen. »Ich bin kein Fan von dir, okay?«, bringt er knurrend hervor, und die Furche, die sich zwischen seinen Brauen gebildet hat, wird immer tiefer, so als würde ihn jedes Wort an mich noch wütender machen. »Aber ich bin kein verdammter Arsch. Also wenn du Hilfe brauchst, bei was auch immer, dann sag es einfach und ich helfe dir. So machen wir das hier auf der Insel. Ich zumindest.«

Er fährt den Einkaufswagen weg, ohne auf eine Antwort zu warten. Ich hätte ihm sowieso keine geben können, denn ich bin viel zu verwirrt.

Zögerlich nehme ich die Pflanzen vom Dach, verstaue sie auf der Rückbank und setze mich auf den Fahrersitz. Ich schnalle mich an, stecke den Schlüssel ins Zündschloss, ohne ihn zu drehen, und umfasse dann mit beiden Händen fest das Lenkrad.

Ich glaube nicht, dass Jonne das ernst meint. Er verabscheut mich, will offensichtlich nichts mit mir zu tun haben. Und nur weil ich bei so etwas Banalem Hilfe brauche, stellt er das in den Hintergrund und sieht darüber hinweg, was alles zwischen uns steht? Das kann doch nicht sein. So gut ist kein Mensch.

Doch Jonne beweist mir das Gegenteil.

Die Beifahrertür geht auf, und er lässt sich auf den Sitz fallen. Mit einer Hand schnallt er sich an, mit der anderen hält er mir den Chip aus dem Einkaufswagen entgegen.

Ich nicke zur Mittelkonsole, aber Jonne hat die Geste entweder nicht bemerkt oder will sie nicht bemerken. Widerwillig löse ich meine verkrampften Finger vom Lenkrad und nehme das kleine Metallstück entgegen, peinlich darauf bedacht, Jonnes Hand dabei nicht zu berühren. Es fühlt sich ein bisschen so an, als würde ich versuchen, den Chip aus glühenden Kohlen zu retten. Jonnes Finger streifen meine, und mir wird unweigerlich heiß.

Jonne Aalton sitzt in meinem Auto. Der Typ, der mich gestern noch im Hausflur seiner Eltern angebrüllt hat und vor dem ich wahrscheinlich ziemlich offensichtlich weggelaufen wäre, wäre ich ihm auf offener Straße begegnet. Wie absurd ist das bitte?

Der Einkaufschip ist noch warm von seiner Berührung, und es kommt mir merkwürdig vor, diese Wärme ausgerechnet mit dem Mann neben mir in Verbindung zu bringen. Schnell lege ich ihn in die Mittelkonsole, und Jonne zieht seine Hand zurück. »Also los«, murmelt er.

Ich drehe den Zündschlüssel und parke hektisch und dementsprechend ruckelig aus. Egal. Je schneller wir beim Haus sind, desto schneller kann Jonne wieder verschwinden.

Kapitel 14

JONNE

Man könnte meinen, ich hätte Lavender gestern nicht nur gesagt, was ich von ihr halte, sondern sie mit einer Axt bedroht. Sie zittert am ganzen Körper, ihre Hände umklammern das Lenkrad, als ginge es um ihr Leben, und sie starrt stur auf die Straße, bloß nicht zu mir. Dass es beim Abbiegen ganz sinnvoll wäre, mal in meine Richtung zu schauen, ignoriert sie geflissentlich, genauso wie die Geschwindigkeitsbegrenzungen.

Ich bin dazu übergegangen, wie versteinert dazusitzen, weil jede meiner Bewegungen sie völlig aus der Fassung zu bringen scheint. Noch mehr, als sie es ohnehin schon ist. Und obwohl es auf der Insel kaum Verkehr gibt, rechne ich fest damit, ihr früher oder später ins Lenkrad greifen zu müssen. Wenn sie wenigstens aufhören würde, sich auf die Unterlippe zu beißen. Sie blutet schon, verdammt. Ich kann das nicht mit ansehen.

Ich kann vieles von ihr nicht mit ansehen, und das pisst mich maßlos an. Ich verstehe einfach nicht, warum sie mir so unter die Haut geht. Warum ich ihr helfen muss, obwohl mein Sinn für Moral dabei ohrenbetäubend laut brüllt, dass sie das nicht verdient hat. Warum will ein Teil von mir sie leiden lassen, während der andere nichts mehr möchte, als dass es ihr, verdammt noch mal, besser geht? Wie abgefuckt ist das? Diese Frau bringt Seiten von mir an die Oberfläche, die ich lieber nicht kennengelernt hätte.

Wir sprechen die ganze Fahrt über kein Wort. Das Radio ist aus, macht unsere Stille nur noch durchdringender, und ich versuche vergeblich, Lavenders Vanilleduft zu ignorieren. Würde sie nach Auris Stinkekäse riechen, würde es mir vielleicht leichter fallen, meinen Hass auf sie aufrechtzuerhalten. Aber so erwische ich mich immer wieder dabei, wie er bröckelt. Wie mein Blick an ihrem Profil haften bleibt und meine Gedanken abdriften, um sich zu fragen, was wohl in ihr vorgeht.

Aber was soll sie sich schon denken? Wahrscheinlich »Scheiße, wo ist mein Pfefferspray«.

Wie erwartet biegt Lavender auf die Kaleva Road und wenig später auf die Einfahrt von Jensons Haus ab. Der Anblick ist immer noch schmerzhaft. Ich kenne hier jeden Stein in- und auswendig, und trotzdem ist gar nichts mehr vertraut, alles anders, auf den Kopf gestellt, ausradiert. Doch solange ich das Haus nicht betreten muss, werde ich es ertragen. Lavender wird die Erde wohl kaum im Wohnzimmer lagern wollen, oder? Außer natürlich, sie baut sich daraus ein neues Bett, weil ihr das Sofa zu unbequem ist.

Lavender hält den Golf an und schlägt rückwärts in den Weg ein, der am Gebäude entlang in den Garten führt. Weit kommt sie nicht, weil er ziemlich zugewachsen ist, aber immerhin bedeutet das, dass sie nicht zur Haustür will. Sie stellt den Motor ab und flüchtet förmlich aus dem Wagen. Bis ich ausgestiegen bin, hat sie bereits den Kofferraumdeckel aufgerissen und zerrt den ersten Sack heraus.

Ich berühre sie am Ellbogen, um sie davon abzuhalten, und sie zuckt derart zusammen, dass ich direkt wieder einen Schritt zurückweiche. Wow. Die Wahrheit muss echt wehgetan haben, wenn sie so auf mich reagiert.

»Warte, ich hol die Schubkarre«, murmle ich und folge dem Weg in den Garten. Vom Meer her weht ein kräftiger Wind hoch zum Haus und bringt Bewegung in den Dschungel, der hier gewachsen ist. Jenson hat sich seit Jahren nicht um den Garten kümmern können. Anfangs habe ich es noch für ihn übernommen, bis ich erfahren habe, wer das Grundstück mal erbt. Ihn hat es wenig interessiert, er hatte andere Sorgen. Ob ich die Sträucher nun zurückschneide oder nicht, war völlig bedeutungslos. Mir ging es dabei nur um das Gefühl, etwas getan zu haben. Aber nicht für sie.

Nicht für Lavender Whitcomb.

Außerdem hatte ich die irrationale Hoffnung, dass sie gar nicht erst wiederkommen würde, wenn der Garten so aussieht. Dass, wenn ich nur lang genug warte, die Rosenbüsche und Fliedersträucher das Grundstück in eine Art uneinnehmbare Festung verwandeln, die Lavender für immer fernhält. Der Rosenstrauch neben dem Schuppen ist jetzt ordentlich zurückgeschnitten, ziemlich sicher das Werk meiner Cousine, und eines der Beete vor der Terrasse wurde von Unkraut befreit. Es ist das, aus dem wir damals einen Strauch rausmachen mussten, der einen besonders kalten Winter nicht überlebt hat. An der Stelle klafft immer noch ein Loch, und ich glaube, ich weiß jetzt, wofür Lavender die Erde braucht. Daneben sind in einer ordentlichen Reihe rosa- und lilafarbene Blumen eingepflanzt, und bei dem Anblick wird mir mulmig zumute. Heißt das, sie bleibt länger? Oder macht sie das nur zum Spaß?

Ich hole die Schubkarre aus dem Schuppen und trete den Rückweg an. Lavender steht an der Hausecke, die Arme eng um ihren Körper geschlungen, eine verlorene Gestalt im Wind. Ihre Haare wehen ihr ins Gesicht, und sie streicht sie energisch zurück. Bevor ich Lavender erreiche, setzt sie sich in Bewegung und läuft voraus zum Wagen, so als bräuchte es einen gewissen Mindestabstand zwischen uns.

Ich seufze. Miko ist immer noch stinksauer auf mich, aber komischerweise hat es jetzt rein gar nichts mehr damit zu tun, dass er bei mir wohnen muss und ich ihn zum Arbeiten zwinge, sondern nur noch mit *ihr*. Er hat den ganzen Vormittag kein Wort mit mir geredet, was echt unpraktisch ist, wenn man versucht, gemeinsam das Dach von Sallys Schuppen zu reparieren. Von Auri habe ich eine Voicemail-Standpauke erhalten, die ich schon nach dem »Was bildest du dir eigentlich ein« abgebrochen habe, weil ich heute Morgen nicht den Nerv dafür hatte. Und was meine Eltern gestern gesagt haben …

War ich wirklich zu hart zu Lavender? Es war doch die verdammte Wahrheit. Hätte ich die echt beschönigen müssen?
Hätte ich meine Wut zügeln müssen, nur damit die anderen
sich besser fühlen? Damit *sie* sich besser fühlt? Ich stelle die
Karre vor dem Kofferraum ab, und Lavender hilft mir, die ersten beiden Säcke Erde hineinzuheben.

»Wohin?«, frage ich ruhig. Sie weicht meinem Blick aus und
geht wortlos vor, wie erwartet genau zu dem Beet mit dem
Loch. Gemeinsam laden wir die Säcke ab und laufen zurück,
um die restlichen drei zu holen, scheinbar beide darauf bedacht, den anderen bloß nicht mehr zu berühren. Und obwohl
wir uns nicht absprechen, arbeiten wir gut zusammen.
Lavender packt genau da an, wo es hilfreich ist, obwohl sie
nicht viel Kraft hat. Und dabei wandelt sich ihre ganze Kör-
perhaltung wieder. Von ängstlich, eingeschüchtert, klein zu
dieser Art mutigen Trotzhaltung, mit der sie mir gestern schon
gegenübergetreten ist. Was mich daran verwirrt hat, und es
immer noch tut, ist, dass dieser Trotz kein bisschen mir zu
gelten scheint, sondern viel mehr ihr selbst. Als würde sie sich
damit selbst etwas beweisen. Ich würde zu gern verstehen, was
in ihr vorgeht. Wenn ich ehrlich bin, würde ich sehr viel gern
verstehen. Aber ich werde den Teufel tun und sie fragen. Ich
will nichts mit ihr zu tun haben. Mein Gehirn scheint das nur
immer wieder zu vergessen.

Ich lade den letzten Sack vor dem Beet ab und stelle die
Schubkarre ab. Jetzt wäre die Zeit, um sich zu verabschieden
und zu verschwinden. Miko wartet schon ewig, ich wollte eigentlich nur neue Schrauben besorgen. »Brauchst du noch
Hilfe?«, höre ich mich stattdessen sagen. Großartig. Irgendwo
ist bei mir wirklich eine Sicherung durchgebrannt.

Zu meiner Erleichterung schüttelt Lavender den Kopf, und
zum ersten Mal, seit wir ins Auto gestiegen sind, schaut sie mir
direkt in die Augen. Ihr Blick ist wie ein Schlag in die Magengrube. Einen Moment lang stehe ich wieder im strömenden
Regen und beuge mich runter zum Autofenster einer Unbe-
kannten. Hätte ich damals gewusst, wer sie ist … Ja, was dann?

Hätte ihre offensichtliche Verzweiflung mich dann weniger getroffen? Hätte ich ihr dann nicht geholfen?

Unter dem Trotz, der jetzt in ihrem Blick liegt, erkenne ich weiterhin ihre Unsicherheit. Den leisen Schmerz, den sie immer mit sich rumträgt und der manchmal so laut wird, dass nicht mal ich ihn ignorieren kann.

»Danke«, meint Lavender leise, und ihre Stimme jagt mir einen Schauer durch den Körper.

Ich seufze. »Jederzeit. Wie gesagt …«

»Okay.«

Wir wissen wohl beide, dass sie mein Angebot nicht freiwillig annehmen wird. Genauso wenig, wie ich es freiwillig gegeben habe. Es geht nur gegen meine Natur, es nicht zu tun. Doch sie könnte mich jederzeit um Hilfe bitten. Und ich würde ihr helfen. Ich habe meine Pflicht damit getan, und mein Gewissen ist beruhigt. Oder?

»Soll ich dich wieder zurückfahren?«, fragt Lavender nun noch leiser.

Mir entweicht ein knappes Lachen, wenn ich daran denke, wie angenehm die Fahrt hierher war. »Nein danke. Ich komme zurecht.«

»Okay.«

Wir sehen uns einen Moment lang schweigend an, dann wende ich mich ab und gehe. Aber mein Gewissen schreit weiter. Ich hab ihr doch geholfen, verdammt! Warum reicht mir das nicht? Widerwillig drehe ich mich noch mal um. Lavender hat die Arme um ihren Körper geschlungen und blinzelt mir verwirrt entgegen. Verwirrt und verunsichert.

Was denkt sie, was ich mache? Einfach irgendetwas Fieses sagen so wie Hank vorhin an der Kasse, nur damit sie sich schlecht fühlt? Das war unfair von ihm, allerdings tut er das bei jedem. Ich darf mir solche Sprüche jedes Mal anhören, wenn ich bei ihm einkaufe. Der Alte ist einfach verbittert und schießt auf jeden, der Jenson näherstand als er selbst. Was so ungefähr auf die ganze Insel zutrifft, seit die Freundschaft der beiden vor zehn Jahren schmerzhaft in die Brüche gegangen ist.

Nein, auf das Niveau sinke ich nicht. Alles, was ich Lavender sagen wollte, bin ich gestern losgeworden. Nur leider fühle ich mich dadurch kein bisschen leichter. Eher so, als hätte ich mir noch mehr Gewicht auf die Schultern geladen. Meine Wut ist verraucht und zurück bleiben Zweifel.

»Kann ich dich vielleicht um einen anderen Gefallen bitten?«, frage ich widerwillig.

Lavender schaut mich nur irritert an und sagt kein Wort. Ich muss mich zu dem Satz zwingen, der mir auf der Zunge liegt. »Könntest du Miko weiter Nachhilfe geben?«

Ihre Augen weiten sich. »Was?«

Ich ringe um Worte. Jetzt bloß nichts Falsches sagen. Die Wahrheit, aber besser verpackt als gestern.

»Meine … Ansichten haben nichts mit Miko zu tun. Und ich will nicht, dass sie ihm irgendwelche Chancen versauen. Ich will das Beste für meinen Bruder, und er scheint dich zu mögen. Zumindest ist er wegen gestern ziemlich sauer auf mich, also … Ich fände es schön, wenn du ihm trotzdem weiter hilfst. Ich werde mich auch nicht einmischen und halte mich vom Haus meiner Eltern fern, solang du da bist. Versprochen.«

Lavender antwortet nicht sofort. Sie ist offensichtlich völlig überrumpelt von meinem Vorschlag. Ich presse die Lippen zusammen, um mich davon abzuhalten, noch mehr zu sagen und sie damit womöglich vor den Kopf zu stoßen, und vergrabe die Hände in den Taschen meiner Jeans. Wenn sie Miko wegen mir keine Nachhilfe mehr gibt, wird er wahrscheinlich den ganzen Rest der Ferien nicht mehr mit mir reden. Dann kann ich es gleich vergessen, ihm noch irgendwie zu helfen. Ich hoffe wirklich, dass Lavender zustimmt, obwohl das eigentlich das genaue Gegenteil von dem ist, was ich will.

»Ich …« Lavenders Stimme klingt kratzig, und sie räuspert sich. »Ich weiß nicht.«

Fuck.

»Du kannst es dir ja überlegen«, biete ich an. Ich weiß nicht, was ich sonst noch sagen soll, also zucke ich unbeholfen mit den Schultern, wende mich wieder ab und gehe. Lavender hält mich nicht zurück. Warum sollte sie auch? Nach dem, was beim letzten Mal passiert ist …

Ich muss unweigerlich an gestern Abend denken. Schon wieder. Aus irgendeinem Grund schwirren mir meine eigenen Sätze immer noch im Kopf herum und wollen einfach nicht verschwinden. Je öfter ich sie höre, desto harscher werden sie. Zu harsch vielleicht … Keine Ahnung.

Ich beeile mich, Abstand zwischen mich und das Haus zu bringen, und kann erst im Dorfkern wieder frei atmen. Zwanzig Minuten brauche ich bis zu Sally, und wie erwartet sitzt Miko nicht mehr neben der Leiter, die aufs Dach des Schuppens führt. Es hätte mich nicht gewundert, wäre er abgehauen. Aber stattdessen finde ich ihn an Sallys Esstisch, einen Teller mit Kuchenkrümeln und eine leere Tasse Kakao vor sich. Sally sitzt ihm gegenüber, und die beiden sehen zu mir auf, als ich durch die Terrassentür nach drinnen komme.

»Na schau mal einer an!«, begrüßt sie mich. »Da bist du ja wieder. Dein Bruder hatte schon Angst, du hättest ihn vergessen.«

»Eher Hoffnung«, murmelt Miko kaum hörbar.

»Hat länger gedauert.« Ich ignoriere seinen Kommentar und ziehe das Päckchen mit den Schrauben aus meiner Hosentasche. »Tut mir leid. Bereit?« Ich deute mit dem Kopf zur Tür.

Er rollt mit den Augen, nimmt sich noch einen Keks vom Teller in der Mitte des Tisches und steht auf. »Danke«, meint er zu Sally und schlüpft an mir vorbei nach draußen.

»Nichts zu danken, Miko! Höflicher junger Mann, dein Bruder.« Ich hebe fragend die Brauen, sage aber nichts dazu. War das Ironie?

Schweigend steigen Miko und ich wieder auf das niedrige Dach. Seine Laune hat sich nicht gebessert, seit ich vorhin gegangen bin. Eher im Gegenteil.

»Du hast weitergemacht«, stelle ich überrascht fest und rüttle probeweise an den dünnen Balken, die Miko in meiner Abwesenheit festgeschraubt hat.

»Ja, hatte ja auch eineinhalb Stunden Zeit«, giftet er.

Ich werfe ihm einen Blick zu. Er hat den Akkuschrauber schon in der Hand und funkelt diesen wütend an. »Sorry. Es ist was dazwischengekommen.«

»Was, waren die Schrauben ausverkauft und du musstest erst rüber aufs Festland schwimmen? Oder bei Hank noch schnell spontan einen kaputten Einkaufswagen reparieren? Warum hast du ihn nicht auf unsere tolle Ferienliste gesetzt? Das wäre vielleicht ein Spaß geworden!«

Ich seufze und halte Miko eine Schraube hin. »Nicht ganz.«

Miko platziert einen der dickeren Balken, die er, wie ich jetzt merke, schon vorgebohrt hat, und ich halte ihn auf der anderen Seite fest, damit er beim Schrauben nicht verrutscht. Ihm muss echt langweilig gewesen sein, wenn er freiwillig weitergearbeitet hat. Aber möglicherweise wollte er mir auch nur eins auswischen, weil ich gesagt habe, er darf allein nicht aufs Dach. Wenn er runtergefallen wäre …

Miko setzt den Akkuschrauber an und versenkt die Schraube erstaunlich gerade im Holz.

»Lavender ist dazwischengekommen«, ringe ich mir ab in der Hoffnung, ihn so zu besänftigen.

Mikos Blick schießt zu mir. Er verzieht den Mund und verengt die Augen zu Schlitzen. »Was, musstest du sie noch ein bisschen mehr zur Sau machen, damit sie bloß nicht wiederkommt?« Ich presse die Lippen zusammen. »Sie hat übrigens für heute abgesagt. Hat Mom geschrieben. Ich glaub, du musst dir keine Mühe mehr geben. Sie hasst mich eh schon.«

Die Nachricht in unserer Familiengruppe habe ich auch gesehen. Schon als ich los zum Baumarkt bin. Vielleicht wäre ich bereits vor einer Stunde wieder hiergewesen, hätte ich das nicht. »Ich hab ihr mit ihrem Einkauf geholfen«, murmle ich und stecke zwei Schrauben lose in die übrigen Löcher.

Miko schnaubt. »Du.«

»Sie hatte Erde gekauft und hat sie nicht ins Auto gekriegt.«

»Und das hat 'ne Stunde gedauert? Mit oder ohne Anschreien?«

163

»Wenn sie sie nicht in den Wagen reinheben kann, bekommt sie sie wohl auch nicht mehr raus.« Widerwillig treffe ich den Blick meines Bruders.

Misstrauisch mustert er mich. »Aha«, sagt er nur und widmet sich der nächsten Schraube. Ich sehe zu, wie er den gesamten Balken befestigt, bevor ich noch mal das Wort ergreife.

»Ich hab sie gebeten, dir weiter Nachhilfe zu geben.«

Erneut fährt er zu mir herum. »Warte, heißt das, du hast dich bei ihr entschuldigt?«

Ich zögere einen Moment. »Nein, das nicht.«

Das war offensichtlich nicht die richtige Antwort. »Ach so. Und du meinst, das macht sie jetzt?«, spottet er. »Einfach so, weil der große Jonne sie drum bittet?«

»Sie denkt darüber nach. Und wenn es ihr mit der Nachhilfe ernst war, wird sie …«

»Ach, leck mich doch!«, unterbricht Miko mich und knallt den Akkuschrauber aufs Dach. »Klar, ist es *ihre* Schuld, wenn sie nicht mehr zu uns kommen will!«

»Wortwahl«, mahne ich ihn leise.

Er schnaubt. »Sagt der Richtige, oder? Wer weiß, von wem ich all diese bösen Schimpfwörter habe. Von dir ja bestimmt nicht. *Du* bist nie an irgendwas schuld!«

Er steigt auf die Leiter und klettert runter auf den Boden. Verwirrt halte ich sie fest, damit sie nicht umkippen kann. Ich habe keine Ahnung, was ich zu Mikos Ausbruch sagen soll – oder was er mir damit zeigen möchte. »Wo willst du hin?«, fordere ich gereizt.

Er schnaubt laut. »Schrauben kaufen.«

»Wir sind hier nicht fertig!«

»Mir doch scheißegal!«

»Miko!« Wütend schaue ich ihm nach. Kurz überlege ich, ihm zu folgen, doch was würde das bringen? Soll ich ihn mir über die Schulter werfen und auf dem Dach festketten, damit er nicht abhaut?

Leider macht er jedoch keine Anstalten, von allein zurückzukommen. Er durchquert mit zügigen Schritten Sallys

Garten und verschwindet ums Haus, hoch zur Straße. Weg ist er.

Fuck. Ich dachte, er würde anders auf diese Neuigkeiten reagieren. Versöhnlicher. Immerhin hab ich es versucht und bin über meinen Schatten gesprungen, um auf Lavender zuzugehen. Aber stattdessen ist Miko scheinbar noch wütender als zuvor. Verdammter Teenager.

Die Terrassentür geht auf, und ich schöpfe neue Hoffnung, aber es ist nur Sally, die heraustritt und mit besorgter Miene zu mir hochsieht. Ich wende mich kopfschüttelnd den Balken zu, die befestigt werden müssen.

»Willst du reinkommen?«, ruft sie.

»Ich bin noch nicht fertig.«

»Das Dach kann warten, Jonne. Lass uns einen Kaffee trinken.«

Ich weiß nicht, wie viel Sally gehört hat, doch es war sicherlich genug, um unangenehme Fragen aufzuwerfen. Sie wird die ganze Geschichte hören wollen. Und darauf habe ich wirklich keine Lust. Ich weiß, auf welcher Seite sie stehen wird. Sie würde es nicht verstehen, genauso wenig wie alle anderen. »Heute nicht«, antworte ich und schraube den nächsten Balken fest. Ich höre sie seufzen, dann schließt sich die Tür wieder.

Was soll das heißen, ich bin nie an etwas schuld? Ich habe diesen Streit mit Lavender gestern doch nicht angefangen. Ich bin nicht der Fünfzehnjährige, der Drogen nimmt.

Ich bin nur der, der, verdammt noch mal, überall aneckt, weil er alles richtig machen will. Aber scheinbar ist genau das falsch.

Kapitel 15

LAVENDER

Ich dachte nicht, dass ich das mal sage, aber die Begegnung mit Jonne hat mich beruhigt. Auf eine seltsame Art und Weise, denn mit ihm im Auto zu sitzen, ihn hier im Garten zu haben, war Folter. Dabei stört es mich seltsamerweise nicht, dass er mir nah ist. Im Gegenteil. Ein Teil von mir wollte provozieren, dass unsere Finger sich erneut berühren, wollte noch einmal seine Wärme spüren. Was mich allerdings stört, ist, dass Jonne diese Nähe so sehr hasst.

Und dennoch hat er mich gebeten, Miko zu helfen. Schon den ganzen Tag grüble ich darüber nach, was ich jetzt tun soll. Ich habe das Loch mit Erde gefüllt und die drei halb vertrockneten Blumen dort eingepflanzt. Sicherlich wäre es um einiges schneller gegangen, wenn Jonne mir dabei geholfen hätte. Wahrscheinlich hätte er die Säcke einfach an einem Ende aufgeschnitten, am anderen hochgehoben und sie damit binnen Sekunden in das Loch geschüttet, um möglichst schnell wieder verschwinden zu können.

Aber ich wollte gar nicht, dass es schnell geht. Ich wollte eine Beschäftigung. Also habe ich Schaufel für Schaufel einzeln ins Loch befördert und mich vom kühlen Wind und dem leichten Ziehen in meinen Armen ablenken lassen.

Danach habe ich den Schuppen durchforstet und einen alten Spindelrasenmäher darin gefunden. Er scheint noch zu funktionieren, allerdings musste ich schnell feststellen, dass die Wiese dafür viel zu hoch ist. Stattdessen habe ich mich an eine Sense gewagt, um die Gräser vorher zu stutzen.

Mittlerweile ist es sechzehn Uhr, und ich bin so erschöpft, dass selbst meine Sorgen eine Pause machen. Ich sitze auf dem Sofa, starre ins Nichts und genieße die Leere in meinem Kopf, die ausnahmsweise nicht wehtut.

Mein Handy klingelt, und sofort bin ich erneut in Alarmbereitschaft. Ob das wieder Auri ist? Ich will diesmal rangehen, aber ich bin mir unsicher, wie ich ihr gegenübertreten soll, nachdem ich sie den ganzen Tag über ignoriert habe.

Heb einfach ab, Lavender, sage ich mir. Sonst endet es wie mit deinem Onkel. Denn das war das große Problem, oder? Ich wusste nach diesem alles verändernden Sommer einfach nicht mehr, wie ich ihm gegenübertreten soll.

Ich greife nach meinem Smartphone, doch es ist nicht Auri, die mich anruft, sondern Saana. Noch schlimmer. Sofort werden meine Hände schwitzig, und mein Herz schlägt schneller. Auf meine Nachricht heute Morgen hat sie mir geantwortet, ich solle mich ausruhen, es sei in Ordnung. Und das hat mein schlechtes Gewissen noch mehr befeuert. Ich bin ja nicht krank. Und obwohl ich das nie behauptet habe, fühlt es sich an, als würde ich sie anlügen.

Widerwillig hebe ich ab. Nach Jonnes Bitte heute bin ich noch zu keiner Entscheidung gekommen. Dabei ist mir eigentlich klar, dass ich diesen Job dringend brauche. Zumindest von seiner Seite aus besteht wohl kein Problem darin, dass ich ihn weiter mache. Aber Saana …

Sie hat gestern ebenfalls alles gehört. Sie weiß jetzt, wer ich bin. Als ob sie sich so einen Umgang für ihren Sohn wünscht.

»Hallo?«, presse ich hervor. Ob sie anruft, um mich zu entlassen?

»Hallo, Lavender.« Saanas Stimme klingt ebenso warm und freundlich wie immer. Jedoch muss das nichts heißen. Ich glaube, sie kann einfach nicht anders. Sie wurde so geboren. Ich bilde mir ein, ich hätte diese Wärme anfangs auch bei Jonne wahrgenommen, bevor mein Name alles ruiniert hat. Sie war, was mich so zu ihm hingezogen hat, glaube ich. Weil jedes Lächeln von ihm sich angefühlt hat wie eine große Umarmung. Schade, dass er mich ziemlich sicher nie wieder so anlächeln wird.

Saana zögert. »Ich habe lange überlegt, ob ich dich anrufen soll«, gesteht sie mir.

»Okay«, ringe ich mir ab und klinge dabei, als wäre ich soeben über die gesamte Insel gejoggt.

»Ich wollte dich nicht stören. Es ist natürlich in Ordnung, dass du für heute abgesagt hast, das habe ich dir ja schon geschrieben. Und falls es dir länger nicht gut gehen sollte, verstehen wir das ebenfalls. Ich möchte, dass du das weißt.«

Ich habe keine Ahnung, worauf sie hinauswill, weshalb ich einfach nur verwirrt Danke sage.

»Aber ich wollte dir auch sagen«, setzt Saana hörbar unsicherer an, »dass wir hoffen, dass es dir bald wieder besser geht und du ... und du Miko weiter Nachhilfe gibst. Also ... Versteh mich bitte nicht falsch, ich ... wir ...« Sie seufzt. »Weißt du was? Ich bin jetzt ganz offen mit dir. Ich habe gestern gehört, was mit Jonne passiert ist. Wir alle.«

Sie macht eine kurze Pause, und ich weiß nicht, ob sie eine Reaktion von mir erwartet. Ich kann nichts erwidern. Mir fällt nichts dazu ein, und noch dazu ist mir speiübel.

»Aber«, meint sie jetzt fester, »wie Jonne dir gegenübertritt, ist seine Sache, und wir teilen seine Ansichten nicht. Okay, nein. Das, also ... wir sind unparteiisch. Ich will mich da nicht einmischen, weil ihr beide erwachsen seid und es mich nichts angeht, aber wir würden uns freuen, wenn du Miko weiter unterstützt. Er möchte das auch, da bin ich mir sicher. Und damit du dich bei uns wohlfühlen kannst, werde ich mit Jonne absprechen, dass er sich während der Nachhilfezeiten nicht mehr bei uns aufhält. Oder Miko könnte zu dir kommen, wenn dir das lieber ist? Vorausgesetzt du möchtest ihm nach gestern noch Nachhilfe geben. Ich verstehe auch, wenn nicht. Jonne war wirklich unmöglich.«

Sie verstummt, und ich brauche eine Weile, bis ihre Worte zu mir durchdringen. »Ihr … wollt mich noch?«, frage ich verwirrt. Dass Miko mich mag, habe ich Jonne geglaubt. Das Gefühl hatte ich während der Nachhilfe auch, und bei seinem Alter ist es unwahrscheinlich, dass er wegen Jenson einen Groll auf mich hegt. Aber ich dachte, seine Eltern wären mir gegenüber kritischer eingestellt. Immerhin kannten sie meinen Onkel, und nach allem, was Jonne gestern gesagt hat …

Oder hat er heute auch mit ihnen geredet und ihnen denselben Vorschlag gemacht wie mir – dass er während der Nachhilfe nicht in der Nähe ist? Es klingt aber irgendwie nicht so. Saana hat gesagt, sie wolle es selbst mit ihm besprechen.

»Natürlich wollen wir das, Lavender! Was mit Jonne passiert ist, tut mir leid. Er ist in letzter Zeit … anders. Aber hier geht es nicht darum, was er denkt, sondern um Miko. Ich glaube, er fühlt sich bei dir wohl. Und das allein ist etwas sehr Wertvolles für ihn. Offen gestanden wäre es mir sogar egal, wenn ihr, statt Nachhilfe zu machen, nur Tee trinkt und Origami faltet oder was auch immer. Ihm geht es gerade nicht gut, und er braucht jemanden, der unparteiisch ist und bei dem er sich ein bisschen erholen kann. Vielleicht kannst du ihm helfen.«

»Ich weiß nicht … Er wollte gestern nicht mit mir reden.«

»Er spricht mit niemandem. Genau wie sein Bruder. Das ist ihr Problem. Oder eher macht es ihre eigentlichen Probleme noch größer.«

Ich zögere. »Und was ist Mikos Grundproblem? Wenn es gar nicht um die Noten geht …«

Saana schweigt eine Weile. So lang, dass ich schon befürchte, mit meiner Frage eine Grenze überschritten zu haben. Aber dann antwortet sie doch. »Versprichst du mir, dass du Miko weiterhin so unvoreingenommen gegenübertrittst wie bisher? Auch wenn ich es dir erzähle?«

»Ich werde mein Bestes geben.«

»Es wäre gut, wenn du ihm nicht sagst, dass du es weißt. Zumindest nicht sofort.«

»Okay.«

Sie atmet tief durch. Erschöpft. Verzweifelt. »Also gut. Miko nimmt heimlich Drogen. Er raucht Gras und trinkt Alkohol, treibt sich mit seinen Freunden nächtelang irgendwo rum, schwänzt die Schule, gerät in Prügeleien … Das ist nur die Spitze des Eisbergs. Ich fürchte, dass wir nicht mal alles mitbekommen, was er so anstellt. Und wenn er gerade keinen Unfug treibt, ist er nicht von seiner Playstation wegzubekommen. Wir haben alles versucht, aber es wurde nur schlimmer. Mittlerweile wissen wir uns nicht mehr zu helfen. Deswegen wohnt er jetzt vorübergehend bei Jonne. Unfreiwillig. Er soll ihm im Dorf bei einigen Reparaturen helfen und sich ein bisschen beruhigen, aber ehrlich gesagt zweifle ich daran, ob das die richtige Entscheidung war. Sie liegen sich dauernd in den Haaren, und ich habe Angst, dass es beiden dadurch nur noch schlechter geht.«

»Oh.« Ich habe keinen Schimmer, was ich darauf erwidern soll. Saana klingt mitgenommen, und ich hatte nicht mal geahnt, dass die Lage so ernst sein könnte. Auf mich hat Miko gewirkt wie ein ganz normaler pubertierender Teenager, aber ich schätze, als Außenstehende kann man so etwas nie gut beurteilen. Es erklärt jedenfalls, warum er so schlecht gelaunt war. Und warum Jonne für ihn sogar mich erträgt.

»Es tut mir leid, dass wir dir das nicht vorher erzählt haben, Lavender. Wahrscheinlich wäre es wichtig gewesen, dass du Bescheid weißt. Aber ich bin auch ratlos, wie ich damit umgehen soll, um ehrlich zu sein.«

»Das ist schon in Ordnung.«

»Miko ist ein guter Junge. Tief drinnen. Das sind sie beide.«

»Das glaube ich dir. Zu mir war Miko immer sehr nett.« Und sein Bruder hat seine Gründe, es nicht zu sein.

»Wirklich?« Saana hört sich so hoffnungsvoll an. Es bricht mir das Herz, wie sehr sie unter der Situation zu leiden scheint. Und Miko erst. Jonne meint es bestimmt nur gut mit ihm, aber wenn er auch zu Hause so übel gelaunt ist, wie ich ihn die letzten Tage erlebt habe, hat Miko bei ihm nichts zu lachen.

»Ja, wirklich«, sage ich ernst. »Ich komme gut mit Miko klar.«

»Meinst du dann, du könntest die Nachhilfe weitermachen? Solange du hier bist? Ich werde mit Jonne reden, ich bin sicher, wir finden eine Lösung. Letztendlich ist das hier mein Haus, also hat er sich auch an meine Regeln zu halten. Oder wir bringen Miko zu dir, damit ihr euch nicht über den Weg lauft.«

Ich muss wieder an Jonnes Bitte denken. An sein Versprechen, sich von mir fernzuhalten. Gleichzeitig bleibt es dabei, dass Miko sein Bruder ist und Saana seine Mutter. Es fühlt sich an, als wäre ich ihm mit diesem Job viel zu nah. Doch sie wollen mich als Nachhilfelehrerin, obwohl sie gestern alles mitangehört haben. Und ich will Miko helfen, denn ich kann den Gedanken nicht ertragen, dass es ihm schlecht geht und ich etwas dagegen hätte tun können.

Ich schließe einen Moment lang die Augen. Mutig sein. Über meinen Schatten springen. Ich muss das lernen, sonst bleibe ich genauso unglücklich, wie ich bin.

»Ich glaube, das klappt schon mit Jonne«, meine ich so zuversichtlich, wie ich kann. »Wir können das bei euch machen.«

»Oh! Wirklich? Bist du dir sicher?«

»Ja.« Ich schlucke. »Jonne und ich kriegen das schon hin.«

Saana scheint über meine Aussage ebenso verwundert wie ich selbst. »Okay … na dann. Das freut mich wirklich!«

»Soll ich heute doch noch kommen?«, biete ich unsicher an. Immerhin wissen wir beide, dass ich nicht krank bin.

»Nein, erhol dich. Wie wäre es morgen? Nachmittags um vier?«

»Okay.«

»Dann gebe ich Miko Bescheid. Danke, Lavender! Das bedeutet uns viel. Und ich rede mit Jonne.«

»Ach, das passt schon«, versuche ich sie abzuhalten. Jonne auf mich anzusprechen ist sicher keine gute Idee, und ich habe es ja schon mit ihm geklärt. Irgendwie.

»Nein. Das passt nicht. Ich rede mit ihm, und zerbrich dir deswegen nicht den Kopf, ja? Bis morgen, Lavender!«

»Bis morgen.« Ich lege das Handy beiseite, lasse mich tiefer in die Sofakissen sinken und atme tief durch. Das erklärt jetzt alles – warum Saana mich unbedingt als Nachhilfe wollte und warum Auri und Tommy so merkwürdig reagiert haben, als sie das erste Mal von der Idee hörten.

Ich kann mir gar nicht vorstellen, wie es Miko damit geht. Warum macht er denn all diese Sachen? Weil es ihm schlecht geht? Oder geht es ihm schlecht, weil er diese Sachen macht? Auf jeden Fall scheint er nicht besonders glücklich zu sein, und wenn wir ihm helfen wollen, müssen wir wohl oder übel an einem Strang ziehen.

Alle. Auch Jonne und ich. Er muss seinen Bruder sehr lieben, wenn er dafür darüber hinwegsieht, wie sehr er mich verabscheut. Und ich muss das für Miko ebenfalls tun. So wie es aussieht, werde ich ohnehin eine Weile auf der Insel bleiben. Wenigstens habe ich in Saana eine Verbündete, der es egal zu sein scheint, was ich verbrochen habe. Und Auri … Ob es ihr auch egal ist? Kann ich das noch kitten, oder habe ich sie heute verloren, weil ich wieder so feige war?

Die Türklingel lässt mich zusammenzucken. Ich bleibe sitzen und ziehe in Erwägung, einfach nicht aufzumachen. Aber es klingelt ein zweites Mal, und meine Angst wächst. Aus irgendeinem Grund rechne ich mit Jonne. Jonne, der womöglich soeben von seiner Mutter angerufen wurde und es sich doch anders überlegt hat. Jonne, dem noch etwas eingefallen ist, was er mir gern an den Kopf werfen würde. Jonne, der absolut jedes Recht hat, mich zu hassen, und bei dem ich dennoch nicht will, dass er das tut.

Doch als ich mich überwinde und die Tür einen spaltbreit öffne, steht dort Auri. Das ist fast noch schlimmer, denn sie wurde nicht von der früheren Lavender enttäuscht, sondern von der heutigen. Es ist erstaunlich, wie wenig ich mich in all den Jahren entwickelt habe.

»Hi«, sage ich leise und mache die Tür ganz auf. Auri mustert mich abschätzig, so als müsste sie sich erst entscheiden, ob sie sauer sein oder Mitleid haben soll.

»Hi. Wie geht's?« Ihre Frage ist vorsichtig. Abwartend.

Ich zögere ebenfalls. »Komisch, ehrlich gesagt.« Eine bessere Antwort habe ich nicht.

Auri zupft am Verschluss ihrer schwarzen Jacke herum. »Ich wusste nicht, ob du willst, dass ich herkomme.«

Wenn ich so darüber nachdenke, wusste ich das auch nicht. Aber jetzt, wo Auri vor mir steht, ist die Antwort eindeutig. »Ich bin froh, dass du da bist. Tut mir leid, dass ich dich ignoriert habe, ich war einfach …«

Auri lächelt schwach und unterbricht mich mit einem Kopfschütteln. »Schon gut. Manchmal braucht man eben Zeit.«

Zu feige, wollte ich eigentlich sagen. Ich war zu feige.

»Willst du reinkommen?«, biete ich an, statt ihre Fehlinterpretation richtigzustellen.

»Ich dachte, wir gehen einkaufen.« Sie hält einen Jutebeutel in die Höhe. »Und kaufen ganz viel Eis und Chips und Süßkram, schauen einen Film und lästern dabei über den Arsch mit J.«

»Du kannst seinen Namen sagen.«

»Ich denke mir aber viel lieber fiese Spitznamen für ihn aus. *Stinking Bishop*!«

»Bitte was?«, frage ich irritiert.

»Das ist eine besonders stinkende Käsesorte! Also?« Sie winkt mit dem Beutel, und mein Magen knurrt wie zur Bestätigung.

»Wenn wir schon dabei sind … Ich habe ehrlich gesagt gar nichts mehr zum Essen zu Hause.« In den Laden habe ich mich allein nicht getraut. Erst recht nicht nach der Sache im Baumarkt heute.

»Na dann! Großeinkauf!«

Ich hole schnell meine Sachen, und wir nehmen das Auto, um danach nicht mit schmelzendem Eis und schweren Taschen nach Hause laufen zu müssen. Es ist skurril, dass jetzt Auri auf dem Platz sitzt, den vorhin noch Jonne beansprucht hat. Sie wirkt befangener als sonst, allerdings kann ich es ihr nicht verübeln. Wahrscheinlich hat sie Angst, wegen gestern etwas Falsches zu sagen. Also breche ich das Schweigen und frage sie nach ihrem Tag. Schon taut sie auf und erzählt mir freudig von den Blumengestecken, die sie am Freitag für eine Hochzeit machen darf. Während ich den Wagen vor *Brenda's* parke, hält sie mir auf ihrem Handy ein Bild ihres Prototyps entgegen. Wobei ich das Wort etwas befremdlich finde für das kleine Kunstwerk aus weißen und cremefarbenen Blüten mit filigranen goldenen Drahtelementen.

»Wow, das ist wunderschön!«

Auri grinst über beide Ohren. »Danke. Die Braut wollte erst Rot. Ich verstehe echt nicht, was die Leute immer mit roten Rosen haben, die sind total aufdringlich! Wer kann sich denn noch auf die Braut konzentrieren, wenn überall diese grellroten Farbkleckse stehen? Zum Glück kann ich sehr überzeugend sein.«

»Hast du sie mit einer Gartenschere bedroht?«, frage ich lachend.

Sie hebt die Hände. »Würde ich nie!«

»Mhm.« Wir steigen aus und überqueren den kleinen Parkplatz. Hier am Hafen bläst der Wind ordentlich. Er weht mir die Haare ins Gesicht und schürt das mulmige Gefühl, das in meinem Bauch wächst, je näher wir dem Supermarkt kommen. Hinter uns legt soeben die Fähre ab und steuert auf Vancouver Island zu. Dunkle Wolken ziehen von dort auf.

»Da kommt wohl wieder ein Sturm«, stellt Auri fest und betritt als Erste das Geschäft. Die Glocke über der Tür kündigt uns an. »Aber nicht, dass du denkst, wir hätten hier keinen Sommer! Haben wir schon, aber die zwei Wochen hast du verpasst.«

»Wer braucht schon Sonne«, überspiele ich meine Nervosität und lasse den Blick eilig durch den Verkaufsraum schweifen. Bis auf die Kasse ist der vordere Teil des Ladens leer.

»Hi, Brenda!«, sagt Auri zur Begrüßung.

Die Ladenbesitzerin sieht von ihrem Kreuzworträtsel auf und nickt uns beiden zu. Nicht gerade freundlich, wie ich finde, doch Auri wirkt unbesorgt. Sie zieht mich an der Hand zwischen die Regale.

»Keine Sorge, so ist sie immer, wenn sie ein Wort nicht weiß. Kommt selten vor, Brenda ist die Kreuzworträtselqueen.«

»Verstehe.«

»Also, was brauchst du alles? Oh, hätten wir einen Wagen nehmen sollen?«

»*Ha!*«, hallt es hinter uns durch das Geschäft, und ich zucke zusammen.

»Glückwunsch!«, schreit Auri zurück.

»Seeaal!«, tönt Brendas Stimme zu uns. »Wer denkt sich diesen Mist aus!«

»Auri?«, ruft eine Frauenstimme aus der anderen Richtung. »Hier!«

Ms. Oberg kommt um die Ecke, einen roten Einkaufskorb in der Hand und einen türkisfarbenen Regenhut auf dem Kopf. »Ach, Lavender hast du auch dabei! Wie schön, euch zu sehen!«

»Hi, Sally!«

»Hallo, Ms. Oberg«, begrüße ich sie vorsichtig.

»Ach, Kind, du kannst doch Sally sagen! Ich will euch gar nicht aufhalten, aber sieht eine von euch zufällig Miko?«

Auri zuckt mit den Schultern.

»Ich gebe ihm morgen Nachhilfe.«

»Oh! Könntest du ihm die hier geben?« Sie holt aus ihrem Korb eine zusammengefaltete abgewetzte Cap hervor. »Er und Jonne haben heute das Dach von meinem Schuppen repariert und die vergessen.«

»Klar.« Ich nehme die Mütze entgegen und lege sie in meine Einkaufstüte. Hoffentlich gehört sie nicht in Wirklichkeit Jonne.

»Sie haben gemeinsam das Dach gemacht?«, hakt Auri nach. »Brauchst du Hilfe dabei, die Leiche wegzubringen? Wer hat wen runtergeschubst? Miko würden wir zu dritt schaffen, denke ich. Falls es Jonne ist, brauchen wir wahrscheinlich schweres Gerät. Einen Kran oder so. Der wiegt zu viel.«

Ms. Oberg schmunzelt, doch es erreicht ihre Augen nicht. »Umgebracht wurde niemand. Aber sie haben sich ganz schön gestritten.« Ihr Blick huscht kurz zu mir, dann schnell wieder zu Auri.

»Ist nichts Neues in letzter Zeit«, erwidert Auri schulterzuckend.

»In letzter Zeit vielleicht nicht, aber wenn man ein bisschen zurückblickt ... Die beiden waren immer so ruhig. Zurückhaltend. Ausgeglichen. Man erkennt sie gar nicht wieder. Und Miko wirkt so unglücklich! Seitdem Jonne Urlaub hat, scheucht er ihn den ganzen Tag über die Insel. Er hat doch gar keine Lust auf diese Reparaturen mit seinem Bruder. Sicher, ein bisschen Beschäftigung schadet ihm nicht, aber wie soll das mit ihm denn besser werden, wenn er nichts mehr hat, was ihm Freude macht? Spaß muss sein. Und all seine Freunde fahren nach Vancouver Island, während er Inselarrest hat.«

»Er hat zu Recht Inselarrest«, sagt Auri kleinlaut.

Ms. Oberg seufzt. »Ja ... ich weiß. Aber dann braucht er hier was zu tun! Eine richtige Aufgabe! Das nutzt doch niemandem was, wenn er auf meinem Dach rumklettert. Ich wünschte, es gäbe den Jugendclub noch. Dann hätten wir solche Probleme nicht. Da könnten sich die jungen Leute treffen, ohne dass sich irgendjemand Sorgen machen müsste.«

»Ein Jugendclub?«, wiederhole ich.

Ms. Oberg winkt ab. »Lange her. Sechs Jahre? Richard Williams hat den damals geleitet, er wohnt auch hier im Dorf. Aber er hatte keine Energie mehr dafür. Der Gute war schon sechzig und erschöpft wegen der Trennung von seiner Frau. Da ihn damals keiner übernehmen wollte, verfällt jetzt das Gebäude, und die jungen Leute machen immer weniger hier auf der Insel. Oder sie gehen einfach gar nicht mehr vor die Tür ... Ich weiß noch, Laina war früher dreimal die Woche dort und hat sich mit Freunden getroffen. Dann wurde der Club geschlossen, und die anderen sind stattdessen rüber nach Vancouver Island gefahren. Darauf hatte sie aber keine Lust, also saß sie stattdessen in ihrem Zimmer und hat gelesen. Immer nur gelesen! Ich meine, mittlerweile scheint sie damit glücklich, aber damals hatte ich das Gefühl, sie ist sehr einsam.«

»Und jetzt findet sich immer noch niemand für den Club?«

»Ach, ob sich jemand finden würde, ist nicht mehr die Frage. Das ist eine Bruchbude, die erst mal renoviert werden müsste. Und Budget dafür ist zwar da, allerdings nur, wenn wir keine Firmen beauftragen müssen. Die sind zu teuer. Aber für so ein Projekt hat heutzutage niemand mehr Zeit. Vor zwanzig Jahren hätte bei so was noch die ganze Insel angepackt, aber jetzt sind die Leute froh, wenn sie nach der Arbeit ihre Ruhe haben. Die Zeiten ändern sich eben.«

»Das heißt, wenn jemand bereit wäre, den Club auf Vordermann zu bringen, könnte er wieder betrieben werden?«

Ms. Oberg runzelt die Stirn. »Ja, an sich schon. Das Geld für die Clubleitung ist seit Jahren eingeplant. Aber wie gesagt ... Na ja. Ich wollte euch nicht so lange aufhalten. Eigentlich will ich mich in Familienangelegenheiten auch überhaupt nicht einmischen. Ich mache mir nur Sorgen. Am Ende schubsen Miko und Jonne sich wirklich gegenseitig vom Dach.«

»Ich glaube, so weit hat Jonne sich gerade noch im Griff«, erwidert Auri. »Und falls Miko Jonne schubst, musst du dir auch keine Sorgen machen, sein Dickschädel hält das aus. Da kriegen höchstens die Pflastersteine auf deiner Terrasse einen Sprung.«

Ms. Oberg lacht. »Ist das so? Dann bin ich ja beruhigt. Einen kaputten Pflasterstein kann ich verkraften. Macht es gut, ihr beiden. Und danke, dass du Miko die Cap bringst, Lavender.«

»Keine Ursache. Bis bald.«

Auri umarmt die ältere Dame fest. »Bis die Tage.«

Gemeinsam sehen wir zu, wie sie um die Ecke in Richtung Kasse verschwindet. Aber die Idee, auf die sie mich gebracht hat, hat sich in meinem Kopf festgesetzt und spinnt schon wild ihre Fäden. »Hier kann man wirklich nirgendwo hingehen, ohne jemanden zu treffen, den man kennt«, stelle ich leicht belustigt fest. Wenigstens war es diesmal kein wütender Coast Guard mit Gewitteraugen.

»Absolut unmöglich«, bestätigt Auri. »Jetzt müssen wir uns aber beeilen, Brenda sperrt uns sonst ein. Am besten, wir kaufen einfach alle Eissorten, dann verschwenden wir keine Zeit darauf, uns für eine zu entscheiden.« Ihre Augen funkeln.

»Ich dachte, du willst sowieso nur Schoko.«

»Ja. Aber, Lavender … Schoko ist doch nicht gleich Schoko! Es gibt Double-Choc, Chocolate Chip, Chocolate Chip Cookie, Chocolate Fudge, Triple-Choc, Chocolate Brownie …«

»O Gott. Und wer soll das alles essen?«

»Was für eine komische Frage! Aber zuerst sollten wir uns um deine Besorgungen kümmern. Uh, wir könnten was kochen! Was hältst du davon? Ich hab Hunger! Übrigens hab ich auch noch zwei Schokobrötchen dabei.«

»Wir werden platzen«, meine ich ernst.

»Du vielleicht! Ich habe jahrelange Übung.«

»Viertelstunde, Mädels!«, ruft Brenda durch den Laden. »Und warum wollen die schon wieder einen Meeresfisch von mir?«

Auri und ich setzen uns lachend in Bewegung.

Kapitel 16

JONNE

Noch bevor ich die Haustür aufsperre, höre ich von drinnen den Fernseher. Miko schaut wie immer in Rentnerlautstärke und zusätzlich muss irgendwo ein Fenster gekippt sein. Leise betrete ich das Haus, stelle meinen Werkzeugkoffer sowie meine Schuhe im Flur ab und gehe ins Wohnzimmer. Mein Bruder liegt trotz der sommerlichen Temperaturen in eine Decke gewickelt auf dem Sofa, vor ihm auf dem Tisch zwei leere Schokopuddingbecher. Auf dem großen Bildschirm läuft irgendeine knallbunte Zeichentrickserie, in der ein Männchen mit grünen Haaren mit einem Schnabeltier redet.

Miko schaut flüchtig zu mir auf und sofort wieder weg. Ich beachte ihn ebenfalls nicht weiter und laufe an der Couch vorbei in die offene Küche. Dort schenke ich mir ein Glas Wasser ein und öffne den Kühlschrank.

Zu meiner Überraschung dreht Miko den Fernseher leiser. Man könnte sich jetzt tatsächlich unterhalten, wenn einer von uns etwas sagen würde. Ist das seine Art, auf mich zuzugehen? Muss ich den nächsten Schritt machen, oder kommt da noch was? »Was willst du essen?«, überwinde ich mich, schließe den Kühlschrank wieder und sehe ihn an.

Miko wirft mir über die Sofalehne hinweg einen Blick zu und zuckt mit den Schultern. »Mir egal.«

»Egal gibt's nicht«, klaue ich Dads Standardspruch, und mein Bruder schnaubt.

Zögerlich betrete ich das Wohnzimmer und setze mich auf die Sofalehne, die am weitesten von Miko entfernt ist. Ich bin immer noch sauer, dass er vorhin abgehauen ist. Und generell. Aber ich bin es so leid, mich aufzuregen und mit ihm zu streiten, dass ich das Gefühl ignoriere und stattdessen stumpf auf den Fernseher starre. Was genau in der Serie abgeht, interessiert mich eigentlich nicht. Aber das verdammte Schnabeltier trägt jetzt einen Cowboyhut. Wo sind die Zeiten hin, in denen Miko *Bambi* geschaut hat?

»Morgen um vier ist Nachhilfe«, sagt er wie aus dem Nichts und lenkt damit meine Aufmerksamkeit auf sich. Er schaut mich nicht an, jedoch wirkt er weniger abweisend als sonst. Fast schon zugänglich.

»Mit Lavender?«, frage ich vorsichtig. Nicht, dass Mom doch wieder die alte Mrs. Wahlberg angerufen hat. Miko nickt. »Schön.« Das ist gut. Bestens. Er mag sie, was ist schon dabei?

»Mom sagt, du sollst sie anrufen.«

»Lavender?«, frage ich entsetzt.

Miko runzelt die Stirn und sieht mich an, als wäre ich bescheuert. »Nein, Mom natürlich.«

»Ach so.« Logisch. Das mit dem Denken hat auch schon mal besser funktioniert ... Wieder hüllt uns Schweigen ein. »Wir könnten zum *Lighthouse*«, schlage ich vor.

Er zieht die Augenbrauen hoch. »Echt?«

»Klar. Warum nicht? Dein Fahrrad ist ja hier.«

»Okay.« Miko schaltet den Fernseher aus und rappelt sich von der Couch auf. Gut zu wissen, dass wenigstens eine Sache sich über all die Jahre nicht geändert hat. Mein Bruder lässt sich in fast jeder Situation mit Junk-Food bestechen.

Wir fahren im Nieselregen zum nördlichen Hafen, wo sich unweit des Baumarkts das einzige Restaurant der Insel befindet.

Das *Lighthouse* sieht aus wie ein Leuchtturm, den ein Riese platt gesessen hat. Das runde Gebäude mit den drei Stockwerken ist weiß mit dem charakteristischen roten Dach, in dem allerdings nur eine normale Laterne leuchtet und kein Strahler, der bis rüber nach Vancouver Island scheint. Malcolm Islands echter Leuchtturm steht am Westende der Insel, am sogenannten *Pulteney Point*, und ist ein unspektakulärer weißer Betonkasten.

Wir treten durch die Glastür ins Warme, und der Geruch nach Burger, Pizza und Fisch schlägt uns entgegen. Die Karte ist nicht groß, aber es gibt für jeden Geschmack das richtige Fast Food. Nur nach etwas Gesundem sucht man hier vergeblich. Selbst der Caesar Salad hat mehr Fett, als ich sonst in einer ganzen Woche esse.

Die Einrichtung besteht aus dunklem Holz und kleine runde Fenster lassen zu allen Seiten einen Blick nach draußen zu. In der Mitte des Raumes führt eine Wendeltreppe nach oben, wo sich weitere Tische und im obersten Stock die Küche befinden. Ein paar Meter von der Tür entfernt, hinter der Garderobe, ist eine Bar. Ich schaue mich gerade nach einem freien Platz um, als jemand nach mir ruft.

»He, Aalton!«

Tommy sitzt an einem der Tische hinten in der Ecke, ihm gegenüber sein bester Freund Leevi, der sich zu uns umgedreht hat. Sie winken uns zu sich rüber, und ich durchquere mit Miko im Schlepptau den Laden.

»Was machst du denn hier, war bei Brenda das Gemüse ausverkauft?«, fragt Tommy und rutscht auf der Bank zur Seite, sodass er an der Wand sitzt und der Platz neben ihm frei ist. »Setzt euch doch zu uns, wir haben eben erst bestellt.«

Ich werfe Miko einen fragenden Blick zu, aber der hat sich bereits neben Leevi fallen lassen, der ihm grinsend auf die Schulter klopft.

»Danke«, sage ich und setze mich ebenfalls. Ich glaube, Miko ist genau wie ich ganz froh, dass wir nicht nur zu zweit sind und uns anschweigen müssen. »Und was machst du hier?«, wende ich mich an Leevi. »Ist nicht schon Schlafenszeit für unterbezahlte Fischer?«

Er nippt an seinem Getränk. »Heute kommt das Sandmännchen später.« Wie so oft bleibt Leevi bei seinen Worten völlig ernst. Nur das schelmische Funkeln in seinen Augen lässt erahnen, dass das ein Scherz sein soll. »Aber primär kommt heute Nacht ein Sturm, also rechnen wir nicht damit, morgen früh schon rausfahren zu können. Wollen deine Kollegen bei der Küstenwache ja nicht überstrapazieren.«

»Sehr rücksichtsvoll von euch.«

»Na, Miko? Auch wieder hier?« Mona ist an unseren Tisch getreten, Block und Stift in den Händen. Sie trägt ihre Kellnerinnenuniform, dunkelrot und weiß, passend zum Laden, und hat sich die langen schwarzen Haare zu einem hohen Pferdeschwanz gebunden. »Lass mich raten, das Übliche?«

»Ja bitte«, antwortet Miko nur und grinst sie an. Ist er hier Stammkunde, oder was? Na ja, was habe ich erwartet?

»Und wen hast du uns da heute mitgebracht?« Jetzt schaut sie mich an. Ich halte dem Blick ihrer grünen Augen stand und seufze innerlich. Noch ein Grund, nie hierherzukommen, abgesehen von dem ungesunden Essen: Meine Ex-Freundin, von der ich bis heute nicht ganz weiß, wie ich ihr gegenübertreten soll.

»Hey, Mona«, sage ich ruhig, und sie schenkt mir ein kleines Lächeln.

»Hey, Miesepeter. Was darf's sein?«

»Die Frage aller Fragen«, raunt Tommy neben mir, und Leevi lacht.

Ich versuche mir nicht zu viele Gedanken über den Spitznamen zu machen, den Mona während unserer Beziehung von den älteren Leuten im Dorf übernommen hat, und zucke etwas ratlos mit den Schultern. »Was nimmst du?«, frage ich Miko.

»Einen Chili-Cheese-Burger und 'ne Cola.«

»Okay. Für mich dasselbe bitte, aber statt der Cola ein Wasser.« Wenn ich hier esse, wird es so oder so ungesund. Dann kann es genauso gut Chili-Cheese sein.

»Kommt sofort«, meint Mona knapp und rauscht wieder ab.

»Friert's euch auch so?«, fragt Tommy und reibt sich theatralisch die Arme. »Frostige Stimmung hier.«

Ich verdrehe die Augen. Miko schnaubt leise.

Mona und ich waren nach der Highschool zusammen. Vor zwei Jahren haben wir uns getrennt, ziemlich genau ein Jahr nach Jensons Diagnose. Ich für meinen Teil habe damit abgeschlossen. Ich bin weder wütend noch verletzt, zumindest nicht mehr. Es hat eben nicht gepasst. Sie war diejenige, die damals Schluss gemacht hat. Ich war ihr *zu verbittert*. Meine Sorgen waren zu schwer für uns beide. Zusammen mit Monas eigenen Problemen bestehend aus einem leeren Konto, einem Taugenichts von einem Bruder und einer alkoholabhängigen Mutter, war das wohl einfach zu viel.

Dennoch hat sie keinen Grund, wegen damals nachtragend zu sein. Ich schätze, zwischen uns ist alles in Ordnung. Aber es ist eben anders. Sie war lange eine gute Freundin von mir, dann war sie mehr, und jetzt sind wir praktisch Fremde. Und das lässt weder mich noch sie kalt.

»Ich hab gehört, du kriegst jetzt Nachhilfe, Miko?«, fragt Tommy und schneidet damit das einzige Thema an, über das ich noch weniger reden möchte als über Mona. Diese stellt soeben mein Wasser und Mikos Cola vor uns ab und verschwindet ohne ein Wort wieder an den nächsten Tisch.

»Jo«, antwortet Miko. Gesprächig wie immer.

»Und wie kommst du so mit Lavender klar?«

Er schaut kurz zu mir, dann hinunter auf sein Glas, das er mit beiden Händen umfasst. »Gut. Sie ist echt entspannt.«

»Welches Fach lernt ihr denn?«, mischt sich Leevi ein. Ich lehne mich zurück und klinke mich aus dem Gespräch aus. Die beiden quetschen Miko über Lavender aus, bis endlich unser Essen kommt und sie das Thema wechseln. Es geht jetzt um Filme, und Miko hat fast jeden gesehen, von dem Tommy und Leevi erzählen. Ich hingegen bin, was das betrifft, definitiv nicht mehr auf dem neuesten Stand. Wenn ich mich zu Hause hinsetze und versuche, einen Film zu schauen, holen mich unweigerlich Dinge ein, an die ich lieber nicht denke. Erinnerungen. Schuldgefühle. Sport ist einfacher. Oder arbeiten. Dinge reparieren. Sogar zeichnen. Ich brauche etwas, wobei man sich darauf konzentrieren muss, was man tut, und sich nicht völlig in seinen Sorgen verlieren kann.

»Hast du den echt nicht gesehen, Jonne?«, hakt Tommy nach und schaut mich entsetzt an. »Du hast Tarantino doch immer geliebt!«

»Bin noch nicht dazu gekommen«, behaupte ich. Wenn ich ehrlich bin, hatte ich nicht mal mitgekriegt, dass es einen neuen Film von ihm gibt. Und den Titel, den Leevi eben genannt hat, habe ich schon wieder vergessen. Irgendwas mit Hollywood.

»Leonardo DiCaprio ist so großartig in dem Film! Ich vergöttere den Kerl. Warum hat der nur einen Oscar! *The Revenant* hast du aber gesehen, oder?«

Mein ratloser Blick sagt wohl alles.

»Scheiße, Aalton«, kommentiert Leevi trocken und schiebt sich eine Pommes in den Mund.

»Das schreit nach einem Filmabend«, beschließt Tommy. »Wird eh mal wieder Zeit, dich sieht man ja gar nicht mehr. Außer von Weitem, wenn du auf irgendwelchen Dächern rumkletterst. Du kannst auch kommen, Miko! Oder die sturmfreie Bude genießen, während Jonne bei uns ist.« Er zwinkert ihm zu.

»Mal sehen«, meine ich nur. Ich weiß überhaupt nicht, warum ich mich so winde. Doch allein der Gedanke daran, einen ganzen Abend mit Tommy und Leevi zu verbringen, die völlig unbeschwert ihre Witze reißen und Späße machen, ist mir irgendwie … zu viel. Ich passe da nicht mehr rein mit diesem riesigen Felsbrocken an Trauer, der mir auf der Seele liegt. Ich weiß auch nicht. Vor Jensons Diagnose waren wir gut befreundet. Aber das ist jetzt Jahre her, und langsam, aber sicher werden die beiden zu weiteren Monas. Oder, genau genommen, mache *ich* sie zu Monas. Denn sie versuchen es ja, wie eben zum Beispiel. Und ich blocke ab.

»Du kannst es dir ja überlegen«, lenkt Leevi ein und beendet das Thema damit. »Wäre cool, aber kein Druck, okay?«

Ich nicke ihm dankbar zu. Leevi hat ein wesentlich besseres Gespür für ernste Stimmungen als Tommy. Er weiß, wann ein Gespräch sinnvoll ist und wann er besser die Klappe hält. »Mach ich. Beziehungsweise wir.« Ich schaue Miko an, der daraufhin mit den Schultern zuckt.

»Sehr gut. Ich muss jetzt aber leider wirklich ins Bett. Sturm hin oder her, Dad lässt mich nicht länger schlafen als bis halb sechs. Lässt du mich mal raus, Miko?«

Auch Tommy erhebt sich und klopft mir auf die Schulter. »Ich bring den Kleinen nach Hause. Wir sehen uns, ja?«

»*Du* bringst mich heim?«, spottet Leevi. »In meinem Auto, oder wie? Ich glaube eher, du läufst gleich, *Großer*.« Sie stehen sich gegenüber und mit fast einem Kopf Größenunterschied wirkt Leevi im Vergleich zu Tommy wirklich klein. Das geht aber leider jedem so.

»Schön. Du bringst mich nach Hause. Zufrieden?«

»Klingt schon besser. Also, bis dann!« Leevi hebt zum Abschied die Hand, und Tommy nickt uns zu. Sie gehen noch am Tresen bezahlen, bevor sie lachend nach draußen verschwinden, wo es mittlerweile regnet.

Miko schiebt seine letzten Pommes auf dem Teller herum und schüttelt stumm den Kopf.

»Was?«

Er schaut zu mir auf. »Wie kannst du *Once Upon a Time in Hollywood* nicht gesehen haben, Mann?«

»Hatte noch keine Zeit.«

»Der Film ist praktisch steinalt!«

»Ich hatte den einfach nicht auf dem Schirm. Genauso wie den anderen.«

»*The Revenant*. Den musst du sehen! Für den hat DiCaprio seinen Oscar bekommen!«

Einen flüchtigen Moment lang fühlt es sich mit Miko wieder fast an wie früher. Wir haben oft Filme zusammen geschaut, uns gegenseitig Empfehlungen gegeben und danach darüber diskutiert. Und es würde sich in diesem Moment völlig natürlich anfühlen, Miko zu fragen, ob wir den Film zusammen schauen wollen. Trotzdem tue ich es nicht. Ich zögere. Finde keine Worte für etwas, das früher selbstverständlich war. So weit haben wir uns schon voneinander entfernt. So tief ist die Kluft zwischen uns geworden. So nah an einem Fremden ist mein eigener Bruder mittlerweile.

Miko schweigt ebenfalls, schiebt seinen Teller von sich und trinkt seine Cola aus.

»Fertig?«, will ich wissen und lasse das Filmthema damit endgültig fallen. »Brenda erwartet uns morgen früh um neun.«

Miko verzieht das Gesicht. »Na toll.«

»Dafür gibt sie dir aber sicher was fürs Helfen.«

»Super. Wahrscheinlich ein halb ausgefülltes Rätselheft und 'ne Packung von Auris Stinkekäse.«

»Der ist viel zu teuer zum Verschenken.« Ich tippe eher auf zehn Dollar und eine Handvoll Werbekondome …

Miko brummt etwas Unverständliches, steht von seinem Platz auf und geht zum Ausgang. Damit überlässt er mir wohl das Zahlen, was unausgesprochen zwar ohnehin vereinbart war, aber er hätte wenigstens Danke sagen können. Wobei ich froh sein kann, dass wir es überhaupt einen Abend lang miteinander ausgehalten haben, ohne uns anzuschreien. Das könnte allerdings noch kommen, denn ein Blick zur Tür verrät mir, dass es draußen jetzt wie aus Kübeln schüttet. Und wir sind mit dem Fahrrad da.

Kapitel 17

LAVENDER

Die Nachhilfestunde ist fast zu Ende, und uns rauchen die Köpfe. Mikos ohnehin schon miese Laune hat sich weiter verschlechtert. Soeben streicht er mit wutentbranntem Gekritzel eine ganze Seite Reduktionsgleichungen durch, bei denen wir gleich am Anfang irgendeinen Fehler gemacht haben. Wenn ich nur wüsste, wie dieses verflixte Lösungsheft auf seine Ergebnisse kommt. Alles ist mehr schlecht als recht beschrieben, und ich war nie gut in Chemie. Ebenso wie Mathe liegt es mir nicht besonders, wobei ich mich bei Letzterem fürs Studium, oder viel mehr für meinen Vater, durchbeißen musste. Letztendlich hat es trotzdem nicht gereicht. Genau wegen Mathe bin ich rausgeflogen, und ich zweifle in den letzten Tagen mehr denn je an meiner Eignung als Nachhilfelehrerin. Wie soll ich Miko etwas beibringen, das ich selbst nicht verstehe?

»Tut mir leid«, sage ich zum wiederholten Mal. »Ich bin offensichtlich auch nicht besser in dem Fach als du. Vermutlich sogar schlechter.«

»Schon gut«, murrt Miko, reißt das durchgestrichene Blockblatt feierlich aus und knüllt es zusammen. Es landet bei den anderen im Mülleimer. »Ich hasse Chemie.«

»Und eine unfähige Nachhilfelehrerin macht das nicht besser, was?«

Miko schaut mich an, und sofort entspannen sich seine Gesichtszüge ein wenig. »Ich hab doch nichts gegen dich. Nur gegen die Schule generell.«

»Aber deine Laune wäre jetzt nicht so mies, wenn du meinetwegen nicht alles hättest fünfmal rechnen müssen. Ich habe das Gefühl, seitdem wir mit Chemie angefangen haben, bist du jeden Tag schlechter drauf.«

Er schnaubt. »Ich bin doch nicht wegen Chemie schlecht drauf. Also auch. Aber das ist nur eine Stunde am Tag, das überlebe ich schon.«

»Warum denn dann?«

Er zuckt mit den Schultern. »Ich wohne bei Jonne und darf den Rest meiner Ferien mit ihm durchs Dorf latschen, um irgendwelche Sachen zu reparieren. Kann mir Schöneres vorstellen.«

»Das klingt nicht besonders spannend«, gebe ich zu.

Miko kritzelt wieder auf dem Block herum. »Ne. Aber Jonne ist ja fest davon überzeugt, dass mir das hilft! Ich bin nämlich sein neuer Pflegefall, und es macht bestimmt alles besser, wenn Brendas scheiß Kassentürchen nicht mehr klemmt! All meine Probleme werden sich dadurch in Luft auflösen, wow!« Er presst die Lippen zusammen und drückt fester mit dem Stift auf. Was er da zeichnet, sieht aus wie ein Wildschweinkopf im Comicstil. Miko malt oft kleine Figuren an die Ränder seiner Unterlagen. Auch in seinen Schulbüchern habe ich ein paar entdeckt. Ich finde sie ziemlich niedlich.

»Das hilft dir also nicht?«, hake ich nach und sehe weiter dabei zu, wie er seinen Frust aufs Papier bannt. »Was würde dir denn helfen?«

Miko zuckt nur kaum merklich mit den Schultern.

»Könnt ihr nicht stattdessen was machen, das dich interessiert?«, schlage ich vor.

»Was soll das sein? Jonne ist der festen Überzeugung, dass ich mich handwerklich betätigen muss. Er wird sicher nicht anfangen, mit mir *Call of Duty* zu spielen oder so.«

»Und wenn ihr ein Handwerksprojekt startet, von dem du auch etwas hast? Bei dem du am Ende davon profitierst, verstehst du? Vielleicht würde es dir dann mehr Spaß machen, und du hättest mehr mitzureden.«

»Und was soll das sein?«

»Fällt dir denn was ein?«

»Nichts, wo Jonne mitziehen würde. Er wird mir wohl kaum ein neues Regal für meine Playstationspiele bauen.«

»Da wärt ihr wahrscheinlich auch nach einer Viertelstunde fertig, oder? Ich dachte an was Größeres.«

Fragend schaut er mich an. »Was hast du vor?«

»Äh … nichts«, sage ich eilig.

Miko runzelt die Stirn. »Doch. Du fragst so komisch.«

»Ich hatte eine Idee«, gebe ich zu und spüre, wie ich rot werde. »Aber ich weiß nicht, ob das was wird.«

»Und was?«

Ich schüttle den Kopf. »Ist wahrscheinlich sowieso Quatsch.«

»Wieso? Du meintest, ich hätte auch was davon.«

»Denke ich zumindest, ja.«

»Mir ist alles lieber als Kassentürchen reparieren.«

»Okay. Gut.«

»Was ist es denn jetzt?« Er lässt den Stift sinken und schaut mich erwartungsvoll an.

Ich schlage das Chemiebuch zu. »Das sag ich dir noch nicht. Ich muss erst sehen, ob das überhaupt funktioniert, okay? Mach dir lieber keine Hoffnungen.«

Miko zieht einen Schmollmund. »Das ist fies. Erst deutest du es an und dann hältst du es geheim?«

»Das mit dem Andeuten war nicht geplant, du bist nur einfach zu schlau für mich.«

»Mhm. Die zehn Seiten Chemie im Mülleimer sagen was anderes. Ich glaube, du bist nur echt mies im Andeuten.«

»Das … kann auch sein. Ich muss los, okay? Ich versuche, was zu organisieren, aber ich verspreche nichts.«

Damit meine Idee funktioniert, muss ich nämlich erst mal mit Ms. Oberg reden. Und danach mit Jonne, denn ohne seine Hilfe wird das nichts. Davor scheue ich mich am meisten. Und dann bleibt immer noch die Frage, ob Miko das Projekt wirklich so cool findet, wie er behauptet. Wahrscheinlich wird er mich auslachen und sich bereitwillig wieder Jonnes Reparaturliste widmen.

»Na schön«, meint er und lehnt sich in seinem Stuhl zurück. »Dann bis morgen.«

»Kommst du nicht mit runter?«

Mikos Blick wandert zu dem angefangenen Wildschwein auf seinem Block. »Ich glaub, ich bleib noch ein bisschen hier.«

»Ah«, mache ich verstehend. »Dann viel Spaß.«

»Danke. Und dir viel Erfolg bei was auch immer.«

Ich schmunzle. »Den werde ich brauchen.«

Kapitel 18

JONNE

Seit der Sache mit der Blumenerde vor einigen Tagen habe ich Lavender nicht mehr gesehen. Ich habe wie versprochen Mom angerufen, und sie hat mir deutlich zu verstehen gegeben, dass ich mich während der Nachhilfe nicht mehr im Haus aufhalten soll. Eigentlich ja nichts Neues. Ich hatte Lavender immerhin denselben Deal angeboten. Aber davon schien Mom nichts zu wissen, und die Tatsache, dass sie es für nötig hielt, mich offiziell auszuladen, sticht mehr, als ich erwartet hatte.

Natürlich ist es das Beste, was sie machen kann. Lavender und ich in einem Haus ist das Rezept für ein Desaster. Sie will mich nicht sehen und ich sie nicht. Aber scheiße …

Meine Mutter hält mich von dieser Frau fern, als wäre ich ein bissiger Hund, der einen Maulkorb braucht. Und ich finde den Vergleich rückblickend nicht mal weit hergeholt. Ich bin förmlich auf sie losgegangen. Dabei hätte ich meine Gefühle sicherlich auch angemessener ausdrücken können. Mit weniger Gebrüll und vielleicht nicht ganz so vielen Vorwürfen.

Genau deshalb verstehe ich auch nicht, warum zum Teufel gerade eine gewisse Person mit lilafarbenen Haaren durch Auris Garten auf mich zuläuft. Ich dachte erst, meine Augen spielen mir einen Streich, aber egal, wie oft ich ungläubig den Kopf schüttle, es ist und bleibt Lavender, die da durch die Wildblumenwiese den Abhang zu mir runterkommt. Sie trägt ihre dunkelblaue Regenjacke, dazu passende Gummistiefel, und der Wind, der vom offenen Meer zu uns hoch weht, zerrt immer wieder an ihrer Kapuze. In ihrem Gesicht steht eine besorgniserregende Mischung aus Entschlossenheit und Furcht.

»Miko macht gerade Pause«, sage ich, als sie in Hörweite kommt, und wende mich wieder dem Zaun zu. Einige Latten müssen ausgetauscht werden. Obwohl wir erst seit zwei Stunden hier sind, hat Miko dermaßen rumgenölt, dass ich mich erbarmt habe und ihn für ein Stück Kuchen zu Auri nach drinnen geschickt habe. Eigentlich sollte ihm der leichte Regen nichts ausmachen. Er trägt Regenkleidung und ist ein verdammtes Inselkind. Aber ich fürchte, mein Bruder hat einfach generell absolut keinen Bock.

»Er und Auri sind im Haus«, füge ich hinzu, weil Lavender trotzdem näher gekommen ist und jetzt knapp hinter mir im Gras steht, direkt neben einem großen Wildrosenbusch. Auris kleines Grundstück ist voll davon. Ihre Großmutter hat es ihr hinterlassen, als sie achtzehn war. Die beiden waren wie Pech und Schwefel, weshalb das Erbe Auris Eltern übersprungen hat. Doch die hätten das Haus ohnehin direkt ihrer einzigen Tochter geschenkt. Damals wie heute ist jeder freie Fleck Erde mit Blumen bepflanzt. Der Garten ist wunderschön, wenn man sich nicht gerade durch eine Dornenhecke kämpfen muss, um an die morschen Latten im Zaun zu kommen.

Lavender räuspert sich. »Ehrlich gesagt wollte ich zu dir.«

Verwirrt drehe ich mich zu ihr um. »Warum?«, blaffe ich. Was will sie denn jetzt von mir? Wieder einen Streit anzetteln? Noch irgendwelche dahingesagten Entschuldigungen bringen, die sie eigentlich nicht ernst meint?

Lavender wirkt verunsichert, reckt aber trotzdem das Kinn. Sie hält meinem Blick stand, mit diesen himmelblauen Unschuldsaugen, die so gar nicht zu ihr passen.

»Du meintest letztens, dass ich dich um Hilfe bitten kann.«

Ich ziehe die Brauen zusammen. Das habe ich gesagt, ja. Leider. Nun verfluche ich mich hochgradig dafür. Wie kam ich eigentlich auf diese verdammte Idee? »Ja. Wenn es wichtig ist«, meine ich widerwillig und versuche damit gleichzeitig, mein Angebot weniger bereitwillig wirken zu lassen. Natürlich helfe ich ihr, ziemlich egal wobei. Ich helfe jedem. Aber wollen tue ich das deshalb noch lange nicht.

Lavender zieht ihre Unterlippe zwischen die Zähne, beißt kurz darauf und lässt sie dann wieder frei. Mein Blick bleibt an der Bewegung hängen, und Wärme flackert in meinem Bauch auf. Das ist absolut unpassend. Schnell sehe ich Lavender wieder in die Augen, doch sie senkt den Kopf und spielt am Reißverschluss ihrer Jacke herum. »Es geht gar nicht so direkt um mich«, entgegnet sie leise.

»Sondern?«

»Um Miko.«

Was soll das bedeuten? Bittet sie mich um Hilfe mit meinem Bruder? Weil ich ja der Experte im Umgang mit ihm bin? Oder um Hilfe *für* ihn? Meint sie das überhaupt ernst? Ich seufze leise. So oder so macht es keinen Unterschied. Es geht um meinen Bruder. Lavender weiß sicher genauso gut wie ich, dass ich nicht ablehnen kann. Wahrscheinlich hat sie es nur deshalb gewagt, mich anzusprechen. »Ich höre?«

Lavender zögert noch mehr. Sie wählt ihre Worte sorgfältig. »Er hat mir erzählt, dass er jetzt bei dir wohnt und ihr gemeinsam alles Mögliche repariert. Gartenzäune zum Beispiel.« Sie deutet unnötigerweise hinter mich.

»Ja. Und?«

»Na ja. Ich weiß nicht, ob er dir das gesagt hat, aber das macht ihm nicht wirklich Spaß.«

»Das muss er mir nicht sagen, das merke ich. Aber es geht auch nicht um Spaß, sondern darum, dass er irgendetwas Sinnvolles zu tun hat und nicht die ganzen Ferien mit zocken und Dro… und Unsinn verschwendet.« Beinahe hätte ich Lavender von dem Gras erzählt. Das hätte gerade noch gefehlt.

Sie lächelt mitfühlend, und obwohl es ihre Augen nicht erreicht, erinnert es mich an das Lächeln neulich im Supermarkt. Das warme, herzliche, das sie noch schöner gemacht hat, als sie ohnehin schon war. Die Erinnerung löst ein Flattern in meinem Magen aus. Damals habe ich mich zu ihr hingezogen gefühlt. Ich mochte sie, ohne sie zu kennen. Im

Nachhinein würde ich eher sagen, ich mochte sie, *weil* ich sie nicht kannte.

»Saana hat mir von den Drogen erzählt«, gesteht sie leise, und mir bleibt einen Moment lang die Luft weg. Meine Mutter hat einer Fremden von Mikos Problemen erzählt? Von *unseren* Problemen? Und dann auch noch ausgerechnet Lavender? »Bitte werd jetzt nicht sauer«, fügt sie eilig hinzu, als könnte das meinen Ärger irgendwie in Schach halten. »Sie wollte nur helfen. Genau wie ich. Und du. Okay?«

Mir entweicht ein Schnauben. Ich will ihr das nicht glauben. Dass sie wirklich helfen will. Warum sollte sie? Doch mir fällt kein Argument ein, mit dem ich sie als Lügnerin entlarven könnte.

»Und was genau willst du jetzt von mir?«, frage ich stattdessen.

»Ich hab einen Alternativvorschlag, um Miko zu beschäftigen. Ich glaube, mit dem könntet ihr euch beide anfreunden. Es ist ähnlich zu deinem aktuellen Plan, aber er könnte sich mehr einbringen. Er hätte Mitbestimmungsrecht, und das würde ihn vielleicht motivieren. Außerdem könnten auch seine Freunde mitmachen. Es wäre ein großes Projekt mit Mehrwert für alle.«

Skeptisch mustere ich sie. Was sie beschreibt, klingt erst mal nicht übel. Aber irgendwie zu gut, um wahr zu sein. Wo ist der Haken? »Und was für ein Projekt soll das sein?«

»Hast du kurz Zeit?«, fragt Lavender vorsichtig. »Ich würde es dir gern zeigen. Ich glaube, es bringt wenig, nur darüber zu reden.«

»Na schön …« Ich lege mein Werkzeug beiseite. »Ich sag nur noch drinnen Bescheid.«

»Auri weiß schon, dass ich dich entführe. Sie ist meine Komplizin.« Lavenders Wangen röten sich. »Sie beschäftigt Miko, bis wir wieder zurück sind. Ich will nicht, dass er sich Hoffnungen macht oder so. Falls du Nein sagst. Dann bist du auch nicht der Böse, weil er keine Ahnung hat, dass es an dir hing.«

»Gar kein Druck …«, murmle ich.

Sie lächelt entschuldigend. »Es hängt aber nun mal an dir. Sonst wäre ich nicht hier. Mein Auto steht oben an der Straße. In zwanzig Minuten sind wir wieder da.«

»Okay.« Irritiert runzle ich die Stirn. »Meinetwegen. Dann entführ mich mal.« Jetzt bin ich doch ziemlich gespannt, was Lavender vorhat.

Kapitel 19

LAVENDER

Ich kann kaum glauben, dass Jonne schon wieder in meinem Auto sitzt. Seine große Gestalt in meinem Augenwinkel macht mich nervös, und sein Duft, der den Innenraum des Wagens füllt, bringt meinen ganzen Körper zum Kribbeln. Trotzdem sind mir diese fünf Minuten Fahrt lieber als die fünfzehn Minuten Fußweg, die uns ansonsten bevorgestanden hätten. Je weniger Zeit wir in unangenehmem Schweigen verbringen, desto besser.

Jonne fragt nicht, wo wir hinfahren. Er sitzt nur stumm da, während wir das Dorf in Richtung Norden verlassen und der Straße dann ein Stück nach Westen folgen, um die flache Bucht herum, in der auch der Bootshafen liegt. Kurz darauf lenke ich den Golf bereits auf das verwilderte Grundstück. Gegenüber der Straße fällt das Gelände steil ab, bis es vom Meer verschluckt wird. Links und rechts rahmt lichter Nadelwald es ein.

Das kleine Haus, vor dem wir stehen, scheint auf den ersten Blick noch in einem ganz guten Zustand zu sein. Doch eine Stufe der Veranda fehlt und an der Holzfassade ranken sich Pflanzen empor. Die Rollos sind allesamt geschlossen und verdreckt, und die kaputten Möbel, die vor dem Eingang im überwucherten Hof stehen, lassen den Ort ein wenig wie eine Müllhalde wirken. Kein guter erster Eindruck, aber ich hoffe, dass Jonne dennoch sieht, was ich sehe.

Ich stelle den Motor ab, und es ist nur noch das Prasseln des

Regens auf dem Autodach zu hören. »Der alte Jugendclub?«, fragt Jonne hörbar verwirrt.

Nervös nicke ich. »Wollen wir reingehen? Ich hab den Schlüssel.« Ich ziehe ihn aus meiner Jackentasche und halte ihn Jonne entgegen.

Er runzelt die Stirn. »Woher zur Hölle hast du den?«

»Von Ms. Oberg.«

»Das hier ist mit Sally abgesprochen? Okay, langsam brauche ich Antworten. Was wird das hier?«

»Können wir erst mal rein?«, antworte ich verunsichert. »Ich hab nämlich die Befürchtung, dass da drin eine Fledermausgroßfamilie oder so auf uns lauert und wir das Ganze sowieso abblasen müssen.«

Jonne schnaubt leise, öffnet aber die Tür und steigt aus. »Stadtmädchen«, höre ich ihn murmeln, bevor er sie zuwirft und auf das Haus zustapft. Ich ignoriere den Kommentar und folge ihm eilig. Vor der Haustür angekommen, halte ich ihm den Schlüssel entgegen. Fragend hebt er eine Braue, nimmt ihn dann jedoch und sperrt auf. »Du hast nicht wirklich Angst vor Fledermäusen.«

Ich räuspere mich. »Angst nicht. Aber Respekt.«

Erneut schnaubt Jonne und tritt als Erster in das dunkle Haus. Ich bleibe hinter ihm und spähe über seine Schulter. Es dauert nicht lang, bis er den Lichtschalter gefunden hat und eine nackte Glühbirne den Raum erhellt. Er ist staubig, voller Spinnweben und zugestellt mit Gerümpel.

»Na, willkommen«, meint Jonne sarkastisch und rüttelt an der Lehne eines alten Stuhls neben sich. Sie wackelt bedenklich. »Sagst du mir jetzt, was das soll?« Er dreht sich zu mir um und mustert mich. In dem schummrigen Licht wirken seine Augen dunkler als sonst. Trotzdem tobt gerade kein Gewitter in ihnen. Sie erinnern mich eher an das tiefblaue Wasser der Bucht draußen. Jonne ist seltsam ruhig dafür, dass er mir gegenübersteht. Ich schätze, das ist gut. Das wird den Rest meines Vorhabens bedeutend einfacher machen. Sofern er überhaupt zustimmt.

»Ich habe mitbekommen, dass es hier auf der Insel, seitdem der Club geschlossen ist, keine Freizeitangebote mehr für die Jüngeren gibt. Und auch keine Orte, an denen sie sich treffen können. Das heißt, wenn sie etwas außerhalb von zu Hause unternehmen wollen, müssen sie nach Vancouver Island. Ist das nicht unpraktisch?«

Eine steile Falte bildet sich zwischen Jonnes Brauen. »Du willst, dass ich den Club renoviere, oder?«

Ich ziehe unschuldig die Schultern hoch. »So ungefähr.«

Er seufzt laut. »Das ist eine Bruchbude, Lavender. War es damals schon, und jetzt erst recht.«

Beim Klang meines Namens läuft mir ein Schauer über den Rücken. Er klingt ungewohnt rau, wenn Jonne ihn sagt. Und ungewohnt schön. Ich beiße mir auf die Unterlippe, und wie schon vorhin in Auris Garten bleibt Jonnes Blick einen Moment zu lang an ihr hängen. Es ist Quatsch, da etwas hineinzuinterpretieren, aber mein Puls schießt dennoch in die Höhe. Das liegt wahrscheinlich an seinem nervigen Hollywood-Gesicht.

»So schlimm ist es doch gar nicht«, stoße ich aus und kralle die Finger in den Saum meiner Jacke. »Ms. Oberg hat gesagt, dass genug Geld zur Verfügung steht, um alles zu renovieren.«

»Das ist ja schön und gut, aber weißt du, wie viel Arbeit das ist? Das schaffen Miko und ich niemals zu zweit. Wir würden Monate brauchen, und spätestens nach einer Woche hätte er keinen Bock mehr, sich hier jeden Tag von früh bis spät mit mir einzusperren. Insofern …«

»Aber ihr müsst es nicht zu zweit machen«, unterbreche ich ihn. »Das ist es ja. Es wäre ein Gemeinschaftsprojekt. Du wärst nur der Bauherr, weil du dich mit dem Renovieren auskennst. Ihr könntet Helfer organisieren. Bestimmt haben noch ein paar andere Jugendliche aus dem Dorf Lust! Miko hätte so mehr Spaß an der Arbeit und wieder mehr Kontakt zu Gleichaltrigen. Und alles in sicherer Umgebung, weil du ihn im Auge behalten kannst. Verstehst du?«

Jonne verschränkt die Arme vor der Brust und wendet sich wieder dem Chaos hinter ihm zu. Eine ganze Weile starrt er es an und schweigt. Dann seufzt er und fährt sich mit einer Hand über das stoppelige Kinn. »Die Idee ist nicht schlecht«, gesteht er sichtlich widerwillig. »Aber das zu organisieren, tue ich mir nicht an, sorry. Miko allein ist schwierig genug. Wenn ich hier fünf oder sogar zehn mürrische Teenies an der Backe habe, drehe ich durch. Und was passiert nach der Renovierung mit dem Club? Es gibt immer noch niemanden, der ihn dann leitet. Irgendjemand muss hier nach dem Rechten sehen, sonst verfällt er wieder.«

»Da findet sich bestimmt jemand, wenn erst mal alles wieder in Schuss ist! Das ist ein Problem für später. Ohne vorher zu renovieren, kann man das gar nicht lösen.«

Jonne wirft mir einen Blick zu und sieht tatsächlich so aus, als täten ihm seine nächsten Worte leid. »Kann sein. Aber ich bleibe dabei, dass ich das nicht organisiere. Das ist mir zu viel, entschuldige. Ich kann nicht eine Renovierung stemmen und mich zusätzlich um alles drum herum kümmern. Irgendwo muss ich auch mal eine Grenze ziehen.«

Er wendet sich zum Gehen, und Enttäuschung macht sich in mir breit. Er macht es nicht. Miko wird weiter für die Dorfbewohner irgendwelchen Kleinkram reparieren müssen und den Rest seiner Ferien furchtbar unglücklich sein. Das ist doch keine Lösung. Ich weiß, dass Jonne es nur gut meint, aber seinen Bruder so zu isolieren …

»Ich könnte es organisieren!«, platze ich heraus.

Jonne hält mit der Hand an der Türklinke inne und wendet sich zu mir um. »Bitte?«

Ich schlucke und fange erst jetzt an, so wirklich über meine Worte nachzudenken. Warum nicht? Ich habe sowieso nichts zu tun. Ich sitze rum, warte auf eine Antwort von der Uni und bemitleide mich selbst. Ich kann meine Zeit genauso gut sinnvoll verbringen. »Ich könnte gemeinsam mit Miko Helfer organisieren. Und wenn sich genug bereiterklären, könnte ich euch hier unterstützen und schauen, dass alles klappt.«

»Ich dachte, du verkaufst das Haus und reist dann ab.« Jonnes Stimme ist eisig und trifft mich wie ein Schlag in den Magen. Die Botschaft dieser Aussage ist deutlich. Er will mich hier nicht haben. Das wusste ich zwar längst, aber es schmerzt, es noch einmal so klar vor Augen geführt zu bekommen.

»So einfach geht das nicht«, sage ich mit bemüht fester Stimme und muss wieder daran denken, was mit dem Haus passiert, sollte ich es verkaufen. Weg. Abgerissen. »Bis dahin habe ich viel Zeit und sehr wenig zu tun.«

»Und wenn es doch schneller geht? Haust du dann ab und lässt mich mit dem Chaos hier allein? Nein danke.«

Ich atme tief durch. Natürlich ist er misstrauisch. Ich habe ohnehin nicht erwartet, dass Jonne einfach so zustimmt. Aber die Tatsache, dass er immer noch hier steht und noch nicht gegangen ist, bedeutet doch, dass ich ihn überzeugen kann. Für Miko. Für die anderen Jugendlichen auf der Insel. Und für mich selbst, denn dann hätte ich in den nächsten Wochen wenigstens eine Ablenkung. Allerdings wird sich Jonne nicht mit halbgaren Versprechen zufriedengeben. Wenn ich das hier wirklich tun will, muss ich mich binden.

Allein bei dem Gedanken schnürt sich mir die Kehle zu. Ich müsste hierbleiben, zumindest bis zum Ende der Ferien. Jonne jeden Tag unter die Augen treten. Weiter in Jensons Haus wohnen. Aber was ist denn die Alternative? Es gibt keine.

Ms. Oberg hat sogar angeboten, uns für die Renovierung ein kleines Gehalt zu zahlen. Es ist nicht viel, aber zusammen mit der Nachhilfe reicht es, um meine Ausgaben zu decken und ein bisschen zurückzulegen. Ich brauche Geld, wenn ich wieder von dieser Insel runterwill und um das Haus zu verkaufen. Falls ich mich je dazu durchringen kann.

»Ich bleibe, bis die Schule wieder losgeht«, beschließe ich und halte dabei Jonnes Blick stand. »Bis dahin sind wir mit der Renovierung fertig, wenn wir genug Helfer finden.«

Er sieht alles andere als begeistert aus. Wahrscheinlich ist das für ihn eher ein Contra- als ein Pro-Argument, immerhin will er mich so schnell wie möglich loswerden. Aber es räumt seine Zweifel aus, oder nicht? Jetzt hat er keine Ausrede mehr. Es geht um seinen Bruder.

»Und auf dein Wort soll ich mich verlassen?«

Das hat gesessen. Ich recke das Kinn und versuche, mir nicht anmerken zu lassen, wie sehr mich dieser Satz verletzt hat. »Ja. Für Miko.«

Jetzt kämpfe ich auch mit unfairen Mitteln. Jonne verzieht das Gesicht und sieht dabei kurz so aus, als würde er mir am liebsten direkt die nächste Anschuldigung an den Kopf knallen. Warum noch mal arbeite ich freiwillig mit ihm zusammen? Aber um ihn geht es nicht, und viel werde ich mit ihm bestimmt nicht zu tun haben. Ich kümmere mich um die Teenager, er sich um die Renovierung. Abgesehen davon, gehen wir uns aus dem Weg.

»Schön«, meint er zerknirscht und lässt seinen Blick noch mal durch das chaotische Zimmer wandern. »Aber nur, wenn du Miko davon überzeugen kannst. Wenn er darauf keinen Bock hat, spare ich mir den Stress.«

»Verstanden.«

»O Mann …« Jonne schüttelt den Kopf, öffnet die Tür und geht wieder nach draußen. Ich mache das Licht aus, sperre ab und folge ihm zum Auto. War es eine Schnapsidee, das anzuleiern? Werde ich es bitter bereuen?

Vielleicht findet Miko den Plan auch furchtbar. Immerhin müsste er trotz allem gemeinsam mit Jonne Sachen reparieren. Allerdings könnte er sich kreativ einbringen. Es hätte einen Sinn. Und ich glaube, das braucht er. Die vielen kleinen Comiczeichnungen in seinen Unterlagen und die bunten Marker in seinem Mäppchen sind Hinweis genug. In Miko steckt mehr, als er uns zeigen will. Vielleicht auch mehr, als er sich selbst eingestehen möchte. Und es wird Zeit, das an die Oberfläche zu locken. Ich steige ein und schicke Auri eine kurze Nachricht:

Habe Moby Dick gefangen.

Wir haben uns auf diesen Codenamen geeinigt, als ich ihr von meinem Vorhaben erzählt habe. Gerade will ich das Smartphone wieder wegstecken, da kommt ihre Antwort.

Krass! Sehr gut. Baby Moby vermisst ihn schon. Konnte ihn nicht länger beschäftigen, zu grummelig.

Wir sind gleich da.

Ich lege mein Handy in die Mittelkonsole und starte den Motor. Jonne wirft mir einen fragenden Blick zu.

»Auri«, sage ich nur. »Miko wartet schon auf dich.«

»Dann kannst du ihm gleich die freudigen Nachrichten überbringen.«

Ich ignoriere den leicht ironischen Unterton und lenke den Wagen wieder in Richtung Dorf. Den Rückweg über zu Auris Grundstück schweigen wir. Sie und Miko kommen aus dem Haus, als ich davor parke, wobei Letzterer misstrauisch die Augen zusammengekniffen hat.

»Was geht hier ab?«, will er wissen.

»Ich musste was mit Jonne besprechen.«

»Und was?«

»Viel Erfolg«, raunt Jonne mir zu, drückt kurz meine Schulter und verschwindet nach hinten in den Garten. Seine Berührung durchfährt mich wie ein Stromschlag und lässt mich in einer Art Schockstarre zurück. Obwohl er längst durchs Gartentürchen verschwunden ist, spüre ich noch den Druck seiner Hand, und Wärme steigt von der Stelle aus in meinen ganzen Körper. Was ... sollte das denn? Und warum lässt er mich jetzt einfach mit seinem Bruder allein? Ich hätte mir wenigstens ein bisschen Unterstützung erhofft! Und sei es nur, dass er zustimmend brummend hinter mir steht.

»Ich schau mal, was Jonne da mit meinem Zaun anstellt«, lässt Auri verlauten und verschwindet ebenfalls in den Garten. Als Antwort auf meinen Hilfe suchenden Blick, mit dem ich sie aufzuhalten versuche, kriege ich nur ein Zwinkern.

202

»Habt ihr über mich geredet?«, fragt Miko empört.

»Also … nicht direkt.«

»Aber die wissen Bescheid und ich nicht.«

»Na ja …« Ich druckse herum, und Miko wird immer misstrauischer. »Erinnerst du dich noch an diese Idee, die ich letztens bei der Nachhilfe unfreiwillig angedeutet habe?« Er nickt. »Gut. Ich habe nämlich alles geklärt, und jetzt kommt es darauf an, ob du Lust hast oder nicht. Auf jeden Fall könnten auch deine Freunde mitmachen.«

»Jonne hasst meine Freunde.«

»Ist doch egal, oder?«

»Nicht, wenn er sie mit einem Hammer erschlägt.«

»Ich glaube, ganz so gewalttätig ist er nicht.«

»Schön, und worum geht's?« Er wirkt immer noch nicht begeistert. Eigentlich hatte ich gehofft, etwas Vorfreude bei ihm zu wecken, bevor ich ihm den Club zeige.

Gestresst reibe ich mir über das Gesicht. »Ich zeig's dir, okay? Aber du musst versprechen, dass du dem Gedanken eine Chance gibst.«

»Du sagst mir vorher nicht, was es ist? Das klingt langsam echt ein bisschen gruselig, Lavender. Wenn du mich jetzt in Auris Keller locken willst, renne ich.«

»Wir bleiben weg von Auris Keller, versprochen. Da ist bestimmt sowieso alles voller Käse. Ich will gar nicht wissen, wie es da riecht.«

»Auf jeden Fall schlimm genug, um eine verwesende Leiche zu verstecken«, murmelt er. Okay. Der Hang zur Theatralik scheint in der Familie zu liegen.

»Wir fahren mit dem Auto.«

Miko schnaubt und geht voraus. »Soll ich gleich in den Kofferraum klettern, oder …« Ich öffne bereits genervt den Mund, als Miko sich breit grinsend zu mir umdreht. »Oder ist da noch jemand drin?«

»Miko!«, rufe ich bestürzt, kann mir ein Lachen aber nicht verkneifen. »Hör auf, so zu tun, als wäre ich eine Serienmörderin. Jonne ist auch heil zurückgekommen, oder nicht?«

»Der ist ja auch dreimal so stark wie ich. Aber ich wehrloser kleiner Junge ...« Ich funkle ihn an, und er hebt die Hände. »Okay. Sorry. Ich halte die Klappe.«

Wir setzen uns in den Wagen und mit Miko auf dem Beifahrersitz, auf dem eben noch Jonne saß, wird mir mal wieder bewusst, wie ähnlich die beiden sich sehen. Klar ist Miko ein gutes Stück kleiner als sein Bruder. Wobei ich denke, dass sich das noch ändern wird. Aber sie haben die gleichen dunklen Haare, die gleichen schieferblauen Augen, die gleichen markanten Gesichtszüge. Und dafür, dass Miko angeblich das Problemkind ist, finde ich ihn sehr viel umgänglicher als Jonne.

Wir fahren zum Club, und die Falten auf Mikos Stirn werden immer tiefer. »Was wollen wir hier?«, fragt er und steigt nach mir aus dem Auto.

Ich bleibe vor der Veranda stehen und wende mich ihm zu. »Das ist der alte Jugendclub.«

»Ich weiß, was das ist. Ich war hier früher immer mit Jonne, als er noch offen hatte. Aber warum bringst du mich hierher?«

»Das ist euer neues Projekt. Oder ... na ja. *Unser* neues Projekt. Ich wäre auch dabei.«

»Du?« Miko starrt mich entgeistert an. »Warte, du und Jonne? Gemeinsam.«

»Ja. Jonne würde sich um die Renovierung kümmern und ich mich um die Organisation. Wir brauchen natürlich mehr Helfer. Vielleicht Freunde von dir oder andere Jugendliche von der Insel.«

Mikos Reaktion ist nicht ablehnend, wie ich erwartet habe. Begeistert wirkt er allerdings auch nicht. Eher *ent*geistert. Er lässt den Blick über das Gebäude schweifen und sagt eine Weile gar nichts. Ich spiele mit dem Gedanken, ihm das Innere zu zeigen, aber vielleicht ist es besser, wenn ich seine Erinnerungen daran nicht mit Bildern von einer Müllhalde überschatte.

»Das Ding sollen wir renovieren?«, fragt er. »Das sieht aus wie dreimal gestorben.«

»Aber danach nicht mehr. Wenn wir fertig sind, habt ihr wieder einen wunderschönen Jugendclub, in dem ihr euch treffen könnt. Und ihr dürft alles so gestalten, wie ihr wollt. Es wird vom Dorf finanziert, die Bürgermeisterin unterstützt uns. Meinetwegen könnt ihr die Wände innen knallgrün streichen, falls euch das gefällt. Und es wäre spannender, als Jonnes Reparaturliste abzuarbeiten, oder?«

»Ja, okay. Aber meine Freunde und die anderen haben richtige Ferien und werden nicht von ihren Brüdern gezwungen, Kassentürchen zu reparieren. Also ich glaub nicht, dass da jemand Bock drauf hat.«

»Aber du hättest Lust?«, hake ich hoffnungsvoll nach.

Er zuckt mit den Schultern. »Alles ist besser als der Mist, den Jonne sich überlegt hat. Könnte schon ganz cool werden, falls wirklich irgendwer mitmacht.«

»Ich bin mir sicher, dass wir jemanden finden. Wir versuchen es einfach. Ms. Oberg hat vorgeschlagen, dass wir einen Aushang bei Brenda machen. Könntest du nicht was Cooles zeichnen?«

»Ich?«, stößt er verdattert aus. »Frag mal lieber Jonne.«

Ich runzle die Stirn. Wieso denn Jonne? Zeichnet er auch? Ich schüttle den Kopf. »Natürlich du, warum nicht? Du zeichnest doch immer diese Tiere in deine Unterlagen.«

»Äh … die sind doch nur Gekritzel.«

»Mir gefallen sie.«

Miko wird rot, wendet den Blick ab und reibt sich den Nacken. »Also … keine Ahnung. Ich kann's versuchen.«

»Super! Überleg dir einfach was. Wir können ja bei der Nachhilfe später darüber reden. Schaffst du das Plakat bis morgen? Ich klär alles mit Ms. Oberg und Jonne.«

»Ich muss doch noch Auris Zaun reparieren.«

»Ich regele mit Jonne, ob er dir den Nachmittag freigibt.«

Miko ist damit sichtlich unglücklich. »Passt schon. Ich will nicht, dass du wegen mir mit ihm reden musst.«

»Ist okay. Ich komme mit ihm klar.«

»Nein, ist es nicht! Er ist ein Arsch.«

Ich ringe mir ein Lächeln ab. »Er hat seine Gründe. Komm, ich bring dich zurück.«

Miko sieht mich fragend an, aber ich ignoriere es und gehe zurück zum Auto. Ich kann nur erahnen, was gerade in seinem Kopf vorgeht. Was meine Worte eben ausgelöst haben. Vorher waren die Verhältnisse für ihn klar. Er dachte, Jonne hätte mit seinen Anschuldigungen übertrieben und mich zu Unrecht so angeschnauzt. Er hat mich verteidigt, weil Jonne für ihn der Böse war und ich die Gute. Und nun grübelt er im Stillen, ob womöglich doch alles, was sein Bruder über mich behauptet hat, wahr ist. Das ist gut. Vielleicht hilft es, die Kluft zwischen den beiden zu überwinden. Und dass Miko dadurch eventuell schlechter von mir denkt, ist in Anbetracht der Tatsachen nur fair. Das habe ich ohnehin verdient.

Kapitel 20

JONNE

Ich weiß nicht, wie Lavender es gemacht hat, aber Miko hat ihrem Plan tatsächlich zugestimmt. Was bedeutet, dass ich mich gemeinsam mit ihr und einer Horde unberechenbarer Teenager durch diesen Horror von einer Renovierung kämpfen muss. Doch zu meiner Überraschung ist mein Bruder tatsächlich motiviert. Laut Auri rührt er sogar auf Instagram die Werbetrommel, und bei Brenda hinter der Kasse hängt seit gestern ein großes Plakat. Die Schrift darauf ähnelt einem Graffiti und wirkt plastisch. Unten in der Ecke hat Miko ein buntes Haus im Comicstil gezeichnet und daneben stehen drei Figuren, die wohl uns darstellen, was unschwer an Lavenders lilafarbenen Haaren und meinem grimmigen Gesicht zu erkennen ist. Ich hatte keine Ahnung, dass Miko noch zeichnet. Ich dachte, er verbringt seine gesamte Freizeit vor dieser Playstation, doch da habe ich ihn offensichtlich unterschätzt. Hoffentlich übt er auf Papier und nicht an irgendwelchen Hausfassaden, aber Spraydosen habe ich bei ihm noch keine gesehen.

Das Plakat ist jedenfalls ein echter Blickfang.

WIR RENOVIEREN UNSEREN JUGENDCLUB!
Jeder zwischen 10 und 20 Jahren kann mithelfen.
Ab Montag jeden Tag von elf bis siebzehn Uhr.
Kommt einfach vorbei oder sprecht uns an!
Jonne Aalton
Miko Aalton
Lavender Whitcomb

Natürlich steht da mein Name an erster Stelle, obwohl ich nichts mit der Organisation zu tun haben wollte. Beim Einkaufen allein wurde ich von zwei Müttern angesprochen, was die Kinder denn alles können müssen und ob das nicht gefährlich sei.

Doch, hätte ich am liebsten gesagt. Total gefährlich. Es ist mit dem Verlust sämtlicher Gliedmaßen zu rechnen.

Aber Sabotage liegt mir nicht, also habe ich ihnen stattdessen angeboten, es sich morgen einfach anzuschauen. Ein Desaster wird es so oder so. Mikos Möchtegern-Gangsterfreunde haben sofort zugesagt und werden sicher nur Mist bauen. Lavender wird überfordert in einer Ecke stehen. Und ich selbst habe keinen Schimmer, wie man mit Kindern umgeht. Es ist ja schon mit Miko eine Katastrophe. Falls jüngere kommen, rennen sie sicher schreiend vor mir weg.

Egal. Für einen Rückzieher ist es zu spät. Wenn Jenson noch leben würde, wäre er wahrscheinlich begeistert von der Idee. Er hätte uns unterstützt, so gut er kann, und die Tatsache, dass Lavender sich für sein Dorf einsetzt, hätte ihn zu Tränen gerührt. Scheißegal, wie sie sich all die Jahre zuvor verhalten hat. Er hat schon immer ignoriert, wie weh sie ihm getan hat. Wollte weiterhin das Gute in ihr sehen. Entweder war er noch sturer, als ich es bin, oder einfach stärker. Jensons Liebe war immer bedingungslos. Nicht nur die zu Lavender, sondern auch die zu mir. Denn ich habe weiß Gott meine eigenen Probleme. Und je weiter der Streit mit Lavender in die Vergangenheit rückt, desto bewusster wird mir das.

Ja, ich bin ein Hitzkopf. Ich habe meine Prinzipien und mag es nicht, wenn andere Leute scheinbar keine haben. Aber so die Beherrschung zu verlieren passt nicht zu mir. So etwas wäre mir früher nie passiert. Und das schlechte Gewissen darüber wächst jeden Tag. Es ist ziemlich egal, dass jedes Wort, das ich Lavender an den Kopf geworfen habe, wahr war. Es fühlt sich trotzdem falsch an, weil es sie verletzt hat und weil so viele andere Leute es falsch fanden. Mom. Dad. Miko. Auri … Ich glaube, sie würden mich gern anders sehen. So, wie ich früher war. Aber das geht nicht, weil ich nicht mehr so bin. Je mehr ich darüber nachdenke, desto weniger erkenne ich mich selbst wieder, und das … Das macht mir Angst, wenn ich ehrlich bin. Daran muss sich etwas ändern.

Als ich mit meinem Einkauf zu Hause ankomme, fehlt von Miko jede Spur. Er hatte bis vor einer halben Stunde Nachhilfe, aber ich habe ihm erlaubt, danach bei Mom und Dad noch eine Weile Playstation zu spielen, was er sicher bis zur letzten Minute ausreizen wird. Mir soll es recht sein. Obwohl es die letzten Tage gut mit ihm lief, strengt es mich an, konstant jedes Wort und jede noch so kleine Handlung zu hinterfragen, um den Frieden zwischen uns zu wahren. Außerdem leidet mein Sportprogramm unter seiner Anwesenheit hier, weil ich ihn nicht zu lang allein lassen will. Und jede Nacht heimlich aus dem Fenster zu klettern war nicht wirklich eine Option.

Ich räume die Einkäufe ein und schlüpfe in Sportklamotten, Laufschuhe und eine dünne Regenjacke. Das Wetter ist Mist, aber ich jogge dennoch die große Runde, durch den Wald nach Westen und dann am Strand im Norden wieder zurück. Der Nieselregen tränkt meine Haare, bis sie mir nass in der Stirn kleben, und ich muss mich darauf konzentrieren, nicht auf den feuchten Wurzeln auszurutschen, die immer wieder den Waldboden durchziehen. Doch das alles stört mich nicht. Die Bewegung und die frische Luft lassen meine Sorgen verfliegen.

Nach gut viereinhalb Meilen Joggen bin ich zwar durchnässt, aber noch lange nicht fertig. Ich steuere das kleine Kap unweit von meinem Haus an, um dort den Rest meiner Übungen zu machen. Kurz bevor ich es erreiche, zügle ich wie immer das Tempo, bis ich nur noch gehe. Erst dann fällt mir auf, dass ich nicht allein bin.

Lavender sitzt auf einem umgefallenen Baumstamm am Waldrand, direkt gegenüber der kleinen Landzunge, keine drei Meter von mir entfernt. Sie hat die Kapuze ihrer Regenjacke tief ins Gesicht gezogen und die Arme eng um ihren Körper geschlungen. Ein wenig überrumpelt sieht sie zu mir auf, und ich schaue ebenso verdattert zurück. Warum sitzt sie hier im Regen? Und wie soll ich darauf reagieren? Ich kann schlecht einfach weiterjoggen. Oder? Meine Übungen machen kann ich auch nicht. Es wäre seltsam, wenn ich mich jetzt direkt vor ihr in den Matsch setze und anfange, Sit-ups zu machen.

Widerwillig bleibe ich vor Lavender stehen und streiche mir die nassen Haare aus der Stirn. »Hi«, bringe ich keuchend hervor und sehe mich etwas ratlos um. Es scheint niemand Weiteres in der Nähe zu sein. Dementsprechend verstehe ich weiterhin nicht, was sie hier tut. Ihr muss furchtbar kalt sein, und ihre dunkle Leggins ist sicher klitschnass.

»Hi«, erwidert sie leise, lässt ihre Hände in ihren Schoß sinken und reibt sie aneinander. Ihre Finger sind ganz weiß von der Kälte.

Okay. Damit hätten wir die Höflichkeiten abgehakt, oder nicht? Aber wo mache ich jetzt meine Übungen? Daheim?

»Ich bin schon weg«, verkündet Lavender plötzlich und erhebt sich von dem Baumstamm. »Wollte nur ein bisschen frische Luft.«

Und die hätte sie nicht in ihrem Garten mit Meerblick kriegen können? Dafür setzt sie sich hier oben in den Wald? Und was soll das heißen, bin schon weg? Als hätte ich sie jetzt weggescheucht. Genau das wollte ich nicht tun.

»Der Strand gehört nicht mir. Du kannst hier machen, was du willst.«

»Schon gut. Ich muss sowieso zu Ms. Oberg. Noch mit ihr wegen ein paar Sachen für morgen reden.«

»Mich haben vorhin zwei Mütter angesprochen«, sage ich.
»Ich hab sie eingeladen, sich umzuschauen.«

Lavender erstarrt. Ihr Gesichtsausdruck wandelt sich von
verlegen zu verzweifelt. Geht es ihr gut? War das falsch?

Ich trete noch ein Stück auf sie zu. Sie zittert und presst fest
die blauen Lippen zusammen. »Hätte ich sie nicht einladen
sollen?«, frage ich und spiele tatsächlich mit dem Gedanken,
ihr meine Jacke zu geben. Es ist zwar Sommer, aber unterküh-
len kann sie sich trotzdem. Ziemlich leicht sogar, wenn sie hier
im Regen rumsitzt. Sie sollte sich aufwärmen.

Eilig schüttelt sie den Kopf, wobei einige lilafarbene Strähnen unter ihrer Kapuze hervorrutschen. »Doch. Klar. Nein,
das ist super.«

Und das war ein bisschen zu viel gestammelte Zustimmung.
»Was ist das Problem?«

»Nichts, ich ... gar kein Problem.« Sie schluckt. »Ich bin
nur nervös.«

Erwartungsvoll hebe ich die Brauen. Da steckt mehr dahinter. Keine Ahnung, warum, aber ich will wissen, was es ist.

Lavender weicht meinem Blick aus und zupft an einem Ast
herum, der neben ihr von einem Baum hängt. »Ich hab Angst,
dass ich es Miko versaue«, flüstert sie dann.

»Wie denn das?« Miko ist mehr als fähig, es selbst zu versauen.

Tief atmet Lavender durch. »Was, wenn die Leute gegen das
Projekt sind, weil sie mich nicht mögen, weil ...« Sie verstummt.

Ja. Weil ...? Ich spüre einen kurzen Anflug von Verbitte-
rung. Aber komischerweise liegen mir diesmal keine Anschuldigungen auf der Zunge. Mir würden genug einfallen, doch sie
wollen nicht mal gedacht werden. Lavender bemüht sich um
meinen Bruder, und ich muss es ihr nicht noch schwerer machen als ohnehin schon. »Hier hat niemand etwas gegen dich«,
sage ich stattdessen.

»Der Mann im Baumarkt ...«

»Hank ist zu jedem so unfreundlich. Keine Sorge, niemand
im Dorf macht dir Vorwürfe.«

»Außer dir?«, platzt sie heraus und reckt kaum merklich das Kinn. Ihr Blick ist fast schon hoffnungsvoll. Ich schätze, sie erwartet, dass ich ihr vergebe oder so was. Aber das kann ich nicht. Davon bin ich weit entfernt, da kann sie mich noch so süß aus ihren Himmelaugen anschauen.

»Außer mir«, bestätige ich ruhig, und Lavender lässt die Schultern hängen. Beinahe wünschte ich mir, ich hätte das nicht gesagt. Weil sie jetzt wieder so unglaublich traurig aussieht und ich das nur schwer ertragen kann. »Aber ich bin bereit, das, so gut es geht, hinter uns zu lassen«, füge ich hinzu. »Wir werden die nächsten Wochen viel Zeit miteinander verbringen, und ich will keinen gigantischen Streit lostreten.«

»Ich auch nicht«, sagt sie leise. Das ist alles. Ich schätze, es ist genug. Und gleichzeitig ist es das nicht. Was will ich denn noch von ihr hören, verdammt? Ich will keine Entschuldigungen. Keine Rechtfertigungen. Keine Erklärung. Zumindest dachte ich das. Aber jetzt steht Lavender zitternd und mit leidendem Gesichtsausdruck vor mir, und alles, was ich mich frage, ist, *warum*.

»Gut.« Meine Stimme klingt heiser, und ich räuspere mich. »Du solltest ins Warme. Deine Lippen sind ganz blau.«

»Ja, ich … ich gehe besser.«

»Bist du zu Fuß hier?«

Sie nickt, und ich fluche innerlich. Ich kann sie doch nicht allein in die Stadt laufen lassen. Sie sieht aus, als wäre sie kurz vor dem Erfrieren, auch wenn ich dank meiner Ausbildung weiß, dass dem nicht so ist.

»Ich kann dich begleiten.«

Lavenders Augen weiten sich. »Das geht schon! Ich komme zurecht, danke.«

»Sicher? Das ist ein ganz schönes Stück.«

»Das passt schon«, beharrt sie. »Beim Laufen wird mir warm.«

»Na gut. Dann … bis morgen.«

Sie lächelt schwach, und mein Magen macht einen Satz. »Bis dann.« Lavender wendet sich zum Gehen, und ich ringe weiterhin mit mir. Sie hat Nein gesagt, und das respektiere ich, aber … Ach, verdammt.

»Warte.«

Mit fragendem Blick dreht sie sich wieder zu mir um. Ich schließe die wenigen Meter zu ihr auf und entledige mich meiner Jacke.

»Hier.« Bevor sie etwas sagen kann, bin ich bereits bei ihr und lege sie ihr um die Schultern. Meine Hände bleiben kurz an ihren Oberarmen liegen, während ich den Stoff so zurechtrücke, dass die Jacke nicht rutscht. Lavender öffnet verdutzt den Mund, und mein Blick bleibt an ihren Lippen hängen. Ich stehe viel zu nah vor ihr, in nicht mehr als einem dunklen Shirt, das vom Regen durchnässt wird. Der kühle Wind streift meine Oberarme, aber mir ist unangenehm heiß. Meine Finger brennen förmlich von der Berührung. Ich räuspere mich und lasse Lavenders Arme los. »Vielleicht hilft die.«

Sie starrt mich an, aus himmelblauen Unschuldsaugen. Eine lilafarbene Strähne hängt ihr ins Gesicht. Lavender wirkt durch den Wind, und das ist irgendwie … anziehend. Fuck, *ich* starre *sie* an, kann das sein? Zwischen uns herrscht ein geladenes Schweigen, das absolut unangebracht ist. Wow. Diese Situation wurde soeben verdammt schnell verdammt unangenehm. Mit einem weiteren Räuspern trete ich zurück.

Das scheint auch Lavender aus ihrer Starre zu befreien. Sie greift mit einer Hand den Saum meiner Jacke und umklammert ihn. »Die brauchst du doch.«

»Ich mache jetzt Sport. Da hätte ich sie sowieso früher oder später ausgezogen«, behaupte ich. Bei Regenwetter lasse ich sie zwar meist an, doch so heiß, wie mir gerade ist, würde ich mir am liebsten sämtliche Klamotten vom Leib reißen. An die Jacke will ich gar nicht mehr denken.

»Okay«, flüstert Lavender.

»Also dann.« Ich wende mich ab und gehe mit zügigen Schritten auf die Landzunge zu.

»Danke!«, ruft sie unsicher, und ich mache nur eine wegwerfende Geste. Erst als ich die kleine moosbewachsene

Fläche zwischen dem Meer und dem Kiesstrand erreicht habe, bringe ich es über mich, mich noch mal umzudrehen. Der Wald vor mir ist leer. Lavender ist weg. Zurück bleiben nur das viel zu schnelle Pochen meines Herzens und ein bitterer Nachgeschmack. Als würde alles, was zwischen uns steht, schwer in der Luft hängen und mich daran erinnern wollen, wie falsch es ist, solche merkwürdigen Gefühle für Lavender zu empfinden. Diese Hitze. Dieses leichte Ziehen in meiner Brust, weil ich ihr näher sein will.

Als wüsste ich das nicht. Ich wünschte nur, mein Körper hätte die Nachricht auch bekommen und würde aufhören, in meinem Magen eine ganze Schmetterlingsplage zu produzieren. Soll sich das so anfühlen? Ich fürchte, meine Schmetterlinge sind eher Elefanten. Und wenn ich eine Sache jetzt wirklich nicht brauchen kann, dann sind es noch mehr Emotionen, mit denen ich nicht umzugehen weiß.

Kapitel 21

LAVENDER

Trotz meiner Pünktlichkeit glaube ich, die Letzte zu sein, die beim Jugendclub ankommt. Vor der baufälligen Veranda hat sich eine kleine Menschentraube gebildet, die nur auf mich zu warten scheint. Ich entdecke Jonne, Miko und Ms. Oberg, ein paar Eltern und eine Gruppe Kinder und Jugendlicher. Mir war vorher schon mulmig zumute, aber jetzt würde ich am liebsten den Motor wieder anlassen und von hier flüchten, statt aus dem Wagen zu steigen. Obwohl mich Jonne gestern vorgewarnt hat, dass er Eltern eingeladen hat, konnte er mich wenig beruhigen. Ich glaube nicht, dass er der Einzige ist, der mir meine früheren Taten übel nimmt. Diese Leute kannten Jenson. Und das bedeutet, sie kennen auch mich.

Eigentlich wollte ich Jonne sofort seine Jacke wiedergeben, aber während sämtliche Blicke auf mir ruhen, würde das zu viele Fragen aufwerfen. Ich lasse sie auf dem Beifahrersitz liegen, ignoriere meine zittrigen Knie und steige aus. »Da ist ja unsere Organisatorin!«, ruft Ms. Oberg und lenkt damit auch den letzten Rest Aufmerksamkeit auf mich.

Ich schlucke die Panik hinunter, die in mir aufkommt, und steuere auf die Versammlung zu. »Hallo«, bringe ich hervor.

Einige der Eltern grüßen freundlich zurück oder lächeln. Die Jugendlichen schauen interessiert. Miko grinst mich an. Jonne hingegen trifft nur flüchtig meinen Blick und nickt mir zu. Ich habe das Gefühl, als müsste ich noch etwas sagen. Wegen gestern. Wegen allem. Ich will mich bedanken, mich entschuldigen, einfach mit ihm reden. Ich will, dass wir nicht mehr schweigen, und gleichzeitig ist es gut, dass wir das tun. Ich will, dass er mir noch mal so nahekommt, und gleichzeitig will ich vergessen, dass er es getan hat. Weil ich immerzu daran denke und es so verwirrend war.

Unsicher bleibe ich etwas abseits der Gruppe stehen, doch Ms. Oberg läuft auf mich zu, legt mir einen Arm um die Schultern und schiebt mich zwischen den Leuten hindurch auf einen älteren Herrn mit Strickpulli und grauer Sherlock-Holmes-Mütze zu. »Das ist Richard!«, stellt sie ihn vor. »Ich hab dir ja von ihm erzählt. Er hat früher den Club geleitet und möchte euch etwas unterstützen.«

»Ich schaue nur!«, brummt Richard aufgebracht und verschränkt die Arme vor der Brust. »Von helfen war nie die Rede, Sally! Das hier geht mich nichts mehr an.« Er mustert mich. »Tut mir leid, aber ich bin alt. Siehst du ja. Ich rede der Jugend da nicht mehr rein.«

»Wir könnten Ihre Erfahrung sicher gebrauchen«, erwidere ich vorsichtig.

»Lieb, dass du das sagst, aber ich glaube, ihr schafft das auch gut allein. Falls doch mal was ist, könnt ihr natürlich gern kommen, aber heute bin ich nur hier, weil Sally mich genötigt hat. Sperrt hier jetzt mal einer auf? Mein Sofa ruft.«

Ms. Oberg verdreht die Augen. »Richard tut nur so grummelig, eigentlich ist er ein Lieber. Nicht wahr? Aber ja, mach doch mal auf, Lavender! Ganz feierlich!«

»Ich?«, frage ich entsetzt.

»Klar, du bist doch unsere Organisatorin!«

»Also … aber …«

Ms. Oberg schiebt mich auf die Tür zu, und ich krame widerwillig den Schlüssel aus meiner Jackentasche. Kaum, dass er im Schloss ist, verabschiedet Richard sich auch schon und schlurft über den Hof davon.

»Richard!«, ruft Sally ihm nach. »Warte doch auf mich, du alter Miesepeter! Schnell, Lavender, ich sag noch ein paar Worte.« Ich sperre die Tür auf und offenbare das stockfinstere

Innere des Clubs. »So, meine Lieben!«, verkündet Sally feierlich. »Hiermit erkläre ich die Renovierung unseres Jugendclubs für eröffnet! Viel Spaß und passt auf eure Finger auf!« Sie klopft mir auf die Schulter, während die Eltern verhalten klatschen. Am liebsten würde ich im Boden versinken.

Jonne seufzt laut. »Gibt's kein Feuerwerk?«, murmelt er.

Sally hat ihn entweder nicht gehört oder ignoriert ihn. »Ich muss los«, raunt sie mir zu. »Den Stinkstiefel einfangen. Wenn was ist, ruft an. Und lasst den kleinen Kenny nicht mit schwerem oder scharfem Werkzeug arbeiten, der lässt alles fallen!« Sie nickt einem Jungen zu, dem daraufhin prompt die Brotdose aus den Fingern rutscht. Dann überspringt sie die kaputte Stufe der Veranda und eilt Richard hinterher, der es in seinem Tempo gerade mal bis zur Hofeinfahrt geschafft hat.

Ich stehe etwas ratlos vor der offenen Tür. »Äh …«

»Wir verabschieden uns dann wohl auch mal«, sagt eine der Mütter, und die anderen Eltern nicken. Sie wünschen uns viel Spaß und lassen uns mit den Jugendlichen allein. Die jüngeren Kinder, der berüchtigte Kenny inklusive, gehen mit. Am Ende stehen da nur noch Jonne, Miko, ich und sechs fremde Jugendliche. Alle scheinen etwa in Mikos Alter zu sein. Sie schauen genauso planlos drein wie ich.

Ich räuspere mich. »Hi. Vielleicht sollten wir uns erst mal vorstellen? Ich bin Lavender.«

Verzweifelt versuche ich, mir die Namen zu merken. Mikos Freunde heißen Brandon und Sean, die Mädchen in ihrem Alter sind Hannah, Kayleigh, Lola und Susan. Ich werfe Jonne einen Hilfe suchenden Blick zu. Und jetzt? Ich habe keine Ahnung, wie so eine Renovierung überhaupt abläuft.

Jonne kommt zu mir auf die Veranda und winkt die anderen zu sich. »Ich würde sagen, wir schauen uns das Ausmaß der Verwüstung erst mal an und machen dann gemeinsam einen Plan, was alles erledigt werden muss.«

»Genau! Super!«, stimme ich ihm nervös zu und trete zur Seite, um ihn vorbeizulassen. Jonne bedeutet mir jedoch, vorauszugehen. Ich zögere.

»Angst vor den Fledermäusen?«, raunt er, und sein rechter Mundwinkel zuckt.

»Nein«, behaupte ich, laufe rot an und wende mich eilig der Tür zu. Dieses amüsierte Schmunzeln, das sich auf sein Hollywoodgesicht schleicht, tut meinem Herzen nicht gut. Ich flüchte ins Innere des Clubs und taste an der Wand nach dem Lichtschalter, doch bevor ich ihn finde, hält Jonne mich mit einer Hand an meinem Ellbogen zurück. Ich kann seine Nähe förmlich im Rücken spüren, und Gänsehaut breitet sich auf meinen Armen aus. Unfreiwillig sehe ich mich nach ihm um.

»Vielleicht ist es besser, wenn wir sie nicht gleich mit dem Chaos hier erschlagen«, flüstert er und schiebt sich an mir vorbei. Sein Oberkörper streift meine Schulter, und mein Herz macht einen Salto. Warum? Es ist nur Jonne. Jonne, dessen gemeine Jacke so unglaublich gut nach ihm geduftet hat.

Die anderen folgen uns tuschelnd ins Innere. Durch die Tür und ein paar Spalten in den geschlossenen Rollos fällt gerade genug Licht ins Zimmer, um Umrisse zu erkennen. Jonne bahnt sich einen Weg zum ersten Fenster und zieht die Jalousien hoch, womit er langsam, aber sicher die staubbedeckte Müllhalde enthüllt. Miko, Sean und Brandon helfen ihm, und es wird schnell hell in dem großen Raum. Interessiert schauen sich die Mädchen um. Ich erwarte schon, dass sie es sich anders überlegen, sobald sie realisieren, wie viel Arbeit das Projekt wirklich ist, aber sie gehen weiter in den Raum hinein. Ich schließe zu ihnen auf, während Jonne mit den beiden Jungs in die drei angrenzenden Zimmer verschwindet und dort ebenfalls die Rollos öffnet.

»Bist du eigentlich Hannah Howard?«, frage ich die Blondine.

Verwirrt dreht sie sich zu mir um. »Ja. Wieso?«

»Ah. Von dir hat Miko also die Schulunterlagen.«

Hannah wird rot und schaut eilig weg. »Genau.«

Die drei Mädchen mustern uns neugierig. Oje. Hätte ich das nicht fragen sollen?

Zum Glück kehren bereits die anderen zurück. Jonne fährt sich durch die Haare und wirft mir einen unlesbaren Blick zu. Ich weiß nicht, was genau er mir damit sagen will. Vielleicht so etwas wie *na vielen Dank auch*. Ich ignoriere das Flattern in meinem Bauch, das er dabei auslöst.

»Wer von euch kann mit Werkzeug umgehen?«, fragt er.

Die Jungs melden sich, und er mustert sie skeptisch. »Okay. Ihr fragt trotzdem, bevor ihr etwas benutzt, klar?« Er wendet sich an uns. »Euch erkläre ich dann alles. Hat zufällig jemand was zum Schreiben dabei?«

Hannah hebt zögerlich die Hand und nimmt ihren Rucksack vom Rücken.

»Super. Kannst du mitschreiben? Wir brauchen eine Liste, was alles erledigt werden muss. Später können wir das dann strukturieren und aufteilen. Hier muss erst mal der ganze Krempel raus. Das heißt, alles durchschauen und aussortieren, rausbringen und entsorgen. Danach müssen wir die alten Löcher an den Wänden neu verspachteln, das Parkett aufarbeiten, alles grob putzen, streichen …«

Jonne zählt unermüdlich Aufgaben auf, und wir klappern gemeinsam die heruntergekommene Küche, das Bad und ein leeres weiteres Zimmer ab. Hannah notiert alles, und die Jugendlichen fangen an, ebenfalls die Liste zu ergänzen. Binnen kürzester Zeit wächst sie dank Hannahs großer runder Schrift auf drei Seiten Länge an.

Nach dem Rundgang versammeln wir uns im Hauptraum um eine staubige Theke, die neben der Küchentür steht. Jonne zieht die Liste und den Stift zu sich heran und erläutert uns, in welcher Reihenfolge die Aufgaben erledigt werden müssen, bevor er alles auf einem neuen Blatt aufschreibt.

Mein Blick bleibt an seiner Hand hängen. Jonne hat die Stirn gerunzelt und wirkt hochkonzentriert. Er schreibt schnell, doch seine Schrift ist anders, als ich erwartet habe. Geschwungen, leicht zur Seite geneigt, aber ordentlich. Gut lesbar. Und jeder Buchstabe sieht ein bisschen aus wie ein kleines Kunstwerk. Gleichzeitig beherrscht und locker. Ich glaube, ich kenne niemanden, der so schön schreiben kann, ohne sich auch nur die geringste Mühe zu geben. Hat Miko nicht letztens angedeutet, dass Jonne zeichnet? Anfangs hätte ich ihm das nicht zugetraut, aber jetzt bin ich mir sicher, dass es stimmt. Nur zu gern würde ich diese Zeichnungen sehen.

»Das Allererste, was nach dem Entrümpeln gemacht werden muss, sind die Böden«, verkündet er und zieht einen Schlussstrich unter der Liste. »Im kleinen Raum können wir heute schon anfangen, während wir im großen freiräumen. Also Müll nach draußen, was ihr behalten wollt in die Küche. Der Boden muss vorbereitet, abgeschliffen, geputzt und neu eingelassen werden. Außerdem sollten wir alles ausmessen, damit wir wissen, wie viel Hartöl wir brauchen, und müssen im Baumarkt die passenden Werkzeuge und Maschinen ausleihen. So. Wer will was machen?«

Die Mädchen tuscheln schon die ganze Zeit wie wild und stoßen Hannah auffordernd in den Rücken. Widerwillig hebt sie die Hand.

»Du musst dich nicht melden«, sagt Jonne. »Ja?«

Sie räuspert sich. »Was davon können wir Mädchen machen?«

Brandon und Sean lachen leise und kriegen von Miko einen Ellbogen in die Seite. Jonne runzelt die Stirn. »Was ihr wollt. Wie gesagt.«

»Aber … also … auch das mit den Werkzeugen?«

Verwirrt schaut Jonne sie an. »Natürlich. Ich zeig euch schon, wie es geht.«

»Okay.«

»Wir messen und helfen dir, die Sachen zu besorgen«, verkündet Miko. »Und danach räumen wir hier frei.«

Schon wieder tuscheln die Mädchen. »Lavender? Was machst du?«, flüstert Kayleigh mir zu.

»Ich? Äh …« *Gar nichts*, hätte ich am liebsten geantwortet. Dafür bin ich doch gar nicht hier. Ich habe zwei linke Hände! Aber scheinbar haben alle Kayleighs Frage gehört, und nun spüre ich ihre erwartungsvollen Blicke auf mir. Einer davon brennt sich besonders tief unter meine Haut. Ich gebe mir Mühe, Jonne nicht anzuschauen, und wende mich stattdessen den Mädchen zu. »Sucht was aus, und ich helfe euch«, schlage ich vor.

»Können wir den Boden schleifen?«, fragt Hannah aufgeregt. Ich seufze innerlich. Das klingt wie die schwierigste Aufgabe von allen.

»Natürlich«, kommt Jonne mir zuvor. »Vorher müsst ihr aber die Nägel neu in den Dielen versenken und kehren. Ich zeig euch das gleich.«

»Wir sortieren lieber hier aus«, sagt Kayleigh eilig und tritt zu Lola und Susan.

Hannah sieht mich erwartungsvoll an.

»Dann helfe ich dir«, willige ich ein, und sie strahlt.

Jonne nickt. »Gut. Miko, ihr messt schon mal. Aber *genau*! Nicht runden! Ich zeig euch das mit den Nägeln.«

Wir folgen ihm in das kleinere der beiden Zimmer, und er erklärt uns mit überraschend viel Geduld, wie wir die alten Sockelleisten entfernen und die Nägel, die zu weit herausstehen, wieder in den Dielenbrettern versenken. Bevor er uns allein lässt, hält er in der Tür inne. »Du hast meine Nummer nicht«, stellt er an mich gewandt fest. Ich knie bereits auf dem staubigen Boden und schaue verwundert zu ihm auf. »Falls irgendwas ist, meine ich.« Jonne zieht sein Smartphone aus der Hosentasche, tippt kurz darauf herum und reicht es mir dann. Er hat einen neuen Kontakt geöffnet. Ich weiß, dass das nichts zu bedeuten hat, aber mein Herz schlägt trotzdem wie wild, während ich meine Nummer eingebe. *Meine Nummer.* In Jonne Aaltons Handy. Er nimmt das Gerät wieder an sich, und ich ringe mir ein Lächeln ab.

»Ich hab aber keine mobilen Daten«, meine ich.

»Okay.« Es klingelt in meiner Jackentasche, und Jonne zeigt mir zur Erklärung das Display, auf dem mein Name prangt, bevor er wieder auflegt. »Wir gehen jetzt zum Baumarkt. Falls was ist, ruf an.«

»Gut«, stammle ich. Er steht einen Moment unschlüssig herum, dann wendet er sich ab. »Brauchst du mein Auto?«, platzt es aus mir heraus. »Du hast kein eigenes, oder?«

Er sieht mich noch mal an, und mein Herz rast wie wild. »Ich hab Sallys Pick-up hier stehen. Carsharing sozusagen. Aber danke.« Er lächelt schwach, und ich erwidere es hilflos.

»Okay. Dann bis später. Viel Spaß.«

Er runzelt die Stirn. »Schön wär's.« Ich werde rot. Jonne schließt die Tür hinter sich, und ich lasse mich stöhnend rückwärts auf den Boden sinken. Warum ist es so … anstrengend, mit ihm zu reden? Mein Herz hämmert wie nach einem Halbmarathon, und meine Worte kreisen endlos in meinem Kopf, während mein Gehirn sie überanalysiert. *Viel Spaß.* Na klar! O Mann, wie peinlich. Und kann sein Gesicht bitte aus meinen Gedanken verschwinden?

»Alles okay?«

Ich zucke zusammen. Hannah! Die hatte ich ganz vergessen. Sie kniet in der Ecke neben dem Fenster, wo sie bereits einige der Sockelleisten entfernt hat, und mustert mich interessiert.

»Jaja! Alles super!«, behaupte ich, rapple mich auf und fange an, die Nägel in den Dielen zu versenken.

Gemeinsam bereiten wir den kleinen Raum fürs Schleifen vor und mühen uns an ein paar besonders fest sitzenden Leisten ab. Hannah erzählt mir von der Schule und was sie bisher in den Sommerferien gemacht hat. Scheinbar war sie eine Woche lang in einem Physik-Camp. So wie das klingt, ist sie verdammt intelligent. Nach ein paar Minuten kommt Miko rein, der uns stammelnd erklärt, dass er hiergeblieben ist, um fertig auszumessen. Er und Hannah werfen sich einen verstohlenen Blick zu und vermeiden es dann gänzlich, sich anzuschauen. Schweigen senkt sich über den Raum, und Hannah klopft verdächtig lang an einem Nagel herum, während Miko im Schnelldurchlauf die Wände misst. Fünf Minuten später ist er auch schon wieder verschwunden.

»Seid ihr befreundet?«, frage ich Hannah, die mit geröteten Wangen zu mir aufschaut.

Sie zuckt mit den Schultern. »Glaub nicht.«

»Du glaubst?«

»Na ja. Wir reden manchmal. Aber sonst ...«

»Worüber denn?«

Wieder wendet sie sich dem Nagel zu, der mittlerweile so tief in der Diele sitzt, dass ihn wahrscheinlich in hundert Jahren niemand mehr da rauskriegt. »Ach ... Schule oder so. Eigentlich leiht er nur meine Unterlagen aus, mehr nicht.«

Doch sie würde gerne mit ihm reden, oder? Und wenn ich Miko so betrachte, geht es ihm genauso. Zumindest habe ich ihn bisher nie so nervös gesehen. »Sprich ihn doch einfach hier mal an«, schlage ich vor. Toller Tipp von jemandem, der das erst mit neunzehn fertiggebracht hat. Ich weiß noch genau, wie ich damals vor meinem Kommilitonen Ashton stand, meine Hände schwitzig, mein Herzschlag ungesund schnell, und wie ich fünf Minuten lang keinen Ton rausbekommen habe. Aber vielleicht ist Hannah mutiger als ich.

»Mal sehen«, weicht sie mir aus und steht vom Boden auf. »Wir sind fertig, oder?«

Ich kehre den letzten Staub in einen Eimer. »Sieht so aus, ja. Dann müssen wir jetzt wohl warten, bis ...«

Es klopft, und die Tür wird geöffnet. Jonnes Anblick trifft mich unvorbereitet. Es ist, als hätte ich ihn mit meinen Worten eben heraufbeschworen, dabei habe ich nicht damit gerechnet, dass er so bald zurück sein würde. Sein Blick trifft meinen, bevor er ihn über den Rest des Raumes schweifen lässt. »Seid ihr schon so weit?«

»Ja«, bringe ich hervor und streiche mir eilig eine Strähne hinters Ohr. Jonne verschwindet wieder nach draußen und wuchtet kurz darauf ein riesiges Gerät in den Raum, das aussieht wie eine Mischung aus Staubsauger und Rasenmäher. Nur in größer und offensichtlich auch schwerer. »Bodenschleifmaschine«, meint er mit einem Ächzen und stellt sie ab. Erneut verschwindet er kurz und kehrt mit einem kleinen Koffer zurück. Darin ist eine Handschleifmaschine, wenigstens das erkenne ich. »Die ist für die Ecken. Und die hier werdet ihr brauchen.« Er reicht mir und Hannah je eine Atemschutzmaske.

»Ich nehm die kleine!«, verkündet Hannah eilig und macht sich über die Kiste her.

»Gut. Am besten, du nimmst erst mal das vierziger Papier und arbeitest dich einmal komplett am Rand entlang.« Jonne erklärt ihr, wie sie das Gerät bedient, worauf sie achten muss und wie sie das Papier wechselt, und wenig später kniet Hannah bereits in der Ecke. Der Lärm der kleinen Maschine füllt den Raum. Jonne öffnet das Fenster, bevor er zu mir kommt und sich ebenfalls eine Schutzmaske aufzieht. Ich öffne den Mund, um etwas zu sagen, aber er bedeutet mir, es ihm nachzutun.

Jonne tritt direkt neben mich, die Ärmel seines dunklen Langarmshirts hochgekrempelt, was seine muskulösen Unterarme entblößt, und fängt an, mir die Schleifmaschine zu erklären. Ich versuche, mich auf seine Worte zu konzentrieren, aber das ist schwierig, wenn ich die ganze Zeit an gestern denken muss. Seinen Blick, der auf meinen Lippen haftet. Seine Hände an meinen Armen. Seine Jacke auf meinem Beifahrersitz. Sein Duft um meine Schultern.

»Verstanden?«, fragt Jonne, und ich nicke panisch. Ich habe überhaupt nichts verstanden. Verdammt, ich habe ja nicht mal zugehört. So ein Mist … »Gut, du schleifst jetzt erst mal diagonal«, ruft er über den Lärm von Hannahs Maschine hinweg und deutet überflüssigerweise mit einer Hand die Richtung an. »Dann entgegengesetzt. Anschließend nur noch in Legerichtung, also die Dielen entlang. Die alte Farbe muss restlos runter, aber du musst mit der Maschine möglichst gleichmäßig in Bewegung bleiben. Nicht zu lange auf einer Stelle schleifen, sonst hast du später Unebenheiten, okay?«

Völlig überfordert nicke ich und schaue ihn an. Er hat sich wegen des Lärms so weit zu mir runtergebeugt, dass ich kaum die Hand ausstrecken müsste, um seine Wange zu berühren. Wie würde Jonne wohl reagieren? Entsetzt? Verdattert? Er berührt mich doch auch ständig. Am Ellbogen, an der Schulter … bringt alles zum Kribbeln.

»Am besten, du machst erst mal eine Richtung, und danach schauen wir, ob wir das Schleifpapier wechseln müssen. Probier mal.« Er deutet auf die Maschine, und ich blinzle irritiert. Ich habe wirklich nicht zugehört, sondern nur Jonne angestarrt. Wie peinlich, ihn anzugaffen, während er das ja wohl eindeutig merkt. Dieses verfluchte Hollywood-Gesicht. Es war einfacher, als er mir gegenüber noch feindselig war. Da bin ich seinem Blick von allein ausgewichen. Jetzt ist Jonne halbwegs höflich, und ich benehme mich im Gegenzug unmöglich. Schleifen. Irgendwas mit diagonal. Wo war noch mal der Knopf zum Anschalten? »Äh …«

»Hier oben rechts«, erinnert Jonne mich und zeigt auf den großen roten Knopf am Griff. »Da geht sie auch wieder aus.«

Widerwillig drücke ich darauf, und die Maschine springt mit einem lauten Röhren an. Aber nicht nur das. Sie bewegt sich auch von allein von mir weg.

»Immer festhalten«, mahnt Jonne und hält sie am Griff zurück. »Hier, nimm.«

Ich umfasse erst die andere Seite und ersetze dann Jonnes Hand, die dabei meine streift. Kaum, dass er loslässt, merke ich, wie viel Zug die Maschine hat. Hilflos klammere ich mich an ihr fest und schaue ihn an.

»Einfach hinterher«, fordert er mich auf. »Du kannst ruhig auch etwas schieben. Aber schön langsam.«

Ich höre auf seine Anweisung und folge dem schweren Gerät diagonal durch den Raum. Hinter mir blitzt unter der verschlissenen weißen Farbschicht der Holzboden durch. Der Anblick ist ziemlich befriedigend und entschädigt mich wenigstens ein bisschen dafür, dass meine Arme jetzt schon wehtun vor Anstrengung. Nur leider steuere ich mit der Schleifmaschine unweigerlich auf die Wand zu. »Was jetzt?«, rufe ich Jonne zu, der bei der Tür stehen geblieben ist.

Er deutet mit einer Geste einen Kreis an.

»Wie?«, rufe ich.

»Dreh sie!«

»Wie denn?« Ich versuche, das tonnenschwere Teil zur Seite zu lenken, scheitere aber. »Jonne!«, jammere ich.

Mit drei Schritten ist er hinter mir. Seine großen warmen Hände legen sich über meine und sein Oberkörper drückt gegen meinen Rücken, während er mir hilft, die Maschine zu wenden. Seine Finger gleiten zwischen meine, um den Griff zu umfassen, und mein Herz setzt aus.

»Mit Kraft«, raunt er an meinem Ohr, gerade so laut, dass ich es über den Lärm verstehen kann, und lässt mich wieder los.

»Mhm«, ist alles, was ich hervorbringe. Ich richte den Blick starr nach vorn, auf die nächste Wand, auf die ich hoffnungslos zusteuere, und versuche, meine Atmung wieder unter Kontrolle zu bringen.

Jonne geht zu Hannah und fragt sie, ob sie zurechtkommt. Er hilft ihr, während ich mir Mühe gebe, diesmal allein um die Kurve zu kommen. Es klappt tatsächlich, doch meine Arme fühlen sich an wie Pudding. Ich schaue zu Jonne und dann schnell wieder weg, weil er mich scheinbar dabei beobachtet hat und mir aufmunternd zunickt. Erneut fixiere ich stur die Wand, und er läuft zurück zur Tür, jedoch nicht, ohne mir im Vorbeigehen kurz eine Hand auf die Schulter zu legen und sie sanft zu drücken. »Sagt, wenn ihr Hilfe braucht.«

»Klar«, stoße ich aus, und schon ist er weg. Er lässt uns allein mit dem Staub und dem Lärm und dem Brennen, das seine Berührung auf meiner Haut verursacht hat. Ich bin so verwirrt. Und diese Arbeit ist so anstrengend. Wie lang muss ich weitermachen, bevor ich guten Gewissens aufgeben kann? Und wie lang halte ich diese Renovierung mit Jonne aus, bevor ich endgültig die Kraft verliere …?

Kapitel 22

JONNE

Diese Renovierung war eine furchtbare Idee. Das denke ich mir den Tag über immer und immer wieder. Dabei ist es nicht mal so, dass es schlecht läuft. Im Gegenteil. Die Jugendlichen helfen gut mit, wenn auch teilweise etwas chaotisch. Miko ist motiviert, er und seine Kumpels benehmen sich. Wir kommen ordentlich voran. Aber wir werden dennoch Wochen brauchen. Wochen, die ich mit *ihr* in diesem Haus verbringen muss.

Immer wenn ich Lavender über den Weg laufe, die sich die lilafarbenen Haare zu einem lockeren Dutt gebunden hat und über und über mit Schleifstaub bedeckt ist, muss ich innehalten und kurz um Fassung ringen. Keine Ahnung, wieso. Ich bin weiterhin wütend auf sie, auch wenn das Gefühl längst nur noch ein Schwelen in meiner Magengrube ist. Aber jedes Mal, wenn ich sie sehe, stolpert mein Herz, und mein Gehirn gibt mir ganz andere Empfindungen vor.

Warum kann ich nicht normal auf sie reagieren? Auf Abstand bleiben, wenigstens den Anschein wahren. Stattdessen handle ich, ohne zu denken. So wie vorhin. Es kommt mir im Nachhinein übergriffig vor. Man kann nicht einfach zu Leuten hingehen, und sie praktisch von hinten umarmen, nur weil sie eine Schleifmaschine nicht um die Kurve kriegen. Aber ich musste es ja unbedingt tun. Sie hat meinen Namen gerufen, und ich war schneller bei ihr, als ich zögern konnte. Jetzt brennt die Berührung nach, und ich spüre schon seit Stunden

Lavenders zierliche Hände unter meinen, als hätte ich mich nie von ihr gelöst.

Ich umklammere mein Wasserglas und versuche so, das Gefühl loszuwerden. Es klappt nicht, und Miko ist leider auch keine brauchbare Ablenkung. Er sitzt neben mir an Sallys Esstisch und tippt auf seinem Smartphone herum, während die Hausherrin ein paar Meter entfernt in der Küche steht und uns ein angebliches Festmahl bereitet. Der Duft von angebratenen Zwiebeln und Knoblauch erfüllt den Raum, doch statt Hunger ist da ein mulmiges Gefühl in meinem Magen. Sally hat Lavender eingeladen. Und die dürfte jeden Moment ...

Es klingelt, und ich umschließe das Wasserglas fester. Sally huscht in den Flur, und ich höre sie Lavender freudig begrüßen. Es dauert nicht lang, und die beiden betreten das Zimmer, Sally vorneweg in ihrer pink-türkisfarbenen Kochschürze und dahinter Lavender. Diesmal ganz ohne Staub, nur den Dutt trägt sie noch. Oder wieder, denn sie hat offensichtlich geduscht. Ihre Haare sind feucht, ihre Haut wirkt rosig. Vielleicht liegt das aber auch an der Situation, in der sie sich befindet. Ein Abendessen mit mir. Sally hätte sich keine schönere Belohnung für einen ersten harten Arbeitstag ausdenken können. Ich bin mir nicht mal sicher, ob es Absicht ist, uns so zusammenzupferchen, oder ob sie gar nicht darüber nachgedacht hat, dass wir uns eigentlich nicht vertragen. So oder so, sie stand kurz vor Feierabend vor der Tür des Clubs und ließ keine Widerrede zu.

Lavender und ich sehen uns an, woraufhin sie unschlüssig vor dem Tisch stehen bleibt.

»Setz dich, meine Liebe!«, meint Sally aus der Küche. »Bin gleich bei euch.«

Lavender lässt sich auf den Stuhl mir gegenüber sinken und lächelt uns verlegen an. »Hi.«

Miko hat sein Handy weggepackt und grinst über beide Ohren. »Hey.«

Ich nicke ihr nur zu, aber bekomme von ihm einen Ellbogen

in die Seite. »Hey«, murmle ich und halte ihrem Blick stand. Seit wann fällt mir das so schwer? Es ist unangenehm, sie so lange anzusehen. Seltsam intim, und ich bin ungewohnt befangen. Anders als sonst. Etwas hat sich zwischen uns verschoben. Ich habe die starke Befürchtung, dass heute, oder vielleicht schon gestern, Mauern gefallen sind, die ich lieber aufrechterhalten hätte. Was musste sie auch durchnässt und frierend im Wald sitzen?

»Die Nudeln brauchen noch einen Moment«, verkündet Sally, die zu uns an den Tisch getreten ist und Lavender ein Glas Apfelschorle vor die Nase stellt. »Jetzt erzählt mal, wie war der erste Tag?«

Erneut schauen wir uns an. Beide zögerlich. Ich glaube, Lavender will nichts Falsches sagen, um mich nicht zu reizen. Und ich scheue mich davor, meine Meinung zu sagen, weil sie dann wüsste, was ich wirklich denke. Dass ich ihre Idee mit der Renovierung, rein rational betrachtet, gut finde und das heute nicht so schlimm war wie erwartet.

»Es war richtig cool!«, platzt Miko heraus und nimmt uns beiden damit das Reden ab. »Wir haben eine riesige Liste mit Aufgaben. Als Erstes machen wir den Boden neu. Lavender hat uns gezeigt, wie man die Dielen abschleift!«

Lavender wird rot und beißt sich kurz auf die Unterlippe. »Ich wusste auch nicht, wie das geht«, meint sie leise. »Jonne hat es mir gezeigt.« Ihr Blick huscht zu mir und sendet ein Kribbeln durch meinen Körper. Plötzlich bin ich mir sicher, dass wir an dasselbe denken. An meine Finger zwischen ihren und einen flüchtigen, viel zu intimen Moment.

»Und danach schneiden wir neue Sockelleisten zurecht!«, erzählt Miko freudig weiter. »Mit der Kreissäge!«

Ich reiße mich von Lavenders Augen los, lehne mich im Stuhl zurück und schaue zu Miko. »Immer langsam. Erst mal müssen wir den Fußboden fertig machen. Das dauert sicher noch die ganze Woche.«

»Ja, schon klar! Und streichen!«

»Genau.«

»Und die Mädchen suchen die Farbe aus.« Er verzieht das Gesicht. »Hoffentlich nicht Rosa.«

»Wenn du Hannah sagst, dass du kein Rosa magst, beachtet sie das bestimmt«, wirft Lavender ein.

Mikos Kopf ruckt zu ihr herum. »Wieso?«

Sie zuckt mit den Schultern. »Dachte ich nur. Seid ihr eigentlich befreundet?«

Er druckst herum. »Nee, also … nicht so richtig. Ein bisschen. Irgendwie.«

»Ah. Dasselbe hat Hannah auch gemeint.«

Entsetzt reißt Miko die Augen auf. »Habt ihr über mich geredet?«

Lavender lächelt verhalten. »Ach, nur kurz.«

»Und was?«

»Nichts Wichtiges.«

»Lav!«, stößt Miko hervor.

Ich runzle die Stirn über den Spitznamen, doch die beiden machen unbehelligt weiter.

»Ich hab sie nur gefragt, ob ihr euch besser kennt.«

»Und was hat sie gesagt?« Miko beugt sich halb über den Tisch. Irritiert schaue ich zwischen ihm und der mittlerweile verschmitzt grinsenden Lavender hin und her. Hab ich was verpasst?

»Na, dasselbe wie du eben. Wieso? Was wolltest du denn hören?«

Miko presst die Lippen zusammen und lässt sich wieder nach hinten sinken. »Nichts.«

»Sprich sie doch mal an.«

Wieder scheint Miko aus allen Wolken zu fallen. »Was? Warum sollte ich das machen, Mann!«

Ich schnaube. Okay. Er ist so was von verschossen.

»Nur ein Vorschlag.« Lavender schmunzelt.

Sally, die das Gespräch mitverfolgt hat, lacht leise in sich hinein und geht zurück in die Küche. »Junge Liebe«, säuselt sie. Ich verkneife mir jeglichen Kommentar, während Miko tiefer in seinen Stuhl sinkt und rot anläuft. Alles klar. Er und

Hannah Howard also. Soweit ich weiß, ist sie Jahrgangsbeste, wohingegen Miko nicht mal seine Bücher auseinanderhalten kann. Das kann ja spannend werden.

Miko verfällt in Schweigen. Wahrscheinlich grübelt er darüber nach, was Hannah und Lavender wohl noch so alles über ihn geredet haben. Letztere malt mit dem Zeigefinger Muster in das Kondenswasser an ihrem Glas und schaut immer wieder flüchtig zu mir auf.

»Was?«, frage ich beim dritten Mal und bemühe mich, möglichst freundlich zu klingen. Keinen gigantischen Streit. Das habe ich ihr versprochen.

Lavender atmet tief durch. »Danke noch mal. Dass du mitmachst und dich um alles kümmerst. Ich weiß, du hast eigentlich keine Lust.«

»Schon gut. So habe ich wenigstens was zu tun.«

»Ganz schön viel sogar«, gibt sie zu bedenken.

»Muss ja für ein paar Wochen Urlaub reichen, nicht wahr?«

Sie lächelt. Zaghaft und unsicher, aber echt. »Also rettest du in nächster Zeit keine Ertrinkenden aus dem Wasser?«

»Solang sie nicht zufällig vor meiner Nase reinspringen, nicht, nein.«

»Ist dir das schon mal passiert?«

»Reingefallen ist mal jemand. Ins Hafenbecken. Aber der ist zum Glück allein wieder rausgekommen, in der Suppe vor Port McNeill schwimme ich nicht so gern.«

Sie mustert mich interessiert. »Ist das Wasser da schlechter?«

»Da schwimmt viel Müll. Das hat man hier nicht.«

»Verstehe.«

Wir schweigen wieder, und ich verspüre ein seltsames Gefühl von Frustration. Das Gespräch fühlt sich nicht vollständig an. Es ist, als hätten wir vergessen, etwas Wichtiges zu sagen. Als schwebten da noch ungesagte Dinge zwischen uns. Aber was soll ich denn machen? Mir fallen wenige Fragen ein, die nicht feindselig klingen. Dabei will ich einfach nur Antworten und keinen Streit vom Zaun brechen.

Wie lang bleibst du noch?

Wann wird das Haus verkauft?

Geht es dir manchmal auch so dreckig wie mir, wenn du an ihn denkst?

Ich schlucke den Gedanken hinunter und den Schmerz mit ihm. Die Antwort auf die letzte Frage ist ziemlich sicher Nein. Und wenn es etwas gibt, worüber ich mit Lavender Whitcomb besser nie wieder spreche, dann ist es ihr toter Onkel.

»Zehn Sekunden!«, behauptet Sally aus der Küche und untermalt ihre Ansage mit einem lauten Scheppern, das uns alle alarmiert die Köpfe drehen lässt. »Nichts passiert!«

Entnervt fahre ich mir durchs Haar. *Sag wenigstens irgendwas, um kein totales Arschloch zu sein, Jonne.* »Sallys Pasta mit Gemüse ist übrigens göttlich.« Da. Immerhin. Ich ringe mir ein schwaches Lächeln ab.

»Schon wieder Gemüse?«, beschwert sich Miko leise, und nun muss ich wirklich schmunzeln. Auch Lavender entspannt sich etwas.

»Ich glaube, du wirst es überleben«, raune ich ihm zu, während Sally mit einem großen Topf an den Tisch kommt. »Falls du dich an einem Stück Brokkoli verschluckst, reanimiere ich dich, versprochen.«

Miko verzieht angewidert das Gesicht. »Bäh! Mund zu Mund, oder was? Bleib bloß weg von mir!«

Ich muss lachen. »Okay. Sally kann es notfalls auch machen.«

Lavender schnaubt belustigt, und Miko boxt mir gegen den Oberarm.

»Was kann ich machen?«, fragt Sally aufgeregt und schaut uns an.

»Nichts!«, meint Miko schnell und wirft mir einen warnenden Blick zu. Er beugt sich vor und linst skeptisch in den Topf. »Ist da Brokkoli drin?«

Sofort schaut Sally besorgt drein. »Ja. Oje, magst du etwa keinen Brokkoli?«

Jetzt bin ich es, der Miko mit dem Ellbogen anstößt. Er wirft mir einen Todesblick zu und setzt dann für Sally ein schiefes Lächeln auf. »Doch. Klar.«

Sie nickt erleichtert, lässt sich auf ihren Stuhl sinken und hebt ihr Glas mit Orangensaft. »Ein Glück. Na dann, auf unseren neuen Jugendclub! Und auf euch fleißige Organisatoren! Das wird großartig, das spüre ich. Ihr werdet das toll machen.«

Wir stoßen an, und wie es sich gehört, schaue ich Lavender dabei in die Augen. Ich meine, darin so etwas wie Hoffnung zu erkennen. Oder vielleicht bin auch ich es, der so fühlt. Weil ich mir wünsche, dass Sallys Worte wahr werden. Dass wir das hinbekommen und Miko und ich dabei endlich wieder enger zusammenwachsen. Dass alles wird wie früher, oder zumindest weniger scheiße als jetzt. Und je länger ich darüber nachdenke und in Lavenders Himmelaugen sehe, desto weniger abwegig wirkt der Gedanke. Verdammt, wenn ich so darüber nachdenke …

Ich habe mich schon seit Jahren nicht mehr so hoffnungsvoll gefühlt. Und das alles nur dank ihr.

Kapitel 23

LAVENDER

Seit einer Woche renovieren wir schon, und Jonne hat leider nicht übertrieben. Wir sind nach wie vor mit den Böden beschäftigt, und die anfängliche Euphorie der Teenager ist schneller verflogen, als uns lieb war. Noch machen sie mit. Wir halten sie mit Vertröstungen bei der Stange. Ich habe aufgehört zu zählen, wie oft ich Floskeln wie »nur noch ein bisschen durchhalten« verwende. Jonne geht ruppiger an die Sache ran. Er und Miko liegen sich zunehmend in den Haaren und diskutieren über jede Kleinigkeit. Miko und seine Kumpels kommen immer öfter zu spät, drücken sich vor der Arbeit oder machen Quatsch, während wir und die Mädchen schuften. Ich kann Jonnes Frust darüber nachvollziehen. Ich weiß nur nicht, ob Streiten die beste Lösung ist.

Mir geht es unterdessen … besser. Je länger ich auf der Insel bin, desto normaler fühlt es sich an. Mein Rücken hat sich an das unbequeme Sofa gewöhnt, und wenn ich durchs Dorf gehe, habe ich nicht mehr das Gefühl, böse Blicke auf mich zu ziehen. Im Gegenteil. Die Leute grüßen mich freundlich, fragen nach dem Stand der Renovierung, bitten mich im Supermarkt um Hilfe. Erst gestern habe ich Richard dort getroffen und ihm gezeigt, wo der Kakao steht. Irgendwie merkwürdig, dass ich als Fremde das weiß und er nicht. Meinen Namen wusste er zwar auch nicht mehr, doch er hat mich immerhin wiedererkannt.

Den Großteil meiner Freizeit verbringe ich mit Auri. Oft sind wir im Garten, ab und zu auch bei Tommy im Café. Die

Nachhilfe mit Miko läuft ebenfalls weiter, wobei seine Motivation auch da zu schwinden scheint. Dennoch, im Verlauf der letzten Woche ist etwas passiert, womit ich nicht gerechnet hatte: Ich habe angefangen, mich in Sointula wohlzufühlen. Mittlerweile verstehe ich mich sogar mit Jonne, auch wenn wir eine Art Sicherheitsabstand zueinander einhalten. Die Blicke, die er mir manchmal zuwirft, lassen mich nicht selten vergessen, was ich eben tun wollte. Und seine Anwesenheit macht mich nervös, obwohl er mir längst nicht mehr feindselig gesinnt ist. Es ist eine emotionale Achterbahnfahrt. Sein Duft hängt mir ständig in der Nase, und seine Gewitteraugen verfolgen mich bis in Jensons Haus.

»Ich hasse Wischen!«, jammert Kayleigh und klatscht den Mopp so fest in den Eimer, dass es spritzt. »Können wir den Boden nicht einfach so lassen? Er sieht doch schön aus!«

Ich rechne es den Mädchen hoch an, dass sie weiterhin kommen, obwohl niemand mehr Lust hat. Die Frage ist bloß, wie lange sie das noch tun werden. »Wenn er nicht geölt wird, sieht er nicht lang so aus«, erinnere ich sie. »Na los, morgen haben wir es geschafft! Dann könnt ihr endlich streichen!« Ich erwähne besser nicht, dass sie auch darauf nach drei Stunden keine Lust mehr haben werden. Die schönen Arbeiten wie das Einrichten und Dekorieren, auf die sie sich so freuen, kommen erst ganz am Ende.

Kayleigh stöhnt auf, Susan brummt etwas Unverständliches. Hannah und Lola sind im Nebenraum und reiben mit einem Gerät, dessen Namen ich mir nicht gemerkt habe, das Hartöl in die Dielen ein. Durch die geschlossene Tür ist nur das gedämpfte Brummen der Maschine zu hören. Die Jungs habe ich schon länger nicht mehr gesehen. Nur Jonne durchquert hin und wieder den Raum, während er sämtliche Geräte einsammelt, die er zum Baumarkt zurückbringen will. Vor einiger Zeit ist er los, um Sallys Pick-up zu holen.

»Am Ende lohnt es sich!«, verspreche ich den beiden. »Und wenn wir fertig sind, hole ich was von der Bäckerei, okay?«

»Schokobrötchen?«, fragt Susan hoffnungsvoll.

»Natürlich. Was denkst du denn? Ich habe Tommy schon angerufen, er hat welche reserviert.«

Die Haustür fliegt auf, und Jonne stapft ins Zimmer. Ein Blick in sein Gesicht genügt, um zu erkennen, dass er genervt ist. Im Verlauf der Woche habe ich gelernt, seine verschiedenen finsteren Mienen zu deuten. Es gibt feine Unterschiede zwischen gestresst, frustriert, wütend oder erschöpft. Manchmal verwechsle ich sie noch, aber diesmal tut der Tonfall sein Übriges. »Wo zur Hölle sind Miko, Brandon und Sean?«, will er wissen und schaut sich um.

Wir zucken mit den Schultern.

»Sie waren nicht hier? Ich hab ihnen geschrieben, dass ich das Auto hole und dann ihre Hilfe brauche!«

»Ich glaube, das letzte Mal, dass ich sie gesehen habe, war vor einer Stunde«, meine ich. Es könnte auch länger gewesen sein, aber das sage ich Jonne besser nicht. Er ist schon kurz vorm Explodieren.

Sein Blick findet meinen, und seine Wut scheint zu stocken. Nur kurz, während ich spüre, wie ich rot anlaufe. Dann schüttelt er frustriert den Kopf. »Die drei wissen genau, dass ich heute die Schleifmaschine zurückbringen wollte. Und was machen sie? Sie drücken sich und gehen nicht an ihre Scheißhandys!«

Ich hebe warnend die Brauen und nicke unmerklich zu Kayleigh, die mit großen Augen an Jonnes Lippen hängt. Sie hat einen Narren an ihm gefressen, und wir waren uns einig, dass sein Gefluche kein guter Einfluss ist. Am Ende schaut sie sich das noch bei ihm ab. Als ich vor ein paar Tagen ihre Eltern kennengelernt habe, waren sie sehr nett, und ich will nicht, dass sich das ändert, nur weil Jonne in regelmäßigen Abständen Gegenstände beleidigt.

»Sorry«, presst er zwischen zusammengebissenen Zähnen hervor und verschwindet wieder nach draußen. Die Tür knallt hinter ihm zu. Ich seufze. Besser, ich rede mit ihm.

»Bin gleich wieder da«, verspreche ich und folge ihm.

Der Tag ist eigentlich zu schön, um drinnen den Boden zu polieren. Es ist sonnig und heiß, und im Vergleich zu sonst geht wenig Wind. Perfektes Augustwetter, nur leider haben wir nicht viel davon. Jonne hat sich ein Stück vom Haus entfernt und steht am Rand des Hofes, wo das Gelände steil zum Meer abfällt. Mit verschränkten Armen und dem Rücken zu mir starrt er hinunter auf die Bucht, die im Sonnenlicht fast schon türkis leuchtet. Ich vermeide es sonst, dort runterzuschauen, aber jetzt trete ich dennoch neben ihn.

»Vielleicht ist ihnen aufgefallen, dass noch etwas fehlt, und sie sind gerade schon beim Baumarkt?«, schlage ich vor. Er wirft mir nur einen kurzen grimmigen Blick zu. »Oder sie besorgen bei Brenda Eis, um uns eine Freude zu machen.«

Jonne schnaubt. »Als ob, Lavender. Die haben doch seit Tagen keinen Bock mehr. Ich wette, die sind bei einem von ihnen zu Hause und zocken irgend so ein verdammtes Ballerspiel, während wir uns hier den Arsch aufreißen!« Kaum dass er die Worte ausgesprochen hat, schaut Jonne sich prüfend zum Club um, als könnte Kayleigh dort stehen und alles hören. Doch wir sind allein. »Sorry«, sagt er trotzdem.

»Ich ruf Miko mal an«, sage ich und wähle seine Nummer. Ich lande aber nur auf seiner Mailbox. »Hey, Miko«, spreche ich ihm drauf. »Ich bin's. Wir suchen euch überall, wo seid ihr? Ruf uns bitte zurück, Jonne braucht eure Hilfe mit der Schleifmaschine. Ihr wisst ja, wie schwer die ist. Bis gleich.« Ich lege auf und stelle mein Handy auf laut. Jonne schüttelt den Kopf und schaut missmutig aufs Meer.

»Die tauchen bestimmt gleich auf«, versichere ich ihm.

Oje. Da ist wieder diese steile Falte zwischen seinen Augenbrauen. Und ich habe noch nicht herausgefunden, wofür die steht. Jonnes Gesichtsausdruck wandelt sich von genervt zu frustriert, wird beinahe ein bisschen weich. »Du bist manchmal so gutgläubig, Lavender, das ist unfassbar.«

»Ich versuche nur, optimistisch zu sein.«

Er schnaubt und hält meinen Blick. »Manchmal bringt das aber nichts«, raunt er. »Manchmal muss man der Realität ins Auge schauen.«

»Was soll das heißen?«, frage ich vorsichtig und ignoriere die Gänsehaut, die seine Stimme auslöst. Ich habe das Gefühl, seine Worte haben eine tiefere Bedeutung, die ich nicht verstehe. Er klingt, als würde er mehr sagen wollen, sich allerdings zurückhält. Und als wüsste er selbst nicht ganz, was er tun soll. Jonne wirkt geradezu aufgeschmissen. So habe ich ihn noch nie erlebt. Er ist immer der mit dem Plan. Jonne hat auf alles eine Antwort und für alles eine Lösung. Er zögert selten. Wenn man bei irgendetwas Hilfe braucht, kann man sich *immer* darauf verlassen, dass Jonne weiß, was zu tun ist und das Problem binnen kürzester Zeit beseitigt. Es ist eine seiner markantesten Eigenschaft. Aber jetzt …

Jetzt bröckelt seine Fassade und dahinter kommt etwas zum Vorschein, das ich dort nie erwartet hätte. Jemand, der ganz anders zu sein scheint, als er sich gibt. »Jonne?«, frage ich vorsichtig, weil er immer noch nicht reagiert hat.

Er schüttelt den Kopf. »Das war eine furchtbare Idee.«

»Die Renovierung?« Ich kann nicht verhindern, dass ich enttäuscht klinge. Klar, momentan sind alle etwas mies gelaunt, aber es gab auch viele schöne Momente. Und wenn wir erst mal fertig sind …

Jonne dreht den Kopf zu mir, sein Gesicht verzerrt. »Nicht die Renovierung – alles! Wie bin ich auf die Idee gekommen, ausgerechnet *ich* könnte Miko von der schiefen Bahn holen und das schaffen, woran meine Eltern sich seit Jahren die Zähne ausbeißen? Er rutscht wieder ab. Er will meine Hilfe nicht, und ich verschwende meine Zeit. Ich krieg das einfach nicht hin, Lavender. Ich bin nicht dafür gemacht. Ich kann vielleicht Dächer reparieren und Ertrinkende retten, aber nicht ihn. Nicht wenn er, verdammt noch mal, nicht gerettet werden will!«

Verwirrt blinzle ich ihm entgegen, schiebe den flüchtigen Gedanken an Brad beiseite, der bei seinen Worten eben in mir hochkam. Ich bin es nicht gewohnt, dass Jonne so offen mit mir redet. Dass er überhaupt so viel sagt. Und er klingt so verbittert, dass es mir im Herzen sticht. Verunsichert lege ich meine Hand auf seinen Arm, und als er ihn nicht wegzieht, sondern mich nur verwirrt anschaut, streiche ich mit dem Daumen über seinen Unterarm. Über die warme, sonnengebräunte Haut, von der ich mich schon zu lange gefragt habe, wie sie sich wohl anfühlt. »Aber es lief doch gut zwischen euch«, flüstere ich, während mein Herz lauter schlägt.

Erneut schnaubt Jonne. »Und wie lang? Eine Woche, wenn es hochkommt. Und schon ist er wieder verschwunden. Ich wette mit dir, dass er sich gerade irgendwo einen Joint oder Alkohol reinpfeift und seinen Kumpels erzählt, was für ein Arschloch ich bin.«

»Das weißt du doch gar nicht. Es könnte auch ganz anders sein. Wir gehen ihn jetzt suchen und …«

Jonne schüttelt den Kopf, und mit einem Mal wirkt er furchtbar müde. »Nein. Lass gut sein, Lavender. Das nutzt doch nichts. Ich bringe die Schleifmaschine einfach allein weg. Du musst dir keine Sorgen wegen der Renovierung machen, okay? Ich habe damit angefangen, also bringe ich es auch zu Ende. Mit oder ohne Miko.« Er entzieht sich mir, und ich lasse meine Hand sinken.

Glaubt er, dass es mir darum geht? Um den Club? Schätzt er mich so falsch ein? Ich wollte Miko damit helfen. Und genau das scheint nicht zu funktionieren. Ich schlucke meine Rechtfertigungen hinunter. »Wir könnten dir mit der Maschine helfen«, biete ich stattdessen an. »Ich hole die Mädchen.«

»Nein danke. Ich bin gerade keine gute Gesellschaft. Ich mach's lieber allein.« Er wendet sich ab und geht über den Hof zu Sallys Pick-up. Keine Ahnung, wie er die Maschine da allein draufbekommen will. Die ist viel zu schwer. Unschlüssig schaue ich ihm nach. Wenn Jonne sich bei dieser Aktion den Rücken bricht, geht das auf meine Kappe. Aber ich will ihn nicht drängen oder gar provozieren. Diese Harmonie zwischen uns ist noch fragil. Hoffe ich jetzt einfach, dass er nicht überreagiert? Er ist doch sonst auch immer so verantwortungsvoll.

Eine Brise kommt auf und weht ein leises Lachen zu mir herüber. Erst denke ich, es sind die Mädchen, aber als ich genauer lausche, klingt es mehr wie … Miko? Ich schaue mich um, doch hier auf dem Gelände ist keine Spur von ihm. Wieder meine ich, etwas zu hören, ganz leise diesmal. Es dringt nicht vom Club herüber, sondern aus Richtung des Waldes, der ein Stück entfernt unten an der Böschung ans Meer anschließt und die Aussicht auf Hillside Beach verwehrt. Ein Trampelpfad führt durch das hüfthohe Gestrüpp. Ich werfe Jonne einen Blick zu, doch der ist am Pick-up zugange und beachtet mich nicht. Die Mädchen kommen sicher ein paar Minuten ohne mich klar.

Ich folge dem Weg und hoffe inständig, dass er mich nicht bis zum Strand führt. Seitdem ich hier bin, mache ich einen großen Bogen um Hillside Beach, und schon jetzt, mit gebührendem Abstand zu den seichten Wellen, macht sich Panik in meiner Brust breit. Unter mir fällt das Gelände steil ab und auch, wenn ich mich dafür wirklich ungeschickt anstellen müsste, besteht die Gefahr, von hier zu stürzen und geradewegs ins Wasser zu fallen. Am anderen Ende der Bucht sind die Klippen sogar so steil, dass ein paar Draufgänger dort an den heißen Tagen runter ins Meer springen. Vielleicht wäre das mal eine gute Konfrontationstherapie für mich. Einfach reinspringen. Meine Angst ignorieren.

Schnaubend wische ich den Gedanken beiseite und konzentriere mich auf den Weg. Der Untergrund wird hier steinig, und langsam, aber sicher steuere ich auf den Waldrand zu, der hinter einigen großen Felsen verborgen liegt. Der Pfad schlängelt sich zwischen ihnen hindurch und erneut höre ich Gelächter, diesmal ganz in der Nähe. Ich erkenne Mikos Stimme, dann die von Brandon und Sean. Scheint so, als hätte ich unsere Abtrünnigen gefunden.

Leise trete ich um einen der Felsen herum und sehe die drei auf einer sandigen Lichtung zwischen den Bäumen sitzen, den Blick auf Brandons Smartphone geheftet, jeder ein Bier in der Hand. So wie das klingt, schauen sie Videos, während wir oben arbeiten. Und sie trinken. Im Sand liegen drei leere Flaschen. Woher zur Hölle haben sie das Zeug?

Jonne hatte recht. So schade ich seine Einschätzung über seinen Bruder eben fand, sie trifft genau ins Schwarze. Enttäuschung macht sich in mir breit. Ich war wirklich zu gutgläubig. Aber es ist wohl gut, dass ich und nicht Jonne die drei gefunden habe. Ich kann neutraler an die Sache herangehen und Miko vielleicht ein bisschen Vernunft einreden. Was ich mit den anderen zwei mache ... Das ist eine gute Frage. Womöglich muss ich mit ihren Eltern sprechen.

Ich räuspere mich, und die Jungs heben ruckartig die Köpfe zu mir. Entsetzt starren sie mich an und keiner rührt sich. Auch ich schweige und suche nach den passenden Worten. Was sagt man in so einer Situation? Ich wette, Jonne würde so einiges dazu einfallen. Er hat reichlich Erfahrung mit Mikos rebellischem Verhalten. Vielleicht reagiert er deshalb oft heftiger, als er müsste. Oder weil er sich dabei genauso betrogen fühlt wie ich mich gerade, und man dadurch automatisch wütend wird. Genau das will ich vermeiden. Ich will ruhig bleiben. Eine Vertrauensbasis schaffen.

»Wir haben euch gesucht«, sage ich und schaue vielsagend auf die Bierflasche in Mikos Hand. »Ich dachte, ihr helft Jonne, die Schleifmaschine wegzubringen.«

»Wir machen nur kurz Pause«, sagt Miko mit leichtem Trotz in der Stimme und hält meinem Blick stand.

»Während wir oben arbeiten.« Er erwidert nichts, und erst jetzt bemerke ich die ausgedrückten Zigarettenstummel neben ihnen im Sand. Falls es denn Zigaretten waren und nichts ... Stärkeres. »Im Ernst?«, ist alles, was mir dazu einfällt.

Brandon und Sean rappeln sich auf und wollen sich aus dem Staub machen. Meinetwegen sollen sie das tun. Auf mich werden sie ohnehin nicht hören. Aber ... »Das Bier bleibt da«, sage ich lauter und trete einen Schritt vor. Sie schauen sich an, zögern kurz und stellen dann widerwillig ihre Flaschen im Sand ab. Eilig verschwinden sie in den Wald, und Miko will ihnen folgen, doch ich halte ihn an der Schulter zurück. »Du bleibst auch hier.«

»Warum?«, fragt er patzig.

»Warum?«, wiederhole ich und deute auf die Überreste ihrer *Pause*. »Miko, was soll das hier?«

Seine Miene verfinstert sich, und er verschränkt die Arme vor der Brust. »Das geht dich nichts an, okay?«

»Und wie mich das etwas angeht! Ich gebe dir Nachhilfe! Ich dachte, wir vertrauen uns!«

»Und deswegen darf ich keinen Spaß haben?«

»Spaß? Miko …«

»Es waren nur zwei Bier! Kein Grund, sauer zu sein.«

»Ich bin nicht sauer! Ich bin enttäuscht.«

Er schnaubt. »Bin ich so schlimm, ja?«

Frustriert schüttle ich den Kopf. »Miko, wir arbeiten da oben, und ihr lasst euch volllaufen und schaut Videos! Ich dachte, du wolltest mithelfen, den Club zu renovieren!«

»Als ob ihr dafür mich braucht! Ihr kommt allein zurecht, immerhin ist der allwissende Jonne dabei.«

»Und warum ist er dabei? Deinetwegen!«

»Ja«, sagt er mit einem freudlosen Lachen. »Um mich zu nerven wahrscheinlich.«

»Nein, verdammt! Um dir zu helfen, Miko! Weil du ein verdammtes Problem hast, und er sich Sorgen macht!« Jetzt bin ich doch laut geworden.

Zwischen Mikos Brauen bildet sich dieselbe steile Falte, die ich schon von Jonne kenne, und er kneift die Augen zusammen. »Er hat es dir gesagt …?«

Ich presse die Lippen zusammen. Mist. Was soll ich darauf antworten? Entweder, ich mache Jonne zum Sündenbock, oder ich verrate Saana. »Es geht hier nicht darum, wer mir was gesagt hat«, versuche ich mich herauszuwinden.

»Gib's doch einfach zu! Wahrscheinlich hat er der ganzen Insel erzählt, dass er das Problemkind von einem Bruder von der schiefen Bahn holen wird! Durch viele Projekte und möglichst viel rumkommandieren und Sachen verbieten!«

»Das hätte er doch niemals gemacht! Denkst du wirklich so von ihm? Er will dir nur helfen, Miko. Oder meinst du, er würde sonst freiwillig wochenlang mit mir gemeinsam diese Bruchbude renovieren? Du weißt genau, dass er mich nicht ausstehen kann. Trotzdem ist er hier. Er macht so viel für dich, und so dankst du es ihm?« Wütend deute ich auf die Bierflaschen am Boden und hätte sie am liebsten weggetreten.

»Ich hab ihn aber, verdammt noch mal, nicht gefragt, ob er mir hilft!«, bricht es aus Miko heraus.

»Ja und vielleicht ist genau das dein Problem! Dass du niemanden nach Hilfe fragst!«

Saana hat das auch gemeint. Und ich glaube, sie hatte recht. In Mikos Augen jedoch lodert bei dieser Unterstellung purer Hass auf. »Vielleicht will ich keine Hilfe von jemandem, der der beschissenste große Bruder der Welt ist!«

Mir bleibt kurz die Luft weg. »Miko!« Wie kann er das sagen? Wo Jonne sich so um ihn bemüht. Sieht er das denn gar nicht? Dass hinter allem, was er tut, eine gute Absicht steckt? Sogar ich erkenne das.

»Es ist doch so!«, brüllt Miko. »Wir sind schon lange keine Brüder mehr! Brüder haben auch schöne Momente zusammen, oder nicht? Brüder unterstützen sich gegenseitig! Aber drei Jahre lang ging es nur um seine eigenen Probleme! Und *er* durfte die haben! Er durfte wochenlang vor sich hinbrüten und sich nicht blicken lassen und sich mit Alkohol zuschütten, nur weil der alte Jenson einen Hirntumor hatte! Aber ich muss jetzt alles richtig machen, wo er plötzlich wieder der Goldjunge ist? Damit er was zu tun hat, oder wie? Bin ich seine beschissene Ablenkung, oder was?«

Er ist so hemmungslos wütend. In diesem Moment trifft mich die Ähnlichkeit zu Jonne wie ein Schlag. Mikos Gewitteraugen funkeln mich an, und auch wenn der Hass darin nicht für mich bestimmt ist, schneidet er tief. Vielleicht, weil er Jenson erwähnt hat. Oder weil er mir offenbart hat, wie sehr Jonne gelitten hat und wie sehr er selbst es tut. Vielleicht, weil unter all der Wut so unglaublich viel Schmerz liegt, bei ihnen beiden, und ich das jetzt erst in Gänze begreife. Jonne hat mich nicht so angefahren, weil er wütend war. Er hat es getan, da er gelitten hat und ich dazu beigetragen habe. Denn auch, wenn ich nichts für Jensons Krebs konnte, bin ich schuldig. Für so vieles.

Ich schlucke schwer und weiß nicht, was ich erwidern soll. Ich versuche zu begreifen, wo genau das Problem zwischen den beiden liegt. So wie das klingt, ist da schon seit Jahren etwas im Argen. Und wenn sie es nicht schaffen, offen miteinander zu sprechen, wird sich das nie bessern.

»Aber er meint das doch nicht böse, Miko«, bringe ich heraus. »Ich verstehe, dass du enttäuscht von ihm bist. Aber vielleicht wusste er sich nicht anders zu helfen. Manchmal versucht man, das Richtige zu tun, und macht es falsch, weil man es nicht besser weiß. Oder es nicht besser kann. Und du machst es ihm auch nicht gerade leicht, weißt du? Wenn ihr einfach mal in Ruhe miteinander reden würdet …«

Ich verstumme. Miko schaut auf etwas hinter mir, das er jetzt mit derselben Inbrunst niederstarrt wie eben mich. Nein, nicht *etwas* …

Ein flaues Gefühl breitet sich in meinem Magen aus, und ich drehe mich um. Jonne steht einige Schritte hinter mir, und sein Gesicht …

Sein Gesicht ist mir so unleserlich, als würde ich ihn zum ersten Mal sehen. Bis vorhin dachte ich, ich käme langsam hinter seine Mimik, aber jetzt ist sein Gesicht so voll von Emotionen, dass es unmöglich ist, sie zuzuordnen. Ich erkenne, wie er versucht die Fassade aufrechtzuerhalten. Nichts von ihnen zu zeigen. Stark zu wirken, wo er es nicht ist. Aber sie bröckelt. Unaufhörlich. Der Jonne Aalton, den ich zu kennen glaubte, löst sich vor meinen Augen in Luft auf. Mit einem Mal steht vor mir ein Mann, der alles, was er hat durchmachen müssen, nicht halb so gut weggesteckt hat, wie ich dachte.

Kapitel 24

JONNE

Die Worte klingen in meinem Kopf nach und brennen wie Feuer. Sowohl Mikos als auch Lavenders. Seine, weil sie mir vor Augen führen, was ich all die Jahre falsch gemacht habe. Wie sehr ich ihn vernachlässigt, ihn verletzt habe. Wie sehr ich schuld an Mikos Problemen bin. Wie grandios ich in meiner Rolle als großer Bruder gescheitert bin. Sie brennen, weil er recht hat. Und Lavenders tun es, weil sie mich durchschaut hat. Weil sie all meine Unzulänglichkeiten sieht und mich trotzdem vor ihm verteidigt. Ausgerechnet sie. Weil sie Dinge gesagt hat, die von Jenson hätten sein können, und ich kann nicht … ich weiß nicht … Fuck.

»Könntest du uns allein lassen?«, bringe ich an Lavender gewandt hervor. Sie wirkt ebenso durch den Wind wie ich, nickt jedoch und schiebt sich an mir vorbei. Ich würde gern noch etwas sagen, schaffe es aber nicht. Stattdessen warte ich, bis sie zwischen den Felsen verschwunden ist, und hoffe, sie geht zügig weiter. Ich will nicht, dass sie jedes Wort hört, so wie ich eben. Wobei das größtenteils daran lag, dass ich wie angewurzelt hinter diesem Felsen stand und gelauscht habe. Ich mustere die Bierflaschen und ausgedrückten Zigarettenstummel am Boden und habe keine Ahnung, ob ich wütend sein oder aufgeben soll. Ob wir darüber sprechen müssen, oder das letztlich sinnlos ist.

»Lavender hat recht«, meine ich leise und hoffe, dass der Wind meine Stimme nicht zu ihr trägt. Warum eigentlich? Sie hat es verdient, das zu hören, und gleichzeitig will ich nicht, dass sie es tut.

»Und ich nicht?«, fährt Miko mich an.

»Das habe ich nicht gemeint. Ich will dir nur helfen.«

»Einen Scheiß willst du! Dir geht's doch nur darum, dass ich dir keine Probleme mehr mache!«

Seine Worte sind wie ein Messer in meiner Brust. »Das denkst du von mir? Dass es mir nur um mich geht?«

»So ist es doch schon seit Jahren! Dich hat es die ganze Zeit über nicht gejuckt, wie ich mich gefühlt habe!«

»Natürlich hat mich das interessiert«, widerspreche ich.

Miko ballt die Hände zu Fäusten und macht einen Schritt auf mich zu. »Du hast aber nie gefragt!«

Dieser Satz trifft mich unerwartet, und die Antwort bleibt mir im Hals stecken. »Weil ich …«* Nicht konnte,* will ich erwidern, doch stimmt das denn? Natürlich hätte ich gekonnt. Aber ich war zu schwach. Zu sehr auf mich selbst fokussiert, zu sehr unter dem Schmerz begraben, den Jensons Diagnose ausgelöst hat. Miko hat recht.

»Ja, weil du was?«, keift er. »Weil deine eigenen Probleme dir wichtiger waren! Aber ich hatte auch Probleme, okay? Warum darfst du mit deinen umgehen, wie du willst, und ich mit meinen nicht?«

»Weil Alkohol trinken, Joints rauchen und Zocken eine Scheißlösung ist, Miko!«, entfährt es mir.

»Ach, aber Kassentürchen reparieren schon, oder was?«

»Ich will dir doch nur helfen, verdammte Scheiße!«

»Und ich will, dass du mich, verdammt noch mal, endlich in Ruhe lässt! Es hat dich drei Jahre einen Scheiß interessiert, was mit mir ist, also geht's dich jetzt auch nichts mehr an, klar?« Er stößt mich vor die Brust, und ich bin zu perplex, um zu reagieren. Stattdessen stolpere ich rückwärts und sehe zu, wie Miko herumwirbelt und abhaut.

»Bleib hier!«, fordere ich, allerdings zittert meine Stimme. Ich rechne damit, dass er mich zur Antwort beleidigt, aber er geht stumm weiter, dreht sich nicht mehr um, beschleunigt nicht mal seine Schritte. Miko verschwindet zwischen den Bäumen, und ich sinke entkräftet vor dem Felsen auf den Boden. Ich sollte aufstehen. Weitermachen. Wieder zurück zum Club laufen, die Schleifmaschine wegbringen und den Mädchen helfen, die Fußböden zu ölen. Dann nach Hause. Kochen. Sport machen. Bloß nicht stehen bleiben, weil mich meine Gedanken sonst einholen und ich das nicht zulassen darf.

Doch es ist bereits zu spät. Sie sind schon da, und diesmal entkomme ich ihnen nicht. Ich bin zu lang vor ihnen weggerannt, habe längst keine Kraft mehr, um ihnen zu trotzen. Also sitze ich hier allein im Sand, den Rücken gegen den kühlen Felsen gelehnt, während mir heiße Tränen über die Wangen strömen. Wie konnte ich all die Jahre nicht realisieren, wie es meinem Bruder geht? Wie lang fühlt er sich schon so schlecht? Wie lang hat er gelitten, ohne dass ich es gemerkt habe, weil ich zu tief in meinem eigenen Strudel gefangen war? Bin ich schuld daran, dass er jetzt so ist? Dass er sich Bier und Drogen besorgt und Mom und Dad zum Verzweifeln bringt? Es wäre meine Aufgabe gewesen, ihm beizustehen, ganz egal, was mit Jenson war oder wie es mir dabei ging. Das habe ich versäumt. Und jetzt macht alles, was ich tue, die Situation nur noch schlimmer.

Ich lege den Kopf in den Nacken, schließe die Augen und atme tief durch. Die Tränen laufen weiter, und das völlig zurecht. Ich fühle mich wie der größte Versager auf diesem Planeten. All die Zweifel und Ängste, die mich schon so lange verfolgen, bewahrheiten sich in diesem Moment. Ich konnte ihm nicht helfen, ihn nicht retten. Es ist meine Schuld. Das alles ist, verdammt noch mal, *meine* Schuld.

»Fuck«, flüstere ich und vergrabe das Gesicht in den Händen. Sie riechen nach dem Hartöl, dessen Geruch man auch nach mehrmaligem Waschen nicht ganz wegbekommt. Nach vergeblicher Mühe, nach sinnloser Zeitverschwendung. Weil doch alles, was ich mache, nichts bringt, wenn ich das mit Miko nicht mehr kitten kann.

Als Jenson krank wurde, bin auch ich krank geworden. Ich wollte es nicht wahrhaben, doch langsam kann ich mich der Realität nicht mehr entziehen. Sein Krebs hat nicht nur ihn zerfressen, sondern auch mich und so viele andere Dinge in meinem Leben. Und mit Jenson ist mehr gestorben als nur mein bester Freund. Beziehungen. Freundschaften. Und ein großer Teil von mir, ohne den ich einfach nicht mehr zurechtkomme. Jetzt weiß ich nicht mehr weiter. Jetzt fühle ich mich leer und nutzlos und verzweifelt. So verzweifelt wie noch nie.

Eine Hand legt sich auf meine Schulter, und ich schrecke hoch. Miko steht über mir, die Lippen zusammengepresst und selbst Tränen in den Augen. Eilig wische ich mir mit dem Handrücken über das Gesicht und schaue weg. Großartig. Jetzt sieht er mich auch noch heulen.

»Hab mein Handy liegen lassen«, krächzt er. Nun erst entdecke ich es einige Meter weiter im Sand liegen. Mir fehlt es an sinnvollen Worten, also schweige ich. Mikos Hand bleibt auf meiner Schulter liegen, aber ich spüre, wie sich ihr Gewicht kurz verlagert, so als würde er mit dem Gedanken spielen, sie wegzunehmen. Ich erwarte, dass er sein Smartphone nimmt und wieder geht. Doch seine Hand bleibt, wo sie ist, bis er sich neben mich in den Sand sinken lässt und die Arme um seine Knie schlingt. »Tut mir leid«, flüstert er.

Ich schaue zu ihm herüber. »Was? Es ist doch meine Schuld.«

Er zuckt mit den Schultern. »Irgendwie nicht nur.«

Erneut tritt Schweigen ein. Ich weiß, dass ich immer das Falsche sage, also lasse ich es ganz.

»Ich war nur so sauer auf dich«, sagt Miko nach einer Weile.

»Weil ich … damals nicht für dich da war?«

»Weil Jenson so viel wichtiger war als ich.«

Mir entweicht ein verzweifeltes Schnauben, und ich schüttle den Kopf. »Er war doch nicht wichtiger als du.«

»So hat es sich aber angefühlt.«

»Miko …«

»Du hast nur noch von ihm geredet. Monatelang. Und dann hast du irgendwann gar nichts mehr gesagt. Das hat noch viel mehr wehgetan. Du hast mich einfach ... ausgesperrt.«

Ich lege einen Arm um Miko und ziehe meinen kleinen Bruder an mich. Erst ist er wie erstarrt. Dann, fast schon zögerlich, vergräbt er das Gesicht an meiner Schulter, und ich schließe ihn ganz in meine Arme. So, wie ich es schon lange nicht mehr gemacht habe. So, wie ich dachte, es nie wieder zu tun. »Es tut mir so leid«, bringe ich hervor. »Aber es war schwer für mich, Miko. Es war alles ... zu viel. Ist es immer noch.«

Er nickt schwach und krallt seine Finger in mein Shirt.

»Hätte ich gewusst, dass es dir damit so schlecht geht ...«

»Ich hab's dir ja nie erzählt«, flüstert er und schnieft.

»Du bist mein kleiner Bruder«, sage ich. »Ich hätte es auch so merken müssen.«

Miko schluckt hörbar. »Vielleicht wollte ich aber auch nicht, dass es dir auffällt, weil es dir dann noch schlechter gegangen wäre. Und vielleicht ... Vielleicht wollte ich es insgeheim doch und habe dann versucht, dich dafür zu bestrafen, dass du es wirklich nicht gemerkt hast.«

Mir entweicht ein Geräusch, das irgendwo zwischen einem Lachen und einem Schluchzen liegt. »O Mann ... Das alles ist doch so ... bescheuert. Dieses ganze Gestreite, meine ich. Dass wir nicht mehr das füreinander sind, was wir sein sollten.«

»Jo«, flüstert er nur, und obwohl ich mich davor scheue, weiterzusprechen, weiß ich, dass das jetzt meine Aufgabe ist. Ich kann nicht erwarten, dass Miko geradebiegt, was ich verbockt habe. Ich muss es sein, der die Wogen endgültig glättet. Der den Grundstein dafür legt, dass wir wieder Brüder sein können und zwischen uns neues Vertrauen entsteht.

»Ich will das so nicht mehr, Miko«, sage ich fest. »Ich will dich nicht mehr anschreien. Ich will dich nicht mehr zu irgendwelchen Sachen zwingen. Ich will für dich da sein, und ich wünsche mir, dass du mir wieder vertrauen kannst. Dass du mich als jemanden siehst, der dir helfen will und kann, und nicht als jemand, der alles nur noch schlimmer macht. Aber vor allem will ich, dass es dir gut geht. Wirklich gut. Ohne, dass du dafür Bier trinken, Drogen nehmen oder dich in der Schule prügeln musst, denn das ertrage ich nicht. Und ich bin bereit, so ziemlich alles dafür zu tun, also sag mir einfach, was du brauchst. Bitte.«

Miko schweigt, aber er löst sich nicht von mir. Wir sitzen weiterhin eng umschlungen da. »Kannst du weniger sauer sein?«, fragt er dann leise.

Ich atme tief durch. Das wünsche ich mir auch. Seit ich Lavender letztens so angefahren habe, hat sich meine Wut gewandelt. Sie ist nicht weniger geworden, aber anders. Sie sitzt jetzt tiefer, sticht mehr, brennt schmerzhaft nach. Sie brodelt nicht mehr an die Oberfläche, sondern zerstört mich von innen. Und ich habe den leisen Verdacht, dass das keine normale Wut ist, die mich so plagt. Es ist etwas anderes. Etwas, das aus Trauer geboren wurde und nicht dadurch verschwinden wird, dass ich es in die Welt schreie. Ich muss es mit mir selbst ausmachen.

»Ich versuch es. Versprochen. Wenn du mir versprichst, dass du nichts Illegales mehr machst. Und dich benimmst ...«

»Okay. Versprochen.«

»Gut.« Ich lasse meinen Kopf gegen Mikos sinken, und wir schweigen eine Weile vor uns hin. Die Sonne sinkt allmählich tiefer und Lavender macht sich sicher Sorgen um uns. Was sie vorhin alles gesagt hat ... Ich muss mich bei ihr bedanken. Dafür, dass sie sich so für mich eingesetzt hat, aber vor allem für ihre Bemühungen um Miko. Doch eine Sache muss ich noch wissen.

»Miko?«, frage ich leise.

»Hm?«

»Jetzt mal Butter bei die Fische, wer besorgt euch das Zeug immer?«

»Butter bei die Fische? Bist du Dad?«

»Lenk nicht ab.«

Miko löst sich von mir und schaut mich an. Er sieht verheulter aus, als ich dachte. Mein Shirt ist vermutlich nass, aber ich versuche dem keine Beachtung zu schenken. »Willst du das wirklich wissen? Ich dachte, du willst weniger sauer sein.«

Ich seufze. »Will ich, aber ich kann auch nicht zulassen, dass hier auf der Insel jemand Alkohol an Minderjährige weitergibt. Und das Gras erst …«

Miko zögert. Er will der Person offensichtlich nicht in den Rücken fallen. »Lässt du es gut sein, wenn ich mich selbst drum kümmere?«

»Wie genau stellst du dir das vor? Drohst du mit deinem großen Bruder?«

Er grinst breit. »Ist doch eine gute Strategie.«

»Okay. Schön. Klär du das«, erwidere ich schnaubend. »Aber wenn ich noch mal etwas in die Richtung mitbekomme, lasse ich mich von dir nicht mehr abwimmeln.« Ich habe ohnehin schon jemanden im Verdacht. Monas nichtsnutzigen Bruder.

»Geb ich weiter.«

»Gut. Und jetzt? Was ist mit der Renovierung, willst du da nicht mehr mitmachen?«

»Doch«, meint er eilig und druckst dann herum. »Und ich glaub, ich muss mich bei Lavender entschuldigen …«

»Ja. Ich glaube, das müssen wir beide.«

»Du hasst sie nicht mehr, oder?«, fragt er fast schon hoffnungsvoll.

Ich schmunzle schwach. »Hab ich das je wirklich? Na komm. Unsere armen Mädels sind inzwischen bestimmt mit dem Ölen fertig und sehr wütend auf uns.«

Miko schnaubt. »*Unsere* Mädels?« Er wackelt mit den Brauen.

Ich rolle mit den Augen und schiebe ihn von mir, um aufzustehen. »Hopp, hoch mit dir.«

Er rührt sich nicht von der Stelle und starrt mich entsetzt an. »Ich kann so nicht zurück! Ich sehe aus, als hätte ich geheult, Mann!«

»Hast du ja auch«, erwidere ich grinsend.

»Ja, danke! Aber trotzdem!«

»Meinst du, Hannah findet das uncool?«

Miko läuft knallrot an. Treffer, versenkt. »Ich mache lieber erst morgen weiter, okay?« Er geht sein Handy einsammeln. »Sag ihnen, es tut mir leid und ich bring Kuchen mit oder so.«

»Na schön. Du kannst dich mit Brandon und Sean zusammentun. Und vielleicht redest du mal mit ihnen. Sonst muss ich das nämlich machen.«

»Mach ich.«

»Gut. Essen wir später zusammen?« Er nickt zurückhaltend, und ich wage direkt den nächsten Schritt. »Und danach könnten wir diesen Film schauen, von dem ihr geredet habt.«

»*Once Upon a Time in Hollywood*?«

»Genau. Oder irgendwas anderes, mir egal.«

»Ich schreib 'ne Liste«, verkündet Miko strahlend. »Du hast viel verpasst.«

»Eine ganze Liste?« Ich lache. »Wann sollen wir das denn schaffen?«

»Hallo? Wir haben jeden Abend Zeit! Die ganze Nacht, wenn es sein muss!«

»Ja, wer braucht schon Schlaf.« Ich runzle die Stirn. »Heißt das, du willst weiter bei mir wohnen?« Wahrscheinlich ist es keine gute Idee, das so direkt zu fragen. Er kann jetzt einfach Nein sagen. Und es klingt auch ein bisschen so, als würde ich ihn ausladen, oder?

»Vielleicht noch ein bisschen?«, fragt Miko stattdessen.

»So lang du willst. Das Zimmer gehört dir.«

Miko zieht eine Schnute, die er sich bestimmt bei seiner Cousine abgeschaut hat, und schaut mich mit einem Hundeblick an. »Krieg ich meine Playstation wieder?«

Ich stöhne auf. »Ohne die geht nichts, was? Schön. Wir holen sie morgen.« Ich verkneife mir sämtliche Sprüche von wegen *aber nur, wenn*. Ich vertraue Miko jetzt, dass er weiß, wie viel gut für ihn ist.

Er wippt auf den Fußballen auf und ab und kriegt das Grinsen gar nicht mehr aus seinem Gesicht. »Was meinst du, was Mom und Dad sagen werden?«

Ich schmunzle. »Sie werden ausflippen vor Freude.« Und sich hoffentlich endlich weniger Sorgen machen. Jetzt muss ich nur noch meine eigenen Probleme in den Griff kriegen.

Miko und ich verabschieden uns. Er schlägt sich durchs Unterholz in Richtung meines Hauses, um von niemandem entdeckt zu werden, während ich dem Trampelpfad zurück zum Club folge. Wahrscheinlich sehen wir beide gleichermaßen verheult aus, aber ich versuche nicht weiter darüber nachzudenken. Im Hof laufe ich Lavender in die Arme, die mit drei Tüten der *Chocolate Dreams Bakery* aus ihrem Golf steigt, und mein Herz macht einen Satz. Ein paar Meter von ihr entfernt bleibe ich stehen und warte auf sie. Lavender erblickt mich, und Besorgnis tritt in ihre blauen Augen. Das bestätigt dann wohl meine Vermutung über mein Aussehen. Zögerlich kommt sie zu mir. »Wie geht's dir?«

Ganz von allein breitet sich ein Lächeln auf meinem Gesicht aus. »Bestens.«

»Wirklich? Ich meine … ich dachte …« Sie verstummt und presst die Lippen zusammen.

»Miko und ich haben uns ausgesprochen. Wir werden daran arbeiten.«

»Also ist alles wieder gut zwischen euch?«, fragt sie hoffnungsvoll.

»Noch nicht ganz. Aber vielleicht bald. Ich glaube, wir kriegen das schon hin.«

Lavender strahlt. »Das ist gut, Jonne! Ich freu mich so für euch!«

Ich schaue sie nur stumm an, weil mir plötzlich die Worte fehlen. Es ist nicht selbstverständlich, dass sie nach allem, was ich damals zu ihr gesagt habe, noch nett zu mir ist. Sich sogar für mich einsetzt. Dass sie überhaupt mit mir redet. Und jetzt steht sie hier und freut sich sichtlich für mich und Miko. Die ganze Zeit über hat Lavenders Vergangenheit meine Wahrnehmung von ihr verzerrt. Nun hingegen sehe ich sie in einem anderen Licht. Und egal, was früher war, es ändert nichts an ihrem jetzigen Verhalten.

»Willst du ein Schokobrötchen?«, fragt sie und hält mir eine Tüte entgegen. »Ich hab Tommys Auslage leer gekauft.«

Es kostet mich einiges an Überwindung, aber ich räuspere mich. »Ich wollte mich bei dir bedanken.«

Lavender stutzt. »Wofür denn?«

»Für alles. Das hier.« Ich deute mit dem Kopf in Richtung Club. »Und für vorhin. Ich habe gehört, was du zu Miko gesagt hast. Alles. Danke, dass du so für mich eingetreten bist und dich so für Miko einsetzt. Ich glaube, du hast ihm wirklich geholfen. Und ich … ich will mich bei dir entschuldigen, Lavender.«

Wie versteinert steht sie vor mir und starrt mich an. »Ent… entschuldigen?«, stammelt sie.

»Für alles, was ich neulich gesagt habe. Ich war ein riesiges Arschloch und einfach nur fies zu dir.«

»Aber …« Sie wird rot.

Ich schüttle den Kopf, trete näher zu ihr und sie verstummt. Kurz streife ich mit den Fingern ihren Arm. Ich kann einfach nicht anders und würde es am liebsten noch mal tun. »Es tut mir leid. Kannst du mir verzeihen?«

Lavender öffnet den Mund und schließt ihn wieder. Vielleicht war Vergebung zu viel verlangt. Ich kann nicht mit ein paar Sätzen wiedergutmachen, was ich hochgradig verbockt habe. »Jonne«, flüstert sie.

»Du musst es aber noch gar nicht verzeihen«, schiebe ich hinterher. »Vielleicht geht das auch nie. Aber nimmst du wenigstens meine Entschuldigung an?«

Sie schüttelt den Kopf. Enttäuschung durchfährt mich, doch dann spricht sie wieder. »Natürlich verzeihe ich dir.«

Ihre Worte wärmen mich von innen. Ich würde jetzt gern ihre Hand nehmen, aber Lavender ist mit den Bäckertüten beladen. Soll ich sie umarmen? Ihr eine Hand auf den Oberarm legen? Mein Gehirn funktioniert nicht mehr, glaube ich. »Danke«, bringe ich hervor und verharre an Ort und Stelle.

Lavenders Wangen sind mittlerweile dunkelrot, und sie zieht nervös ihre Unterlippe zwischen die Zähne. Mein Blick bleibt an der Bewegung hängen, und irgendwo in meinem Kopf brennt dabei die letzte Sicherung durch. Ich hebe die Hand, um mit dem Daumen über ihre vollen Lippen zu fahren, und berühre schon fast ihr Kinn, bevor ich mich beherrschen kann. Gottverdammt. Lavender scheint von der Bewegung ebenso irritiert zu sein wie ich. Sie starrt erst mich an und dann meine Finger, die knapp vor ihrem Kinn in der Luft schweben, und ich streiche ihr ersatzweise eine Strähne aus dem Gesicht, um nicht wie der totale Vollpfosten dazustehen. Was es nicht besser macht, denn ich sollte Lavender Whitcomb, verdammt noch mal, keine Strähnen aus dem Gesicht streichen.

Ich räuspere mich und ziehe eilig meine Hand zurück. »Ich würde ein Schokobrötchen nehmen.«

»Was?«, stammelt sie.

Mein Herz schlägt mir bis zum Hals. »Du meintest was von Schokobrötchen?«

»Oh. Ja. Hier!« Sie drückt mir eine Tüte in die Hand, und ihre Finger schließen sich dabei um meine. Die Berührung dauert zu lang, als dass sie unbeabsichtigt sein könnte, und sie durchfährt mich wie ein Stromschlag. Aber schlimmer fühlt es sich an, als Lavender mich kurz darauf abrupt loslässt und eilig auf den Club zusteuert. »Die Mädchen warten sicher schon!«, ruft sie. Den Rest verstehe ich nicht, irgendwas mit verhungern.

Ich stehe da wie angewurzelt, und alles, woran ich denken kann, sind ihre Finger an meinen und wie sich ihre Lippen wohl unter meinem Daumen angefühlt hätten. Heiß und weich …

Was. Zur. Hölle?

Ich schüttle heftig den Kopf, atme tief durch und folge Lavender nach drinnen. *Reiß dich zusammen, Jonne. Sie ist immer noch Jensons Nichte. Daran hat sich nichts geändert.*

Die Mädchen fallen soeben in der Tat wie ausgehungerte Löwinnen über die Bäckertüten her. Doch ich habe nur Augen für Lavender, die inmitten des Chaos ist und mich mit einem Blick fixiert, der so verklärt wirkt, dass er mich beinahe glauben lässt, ihre Gedanken wären genauso verwirrend wie meine.

Kapitel 25

LAVENDER

Während um mich herum alles nach Plan läuft, ist in meinem Inneren das Chaos ausgebrochen. Jonnes und Mikos Aussprache gestern scheint wirklich etwas gebracht zu haben. Sie sind schon den ganzen Tag über gut gelaunt und arbeiten zusammen, ohne sich ständig anzufahren. Im Gegenteil, sie reißen sogar in regelmäßigen Abständen Scherze und reden über irgendeinen Film, den sie gesehen haben. Auch Brandon und Sean sind wieder aufgetaucht. Gemeinsam mit Miko haben sie als Wiedergutmachung für gestern ein ganzes Büfett an süßem Gebäck von Tommy mitgebracht. Die Mädchen wirken versöhnt, insbesondere da die Jungs jetzt beim Streichen helfen und sich von ihnen herumdirigieren lassen. Das Radio läuft, und die Stimmung ist ausgelassen. Der Club nimmt Farbe an und je mehr von den fleckigen grauen Wänden wir mit den hellen Lila-, Blau- und Grüntönen überstreichen, desto sicherer bin ich mir, dass dieses Projekt das Richtige war.

Gleichzeitig hat Jonne gestern einen ganzen Felssturz an Zweifeln in mir ausgelöst. Er hat sich bei mir entschuldigt, obwohl das doch völlig unnötig war. Immerhin war alles, was er mir damals vorgeworfen hat, wahr. Und dann ...

Ich spüre immer noch, wie seine Finger meine Wange streifen, während er mir diese Strähne aus dem Gesicht streicht. Und ich versuche, nicht zu viel in diese kleine Geste hineinzuinterpretieren, aber sie hat sich groß angefühlt. Wie ein verdammter Erdrutsch zwischen uns, der alles ins Wanken gebracht hat, was vorher sicher schien. Das Verhältnis zwischen uns war klar. Wir wollten beide nichts miteinander zu tun haben. Aber jetzt spüre ich immer noch auf meiner Wange, wo Jonne mich sanft berührt hat, und jedes Mal, wenn er mich aus seinen schieferblauen Augen ansieht, ist da dieses Kribbeln in meinem Bauch, das mir den Atem stocken lässt. Jonnes Lächeln gestern hat meine Welt auf den Kopf gestellt. Weil es seltsamerweise nicht nur ein Lächeln über seine Aussprache mit Miko war, sondern auch mir galt. Weil da Zuneigung und Dankbarkeit in seinem Blick lagen, und das verstehe ich einfach nicht. Wie kann er mich so anschauen, obwohl ich Jenson all das angetan habe?

Die ganze Insel scheint vergessen zu haben, wer ich bin, und ich selbst hätte es beinahe auch getan. Ich fühle mich, als würde ich dazugehören. Ich bin keine Fremde mehr, sondern eine Verbündete. Gestern Abend war ich einkaufen und musste Brenda eine Viertelstunde lang bei ihrem Kreuzworträtsel helfen. Sie hat mich schwören lassen, es niemals jemandem zu verraten. Wir haben gelacht, dann bin ich nach Hause und habe mich ohne Weiteres auf Jensons altes Sofa gesetzt. Und erst da habe ich gemerkt, dass sich nicht wie sonst ein schweres Gewicht auf mein Herz gelegt hat, während ich mich dem Gebäude genähert habe. Weil ich zu sehr damit beschäftigt war, über Jonne und den Club zu grübeln.

Mein Aufenthalt auf der Insel fühlt sich seltsam in Ordnung an. Der Schmerz ist abgeklungen, nur noch ein dumpfes Pochen. Und trotzdem weiß ich, dass das nicht ewig so bleiben wird. Er wird mich einholen, denn all die Emotionen, die ich bei meiner Ankunft hatte, sind weiterhin da. Ich verdränge sie nur. Sinnvoller wäre es vielleicht, mich bewusst mit ihnen zu befassen, anstatt darauf zu warten, dass sie mich erschlagen. Nur wie?

Ich denke den ganzen Tag darüber nach und komme doch zu keinem Ergebnis. Kurz vor fünf räumen wir alles auf, packen unsere Sachen und verlassen den Club. Unschlüssig lasse ich mich auf die Bank auf der Veranda sinken. Die Jugendlichen bleiben im Hof stehen und diskutieren ihre gemeinsame Abendplanung. Es ist schön zu sehen, dass sie jetzt als Gruppe etwas unternehmen. Sie winken mir zum Abschied und laufen zur Straße. Erschöpft winke ich zurück.

Jonne verlässt als Letzter den Club und schließt die Haustür ab. Ich schaue zu ihm hoch und will mich auch von ihm verabschieden, doch statt zu gehen, setzt er sich neben mich und lehnt sich auf der Bank zurück. Mein Herz macht einen Satz, und ich beiße mir nervös auf die Unterlippe.

»Jetzt machen sie zu siebt die Insel unsicher«, murmelt er und schaut den anderen nach.

»Sie werden schon nichts in Brand stecken«, scherze ich.

Jonne schnaubt. »Mit Absicht vielleicht nicht.«

Gemeinsam beobachten wir, wie sie auf die Straße abbiegen und sich auf den Weg in Richtung Dorf machen. Zwei von ihnen haben sich von der Gruppe gelöst und bilden mit einigen Metern Abstand das Schlusslicht. Ein großer, schlaksiger Kerl mit zerzausten dunklen Haaren und ein Mädchen mit ordentlichem blondem Pferdeschwanz und Pony. Ich muss schmunzeln, weil ich selbst auf die Entfernung sehen kann, wie nervös die beiden in der Gegenwart des anderen sind. Miko verschränkt immer wieder seine Hände hinter dem Rücken und schiebt sie dann doch in die Hosentaschen, und Hannah zupft am Saum ihrer Hotpants herum.

»Was denkst du grade?«, fragt Jonne leise. Überrascht drehe ich mich zu ihm um. Er mustert mich. »Du lächelst.«

Ich spüre, wie ich rot werde, und wende schnell den Blick ab. Nervös knete ich meine Hände in meinem Schoß und zucke mit den Schultern. »Ich habe daran gedacht, wie schön es ist, dass sich die Jungs und die Mädchen so gut verstehen. Und wie hübsch der Club wird. Und was er wohl alles ermöglicht.«

»Wie meinst du das, was er ermöglicht?«

Ich schaue ihn doch wieder an. Sein Blick ruht weiterhin auf mir, und ich brauche einen Moment, bis ich antworten kann. »Hier wird so viel passieren, werden so viele Erinnerungen entstehen. Dieser Ort wird für sie etwas Besonderes werden.

Wer weiß, Miko könnte genau auf dieser Bank seinen ersten Kuss haben.«

»Ich glaube, der Zug ist abgefahren«, meint Jonne. »Aber ich verstehe, was du meinst.«

»Wie kommst du darauf?«

Er zuckt mit den Schultern. »Ich habe eine Packung Kondome in seinem Nachttisch gefunden.«

Ich hebe die Brauen. »Was suchst du in Mikos Nachttisch?«

Jonne räuspert sich und blickt seinem Bruder nach. »Gras. Das hab ich dort auch gefunden. Vor ein paar Wochen.«

»Okay. Aber nur weil er Kondome hat, muss das nichts heißen.«

»Wer weiß, was Miko so getrieben hat«, murmelt er, und Sorgenfalten zeichnen sich auf seiner Stirn ab. »Ehrlich gesagt habe ich keine Ahnung, wie schlimm es wirklich war. Ich habe Angst, dass wir vielleicht nur die Spitze des Eisbergs mitbekommen haben, weißt du?«

»Ich glaube eher, euer Eisberg war nur eine Scholle«, rutscht es mir heraus.

Fragend schaut Jonne mich an. »Wie meinst du das?«

»Na ja … Ich kenne Miko noch nicht so gut. Aber auf mich wirkt er anständig und ziemlich gewieft. Glaubst du echt, er wäre nicht ausgefuchst genug, um euch nicht unbeabsichtigt merken zu lassen, dass er Gras raucht? Oder das Zeug in seinem Nachtkästchen zu verstecken?«

»Willst du mir sagen, er wollte, dass wir es merken?«

»Unterbewusst vielleicht. Keine Ahnung. Glaubst du nicht?«

»Hm. Auf die Idee bin ich nie gekommen. Aber so was Ähnliches hat er gestern auch gesagt.«

Ich nicke verständnisvoll. »Siehst du. Jedenfalls bezweifle ich, dass er viel Erfahrung mit Mädchen hat. Hannah muss ihn nur anschauen, und er wird zur Tomate.«

Jonne schnaubt. »Ist mir aufgefallen. Vorhin hat er sich den Farbeimer auf den Fuß fallen lassen, weil sie von ihm wissen wollte, wo die Farbrolle ist.«

»Das sagt doch schon einiges«, erwidere ich lachend und hoffe, dass er nicht bemerkt hat, wie rot ich selbst anlaufe, wenn er mich ansieht oder mit mir spricht.

»Wahrscheinlich hast du recht«, gibt Jonne zu. »Ich schätze, ich muss aufhören, mir den Kopf darüber zu zerbrechen, was war und was nicht war.«

Ich schlucke schwer. Seine Aussage trifft einen wunden Punkt. »Wenn es dich so beschäftigt, frag ihn doch einfach.«

»Hm. Ja. Vielleicht mache ich das.«

Wir schweigen, aber mir liegen bleischwer Worte auf der Zunge. Ich *muss* wissen, was war. Ich muss fragen. Aber ausgerechnet Jonne? Ausgerechnet jetzt, wo der Frieden zwischen uns noch so fragil ist, und die Wunden kaum verheilt sind? Es ist riskant. Doch Jonne wirkt gerade so zugänglich, und wenn ich diesen Moment nicht nutze, mich jetzt nicht überwinde, dann tue ich es vielleicht nie.

»Kann ich dich mal was fragen?«, bringe ich hervor und wende ihm meinen Oberkörper ganz zu.

»Ja?« Er mustert mich. Unvoreingenommen, ohne Feindseligkeit in seinem Blick. Das Schieferblau seiner Augen ist dennoch ebenso dunkel wie sonst. Ebenso unergründlich und stürmisch, als würde es nur auf den nächsten Donner warten. Aber wenn Jonne mich so ansieht, hat es etwas Tröstliches. Dann fühle ich mich in seinen Gewitteraugen nicht mehr verloren, sondern geborgen. Dann will ich näher zu ihm rutschen, mich in seine warmen Arme schmiegen, endlich erleichtert durchatmen.

»Kannst du mir von Jenson erzählen?«, flüstere ich, und schlagartig verfinstert Jonnes Miene sich. Ich bin zu weit gegangen. Das war der Donner, jetzt folgt der Sturm. Er wird mich wieder von sich stoßen und diese zarte ... Bindung zwischen uns, die zwar noch lange keine Freundschaft ist, aber vielleicht mal eine hätte werden können, wird sich in Luft auflösen. Das glaube ich zumindest. Aber Jonne bleibt ruhig. Er mustert mich stumm, sein Gesicht kaum merklich verzerrt, die vertraute steile Falte zwischen seinen Augenbrauen. Eine ganze Weile scheint er zu überlegen.

»Jenson war … liebevoll«, sagt er dann. »Warmherzig. Immer lebensfroh und optimistisch, selbst am Ende.«

Ein Schaudern durchläuft meinen Körper, wenn ich daran denke, wie viel mein Onkel durchmachen musste … Den Tod seiner Frau, dann den seines Sohnes. Meinen Verlust. Krebs. Und trotzdem hat er weitergelächelt. Immerzu gelächelt. Selbst auf diesen Fotos, auf denen er so furchtbar ausgemergelt aussah. Jonnes Stimme zittert kaum merklich. »Er hatte immer ein offenes Ohr, hat jedem seine Hilfe angeboten. Ihm lag mehr daran, dass es anderen gut ging, als an seinem eigenen Wohlergehen. Manchmal erinnerst du mich an ihn. Du bist genauso.«

Die Worte treffen mich unerwartet. Sie klingen weich, warm. Aber sie tun weh. Weil ich nicht glauben kann, dass wir uns ähnlich sein sollen. Ich, die Verräterin, und Jenson, der alles Gute in sich zu vereinen schien. »Danke«, bringe ich heraus. *Danke, dass du mir das sagst. Danke, dass du dich darauf konzentrierst und nicht auf meine Fehler. Mir antwortest, statt mir vorzuhalten, dass ich gar nicht hätte fragen müssen, wäre ich einfach da gewesen.*

Der Gedanke treibt mir Tränen in die Augen. Ich blinzle sie mit einem erzwungenen Lächeln fort, aber Jonne bemerkt sie sicher trotzdem. Er mustert mich weiter, und ich schaue weg, weil ich seinen Blick auf mir nicht mehr ertrage.

Jonne richtet sich auf und holt Luft, als würde er dazu ansetzen, noch etwas zu sagen. Panik macht sich in mir breit. Ich bin nicht bereit für mehr, was auch immer es ist.

»Ist das Auri?«, platzt es aus mir heraus.

Er stutzt und folgt meinem Blick. Die Frage war überflüssig, denn es gibt nicht viele kleine Frauen mit schwarzem Longbob auf der Insel. Und mit Sicherheit nur eine, die diesen federnden, fast schon hüpfenden Gang beherrscht, mit dem sie von der Straße aus auf uns zu kommt.

»Auri in der Nähe einer Baustelle?«, meint Jonne scherzhaft. »Kann nicht sein. Ich glaube, sie hat sich verlaufen.« Versucht er mich gerade aufzumuntern?

»Die Insel ist so klein, da kann nicht mal ich mich verlaufen«, widerspreche ich und wage es wieder, ihn anzusehen.

»Ach ja? Das würde ich auch von Port McNeill behaupten, und du hast es dennoch geschafft.«

»Es hat geregnet!«, rufe ich empört und ignoriere die Hitze in meinem Bauch, welche die Erinnerung an unser Kennenlernen hervorruft.

Jonne schmunzelt schief und verschränkt die Arme. »Nette Ausrede. Da fällt mir ein, wir haben noch nicht aufgearbeitet, dass du mich fast überfahren hättest.« Er zwinkert mir zu und mir bleibt kurz die Luft weg.

»Du hättest ja auch schauen können, bevor du auf die Straße läufst.«

»Ich habe geschaut. Keine Sorge, ich wäre rechtzeitig zur Seite gesprungen.«

Ich recke das Kinn. »Dann hätte ich dich ja auch nicht überfahren.«

Skeptisch hebt Jonne eine Braue, und sein rechter Mundwinkel zuckt amüsiert. »Ja, aber fast?«

»Was jetzt, wärst du ausgewichen oder nicht?«

Belustigung funkelt in seinen Augen. »Na schön. Du hast mich mit meinen eigenen Waffen geschlagen. Dann sind wir eben quitt.«

Und wenn wir nicht quitt wären? Was hätte er dann als Wiedergutmachung verlangt?

Zum Glück komme ich nicht dazu, das zu fragen, weil Auri die Veranda erreicht und schwer atmend vor uns stehen bleibt. »Da seid ihr ja!«, stößt sie aus.

»Sollten wir woanders sein?«, will Jonne wissen.

»Nein! Aber ich habe auf dem Weg hierher Miko und die anderen getroffen und hatte Angst, ihr seid schon weg.«

»Wieso?«, frage ich. »Ist was passiert?«

»Ja! Was macht ihr morgen?«

Ratlos schaue ich sie an. »Renovieren?«

Sie verdreht die Augen. »Danach!«

»Äh …« Ich werfe Jonne einen verunsicherten Blick zu.

»Spuck's schon aus«, fordert er und lehnt sich zurück.

»Na schön. Ich schmeiße eine Party!«, verkündet sie überschwänglich. »Und es ist mir egal, dass es spontan ist. Ihr müsst kommen! Tommy, Leevi und Laina sind auch dabei. Wir können Brettspiele spielen, einen Film schauen, und es gibt ein Büfett und …«

»Ein Käsebüfett«, raunt Jonne mir zu, und ich muss lachen.

»Was?«, hakt Auri nach.

»Nichts«, antwortet er schnell. Sie zieht misstrauisch die Augenbrauen zusammen, und ihr Blick wandert zwischen uns hin und her. Wahrscheinlich fragt sie sich dasselbe wie ich: Warum sitzen Jonne und Lavender gemeinsam auf einer Bank und lachen? Ich habe selbst keine Erklärung. Es ist einfach so passiert.

»Also, es gibt ein Büfett und …?«, greife ich Auris angefangenen Satz wieder auf. »Schokofondue?«

»Tz«, macht sie nur. »Achtzehn Uhr! Und bringt was fürs Büfett mit!«

»Aber …«

»Bye!«, flötet sie, bevor ich widersprechen kann, und lässt uns auch schon wieder allein.

»Keine Zeit?«, fragt Jonne.

Ich beiße mir auf die Unterlippe. »Doch, ich denke, schon. Aber ich bin nicht so der Partymensch …«

»Keine Sorge, das ist weniger eine Party und mehr ein monatliches Treffen der örtlichen Frührentner. Die spielen Brettspiele, unterhalten sich über den Inseltratsch und schlafen dann beim Filmschauen auf dem Sofa ein. Lass dich nicht täuschen, Auri veranstaltet keine illegalen Raves in ihrem Garten.«

»Okay, dann bin ich beruhigt. Ich wüsste gar nicht, was man zu einem Rave anzieht.«

Jonne lacht. »Da könnte ich dir auch nicht helfen.«

»Kommst du denn morgen nicht? Ich meine, es klang so«, füge ich eilig hinzu.

Jetzt ist er es, der zögert. »Doch. Doch, ich glaube, schon.«

»Okay.«

Jonne steht von der Bank auf. »Ich muss jetzt aber los. Dad braucht noch Hilfe bei den Vorbereitungen.«

»Vorbereitungen wofür?«

»Er feiert nächste Woche seinen Fünfzigsten.«

»Oh, wow.«

»Du wirst sicher auch noch eingeladen. Das ganze Dorf kommt, und Mom wird dich nicht vom Haken lassen, Partymensch hin oder her.«

»Das ganze Dorf?«, wiederhole ich entsetzt.

»Na ja, vielleicht auch nur das halbe.« Wieder zwinkert er mir zu, und mein Herz macht einen Hüpfer. »Bis morgen.« Er verlässt die Veranda, steigt auf sein Fahrrad, das an der Wand des Clubs lehnt, und lässt mich mit einem Kribbeln im ganzen Körper und dem Kopf voll wirrer Gedanken zurück. Gleich zwei Partys. Mit fast Fremden und Jonne. Hoffentlich wird es wirklich so entspannt, wie er behauptet hat. Und hoffentlich hört mein Herz irgendwann auf, beim Gedanken an diese Abende so verdammt heftig zu schlagen.

Ich bin zu spät. Es ist Viertel nach sieben, als ich an Auris Haustür klopfe, weil ich auch ohne Rave nicht wusste, was ich anziehen soll. Nach langem Suchen trage ich jetzt ein schlichtes tiefblaues Baumwollkleid, das hoffentlich die perfekte Mischung aus hübsch und bequem ist. Meine nackten Füße stecken in schwarzen Sandalen, die ich auf dem Nachhauseweg sicher bereuen werde, weil es nachts recht frisch wird, und ich habe sogar ein winziges bisschen Make-up aufgelegt. Ich kann mich überhaupt nicht erinnern, wann ich mich das letzte Mal dazu aufraffen konnte, mich zu schminken. Irgendwann bevor mein Studium den Bach runterging.

Die Holztür wird geöffnet, und Auri strahlt mir entgegen. Wortwörtlich. Sie hat eine dunkle Leggins und ein knallrotes oversized Shirt an, das fast schon zu leuchten scheint. Ihre Augen sind unter dem geraden Pony goldglitzernd geschminkt. Sie sieht toll aus, wenngleich die Mischung aus bequem und overdressed verwirrend ist.

»Lav!«, quiekt sie und zieht mich mitsamt der Schüssel Nudelsalat in ihre Arme. »Du bist ja doch da!«

»Na klar«, bringe ich hervor und tätschle ihr umständlich den Rücken. »Hab ich doch gesagt. Ich habe nur nichts zum Anziehen gefunden.«

»Was?« Sie löst sich von mir und mustert mich. »Du siehst wunderschön aus! Bombastisch! Komm rein!« Auri stellt sich auf die Zehenspitzen, knutscht meine Wange und führt mich nach drinnen in den kleinen Windfang. »Schuhe kannst du ausziehen. Ich hab Hausschuhe für dich, weil der Boden hier immer eiskalt ist.«

Erst jetzt fällt mein Blick auf Auris rosafarbene Wollsocken. Sie zieht ein Paar flauschige braun-schwarze Mops-Hausschuhe aus einem Regal neben der Tür und hält sie mir hin. Ich verkneife mir ein Lachen. »Äh, danke, das geht schon.«

»Du erkältest dich sonst. Alle haben dicke Socken an, du kannst nicht barfuß rumlaufen! Hier, gib mir das.« Sie nimmt mir die Schüssel mit dem Salat und meine Jacke, die über meinem Arm hängt, ab und drückt mir dafür die Schuhe in die Hand. Widerwillig schlüpfe ich hinein und folge Auri in den Wohnraum. Es muss das größte Zimmer in dem kleinen Haus sein. Eine Hälfte wird von einem Sofa, Sesseln und einem Fernseher eingenommen, der Rest von einem breiten Esstisch, an dem bereits die anderen sitzen. »Lavender ist da!«, verkündet Auri freudig und verschwindet mit dem Salat durch eine offene Tür hinter dem Tisch. Wahrscheinlich in die Küche. Tommy sitzt mir zugewandt über ein wackliges Kartenhaus gebeugt, neben ihm ein Typ mit verwuschelten braunen Haaren, der mich angrinst. »Hi. Ich bin Leevi.«

»Hey«, erwidere ich und hebe unsicher die Hand.

Die Frau mit den aschbraunen Locken, die neben ihm am Tischende sitzt, lächelt mich schüchtern an. Sie kommt mir bekannt vor. »Ich bin Laina.«

»Ah«, entfährt es mir. Sallys Tochter! »Freut mich.«

Ich reiße meinen Blick von ihr los und hefte ihn auf die vertraute Gestalt vor mir, die sich mittlerweile zu mir umgedreht hat. Jonne lächelt verhalten zu mir hoch, und mein Herz macht einen Satz. Obwohl wir uns erst vor zwei Stunden am Club voneinander verabschiedet haben, fühlt es sich an, als würde ich ihn zum ersten Mal sehen. Er hat seine abgetragene Arbeitskleidung gegen dunkle Jeans und ein schwarzes Shirt getauscht, und sein Dreitagebart ist frisch gestutzt. Die Farbflecken vom Streichen, die vorhin dank Miko auf seiner Wange prangten, sind verschwunden, und seine Haare scheinen frisch gewaschen zu sein. Fluffig weich, sodass ich am liebsten hineingreifen würde. Ganz schlechte Idee.

Während ich Jonne angestarrt habe, hat wohl auch er mein Outfit gemustert, denn als ich wieder in seine Augen schaue, bemerke ich noch, wie sein Ausdruck sich von überrascht zu belustigt wandelt. Er hat die Schuhe gesehen. »Das ist die Strafe, wenn man als Letzte kommt«, meint er schmunzelnd und schaut erneut zu mir hoch. »Falls sie zu groß sind, liegt das daran, dass normalerweise Tommys Riesenlatschen drinstecken.«

Tommy schaut auf und stößt dabei, ohne es mitzubekommen, das Obergeschoss seines Kartenhauses um. »Hast du meine Möpse, Lavender?« Leevi lacht.

Nervös streiche ich mir eine Strähne hinters Ohr. »Sieht ganz so aus.«

Auri kommt wieder aus der Küche. »Du sitzt ja noch gar nicht!« Schon dirigiert sie mich auf den Platz neben Jonne. Ausgerechnet! Ich lasse mich auf den Stuhl sinken, zupfe nervös mein Kleid zurecht und schaue ihn von der Seite verstohlen an. Sein Blick trifft meinen, und mir wird heiß. O Mann. Er riecht verdammt gut. Das ist mir schon öfter aufgefallen, aber nie so intensiv wie jetzt. Ist das sein Aftershave?

»Lav?«

»Hm?« Erschrocken fahre ich zu Auri herum. Hat sie etwas gesagt?

»Ich habe gefragt, was du trinken willst. Wein?«

»Äh … okay. Gern.«

»Supi. Kommt sofort. Verdammt, Tommy, jetzt pack endlich dieses Kartenhaus weg! Wir sind vollzählig. Wir können was Richtiges spielen.«

»Risiko?«, fragt Leevi grinsend und keucht kurz darauf schmerzerfüllt auf. Wenn ich das richtig deute, hat Laina ihn soeben unter dem Tisch getreten. Jonne schnaubt leise, und ich werfe ihm einen fragenden Blick zu, während Auri erneut in die Küche verschwindet. Er beugt sich zu mir rüber, und sein Duft wird noch intensiver. Das macht er doch mit Absicht. Er will, dass ich ihn nie wieder aus meinem Kopf bekomme. Als wären seine Nähe und die Gegenwart dieser neuen Leute nicht schon verwirrend genug. »Niemand spielt mit Auri Risiko«, raunt er mir zu. »Das letzte Mal gab es fast Tote. Wirklich. Sie hatten schon geplant, wo sie die Leiche verbuddeln. Und seitdem ist das Spiel komischerweise verschwunden.« Er schaut vielsagend in Tommys Richtung, der mir über das Kartenhaus hinweg zuzwinkert.

»Ihr müsst echt aufhören, sie daran zu erinnern!«, zischt Laina, lehnt sich zurück und wirft einen prüfenden Blick in die Küche. »Irgendwann kauft sie sich ein Neues.«

»Das ist dann wohl der Tag, an dem die Freundschaft endet«, verkündet Leevi und prostet uns zu.

Auri kommt zurück ins Zimmer und stellt ein Glas Wein vor mir ab. »Wessen Freundschaft endet?«

Erneut keucht Leevi auf. Laina funkelt ihn an. Am Ende des Abends hat er bestimmt lauter blaue Flecke am Schienbein. »Die von dir und Tommy, falls er jemals aufhört, Schokobrötchen zu backen«, rettet er sich.

»Als ob! Auri würde mir treu bleiben. Nicht wahr?«

»Nachdem du mich verraten hast, indem du den Schokobrötchen entsagst?«, ruft sie gespielt entsetzt.

»He, reduzier mich nicht auf meine Brötchen! Sonst nehme ich meine Schokotorte und gehe wieder nach Hause!«

»Das würdest du nie tun«, meint Auri grinsend und schlingt ihm von hinten die Arme um den Hals. Tommy legt seine Hände auf Auris Oberarme. Sie beugt sich weiter über ihn, tätschelt seine Wange und schnippt dann gegen das restliche Kartenhaus.

»He, du Biest!«, empört er sich, und was eben noch aussah wie eine süße Umarmung, geht in ein Gerangel über. Leevi rutscht mit seinem Stuhl von den beiden weg, und Laina nippt kopfschüttelnd an ihrem Wein.

»Die Torte steht übrigens direkt neben dem Käsebüfett«, murmelt Jonne.

»Das gibt's nicht wirklich, oder?«, flüstere ich zurück.

»O doch. Die Küche ist nur mit einem Atemschutz betretbar.«

»Ich hör dich, Aalton!«, beschwert Auri sich und windet sich aus Tommys Griff.

Abwehrend hebt er die Hände. »Sorry, Aalton zwei.«

»He, wer hat gesagt, dass du die Nummer eins bist?«

»Meine Geburtsurkunde?«

»Tz!« Auri lässt sich ans Kopfende neben Tommy plumpsen und greift nach ihrem Weinglas. »Du kriegst keinen Kuchen.«

»Torte«, wirft Tommy ein.

»So behandelst du deine Gäste?«, fragt Jonne bestürzt.

»Nö. Nur unhöfliche Cousins!«

Die beiden setzen ihr Geplänkel fort, während Laina, Tommy und Leevi ein mir unbekanntes Brettspiel auf dem Tisch ausbreiten, dessen Namen ich mir nicht mal merken kann. Ich beteilige mich nicht viel an den Unterhaltungen, aber es scheint niemanden zu stören. Wir holen uns in der Küche etwas zu essen, wo tatsächlich eine große Käseplatte auf uns wartet, und beginnen zu spielen. Ich blicke bei den Regeln nicht ganz durch, doch Jonne beugt sich immer wieder zu mir herüber und hilft mir heimlich, was letztlich dafür sorgt, dass ich Zweite werde. Ein Platz vor Auri, die einen Schmollmund zieht und sich von Tommy mehr Wein einschenken lässt. Die nächste Runde wird ausgelassener, aber auch kompetitiver. Auri verbündet sich mit Tommy, und nachdem auch Laina und Leevi ein Team bilden, rutscht Jonne näher zu mir, und wir schauen gemeinsam in die Karten. Ich gewöhne mich langsam an sein tiefes Lachen in meinem Ohr, doch mein Herz tut es nicht. Es schlägt immer noch wie wild und hat kleine Aussetzer, wenn Jonnes Hand beim Griff nach den Karten meine streift. Sein Fuß stößt unter dem Tisch immer wieder gegen die riesigen Mopshausschuhe, und irgendwann bin ich so berauscht von seinem Duft und seiner Nähe, dass ich gar nicht mehr denken kann. Zum Glück übernimmt er die Spielzüge, und wir gewinnen sogar.

Schon nach kurzer Zeit fühle ich mich in der Runde richtig wohl. Ich habe schon lange nicht mehr so viel gelacht, und die Wärme in meinem Magen ist nicht nur dem Wein zuzuschreiben, von dem Auri Glas um Glas ausschenkt. Das Brettspiel wird eingepackt, Tommy schneidet die Torte an, und wir setzen uns jeder mit einem Stück auf Auris großes Sofa. Erneut finde ich mich neben Jonne wieder. Unsere Schultern berühren sich, weil es für sechs Leute doch recht eng ist, und das Polster sinkt unter seinem Gewicht ein, sodass ich automatisch gegen ihn lehne.

»Ich bin für *The Revenant*«, verkündet Leevi. »Jonne hat Nachholbedarf. Kennst du den, Lav?«

»Nein, noch nicht.« Auris Spitzname für mich hat sich schnell bei den anderen etabliert. Nur Jonne habe ich ihn noch nicht sagen hören.

Auri hat den Mund voll mit Torte und gibt nur ein zustimmendes »Mhm« von sich. Sie liegt neben mir in Tommys Arm und deutet mit einem pinkbesockten Fuß auf die Fernbedienung auf dem Tisch. Leevi greift danach, und es dauert nicht lang, bis er den Film gestartet hat. Er legt Laina einen Arm um die Schultern, und ich werfe Jonne einen verstohlenen Blick zu. Er hat sich weiter zurückgelehnt und trifft ihn flüchtig.

Auris Couch ist so tief, dass man schon beinahe liegt, wenn man sich ganz in die Kissen sinken lässt, und ich tue es ihm nach. Erneut berührt Jonnes Schulter meine.

Ich versuche, mich auf den Film und das Stück Torte auf meinem Teller zu konzentrieren, statt auf den Mann neben mir, aber das scheint unmöglich zu sein. Seine Wärme dringt durch meine Kleidung in meinen Körper, sein angenehmer Duft vermischt sich mit jedem meiner Atemzüge. Jonne so nah zu sein, bringt jede Faser meines Seins zum Kribbeln.

Ob es ihm ähnlich geht? Nein. Warum sollte es? Verdammt, ich muss mich zusammenreißen. Ich hole tief Luft, streife mir die Mopshausschuhe von den Füßen und esse meinen Kuchen, während Tommy zwei Plätze weiter von Leonardo DiCaprio schwärmt. Das hier ist einfach nur ein Abend mit Freunden. Nichts weiter. Und dass mein Körper dabei so durcheinander ist, liegt nur daran, dass ich schon so lang keine richtigen Freunde mehr hatte.

Kapitel 26

JONNE

Ich glaube, Lavender ist eingeschlafen. Zumindest rede ich mir das ein, denn ihr Kopf ist vor einigen Minuten gegen meine Schulter gesackt, und ich sitze da wie versteinert, unfähig zu reagieren. Der Film läuft seit über einer Stunde, und ich habe nichts davon mitbekommen. Zwischen unseren Körpern, die auf dem für sechs Personen doch recht engen Sofa aneinandergedrückt werden, ist eine angenehme Wärme entstanden. Unsere Arme und Beine berühren sich, ihr Duft nach Vanille umspielt mich, und ich verspüre das beinahe schmerzhafte Bedürfnis, sie enger an mich zu ziehen und meine Nase in ihren Haaren zu vergraben. Immer wieder muss ich mich davon abhalten, das wirklich zu tun. Mein Körper scheint mir nicht mehr ganz zu gehorchen, wenn sie in meiner Nähe ist. Dass ich ihr neulich diese Strähne aus dem Gesicht gestrichen habe, ist wohl Beweis genug. Dabei sollte ich diese Dinge gar nicht empfinden. Ich sollte mich nicht dermaßen zu ihr hingezogen fühlen. Klar, wir haben uns versöhnt. Es herrscht eine zarte Harmonie zwischen uns. Aber ich weiß, was sie getan hat. Und ich weiß nicht, ob ich das verzeihen kann. Ob ich je darüber werde hinwegsehen können. Nur jetzt …

Jetzt interessiert mich das kein bisschen.

Ich wage einen Blick zur Seite. Lavender hat die Augen geschlossen und lehnt seelenruhig an meiner Schulter. Hinter ihr sind Auri und Tommy wie immer eng aneinandergekuschelt, und am anderen Ende der Couch liegt Laina in Leevis Arm.

Fuck. Ich hätte das auch gern. Nähe. Jemanden, der sich genauso an mich schmiegt wie Auri sich an Tommy. Jemanden im Arm. *Sie.* Lavender. So bescheuert das sein mag. Generell fehlt mir das. Ich würde gern wieder mehr Nähe zulassen. Eine engere Bindung zu meinen Freunden, meiner Familie. Mir wird immer bewusster, dass ich seit Jensons Diagnose alles und jeden von mir gestoßen habe. Erst Mona und dann den Rest von ihnen. Sogar meine Eltern. Ich habe sie ausgesperrt, bin kalt geworden, ohne es selbst zu realisieren. Aber ich will nicht kalt sein, verdammt. Das war ich jetzt lang genug. Es ist einsam. Es tut weh. Es lässt einen leer und hilflos zurück. Ich will mehr von dieser Wärme, die ich gerade spüre. Sie hängt in diesem Raum wie ein angenehmer Duft, zwischen meinen Freunden, die mich trotz allem noch in ihrer Mitte akzeptieren. Und sie entsteht zwischen Lavenders und meinem Körper, breitet sich prickelnd immer weiter aus, bis sie sogar mein kaputtes Herz umschließt. Sie flackert in meinem Bauch auf, wenn Lavender lächelt, mich ansieht, mich berührt. Langsam werde ich süchtig danach.

Ich will wieder etwas fühlen, verdammt. Aber so einfach ist das nicht. So einfach kann es nicht sein.

Frustriert schüttle ich den Kopf, um den Gedanken loszuwerden, und Lavender zuckt. Shit. Jetzt habe ich sie aufgeweckt. Wieder schaue ich zu ihr. Sie öffnet blinzelnd die Augen. Erst sieht sie sich etwas irritiert um, dann mich an. Unsere Blicke verfangen sich ineinander, und ich kann nicht mehr wegsehen. In Lavenders sonst himmelblauen Augen bricht sich das bunte Licht des Fernsehbildschirms und zaubert ein fast hypnotisches Farbspiel. Aber da ist mehr. Da ist dieselbe Verwirrung, die ich selbst spüre, und haufenweise Gefühle, die ich beim besten Willen nicht entwirren kann. Es ist, als lägen unausgesprochene Worte zwischen uns, nur habe ich keinen Schimmer, was ich sagen soll. Keiner von uns scheint das zu wissen.

Wir starren uns an, und die Berührung unserer Körper wird mir so bewusst, dass sie brennt. Von mir aus kann es so bleiben. Nein. Von mir aus kann sie näher kommen und ihren Kopf ganz auf meine Schulter legen.

»Tut mir leid«, flüstert Lavender stattdessen mit heiserer Stimme und rückt von mir ab. Sie kommt aber nicht weit, da sie Tommys Ellbogen und die komplett in einem Deckenhaufen versunkene Auri im Rücken hat.

»Alles gut«, raune ich und mustere ihre Sommersprossen. Es sind zu viele, um sie zu zählen. Ein regelrechter Sternenhimmel auf ihren Wangen. Tommy reckt neugierig den Kopf in unsere Richtung und veranlasst damit Auri dazu, ihr Gesicht unter den fünf Schichten Wolle auszugraben. Zum Vorschein kommen ein zerzauster Pony und zwei blaue Augen, umrandet von verschmiertem Glitzerlidschatten. »Kuscheln?«, nuschelt sie fast unverständlich. Zu viel Rotwein. Definitiv zu viel Rotwein.

Ich öffne den Mund, um etwas zu antworten, doch Tommy befreit seinen Arm unter Auri und streckt ihn aus – über ihren und Lavenders Köpfe hinweg, bis seine Hand auf meiner Schulter liegt. Meine Cousine schlingt einen deckenumhüllten Arm um Lavenders Mitte und kuschelt sich an ihre Seite. Tommy schmiegt sich wieder an ihren Rücken und vergräbt seine Nase in ihrem Nacken. Ein leiser Funken Neid durchfährt mich. Neid auf das, was die beiden haben. Was auch immer genau das sein mag.

Flüchtig treffe ich Lavenders Blick, die zaghaft lächelt und damit meinen Herzschlag beschleunigt. Dann schaue ich wieder zum Fernseher. Ich habe keine Ahnung, was in diesem Film passiert, aber ich muss mich ablenken.

Lavender zappelt neben mir. Sie verändert immer wieder ihre Position und stößt dabei mit ihrem Arm gegen meinen. Erneut schaue ich zu ihr. Scheinbar versucht sie gerade, sich mit Tommys Unterarm zu arrangieren, der jetzt da liegt, wo vorher ihr Kopf war. Kein bequemes Kissen. Doch Tommy kriegt schon gar nicht mehr mit, dass er stört. Er schnarcht leise in Auris Nacken, die sich ebenso wenig rührt.

Hilflos schaut Lavender zu mir auf, und mein Körper betrügt mich erneut. Bevor ich es mir anders überlegen kann, schlinge ich den Arm um ihre Schultern und biete mich ihr praktisch als Kissen an. Sie blinzelt verwundert, und ich schaue ebenso überrascht zurück.

Sicher? scheint ihr Blick zu fragen.

Ich nicke kaum merklich, und Lavender lehnt sich zögerlich zurück, bis ihr Kopf auf meinem Oberarm liegt.

Okay. Das war keine gute Idee.

Mir ist heiß, mein Herz schlägt viel zu heftig, und meine Finger kribbeln. Ich balle sie an Lavenders Seite zur Faust, plötzlich darauf bedacht, sie möglichst wenig zu berühren. Auch sie liegt stocksteif da. Ob ihr das unangenehm ist? Vielleicht will sie das nicht. Vielleicht sollte ich doch lieber ...

Nein. Jetzt liegt sie schon. Und ich habe sie nicht gewaltsam in meine Arme gezogen, sondern es nur angeboten. Sie hätte ablehnen können, hat sie allerdings nicht. Und wie unhöflich wäre es, jetzt doch schnell den Arm wegzuziehen?

Auri nuschelt etwas, rutscht noch näher an Lavender heran. Dabei klemmt sie meinen Arm zwischen den beiden ein. Der Tommymagnet an ihrem Rücken rutscht nach und schlingt seinen freien Arm nicht nur über die beiden Frauen, sondern auch über mich.

»Falls du keine Luft mehr kriegst, sag Bescheid«, murmle ich leise und wage erneut einen Blick zu Lavender. Wieder ein zaghaftes Lächeln. Wieder macht mein Herz einen Satz.

»Geht noch«, flüstert sie und dreht sich ein wenig auf die Seite – mir zu. Wie einfach wäre es jetzt, dasselbe zu tun? Sie an mich zu ziehen, sodass sie an meiner Brust liegt, meine Wange an ihrer Stirn, ihr Atem an meinem Hals, ihr Herzschlag an meinem ...

Vielleicht bin ich hier derjenige, der zu viel Wein getrunken hat. Seit ich den Alkohol fast vollständig aus meinem Leben gestrichen habe, vertrage ich nichts mehr.

Ich reiße mich zusammen und schaue wieder stur auf den Fernseher. Der Film kann nicht mehr allzu lang dauern. Danach wecken wir die anderen, und die Versammlung hier wird sich auflösen. Morgen können Lavender und ich dann so tun, als wäre nie etwas gewesen. Als würde ihr Vanilleduft nicht gerade an meiner Selbstbeherrschung zerren. Als würde es mich nicht in den Fingern jucken, kleine Kreise auf ihrem nackten Oberarm zu ziehen und auch meinen anderen Arm um sie zu schlingen.

Scheiße. Egal, wie sehr ich mir das Gegenteil einzureden versuche: Da ist doch etwas zwischen uns. Obwohl ich mich bemühe, mich auf den Film zu konzentrieren, dringt nichts davon zu mir durch, und ich habe stattdessen nur ein Gesicht mit einem Sternenhimmel an Sommersprossen vor Augen.

Kapitel 27

LAVENDER

Die zweite Renovierungswoche verging wie im Flug. Seitdem die schlimmsten Aufgaben erledigt sind, ist die Motivation bei den Jugendlichen wieder höher, und sie übernehmen selbstständig eigene Projekte. Miko und Hannah haben gemeinsam die Fußleisten montiert, die anderen haben die alte Küche auf Vordermann gebracht und die weitere Einrichtung geplant. Das ließ mir und Jonne viel Zeit, um peinlich berührt umeinander herumzuschleichen. Seit Auris Party muss ich mir Mühe geben, nicht hochrot anzulaufen, sobald er mich anschaut. Zum Glück weicht er meinem Blick genauso aus wie ich seinem. Wir reden zwar, aber immer nur kurz angebunden. Und jedes Mal geht es beinahe mit einem Herzinfarkt meinerseits einher. Dabei würde ich am liebsten mehr mit ihm sprechen. Ich würde auch gern noch mal in seinem Arm liegen, seinen Duft atmen können, seine Wärme spüren …

Doch ich glaube, er bereut es. Und vielleicht sollte ich aufhören, mir solche absurden … Hoffnungen zu machen. Nicht nach der Mail, die mich gestern erreicht hat. Eine Zusage von der Uni in Victoria. Sie bieten mir einen Studienplatz für Englisch und Geschichte an, inklusive eines Nachrückerplatzes fürs Wohnheim. Bis zum Ende der Sommerferien muss ich mich dort melden und mich darum kümmern, dass die Studiengebühren überwiesen werden.

Aber mit der Nachricht kam nicht die erwartete Erleichterung. Im Gegenteil. Seitdem ich sie geöffnet habe, ist es, als würde ein schweres Gewicht auf meinen Schultern liegen. Ich versuche, mir einzureden, dass das an den Gebühren liegt. Denn um die zu bezahlen, müsste ich mich endlich dazu durchringen, Dad anzurufen und bei ihm zu Kreuze kriechen. Ich müsste mich endgültig auf die Law School festlegen und seinem Wunsch nachgeben, Anwältin zu werden, um irgendwann die Kanzlei zu übernehmen. Die Kanzlei von einem Mann, der sich seit Wochen nicht bei seiner Tochter meldet. Wenn er mir wenigstens schreiben würde.

Komischerweise mache ich mir aber keine Gedanken über Dad oder das Geld. Ich muss mich förmlich zwingen, daran zu denken. Was mich wirklich beschäftigt, ist die Tatsache, dass meine Zeit hier auf der Insel damit ein Ende findet. Genau das wollte ich eigentlich. Von hier verschwinden und nie wieder zurück. Aber allein der Gedanke, diese Leute hier nie wiederzusehen … Auri, mit der ich so viel Zeit verbringe. Sally, Brenda und Saana, die sich so oft nach meinem Befinden erkundigen, mich zum Essen einladen oder mir in Brendas Fall für Tipps bei ihren Kreuzworträtseln gratis Schokoriegel zustecken. Miko, Hannah und die anderen Jugendlichen, mit denen ich mich mittlerweile so gut verstehe. Und Jonne, der … Ja, was ist das mit Jonne?

Ich habe keine Ahnung. Nichts, wenn man es nüchtern betrachtet. Alles, wenn man meinem Herz Glauben schenkt, das mich jedes Mal drängt, näher zu ihm zu treten und ihn zu berühren. Das ist doch lächerlich. Ich habe keine Zukunft auf dieser Insel. Ich gehöre hier nicht her.

Schon den ganzen Tag gebe ich mir Mühe, mich abzulenken. Brandon, Kayleigh und Susan haben in den letzten Tagen Aushänge im Dorf verteilt, auf denen sie um alte Möbel für den Club bitten. Die meisten Angebote kommen direkt auf meinem Handy an, und ich bin erstaunt darüber, wie hilfsbereit die Bewohner Sointulas sind. Bis auf den griesgrämigen Baumarktbesitzer, vor dem mich mittlerweile zahlreiche Leute gewarnt haben und um den ich deshalb einen großen Bogen mache, sind alle herzlich und zuvorkommend. Obwohl manche Fundstücke eher auf die Müllhalde gehören als in unseren Club, finde ich es dennoch rührend, dass die Leute extra auf ihre Dachböden klettern, um ihren alten Krempel für uns zu fotografieren. Und dann sind sie auch noch bereit, ihn uns zu schenken. Gerade war ich bei Mrs. Philipps, um eine riesige Deckenleuchte abzuholen, deren Foto im Renovierungs-Gruppenchat für einiges an hysterischen Emoji-Reaktionen gesorgt hat. Kein Wunder. Das Ding hat vier eingelassene Leuchten, und dazwischen ist es über und über mit rosa und blau getönten Spiegelmosaiksteinchen beklebt.

Die ist perfekt!!!!!!!! hat Kayleigh geschrieben und direkt noch ein paar Kreisch-Emojis angefügt.

Richtig geil! kam von Hannah.

Krasser Scheiß, ließ Sean verlauten, und Miko kommentierte das Ganze mit einer Reihe Funkel- und Konfetti-Emojis.

Eigentlich ist längst Feierabend, aber Mrs. Philipps meinte, ich könne die Lampe sofort holen, und ich bin froh über die Ablenkung. Als ich den Wagen wieder auf den Hof des Jugendclubs lenke, ist es kurz vor sechs. Trotzdem sitzt Jonne noch auf der Bank auf der Veranda und sieht hinunter auf etwas in seinem Schoß.

Okay. Kein Problem. Einfach ein bisschen Small Talk, die Lampe reinbringen, nach Hause fahren. Ist doch nichts dabei.

Ich atme tief durch, hieve die Lampe von der Rückbank und gehe zu ihm rüber. »Hey!«, rufe ich von Weitem, aber er scheint mich nicht zu hören. Beim Näherkommen erkenne ich, dass er Kopfhörer in den Ohren hat. Und das Etwas auf seinem Schoß sieht aus wie ein kleines Buch. Er hält einen Stift zwischen den Fingern und ... zeichnet? Tatsächlich. Ein Schauer geht durch meinen Körper. Ob er einen ähnlichen Zeichenstil hat wie Miko? Comicartig? Irgendwie glaube ich das nicht. Es passt nicht zu Jonne, der oft so ernst und geerdet wirkt.

»Jonne?«, versuche ich es wieder und erklimme die Stufen der Veranda. Entweder ist seine Musik zu laut oder er zu tief in Gedanken versunken, denn er reagiert nicht. Ich erreiche ihn. Mein Schatten fällt auf das Buch, und im selben Moment werfe ich einen Blick auf seine Zeichnung.

Ich stutze.

Das Porträt ist unglaublich gut. Das erkenne ich selbst kopfüber. Sein Stil ist leicht abstrakt, die Ränder verschwimmen, aber das Gesicht ist extrem realistisch, lebensnah. Aber … kann das wirklich … Bin das …?

Jonne hebt ruckartig den Kopf und schlägt das Buch zu. Er reißt sich die Kopfhörer förmlich aus den Ohren und starrt mich an. Irritiert blinzle ich ihm entgegen.

War das eine Zeichnung von *mir*?

»Hi«, grüßt er mich etwas ruppig. Nicht direkt unhöflich, er klingt eher überrumpelt. Und kurz angebunden ist er seit Auris Party ohnehin immer. Wieder schießt mir die Erinnerung daran, in seinem Arm zu liegen, durch den Kopf. Ich wünschte, ich wäre damals näher an ihn herangerutscht. Einfach, damit ich jetzt wenigstens wüsste, wie es sich anfühlt, Jonne zu umarmen. Auch wenn er das nicht will …

»Hi«, bringe ich hervor und ignoriere die Hitze, die mir in die Wangen gestiegen ist. »Tut mir leid, ich hab nach dir gerufen, a… aber …«

»Die Musik war zu laut.« Er räuspert sich und legt das Skizzenbuch beiseite.

»Was hörst du denn?«, rutscht es mir heraus.

»*Vlad Holiday*. Was machst du hier?«

Ich hebe die schwere Lampe hoch. »Ich habe die bei Mrs. Philipps abgeholt und wollte sie gleich hier abladen, damit morgen Platz im Auto ist.«

Morgen ist der Fünfzigste von Jonnes Dad. Und wie Jonne neulich schon angekündigt hat, wurde ich ebenfalls eingeladen. Selbst, wenn ich nicht wollte, bliebe mir wohl keine andere Wahl, als hinzugehen. Nicht nur Saana, sondern auch Miko, Auri und Tommy haben gefragt, ob ich komme. Da die Feier am Westende der Insel ist, nehme ich Auri und Tommy die rund neun Meilen im Auto mit. Letzterer ist gefühlt größer als der Golf lang, insofern …

»Ah«, sagt Jonne nur.

»Meinst du, die passt in den Hauptraum?«, versuche ich die Unterhaltung am Leben zu erhalten. Er hat in der Gruppe nichts geschrieben. Wahrscheinlich hat er die Nachrichten noch gar nicht gesehen.

»Klar.«

Betretenes Schweigen. Ich stehe weiter vor der Tür und halte die Lampe fest, obwohl meine Arme langsam taub werden. Aber meine Füße wollen mich einfach nicht von Jonne wegtragen. Ich will ihn weiter ansehen, seine dunkle Stimme noch mal hören. Das ist doch lächerlich. Dass er so abweisend ist, sendet eine klare Botschaft, und die sollte ich akzeptieren.

»Also gut …«, murmle ich und wende mich der Tür zu.

Jonne seufzt. »Wir könnten sie gleich montieren, wenn du willst.« Überrascht drehe ich mich wieder zu ihm um. »Ich meine … Ich hab sowieso noch Zeit. Dann steht sie nicht im Weg. Unsere Pappenheimer würden sich am Montag sicher über die Überraschung freuen.«

Pappenheimer ist der liebevolle Spitzname, den er den Jugendlichen gegeben hat. Ich nicke eilig und ignoriere, dass Jonne vehement versucht, sein Angebot zu rechtfertigen, so als sei es etwas Schlechtes. »Klingt gut.«

Er steht auf, schiebt das Notizbuch in seine hintere Hosentasche und nimmt mir die Lampe ab. Ich atme erleichtert aus, weil meine Arme sich schon anfühlen wie Pudding.

»Scheiße, ist die schwer«, stößt Jonne überrascht hervor und deutet mit dem Kopf zur Haustür, damit ich sie für ihn öffne. »Wieso hast du die nicht abgestellt?«

»Meinst du, wir schaffen das nicht zu zweit?«, übergehe ich seine Frage und sperre die Tür auf. Ich lasse ihm den Vortritt, und er trägt die Lampe ins Innere.

»Doch, das sollte schon klappen. Aber einer muss halten, der andere schrauben und verkabeln.« Er legt die Lampe auf dem Tresen ab, wo auch die meisten seiner Werkzeuge lagern. Dann holt er die große Leiter aus der Küche und zählt mir

auf, was wir zum Montieren brauchen. Akkuschrauber, Bohraufsatz, Dübel, Schrauben, Bit … Ich suche alles zusammen
und reiche es Jonne, der sich sämtliche Kleinteile in die freie
Gesäßtasche steckt. Etwas missmutig inspiziert er die Lampe.
»Das wird ein bisschen kompliziert. Willst du bohren und
schrauben oder lieber halten?«

»Lieber halten.« Das Ding ist zwar schwer, aber ich bin
wirklich nicht scharf darauf, in die Decke zu bohren. Abgesehen davon, habe ich keine Ahnung, wie das alles geht, und ich
will es weder an diesem Monster von Lampe lernen noch von
Jonne, der lieber vor mir flüchten würde.

»Okay. Warte kurz unten, ich geh zuerst.« Er nimmt die
Lampe und erklimmt, ohne sich festzuhalten, die Leiter. In
Gedanken sehe ich ihn schon rückwärts runterfallen, aber
Jonne schafft es sicher bis nach oben und winkt mich mit ei-
nem Kopfnicken zu sich. »Bring bitte den Bohrer mit.«

Ich steige die Leiter hoch, den Akkuschrauber mit dem
Bohraufsatz in einer Hand, und Jonne rutscht auf den Stufen
bis ganz an den Rand, sodass ich mich neben ihn stellen kann.
Die Leiter ist nicht für zwei Personen gedacht. Es ist verdammt eng und die Lampe sowie der Akkuschrauber machen
die Situation nicht besser. Ich stehe mit einem Fuß halb in der
Luft, um nicht direkt an Jonnes Oberkörper zu lehnen, und
halte mich mit der freien Hand an der Leiter fest.

»Stehst du sicher?«, fragt er. Ich glaube, er weiß ganz genau,
dass dem nicht so ist. »Du brauchst jetzt beide Hände. Stell
den Bohrer auf dem obersten Tritt ab und schau, dass du ganz
auf der Stufe stehst.«

Widerwillig setze ich den Bohrer ab und schiebe meinen
Fuß ganz auf die Leiter, was mich unweigerlich näher zu Jonne
bringt. »Und jetzt?«

Er platziert die Lampe an der Decke. »Kannst du sie kurz
hier halten? Ich muss anzeichnen, wo ich bohren muss.«

Wieder komme ich seiner Aufforderung nach. Jonne holt
seinen Bleistift aus der Hosentasche, der vorhin noch Sommersprossen auf meinem gezeichneten Gesicht verteilt hat,

und markiert die Bohrstellen. Danach steigen wir beide von der Leiter, damit er die Lampe ablegen und in Ruhe die Löcher bohren kann. Ich wäre lieber unten geblieben, aber es hilft nichts. Wir müssen noch mal hoch. Ich halte die Lampe über meinem Kopf, während er sie verkabelt und dann noch eine Stufe höher klettert, sodass er sich unter der Decke ducken muss. Er platziert das glitzernde Riesending an den Löchern und nickt zum Akkuschrauber, den ich sogleich nehme.

»Leg erst eine Hand an die Lampe«, sagt er, und ich drücke mit einer Hand fest nach oben, sodass Jonne seinerseits eine loslassen und mir den Akkuschrauber abnehmen kann. Ich greife mit meiner freien Hand nach.

»Geht es?«, versichert er sich.

»Ja. Alles gut«, erwidere ich angestrengt. Wenn man sie so über dem Kopf halten muss, fühlt sich die Lampe um einiges schwerer an. Aber ich schaffe das.

Jonne nickt und lässt ganz los. Seine Schulter ist genau auf Höhe meines Kopfes, und ich habe seinen trainierten Oberkörper direkt vor der Nase. Seine Muskeln zeichnen sich unter dem dünnen Shirt ab, und sein Duft hüllt mich ein.

Jonne holt die Schrauben aus seiner Hosentasche und beginnt die Lampe an der Decke zu befestigen. Ich stehe stocksteif da und bin in Gedanken zurück auf Auris Sofa. Ich stelle mir vor, wie es wäre, ihn zu umarmen. Den Kopf auf seine Schulter zu legen und das Gesicht an seiner Brust zu vergraben. Mit den Fingerspitzen über seine Haut zu fahren. Seinen Herzschlag zu spüren, und ihm endlich so nah zu sein, wie ich es mir ersehne. Auch, wenn das wahrscheinlich nicht gut für mich wäre.

Obwohl ein paar Zentimeter zwischen uns liegen, spüre ich die Wärme, die von Jonnes Körper ausgeht. Sie scheint ihn zu definieren. So ist er einfach. Warm. Fürsorglich. Hilfsbereit. Das war er schon die ganze Zeit, selbst als er mich noch gehasst hat. Doch seitdem er das nicht mehr tut, geht es mir unweigerlich unter die Haut.

Zumindest glaube ich, dass er so nicht mehr für mich empfindet. Ich glaube, er könnte mich sogar mögen, auch wenn er es selbst nicht wahrhaben zu wollen scheint. Warum sonst sollte er mich zeichnen? Das war doch ich, oder nicht? Ich bin mir sicher. Außerden war er es, der bei Auri seinen Arm um mich gelegt hat. Er ist der, der mir Strähnen aus dem Gesicht streicht, mich immer wieder berührt und mich anschaut, als würde ich ihm etwas bedeuten.

Vielleicht sieht er mich jetzt mit anderen Augen. So wie auch ich gelernt habe, ihn in einem anderen Licht zu sehen. Ich habe keine Angst mehr vor ihm. Im Gegenteil. Bei Jonne fühle ich mich sicher. Geborgen. Und das, obwohl ich auf dieser Insel bin, die all meine Schuldgefühle wegen Brad und Jenson wieder aufflammen lässt. Obwohl ich jeden Tag das Meer sehe, in dem mein Cousin ertrunken ist, und mich die Panik überrollt, wenn ich nur an die Wellen denke, die zwischen mir und dem Rest der Welt liegen.

Allerdings weiß Jonne, was ich getan habe. Zumindest einen Teil davon. Er weiß, wie ich Jenson behandelt habe, wie feige ich war, wie egoistisch. Und vielleicht hält er Abstand, weil er mir das nicht verzeihen kann.

Dabei wünsche ich es mir doch. In diesem Moment wird mir schlagartig bewusst, wie sehr. So sehr, dass es wehtut. Ich wünsche mir, dass Jonne mir verzeiht. Ich wünsche mir, dass mir irgendwer meine Fehler vergibt, weil ich selbst es nicht kann. Allein bin ich zu schwach dafür. Ich bin zu schwach für so vieles. Das ist der rote Faden, der sich durch mein ganzes Leben zieht. Ich war schon als Kind immer das Sensibelchen, die Ruhige, die Schüchterne. Schon vor dem Unfall mit Brad und danach erst recht. Ich war nie stark genug für irgendwas, und so kann ich auch den Gedanken nicht ertragen, dass Jonne mich hasst. Ich mag ihn. Viel zu sehr. So sehr, dass ich mir jetzt vorstelle, wie sich sein Atem auf meiner Wange anfühlen würde, seine Hände an meiner Taille. Wie weich wohl die nackte Haut am Kragen seines Shirts ist oder wie fest seine Arme.

»Lav, du kannst loslassen.«

Ich blinzle verwirrt. Shit, das sagt er nicht zum ersten Mal, oder? Und ich kriege nichts mit, weil ich in Gedanken irgendwelche Fantasien durchspiele. Mir steigt die Hitze in die Wangen, und ich lasse hastig die Arme sinken. Zu schnell. Ich verliere das Gleichgewicht, will einen Schritt nach hinten machen, um mich abzufangen, und trete ins Leere, weil wir auf einer verdammten Leiter stehen.

Ich realisiere wenigstens noch, dass ich falle. Aus Reflex kralle ich mich in Jonnes Shirt fest, und er packt mit der freien Hand meinen Oberarm, um mich festzuhalten. Dabei verliert er ebenfalls das Gleichgewicht, lässt den Akkuschrauber fallen, der donnernd auf dem Boden aufschlägt, und hält sich an der Leiter fest. Einen Moment lang wackelt sie noch, und ich bin überzeugt, dass wir gleich mitsamt dem Ding umkippen und gemeinsam auf dem frisch eingelassenen Parkett landen. Aber wir stehen sicher, und allmählich ebbt das schwindelerregende Gefühl des Fallens ab. Nur der Schock sitzt mir weiter tief in den Knochen.

Das hätte echt schiefgehen können. Warum muss ich mich auch aufführen wie ein verknallter Teenager?

Jonne atmet hörbar aus und sieht zu mir herunter. Mit vor Schreck geweiteten Augen starren wir uns an.

Ich schlucke schwer. »T… tut mir leid«, stammle ich, noch immer unfähig, mich zu bewegen.

Perplex schüttelt er den Kopf. Sein Griff um meinen Oberarm wird lockerer, doch er lässt nicht los. »Mir tut es leid«, sagt er rau. »Ich wollte nicht so fest zupacken.«

»Schon gut.« Meine Stimme ist nur noch ein Flüstern. »Besser, als am Boden zu liegen.«

»Mh«, macht er nur. Meine Brust berührt seine, weil er mich eben an sich gezogen hat, und meine Hand, die weiterhin in sein Shirt gekrallt ist, ist zwischen unseren Oberkörpern eingeklemmt und brennt förmlich von Jonnes Wärme. Ich spüre seinen Herzschlag durch den dünnen Stoff, schnell und heftig nach dem Schreck eben. Mein eigener ist ein dumpfes Wummern in meinen Ohren, und mir fällt das Atmen schwer. Es liegt nicht nur daran, dass ich fast rückwärts von der Leiter gefallen wäre. Es liegt an Jonne, der mir so nah ist, dass es mir vorkommt, als würde ich ihn *überall* berühren.

Ich löse meinen Blick von seinem und starre stattdessen auf sein Kinn, das direkt auf meiner Augenhöhe ist. Auf die gleichmäßigen dunklen Bartstoppeln. Seine Lippen versuche ich dabei auszublenden. Seine weichen, vollen Lippen, die sich bestimmt viel zu gut auf meinen anfühlen würden. Gott, was ist nur los mit mir?

Wahrscheinlich sollte ich ihn loslassen. Aber er hält mich ebenfalls noch fest. Und ich will nicht …

»Alles okay?«, fragt er mit heiserer Stimme. Sein Daumen streicht kreisend über meinen Oberarm, und Gänsehaut breitet sich von der Stelle aus.

»Mhm«, bringe ich hervor. Jonnes Duft berauscht mich. Ich kann nicht mehr klar denken, wenn er mir so nah ist. Das muss aufhören. Ich brauche … Luft.

Vorsichtig löse ich meine Finger aus seinem Shirt, um die Hand zurückzuziehen. Aber was ich letztlich tue, ist etwas ganz anderes. Ich kann offensichtlich nicht mehr klar denken und streiche über seine Seite bis zu seinem Rücken. Bevor ich einen Rückzieher machen und meine Hände unter Kontrolle kriegen kann, liegen meine Arme um Jonnes warmen Körper.

Ich zittere. Das wird mir bewusst, weil er völlig ruhig dasteht, wie ein Fels in der Brandung. Vielleicht liegt es an dem Schock eben, oder daran, dass ich soeben etwas getan habe, von dem ich nicht weiß, wie er es auffassen wird. Doch das Zittern ebbt ab, als Jonne seine Hände von meinem Oberarm und der Leiter löst und mich stattdessen ebenfalls in die Arme schließt. Fest. Warm. Tröstlich. Ich atme tief durch und schließe die Augen, lege den Kopf an seine Schulter.

Was passiert hier? Und warum fühlt es sich so unendlich gut an? Tausendmal besser, als ich es mir vorgestellt habe?

Jonne lehnt seine Wange an meine Stirn, sein Dreitagebart kratzt sanft über meine Haut. In meinem Bauch flattert es so heftig, dass mir davon beinahe wieder schwindelig wird. Ich umarme Jonne. Jonne umarmt mich …

Hat er mich vorhin Lav genannt? Gott, das hier muss ein verdammter Traum sein. Ist es aber nicht. Wir stehen wirklich hier. Und wenn ich jetzt den Kopf in den Nacken lege, ihm leicht das Gesicht zuwende …

Was passiert dann?

Ich schlucke. Vorsichtig hebe ich den Kopf. Nur ein kleines bisschen. Meine Nase streift dabei Jonnes Hals, und seine Haut ist so weich, dass ich die Berührung am liebsten sofort wiederholen würde. Von Nahem riecht er noch besser.

Es ist zu viel. Viel zu viel.

Und ich will mehr.

Jonne senkt den Kopf. Ich spüre seinen Atem auf meiner Wange wie einen sanften Stromschlag. Unsere Lippen nähern sich einander, sind nur einen Zentimeter voneinander entfernt. Und wenn ich mich ihm nur noch ein winziges Stück entgegenrecke, nur noch ein Mal mutig bin, dann …

Die Clubtür geht auf. Jonne und ich lassen uns so schnell los, dass wir beinahe wieder von der Leiter fallen. Diesmal halte ich mich am kalten Metall fest, statt an ihm, und unsere Blicke treffen sich kurz, bleiben ineinander hängen, bevor wir zu dem Ankömmling herumwirbeln.

Auri steht im Türrahmen und starrt uns mit weiten Augen an. Offensichtlich hat sie zu viel gesehen. Sie räuspert sich. »Störe ich?«

»Nein«, sagt Jonne etwas zu schnell.

»Lampe«, stammle ich zeitgleich, deute nach oben und wende dann eilig das Gesicht ab, als würde Auri dadurch wieder vergessen, wie hochrot ich soeben angelaufen bin.

»Ah ja. Warum liegt da ein kaputter Akkuschrauber?«

»Fuck«, murmelt Jonne und berührt mich kaum merklich an der Schulter, damit ich von der Leiter steige. Meine Knie sind wackelig, aber irgendwie schaffe ich es zurück auf den Boden. Auri hat derweil unseren Kollateralschaden aufgehoben und hält ihn Jonne entgegen. Ein Stück vom Gehäuse ist abgebrochen, und in unserem neu geschliffenen Parkettboden ist jetzt eine große Macke. »Kann man bestimmt reparieren«, meint Auri.

»Ist nicht schlimm.« Jonne nimmt ihr den Schrauber ab und geht hinüber zu seinem Werkzeugkasten, wobei er uns den Rücken zuwendet.

»Sorry«, bringe ich hervor, und das Hochgefühl von eben sackt so schnell ab, als wäre es selbst von der Leiter gestürzt. Habe ich eine Grenze überschritten? Wollte er das nicht? Ich glaube, ich habe Jonne überrumpelt. Und durch meine Tollpatschigkeit habe ich dabei auch noch ein teures Gerät kaputt gemacht. Warum in Gottes Namen habe ich mich überhaupt so ... gehen lassen?

»Alles gut«, meint Jonne und sieht mich über seine Schulter hinweg an. Aber die steile Falte, die sich zwischen seinen Brauen gebildet hat, sagt etwas anderes. Wenn ich nur wüsste, was sie bedeutet. Sicher nichts Gutes.

»Miko hat gemeint, du könntest noch hier sein«, durchbricht Auri das unangenehme Schweigen, das eingetreten ist. »Wegen der Lampe.« Sie hebt vielsagend die Augenbrauen. »Ich dachte, ich schau mal vorbei, weil ich heute deine Haarfarbe besorgt habe, aber ich kann auch wieder gehen ...«

»Nein, Quatsch!«, sage ich schnell. »Brauchst du eine Führung?«

»Ich muss los«, verkündet Jonne und ist mit wenigen Schritten bei der Tür. Hilflos schaue ich ihm nach. »Viel Spaß euch.«

»Jonne ...«

»Bis morgen Abend.« Er ringt sich ein halbherziges Lächeln ab, und weg ist er. Als die Tür hinter ihm ins Schloss fällt, kämpfe ich gegen das Bedürfnis an, ihm nachzulaufen. Er will eindeutig Abstand, also ...

»Oh. Mein. Gott!«, ruft Auri aus.

Widerwillig blicke ich sie an. »Was?«

Ihre Augenbrauen wandern noch höher, sodass sie jetzt vollständig unter ihrem dunklen Pony verschwinden. »Wie, was? Das ist ja wohl meine Frage! Was war das eben?«

»Ich weiß nicht, was du meinst«, behaupte ich.

»Diese ... nennen wir es *Spannungen*.«

»Da waren keine Spannungen.«

»Mhm. Und warum steht ihr halb knutschend auf der Leiter?«

»Standen wir nicht!«

»Äh. Doch? Ich hab euch gesehen!«

»Ich habe nur … also … wir haben …«

»Was? Versucht eure Nasen an der Wange des jeweils anderen zu wärmen? Euch gegenseitig Ketchup vom Kinn geleckt? Verarsch mich nicht, Lav!«

»O Gott.« Ich lasse mich auf einen der unteren Tritte sinken und vergrabe das Gesicht in den Händen. »Wir standen halb knutschend auf der Leiter …«

»Jep. Und ihr habt Jonnes geliebten Akkuschrauber umgebracht. Womit hatte er das verdient?«

Mein Herz verkrampft sich, und ich schaue zu Auri auf. »Das ist seiner? Ich dachte, der wäre geliehen.«

Sie verzieht das Gesicht. »Den hat Jenson ihm zum Achtzehnten geschenkt …«

»Was?«, rufe ich entsetzt. O nein. Ausgerechnet das.

»Keine Sorge.« Auri klopft mir aufmunternd auf die Schulter. »Ist doch bloß ein kleines Stück Plastik abgebrochen.«

»O Gott …«

»Jonne wirkte nicht sauer.«

»O Gott!«, wiederhole ich nur und verberge erneut das Gesicht in den Händen.

»Hätte ich das mit dem Akkuschrauber nicht sagen sollen? Tut mir leid.«

»Nein. Das ist gut. Dann weiß ich wenigstens, wie sehr ich es versaut habe.«

»Wieso denn versaut? Nichts für ungut, aber danach sah das nicht aus.«

Ich stöhne auf und hebe den Kopf.

»Sag schon, was genau passiert ist, Lav. Oder muss ich raten?«

»Nichts ist passiert«, entgegne ich ausweichend.

»Dafür ist Jonne aber ziemlich schnell geflüchtet.«

Mir wird mulmig zumute. »Er ist wirklich geflüchtet, oder? Vor mir.«

»Quatsch. Vor mir, wenn dann. Dir wollte er ja scheinbar nah sein. Seeeeeeehr nah.«

»Auri«, jammere ich.

»Okay. Ich bin wieder zu aufdringlich, oder? Sorry. Liegt in der Familie. Andere rücken dir oben auf der Leiter auf die Pelle, und ich belästige dich verbal.«

Frustriert schüttle ich den Kopf und atme tief durch. Auri kann ich es erzählen, oder? Sie ist meine Freundin. So macht man das. Und wenn ich nicht bald darüber rede, platze ich wahrscheinlich. »Ich habe ihn umarmt.«

»Jonne?«

»Nein, den Akkuschrauber!«

»Okay.« Auri hebt beruhigend die Hände. »Du hast Jonne umarmt. Einfach so?«

»So ziemlich …«

»Okay. Und dann?«

»Dann … dann hat er mich zurückumarmt, glaube ich.«

»Glaubst du?«

»Na ja, ich weiß nicht.«

»Mehr Arme hat er nicht, Lav. Wenn zwei nicht reichen, damit du es als Umarmung definierst, dann …«

»Okay, schön! Er hat mich zurückumarmt.«

»Und daaaaaaaaann?« Sie wackelt mit den Augenbrauen.

Ich funkle sie verdrossen an. »Dann kamst du rein.«

Auris Grinsen schwindet. »Oh. Mist.«

»Nein. Gut so.«

»Was ist daran gut? Ihr hättet rummachen können!«

»Auri! Er hat mich vor zwei Wochen noch gehasst!«

»Ach.« Sie winkt ab. »Das ist doch längst Geschichte.«

»Das bezweifle ich. Jonne vergisst so was nicht einfach.«

»Ihr habt auch bei mir gekuschelt. Ich hab es gesehen. Und einmal bin ich kurz aufgewacht und hab ihn dabei erwischt, wie er an deinen Haaren geschnuppert hat. Zugegeben, ich dachte erst, ich hätte es geträumt und es läge am Wein, aber jetzt bin ich mir sicher, dass ich es *wirklich* gesehen habe. Also wenn das Hassen ist …«

»So ein Quatsch.« Bei dem Gedanken an Jonne, der an meinen Haaren riecht, scheint in meinem Bauch eine Achterbahn mit Vollgas ihre Runden zu drehen. Aber das hat Auri sich *definitiv* eingebildet. »Außerdem war das was anderes.«

»Ach ja?« Neugierig schaut sie mich an. »Was denn?«

Ich werfe hilflos die Hände in die Luft. »Keine Ahnung! Anders eben! Nicht romantisch, okay? Wie bei dir und Tommy!«

Auri stutzt und wirkt einen Moment lang ebenfalls sprachlos. Keine Ahnung, warum ich das gerade gesagt habe. Damit unterstelle ich ihr, dass da möglicherweise mehr mit Tommy ist, obwohl ich wirklich keine Ahnung davon habe. Ich will sie aber auch nicht fragen. Ich habe das Gefühl, dass Auri darüber nicht sprechen will. Sie öffnet den Mund, doch ich stehe von der Leiter auf und schneide ihr das Wort ab. »Schon okay. Tut mir leid. Ich will darüber jetzt nicht nachdenken, ja? Oder reden.«

Sie zieht einen Schmollmund, nickt allerdings. »Na schön. Aber deine Haare färben wir trotzdem, oder?«

Ich atme tief durch. Auri hat für mich heute extra auf Vancouver Island die lila Haarfarbe besorgt, die ich immer benutze. Sie wäscht sich nach einigen Wochen raus, weshalb sie ständig nachgefärbt werden müssen. Keine Ahnung, warum ich das überhaupt noch mache. Ich hätte nichts gegen meine blonden Haare. Aber als Teenager hatte ich mal eine Phase, in der ich dachte, diese Farbe würde mich meiner Mutter näherbringen, und seitdem habe ich mich irgendwie darüber definiert. Ich frage mich manchmal, ob es überhaupt stimmt, dass sie mir meinen Namen gegeben hat. Dad hat kaum über sie gesprochen, seitdem sie, als ich eineinhalb war, gemeinsam mit Jensons Frau den Autounfall hatte. Also kurz gesagt: mein ganzes Leben lang. Es ist schon komisch, wie man jemanden, den man nie kannte, so sehr vermissen kann, dass man sich seinetwegen die Haare lila färbt.

»Alles okay?«, fragt Auri vorsichtig.

Ich nicke hastig und wische mir über die brennenden Augen. »Klar. Wegen dem Färben schauen wir mal, okay? Jedenfalls danke für die Farbe. Willst du jetzt eine Führung?«

Sie lächelt zaghaft, greift nach meiner Hand und drückt sie. »Unbedingt. Die wichtigste Frage zuerst. Wo kommt der Snackautomat hin?«

Ich schnaube. »Bring Miko bloß nicht auf Ideen.«

»Käseautomat?«

Angewidert verziehe ich das Gesicht, kann meine Belustigung aber nicht ganz verbergen. »Okay. Dann doch lieber Schokoriegel und Chips.«

»Wieso? Ihr könntet Lüftungsschlitze reinmachen, damit ihr immer diesen köstlichen Käsegeruch hier drin habt.«

»Wow, Auri. Ich … Ich kann mir nichts Schlimmeres vorstellen«, gestehe ich lachend.

Sie stößt mich mit dem Ellbogen in die Seite. »Ihr seid alle fiese Käsehasser.«

»Nein. Wir sind nur nicht als Kinder ins Käsefass gefallen, so wie du. Oder was auch immer dir passiert ist.«

Sie streckt mir die Zunge raus und versucht so, ihr Grinsen zu verbergen. »Schön. Dann zeig mal euren tollen Club. Mit dem kaputten Boden.« Sie deutet mit dem Fuß auf die Macke, die der Akkuschrauber hinterlassen hat. »Die schleift ihr noch aus, oder?«

Ich stupse sie in die Seite. »Fiesling. Ich glaube, da müsste man eher die ganze Diele ersetzen.«

Auri zuckt mit den Schultern. »Ich find das schön so. Ist eine Erinnerung. Was Besonderes.« Sie lächelt zufrieden in sich hinein, löst sich von mir und schlendert in die Küche. Ich bleibe noch einen Moment stehen und mustere die Macke.

Eine Erinnerung woran? Und werde ich sie mal gern anschauen, oder wird es eine schmerzhafte, so wie all die anderen vor ihr es waren? Wer weiß …

Kapitel 28

JONNE

Mom hat nicht untertrieben. Sie hat tatsächlich das ganze Dorf eingeladen, und der Strand am *Pulteney Point* ist gerammelt voll. Neben dem kleinen weißen Leuchtturm von Malcolm Island ist ein meterlanges Büfett aufgebaut, am Waldrand wird Holz für die Lagerfeuer gesammelt.

Es ist früh am Abend, und die Sonne steht noch hoch am Himmel. Nur mit Mühe und Not konnte ich Miko dazu bewegen, eine Jacke einzupacken. Hier am Meer ist es trotz allem frisch, und spätestens mit Einbruch der Dunkelheit wird es kalt. Falls er sie wirklich nicht braucht, kann er sie ganz klassisch Hannah um die Schultern legen, die gerade lachend neben ihm steht und sich immer wieder verlegen die vom Wind zerzausten Haare aus dem Gesicht streicht. Miko schafft es kaum, sie anzusehen. Jedes Mal, wenn sich ihre Blicke treffen, läuft er rot an und schaut eilig weg. Vielleicht hat Lavender recht. Mein Bruder hat null Erfahrung mit Mädchen und wird seine Jacke heute wahrscheinlich anbehalten, sofern Hannah ihm keine Steilvorlage liefert.

Zum gefühlt hundertsten Mal wandert mein Blick über die Menge, auf der Suche nach einem lilafarbenen Haarschopf. Als ich den nicht finde, halte ich stattdessen nach Tommy Ausschau. Der ist mit seinen fast zwei Metern Körpergröße nicht zu übersehen und wollte bei Lavender mitfahren. Aber auch von ihm fehlt jede Spur. Keine Ahnung, warum mich das so nervös macht. Ich habe das dringende

Bedürfnis, ungeduldig vor dem Leuchtturm auf und ab zu gehen.

Jemand legt mir eine Hand auf die Schulter, und dankbar für die Ablenkung drehe ich den Kopf. Mom steht neben mir, ein Lächeln auf den Lippen, ihr Blick ist auf Miko gerichtet.

»Er sieht glücklich aus«, stellt sie fest, und als wollte mein Bruder es bestätigen, lacht er über etwas, das einer seiner Freunde gesagt hat.

Ich schlinge den Arm um Mom und küsse sie aufs Haar. »Finde ich auch.«

»Ich weiß nicht, wie du das wieder hingebogen hast, aber ich bin dir unendlich dankbar, Jonne.«

Ich schaue in ihre grünen Augen. »Ich habe gar nichts gemacht.«

Energisch schüttelt sie den Kopf. »Doch, das hast du. Tu nicht so bescheiden.«

»Glaub mir, Lavender hat das mehr zu verantworten als ich. Sie hatte die Idee mit dem Club.«

»Bei ihr werde ich mich auch noch bedanken. Aber der Club war nicht alles. Ohne seinen Bruder hätte Miko das nicht geschafft.«

Ich widerspreche ihr nicht weiter. Gemeinsam beobachten wir Miko, der den anderen wild gestikulierend etwas erzählt. Alle lachen, und er grinst.

»Schau mal, wie er strahlt«, meint Mom fröhlich. Ich bin erleichtert, sie so zu hören. Ohne all die Sorgen und Zweifel. Einfach nur glücklich.

»Unser kleiner Sonnenschein«, murmle ich belustigt. So hat Mom Miko immer genannt, als er noch klein war.

»Endlich wieder ganz der Alte. Und was ist mit unserem kleinen Stern?« Sie sieht zu mir auf.

»Mom«, beschwere ich mich und sehe mich prüfend um, ob sie jemand gehört hat.

»Früher mochtest du es, wenn wir dich so genannt haben.«

»Da war ich aber nicht dreiundzwanzig Jahre alt und eins fünfundachtzig groß!«

294

»Dein Name bedeutet weiterhin dasselbe. Du wirst immer mein kleiner Stern bleiben.« Sie küsst mich auf die Wange, und ich verdrehe belustigt die Augen.

»Solang du das keinem erzählst …«

»Wenn du mir dafür sagst, wie es dir geht? Du siehst aus, als würdest du dir trotz allem Sorgen machen.«

»Ich mache mir immer Sorgen, Mom. Das habe ich von dir geerbt. Und wir wissen immerhin nicht, wie lang Mikos gute Laune hält.«

»Es geht aber nicht um Miko«, stellt sie fest.

Ich wende ertappt den Blick ab und versuche, wenigstens meine Stimme unbeeindruckt klingen zu lassen. »Sondern?«

»Erzähl du es mir.«

»Es ist nichts«, behaupte ich. Nur ein riesiges Gefühlschaos …

»Ihr solltet es wirklich besser wissen, als eure arme Mutter zu belügen«, beschwert Mom sich. »Ich habe einen siebten Sinn für so was, das ist euch doch hoffentlich bewusst.«

»Hm«, mache ich nur abwesend, denn soeben hat ein schwarzer Longbob meine Aufmerksamkeit auf sich gezogen. Auri ist zwischen Mikos Freunden aufgetaucht, umarmt meinen Bruder und kommt anschließend auf uns zu. Mein Blick wandert hinter sie, wo Tommy die Umstehenden überragt. Neben ihm läuft Lavender.

Meine Kehle wird trocken. Seit gestern Abend spielt sich das, was auf der Leiter passiert ist, in Endlosschleife in meinem Kopf ab. Es ist, als wäre ich in diesem Moment, kurz bevor Auri die Tür geöffnet hat, stecken geblieben. In einem ewigen Zwiespalt aus dem überwältigenden Bedürfnis, Lav zu küssen, und der unüberwindbaren Scheu davor. Ich sollte nicht. Aber warum will ich es dann trotzdem? Und wieso bin ich mir so sicher, dass ich es auch getan hätte?

Vielleicht weil mein Skizzenbuch voll ist mit Zeichnungen von ihr. Weil ich nur noch sie sehe, wenn ich abends die Augen schließe. Gott … Sie hat bemerkt, dass ich sie gezeichnet habe. Wir haben uns auf dieser Leiter umarmt. Und dann bin ich abgehauen, als hätte sie mich beim Klauen erwischt. Sehr erwachsen.

Verdammt, ich kann ihr nicht gegenübertreten, ihr nicht mal in die Augen schauen. Ich würde mich am liebsten umdrehen und wieder die Flucht ergreifen, bevor sie mich entdeckt und eine Reaktion von mir erwartet. Ich habe keine Reaktion vorbereitet. Da ist nur Verwirrung.

Doch gerade, als ich den Entschluss fasse, mich umzuwenden, schaut Lavender auf, und ihr Blick trifft meinen. Meine Füße werden bleischwer, mein Körper unbeweglich. Alles, wozu ich noch in der Lage bin, ist, den Kopf zu drehen, damit der Blickkontakt zwischen uns nicht abbricht, während sie näher kommt. Ich kriege nur vage mit, dass Auri uns erreicht. Sie umarmt erst Mom und dann mich. Tommy klopft mir zur Begrüßung auf die Schulter und versperrt mir kurz die Sicht auf Lavender. Ich atme tief durch und versuche einen klaren Gedanken zu fassen, während Mom sie mit einer Umarmung begrüßt und wieder freigibt. Doch dann steht sie vor mir. Direkt vor mir, mit diesen blauen Himmelaugen, die genauso unsicher dreinschauen, wie ich mich fühle.

Ehe ich realisiere, was ich tue, habe ich sie auch schon in meine Arme gezogen. Ich drücke sie flüchtig an mich, atme ihren Vanilleduft ein. Lavender ist warm, ihr Körper zierlich im Vergleich zu meinem, ihre Nähe verwirrend und gleichzeitig schön. Und ich hoffe, dass diese Umarmung meinen Abgang gestern wenigstens ein bisschen in Vergessenheit geraten lässt.

Viel zu schnell lösen wir uns wieder voneinander. Ich muss mich räuspern, um ein Hey hervorzubringen. Lavender bleibt stumm, ihre Wangen sind gerötet, und um sie nicht unnötig anzustarren, konzentriere ich mich auf den großen Korb, den Tommy unterm Arm hat.

»Wir haben Sachen fürs Büfett mitgebracht!«, verkündet Auri freudig, und Moms Gesicht bekommt einen leicht gestressten Ausdruck. Die Büfetttische sind nicht einfach nur voll, sondern hängen bereits in der Mitte durch wie in einem schlechten Comic.

»Ist es viel?«

»Es geht«, winkt Tommy ab. »Ich habe gebacken, und was Auri beisteuert, kann man im Umkreis von drei Meilen am Geruch erkennen, sobald ich diesen Deckel hebe.«

»Vielleicht solltest du den Korb unter Wasser öffnen wie diesen schwedischen Stinkefisch«, schlage ich vor.

Auri tritt mir auf den Fuß.

»Au!«

»Schauen wir mal, wo wir das noch unterbringen«, sagt Mom und zieht Tommy mit sich.

»Habt ihr Dad schon gesehen?«, frage ich und halte selbst nach ihm Ausschau. Alles, um Lavender nicht unnötig lang ansehen zu müssen.

Auri nickt. »Er kam uns eben entgegen, um Bier aus den Autos zu holen.«

»Ah.«

»Kaum zu glauben, dass er schon fünfzig ist. Warum werden unsere Eltern so schnell alt?«

»Dein Dad ist fünf Jahre jünger«, erinnere ich sie. »Apropos, wo ist der eigentlich?«

Sie zuckt mit den Schultern. »Wahrscheinlich bei deinem Dad, Bier trinken.«

»Manche Dinge ändern sich nie.«

»Jep. Oh, sind das da am Strand Leevi und Laina?« Auri stellt sich auf Zehenspitzen und reckt den Hals, wodurch sie leider auch nicht größer wird.

»Du meinst die zwei Träumer, die grade barfuß ins Wasser waten und in spätestens fünf Minuten nasse Hosen haben?«, hake ich nach. »Ja, wer sonst?«

»Ich geh mal Hi sagen. Kommst du mit, Lav?«

Lavender ist unseren Blicken gefolgt und starrt mit bleichem Gesicht hinunter zum Strand. Eilig schüttelt sie den Kopf. »Ich, äh … ich komme nach. Geh schon mal vor.«

Auri hebt die Brauen und schaut zwischen uns beiden hin und her. Weiß der Geier, was sie sich denkt. Sicher nichts Sinnvolles. Ich hingegen frage mich, warum Lavender plötzlich

aussieht, als hätte Auri sie darum gebeten, mit ihr vom Leuchtturm zu springen.

»Okay. Dann bis gleich.« Meine Cousine macht sich aus
dem Staub und lässt uns allein zurück. Allein und ohne Ge-
sprächsthema. Allein mit diesem mulmigen Gefühl.

Lavender kaut auf ihrer Unterlippe, trifft flüchtig meinen
Blick und schaut dann schnell wieder weg.

»Ganz schön viel los«, stelle ich fest, als wäre ich auch eben
erst gekommen und nicht schon seit zwei Stunden hier.

»Ja«, erwidert sie kleinlaut und zupft an den Bändern ihres
dunkelblauen Hoodies herum, den sie sich über den Arm ge-
hängt hat.

»Willst du was trinken? Wir haben auch Alkoholfreies.«

»Oh, gern.«

Ich führe Lavender zur Bar, die genauso üppig ausgestattet
ist wie das Büfett. Sally mischt sich dort gemeinsam mit ihrer Partnerin Judith Cocktails und lächelt breit, als sie uns erblickt.

»Lavender, Liebes! Wie schön, dass du auch hier bist! Darf
ich dir meine Lebensgefährtin Judith vorstellen? Sie ist aus
Vancouver zu Besuch! Judith, das ist Lavender Whitcomb, von
der ich dir erzählt habe!«

Lavender wirkt etwas überrumpelt. Wahrscheinlich fragt
sie sich, was genau Sally über sie erzählt hat, doch Judith
schüttelt bereits euphorisch ihre Hand. »Ist mir eine Freude,
Lavender!« Sie trägt wie immer ein bodenlanges bunt gemus-
tertes Kleid und hat die Haare hochgesteckt. Ich glaube, ich
habe diese Frau noch nie in einer Hose gesehen.

»Sollen wir euch auch etwas mischen?«, fragt Sally. »Bei Alkohol komme ich ohne Vollautomaten zurecht. Ich mache einen bombastischen Gin Tonic.« Während sie das sagt, gießt sie
blind Gin in ein Glas. Viel Gin.

»Schatz«, murmelt Judith und nimmt ihr die Flasche ab.

»Oh. Upsi!« Sally lacht und verteilt die Menge auf zwei
Gläser. »Bisschen viel!«

»Damit könntest du das halbe Dorf ausknocken«, behauptet Judith und schüttet bis zum obersten Rand Tonic Water nach.

»Tz! Ach was! Das bisschen vertrage sogar ich!«

Ich hebe die Brauen. Es klingt, als wäre das nicht Sallys erster Drink heute.

»Laina bringt uns später nach Hause«, fügt sie hinzu und trinkt einen großen Schluck aus ihrem Glas. Judith nippt eher zurückhaltend an ihrem.

»Sie soll Bescheid geben, falls sie Hilfe beim Tragen braucht«, meine ich schmunzelnd und nehme mir ein Wasser.

»Also bitte!«, empört Sally sich. »So schwer bin ich nicht. Möchtest du einen Cocktail, Lavender? Ich kann auch Tequila Sunrise.«

Judith prustet in ihren Drink, und Gin Tonic spritzt ihr ins Gesicht.

»Nein danke, ich fahre«, sagt Lavender und rettet sich mit einem Lächeln. »Ich nehme einfach eine Cola.«

»Na gut. Viel Spaß euch heute!«

»Gleichfalls.«

»Oh, den werden wir haben!« Sie hakt sich bei Judith unter, küsst sie und zieht sie dann in Richtung meiner Mutter, die immer noch mit Tommy am Büfett steht und dort Tetris mit Salatschüsseln zu spielen scheint.

»Ich habe das Gefühl, ich werde die Leute hier heute Abend auf ganz neue Art und Weise kennenlernen«, stellt Lavender belustigt fest.

»Gut möglich. Und wahrscheinlich wird dir nicht alles gefallen, was du siehst.«

»Solange es keine nackten Hintern sind«, scherzt sie.

Ich hebe verwirrt eine Braue. »Das ist sehr spezifisch.«

Lavender wird rot. »Äh … ich meine nur, wegen der Story von Auri …«

»Bitte was?«, frage ich interessiert.

»Äh …« Lavender ist plötzlich sehr beschäftigt damit, die Softgetränkeflaschen durchzuschauen, obwohl die Cola, die sie wollte, direkt neben ihr steht.

299

»Da muss ich wohl mal nachforschen«, stelle ich fest.

Erschrocken schaut sie zu mir auf. »Bitte nicht! Ich wusste nicht, dass das ein Geheimnis war!«

»Dass was ein Geheimnis war?«

»Gar nichts!«

Ich lache. »Von wessen nacktem Hintern reden wir? Hoffentlich nicht von meinem.«

Es sollte ein Scherz sein, doch Lavenders Gesicht wechselt die Farbe zu Dunkelrot, und sie stammelt irgendetwas Unverständliches.

»Was hast du gesagt?«

Ein Kreischen aus Richtung des Büfetts lässt uns herumfahren. Ich erkenne Mom, die an Tommys Schulter zerrt. Der wiederum kniet halb unter dem Tisch und versucht mit aller Kraft die Tischplatte hochzuhalten, die wohl endgültig unter dem Gewicht von drei Tonnen Salat zusammengebrochen ist. Sally steht daneben und hat sich vor Schreck ihren Gin Tonic übergekippt. Sie wischt an ihrer nassen Bluse herum, während Judith gemeinsam mit ein paar anderen versucht, die gegenüberliegende Seite des Tisches zu stabilisieren.

»Sollen wir helfen?«, fragt Lavender entsetzt.

Ich berühre sie an der Schulter und drehe sie sanft weg von dem Chaos. »Bloß nicht. Tu einfach so, als hättest du nichts gesehen. Am Ende landen wir im Salat.«

»Wow, auf *den* Tischen soll ich tanzen?«, ertönt Auris Stimme. Sie kommt aus Richtung des Strandes auf uns zu, Laina und Leevi im Schlepptau.

»Bitte mach das nicht schon wieder«, murmle ich.

»Jonne, warum versucht deine Mom gerade, Tommys Gesicht in die Salatschüsseln zu drücken?«, fragt Leevi interessiert und beobachtet das Schauspiel am Büfetttisch.

»Warum ist *meine* Mom nass?«, fügt Laina hinzu. »Man kann die nicht mal fünf Minuten allein lassen!«

»Immerhin liegt sie noch nicht unter dem Tisch«, erwidere ich.

»Das wäre ja auch lebensgefährlich«, gibt Leevi zu bedenken. »Tod durch Salatlawine. Der perfekte Stoff für einen verwirrenden Arthouse-Film.«

Lavender lacht, und der Klang fährt mir wie ein Stromschlag unter die Haut. Ich schaue sie an, und sie verstummt. Eine verlegene Röte stiehlt sich auf ihre Wangen, doch ein Lächeln bleibt auf ihren Lippen zurück.

Mach das noch mal, hätte ich beinahe gesagt. Ihr Lachen ist das Schönste, was ich jemals gehört habe. Wir sehen uns in die Augen, und ein Kribbeln breitet sich von meinem Nacken ausgehend über meinen Körper aus. »Bist du schon verstört?«, frage ich leise, woraufhin sie sich belustigt auf die Unterlippe beißt und ihre Cola öffnet, um etwas zu trinken. Ich trete näher zu ihr und beuge mich zu ihr herunter, sodass ich ihr ins Ohr raunen kann. »Oder braucht es dafür erst einen nackten Hintern?«

Lavender verschluckt sich, und ihr entweicht eine Mischung aus Husten und Lachen. Gänsehaut hat sich auf meinem ganzen Körper ausgebreitet. Ich richte mich wieder auf und klopfe Lav sanft auf den Rücken.

»Was tuschelt ihr da?«, will Auri wissen, die dabei ist, drei Drinks zu mischen.

»Nichts«, antwortet Lavender keuchend und sieht mit Lachtränen in den Augen zu mir auf.

»Gar nichts«, bestätige ich grinsend.

»Setzen wir uns an den Strand?«, schlägt Leevi vor. »Sieht so aus, als würde die Büfeteröffnung noch dauern.«

Wir schauen hinüber zum Essen. Sie scheinen den Tisch provisorisch gestützt zu haben. Brenda steuert soeben zielsicher mit einer weiteren Salatschüssel darauf zu und wird mit panischen Schreien davon abgehalten, sie auf dem wackligen Konstrukt abzustellen. Tommy löst sich von der Gruppe und kommt mit finsterem Blick zu uns. Seine Hose ist voller Mayonnaise und an seinem linken Knie hängt ein Stück Karotte. »Ich brauche das, was Sally trinkt«, verkündet er an Auri gewandt.

Ratlos sieht sie ihn an. »Und das wäre?«

»Irgendwas mit echt viel Schnaps.«

»Gin Tonic«, hilft Lavender ihm aus.

»Eher ein Tonic Gin«, korrigiere ich.

Auri wirft einen missmutigen Blick auf Tommys Hose. »Hättest du nicht lieber in die Schokotorte fallen können?«

»Damit du an mir rumlecken kannst, oder was?«

Sie streckt ihm die Zunge raus und greift nach der Ginflasche. Leevi nickt mit vielsagendem Blick in Richtung Strand. Nichts wie weg hier, bevor sie uns alle in diese eindeutig zweideutige Unterhaltung mit reinziehen.

»Abgesehen davon, bin ich nicht rein*gefallen*, ich habe das Büfett gerettet«, höre ich Tommy erklären, während wir uns entfernen. »Inklusive deinem Käse.«

Lavender geht neben mir her und dreht sich noch einmal interessiert zu den beiden um. Die Diskussion ist schnell außer Hörweite und wird vom Rauschen der seichten Wellen übertönt. Lavender wendet sich wieder nach vorn, ihr Gesicht wird ernster, ihre Schritte zögerlicher. Wir bleiben hinter Laina und Leevi zurück, die auf der Suche nach einem guten Platz über den Kiesstrand marschieren. Noch bevor wir selbst den Kies erreichen, bleibt Lavender stehen.

Ich mustere sie von der Seite. »Alles okay?«

Sie umklammert ihre Colaflasche und zieht die Unterlippe zwischen die Zähne. »Ja, ich … äh …« Ihr Blick haftet auf dem dunkelblauen Wasser ein paar Meter weiter. Auf den sachten Wellen, die über den flachen Kies schwappen.

»Lav?« Sofort beiße ich mir auf die Zunge. Warum nenne ich sie denn jetzt auch noch beim Spitznamen?

Überrascht sieht sie zu mir auf. Diese Trance, in der sie sich befunden zu haben scheint, ist gebrochen.

»Was ist los?«

Sie atmet zittrig ein und öffnet den Mund, um etwas zu sagen.

»Hey! Aalton! Lav!« Leevis Stimme tönt über den Strand. »Kommt ihr?«

Er und Laina stehen am Waldrand in einer der Buchten mit Feuerstelle und winken uns zu sich. Gleich. Erst …

Ich wende mich Lavender wieder zu, doch ihre Anspannung ist wie weggeweht und so etwas wie Erleichterung zeichnet sich auf ihrem Gesicht ab. Bevor ich das Thema erneut aufgreifen kann, setzt sie sich in Bewegung und stapft über die Wiese auf die beiden anderen zu. Ich folge ihr und kurz darauf lassen wir uns nebeneinander auf einen der Baumstämme sinken, die hier als Bänke liegen.

»Der Abend tut mir im Voraus leid«, verkündet Laina an Lav gewandt, und diese lächelt.

»Es wird bestimmt nicht so schlimm, wie ihr behauptet.«

»Dein Wort in Gottes Ohr«, erwidert Leevi grinsend.

In diesem Moment hüpft Auri von der kleinen Böschung zu uns herunter und lässt sich auf den letzten freien Stamm plumpsen. Tommy folgt ihr mit weniger Elan. Statt der Mayonnaise prangt auf seiner Hose jetzt ein großer nasser Fleck.

»Brenda hat einen Korb mit Kondomen neben dem Büfett aufgestellt«, verkündet Auri. »Leider keine mit Schokogeschmack.« Sie nippt an ihrem Drink.

Leevi, Laina und ich schauen Lavender vielsagend an. Diese versucht ein Schmunzeln zu unterdrücken. Erneut beuge ich mich zu ihr herüber, wodurch ich viel zu deutlich ihren Duft wahrnehme.

»Du hast recht«, raune ich ihr zu und unterdrücke das Bedürfnis, meinen Arm um sie zu legen und sie an mich zu ziehen. »Es wird noch viel *schlimmer*, als wir gesagt haben.«

Kapitel 29

LAVENDER

Nach dem turbulenten Start verlief die Party doch gemäßigter als befürchtet. Die Bewohner Sointulas sorgen zwar für viel Chaos, aber ihre Eigenarten sind eher liebenswürdig als komisch. Sally hat Jonnes Dad gemeinsam mit Brenda und ein paar anderen ein betrunkenes Ständchen gesungen, und Saana hat die Leute wie Hühner zum Büfett gescheucht, um den Tisch zu entlasten und einen erneuten Zusammenbruch zu verhindern. Wie ich dabei feststellen musste, war das mit den Kondomen kein Scherz. Eine Zeit lang stand Brenda sogar neben dem Korb und hat allen, die nicht aufpassten, welche in die Jackentaschen oder die Kapuzen geschmuggelt.

Anschließend wurden einige Reden zu Ehren des Geburtstagskinds geschwungen, und der Großteil der Dorfgemeinschaft bestand darauf, ihn hochleben zu lassen. Genau fünfzig Mal, auf einem wackligen Klappstuhl, an dem Mr. Aalton sich panisch festklammerte, während Saana sich die Augen zuhielt und der halbe Strand »Hoch! Hoch! Hoch!« brüllte. Jonne drängelte sich in den Pulk, um seinen Vater notfalls aufzufangen, was er zum Glück nicht musste.

Es war das einzige Mal, das er mir den Abend über von der Seite gewichen ist. Jetzt sitzen wir schon seit Stunden um das Lagerfeuer, das er mit Leevi bei Einbruch der Dunkelheit für uns entzündet hat, und unterhalten uns.

Der ganze Strand leuchtet. Überall brennen Feuer, der Leuchtturm schickt seinen Lichtkegel über die Meerenge bis nach Vancouver Island und British Columbia, und um das halb leere Büfett und die Bar herum hängen Lichterketten.

Immer wieder gesellen sich Leute zu uns, um mit uns zu reden. Sie fragen Jonne und mich nach dem Club oder Leevi und Laina danach, wie es im Fischereibetrieb und der Bibliothek läuft. Manche kommen auch nur, um von ihrem eigenen Leben zu erzählen, und Brenda zog mich vorhin beiseite, weil sie einen Tipp für ihr aktuelles Kreuzworträtsel wollte.

Mittlerweile ist es ruhiger geworden. Auri und Tommy sind seit einer Stunde auf der Tanzfläche verschwunden. Sie wollten mich ebenfalls überreden, aber sie liegt direkt am Wasser, weshalb ich mich davor gedrückt habe. In der Dunkelheit vertraue ich dem Meer noch weniger. Und ich habe ohnehin nicht wirklich Lust zu tanzen. Hier ist es schöner.

Leevi und Laina sitzen uns gegenüber auf einer Decke, den Rücken an den Baumstumpf und die Köpfe gegeneinandergelehnt, und haben die Augen geschlossen. Nur Jonne und ich sind noch übrig. Wir schweigen und schauen in die Flammen, auf die er immer wieder trockenes Treibholz nachlegt. Die Musik dringt von der Tanzfläche zu uns herüber, und als ich mich umdrehe, sehe ich vor einem der Feuer dort eine kleine Gestalt herumhüpfen. Auris Lachen schallt über den Strand und wird von Tommys abgelöst, der ebenfalls in den Feuerschein tritt, ihre Hand ergreift und sie eine Pirouette drehen lässt.

Ich trinke den letzten Schluck von meiner Cola, stelle die Flasche beiseite und reibe mir über die Arme. Trotz des Feuers ist es mittlerweile kalt, und der Pulli, den ich mir vorhin übergezogen habe, reicht nicht, um mich warm zu halten.

»Was genau ist eigentlich zwischen Auri und Tommy?«, frage ich Jonne leise.

»Angeblich sind sie nur befreundet«, murmelt er. »Aber keine Ahnung, was in deren Köpfen vorgeht. Oder bei ihren gemeinsamen Filmabenden. Eigentlich wartet die ganze Insel nur darauf, dass sie zusammenkommen.«

»Aber sie könnten ja wirklich nur Freunde sein, oder nicht?«

»Könnten sie schon. Ich glaube, genau das versuchen sie auch. Doch irgendwie sind sie es nicht, sonst hättest du ja nicht gefragt, oder?«

»Hm.«

»Vielleicht habe ich aber auch keine Ahnung und rede nur Unfug, wer weiß. Das ist ihre Sache, ich will mich da nicht einmischen.«

Ich nicke verständnisvoll. »Und die beiden?«, hake ich leiser nach und nicke zu Leevi und Laina, die augenscheinlich eingeschlafen sind.

»Das ist was anderes. Die zwei sind wie Bruder und Schwester. Die würden sich nicht mal im Traum küssen. Oder sich gegenseitig Schokolade von der Hose lecken ...«

Ich muss leise lachen, und Jonne wirft mir einen amüsierten Seitenblick zu. Eine Windböe bringt das Feuer zum Flackern und mich zum Frösteln.

»Ist dir kalt?«, fragt er.

»Ich dachte, es ist August!«, beschwere ich mich scherzhaft.

»Hat dir niemand gesagt, dass wir hier keinen Sommer haben? Hier.« Jonne zieht seine Jacke aus und legt sie mir um die Schultern. Sie ist riesig und wohlig warm. Sofort hüllt mich sein Duft ein, der in dem Stoff hängt, und der Schauer, der mir diesmal über den Rücken läuft, liegt nicht an der Kälte. Jonne ist heute anders als sonst. Zuvorkommend, zugewandt, interessiert, gut gelaunt. Er ist so, wie ich ihn kennengelernt habe. Bevor er wusste, wer ich bin. Schon damals war ich hin und weg, und jetzt drehen die Schmetterlinge in meinem Bauch erst recht Loopings. Von Jonnes Blick wird meine Kehle eng, und ich wende das Gesicht eilig dem Feuer zu. Er schaut mich weiter an. Ich spüre es wie ein sanftes Knistern auf meiner Haut. Verstohlen schaue ich wieder zu ihm und versuche, meine Nervosität zu verbergen.

»Willst du die Jacke nicht?«, fragt er und klingt dabei fast schon verunsichert.

»Doch!«, sage ich eilig und ziehe sie zur Bestätigung enger um mich.

»Du siehst irritiert aus.«

»Sie riecht nach dir«, rutscht es mir heraus, und sofort bereue ich die Worte. Ich wollte einen Schritt auf ihn zugehen. Aber dieser Satz fühlt sich eher an, als würde ich ihm geradewegs in die Arme stolpern. Wieder falle ich mit der Tür ins Haus. Genau wie gestern mit der Umarmung und dem … dem Moment. Wenigstens kommt Jonne mir entgegen, wenn auch dezenter. Er zeichnet mich heimlich. Er umarmt mich zurück. Er legt mir seine Jacke um, wenn mir kalt ist.

»Ist das gut oder schlecht?«, will er leise wissen. Sein Blick ruht auf mir, aber ich kann ihn nicht deuten. Ich weiß nur, dass er alles in mir in Flammen setzt und sich das Kribbeln in meinem Magen bis in meine Fingerspitzen ausbreitet.

Ich schlucke. Zögere. Kratze meinen Mut zusammen. Jetzt bin ich schon losgestolpert. Es gibt kein Zurück mehr.

»Sehr gut sogar«, flüstere ich und bin froh, dass er im Feuerschein nicht sehen kann, wie rot ich geworden bin. Jonne mustert mich nachdenklich, und ich warte auf eine Reaktion. Eine Erwiderung. Irgendetwas.

Er hebt den Arm, führt ihn hinter mich, und ich halte kurz den Atem an. Doch Jonne zupft lediglich die Jacke an meiner Schulter zurecht und lässt seinen Arm wieder sinken. Ich wünschte, er hätte ihn dagelassen. Ich wünsche es mir mehr als alles andere.

»Du riechst auch sehr gut«, murmelt er und fährt flüchtig mit den Fingerspitzen über meine langen Haare. Sein Blick ist überall und nirgendwo, er folgt seiner Berührung, verhakt sich mit meinem, fällt dann auf meinen Mund. Nur kurz. Vielleicht habe ich es mir sogar eingebildet. Jonnes Knie drückt gegen meins, und ich erschrecke mich. Die Jacke rutscht mir erneut von den Schultern.

»Vielleicht solltest du ganz reinschlüpfen«, schlägt er vor. Ich nicke, und er hält sie für mich, während ich sie anziehe. Wieder muss ich an gestern denken. An Jonnes Gesicht so nah an meinem, seine Arme um meinen Körper, an seine plötzliche Flucht.

»Du warst gestern schnell weg.« Ich weiß nicht, woher ich den Mut nehme, meine Gedanken auszusprechen. Und das ausgerechnet ihm gegenüber, mit dem ich noch vor wenigen Wochen am liebsten nie wieder ein Wort gewechselt hätte.

Jonne hält inne. »Ja«, sagt er nach einer kurzen Pause. Ich muss mich überwinden, um weiterzusprechen, dem Gespräch den Sinn zu geben, den es haben soll.

»Ich habe mich gefragt, ob ich was falsch gemacht habe.«

Langsam schüttelt er den Kopf. In seinen Augen spiegelt sich das warme Licht des Feuers und zwischen seinen Brauen entsteht wieder diese steile Falte, von der ich wünschte, ich wüsste, was sie bedeutet. »Hast du nicht«, raunt er sanft, und mein Herz fühlt sich an, als würde es schmelzen.

»Aber dein Akkuschrauber …«

»Dem geht's gut.«

Ich atme tief ein. »Ich dachte nur … Ich war mir nicht sicher …« Mir fällt das Denken schwer, wenn Jonne mich so ansieht. Seine Augen wirken dunkler als sonst, genauso unergründlich wie das Meer, das ein paar Meter weiter in der Schwärze der Nacht auf den Kiesstrand rauscht. Ich wusste nicht, dass Schieferblau so viele Nuancen hat. Mit jeder neuen, die ich sehe, meine ich, auch mehr von Jonne zu erkennen. Sie schwappen mir vor die Füße wie die Wellen des Ozeans, und jedes Mal spülen sie eine neue Facette dieses Mannes an.

Jonne fixiert mich, wendet mir seinen Oberkörper weiter zu. Sein Knie streift wieder meines, und in seinem Blick flackert etwas auf, das ich vielleicht als Verlangen interpretiert hätte, wäre das hier ein Film und nicht die Realität. »Ja?«, hakt er nach, seine Stimme klingt rau.

»Ob du …«, stammle ich weiter.

Jonne rutscht kaum merklich näher zu mir, sein Oberschenkel drückt gegen meinen. Er senkt die Stimme. »Ob ich was?«

»Hey, ihr Langweiler!«

»Ob du das auch wolltest«, flüstere ich im selben Moment, in dem Auris Stimme furchtbar laut die kleine Bucht füllt. Hat Jonne überhaupt gehört, was ich gesagt habe? Wir wirbeln zu ihr herum. Die Frage tritt in den Hintergrund, als ich Auri wie ein Äffchen auf Tommys Rücken hängen sehe. Er steht über uns auf der Böschung, sichtlich angestrengt.

»Warum tanzt ihr nicht!«, lallt Auri und fuchtelt energisch mit einem Arm herum, was Tommy dazu veranlasst, sein Gewicht zu verlagern, und ihn leicht zum Taumeln bringt. Jonne erhebt sich, wahrscheinlich, damit er die beiden notfalls auffangen kann, falls sie gleich zu uns runterpurzeln. Bin ich froh, dass ich die beiden heute nicht mehr nach Hause fahren muss. Sie übernachten in einem Zelt am Strand, gemeinsam mit einigen anderen aus dem Dorf.

»Los!«, nörgelt Auri und hüpft auf Tommys Rücken herum. Er ächzt und umfasst ihre Schienbeine fester. »Das ist eine Party, da muss man auf die Tanzfläche! Ihr habt Brendas Moonwalk verpasst!«

»Mir ist nicht nach Tanzen«, versuche ich es.

»Keine Ausreden!« Mit einem Fingerzeig ordert Auri Tommy in Lainas und Leevis Richtung. »Ich geh jetzt die da wecken! Und wenn ihr danach noch hier sitzt, dann … überleg ich mir was!«

»Hört, hört!«, kommentiert Tommy und stakst vorsichtig die Böschung runter.

Jonne macht keine Anstalten, sich wieder zu setzen, weshalb ich ebenfalls aufstehe. »Wir müssen ja nicht tanzen«, schlägt er vor. »Nur weg von den zwei Feierwütigen.«

Ich willige ein. Jonne legt mir eine Hand auf den Rücken und führt mich aus der Bucht auf den dunklen Strand. Ich wünschte, wir würden wie Tommy und Auri den Weg über die Böschung nehmen. So müssen wir am Wasser entlang, das in durchdringender Schwärze verborgen liegt, bis zur Tanzfläche in einiger Entfernung. Als Jonne noch ein paar Schritte weiter in Richtung des Meeresrauschens tritt, bleibe ich stehen. Meine Beine wollen mich nicht dorthin tragen. Bei Tag wäre es etwas anderes, aber hier, in der Dunkelheit …

Er dreht sich zu mir um. Im schwachen Licht der entfernten Feuer kann ich erkennen, dass er die Stirn gerunzelt hat. Ich suche fieberhaft nach einer Ausrede für mein Verhalten, doch Jonne kommt mir zuvor.

»Das hast du vorhin auch schon gemacht.«

»Was?«, frage ich gespielt erstaunt. Es ist ihm also aufgefallen.

»Einfach stehen bleiben. Was ist los?«

Statt zu antworten, beiße ich mir auf die Unterlippe.

Jonne tritt näher zu mir, bis er direkt vor mir ist. »Lav?«

Ich kann es ihm nicht sagen! Nicht mal mein Vater weiß davon. Wie auch, er hat sich nie die Mühe gemacht, danach zu fragen oder Ausflüge mit mir gemacht, bei denen er es hätte herausfinden können. Niemand weiß von meiner Angst. Aber das bedeutet auch, dass ich allein mit ihr bin. Allein mit einem Gegner, dem ich unterlegen bin, der Macht über mich hat, der mich davon abhält, die Schönheit in etwas zu sehen, das mir als Kind die Welt bedeutet hat.

Jonne schaut mich immer noch an. Ich wette, er würde nicht zulassen, dass eine Angst ihn derart verschlingt. Und vielleicht würde er auch mir helfen. Mir die Hand reichen. Mir etwas von seiner Stärke leihen.

»Ich trau mich nicht ans Wasser«, gestehe ich leise.

Jonne schweigt. Und fast wünsche ich mir, er würde mich an der Hand nehmen und mich dennoch ans Ufer ziehen. Mir helfen, wenigstens das zu überwinden. Ich weiß, dass er nicht dafür sorgen kann, dass die Schuldgefühle verschwinden. Die Trauer. Die Zweifel. Der Schmerz. Aber wenn ich mit ihm an meiner Seite wenigstens die Zehen ins Wasser stecken könnte, würde ich mich vielleicht nicht mehr ganz so furchtbar fühlen. Nicht mehr ganz so schwach.

»Aber hier geht es noch?«, fragt er stattdessen. Er will nicht mal wissen, warum es so ist. Er fragt nicht nach Brad, Jenson oder der Tragödie damals.

»Ja.«

»Dann bleiben wir weiter hinten. Geh du voraus.«

Dankbarkeit durchströmt mich, und ich unterdrücke das Bedürfnis, Jonne schon wieder um den Hals zu fallen. Stattdessen bahne ich mir am Rande der Böschung einen Weg zur

Tanzfläche und er folgt dicht hinter mir. Die Musik wird lauter, das Licht der Lagerfeuer heller. Wir mischen uns unter die Leute und finden schnell einen Platz zwischen tanzenden Pärchen. Ich erspähe Sally, Judith und ein paar Meter weiter auch Jonnes Eltern.

»Siehst du, was ich sehe?«, fragt er hinter mir, und ich spüre, wie er so nah an mich herantritt, dass seine Brust kaum merklich meinen Rücken berührt.

»Was?«, erwidere ich und wage es nicht, mich zu bewegen.

»Da.« Jonne beugt sich vor und deutet in die Menge. Seine Wange streift mein Ohr, was einen angenehmen Schauer über meinen Rücken jagt. Das war ein Versehen, oder?

Ich lasse den Blick schweifen und erkenne Miko und Hannah, die ebenfalls unter den Tanzenden sind. Sie stehen eng umschlungen. Hannah hat die Arme um Mikos Nacken gelegt, er seine um ihre Mitte. Ihr Kopf lehnt an seiner Schulter.

»Na endlich«, sage ich lächelnd.

»Die turteln ganz schön«, stellt Jonne fest, und wieder streift seine Wange dabei mein Ohr. Das macht er mit Absicht, oder? Er muss das merken. Es kann doch nicht sein, dass er die Berührungen gar nicht wahrnimmt, während sie mir wie Stromschläge unter die Haut fahren.

Ich fühle mich betrunken. Zwar hatte ich keinen Tropfen Alkohol, aber anders kann ich mir nicht erklären, was ich hier tue. Ich drehe leicht den Kopf, hebe mein Kinn etwas in Jonnes Richtung. Seine Wange ruht jetzt an meiner. Warm und rau und absolut verwirrend. Er zieht sich nicht zurück. Verharrt genau so, als würde ihn dieser Moment ebenso den Atem anhalten lassen wie mich.

Ich will einen Schritt rückwärts machen, in seine starken Arme, will mich ganz an seine Brust lehnen. Ich will ihm mein Gesicht weiter zuwenden, den Hals recken, will seinen Atem, der gerade heiß meinen Wangenknochen streift, auf meinen Lippen spüren und dann seine auf meinen.

Ich will das so sehr, dass es beinahe wehtut. Jede Faser meines Körpers sehnt sich nach ihm. Alles kribbelt, brennt. Mein

Herz donnert ohrenbetäubend gegen meine Brust, weil Jonne mir so nah ist und dennoch viel zu fern, weil es sich so richtig anfühlt und gleichzeitig so beängstigend.

Meine Arme hängen nutzlos an meinen Seiten herunter, aber dann strecke ich eine Hand nach hinten aus und streife wie versehentlich Jonnes Oberschenkel. Bestimmt wird er sich gleich wieder zurückziehen, wie gestern die Flucht ergreifen.

Stattdessen streichen Jonnes Finger flüchtig über meinen Handrücken. Es wirkt wie ein Versehen, aber es ist Absicht. Es muss Absicht sein, denn er weiß doch sicher genauso gut wie ich, was wir hier tun, oder?

Aber … was tun wir eigentlich?

Erneut streifen sich unsere Hände. Ich verhake meinen kleinen Finger mit Jonnes viel größerem Zeigefinger. Ganz kurz nur. Flüchtig. Doch es kommt einer Aufforderung gleich, einer Frage. Jonne wiederholt die kleine Geste und lässt sich mehr Zeit, bevor er wieder loslässt. Die Berührung brennt nach, und die Sehnsucht in meiner Brust nimmt unerträgliche Ausmaße an.

»Lav?« Er flüstert meinen Namen, als wäre er ein Geheimnis zwischen uns. Als dürfe niemand erfahren, dass er mich so nennt.

»Hm?«, ist alles, was ich hervorbringe.

»Ich wollte es auch.«

Kurz bin ich verwirrt darüber, was er meint. Dann stocke ich, stockt alles in mir, weil ich nicht ganz glauben kann, was er da sagt. Gestern. Das auf der Leiter. Jonne verschränkt unsere Finger miteinander, erst die rechte Hand, dann auch die linke. Er schmiegt seine Wange enger an meine und beginnt, sich leicht im Takt der Musik zu wiegen.

Ich folge der Bewegung und lehne mich zurück. An Jonnes warme Brust, dem ohne die Jacke sicher furchtbar kalt ist. Ich recke das Kinn. Drehe den Kopf noch ein winziges bisschen. Streife mit meinem Mundwinkel seinen. Es ist mir unmöglich, klar zu denken. Ich nehme nur noch Jonnes Nähe wahr, gemischt mit dem sengenden Bedürfnis, ihn zu küssen.

Jonnes Griff um meine Hände wird fester. Er hebt unsere Arme und schlingt sie um mich wie einen Kokon. Dann nimmt er einen tiefen Atemzug, der an meinem Mundwinkel kitzelt. »Sag mir, wenn ich aufhören soll«, raunt er, und ich spüre die Bewegung seiner Lippen direkt an meinen.

»Gar nicht«, flüstere ich, und wäre mein Körper nicht wie paralysiert, würde ich jetzt endgültig den Kopf zu ihm wenden und ihn küssen. Ich glaube zu wissen, wie es sich anfühlen würde. Die Vorstellung allein ist so lebhaft, so aufreibend. Die weiche Härte seines Mundes auf meinem, seine warme Hand in meinem Nacken ∴.

Jonne zieht mich fester an sich. »Du …«

Er wird mitten im Satz unterbrochen, weil uns jemand von der Seite anrempelt und zum Stolpern bringt. Jonne findet sein Gleichgewicht schneller wieder als ich und hält mich fest. Erschrocken drehen wir uns um.

»Ups!« Tommy steht schwankend vor uns, Auri an einer Hand. Die lacht, als sie unsere verdatterten Blicke sieht.

»Sorryyy!«, lallt sie. »Weitermachen!« Sie zieht Tommy mit sich, und die beiden verschwinden kichernd in der Menge, nicht ohne dabei noch fünf weitere Pärchen anzurempeln.

Ich verfluche sie in Gedanken. Jonnes Arme liegen zwar immer noch um mich, aber nicht mehr so fest wie zuvor, und seine Wange lehnt nicht mehr an meiner. Der Moment zwischen uns ist geplatzt, mein Kopf ist wieder klarer, und ich stehe wieder in der Realität – an einem arschkalten Strand zwischen lauter angeheiterten Partygästen.

Jonne räuspert sich und lockert seine Umarmung weiter. »Gut, dass du die nicht heimfahren musst.«

Ich nicke und wende mich zu ihm. »Ich glaube, ich breche auch langsam mal auf.« Plötzlich ist mir peinlich, was zwischen uns passiert ist. Wir stehen hier mitten in der Öffentlichkeit. Das ganze Dorf kann uns bei unseren Annäherungsversuchen beobachten. Und die Betonung liegt auf *versuchen*, denn besonders erfolgreich sind wir dank Auri und Tommy nicht. Einen weiteren unterbrochenen Fast-Kuss ertrage ich nicht. Mein ganzer Körper kribbelt noch von Jonnes Nähe eben, und mein Gehirn hat merkbar Schwierigkeiten, das alles zu verarbeiten.

Jonne hält meinen Blick gefangen. Kurz zögert er.

»Nimmst du mich mit?«, will er dann wissen. »Oder lässt du mich mit den Partytieren allein?«

Mein Herz macht einen Satz. »Klar. Wo musst du hin?«

Er schüttelt den Kopf. »Ich steig einfach bei dir aus, wenn es dir recht ist. Dann weiß ich auch, dass du sicher angekommen bist. Hier auf der Insel gibt es Hirsche.«

Ich versuche zu durchschauen, ob er das ernst meint oder es nur ein Vorwand ist. Vergeblich. »Okay«, willige ich ein. »Dann … zu mir.« Wie surreal klingt das bitte?

Wir verabschieden uns von Jonnes Eltern, damit uns später niemand sucht, und gehen gemeinsam zurück in den Wald, wo die Autos parken. Das flaue Gefühl in meinem Magen wird intensiver, je weiter wir uns vom Strand entfernen. Als ich nach einer gefühlten Ewigkeit hinter dem Lenkrad sitze und zu Jonne herüberschaue, ruht sein Blick auf mir. So warm und weich, dass ich mich am liebsten wieder an ihn geschmiegt hätte und sich Hitze in meinem Bauch sammelt.

»Willst du deine Jacke zurück?«, frage ich stattdessen.

Er schüttelt den Kopf. »Mir ist nicht kalt.«

Mir dank der Jacke auch nicht, aber jetzt breitet sich dennoch Gänsehaut auf meinen Armen und in meinem Nacken aus. Jonnes Gewitteraugen lösen zunehmend ein Unwetter in meinem Inneren aus. Eins, das mich dazu veranlasst, ihn zu mir ziehen und küssen zu wollen.

Reiß dich zusammen.

Mit einem Räuspern löse ich meinen Blick von Jonne und schnalle mich an. Er tut es mir nach, und ich starte den Wagen. In dem alten Golf wird die Heizung nur langsam warm, aber wir haben fast eine halbe Stunde Fahrt vor uns. Ich fahre besonders vorsichtig nur für den Fall, dass uns wirklich ein Hirsch begegnet, während Jonne einen Radiosender einstellt. An der alten Anlage ist das gar nicht so einfach. Man kriegt viel

Rauschen und Knacksen, bevor man brauchbare Musik findet. Seitdem ich bei der Anreise von Edmonton hierher den alten Sender nicht mehr reinkriege, habe ich noch keinen neuen eingestellt.

»Das«, sage ich, als ich durch das Rauschen hindurch die Akkustikversion von *Panic Room* erkenne. Jonne stellt den Sender richtig ein und lehnt sich im Sitz zurück. Die ganze Strecke über reden wir kein Wort. Starren nur schweigend auf die dunkle Straße vor uns und lauschen der Musik. Eine geradezu schmerzhafte Anspannung hat sich im Innenraum des Autos ausgebreitet, und aus irgendeinem Grund schreit alles in mir danach, den Motor abzustellen und über die Mittelkonsole auf Jonnes Sitz zu krabbeln. Ich sehne mich nach jemandem, der mich vor wenigen Wochen noch verabscheut hat. Und er hätte mich fast geküsst. Zweimal. Das ist so verwirrend …

Irgendwie schaffe ich es, mich zusammenzureißen, aber als ich den Golf vor dem Haus parke, zittern meine Hände vor Aufregung, und ich kann mich nicht aufraffen, den Schlüssel aus dem Zündschloss zu ziehen. Ich spüre Jonnes Blick auf mir. Die Luft im Auto ist dünn geworden, so als wäre zwischen uns kein Sauerstoff mehr. Meine Atmung geht flach und zu schnell, und egal, wie sehr ich es versuche, ich kriege keinen klaren Gedanken mehr zu fassen. Jedes Mal erinnere ich mich nur an das Gefühl seiner Wange an meiner, seiner Lippen direkt an meinem Mundwinkel.

»Lav?«

Jonnes Stimme jagt einen angenehmen Schauer über meinen Rücken. Sie klingt weich und rau zugleich. Eine Bitte schwingt in ihr mit. Mühsam drehe ich den Kopf zu ihm und sehe ihn an.

»Alles okay?«, raunt er.

Ich nicke.

»Mach den Motor aus.«

Ich bin wie gefesselt von seinem Blick, rühre mich keinen Zentimeter. Jonne beugt sich vor, greift über mich hinweg und dreht den Zündschlüssel selbst um. Mit wackligen Knien löse ich meine Füße von den Pedalen, und Jonne zieht die Handbremse. Er hat die Ärmel seines Pullovers hochgeschoben, weil die Heizung in den letzten Minuten ganz schön warm geworden ist. Es entblößt seine nackten Unterarme, und aus irgendeinem Grund macht mich der Anblick an. Es sind nur Arme, verdammt! Kräftige, muskulöse Arme. *Jonnes* Arme …

Mein Blick wandert über seine gebräunte Haut, die Konturen seiner Muskeln, zu seinen langen, kräftigen Fingern, die vorhin noch mit meinen verschränkt waren.

»Lav.«

Ich schaue auf, und mein Blick findet seinen mit erschreckender Sicherheit. Fast als hätten wir uns schon stundenlang angestarrt. Was wir ja auch haben … irgendwie.

Die Außenbeleuchtung der Veranda geht aus, und einen Moment sehe ich nichts mehr, bis sich meine Augen an das schwache Mondlicht gewöhnen. Jonnes Stirn liegt in Falten, sein Mund ist leicht verzogen, sein Blick bohrt sich weiter in meinen.

Nervosität flammt in mir auf. Gemischt mit dem unerträglichen Bedürfnis, ihm wieder näherzukommen, ihn zu berühren, endlich zu erfahren, ob seine Lippen so verflucht weich sind, wie ich es mir vorstelle.

Stattdessen starren wir uns einfach nur an.

Ich schlucke schwer und löse meine verkrampften Finger vom Lenkrad. »Wir sind da«, krächze ich und verfluche mich im selben Moment dafür. Als wüsste er das nicht. Warum musste ich das sagen? Es klingt wie ein Rausschmeißer.

»Soll ich gehen?«, fragt Jonne leise.

»Nein«, erwidere ich mit erstaunlich sicherer Stimme.

Ohne dabei den Blick von mir abzuwenden, löst Jonne erst seinen Gurt, dann meinen. Ich wende mich ihm zu, und seine Finger streifen meinen Oberschenkel, wandern hoch über meine Hüfte und meine Taille, bis zu meiner Schulter. Es sind federleichte Berührungen. Sanft. Zögernd. Fragend. Als wollte er mir die Chance geben, doch noch auszusteigen.

Aber das will ich nicht. Ich will diesen Wagen nie wieder verlassen, solange *er* hier sitzt. Jonnes warme Hand schiebt sich in meinen Nacken. Er dirigiert mich kaum merklich zu sich, und ich komme seiner Aufforderung nach. Jonne beugt sich zu mir vor, und das Ziehen in meiner Brust wird unerträglich. Ich schließe die Augen, und nur Sekunden später liegen seine Lippen auf meinen. Weich und gleichzeitig bestimmt. Heiß. Überraschend fordernd.

Seufzend öffne ich meinen Mund und greife in Jonnes Pullover. Sein freier Arm wandert unter die Jacke und schlingt sich um meine Taille. Er führt meinen Oberkörper enger an sich, und unser Kuss wird intensiver, drängender. Jonnes Zungenspitze findet meine, sein Dreitagebart kratzt mich am Kinn. Ich streiche mit der Hand über seine Wange, bevor ich die Finger in seinen Haaren vergrabe und ihn über die Mittelkonsole zu mir ziehe.

Er richtet sich auf, stützt sich mit einem Arm neben mir ab und klettert darüber. Jonne drückt mich mit dem Rücken gegen die Fahrertür und schiebt sein Knie auf meinen Sitz, zwischen meine Beine. Sein breiter Oberkörper drängt sich gegen mich. Er küsst mich härter, tiefer, und ich kralle mich fester in seine Haare.

Jeder klare Gedanke, den ich vielleicht noch hätte haben können, geht in diesem Kuss unter, der sich anfühlt wie eine schöne, heilsame Version von Ertrinken. Je mehr wir darin versinken und ich langsam den Bezug zur Realität verliere, desto besser. Je fester sich Jonnes Arme um mich schlingen, je drängender sich seine Lippen auf meine pressen, desto befreiter fühle ich mich. Verloren zu sein ist kein schönes Gefühl. Es ist einsam, schmerzhaft. Das habe ich in meinem Leben gelernt. Aber mich in *ihm* zu verlieren macht mich auf seltsame Art und Weise wieder ganz.

Ich verstehe nicht, wie ein Mensch so gut schmecken kann. Geschweige denn so gut riechen. Der dezente Duft seines Parfüms, der mir schon den ganzen Abend in der Nase hing und mir langsam den Kopf vernebelte, ist jetzt überwältigend. Ich sauge an Jonnes Unterlippe, und er gibt einen kehligen Laut von sich, gräbt seine Hand mit sanftem Druck in meine Taille. Ich lasse meine Finger hinunter in seinen Nacken wandern, über seine raue, heiße Wange, sein Kinn, seinen Hals, seine kräftigen Schultern, seine Brust. Ich will alles von ihm spüren, und gleichzeitig ist es zu viel. Ich scheine in seinen Armen zu verbrennen, schmelze dahin, löse mich langsam auf.

Jonne beugt sich weiter über mich und zieht mich näher zu sich. Ich rutsche im Sitz nach unten und stöhne seinen Namen, als sein Knie dabei gegen meine Mitte drückt und ungeahntes Verlangen mich durchfährt. Ich will ihn näher an mich drücken, doch genau in diesem Moment löst er sich von mir. Viel zu schnell und abrupt. Ich öffne die Augen und lese Verwirrung in seinem Gesicht. Zweifel. Schock.

»Fuck«, stößt er aus und richtet sich so ruckartig auf, dass er mit dem Hinterkopf an die niedrige Wagendecke stößt. Er stöhnt, reibt sich erst den Kopf und dann das Gesicht. »Shit, Lav, ich …«

Er spricht nicht weiter. Noch immer hat er ein Knie zwischen meinen Beinen. Ich liege in einer unangenehm verdrehten Position vor ihm, halb in seiner Umarmung gefangen, die er jetzt wieder löst, und kann nur hilflos dabei zusehen, wie er sich zurückzieht. Dicht macht. Diese Verbindung zwischen uns kappt, den Moment beendet.

Jonne weicht von meinem Sitz zurück und fährt sich erneut über das Gesicht. »Scheiße«, murmelt er und atmet tief durch. Noch mal. Als würde er nicht genug Luft kriegen. Sein Blick wandert durch die Windschutzscheibe, zu dem dunklen Haus vor uns, dann huscht er zu mir.

»Was?«, hauche ich, doch ich erkenne bereits die Reue in seinen Augen. Und etwas, das ich gehofft hatte, nie wieder dort sehen zu müssen. Seinen Groll.

Eben noch habe ich mich schwerelos gefühlt. Jetzt folgt der Absturz. Er ist brutal und schmerzhaft, reißt alles mit sich in die Tiefe. Meine Eingeweide, meine Hoffnungen, und allen voran mein Herz.

»Das …« Er ringt um Worte. Rauft sich die Haare, als hätte er soeben den Fehler seines Lebens begangen.

»Jonne«, flüstere ich mit zitternder Stimme.

»Sorry.« Er schüttelt heftig den Kopf, reißt die Autotür auf und steigt aus. »Ich muss nachdenken.« Donnernd fällt sie ins Schloss. Ich liege weiterhin halb verrenkt auf meinem Sitz und verstehe nicht, was gerade passiert ist. Tränen steigen mir in die Augen, ein stechender Schmerz durchbohrt mein Herz.

Er muss nachdenken? Jetzt, plötzlich, nachdem er mich geküsst hat? Er geht einfach so?

Ich dachte …

Ja, was eigentlich?

Ich dachte, das zwischen uns hätte sich geändert. Ich dachte, ich könnte ihm vertrauen. Doch bei dieser Annahme habe ich mich nur auf ihn konzentriert. Auf seinen Charakter, seine Hilfsbereitschaft, seine Wärme. Ich habe vergessen, wer *ich* bin. Und dass er *mir* wahrscheinlich nie vertrauen wird, weil ich das nicht verdient hätte.

Die Erkenntnis sticht mehr als alles andere. Mühsam richte ich mich auf und streiche meine zerzausten Haare glatt. Tief durchatmen. Ich weine nicht. Nicht schon wieder. Nicht wegen Jonne Aalton, der mich hier ohne ein Wort der Erklärung sitzen lässt, als hätte das eben rein gar nichts bedeutet. Als ginge es nur darum, was er fühlt, und kein bisschen darum, was es mit mir macht, wenn er mir … Wenn *ich* mir Hoffnungen auf etwas mache, das nie passieren wird. Als hätte ich noch nicht genug Gründe zum Weinen.

Obwohl ich dagegen ankämpfe, kommen die Tränen. Ich habe es so satt. Ich habe den Schmerz satt, die Reue, die Unsicherheit. Ich habe alles satt, was ich seit so vielen Jahren täglich empfinde, und wenngleich es hier auf der Insel eine ganze Weile besser war, ist in meinem Hinterkopf weiterhin das Wissen, dass ich nicht hier sein sollte. Egal, wie sehr es mir hier gefällt, wie wohl ich mich in Tommys Bäckerei, Sallys Esszimmer oder Jonnes Armen fühle.

Es sind dieselben Empfindungen wie bei meiner Ankunft, die mich jetzt überrollen. Schuld. Angst. Trauer. Wie schon damals habe ich versucht, mich an Jonne festzuklammern. Jonne, der der Letzte sein sollte, an den ich mich wende. Der mir keinen Halt geben will. Der sich mir entzieht, weil es genau das ist, was ich verdient habe. Fuck.

Ein Schluchzen lässt meinen Körper beben, und ich vergrabe das Gesicht in meinen zitternden Händen. Ich weiß gar nicht, warum es plötzlich wieder so schlimm ist. Bis vorhin war doch alles okay. Mir ging es okay. Ich will endlich, verdammt noch mal, okay *bleiben*! Stattdessen weine ich. Immer und immer wieder, weil das zwar nicht hilft, aber alles andere es ebenso wenig tut.

Ein Klopfen am Fenster neben mir lässt mich zusammenfahren. Ein dunkler Schemen zieht die Tür auf, und ich schreie erschrocken. Das Licht im Wageninneren springt an und erhellt Jonnes vertrautes Gesicht. Er hat die Brauen zusammengezogen, seine Stirn gerunzelt.

Ich erstarre, während mein Herz von dem Schock loshämmert wie wild. Keiner von uns sagt ein Wort. Wir schauen uns eine gefühlte Ewigkeit lang nur an, und ich blinzle Jonne mit Tränen in den Augen entgegen. Er geht vor mir in die Hocke und scheint vergessen zu haben, was er wollte.

Zweimal öffnet er den Mund, als wolle er etwas sagen, lässt es dann allerdings sein. Als er die Worte schließlich ausspricht, weiß ich nichts mit ihnen anzufangen. Sie sind heiser und verwirrend.

»Warum bist du hier?«

»Was?«, flüstere ich.

Tief atmet Jonne durch. »Auf der Insel. Warum bist du hergekommen? Du wolltest nie hier sein, das weiß ich.«

Ich schlucke.

»Mein Kopf platzt gleich vor lauter Fragen, Lav«, meint er ruhig. »Ich brauche Antworten. Bitte?«

»Ich hab mein Studium versemmelt«, gebe ich leise zu.

»Aber warum kommst du hierher?«

»Weil ich kein Geld habe. Keine Perspektive. Nur das Haus.«

Überrascht hebt er die Brauen. »Was ist mit deinem Vater?«

Jetzt ist es an mir, verwirrt zu schauen. »Was soll mit ihm sein?«

»Zufällig weiß ich, dass der genug Geld hat. Ich hab ihn bei Jensons Beerdigung gesehen. Allein von den Kosten für seinen Anzug hättest du ein Jahr lang Miete zahlen können.«

»Mein Vater war bei der Beerdigung?« Die Frage ist nur noch ein Krächzen, so sehr schnürt mir der Gedanke die Kehle zu. Er hat mich nicht gefragt, ob ich mitkommen will. Mir kein Wort gesagt. Natürlich nicht.

»Kurz, ja«, antwortet Jonne und klingt jetzt fast besorgt. »Sah aber eher aus, als wäre er bei einem Geschäftstermin, statt nach der Beerdigung seines Bruders. Er stand nur am Rand und hat jeden abgewimmelt, der mit ihm reden wollte.«

Aber er war da. Das ist mehr, als ich geschafft habe.

»Mein Vater spricht nicht mehr mit mir.« Und dennoch warte ich darauf, dass er mich anruft. Weil ich es mir nicht eingestehen will. Wie verkorkst wir beide sind.

»Warum?«

Die Antwort treibt mir erneut Tränen in die Augen. »Weil ich seinen Erwartungen nicht entspreche und zu kaputt bin für seine heile Welt. Wieso fragst du das alles?«

Jonne sieht etwas ratlos zu mir auf. »Weil ich es verstehen will«, sagt er leise. »Dich.«

»Da gibt es nichts zu verstehen«, erwidere ich schluchzend. »Ich bin eine feige, rückgratlose Verräterin.«

»Das wollte ich glauben«, sagt er ruhig. »Aber ich kann es nicht.«

Meine Kehle ist wie zugeschnürt. »Und was glaubst du stattdessen?«

Jonne zögert. »Das habe ich noch nicht herausgefunden. Es ist verwirrend. Du, Jenson, dieses Haus ...« Er mustert mich.

»Bereust du es?«, entwischt es mir.

»Was?«

Ich reibe mir über das Gesicht und wische mir die Tränen von den Wangen. »Das eben …«

»Den Kuss?«

Ich nicke vorsichtig.

Wieder zögert Jonne. »Nein, ich denke nicht.«

Ich schniefe. »Aber?«

Er schaut mich weiter an. Offen. Unbefangen. Schmerzhaft ehrlich. »Aber ich weiß nicht, ob ich das vielleicht sollte.«

»Weil du noch nicht herausgefunden hast, was du glaubst?«

»So ungefähr.«

Zwischen Jonnes Brauen hat sich wieder diese steile Falte gebildet, und endlich meine ich zu wissen, was der Grund für sie ist.

Ich bin es. Ich bringe ihn so zum Grübeln, Zweifeln, Trauern. Dabei ist alles, was ich tun will, sanft mit dem Daumen darüberzufahren und sie endlich zu glätten.

»Es ist kalt«, stellt er leise fest. »Wie wär's, wenn ich dich reinbringe?« Er erhebt sich und hält mir eine Hand hin. Ich ergreife sie und lasse zu, dass er seine Finger um meine schließt, mich sanft aus dem Auto zieht, mir vor der Haustür die Schlüssel abnimmt und sie für mich aufsperrt. Jonne betritt vor mir den Raum und betätigt ganz selbstverständlich den Lichtschalter, den ich die ersten Tage jedes Mal suchen musste, weil er etwas zu weit weg vom Türrahmen angebracht ist. Jonne hat in seinem Leben so viel mehr Zeit hier verbracht als ich, und wieder fühlt es sich merkwürdig an, dass dieses Haus jetzt mir gehört, obwohl er es verdient hätte.

Ich schließe die Tür hinter mir und streife entkräftet meine Schuhe ab. Keine Ahnung, ob Jonne gehen will. Ich hoffe irgendwie, dass er es nicht tut. Ich habe Angst davor, was mit mir passiert, wenn er mich jetzt allein lässt. Ob dann dieses finstere Etwas wiederkehrt, das mich eben im Wagen so überwältigt hat. Ob ich dann allein auf dem Sofa liege und bis zum Morgengrauen weine, wie schon so oft.

Ich trotte in die Küche, während Jonne neben der Garderobe stehen bleibt und sich in dem offenen Wohnraum umsieht. Ob es für ihn genauso merkwürdig ist, ohne Jenson hier zu sein, wie für mich anfangs? »Willst du einen Kakao?«, frage ich und hole die Milch aus dem Kühlschrank.

Unsere Blicke treffen sich, und seine Worte von eben durchbohren erneut mein Herz. *Ich weiß nicht, ob ich es bereuen sollte.* Fühlt es sich für ihn wie Verrat an, wenn er mich küsst? Glaubt er, er würde Jenson damit hintergehen, weil *ich* ihn so lang hintergangen habe? Was mache ich hier eigentlich? Was erhoffe ich mir von Jonne? Ich weiß es doch selbst nicht.

»Vielleicht einen Tee?«, schlägt er vor, zieht seine Schuhe aus und kommt zu mir. Ich setze Wasser auf, gieße Milch in den Milchaufschäumer und kippe ordentlich Kakaopulver dazu. Dabei fällt mir auf, dass ich immer noch Jonnes Jacke trage. Die Ärmel rutschen mir über die Handgelenke, und kaum dass ich mir ihrer bewusst bin, wiegt sie seltsam schwer auf meinen Schultern. Ich bräuchte sie nicht. Im Haus ist es warm. Trotzdem bringe ich es nicht über mich, sie auszuziehen und sie ihm zurückzugeben. Es wäre ein Schritt in eine Richtung, in die ich nicht gehen will. Ein Schritt weg von ihm. Dabei steht uns dieser Weg doch unweigerlich bevor. Ich zögere es nur heraus.

Jonne *weiß es nicht*. Er weiß es *noch* nicht. Früher oder später wird er sich sicher sein. Wenn er sich an alles erinnert hat, was ich Jenson über die Jahre angetan habe. An all die nicht erwiderten Anrufe, die unbeantworteten Mails, die Geburtstagsgeschenke, auf die keine Antwort von mir kam. Jenson wird Jonne von ihnen erzählt haben, und wenn er all das wieder im Gedächtnis hat, wird ihm klar werden, dass wir nicht zusammenpassen. Er, der treue Freund, und ich, die feige Verräterin. Er wird merken, dass er mir nicht verzeihen kann. Dass er niemanden mögen oder gar lieben kann, der so verkorkst ist wie ich.

Ich starre hinunter auf den Milchaufschäumer, Jonne im Rücken, der am Esstisch lehnt, und wünschte, es wäre einfacher. Anders. Ich wünschte, ich wäre stärker gewesen, hätte all diese Fehler nicht gemacht.

Ich wünschte, ich wäre *jetzt* stärker, um ihm genau das zu sagen. Wie sehr es mir leidtut. Wie sehr ich es bereue. Wie sehr es schmerzt, mit dieser Vergangenheit zu leben, die einerseits meine Schuld war und andererseits nie anders hätte werden können, weil ich so eben bin.

Irgendwie schaffe ich es, nicht schon wieder zu weinen und unsere Getränke in zwei Tassen zu füllen. Ich drücke Jonne eine in die Hand und lege meine zitternden Hände um die andere. Dann stehe ich einfach nur da und beobachte, wie der Milchschaum meines Kakaos sich langsam auflöst.

»Setzen wir uns aufs Sofa?«, schlägt Jonne vor.

Am liebsten würde ich Nein sagen. Denn Setzen bedeutet sicher auch Reden, und ich habe Angst vor diesem Gespräch. Momentan habe ich Angst vor vielen Dingen. Angst vor allem. Vor der Zukunft, der Vergangenheit, dem hier und jetzt. Sie sind alle gleich schlimm.

»Okay«, ringe ich mir ab, und wir lassen uns auf die Couch sinken, ein halber Platz Sicherheitsabstand zwischen Jonne und mir. Ich trinke einen Schluck von meinem Kakao und wünschte, die Schokolade würde helfen.

Jonne lässt den Blick über die zerwühlte Decke, das Kopfkissen und meinen offenen Koffer schweifen. Dann stellt er die Frage, vor der ich mich schon lange fürchte, weil ich mich nicht mit der Antwort auseinandersetzen will, nicht mal allein. Keine Schonfrist, kein Small Talk über das Wetter. Jonne kommt gleich zum Punkt. »Warum schläfst du hier unten?«

Mir schnürt sich die Kehle zu. Ich umklammere meine Tasse fester.

»Lav?« Wann ist seine verdammte Stimme so sanft geworden? Wann hat er aufgehört, mich zu hassen, obwohl er es nicht sollte?

»Ich kann nicht«, bringe ich hervor.

»Antworten?«

»Hoch.« Das Wort ist kaum mehr als ein Flüstern.

»Weil es wehtut.« Es ist keine Frage, sondern eine Feststellung. Verwirrt schaue ich zu ihm auf. »Ich verstehe das. Ich hasse es, hier drin zu sein. Es bringt mich um.«

Ich schlucke. »Und trotzdem bist du hier.«

»Es wirkte notwendig.« Jonne zuckt mit den Schultern.

»Aber du hättest es nicht tun müssen. Du bist so viel stärker als ich.«

»Stärker?«, wiederholt er ironisch und lacht leise. »Du meinst, weil ich meine Gefühle so gut im Griff habe?«

»Du hast ihm beigestanden«, hauche ich. »Du warst da. Immer. Egal, was war.«

»Ja. Das war ich.«

»Ich … Ich war zu feige.« Meine Stimme bricht, und ich spüre die Tränen kommen, kämpfe vergeblich gegen sie an. »Aber ich … ich konnte nicht …«

Jonne legt seine Hand auf meine. »Ich versteh's, Lavender. Ich glaube, endlich verstehe ich es.«

Ich fange wieder an zu weinen. Seine Worte sind unerwartet, sind heilsam, sind schmerzhaft. »Aber das macht es doch nicht besser«, presse ich schluchzend hervor.

»Jenson hat es auch verstanden.«

Der Satz durchbohrt mein Herz. Sein Inhalt ist mir unverständlich, und gleichzeitig wusste ich es schon immer. Ich stelle den Kakao auf dem Couchtisch ab und krümme mich, vergrabe das Gesicht in den Händen. Erinnerungen an Jenson drängen in mir an die Oberfläche. Die, die ich mühsam unter Verschluss gehalten habe. Jenson, der mich sanft in den Arm nimmt. Der mich beim Spazierengehen an der Hand hält, an der anderen Brad. Jenson, der uns Waffeln macht. Jenson, der mich tröstet, weil Dad mich eine Woche später abholt als geplant. Jenson, der von Mom erzählt und Brad und mir alte Fotos zeigt. Jenson, der mehr Dad war, als Dad es je war, und den ich unverzeihlich behandelt habe. Wir haben Brad verloren, und ich mich selbst, und Jenson mich, und ich alles.

Ich höre, wie Jonne seinen Becher ebenfalls abstellt. Kurz darauf ist er bei mir, legt mir seinen Arm um, zieht mich an sich. Die Berührung ist Trost und Folter zugleich. »Soll ich reden oder schweigen?«, raunt er.

Ich bringe nur ein Nicken zustande.

»Reden?«

Wieder nicke ich.

»Soll ich ehrlich sein?«

Und wieder. Diesmal schwächer, während ein Schluchzen meinen Körper zum Beben bringt.

»Ich mag dich, Lav«, beginnt Jonne heiser. »Sehr sogar. Ich weiß, wie hilfsbereit du bist. Dass du niemandem etwas Böses willst. Dass dir viel daran liegt, andere glücklich zu machen. Aber ich habe dich auch sehr lange gehasst. Nicht erst, seit du hier aufgetaucht bist, sondern seit Jahren. Jenson hat so viel von dir gesprochen. Er hat dich geliebt wie eine eigene Tochter, wollte Kontakt zu dir, hat dir immer wieder eine Hand angeboten. Und ich hab mich gefragt, was du dir einbildest, ihm nicht zu antworten. Warum du ihm das antust. Womit er das verdient hat. Ich habe ihn geliebt. Er war mein bester Freund, obwohl er viel älter war als ich.«

Jonnes Worte brennen mir ein Loch ins Herz. Ich vergrabe das Gesicht an seiner Schulter und heule hemmungslos, weil ich es nicht mehr zurückhalten kann. Die Gefühle waren schon immer stärker als ich. Aber jetzt spricht Jonne alles aus, was ich selbst nicht mal denken wollte. Meine schlimmsten Befürchtungen und tiefsten Schuldgefühle. Er legt sie nüchtern dar. Ruhig und reflektiert. Was Jonne von sich gibt, sind keine blinden Anschuldigungen wie bei seinem Wutausbruch vor ein paar Wochen.

Damals dachte ich, seine hasserfüllten Worte wären das Schmerzhafteste gewesen, was er zu mir hätte sagen können. Doch ich konnte nicht ahnen, wie viel furchtbarer es ist, wenn die Worte mit Bedacht gewählt sind und ausgerechnet von dem Menschen kommen, dessen Vergebung man sich am sehnlichsten wünscht. Die ganze Zeit über habe ich im Stillen gehofft, Jonne könnte über meine Fehler hinwegsehen. Mir verzeihen. Dabei kann ich das nicht mal selbst.

Er zieht mich in seine Arme und lehnt seine Wange an meinen Kopf. Ich spüre, wie er sich verkrampft. Vielleicht weil ihm die Nähe unangenehm ist, seitdem er nicht mehr weiß, ob er es bereuen soll. Dann höre ich ihn leise schniefen, und mein Herz verkrampft sich noch stärker.

»Ich war so wütend!«, stößt er aus, und seiner Stimme ist anzuhören, dass auch er mit den Tränen kämpft. »Auf dich. Jahrelang, ohne dich überhaupt zu kennen. Ich weiß jetzt, dass das nicht richtig war, aber …«

»Doch«, bringe ich schluchzend hervor. »Du hast jedes Recht, wütend auf mich zu sein.«

Er atmet zittrig ein. »Nein, Lav. Das war nie mein Recht. Es wäre Jensons gewesen, aber er war nie sauer. Traurig, ja. Enttäuscht vielleicht. Aber ich glaube, er hat immer verstanden, warum du so warst. Und ich war unfähig, das ebenfalls zu tun oder es auch nur zu versuchen. Ich dachte, meine Meinung wäre die einzig Richtige. Ich war so genervt von seiner mutmaßlichen Naivität dir gegenüber. Dass er sich weiter so um dich bemüht hat, obwohl es ihn so viel Kraft gekostet hat. Dass er dich einfach nicht loslassen wollte. Fuck.«

Jonne lacht leise auf. »Ihr seid euch so ähnlich. Ich wette, du hättest ihn durchschaut. Aber ich habe nie verstanden, dass es ihm nicht um sich selbst ging, sondern nur darum, ob *du* glücklich warst. Ob das mit oder ohne ihn geschah, war ihm egal. Mir hätte es auch egal sein müssen. Ich hätte mich auf Jenson konzentrieren und es gut sein lassen sollen. Doch wenn ich ehrlich bin, habe ich jemanden gebraucht, dem ich die Schuld geben konnte. Eine reale Person, weil es mir zu abstrakt war, all diese Wut gegen das Schicksal oder irgendeinen nicht existenten Gott zu richten. Aber die Wahrheit ist, dass du rein gar nichts mit Jensons Krankheit zu tun hattest. Es war eine unvermeidbare Fügung des Lebens, und keiner von uns hätte irgendetwas daran ändern können. Wärst du hier gewesen, wäre er genauso krank geworden und genauso gestorben. Doch das wollte ich nicht akzeptieren. Ich will bis heute nicht wahrhaben, was damals passiert ist. Ich will nicht wahrhaben, dass ich es nicht ändern konnte. Manchmal gebe ich mir selbst die Schuld dafür, und das ist genauso irrational, wie sie dir zu geben. Es tut mir leid, dass ich dich deswegen so behandelt habe. Ich war stur und hasserfüllt und unausstehlich. Ich habe die Finger in Wunden gelegt, die offensichtlich längst geblutet haben. Aber auch das wollte ich nicht sehen. Ich habe dich noch mehr verletzt, weil ich aus irgendeinem Grund dachte, das würde irgendetwas besser machen. Und ich bereue das, Lav. Ich habe so lange mit meiner Wut gelebt, ohne zu merken, dass es eigentlich der Verlust ist, der mich so wütend macht. Trauer. Ich hab viel ruiniert in dieser Zeit, und du warst einer meiner Kollateralschäden. Ich weiß, dass ich das nicht wiedergutmachen kann. Aber es tut mir leid, bitte glaub mir das.«

Von seinen Worten wird mir schwindelig. Sie wühlen so viele verschiedene Gefühle in mir auf, dass ich gar nicht mehr weiß, auf welches ich mich konzentrieren soll. Aber seine letzten Sätze hallen in mir nach. Warum entschuldigt er sich bei mir? Wie ist das passiert? Ich klammere mich an ihm fest, weil ich Angst habe, dass er sich sonst in Luft auflösen könnte. »Es muss dir nicht leidtun«, bringe ich schluchzend hervor und drücke meine Stirn gegen seinen warmen Hals. »Ich verzeihe dir.«

Jonne schnaubt leise und schlingt seine Arme fester um mich. »Wie kannst du das so einfach sagen? Wie ich mich verhalten habe, war …«

»Aber ich hab es doch verdient«, entfährt es mir, bevor er den Satz beenden kann. »Ich hab das alles verdient, Jonne. Es ist alles meine Schuld …« Die Worte sind schwer verständlich, klingen verzerrt, weil ich so heftig heule.

»Sag das nicht«, flüstert er. »Du kannst nichts dafür. Du hättest auch nichts …«

»Ich war nicht da!«, rufe ich und löse mich ruckartig aus seiner Umarmung, um ihm ins Gesicht schauen zu können. Die Tränen auf Jonnes Wangen überraschen mich. Seine Stimme klang mit jedem Wort, das er eben gesprochen hat, fester. Beherrschter. Und dennoch weint er.

Allerdings hält das die Worte nicht auf, die aus mir herauspoltern. Die endlich ausgesprochen werden müssen, da sie mir seit Ewigkeiten Löcher in die Seele brennen.

»Ich hätte da sein müssen!« Frustriert wische ich mir über das Gesicht, versuche der Tränen Herr zu werden, die unaufhaltsam fließen, von meinem Kinn tropfen, auf Jonnes zu große Jacke und meine Jeans. »Er war alles, was ich hatte, und ich war zu schwach und zu feige und …«

»Man kann nicht immer stark sein«, unterbricht er mich und legt eine Hand an meine Wange.

»Ich bin nie stark!« Die Worte gehen in einem Schluchzen unter.

»Das stimmt doch nicht.«

»Doch! Das Einzige, was ich kann, ist weglaufen.«

»Vor mir bist du nicht weggelaufen. Vor der Insel auch nicht. Du bist immer noch hier.«

Ich muss an die Zusage von der Uni denken. An das Telefonat mit der Maklerin. An meinen Koffer, den ich nur zuziehen müsste, um zu verschwinden. Aber so einfach ist es eben nicht.

»Ja«, flüstere ich und halte seinem Blick stand. »Aber anfangs nur, weil ich musste. Und jetzt nur, weil Gehen schwerer wäre als Bleiben.«

Jonne runzelt die Stirn. »Warum?«

»Weil ich …« Meine Brust wird eng, und die Worte fühlen sich so sperrig an, dass ich keine Ahnung habe, wie ich sie über die Lippen bringen soll. Ich weiß nicht, ob das, was ich sagen will, das Richtige ist. Ob es fair ist. Ob es Sinn ergibt. Ich bin mir nicht sicher, was nach diesem Satz passiert, aber es ist nun mal so, dass ich genau das fühle. Neben all dem Schmerz dringt das Wissen dennoch zu mir durch, und ich kann es nicht ungesagt lassen. Mein ganzes Leben war ich zu feige, meinem Herzen zu folgen. Zu feige, um zu tun, was ich wirklich wollte, weil es immer wehgetan hätte, diesen Weg zu gehen. Wenigstens dieses eine Mal will ich die Wahrheit sagen. Zu Jonne und zu mir selbst.

»Weil ich bei dir sein will«, wispere ich und grabe meine Finger in den Stoff von Jonnes Pullover, als könnte ich ihn so dazu bewegen, meinen Wunsch zu erwidern. »Bei dir, Auri, Tommy, Miko, Saana, Sally, Laina, Leevi … Aber vor allem bei dir. Vielleicht bin ich auch komplett durchgedreht …« Mir entfährt ein verzweifeltes Lachen.

Jonne regt sich nicht. Er schaut mich weiter an, und ich kann in seinem Gesicht nicht lesen, sehe nur diese verfluchte Furche zwischen seinen Brauen, die einfach nichts Gutes bedeuten kann.

»Ich mag dich, Lav«, sagt Jonne zum zweiten Mal heute. Seine Stimme klingt kratzig, als würde sie sich gegen die Worte wehren.

»Aber mehr nicht«, stelle ich entkräftet fest und lasse ihn los.

Er schüttelt den Kopf und zieht mich wieder enger an seine Brust. »So meinte ich das nicht. Ich weiß einfach nicht, ob ich mehr *kann*. Wenn ich dich anschaue, dann … dann denke ich an *ihn*. Und das tut so scheiße weh …«

Atmen. Ich muss mich zwingen zu atmen. Das Stechen in meiner Brust ist brutaler als vorhin im Auto. Es kommt mir so vor, als hätte Jonne den Dolch darin jetzt ruckartig herumgedreht. »Okay«, bringe ich heraus.

»Ich muss das erst verarbeiten«, fährt er fort. »Das ist alles neu für mich. Diese … Klarheit über alles. Ich brauche mehr Zeit, Lav. Aber das liegt nicht an dir.«

Er schlingt seine Arme noch ein wenig enger um mich, und ich vergrabe das Gesicht an seinem Oberkörper, damit er nicht sieht, wie meine Tränen wieder mehr werden.

Er sagt das vielleicht, aber es stimmt nicht. Es liegt sehr wohl an mir, und *nur* an mir. Es liegt an all meinen Unzulänglichkeiten, meiner Vergangenheit, meinen Ängsten, meinem Charakter, meinen Fehlern. Es liegt daran, dass ich ohnehin nicht genug für Jonne sein könnte, weil ich nicht mal genug für mich selbst bin.

Ich verkneife mir die Worte. Diese neuen Wahrheiten. Die *Klarheit*, wie er sie nennt. Stattdessen klammere ich mich stumm an Jonne fest, der mir beruhigend über den Rücken streicht und mir Küsse aufs Haar drückt, während ich mir die Seele aus dem Leib heule.

Es liegt an mir.

Ich bin nicht genug.

Und wenn ich nicht lerne, mehr zu sein, werde ich nie so etwas wie Liebe haben.

Kapitel 30

JONNE

Wenn ich die Lichtverhältnisse draußen richtig deute, ist es ungefähr acht Uhr, als Lavender sich in meinen Armen regt. Wir müssen gestern eingeschlafen sein, denn ich bin bei Sonnenaufgang neben ihr auf dem Sofa aufgewacht und habe es seitdem nicht gewagt, mich zu bewegen. Ich genieße ihre Wärme viel zu sehr. Ihre Nähe. Ihren Vanilleduft, der sich mit dem Geruch nach dem Rauch des Lagerfeuers von der Feier mischt. Ich liege hier, ihren Rücken an meiner Brust, meine Arme um sie geschlungen, und nutze die Zeit, in der sie noch schläft, schamlos aus. Solange Lavender nicht wach ist, muss ich mich nicht entscheiden. Muss ich nicht wissen, was ich will, oder was das hier werden soll. Muss ich nicht verstehen, was all diese Worte, die gestern unerwartet aus meinem Mund kamen, für uns bedeuten.

Trotzdem kann ich nicht verhindern, dass ich grüble. Ich kaue jede einzelne Begegnung mit Lavender noch einmal in Gedanken durch, versuche ihr Verhalten zu entschlüsseln, es anders zu sehen als bisher. Und es fühlt sich an, als würden diese neuen Erkenntnisse über sie mein Herz aufweichen.

Lav seufzt tief. Ihre zierlichen Finger umfassen meinen Unterarm fester und jagen einen sachten Schauer über meinen Rücken. Noch immer trägt sie meine Jacke, in der sie förmlich versinkt, und ich lausche auf ihre leisen Atemzüge. Sie sind weniger tief. Ich glaube, den Moment ausmachen zu können, in dem sie aufwacht und realisiert, bei wem sie da im Arm liegt.

Lavender hält kurz die Luft an, stockt. Dann löst sie ihre Finger von meinem Arm.

Es ist eine seltsam schmerzliche Erfahrung. Dabei war ich es doch, der Abstand wollte. Der erst denken muss, bevor er fühlen kann, weil sonst alles viel zu verwirrend ist.

»Guten Morgen«, murmle ich, und Lav zuckt zusammen. Ich ziehe meinen Arm zurück, damit sie sich zu mir umdrehen kann. Ihr Gesicht ist verquollen vom vielen Weinen gestern Nacht, und am liebsten hätte ich sie sofort wieder an mich gezogen. Aber das darf ich nicht. Nicht bevor ich mir sicher bin, was ich will. Was gut für uns ist.

Weil ich bei dir sein will.

Lavs Worte hallen durch meine Gedanken, und Gänsehaut breitet sich auf meinen Armen aus. Sehnsucht ergreift mich. Brennende, drängende Sehnsucht nach ihr, obwohl sie doch genau vor mir liegt. Sie trifft meinen Blick nur kurz, ehe sie sich aufsetzt und sich nervös durch die zerzausten Haare fährt. »Ich wollte nicht einschlafen«, sagt sie mit heiserer Stimme. Es klingt wie eine Entschuldigung, beinahe eine Rechtfertigung.

»Ich bin auch eingeschlafen«, erwidere ich ruhig und richte mich ebenfalls auf, wobei ich ein paar Zentimeter Abstand zwischen uns bringe. Wieder huscht Lavenders Blick zu mir. Auch mein Gesicht fühlt sich vom Weinen geschwollen an. Komischerweise ist mir das vor ihr kein bisschen peinlich. Im Gegenteil. Es ist befreiend, dass sie meine Tränen gesehen hat. Dass sie meinen Schmerz jetzt kennt. Ihn versteht, weil sie ihn ebenso empfindet.

Lavender schaut hinunter auf ihre verkrampften Hände und bemerkt wohl, dass sie meine Jacke trägt. Schnell zieht sie sie aus und reicht sie mir.

»Hier.« Noch immer klingt ihre Stimme kratzig und schwach. Ich weiß nicht, ob es am Schlaf liegt oder an dem Stechen, das meine Anwesenheit wahrscheinlich in ihrer Brust auslöst.

»Danke.«

Sie räuspert sich. »Danke dir. Ohne die wäre ich bestimmt erfroren.«

Etwas unschlüssig nehme ich die Jacke an mich. Lavender weicht erneut meinem Blick aus. »Danke fürs Heimfahren.«

Sie zuckt nur mit den Schultern und beißt sich auf die Unterlippe. Es ist offensichtlich, wie unangenehm ihr die Situation ist. Sicher wünscht sie sich, dass ich gehe. Natürlich tut sie das. Weil sie … mir ihre Gefühle gestanden hat und ich sie nur vertrösten kann, weil ich meine eigenen nicht im Griff habe.

»Ich geh dann mal besser«, verkünde ich und erhebe mich von der Couch.

»Okay.«

»Sehen wir uns morgen im Club?«

Sie lächelt gequält und nickt. »Klar. Wie immer.«

»Okay. Dann … bis morgen.«

»Bis dann.«

Kurz stehe ich unschlüssig herum, doch Lavender macht keine Anstalten, mit zur Tür zu kommen, weshalb ich mich allein in Bewegung setze. Ich schlüpfe in meine Schuhe und auf die Veranda.

Draußen schlägt mir frische Morgenluft entgegen. Der Duft nach Meer, Salz und Wald umspielt mich, aber auch das spült meinen Kopf nicht frei. Ich komme mir vor wie benebelt, und es fühlt sich furchtbar falsch an, dieses Haus zu verlassen. Lav geht es nicht gut, und ich lasse sie allein.

Bleiben bringt allerdings auch nichts. Ich bin der Grund für ihren Schmerz. Oder zumindest für einen Teil davon, denn sie trägt mehr mit sich herum, als ich dachte. Und statt dass ich sie unterstütze und ihr eine Last von den Schultern nehme, staple ich zusätzliches Gewicht darauf, ziehe sie weiter in die Tiefe.

Ich schlage den Weg durch den Wald ein und werfe mir die Jacke über, weil es im Schatten der Bäume noch ziemlich frisch ist. Sie riecht nach Lavender und das mulmige Gefühl in meinem Bauch verstärkt sich. Bei ihr zu sein kommt mir so einfach vor. Ist es aber nicht. Kann es nicht sein, weil ich trotz allem, was ich über sie erfahren habe, weiterhin weiß, wer sie vorher war. Wer sie *ist*, denn das Damals und das Heute gehören untrennbar zusammen. Würde sie es jetzt anders machen? Was, wenn sich ihr damaliges Verhalten wiederholt? Oder wenn meine Wut auf sie zurückkehrt, wenn die Vorwürfe bleiben, wenn es sich nicht mehr richtig anfühlt? Was, wenn mit Lavender zusammen zu sein mehr schmerzen würde, als dass es sich gut anfühlt? Gerade ist zwar das Gegenteil der Fall, aber wie lang noch?

Den gesamten Heimweg über wälze ich diesen Gedanken um, doch das ändert nichts an der Situation.

Dafür wird mir zunehmend bewusst, dass ich Lavender völlig in der Luft habe hängen lassen. Es war kein Ja und kein Nein, was ich ihr da gegeben habe, und das ist nicht fair. Ich muss mich entscheiden, allerdings erscheint mir das unmöglich. Meine Zweifel lassen mich nicht los.

Vielleicht bedeutet das, dass es eine schlechte Idee wäre, ihr näherzukommen. Aber mich von ihr fernzuhalten kann ich mir nicht mal vorstellen.

Ich betrete leise das Haus, um Miko nicht zu wecken. In Zeitlupe streife ich mir Schuhe und Jacke ab, stelle beides in die Garderobe und schleiche in die Küche, um etwas zu essen. Mir knurrt der Magen. Und danach brauche ich dringend eine heiße Dusche. Ich öffne den Kühlschrank und ...

»Aha!«

Erschrocken fahre ich herum und lasse dabei beinahe die Milchtüte fallen, die ich eben herausgenommen habe. Miko sitzt auf der Couch, eine Salatschüssel vom Büfett gestern auf dem Schoß und eine Gabel in der Hand. Er mustert mich mit hochgezogenen Brauen. Fuck. Warum ist er denn schon wach? Es ist nicht mal neun!

»Guten Morgen«, sage ich möglichst neutral, überspiele meine Verlegenheit und setze meine Suche nach einem Frühstück fort.

»Gut geschlafen?«, will Miko wissen, und ich höre das verschmitzte Grinsen aus seiner Stimme heraus.

»Geht«, brumme ich. »Und du?«

»Bestens. Und *wo* hast du geschlafen?«

Frustriert schaue ich wieder zu ihm rüber. Er hebt die Brauen und lässt den Blick vielsagend über meine Klamotten wandern. Dieselben wie gestern. »Nirgendwo.«

»Ach so. Ich dachte schon, du hättest bei Lav übernachtet, die dich mit ins Dorf genommen hat. Aber bestimmt hast du dir im Wald eine Höhle gesucht und dich stattdessen da reingelegt, oder?«

Ich beschließe, einfach nichts mehr zu erwidern, bevor ich mich noch tiefer reinreite, und mache mich daran, mir ein Sandwich zu schmieren.

Miko steht vom Sofa auf und stellt die halb leere Schüssel Nudelsalat neben mir auf der Arbeitsplatte ab. »Habt ihr rumgemacht?«, fragt er unverblümt.

Ich werfe ihm einen genervten Blick zu, der wahrscheinlich mehr sagt, als ich wollte.

Mikos Grinsen wird breiter. »Hattet ihr Sex?«

»Miko!«, stoße ich entsetzt aus.

»Seid ihr jetzt zusammen?«

»Nein«, antworte ich bemüht ruhig.

»Hä?«

»Was, *hä*?«

»Warum nicht?«, hakt Miko nach.

»Warum sollten wir?«

»Weil ihr aufeinander steht? Tu doch nicht so.«

»Das heißt doch nichts.«

»Und Sex heißt auch nichts?«

Genervt lasse ich die Käsepackung neben mein Sandwich fallen und wende mich ihm ganz zu. »Ich hab nicht mit ihr geschlafen, okay?«

»Echt nicht? Wollte sie nicht?«

»Miko«, sage ich warnend. »Es reicht.«

Abwehrend hebt er die Hände. »Okay, ich wollte ja nur sichergehen.«

»Was sichergehen?«

»Dass du keinen Mist baust.«

Ich schnaube. »So was von dir zu hören ist höchst ironisch.«

»Ach ja? Irgendwer muss es eben ansprechen, nachdem du die letzten Jahre immer so freundlich zu anderen Leuten warst.«

Ich runzle die Stirn. »Okay, was wird das?«

Er verschränkt die dünnen Arme vor der Brust und reckt das Kinn. »Ich will nur nicht, dass Lavender verletzt wird.«

»Du meinst, weil ich so ein unberechenbarer Stinkstiefel bin, der zu Wutausbrüchen neigt? Oder was willst du mir sagen?«

»Nein, weil ich sie mag. Genauso wie Mom, Dad und Auri. Eigentlich jeder hier. Du magst sie auch, mach mir nichts vor. Und sie mag dich, glaub ich zumindest, was eigentlich ein Wunder ist bei deiner Miesepeterausstrahlung. Also in Kurzform: Ihr mögt euch. Aber du lässt niemanden näher als drei Meter an dich ran, und dann ist sie bestimmt enttäuscht, weil wenn man schon so nah dran ist, würde man vielleicht den letzten Schritt gern auch noch gehen.«

Verwirrt schüttle ich den Kopf. »Was zur Hölle redest du da eigentlich?«

»Dass du ein grummeliger Einzelgänger bist, der keiner sein müsste. *Lone Wolf Jonne.* Es gibt genug Leute, die dir gern mehr beistehen würden. Du müsstest sie nur lassen. Und ich würde Lavender eine Chance geben, wenn ich du wäre. Mal versuchen, mich ihr zu öffnen. Tut ganz gut, ich spreche aus Erfahrung.«

»Warst du nicht eben noch ein bockiger Teenager?«, beschwere ich mich. Es geht nicht nur um Lavender, oder? Ich soll Leute an mich ranlassen? Meint er damit sich selbst?

Miko zuckt mit den Schultern. »Ich bin manchmal ein echter Fuchs. Mom und Dad holen mich übrigens in ein paar Minuten ab. Wir fahren für drei Tage nach Vancouver.«

»Was?«, frage ich irritiert. »Wie lang habe ich bitte geschlafen?«

»Judith hat Dad zum Geburtstag Karten für irgendein Architekturmuseum geschenkt. Wenn ich das überlebe, schauen wir uns noch in der Stadt um, und Mom will mit mir neue Klamotten kaufen und so. Willst du auch mit? Wir dachten nur … na ja, Mom dachte, weil August ist … Also, wir wollten nicht ohne dich fahren! Das war nur spontan.«

»Schon gut«, versichere ich ihm und ignoriere sein Gestammel. »Fahrt ruhig ohne mich. Dann hab ich wenigstens mal Ruhe von dir.«

Außerdem hat Mom recht mit ihrer Vermutung. Während der Sommerferien fahre ich nicht weg. Schon seit zwölf Jahren nicht mehr. Miko streckt mir die Zunge raus.

»Hast du gepackt?«, will ich wissen.

»Ja. Aber kann ich mir eine Jacke von dir leihen?«

»Was ist mit deiner eigenen?«

»Die hat Hannah noch.«

Jetzt bin ich es, der die Brauen hebt. »Soso?«

Miko wird rot, aber ein breites Grinsen breitet sich auf seinem Gesicht aus. »Ich will ihr in Vancouver was kaufen. Meinst du, das ist gut?«

»Bestimmt. Aber keinen langweiligen Touri-Schnickschnack.« Ich gehe Miko voraus zur Garderobe, und er folgt mir.

»Und was dann?«, will er wissen.

»Irgendwas, das Bedeutung hat. Es muss nichts Großes sein. Zeig ihr einfach, dass du dir Gedanken gemacht hast, und kauf was, wovon du glaubst, dass sie es mögen wird. Nicht die.« Ich halte Miko zurück, der nach meiner Sommerjacke greift, die ich vor ein paar Minuten ausgezogen habe. Die, die noch nach Lav riecht. »Warte, ich hab noch eine im Schrank.« Schnell hole ich sie aus meinem Zimmer, und Miko zieht sie über. Sie sitzt ziemlich locker.

»Meinst du, da wachse ich noch rein?«, fragt er skeptisch.

»Wenn du weniger Pudding und mehr Gemüse isst bestimmt.«

Miko schnaubt und lässt sich auf das kleine Bänkchen neben der Tür sinken, um seine abgewetzten Sneaker anzuziehen. Er räuspert sich. »Jonne?«

Ich schaue zu ihm runter. Aber er sieht mich nicht an, sondern scheint plötzlich sehr beschäftigt mit seinen Schnürsenkeln zu sein. Dabei bin ich mir ziemlich sicher, dass er die nur alle drei Monate bindet, wenn der Knoten darin sich versehentlich löst.

»Ja?« Was kommt jetzt?

»Woran merkt man eigentlich, dass man verliebt ist?«

Ich stolpere über die Frage, als hätte er mir ein Bein gestellt. Woher soll ich das wissen, hätte ich am liebsten geantwortet. Aber das ist Quatsch, natürlich weiß ich es. Ich weiß auch, woran man merkt, dass man nicht mehr verliebt ist, habe es mit Mona immerhin selbst erlebt. Doch ich will mich nicht mit dem Gefühl des Verliebtseins auseinandersetzen, weil … es Fragen aufwirft. Mich nur noch mehr verwirrt.

Aber Miko sieht ein bisschen verloren aus, und ich glaube, es hat ihn viel Überwindung gekostet, sich damit an mich zu wenden. Er hat mir Vertrauen entgegengebracht, das ich lange Zeit verloren hatte. Ich kann ihn jetzt nicht hängen lassen.

»Unterschiedlich«, beginne ich vage. »Das kann man an vielen Sachen festmachen.«

»Zum Beispiel?« Er schaut auf.

Ich zögere. »Wenn die Person einem nicht mehr aus dem Kopf geht, oder man sie immer bei sich haben will. Sie berühren will, obwohl man nicht sollte. So was eben.«

Er zögert. »Und was ist mit den Schmetterlingen?«

»Schmetterlinge?«

»Na ja, man sagt doch immer, wenn man verliebt ist, hat man Schmetterlinge im Bauch. Aber ich hab keine Schmetterlinge. Ich hab nur Ultraschiss. Generell. Das ist alles so gruselig.«

Ob Geschwister manche Dinge ähnlich empfinden? Oder warum beschreibt Miko eins zu eins das, was ich selbst fühle?

»Kenne ich«, erwidere ich leise, und das mulmige Gefühl in meinem Magen, das einfach kein Schmetterling werden will, sondern wohl eher ein Felsbrocken aus Angst, wächst noch ein Stück. »Aber das gehört dazu.«

»Hm …«

Ich klopfe ihm auf die Schulter. »Das kriegst du schon hin. Stark bleiben. Oder so. Bessere Ratschläge hat dein Bruder leider nicht. Bin nicht gerade ein Experte, wie du vielleicht gemerkt hast.«

»Ich versuche es«, sagt Miko verlegen grinsend.

Ich atme tief durch und ringe mir ein Lächeln ab. Wenn doch nur alles nicht so verwirrend wäre.

Kapitel 31

LAVENDER

Ich bin nie stark.

Wenn ich etwas auf Malcolm Island gelernt habe, dann ist es dieser Satz, der seit gestern Nacht in meinen Gedanken nachhallt. Stark zu sein würde bedeuten, die Dinge endlich in die Hand zu nehmen. Mein Leben selbst zu bestimmen, mich von den Fesseln zu lösen, die mich seit Jahren gefangen halten. Stattdessen flüchte ich vor jeder Art von Konfrontation. Ich bin mir nicht sicher, ob ich stärker war, bevor Brad ertrunken ist. Wenn dem so war, habe ich diese Stärke nie wiedergefunden. Stattdessen laufe ich davon, ohne irgendeinen Plan wohin, und mache mich dabei immer kleiner und kleiner, damit mich bloß niemand findet.

Meine Schuldgefühle finden mich trotzdem. Verfolgen mich weiter, nutzen meine Schwächen aus, um sich tiefer in mich hineinzufressen. Sie lassen diese Ängste in mir wachsen, die mich immerzu zurückhalten.

Es bringt nichts, dass ich die letzten Wochen, die ich hier verbracht habe, beinahe glücklich war. Weil ich jetzt nur noch tiefer falle, sich nichts verändert hat, ich die Realität nur weiter verdrängt habe.

Ich bin nicht genug – für Jonne, für die Welt, für ein glückliches Leben – weil ich nie versucht habe, mehr zu sein. Ich habe einfach akzeptiert, dass ich zu wenig bin, zu schwach, zu feige, und das hat es erst recht zur Wahrheit werden lassen.

Doch ich will das nicht mehr, verdammt. Meine Ängste zerfressen mich, meine Schuld bringt mich um. Sie sind so übermächtig, dass sie alles andere in den Schatten stellen, die einfachsten Dinge zu Herausforderungen machen, mein Leben unbezwingbar werden lassen. Das muss aufhören.

Hier. Jetzt. Mit einem ersten Schritt, einer ersten Überwindung, mit ein bisschen verdammtem Mut.

Ich stehe so nah am Wasser wie seit zwölf Jahren nicht mehr. Das Herz schlägt mir bis zum Hals. Am Horizont zieht über dem Festland ein Sturm auf, doch noch sind die Wellen zu meinen Füßen seicht. Fast einladend.

Hier oben an der kleinen Landzunge, wo ich vor ein paar Wochen Jonne beobachtet habe, ist keine Menschenseele. Der Himmel über mir ist grau und verhangen, es nieselt, das Salzwasser schwappt gegen die Felsen. Vom Meer her weht mir ein kalter Wind ins Gesicht und kühlt die Tränen, die mir über die Wangen laufen. Schon wieder. Weil ich nicht aufhören kann zu weinen, so hilflos fühle ich mich.

Die Panik in meiner Brust ist allumfassend, will mich rückwärts zwingen. Zurück in den Wald, aus dem ich gekommen bin. Ich bin hergejoggt, um weniger Zeit zum Nachdenken zu haben, und eigentlich hatte ich nicht mal vor, am Ufer stehen zu bleiben. Einfach springen war der Plan, denn Nachdenken bedeutet Zweifel. Zweifel bedeuten Rückzug.

Es ist doch nur Wasser. Salziges, kaltes Wasser, in dem ich als Kind so oft geschwommen bin. Bis Brad ertrunken ist, weil ich …

Ich balle die Hände zu Fäusten und lasse den Gedanken zu.

Weil ich ihn überredet habe, weiter rauszuschwimmen. Weil ich dachte, ich müsste mich vor ihm beweisen, und eine leichtsinnige Wette angezettelt habe. Es ist meine Schuld, dass er tot ist. Die Wahrheit drückt mir alle Luft aus den Lungen, aber es ist Zeit, mich ihr zu stellen. Endlich einen Schritt vorwärtszumachen, nachdem ich zwölf Jahre lang in Schockstarre verharrt habe. Ich habe es niemandem gesagt. Nicht Jenson, nicht Dad, nicht der Therapeutin, zu der er mich geschickt hat. Am liebsten hätte ich es vor mir selbst geheim gehalten, und manchmal hat das sogar funktioniert. Doch auch das muss aufhören. Ich muss es mir wenigstens selbst eingestehen.

Es ist passiert.

Es tut weh.

Das Leben geht weiter.

Und die Angst wird bleiben, wenn ich nicht gegen sie ankämpfe.

Zitternd trete ich näher ans Wasser, bis ich auf dem großen Felsen stehe, von dem aus Jonne damals reingesprungen ist. Die Wellen unter mir sind dunkel, Schaumkronen schwappen gegen den Stein, Gischt spritzt an meine Schuhe.

Was soll das bringen, fragt eine Stimme in meinem Inneren.

Ich weiß es doch auch nicht. Vielleicht wird alles einfacher, wenn ich mich nur ein Mal überwinde. Nur ein Mal springe. Und was soll es bringen, das nicht zu tun? Mein Leben auf der Flucht vor mir selbst zu verbringen?

Ich habe meinen Cousin auf dem Gewissen. Unfall oder nicht, ich trage die Schuld, und nicht einmal seinem Vater konnte ich das beichten. Stattdessen habe ich Dad angefleht, mich nicht zu ihm zurückzuschicken. Zu dem Mann, der mir mehr Vater war als er selbst. Der mich jeden Sommer bei sich aufgenommen hat, weil Dad keine Zeit und keine Lust hatte, sich in den Ferien um mich zu kümmern. Der mich behandelt hat wie sein eigenes Kind und mir seine bescheidene Welt zu Füßen gelegt hat. Der mir eine Familie gegeben hat, die ich mit Moms Tod verloren geglaubt hatte.

Ich habe Jenson im Stich gelassen. Habe ihm nach seinem Sohn auch noch seine Nichte weggenommen, weil ich nicht wusste, wie ich mit der Situation, mit dem Verlust umgehen sollte. Ich habe etwas ruiniert, das wundervoll und perfekt war, indem ich Brad ins Wasser geschickt habe. Und als hätte das nicht gereicht, habe ich dieses Etwas anschließend in tausend winzige Fetzen gerissen und sie angezündet. Ich habe mich mit einer Endgültigkeit von Jenson gelöst, die man einer Neunjährigen nicht zutrauen sollte, und habe mich zwölf

Jahre lang an ebendieser festgeklammert, als wäre sie mir eine Stütze und keine Belastung.

Ich war so naiv. So feige. So verloren.

Mit Jenson habe ich den einzigen Menschen von mir gestoßen, der mir hätte helfen können. Der vielleicht verhindert hätte, dass Dad mich ins Internat abschiebt und ich mich völlig allein mit meiner Trauer fühle.

Ich kann das alles nie wiedergutmachen. Hätte es wohl ohnehin nicht gekonnt, doch nun erst recht nicht mehr, weil er tot ist, und mir damit jegliche Chance auf Rettung genommen wurde.

Wenn ich ehrlich zu mir bin, habe ich wohl bis gestern gehofft, irgendjemand würde das dennoch tun. Irgendwann. Mich retten. Und erst jetzt verstehe ich, dass ich das selbst tun muss. Jetzt.

Ich wische mir die Tränen aus den Augen, streife meine Schuhe ab, dann die Jacke. Ich kann das. Kann das überwinden. Es bezwingen.

All die Jahre habe ich mich davor gefürchtet, zu ertrinken. Nicht nur im Wasser, sondern auch in meinen Sorgen, meiner Schuld, meiner Trauer. Ich hatte so große Angst davor, dass ich nicht mal versucht habe zu schwimmen und widerstandslos untergegangen bin. Aber jetzt …

Mein ganzer Körper rebelliert.

Du schaffst das. Nur ein Mal mutig sein. Ein Mal stark.

Für Brad. Für Jenson. Für Jonne. Und vor allem für mich.

Ich springe. Das eisige Wasser schlägt über meinem Kopf zusammen, die Kälte umschließt mich schraubstockartig. Alle Luft wird aus meinen Lungen gedrückt, und sofort nimmt mich die Panik ein, lähmt mich, macht meine Glieder schwer. Obwohl ich nur dünne Leggins und ein Shirt trage, habe ich das Gefühl, als könnte ich mich in den vollgesogenen Klamotten nicht mehr bewegen. Meine Finger schmerzen von der Kälte, die Strömung zerrt an mir.

Ich muss schwimmen. Schwimmen, so wie früher, weil es sonst zu spät ist und das hier leichtsinnig und gefährlich. Mein

Herz hämmert heftig in meiner Brust, meine Lungen schreien nach Sauerstoff, mein ganzer Körper prickelt schmerzhaft von der Kälte des Wassers.

Reiß dich zusammen.

Ich rudere mit den Armen, strample mit den Beinen, bis mir auffällt, dass ich nicht mehr weiß, wo oben und unten ist. Das Salzwasser brennt mir in den Augen, als ich sie öffne und nichts als trübe Dunkelheit sehe, meine Zehen werden taub. Jetzt nicht aufhören. Weiterschwimmen. Ruhe bewahren.

Doch das ist nicht so einfach. Denn in diesem Moment wird mir klar, dass ich einen weiteren Fehler gemacht habe. Vielleicht den größten bisher. Ich habe mich überschätzt.

Kapitel 32

JONNE

Ich renne schneller als je zuvor in meinem Leben. In dem Moment, in dem Lavender gesprungen ist, habe ich es zwar nicht verstanden, aber mir keine größeren Gedanken darüber gemacht. Ich stand am Waldrand, von wo aus ich sie entdeckt hatte, und habe gewartet, bis sie wieder auftaucht. Fünf Sekunden. Zehn. Bei Fünfzehn habe ich angefangen, aufs Ufer zuzugehen. Bei zwanzig habe ich begonnen zu rennen und aufgehört zu zählen. Sie ist immer noch unter Wasser, und ich habe keine Ahnung mehr, wie lange schon. Zu lang. Irgendwas stimmt nicht.

Noch im Laufen ziehe ich mir die Jacke und die Schuhe aus. Für den Rest bleibt keine Zeit, nur mein Handy hole ich geistesgegenwärtig aus meiner Hosentasche und werfe es unweit vom Ufer aufs feuchte Moos. Für einen eventuellen Notruf. Falls sie nicht mehr atmet.

Fuck, ich will gar nicht daran denken. Von der Ruhe, die ich mir dank meines Jobs für Seerettungen antrainiert habe, ist nichts zu spüren. Da ist nur blanke Panik, weil noch immer keine Spur von Lavenders Kopf ist, und ich in den dunklen Wellen nicht mehr ausmachen kann, wo sie ist.

Weg. Verschollen. Ertrunken wie Brad, und in mir zieht sich alles zusammen. Ich bleibe dort stehen, wo sie abgesprungen ist, und lasse verzweifelt den Blick schweifen, weil ich von hier oben besser sehe.

Nichts. Wellen. Schaumkronen ... Und plötzlich zwischen ihnen ein nasser lilafarbener Haarschopf.

Ohne zu zögern, stoße ich mich vom Felsen ab und springe ins Wasser. Die Kälte prickelt wie tausend winzige Nadelstiche auf meiner Haut, aber ich ignoriere das Gefühl und kraule auf Lavender zu, die ein ganzes Stück vom Ufer abgetrieben ist. Sie geht erneut unter, taucht kurz darauf wieder auf. Ich beobachte, wie sie kämpft und versucht gegen die Strömung anzuschwimmen, die hier oben stärker ist, als man vermutet. Erleichterung durchströmt mich, weil sie sich noch bewegt. Noch atmet. Aber ich weiß leider auch, dass sie dadurch noch lange nicht sicher ist. Erst muss ich sie erreichen. Und dann müssen wir hier beide wieder raus.

Ertrinkende zu retten ist immer Folter. Man weiß nie, ob man es schaffen wird oder zu spät kommt. Ob man der Aufgabe gewachsen ist oder einem das Leben der fremden Person wie Wasser durch die Finger rinnt. Bei ihr jedoch fühlt es sich an, als würde ich selbst ertrinken. Als würde mir Wasser die Lungen fluten, wenn ich nur daran denke, Lav zu verlieren.

Erneut reißt eine Welle an ihr, drückt sie unter Wasser. Lavender kommt prustend an die Oberfläche, und ihr Blick findet meinen. Ich lese die Panik in ihren Augen. Sie versucht, auf mich zuzuschwimmen, trotzt Welle um Welle, und jedes Mal kommt sie langsamer wieder an die Oberfläche. Es dauert eine gefühlte Ewigkeit, bis ich sie endlich erreiche. Sie will sich an mir festklammern, doch ich wehre sie ab und schlinge ihr von hinten einen Arm um den Brustkorb, um sie zu stabilisieren. Sie gräbt verzweifelt ihre Finger hinein, und ich werte das als gutes Zeichen.

»Wir müssen ans Ufer«, rufe ich über den Wind hinweg und schwimme los. Ich spüre, wie Lavender kraftlos mit den Beinen tritt, und langsam, aber sicher kommen wir gegen die Strömung an. In Gedanken bin ich schon die Patrouillezeiten unserer Küstenwache durchgegangen, um mir auszurechnen, wie hoch unsere Chancen sind, dass uns jemand entdeckt und rauszieht. Niedrig. Und wenn es sein soll, bevor wir ertrunken sind, dann noch viel niedriger.

Ein paarmal gehen wir noch unter, doch Lavender bleibt erstaunlich ruhig, hält sich nur weiter an meinem Arm fest und überlässt es mir, uns sicher wieder an die Oberfläche und einige Minuten später auch ans Festland zu bringen. Als ich den groben Kies unter meinen Füßen spüre, hätte ich am liebsten vor Erleichterung aufgeschrien. Doch dafür kann ich meine Kraft nicht verschwenden. Ich kämpfe gegen das Zittern meiner Muskeln an, das der milden Unterkühlung zuzuschreiben ist, und ziehe Lavender ins seichte Wasser. Sie zittert am ganzen Körper, ihre Lippen und Hände sind blau, ihr Gesicht bleich. Mit halb geöffneten Augen sieht sie mich an. Oder durch mich hindurch? Gott, nein. Mein Handy ist zu weit weg, weil wir gut dreihundert Meter abgetrieben sind. Hilfe ist zu weit weg.

»Lav.« Ich drücke meine Hand an ihre Wange, fühle mit der anderen ihren Puls.

Sie hustet, krümmt sich auf die Seite und spuckt Wasser. Dann zieht sie rasselnd Luft in ihre Lungen. »Jonne …«

Die Erleichterung trifft mich mit einer solchen Wucht, dass ich über ihr zusammensacke. »Scheiße, Lav.« Ich presse sie an mich und drücke ihr einen Kuss auf die Schläfe. Noch immer hustet sie, aber es kommt kein Wasser mit. Sie hatte nur zu viel davon geschluckt. Das ist gut. Oh Gott, das ist gut. Ihre Körpertemperatur ist zu niedrig, doch meinem Empfinden nach in Ordnung. Solange sie zittert, ist sie noch im ersten Stadium einer Hypothermie. Ich könnte jetzt den Rettungsdienst rufen, aber das würde hier ewig dauern. Wahrscheinlich ist es besser, ich bringe sie erst ins Warme, und dann sehen wir weiter.

»T-t-t-tut mir l-leid«, stottert Lav bibbernd. Ich frage nicht nach, was sie meint, sondern hebe sie in meine Arme und stehe vorsichtig auf.

»Ich trage dich.«

»W-wohin? Ich k-kann laufen.«

»Ganz ruhig. Komm erst mal wieder zu Kräften. Ich bringe dich zu mir nach Hause, das sind nur fünf Minuten. Du musst ins Warme.«

Lavender krallt ihre Finger in mein nasses Shirt und drängt sich enger an meine Brust. »D-du wohnst hier?«

»Zu deinem Glück, ja.« Und auch zu meinem eigenen. Denn ich hätte es nicht ertragen, noch jemanden zu verlieren, der mir derart am Herzen liegt.

Kapitel 33

LAVENDER

Jonne trägt mich in den Wald, und es dauert nicht lange, bis wir vor einem modernen Bungalow mit dunkler Holzfassade und großen Fenstern ankommen. Mein Körper fühlt sich taub an. Nur noch vage nehme ich wahr, dass ich zittere und mir die nassen Klamotten unangenehm an der Haut kleben.

Die Haustür ist nicht abgesperrt. Jonne drückt etwas umständlich die Klinke herunter und trägt mich ins Innere. Ich erhasche einen Blick auf einen kleinen Flur mit Garderobe, bevor dieser von anthrazitfarbenen Badfliesen abgelöst wird. Eine Glasdusche nimmt den meisten Platz im Raum in Anspruch. Jonne stellt sich mit mir darunter, und ich schaue verwirrt nach oben zu einem großen runden Duschkopf an der Decke. »Was ...«, setze ich an, doch da prasselt bereits kaltes Wasser auf unsere Köpfe.

Ich quieke erschrocken auf, und Jonne dreht uns so, dass sein Körper das meiste abfängt.

»Sorry. Wird gleich warm.«

Ich seufze auf, als er mich wieder unter das Wasser hält, das jetzt lauwarm über uns hinwegfließt. Nach einigen Sekunden fühlt es sich erneut kalt an und Jonne dreht am Hahn. Wieder lauwarm. Kurz darauf kalt. Verwirrt schaue ich ihn an.

»Ich will deinen Körper nicht schocken«, erklärt er. »Er muss sich erst wieder an die Temperatur gewöhnen.«

Noch drei Mal dreht er wärmer, bis Dampf die Scheiben beschlagen lässt und mein Zittern gänzlich abgeebbt ist. »Es geht wieder«, sage ich heiser, weil er mich immer noch trägt und ihm bestimmt bald die Arme abfallen. Vorsichtig lässt Jonne mich runter, und ich lehne mich mit dem Rücken gegen die Duschwand, damit meine noch wackligen Knie nicht unter mir nachgeben.

»Gut?«, fragt er und mustert mich prüfend.

»Gut«, bestätige ich etwas atemlos.

»Gut.« Jonne stützt sich mit einer Hand neben meiner Taille ab und zieht sich mit der anderen das nasse Shirt über den Kopf. Es landet mit einem Klatschen auf dem Boden, und ich starre verwirrt auf seinen nackten Oberkörper.

»Was …?«

»Ich dusche normalerweise nicht mit Klamotten. Nasser Stoff auf der Haut ist, wenn du mich fragst, eins der unangenehmsten Gefühle der Welt. Aber wenn du das anbehalten willst …« Er zupft am Saum meines klebenden Oberteils. Ich schüttle eilig den Kopf und versuche, nicht auf Jonnes definierte Brustmuskeln zu schauen. Ich versuche es und scheitere.

»Darf ich?«, flüstert er.

Ich nicke. Jonne fährt mit seinen rauen großen Händen unter mein T-Shirt und streift es mir ab. Er kommt näher. Sein Blick wandert über meinen nassen Sport-BH, runter zu meiner Hüfte, dann sieht er mir wieder in die Augen. Er hakt seine Daumen unter den Bund meiner Leggins. »Und die?«

Ich löse meinen Unterkörper von der Duschwand, sodass Jonne mir die Hose über den Hintern schieben kann. Er geht vor mir in die Knie, um sie mir ganz auszuziehen, und ich starre ihn weiter an. Als er sich anschließend vor mir zu seiner vollen Größe aufrichtet, stockt mir der Atem. Ich bin so verwirrt. Ich will ihn an mich ziehen, ihm um den Hals fallen. Aber er wollte Abstand. Abstand, den er jetzt selbst nicht einhält, denn er tritt noch näher an mich heran, sodass ich die Wand im Rücken und seine Brust an meiner spüre.

Ich blinzle gegen die Wasserspritzer an, die von Jonnes Schultern abprallen. Seine Haare fallen ihm nass in die Stirn, sein Blick gleitet langsam über meinen Körper.

Er schluckt. Atmet tief durch. Schaut auf meine Lippen.

Zögerlich streife ich mit meinen Fingerspitzen über seinen Bauch, bis ich den Bund seiner Jogginghose erreiche. »Willst du die anbehalten?«, frage ich heiser.

Er schüttelt den Kopf, legt beide Hände an meine Taille, drückt mich gegen die Wand und küsst mich. Ich ziehe überrascht die Luft ein, und sofort löst er sich wieder von mir. »Fuck. Sorry, ich …«

Ich küsse ihn, bevor er weitersprechen kann. Stürmisch und unbedacht, doch die Tatsache, dass Jonne es erwidert, mich enger an sich drückt und mit einer Hand in meine Haare greift, veranlasst mich dazu, weiterzumachen.

Er stolpert rückwärts. Heißes Wasser regnet über unsere Köpfe, doch ich beachte es nicht und schiebe ihm die Hose von den Hüften. Er stößt sie mit dem Fuß beiseite und umfasst mein Gesicht mit beiden Händen. Seine Zunge wandert in meinen Mund, und ich lasse meine Finger über seine muskulöse Brust bis hoch in seinen Nacken gleiten. Er hat sich entschieden, oder? Er will mich auch.

Ich lege meine Arme um Jonnes Hals, und er drängt mich rückwärts, bis ich wieder mit dem Rücken gegen die kühle Duschwand stoße. Er hebt mich hoch, und ich schlinge meine Beine um seine Hüften. Mit den Zähnen knabbert Jonne an meiner Unterlippe, presst mich gegen die Wand, und durch den Stoff unserer Unterwäsche spüre ich seine Erektion gegen meinen Bauch drücken. Das Gefühl berauscht mich. Ich reibe mich an ihm, ziehe ihn enger an mich. Er löst seine Lippen von meinen, senkt den Kopf und liebkost meinen Hals. Ich vergrabe die Finger in seinen Haaren, und er stößt ein kehliges Stöhnen aus, das in meiner Brust vibriert.

Jonne lehnt sich zurück, um mich anzuschauen. Unsere Blicke verschmelzen, und ich lasse mich in seine Gewitteraugen fallen, vertraue ihm, so wie ich es schon vorhin im Wasser getan habe. Er streicht mir sachte vom Gesicht über den Hals hinunter zum Schlüsselbein, dann über die Schläfe, durch die Haare. Er runzelt die Stirn, zieht seine Finger zurück und hält etwas zwischen uns in die Höhe. Es ist ein kleiner Zweig, der mit fadenähnlichen Algen behangen ist.

»Ist das ein Souvenir?«, fragt Jonne belustigt und dreht das Fundstück hin und her. Ich boxe ihm gegen die Schulter, und er lacht.

»Den wollte ich anbehalten«, beschwere ich mich.

Jonne lacht noch mehr. »Ah ja. Verzeihung.« Er wirft den Zweig achtlos beiseite und greift nach der Shampooflasche im Hängeregal neben uns.

»He!« Ich klammere mich fester an ihn, weil er einen Schritt von der Wand wegmacht und beide Arme von mir löst, um Shampoo aus der Flasche zu holen.

»Keine Sorge, da sind noch mehr Zweige. Du kannst einen ganzen Souvenirshop aufmachen. Kannst du dich kurz halten oder soll ich dich runterlassen?«

»Passt schon.« Ich will auf keinen Fall, dass er mich runterlässt. Mein Oberkörper ist eng an Jonnes gedrückt, sein Gesicht ist nah an meinem, und ich genieße das Gefühl, das seine Nähe in mir auslöst. Das Kribbeln, das Herzrasen, die wohlige Wärme. Mir müssten schon vom Festklammern die Arme abfallen, damit ich ihn freiwillig loslasse.

Er stellt die Flasche wieder beiseite und schiebt einen Arm unter meinen Hintern, um mich zu stützen. »Augen zu«, raunt er, und ich mache es. Mit sanften Bewegungen shampooniert er mir den Kopf ein, und der unverkennbare Duft nach *ihm* umhüllt mich. Das ist es also, wonach Jonne immer riecht. Kein Parfüm, kein Aftershave. Einfach nur sein Shampoo.

Mit einem wohligen Seufzen lehne ich mein Gesicht an seine Schulter, während er mir mit der freien Hand die Haare wäscht. Mein Herzschlag beruhigt sich allmählich, die letzte Kälte ist aus meinen Gliedern vertrieben, die Aufregung und Anspannung fallen von mir ab. Gleichzeitig holt mich eine schwere Müdigkeit ein und legt sich wie eine Decke über mich. Ich reibe meine Nase an Jonnes Hals, verteile zarte Küsse darauf und genieße das sanfte Massieren seiner Finger auf meiner Kopfhaut.

Nach einer Weile stellt er das Wasser ab und tritt mit mir aus der Dusche. Ich erwarte, dass er mich runterlässt, aber das scheint nicht in seinem Sinn zu sein. Dabei muss ich selbst für ihn langsam schwer werden.

»Stillhalten«, sagt er schmunzelnd, als ich mich von ihm lösen will.

»Jonne, wenn du ausrutschst …«

»Ich?«, fragt er gespielt empört. Ein großes weiches Handtuch landet auf meinem Kopf und versperrt mir die Sicht.

»He!«, mache ich, traue mich allerdings nicht, es wegzuziehen, weil Jonne mich schon wieder nur mit einem Arm festhält und mit der anderen Hand scheinbar die Badezimmertür öffnet.

»Zappel lieber nicht so, sonst könnte ich wirklich stolpern.«

»Jonne!«

»Festhalten.«

»Was? Ah!« Wir kippen nach hinten. Oder eher ich. Jonne fällt nach vorn, auf mich drauf, und ich bin für den Bruchteil einer Sekunde felsenfest davon überzeugt, gleich mit dem Hinterkopf auf dem Boden aufzuschlagen. Stattdessen lande ich quietschend auf einer weichen Matratze, und Jonnes schwerer warmer Körper sinkt auf mich.

Jonne lacht, und ich strample blind um mich, immer noch das Handtuch über dem Kopf, das jetzt irgendwo zwischen und unter uns eingeklemmt ist.

Mühsam verkneife ich mir ein Lachen. »Du bist so ein …«, setze ich an, verstumme jedoch, als Jonne den Stoff anhebt, und sein Gesicht plötzlich direkt vor meinem ist.

»Ja bitte?«

Ich schlucke. Er lehnt über mir, aus seinen Haaren tropft Wasser auf meine Wangen, und seine schieferblauen Augen mustern mich interessiert. In diesem Moment sieht er genauso aus, wie ich ihn damals kennengelernt habe. Genauso nass. Genauso schön. Genauso nahbar und genauso hinreißend.

»Ich was?«, raunt er, und sein Atem streift meine Lippen.

Statt einer Antwort küsse ich ihn. Er erwidert es so sanft, dass die Schmetterlinge in meinem Bauch wieder aufstieben und mein Herz sich vor lauter Zuneigung zusammenzieht. Jonne lässt sich schwerer auf mich sinken, und am liebsten würde ich ihm die nassen Boxerbriefs ausziehen, mich nackt in seine Arme schmiegen. Ich recke mich ihm entgegen und lasse meine Hände an seinem nackten Oberkörper hinabwandern, doch Jonne löst sich von mir und schaut mir in die Augen. Binnen Sekunden wird er ernst. Die Sorgenfalte zeichnet sich wieder zwischen seinen Brauen ab.

»Warum bist du ins Wasser gesprungen, Lav?«, fragt er leise.

Die Erinnerung an vorhin flutet über mich hinweg. Beschämt senke ich den Blick, aber Jonne lässt nicht locker.

»Lavender.« Jeglicher scherzhafte Unterton ist aus seiner Stimme gewichen. »Du hättest ertrinken können.«

Mir ist klar, dass es leichtsinnig war. Aber ich habe keine sinnvolle Erklärung, weil ich viel zu viel gefühlt und zu wenig gedacht habe.

»Ich weiß«, flüstere ich, und jetzt wird mir die Tragweite dieser Worte erst richtig bewusst. Ich hätte sterben können. Ich *wäre* gestorben, denn ich konnte mich kaum über Wasser halten, geschweige denn gegen die Strömung anschwimmen, die mich schon viel zu weit rausgetragen hatte. Jonne hat mir das Leben gerettet.

Sein Blick durchbohrt mich. Ich drehe betroffen das Gesicht weg, doch er stützt seine Unterarme zu beiden Seiten neben meinem Kopf ab und versucht, mir wieder in die Augen zu schauen.

»War das dein Plan?«, fragt er mit einem ungewohnten Zittern in der Stimme. »Lav. Sieh mich an. Bitte. Und sag mir die Wahrheit.«

Erschrocken treffe ich wieder seinen Blick und erkenne erst jetzt die tiefe Besorgnis darin. Er denkt, ich wollte mir das Leben nehmen. »Das war nicht der Plan«, bringe ich heraus. »Wirklich nicht.«

Verständnislos schüttelt Jonne den Kopf. »Du bist einfach reingesprungen. Hast nicht mal deine Sachen ausgezogen und bist ewig nicht aufgetaucht. Was hattest du dann vor?«

»Du gehst doch auch im Meer schwimmen«, verteidige ich mich. Hätte ich gewusst, dass es so gefährlich ist … Die Wellen sahen so seicht aus, und bei Jonne damals wirkte es so natürlich. Früher sind Brad und ich doch auch im Meer geschwommen. Vielleicht nicht genau an dieser Stelle, und wir haben uns wohl auch nicht so treiben lassen, doch trotzdem …

»Ja, aber nicht in Sportklamotten«, gibt Jonne zurück.

»Stimmt. Eher nackt.« Ich klappe erschrocken den Mund zu und spüre im selben Moment, wie ich rot werde.

Neugierig hebt Jonne die Brauen. »Bitte?«

»Äh … ich …« Noch immer lässt er nicht zu, dass ich mich ihm entziehe, also muss ich ihn wohl oder übel ansehen, während ich es ihm beichte. »Tut mir leid. Ich hab dich gesehen. Aber es war nicht geplant! Wirklich! Ich wollte nicht schauen! Also …«

»Du hast mich nackt am Strand gesehen?«

Ich schlucke schwer und nicke. Jonne starrt mich perplex an, scheint sich dann jedoch wieder zu fangen. Er schüttelt den Kopf. »Das besprechen wir später. Du lenkst ab.«

»Von was?«

»Ich will eine Antwort auf meine Frage.«

»Warum?«

»Warum? Weil ich gerade dachte, ich verliere dich, und ich mir verdammt noch mal Sorgen mache!« Jonnes Gesicht verzerrt sich. Ich weiß nicht, ob vor Ärger oder vor Verzweiflung. Ohne nachzudenken, lege ich meine Hände an seine Wangen und streiche sanft mit den Daumen darüber. Seine Züge entspannen sich kaum merklich. Ich ringe um Worte. »Ich habe Angst vor dem Meer, seit … seit Brad …«

Ich bringe den Satz nicht zu Ende, aber Jonne versteht mich auch so. »Das dachte ich mir nach gestern schon. Aber warum in Gottes Namen bist du dann reingesprungen?«

»Weil …« Ich schlucke. »Weil ich immer weggelaufen bin. Vor der Angst. Und vor Jenson. Ich war immer feige. Und ich wollte nicht mehr … Ich wollte nicht …«

»Du wolltest nicht mehr feige sein«, sagt er für mich, weil mir Tränen in die Augen schießen und meine Kehle wie zugeschnürt ist.

Ich nicke schwer. Jonne schweigt. Sein Blick verwirrt mich, weil so viele verschiedene Gefühle darin liegen. Verständnis. Kummer. Sorge. Er lehnt seine Stirn an meine.

»Das nächste Mal, wenn du mutig sein musst, ruf mich an.«

»Du wolltest Zeit«, erinnere ich ihn.

»Egal. Okay? Was auch immer ist, Lav, wie auch immer wir zueinander stehen, ich bin für dich da. Du kannst mich immer um Hilfe bitten. Oder um eine Schwimmweste. *Immer*. Das ist mein voller Ernst.«

»Okay.« Mein Herz schmilzt von seinen Worten.

»Und ich habe keine Zeit gebraucht«, fährt er fort. »Ich war ein Arsch. Was ich gebraucht habe, war Mut, doch davon hast du offensichtlich genug für uns beide.«

Verwirrt blinzle ich ihm entgegen und bin noch verwirrter, als er mich flüchtig küsst und sich anschließend vom Bett erhebt. »Ich geh kurz zurück zum Strand und hole unsere Sachen, bevor der Sturm kommt. Fühl dich wie zu Hause. Du kannst dir von mir was zum Anziehen nehmen. Im Kühlschrank ist Essen. Ich bin gleich wieder da, okay?«

Jonne holt sich Klamotten aus einem großen dunklen Holzschrank in der Ecke des Zimmers und bleibt noch einmal in der Tür stehen, um mich zu mustern. »Nur, dass ich das richtig verstanden habe: Du hast mich nackt gesehen?«

»Nur von hinten«, erwidere ich kleinlaut.

Er zieht eine Augenbraue hoch, und ein Schmunzeln zupft an seinen Mundwinkeln. »Okay. Dann haben wir wohl eine Rechnung offen. Bis gleich.« Er verlässt das Zimmer und schließt die Tür hinter sich. Ungläubig schaue ich ihm nach.

Träume ich? Er braucht keine Zeit? Ich soll mich wie zu Hause fühlen? Wir haben eine Rechnung offen?

Ich höre, wie die Haustür ins Schloss fällt, und vergrabe stöhnend das Gesicht in Jonnes Kopfkissen. Es riecht nach ihm. Ich rieche nach ihm. Und ich liege in seinem verdammten

Bett, mit nicht mehr als nasser Unterwäsche und einem Handtuch bekleidet!

Erst jetzt schaue ich mich richtig in seinem Schlafzimmer um. Es ist in demselben Anthrazit gestrichen wie die Wand im Wohnzimmer seiner Eltern, aber durch eine bodentiefe Fensterfront auf einer Seite, die hölzerne Decke und den Dielenboden wirkt es nicht einengend, sondern beruhigend und heimelig. Halb transparente cremefarbene Vorhänge verdecken den Großteil des Waldes, der sich hinter der Glasfront erstreckt. In der Ecke neben dem Bett steht ein kleines Bücherregal, und einige Zimmerpflanzen ranken sich an den Wänden hinab.

Ich entledige mich meiner nassen Unterwäsche sowie des Handtuchs und gestatte mir, mich kurz in Jonnes dunkelgrüner Bettwäsche einzukuscheln. Sie ist weich, und eine angenehme Wärme umfängt mich. Sofort kommt die Erschöpfung zurück, die mich bereits in der Dusche eingeholt hat. Kein Wunder, nachdem ich heute Nacht wenig geschlafen habe und vorhin fast ertrunken wäre.

Eines der Fenster steht wohl auf Kipp, denn ich höre von draußen Vogelgezwitscher, das Rauschen des Windes in den Baumkronen und aus der Ferne das des Meeres. Ich wusste nicht, dass Jonne so weit außerhalb wohnt. Mitten im Wald, in einem kleinen Paradies. Doch es passt zu ihm. Alles hier fühlt sich nach ihm an. Vielleicht fühle ich mich hier deshalb schlagartig so wohl.

Für einen Moment senke ich die Lider und lausche den Geräuschen des Waldes. Eine einzelne Träne verirrt sich in meinen Augenwinkel, und ich sehe davon ab, sie wegzuwischen. Sie ist nicht wie die anderen, die vor ihr kamen. Nicht aus Trauer und Verzweiflung geboren. Sie ist da, weil ich mich hier so geborgen fühle wie seit zwölf Jahren nicht mehr. Und ich will nicht gehen. Nie mehr. Ich will dieses Glück für immer spüren und vielleicht irgendwann glauben lernen, dass ich es auch verdient habe.

Als ich aufwache, ist es dämmrig. Das Prasseln von Regen ist von draußen zu hören, aus der anderen Richtung dringt leises Klappern und Scheppern zu mir. Ich brauche einen Moment, um zu realisieren, wo ich bin. In Jonnes Bett. Nackt. Er muss gesehen haben, dass ich schlafe, denn die Tür ist nur angelehnt und ein schmaler Streifen Licht fällt zu mir herein. Neunzehn Uhr, behauptet der Wecker auf Jonnes Nachttisch. Keine Ahnung, wann ich eingeschlafen bin. Wahrscheinlich gegen drei. Also vor über vier Stunden.

Ich vergrabe das Gesicht noch einmal in Jonnes duftendem Kissen, bevor ich mir die Bettdecke umwickle, die Tür schließe und das Licht anmache. Meine nassen Klamotten und das Handtuch sind vom Boden verschwunden, und ich trete an den Schrank, um mir wie von Jonne vorgeschlagen etwas von ihm zu nehmen. Schnell habe ich einen riesigen dunkelgrauen Hoodie übergezogen, der mir fast bis zu den Knien geht. Nur an den Hosen verzweifle ich. Sie sind mir viel zu lang, und ich will nicht seinen ganzen Schrank durchwühlen. Kurzerhand schlüpfe ich stattdessen in ein Paar Boxerbriefs. Ich fahre mir mit den Fingern durch die Haare und versuche, das durcheinander auf meinem Kopf zu bändigen, gebe es aber schnell auf. Barfuß verlasse ich das Zimmer und tapse durch den kleinen Flur auf die nächste angelehnte Tür zu.

Warmes Licht fällt durch den Türspalt, und die Geräusche von eben werden lauter. Ich schlüpfe hinein und finde mich in einem offenen Wohnraum wieder. Zu meiner Rechten entdecke ich eine weitere Fensterfront mit Blick auf den verregneten Wald, vor der ein großes Sofa, ein Fernseher sowie ein kleiner Holzofen stehen. Alles ist gemütlich eingerichtet, wie auch das Schlafzimmer in dunklen, ruhigen Farben und viel Holz. Zu meiner Linken befindet sich die Küche. Ein kleiner

Esstisch und cremefarbene Küchenfronten. Jonne steht in Jogginghose und T-Shirt am Herd, vor sich ein Brett mit geschnittenem Gemüse darauf. Mit einem leisen Räuspern mache ich auf mich aufmerksam, und er dreht sich zu mir um. Er sieht bedeutend frischer aus als ich. Seine Haare sind trocken und halbwegs ordentlich, und er hat seinen Dreitagebart auf die übliche Länge gestutzt.

»Hey.«

»Hey.« Jonnes Blick gleitet an meinem Körper hinab, über meine nackten Beine bis zu meinen Füßen, dann schaut er mir wieder in die Augen. »Gut geschlafen?«

»Ja. Tut mir leid, ich wollte eigentlich nur kurz die Augen zumachen.«

Er wendet sich wieder dem Herd zu, und es zischt, als er etwas in die heiße Pfanne gibt. Der Duft von angebratenen Zwiebeln breitet sich im Raum aus. »Du musst dich nicht entschuldigen. Ich hab doch gesagt, fühl dich wie zu Hause. Und so ein Badeausflug ist eben anstrengend.« Sein neckender Tonfall entgeht mir nicht.

Ich trete neben ihn an den Herd und sehe, dass dort ein Topf mit Nudeln kocht. Jonne lässt erneut seinen Blick über mich schweifen, und Belustigung blitzt in seinen Augen auf.

»Die Hosen hast du nicht gefunden? Soll ich fragen, ob du was drunterhast, oder …« Er bringt den Satz nicht zu Ende.

»Oder was?«

Nun räuspert er sich. »Das sollten wir lieber besprechen, wenn ich nicht gerade mit scharfen Messern und heißen Pfannen hantiere.«

Ein Flattern breitet sich in mir aus. »Ich trage deine Unterwäsche«, gestehe ich leise. »Alles andere war zu lang.«

Er zieht die Unterlippe zwischen die Zähne und verkneift sich ein Grinsen.

»Was?«

»Nichts. Ich besitze auch kurze Hosen, aber ich werde mich ganz sicher nicht beschweren.«

»Ich wollte nicht alles durchwühlen.«

»Wie gesagt, keine Beschwerden. Deine Klamotten hab ich in die Wäsche getan. Ich hoffe, das ist okay.«

»Klar. Danke.«

»Nichts zu danken. Hast du Hunger? Es ist gleich fertig.« Jonne schiebt den Haufen kleingeschnittenes Gemüse zu den Zwiebeln in die Pfanne, und mein Magen grummelt ungeduldig.

Ich nicke und lasse den Blick wieder durch den Raum schweifen. »Ist Miko auch da?«, fällt mir ein. Verdammt, daran habe ich gar nicht mehr gedacht. Vielleicht sollte ich doch lieber noch eine passende Hose suchen.

»Nope. Er ist mit Mom und Dad für drei Tage nach Vancouver gefahren. Familienausflug oder so.«

»Und warum bist du nicht mit?«

Jonne zögert. Lange genug, damit seine Antwort nicht mehr ganz ehrlich klingt. »Keine Lust. Und irgendwer muss ja hierbleiben, um die Ertrinkenden aus dem Wasser zu fischen.«

»Damit wirst du mich ewig aufziehen, oder?«

Er zwinkert mir zu, aber mir entgeht die Schwere in seinem Blick nicht. Vielleicht ist das seine Art, mit seiner Besorgnis umzugehen. Er überspielt sie. »Ich versuche nur, dich auf meinen Heldenstatus aufmerksam zu machen.«

»Um mich zu beeindrucken?«, scherze ich.

Jonne schmunzelt. »Vielleicht.«

»Ist das wieder deine geniale Flirtstrategie vom Anfang? *Hi, ich bin Jonne. Heiß, charmant und Lebensretter.*«

»Hey, jetzt tu nicht so, als hätte es nicht funktioniert!«

Ich lache. »Ich glaube eher, *du* hast funktioniert, Jonne. Du hast mir von überquellenden Mülleimern erzählt, und ich fand dich trotzdem gut. Du hättest erzählen können, was du wolltest, und es hätte nichts geändert.«

»Für was für einen Vollpfosten hast du mich gehalten?«, fragt er grinsend. »Sei ehrlich.«

Mir steigt Hitze in die Wangen. »Ganz ehrlich? Gar nicht. Ich war viel zu abgelenkt von deinem Hintern.«

Er schnaubt leise, nimmt die Nudeln vom Herd und gießt sie ab. »Du hattest es also von Anfang an auf ihn abgesehen.«

»Was kann ich dafür, dass du in nassen Jeans rumläufst?«

»Jaja. Ausreden.« Jonne löscht das Gemüse mit etwas Sahne ab, würzt alles mit ein paar Kräutern und kippt dann die Nudeln mit in die Pfanne. Ich versuche unterdessen, unauffällig einen Blick auf seinen Po zu erhaschen, der in der Jogginghose leider nicht ganz so gut zur Geltung kommt.

Jonne lacht. »Sag mal! Als hättest du noch nicht genug gesehen!«

»Das war keine Absicht!«, beharre ich.

»Na sicher.« Seine Augen funkeln amüsiert. Er holt zwei Teller und Gabeln aus dem Schrank, lädt die Nudeln darauf ab und macht den Herd aus. »Sofa?«

Wir setzen uns auf die große Couch. Jonne lehnt sich stöhnend zurück und macht den Fernseher an. Er wirkt ziemlich müde. Langsam zappt er durch die Sender, bis er einen findet, auf dem *Friends* läuft, und ich decke meine nackten Beine mit einer Decke zu. Wir essen schweigend. Als ich schließlich meinen leeren Teller neben Jonnes auf den Couchtisch stelle, deutet er mit dem Kopf in Richtung Küche.

»Im Kühlschrank ist Schokopudding, wenn du willst. Du kannst dir einen holen.«

Schokolade klingt nach diesem furchtbaren Tag mehr als verlockend, weshalb ich aufstehe. »Willst du auch einen?«

»Nein danke.« Als ich mich mit dem kleinen Plastikbecher in der Hand wieder neben ihn setze, schmunzelt er in sich hinein.

»Was?«

»Nichts. Ich hab das Zeug eigentlich nur, weil es Mikos Hauptnahrungsmittel ist. Gut zu wissen, dass man dich damit auch glücklich machen kann.«

Glücklich. Diese Emotion hält weiterhin an, und ich muss an Jonnes Worte vorhin denken. An unseren Kuss in der Dusche, seine nackte Haut auf meiner. Ich mustere ihn verstohlen und löffle meinen Pudding. Als ich mich kurz vorbeuge, um ihn abzustellen, hebt Jonne seinen Arm und schaut mich fragend an. Ein Angebot, das ich nur zu gern annehme.

Ich rutsche näher zu ihm, strecke meine Beine neben seinen auf der Ottomane aus und lasse mich in seinen Arm sinken. Jonne zieht die Decke über uns, und ein warmes Gefühl macht sich in meiner Brust breit. Seine Nähe fühlt sich natürlich an. Vertraut und sicher. Ich kuschle mich enger an ihn, und er schlingt seinen Arm fester um mich. Zögerlich lege ich eine Hand auf seine Brust, den Kopf an seine Schulter, und vergrabe das Gesicht in seinem Shirt. Tief atme ich seinen Duft ein, spüre seinen Herzschlag unter meinen Fingerspitzen. Seine Beine wärmen meine, sein Atem streift meinen Scheitel.

Wie konnte ich es so lang ohne seine Nähe aushalten? Ohne dieses tiefe Empfinden von Sicherheit und dieses Wirrwarr an Emotionen, das fast mein Herz zum Platzen bringt?

»Danke«, flüstere ich.

»Wofür?«, raunt er zurück.

»Dass du mir das Leben gerettet hast.«

Jonne antwortet nicht. Er legt seine Hand an meine Wange, streicht sachte mit dem Daumen über meine Schläfe und drückt mir einen Kuss aufs Haar.

Nervös vergrabe ich meine Finger in seinem Shirt. »Habe ich das vorhin eigentlich richtig verstanden?«

»Was genau?«

»Dass du doch keine Zeit mehr brauchst?«

Er räuspert sich. »Das hast du richtig verstanden, ja.«

Ich atme tief durch. »Und brauchst du noch Mut?«

»Den sammle ich gerade.«

Ich schaue verwirrt zu ihm auf. »Wie? Wofür?«

Jonne senkt den Kopf, seine Nase streift meine. »Wofür wohl?«

Ich halte kurz die Luft an. »Keine Ahnung«, behaupte ich.

Er zieht mich enger an sich und küsst mich sanft. Seine Lippen liegen weich und warm auf meinen, und ich erwidere den Kuss zaghaft, während er in meinem Inneren ein regelrechtes Feuerwerk entzündet.

»Du schmeckst nach Pudding«, raunt Jonne und fasst mir zärtlich ins Haar. Ich schmiege mich an seine harte Brust, und seine Hand fährt über meinen Rücken, verweilt an dem schmalen Streifen nackter Haut zwischen dem Saum seiner Boxerbriefs und dem hochgerutschten Pullover.

Für einen Moment löst er seine Lippen von meinen. »Bleibst du hier?«, fragt er heiser.

»Bei dir?«, erwidere ich überflüssigerweise und schlinge meinen Arm um Jonnes Oberkörper. Er nickt.

»Ja«, sage ich, ohne zu wissen, was er damit meint. Diesen Abend, heute Nacht oder immer. Sein Haus oder doch die Insel. »Solange du willst.«

»Dann kannst du leider nicht mehr gehen.«

»Das ist in Ordnung.« Ich küsse ihn, und Jonne seufzt. Er schiebt sein Bein zwischen meine, und ich lasse meine Zunge in seinen Mund gleiten, während er mit seinen rauen Fingerspitzen weiter unter meinen Pullover wandert und seine Berührung eine brennend heiße Spur auf meiner nackten Haut hinterlässt.

Ich will das. Ich will mehr. Ich will alles, und zum ersten Mal will ich es, ohne dabei darüber nachzudenken, ob ich es auch verdient habe. Ich wäre jetzt nicht hier, wenn dem nicht so wäre. Jonne würde mich nicht küssen, würde er es anders sehen, da bin ich mir sicher.

Ich schiebe sein Shirt hoch und zeichne mit den Fingerspitzen die Konturen seiner Muskeln nach, dränge mich an ihn, küsse ihn begieriger. Jonne tastet hinter ihm nach der Fernbedienung und kurz darauf kehrt Stille ein. Er rückt ein Stück von mir weg, richtet sich auf, sodass er über mir lehnt.

»Gehen wir rüber?«, raunt er und streift beim Sprechen mit den Lippen meine Schläfe, dann meinen Haaransatz.

»Okay«, hauche ich. Ein sehnsuchtsvolles Ziehen füllt meinen Brustkorb.

Jonne steht auf, und ich will es ihm nachtun, doch er hebt mich ungefragt in seine Arme und trägt mich durchs Zimmer.

»He!«, beschwere ich mich.

»Sorry.« Er grinst zu mir runter. »Ich mach das gern. Ist wie ein Mini-Workout.«

Ich beiße ihn scherzhaft in den Hals, woraufhin er lacht. Das Geräusch ist wunderschön und klingt in meinem Inneren nach, vibriert in meiner Brust. Ich gehe dazu über, die Stelle sanft zu liebkosen, und er verstummt.

Im Schlafzimmer angekommen setzt er mich auf der Bettkante ab und schaltet die Nachttischlampe ein, die den Raum in ein schummriges Licht hüllt. Jonne beugt sich zu mir herunter. Ich weiche vor ihm zurück, weiter auf die Matratze, und er folgt mir, bis ich ganz darauf liege und er über mir kniet.

Er küsst mich, erobert mit seiner Zunge meinen Mund, und ich schiebe leise stöhnend sein Shirt hoch, bis er sich erneut von mir löst und es sich über den Kopf zieht. Kurz lasse ich den Blick über seinen nackten Oberkörper schweifen, bevor er sich über mich beugt, sanft meinen Hals küsst und mit beiden Händen unter meinen Pullover fährt. Mit angenehmem Druck lässt er seine Finger über meine Taille bis hoch zu meinen Brüsten wandern und streift den Stoff dabei immer weiter hoch, folgt der Bewegung mit seinem Mund. Er küsst sich über meinen Bauch nach oben, massiert meine Brüste und kreist mit der Zunge um meinen Nippel.

Ich stöhne, und Jonne atmet hörbar aus. Sein heißer Atem brennt auf meiner Haut. Er verteilt Küsse auf meinen Rippenbögen, während er mir den Hoodie ganz auszieht. Achtlos wirft er das Kleidungsstück beiseite und richtet sich auf, um auf mich hinunterzusehen. Sein Blick gleitet über meinen nackten Oberkörper, seine Gewitteraugen wirken dunkler als sonst. Unergründlich.

Jetzt wäre meine Chance, um auch ihn anzuschauen. Seine definierten Muskeln zu bewundern, seine breite Statur. Doch sein Gesicht ist es, das mich einnimmt und nicht mehr loslässt. Sein wunderschönes, vertrautes, geliebtes Gesicht, das sich endlich geglättet hat, und doch so viel erzählt. Ich habe das Gefühl, als könnte ich jede Facette von Jonne in seinen Zügen erahnen. Wenn ich ihn anschaue, kann ich wieder die steile Falte sehen, die so oft zwischen seinen Brauen auftaucht. Die Trauer, die manchmal in seinen Augen schwimmt. Die Zweifel, die ihn zurückhalten. Die Wut, die ihn hin und wieder übermannt. Aber auch die Belustigung, die sich in einem schiefen Schmunzeln zeigt. Den Schalk in einem Augenzwinkern, die Zuneigung in einem langen Blick.

Ich lege meine Hände um Jonnes Nacken und ziehe ihn zu mir herunter. Er legt sich zu mir, deckt uns zu, und ich dränge mich an ihn, küsse seine Schulter, seinen Hals, sein Kinn. Seine Erektion drückt durch den Stoff seiner Hose gegen meinen Bauch, und ich spüre, wie ich feucht werde, weil ich mir ausmale, wie er sich in mir anfühlt. Auf mir. Unter mir.

Fast andächtig streicht Jonne über meinen Körper und streift mir langsam seine Unterwäsche ab. Ich helfe ihm, schmiege mich nackt in seine Arme und lasse zu, dass er mich auf den Rücken dreht und seine Hand zwischen meine Oberschenkel gleiten lässt. Seine rauen Fingerkuppen reiben über meine Klitoris, und ich stöhne auf, weil es sich tausendmal besser anfühlt, als ich dachte. Echter. Überwältigender. Ich kralle mich in Jonnes Oberarm, und er küsst sich meinen Hals hinab bis zu meinen Brüsten, leckt über meine Nippel, saugt daran. Es kostet mich alles an Selbstbeherrschung, nicht jetzt schon zu kommen. Ich will mich fallenlassen, und gleichzeitig will ich mehr. Alles. Ihn.

Jonne dringt erst mit einem Finger in mich ein, dann mit zwei, und das beinahe zerreißende Gefühl eines sich anbahnenden Orgasmus wandelt sich zu einer dumpferen Erregung, die mich fast ebenso zittrig macht. Widerwillig lege ich meine Hand auf Jonnes Brust und schiebe ihn sanft von mir. Er hält sofort inne, hebt den Kopf und sieht mich fragend an.

Ich drücke ihn weiter von mir, richte mich auf. Jonne zieht langsam seine Hand zwischen meinen Beinen zurück und lässt sich in die Kissen sinken. »Hast du ein Kondom?«, frage ich leise.

»Im Nachttisch.«

In der kleinen Schublade liegt obenauf Jonnes Skizzenbuch, in das ich neulich schon einen Blick erhaschen konnte. Daneben ein ganzes Arsenal an Graphitstiften. Irgendwo darunter finde ich eine ungeöffnete Kondompackung. Während ich sie aufmache, setzt Jonne sich auf, rutscht näher zu mir, streicht mit den Fingern über meinen Rücken und haucht zarte Küsse auf meine Wirbelsäule. Mit einer Mischung aus Ungeschicktheit und Ungeduld reiße ich die Packung auf und verteile Kondome auf Jonnes Matratze. Er schnaubt leise, verstummt jedoch, als ich mich zu ihm umwende und ihn wieder küsse. Drängend und innig. Wir verschmelzen miteinander, und ich schiebe ihm die Jogginghose von den Hüften, schließe meine Finger um seine Erektion. Er stöhnt leise in meinen Mund, und ich reibe ihn. Erst sanft, dann mit mehr Druck.

Jonne greift in meinen Nacken und beißt mir leicht in die Unterlippe. Er rutscht rückwärts, bis er am Kopfende des Bettes lehnt, und streift sich dabei die Hose von den Beinen. Ich knie über ihm und lasse ihn nur los, um eines der Kondome aufzureißen und es ihm überzurollen. Wärme hüllt mich ein, als Jonne die Bettdecke über meine Schultern legt und seine Arme um mich schließt. Wir schauen uns in die Augen, Himmelblau in Gewittergrau, und ich lasse mich langsam auf ihn sinken. Jonne reckt mir sein Becken entgegen und dringt in mich ein. Behutsam. Tief. Noch tiefer. Er füllt mich aus, und unser Stöhnen durchbricht das Prasseln des Regens draußen. Ich vergrabe meine Finger in Jonnes Haaren, und er mustert mich. »Lav.« Seine Stimme klingt anders als sonst. Schwächer und voller. Nach endlos vielen Emotionen, die ich nicht alle unterscheiden kann. Ich halte seinen Blick und beginne, mich auf ihm zu bewegen. Es ist beflügelnd und lähmend zugleich. Ich habe das Gefühl, die Lust überwältigt mich, ist zu viel und dennoch nicht genug.

Mit einem Stöhnen schmiegt Jonne das Gesicht an meinen Hals und umschlingt mit den Händen meine Taille, fährt mit den Daumen über die Unterseiten meiner Brüste. Er hilft meiner Bewegung mit seinen Händen nach. Gleichzeitig schiebt er sich mir erneut entgegen, und ich stöhne auf, als er dabei noch tiefer in mich stößt. Alles in mir zieht sich auf angenehmste Weise zusammen. Löst sich wieder. Spannt sich wieder an. »Fuck«, raunt er. »Ich hoffe, du erwartest nicht, dass ich das lange aushalte.«

»Nein«, erwidere ich atemlos. Ich glaube, ich halte es selbst nicht aus. Es ist zu viel. Zu viel Zuneigung in meiner Brust, zu viel Sehnsucht, zu viel mehr wollen und nicht mehr ertragen.

»Kannst du so kommen?«, will er wissen und drängt mir sein Becken weiter entgegen.

Ich küsse ihn, bevor ich antworte, lege meine Arme um seinen Nacken. »Wahrscheinlich nicht«, gestehe ich atemlos.

Jonne lässt etwas umständlich eine seiner Hände zwischen uns gleiten, und im nächsten Moment reibt er mich wieder. Ich stöhne auf, und er dämpft das Geräusch mit seinem Mund, küsst mich mit neuem Verlangen.

»Jonne …«

»Mach einfach weiter«, raunt er. Er reibt meinen Kitzler, und ich spüre bereits, wie meine Knie wacklig werden und der sich anbahnende Orgasmus meinen Herzschlag weiter beschleunigt. Trotzdem bewege ich mich weiter auf ihm, genieße, wie er dabei immer wieder tief in mich eindringt, seine Erektion sich in mir anfühlt und uns enger verbindet als je zuvor. Mein Oberkörper ist gegen Jonnes gedrückt, seine linke Hand ruht schwer auf meinem Rücken, die rechte bringt mich zum Kommen. Wieder versiegelt er meinen Mund mit seinem, und ein heftiges Zittern nimmt von mir Besitz. Es wird immer mehr von seinen Fingern angefacht, und von seinen Hüften, die meinen vorherigen Rhythmus übernommen haben und ihn jetzt fortführen.

Der Höhenpunkt ist heftig, hält eine wunderschöne Ewigkeit lang an. Ich kralle meine Finger fest in Jonnes Schultern, und er stöhnt auf. Seine Stöße werden kräftiger, dann hält er inne, und ich spüre, wie er in mir kommt und sich zuckend in mir ergießt. Erschöpft sinke ich gegen seine Brust, und Jonne schlingt seine Arme so fest um mich, wie es nur geht. Er sagt nichts. Vergräbt nur das Gesicht in meinen Haaren und atmet hörbar aus. Sein Atem geht schnell und angestrengt, ebenso wie meiner. Ich umarme ihn und drücke meine Nase in seine Halsbeuge, wo sein vertrauter Geruch am intensivsten ist und ich seinen kräftigen Puls spüren kann.

Es dauert eine ganze Weile, bis wir uns wieder gefasst haben. Jonne löst seine Arme von mir, ich klettere vorsichtig von seinem Schoß und husche kurz ins Bad. Als ich zurückkomme, hat er das Kondom entsorgt und zieht mich unter der Bettdecke in seine Arme. Ich schmiege mich an seine Brust, küsse sein Schlüsselbein, seinen Hals, sein stoppeliges Kinn und schließlich seine Lippen.

»Du bist ziemlich umwerfend, Lavender Whitcomb«, raunt er mir ins Ohr, streicht mit dem Daumen über meinen Wangenknochen und küsst mich auf die Stirn. Dann lehnt er sich über mich hinweg, um das Licht zu löschen.

»Du bist auch nicht schlecht«, necke ich ihn und werde dafür leicht in die Seite gezwickt.

»Na hör mal! Seit wann bist du so fies?«

»Du musst mal wieder von deinem hohen Rettungsschwimmerross runterkommen.«

»Ich bin grade gekommen. Reicht das nicht?«

Jetzt zwicke ich ihn, muss allerdings leise lachen. »Na gut. Du bist auch ziemlich umwerfend, Jonne Aalton.«

»Danke«, murmelt er. »Aber vor allem bin ich müde.«

Sanft küsse ich ihn. »Dann schlaf mal, du Lebensretter.«

Jonne schnaubt leise, erwidert jedoch nichts mehr.

Ich bette den Kopf auf seine Schulter und zeichne im Dunkeln mit den Fingerspitzen Muster auf seinen Oberkörper. Nur das Prasseln des Regens und Jonnes ruhiger werdende Atemzüge sind zu hören, füllen die ungewohnte Stille in meinem Kopf. Keine Reue. Keine Zweifel. Ich weiß, dass sie zurückkehren werden. Eher früher als spät, vielleicht schlimmer als zuvor. Doch in diesem Moment habe ich das Gefühl, sie bezwingen zu können. Stark genug zu sein, erst recht mit ihm an meiner Seite. Ich schmunzle in mich hinein, schließe die Augen, und es dauert nicht lang, bis ich einschlafe. Eingehüllt von Jonnes Wärme und seinem Duft nach ... Zuhause.

Kapitel 34

JONNE

Es hört nicht auf zu regnen. Das stetige Prasseln auf dem Blätterdach draußen, gemischt mit dem kaum hörbaren Geräusch von Lavenders Atem neben mir, vermittelt mir ein Gefühl von Ruhe, das ich seit Jahren nicht mehr hatte. Ein Gefühl von Frieden. Ich lehne in den Kissen, die Beine angewinkelt, mein Skizzenbuch auf dem Schoß und einen Graphitstift zwischen den Fingern. Lav liegt neben mir auf dem Bauch, das Gesicht mir zugewandt, und schläft. Die Haare fallen ihr in die Stirn, ihre Taille drückt warm gegen meine Hüfte.

Seit knapp zwei Stunden liege ich schon wach. Vorhin schlief sie noch in meinem Arm, und am liebsten würde ich sie wieder an mich ziehen, mehr von ihrer Nähe genießen. Aber dann könnte ich sie nicht mehr zeichnen. Und es ist wichtig, diesen Moment festzuhalten. Dieses Glück in meiner Brust, das zum ersten Mal seit langer Zeit den Schmerz überlagert. Es ist ein längst überfälliger Schritt nach vorn. Weg von der lähmenden Trauer, die mich so zerstört hat.

Ursprünglich hatte ich vor, das Porträt zu beenden, bei dem Lavender mich am Freitag erwischt hat. Das, das ich mehr aus Verwirrung gezeichnet habe als aus irgendeinem anderen Grund. Aber dann sah sie so unglaublich perfekt aus, wie sie da lag, im Dämmerlicht eines verregneten Morgengrauens, ihr nackter Körper nur halb von der Decke bedeckt, ihr Gesicht so friedlich wie sonst nie. Die alte Zeichnung passte einfach nicht mehr. An ihr ist alles falsch und verzerrt, weil ich nicht wusste, was ich da tue. Ich konnte nicht anders, als neu anzufangen. Ich wollte Lav so zeichnen, wie ich sie jetzt sehe.

Mittlerweile bin ich dabei, ihre Sommersprossen zu zählen, damit auch ja keine zu wenig auf ihrer Wange landet. Damit die Lavender auf dem Papier der Echten so ähnlich sieht, wie nur irgendwie möglich, und dieses Gefühl für immer bleibt.

Vielleicht versuche ich mich danach noch mal an dem Bild von Jenson, das ich letztens abbrechen musste. Vielleicht fange ich endlich an, all die Szenen aus meinem Kopf zu zeichnen, die vorher zu schmerzhaft waren. Es immer noch sind. Aber der Schmerz ist gut. Das realisiere ich nach all den Jahren endlich. Auch der, den Lav mit sich bringt, ist es. Es muss wehtun, damit es besser werden kann. Ich muss mich ihm stellen, um ihn zu überwinden. Lernen, damit umzugehen, anstatt nur auszuweichen und zu verlagern.

Lavender seufzt im Schlaf, und ihre Finger auf meinem Oberarm krümmen sich leicht. Sie vergräbt das Gesicht im Kopfkissen und öffnet müde blinzelnd die Augen. Im tristen Grau dieses verregneten Montags wirken sie heller als sonst. Ein strahlendes Himmelblau, das mich zum ersten Mal wünschen lässt, ich würde mit Farbe arbeiten statt nur mit Graphit. Hat Dad mir nicht vor ein paar Jahren mal Buntstifte geschenkt? Die müssten noch irgendwo sein.

»Guten Morgen«, raune ich, und sie zieht sich mit einem Murren die Decke über das Gesicht. »He, nicht bewegen.« Lavender lugt unter der Bettdecke hervor, und ich streiche ihr eine verirrte Haarsträhne aus der Stirn. »Ich bin noch nicht fertig mit Zählen.«

»Zählen?«, nuschelt sie verwirrt.

»Deine Sommersprossen.«

»Beobachtest du mich?« Ihre Stimme ist heiser vom Schlaf, und sie rutscht näher an mich heran. Ihr nackter Körper schmiegt sich an meinen, und ich beuge mich zu ihr herunter, um ihr einen Kuss aufs Haar zu drücken.

»Nein. Schlimmer.«

Sie erblickt mein Skizzenbuch und reckt neugierig den Hals, um hineinzuschauen. »Du zeichnest mich.«

»Ja. Ist das okay?« Plötzlich bin ich unsicher. Ich hätte sie vorher fragen sollen. Das grenzt immerhin an ein Nacktfoto. Selbst wenn die Zeichnung nur für mich ist, und ich sie wohl auch gut aus dem Kopf hinbekommen hätte.

Lav nickt und richtet sich auf. Ich hebe meinen Arm, damit sie es sich an meiner Brust bequem machen kann, und sie bettet ihren Kopf auf meine Schulter, den Blick weiterhin auf das Papier gerichtet.

»Du bist echt gut.«

»Danke.«

»Du hast mich hübscher gemacht, als ich bin.«

»Mitnichten«, murmle ich und küsse sie auf die Schläfe.

Sie fährt mit den Fingerspitzen über den Rand der Seite. »Wo ist das andere?«

»Welches andere?«, frage ich schuldbewusst.

»Das von Freitag.«

»Ich hatte gehofft, du hättest das nicht gesehen.«

Lav lächelt zu mir hoch. »Du warst nicht ansatzweise schnell genug im Verstecken.«

»Wenn du dich so anschleichst …«

Sie küsst mich, und ich erwidere es sanft. Nachdem wir uns wieder voneinander gelöst haben, blättere ich um. Lavender mustert die Zeichnung. »Du bist nicht fertig geworden.«

»Nein. Ich mache sie auch nicht mehr fertig.«

»Und wieso nicht?«

»Sie fühlt sich nicht mehr richtig an.«

Einen Moment lang schweigt sie. »Seit wann zeichnest du?«

»Schon immer. Aber so richtig erst, seit ich elf oder zwölf bin.« Der Hintergrund ist eigentlich kein schöner, sondern ein tragischer. Nach Brads Tod schickten meine Eltern mich zur Therapie, und die Therapeutin riet mir, all meine Gefühle, Ängste und Schuldgefühle in Bilder zu packen. Sie waren lange Zeit sehr düster, Indigo in Schwarz, und Mom und Dad haben sich riesige Sorgen gemacht. Aber irgendwann wurde es besser. Die alten Bilder wanderten in eine große Mappe, die auf meinem Schrank liegt, das Kapitel war abgeschlossen. Größtenteils zumindest. Auch nachdem die Therapie längst ausgelaufen war, zeichnete ich weiter. Manchmal mit Miko, der eine ähnliche Begeisterung dafür entwickelte. Manchmal mit Mom oder Dad, die nicht halb so gut waren wie ich. Es hat mir geholfen, mir gutgetan. Bis Jenson krank wurde, und es nicht mehr gewirkt hat. Weil die Bilder wieder düster geworden wären. Diesmal Schwarz in dunklen Anthrazit. Und das wollte ich nicht zulassen. Wollte es nicht wahrhaben. Ich habe mich davor gedrückt, das zu zeichnen, was aus mir herauswollte. Allmählich wird mir klar, dass ich mir damit selbst Heilung verwehrt habe. Ich habe mich davon abgehalten, Jensons Tod zu verarbeiten.

Lavender küsst meine Brust und schlingt ihren Arm um mich. Ihr scheint nicht aufgefallen zu sein, dass meine Antwort einen heimlichen Rattenschwanz hat, den ich ihr noch nicht erzählen kann, weil ich erst lernen muss, darüber zu sprechen. »Du bist voller Überraschungen«, meint sie.

Das stimmt. Und manche davon werden einen langen Schatten werfen, wenn ich sie irgendwann ans Licht befördere. Doch ich werde es dennoch tun. Früher oder später. Ich will Lav alles anvertrauen und mir selbst beweisen, dass ich das kann. Vertrauen. Mich öffnen. Dinge bewältigen, statt mich von ihnen überwältigen zu lassen.

Nur eine Sache fällt mir jetzt wieder ein, die ich sofort abhaken muss. Weil es sonst nicht fair wäre. »Ich muss dir was sagen«, gestehe ich leise. Mein Tonfall war wohl nicht so neutral, wie ich gehofft hatte, denn Lavender sieht mit vor Besorgnis gerunzelter Stirn zu mir hoch.

»Was denn?«

Ich atme tief durch. »Jenson hat mir auch etwas vererbt.«

Warum sage ich das so komisch? Er hat mir nicht einfach *etwas* vererbt. Es geht hier nicht um eine Baseballkartensammlung oder irgendwelches Porzellangeschirr. »Sein Vermögen, um genau zu sein.«

»Jenson hatte Vermögen?«, fragt Lavender perplex. Wahrscheinlich denkt sie an das baufällige Haus. Seine Klamotten, die er immer getragen hat, bis sie auseinanderfielen. Seinen Knochenjob als Altenpfleger, den er trotz der schlechten Bezahlung weitergemacht hat, da er ihm so viel bedeutet hat.

»Hatte er.« Ich sehe die Frage in ihren Augen. »Willst du wissen, wie viel es war, oder lieber nicht?« Keine Ahnung, ob ich das richtig mache. Es fühlt sich komisch an, ihr zu erzählen, dass ich all dieses Geld geerbt habe, das ihr rein logisch betrachtet viel mehr zugestanden hätte.

»Okay«, antwortet sie nur.

Ich nenne ihr die Summe, und Lavender starrt mich verdattert an. »Was?«, haucht sie. »Aber ... woher? Wie ...?«

»Dank der Klage deines Vaters.«

Ihre Verwirrung scheint nur noch größer zu werden. »Was für eine Klage?«

Okay. Scheiße. Sie weiß das nicht? Aber das kann doch nicht sein. Wenn ich Jenson richtig verstanden habe, baut der gesamte Reichtum von Lavenders Vater auf dieser Klage auf. Mit dem Geld hat alles angefangen. Er hat es investiert, es vermehrt, weiter investiert. Und ihr kein Wort davon erzählt? »Die Klage gegen den Autokonzern?«, versuche ich es erneut.

Sie neigt den Kopf zur Seite, doch jetzt verändert sich etwas in ihrem Gesicht. Ich kann den Ausdruck nicht ganz deuten. Ist es Sorge? Zweifel? Angst? »Du meinst ... der, wegen dem Mom und Brads Mutter gestorben sind?«

Ich nicke langsam. Die Geschichte kennt jeder auf der Insel. Brad und ich waren erst drei, als der Unfall passierte, Lavender noch ein Baby. Hier wurde viel darüber gesprochen, auch Jahre später noch. *Brad, der arme Junge, so früh die Mutter verloren. Jenson, der arme Mann, erst die Frau, dann das Kind.* Lavender war mit ihren Eltern hier zu Besuch, und die beiden Frauen wollten zu zweit einen Ausflug nach Victoria machen, von dem sie nie zurückkamen. Irgendwas war an dem neuen Wagen von Lavs Dad kaputt – etwas, das definitiv nicht hätte kaputt gehen dürfen, und so schnell waren zwei Leben ausgelöscht.

»Dein Vater hat den Hersteller verklagt und eine Millionensumme für sich und Jenson rausgehandelt. Sag mir bitte nicht, dass er dir das nie erzählt hat ...«

Ihrem Gesicht nach zu urteilen hat er das nicht. »Ist Dad deswegen so reich?«

Ich zucke mit den Schultern. »Vermutlich zumindest auch deswegen, ja.«

»Aber Jenson ...«

»Wusste nie was mit dem Geld anzufangen«, beende ich ihren Satz. »Er hat weiter so gelebt wie bisher, zumindest was seine Ausgaben anging, und alles für Brad angelegt. Als der tot war, hat er es für dich gespart. Und irgendwann ...«

»Hat er es auf dich überschrieben«, stellt sie fest.

»Ja. Einiges davon ging für seine Behandlung drauf. Chemo, die Medikamente ... Doch es ist trotzdem viel Geld, das irgendwie ... dir gehört. Es tut mir leid, dass das so komisch ist. Ich habe auch keine richtige Ahnung, wie ich damit umgehen soll.«

»Dir muss nichts leidtun«, meint sie leise. »Jenson hat das Geld dir vererbt, nicht mir. Er wird sich schon etwas dabei gedacht haben, mir nur das Haus zu geben. Es ist deins.«

»Er hat dir das Haus vererbt, weil er hoffte, dass du wiederkommst«, gestehe ich und seufze leise. Man könnte fast denken, er hätte das alles genau so geplant. Als hätte er geahnt, dass wir zusammenfinden würden und ich es so nutzen würde. »Und ich weiß genauso wenig mit dem Geld anzufangen wie er. Ich hab davon das Haus hier abbezahlt. Der Rest liegt auf meinem Konto und wartet auf schlechtere Zeiten.«

»Dann liegt es eben da. Irgendwann brauchst du es vielleicht.«

»Oder du brauchst es.«

Sie schüttelt bereits den Kopf, aber ich komme ihr zuvor.

»Ich sage nicht, dass du es nehmen musst oder sollst. Aber ich finde, es steht dir genauso zu wie mir, und falls du jemals

Unterstützung brauchst, weißt du, wo du sie findest. Dein Vater ist vielleicht ein zu großes Arschloch – sorry –, um sich um dich zu kümmern, aber ich bin mir sicher, dass Jenson sofort eingesprungen wäre, hättest du ihn je um Hilfe gebeten. Er hätte dir seinen letzten Dollar gegeben, hättest du ihn gebraucht. Es hätte ihn sehr glücklich gemacht, dir helfen zu können. Ich will ihm diese Möglichkeit nicht nehmen. Wenn du was von dem Geld brauchst, gehört es dir. Und wenn du es nicht willst, ist das auch in Ordnung. Das ist alles, was ich sagen möchte.«

Lavender atmet tief durch und schaut mich lange an. Tränen stehen ihr in den Augen, lösen sich jedoch nicht. Dann reckt sie den Hals, um mir einen Kuss auf die Wange zu geben. »Kann man herzensgut steigern?«, flüstert sie.

»Keine Ahnung. Das musst du Leevi oder Laina fragen.«

»Oder ich mache es einfach. Du bist der herzensbeste Mensch, den ich kenne, Jonne. Und ich bin so froh, dass Jenson dich hatte.«

Ich klappe das Skizzenbuch auf meinem Schoß zu, lege es beiseite und ziehe sie ganz in meine Arme. Küsse sie. Halte sie. Ich bin irgendwie glücklich und gleichzeitig traurig, weil die Erinnerung an Jenson sticht. Aber es ist in Ordnung so. Wir küssen uns lange, wie in Zeitlupe, ein fast schon andächtiges Erkunden unserer Lippen. Und erst nach einer ganzen Weile löst Lav sich wieder von mir und bettet ihren Kopf auf meine Schulter. Ich streichle ihren Rücken, während wir dem Regenprasseln lauschen. Sie malt mit dem Zeigefinger Muster auf meine Brust, schließt wieder die Augen. Für ein paar Minuten schläft sie tatsächlich noch mal ein. Erst eine halbe Stunde später rührt sie sich wieder. Lav blinzelt, reibt sich den Schlaf aus den Augen und gähnt. »Sollten wir mal aufstehen?«, murmelt sie. »Wie viel Uhr ist es eigentlich?«

Sie dreht sich in meinem Arm nach dem Wecker um, stützt sich mit einem Ellbogen auf die Matratze und gibt einen entsetzten Laut von sich. »Es ist schon nach acht? Wir müssen zum Club! Wir wollten uns heute früher treffen!«

Schon macht sie Anstalten, sich aus der Decke zu befreien, aber ich schlinge auch meinen zweiten Arm von hinten um sie und ziehe sie wieder an mich. »Müssen wir nicht«, raune ich ihr ins Ohr.

»Aber die anderen warten auf uns!«

Ich küsse ihre Schulter. »Niemand wartet auf uns. Ich hab schon um sechs allen frei gegeben.«

»Du hast *was*?«

»Ich wollte nicht aufstehen«, rechtfertige ich mich schmunzelnd. »Und ich will ehrlich gesagt auch nicht, dass du aufstehst …« Ich drücke mein Becken sanft gegen Lavenders Po, und ein Schauer durchläuft ihren Körper.

»In weniger als zwei Wochen wollen wir eröffnen!«, beschwert sie sich, lässt aber dennoch den Kopf zurück aufs Kissen sinken und zieht meinen Arm enger um ihre Mitte.

»Werden wir auch. Wir sind gut im Zeitplan. Außerdem ist unser Bauherr im Urlaub, schon vergessen?«

»Miko ist nicht unser Bauherr, sondern du.«

»Dann bin ich eben im Urlaub. So was hatte ich sowieso schon viel zu lange nicht mehr.«

Lavender fährt mit den Fingerspitzen über meinen Unterarm und drückt ihren Hintern enger an mich. »Na gut …« Ich werde hart und vergrabe das Gesicht in ihrer Halsbeuge. Selbst nach ihrem Bad im Meer und der Dusche gestern bilde ich mir ein, sie würde immer noch leicht nach Vanille duften. Sie reibt sich an mir und diesmal bin ich es, der erschauert. »Und wie willst du deinen Urlaub verbringen?«, haucht sie.

»Mh … Primär mit dir. Ich bin eigentlich schon ziemlich zufrieden.« Ich streife mit dem Daumen über ihre Brüste und genieße es, wie ihr Atem bei der Berührung stockt. Etwas kratzt mich an der Wange, und ich hebe den Kopf. Zwischen Lavenders Haaren blitzt etwas Dunkelgraues auf. »Du hingegen scheinst einiges vorzuhaben«, meine ich lachend und befreie ein eingepacktes Kondom aus dem lilafarbenen Durcheinander. »Was hast du da noch alles drin versteckt?«

Lavender schaut über ihre Schulter zu mir und wird rot. »Das ist wohl gestern aus der Packung gefallen.«

»Ich dachte eigentlich, ich hätte die alle eingesammelt. Aber wenn das jetzt schon hier ist …« Wieder fahre ich über ihre Brüste, diesmal mit mehr Druck. Lavender seufzt tief und drängt sich mir entgegen. Ich rücke meinen Arm, auf dem sie liegt, ein wenig zurecht, sodass ich meine Hand zwischen ihre Oberschenkel gleiten lassen kann. Sie stöhnt auf, schon jetzt unheimlich feucht, und meine Erektion drückt sich gegen ihren Hintern. Vorsichtig schiebe ich mein Knie zwischen ihre Beine, spreize sie ein wenig, während ich sie weitermassiere. »So?«, hauche ich an ihrem Ohr, und sie stöhnt zustimmend. »Hilf mir mal.« Ich reiche ihr das Kondom. Sie öffnet es und gibt es mir wieder. Kurz lehne ich mich zurück, um es mir überzustreifen, dann drücke ich mich erneut an sie und dringe ein Stück weit in sie ein. Lavender streckt den Rücken durch und reckt mir ihr Becken entgegen. Ich streichle mit der jetzt freien Hand ihre Brüste und reize sie mit der anderen weiter. Sie reckt den Hals, um mir das Gesicht zuwenden zu können, und ich küsse sie, während ich langsam tiefer in sie eindringe.

Es kann nicht normal sein, dass Sex mit ihr sich so gut anfühlt. Schon jetzt habe ich das Gefühl, als würde ich jeden Augenblick kommen. Lavs heißer Körper empfängt meinen und setzt alles in mir in Brand. Vorsichtig schiebe ich mich tiefer in sie, ziehe mich zurück, dringe ganz in sie ein. Die Stellung macht meine Stöße langsamer, aber ich genieße es, sie dabei überall berühren zu können, sie so fest im Arm zu halten. Mein eigenes Stöhnen wird von Lavenders Lippen gedämpft, und unter meiner Hand, die schwer auf ihrer Brust liegt, spüre ich ihr Herz heftig schlagen. Ich glaube zu fühlen, wie sich ihr Orgasmus nähert, sich alles in ihr zusammenzieht, und nehme meine Finger zurück. Gestern war es gut, dass sie so schnell gekommen ist, weil ich es selbst nicht länger ausgehalten hätte. Doch heute will ich den Moment in die Länge ziehen, sie jede meiner Berührungen genießen lassen, sie weiterhin so nah bei mir haben, dass ich jedes Zucken ihrer Muskeln spüre.

Ich reibe sie erneut, lasse wieder von ihr ab. Bringe sie mit jedem Mal näher an ihren Höhepunkt, der diesmal nicht langsam genug kommen kann, und bin verwundert, dass ich es selbst so lange schaffe. Irgendwann kann ich mich nicht mehr zurückhalten. Ich komme in ihr, ziehe sie dabei enger an mich und massiere weiter über ihre Mitte, bis sie sich an mir festklammert und in meinen Armen stöhnt und zuckt.

Da liegen wir. Verschwitzt, erschöpft. Brust an Rücken, meine Lippen in ihrem heißen Nacken, und alles, was ich im Nachhall dieses Orgasmus empfinde, ist pures Glück.

Kapitel 35

LAVENDER

»Auf euch!« Saana hebt ihr Glas, und alle tun es ihr nach. Klirrende Glückwünsche füllen die Wohnküche der Familie Aalton, und ich stoße mit jedem der Anwesenden an. Mit Saana und ihrem Mann, Miko, Auri, Sally, und am Ende mit Jonne, der mich dabei verhalten angrinst und mir mit der freien Hand über den Rücken streicht.

»Es ist wirklich erstaunlich, wie schnell der Club fertig geworden ist«, meint Sally und nickt eifrig, als Saana ihren Teller nimmt und fragend auf die Lasagne in der Mitte des Tisches deutet. »Die Eröffnung rückt so schnell näher!«

»Es ist wirklich erstaunlich, dass dabei niemand erdrosselt wurde«, wirft Auri ein, und Miko lacht. »Mal im Ernst, euch zwei Streithähne gemeinsam in ein baufälliges Haus zu sperren, klang ziemlich tödlich.«

»Vor allem mit all den gefährlichen Geräten«, pflichtet Mr. Aalton ihr bei, und Saana stößt ihm gegen die Schulter.

»Sag doch so was nicht, Jari!«

»Was denn? Sie leben ja noch alle.«

»Dank Lavender, die sich todesmutig zwischen die Fronten gestürzt hat«, behauptet Auri weiter.

Schnaubend nehme ich meinen vollen Teller entgegen. »Ich hab ein bisschen renoviert, und das war's. Danke, Saana.«

»Du hast viel mehr gemacht als das«, widerspricht Jonne, zieht mich an sich und drückt mir einen Kuss auf die Schläfe. Ich werde rot, während die anderen ungeniert grinsen. Auris kleine Stupsfüße klopfen unter dem Tisch aufgeregt gegen mein Schienbein. Es ist kein Geheimnis, dass Jonne und ich seit eineinhalb Wochen zusammen sind. Er macht keinen Hehl daraus. Und spätestens, seit Auri, nachdem ich es ihr erzählt habe, mitten in Brendas Laden eine Art Quietschkrampf bekommen hat, weiß es ohnehin das gesamte Dorf. Trotzdem konnte ich noch nicht ganz das Gefühl abschütteln, mich verstecken zu müssen.

»Das will ich aber auch meinen!«, mischt sich Sally ein. »Ich habe so viel Gutes gehört, Lavender! Besonders von den Mädchen, die sind begeistert von dir. Du hast ihnen alles gezeigt, sie immer unterstützt. Und gleichzeitig hast du es geschafft, dich nicht aufzudrängen und das Projekt ganz ihnen zu überlassen. Das ist wirklich etwas Besonderes.«

»Das ist doch selbstverständlich«, sage ich kleinlaut. »Es ist immerhin ihr Club, nicht meiner. Ich wollte, dass sie Spaß haben. Natürlich lasse ich ihnen da freie Hand.«

»Du glaubst nicht, wie schwer es den meisten Erwachsenen fällt, Kontrolle abzugeben. Spaß hatten sie jede Menge. Und das Ergebnis kann sich sehen lassen! Diese kleinen Zeich…«

»Sally!«, unterbricht Miko sie empört.

Sie schlägt sich eine Hand vor den Mund. »Oje. Fast vergessen. Entschuldige, Miko.«

Jonne brummt unzufrieden, und ich lächle. Miko und die anderen Jugendlichen haben uns vor einigen Tagen Hausverbot erteilt, da sie den Rest des Clubs allein fertigstellen wollten. Es soll eine Überraschung für uns werden. Alles Grobe war schon fertig, jetzt ging es nur noch um die Einrichtung und die Details. Ich freue mich auf das Ergebnis, während Jonne dem Ganzen misstrauisch gegenübersteht. Das könnte aber auch daran liegen, dass Miko ihn ständig aus Spaß Dinge fragt, wie: Kann ich mal deine Kettensäge leihen? »Ich hoffe einfach, das Haus steht noch«, murmelt Jonne, und Miko grinst ihn verschwörerisch an.

»Na selbstverständlich!«, ruft Sally. »Es wird bei der Eröffnung gerammelt voll sein! Wir haben eine Büfettliste, die die von Jaris Geburtstag alt aussehen lässt.«

»Oh Gott«, stößt Saana aus. »Wenn ich noch mal sehen muss, wie der arme Tommy fast von einem Büfetttisch erschlagen wird, brauche ich Zusatzsitzungen bei meiner Therapeutin.«

»Es kommen so viele Leute?«, frage ich überrascht.

»Wir haben alle eingeladen.« Miko klingt stolz.

Das darf er auch sein, aber ... »Aber was passiert denn nach der Einweihungsparty? Der Club ist dann doch gar nicht geöffnet. Es gibt keine Clubleitung!«

Miko zuckt mit den Schultern, doch er hat wieder diesen typischen verschmitzten Gesichtsausdruck, der mir sagt, dass er irgendetwas ausheckt.

Sally räuspert sich. »Gut, dass du es anschneidest, Lavender. Darüber wollte ich mit dir sprechen.«

Verwirrt schaue ich sie an. Jonne schiebt sich unterdessen seelenruhig eine Gabel voll Lasagne in den Mund. Miko und Auri tuscheln und lachen, während Saana zufrieden lächelt. Nur Mr. Aalton scheint wie ich keine Ahnung zu haben, worum es geht.

Sally setzt sich aufrechter hin und schiebt ihren Teller ein Stück von sich. Ihre graublauen Augen wirken ernst. »Für die Stelle der Clubleitung brauchen wir jemanden, der zuverlässig und engagiert ist. Jemanden mit Motivation und Herz, der wirklich Lust und Interesse daran hat, sich für die Jugendlichen auf der Insel einzusetzen. Jemanden, der dabei auch mal aus seiner Komfortzone herauskommt, ohne alles an sich reißen zu wollen. Eine Person, die versteht, wie die Jugend tickt und ihr mit der nötigen Empathie gegenübertreten kann.«

»Okay«, meine ich etwas verständnislos. »Das klingt logisch. Und wo finden wir so jemanden?«

Jonne verschluckt sich an seiner Lasagne und beginnt unterdrückt zu husten. Oder ... zu lachen? Ihm gegenüber prustet Auri in ihre Cola, von der sie eben trinken wollte.

»Nicht auslachen!«, zischt Miko.

»Sorry«, röchelt sie. »Aber sie ist so süß.«

Ich funkle Auri über den Tisch hinweg an. Ich bin süß? Und scheinbar schwer von Begriff, denn ich kapiere nicht, was das alles soll. Mittlerweile grinst auch Jonnes Vater zufrieden in sich hinein.

Erneut räuspert sich Sally. »Wir hatten dabei an dich gedacht, Lavender.«

Mir fällt meine Gabel aus der Hand. Entsetzt starre ich sie an. »Als Clubleitung?«

»Ganz genau. Du erfüllst alle Voraussetzungen. Du bist perfekt für die Stelle!«

»Ich … was? Ich hab nicht mal eine Ausbildung!«

»Das wissen wir. Die ist inbegriffen. Ich habe mit Richard gesprochen. Er hat sich bereiterklärt, dich gemeinsam mit mir anzuleiten und dir zur Seite zu stehen, bis du allein zurechtkommst. Wenn du möchtest, könntest du sogar in Teilzeit nebenbei ein Fernstudium in Sozialpädagogik machen. Wir würden dich finanziell unterstützen, die Bezahlung ist angemessen. Wir brauchen dich, Lavender. Deine Kreativität, dein Herzblut, deinen scharfen Verstand und deine Menschenkenntnis. Die *Jugendlichen* brauchen dich, und sie wollen dich. Es gibt schon eine Voranmeldeliste. Über zwanzig Anmeldungen. Das klingt jetzt wenig, aber das sind über achtzig Prozent unserer Teenager auf der Insel.«

»Wenig?«, wiederhole ich keuchend. »Ich soll die Verantwortung für zwanzig Jugendliche übernehmen?«

»Sie kommen ja nicht alle gleichzeitig. Und du bist nicht allein, wir unterstützen dich. Wobei ich mir sehr sicher bin, dass du es auch ohne uns schaffen würdest. Glaub mir, Liebes, wir würden dir diese Stelle nicht anbieten, wenn wir nicht fest daran glauben würden, dass du ihr gewachsen bist. Wir haben es im Dorfrat besprochen und waren uns einig.«

»Ich bin auch dafür!«, verkündet Miko überschwänglich.

»Und ich!«, pflichtet Auri ihm bei.

Hilflos schaue ich zu Jonne.

Er zuckt nur mit den Schultern und versucht offensichtlich, möglichst unparteiisch auszusehen. »Deine Entscheidung«, sagt er leise. »Aber ich bin mir auch sicher, dass du das gut machen würdest. Du hast sogar den da gebändigt.« Er deutet zu Miko, der ihm demonstrativ die Zunge rausstreckt.

»Miko musste wirklich nicht gebändigt werden«, murmle ich.

»Bei dir vielleicht nicht«, erwidert Saana. »Weil du verstanden hast, was er braucht.«

»Weil er es mir gesagt hat.«

»Hab ich?«, fragt Miko skeptisch.

»Die Teenieflüsterin«, raunt Auri verschwörerisch.

»Ich … also …«

»Du musst dich nicht sofort entscheiden«, unterbricht Sally mein Gestammel. »Nimm dir Zeit. Ob wir es jetzt verkünden oder in einem Monat ist egal. Und falls du die Stelle wirklich nicht möchtest, ist das ebenfalls in Ordnung. Dann werden wir sie öffentlich ausschreiben und hoffen, einen ebenbürtigen Ersatz für dich zu finden.«

»Okay«, sage ich und stochere nervös in meinem Teller herum, um mich davon abzuhalten, auf meiner Unterlippe zu kauen. Ich versuche mir das abzugewöhnen. »Danke für euer Vertrauen.«

»Danke für deinen Einsatz, Lavender. Ohne dich wäre dieses Projekt nie ins Rollen gekommen. Sointula hatte sich schon damit abgefunden, dass es den Club nicht mehr gibt.«

Mir fällt darauf keine Erwiderung mehr ein, deswegen nicke ich und esse meine Lasagne. Diese Dankbarkeit kommt mir befremdlich vor, wie so vieles, was auf Malcolm Island passiert ist. Ich bin in dem Glauben hergekommen, dass mich alle hassen würden, ich ein ungebetener Gast sein würde, bei dem sie froh sind, wenn er wieder verschwindet. Aber dem war nie so. Ich wurde mit offenen Armen empfangen. Und jetzt wollen sie mir sogar einen Job anbieten? Sie wollen wirklich, dass ich bleibe? Hier. Bei den liebenswürdigen Bewohnern Sointulas und bei Jonne. Bei diesen Menschen, die ich so sehr ins Herz geschlossen habe und die mich nicht nur akzeptieren, sondern auch respektieren. Das habe ich doch gar nicht verdient.

Ich schiebe den Gedanken beiseite. Auch ihn will ich mir abgewöhnen. Ich will lernen, es zu verdienen. Liebe anzunehmen. Ich will mich nicht länger von der Schuld auffressen lassen, egal, wie schwer es manchmal ist.

Ich muss an die Zusage für den Studienplatz denken. Ich habe noch knapp eine Woche Frist, um zuzusagen. Doch ich möchte nicht auf die Law School und weiter von Dad abhängig sein, der mich durchs Leben lotst wie eine Marionette. Dad, der sich nicht gemeldet hat, seitdem ich ihm meinen Rausschmiss aus der Uni gebeichtet habe. Dad, der meinen Wert an meinen Leistungen festmacht statt an *mir*.

Ich will hierbleiben. *Zuhause*. Das Wort trifft mich unerwartet, weil es so lang ohne Bedeutung war. Mein Zuhause war mal bei Jenson. Dann war es weg. Und jetzt ist es wieder am selben Ort, umrahmt von Wellen mit Schaumkronen, übersät mit hohen Nadelbäumen, bewohnt von den schrulligsten und zugleich liebevollsten Menschen, die ich je kennenlernen durfte. Und einem ganz Besonderen, der gern grimmig guckt, aber eigentlich der liebevollste von ihnen allen ist.

Malcolm Island ist mein Zuhause. Und wenn ich gegen meine Ängste ankomme, kann es das vielleicht sogar bleiben.

Ein paar Stunden später verlassen Jonne und ich Hand in Hand das Haus seiner Eltern. Saana und Miko verabschieden uns an der Tür. Er wohnt mittlerweile wieder bei seinen Eltern. Bei ihrem Urlaub in Vancouver haben sie wohl die letzten Wogen geglättet, und als er von Jonnes und meiner Beziehung erfahren hat, redete er irgendetwas von einer Flucht aus dem Liebesnest und ist mit Jonnes Einverständnis ausgezogen. Nachdem Miko ihn davon überzeugen konnte, dass er seinem geheimen Gras- und Alkohollieferanten wirklich Einhalt geboten hat, hatte Jonne nichts mehr einzuwenden.

Stattdessen wohne ich jetzt fast bei ihm. Zwar nicht offiziell, doch wir halten uns beide nicht gern in Jensons Haus auf. Und kaum, dass ich mal mehr als ein paar Stunden dort bin, um zumindest so zu tun, als würde ich dort wohnen, fragt Jonne schon, wann ich wiederkomme.

Ich genieße es. Seine Nähe. Die Ruhe, die er ausstrahlt. Die Sicherheit. Dass er mich so bedingungslos versteht, und der Schmerz mit ihm gemeinsam erträglicher ist. Ich genieße es, in seinem weichen Bett zu schlafen statt auf dem alten Sofa und in seinen Armen aufzuwachen, seinen Duft in der Nase. Ich mag es, dass man von Jonnes Haus aus nur auf den Wald blickt, das Meeresrauschen in naher Ferne, und ich nicht ständig damit konfrontiert bin, dass über mir Brads und Jensons ehemalige Schlafzimmer auf mich warten.

Mittlerweile weiß ich, dass der wortwörtliche Sprung ins kalte Wasser neulich überstürzt war. Ich wollte mich meiner Angst stellen, allerdings war ich noch lange nicht bereit dafür. Genauso wie ich immer noch nicht bereit für diese Treppe in den zweiten Stock bin – es vielleicht nie sein werde. Das ist in Ordnung. Es gehört ebenso zu mir, wie Jonne es jetzt tut. Jonne, der selbst die härtesten Momente leichter macht.

»Was hältst du von Sallys Angebot?«, fragt er leise, löst unsere Hände und legt mir seinen Arm um. Wir biegen gemeinsam auf den Waldweg, der zu Jonnes Bungalow führt.

»Ich bin überrumpelt«, gestehe ich.

»Du dachtest nicht, dass dir das jemand zutraut, oder?«

Ich zögere. »Ich traue es mir nicht mal selbst zu.«

»Weil du keine Qualifikationen hast?«

Hilflos zucke ich mit den Schultern. »Ich habe mich nie so gesehen«, flüstere ich.

»Ich sehe dich so«, sagt er ruhig. Ehrlich.

Ich schlucke schwer, und trotz meiner Zweifel muss ich lächeln. Ein paar Meter gehen wir schweigend, dann setzt Jonne erneut zum Sprechen an. »Aber willst du es?«

»Was?«

Er bleibt stehen und zögert. »Alles. Dich selbst so sehen. Die Stelle übernehmen und ... bleiben? Wenn du dir sicher sein könntest, dass du es schaffst?«

Wenn ich keine Angst hätte, meint er. Doch so will er es nicht sagen. Ich schaue Jonne an. Im schwachen Dämmerlicht sind seine Augen unergründlich und gleichzeitig vertraut. Weil ich so oft in ihnen versinke, wenn wir uns nachts oder frühmorgens vor dem Aufstehen in den Armen liegen und dem Wald lauschen. Und sie machen mir die Antwort plötzlich erstaunlich einfach.

»Ich will es so oder so«, verkünde ich. Hierbleiben. Aber auch den Job. Weil ich endlich etwas gefunden habe, worin ich wirklich aufgehe. Etwas, das mir eine Bestimmung gibt, Erfüllung. Etwas, worin ich gut bin.

Jonne schließt mich in die Arme und drückt mir einen Kuss auf die Lippen. »Du machst mich verdammt glücklich, Lavender Whitcomb«, flüstert er und reibt seine Nase an meiner Wange. Sein Dreitagebart kratzt sanft über mein Kinn, und ich schmiege mich enger an ihn.

»Du mich auch, Jonne Aalton.«

»Gott sei Dank.« Er küsst mich erneut, und diesmal verschmelzen wir miteinander. Eine ganze Weile stehen wir eng umschlungen im Wald, während das Zwitschern der Vögel immer mehr verstummt und sich Dunkelheit über uns legt. Ich kann nicht genug bekommen. Von Jonne, der so heilsam für mich ist. Der damals alle Wunden aufgerissen hat und jetzt dabei hilft, dass sie endlich verheilen. Als er sich von mir löst, seufze ich und halte ihn am T-Shirt fest, damit er nicht zu viel Abstand zwischen uns bringen kann.

»Ich muss noch wo hin«, meint er leise. »Aber ich weiß nicht, ob du mitwillst.«

»Wohin denn?«, frage ich und öffne widerwillig die Augen. Jonne hält meinen Blick fest. »Hillside Beach.«

Mein Herz zieht sich schmerzhaft zusammen. »Oh.«

»Heute ist Brads Todestag.«

Mir bleibt einen Moment lang die Luft weg. »Oh«, mache

ich wieder, doch diesmal muss ich es beinahe hervorwürgen. Verdammt … Das hatte ich vergessen. Hatte gar nicht mehr daran gedacht. Das … Ich kann doch nicht … Einfach so …

»Du musst nicht mit«, sagt Jonne fast beschwichtigend und reißt mich aus dem Strudel an Schuldgefühlen, der mich zu verschlucken droht. »Geh schon mal nach Hause, und ich komme dann nach. Klingt das gut?«

Nach Hause. Alles schmerzt. Von diesem simplen Satz, von der Erinnerung an Brad. Von dem Wissen, dass Jonne, der doch eigentlich nichts mit meinem Cousin zu tun hatte, an ihn gedacht hat und ich nicht. Von der grausamen Wahrheit in meinem Hinterkopf. Am Hillside Beach ist er ertrunken. *Meinetwegen.* »Okay«, bringe ich heraus.

Jonne küsst mich auf die Schläfe, doch auch er wirkt befangen. Seine Miene wird finster und abweisend. »Es könnte spät werden. Du musst nicht auf mich warten.«

Verwirrt schaue ich ihn an, aber er drückt mir einen flüchtigen Kuss auf die Schläfe und wendet sich ab. Ohne sich noch einmal umzudrehen, schlägt er sich Richtung Westen ins dunkle Unterholz. Ich kenne dieses Verhalten von Jonne mittlerweile. Es zeigt sich immer, wenn ihn etwas an Jenson erinnert. Wenn er trauert. Waren die beiden an diesem Tag vielleicht immer gemeinsam hier? Sollte ich ihn doch begleiten, ihm beistehen? Obwohl ich dies gern tun würde, kann ich meine Beine nicht dazu bewegen, Jonne zu folgen. Allein der Gedanke ist zu viel für mich. Seit ich wieder auf der Insel bin, habe ich einen großen Bogen um *Hillside Beach* gemacht. Und ich fürchte, das wird noch lange so bleiben. Ich bin nicht bereit, mich meinen Gefühlen derart zu stellen. Sosehr es mich schmerzt, muss ich Jonne das allein machen lassen.

Vielleicht werde ich es eines Tages überwinden. Gemeinsam mit ihm. Und ich werde alles in meiner Kraft Stehende tun, um auch Jonne zu helfen, mit seinem Schmerz umzugehen.

Ich laufe allein nach Hause, und warte trotz seiner Warnung auf dem Sofa auf ihn. Irgendwann muss ich eingenickt sein, denn ich werde wach, als Jonne mich ins Schlafzimmer trägt. Es ist stockfinster, und ich nehme nur vage wahr, dass er verschwitzt ist und Sportkleidung trägt. Wann hat er sich umgezogen? Er deckt mich zu, küsst mich auf die Stirn und verschwindet ins Bad. Das Geräusch der Dusche erklingt, und ich reibe mir die Augen. Ich habe eine grobe Vorstellung davon, wie Jonnes Workout aussieht. Meist vier bis fünf Meilen Joggen, dann eine Stunde Eigengewichtstraining, manchmal mehr. Aber dass er es mitten in der Nacht tut, ist neu.

Nur mit Mühe schaffe ich es, gegen meine Müdigkeit anzukommen und die Augen offen zu halten, bis er sich endlich neben mich legt. Ich rutsche an ihn heran, in seine warmen Arme, und versuche erst gar nicht, mit ihm zu sprechen. Seine Stimmung gleicht einem zugezogenen Himmel. Schwarze Wolken, ein Gewitter im Anmarsch. Stattdessen kuschle ich mich an seine Brust und streiche mit den Fingern durch seine nassen Haare.

Seufzend zieht er mich an sich und drückt mir einen Kuss auf die Schläfe. »Gute Nacht«, raunt er mit belegter Stimme.

»Schlaf gut«, flüstere ich zurück.

Kapitel 36

JONNE

Die Wellen schlagen mir gegen die Brust, schwappen hoch bis zu meinen Schultern, benetzen mein Gesicht mit Gischt. Ich schmecke Salz, spüre die Kälte. Eisige Kälte, und trotzdem wate ich tiefer. Tiefer ins Nichts, das vor mir liegt. Der Horizont hat keinen Himmel, nur Schwärze, die alles zu schlucken scheint, und vor ihm zeichnet sich noch dunkler eine Silhouette ab. Klein und schmächtig. Ein Junge mit blonden Haaren, blauen Augen, Sommersprossen, das weiß ich. Er steht dort, irgendwo und nirgendwo, unbeweglich, während die Wellen an ihm zerren. Ich kann sein Gesicht nicht sehen. Ich kann es schon lange nicht mehr. Es wurde von der Dunkelheit verschlungen, die mein Leben eingenommen hat, als ich von seinem Tod erfuhr. Sein Tod, der jetzt wieder bevorsteht, wieder alles zerstören wird.

Ich wate weiter, brülle Brads Namen. Doch es bringt nichts, weil ich ihm keinen Zentimeter näher komme. Weil ich längst weiß, dass ich zu spät bin, zu hilflos, zu nutzlos. Dass ich niemanden retten kann, nicht ihn, nicht Jenson, der jetzt hinter seinen Sohn tritt, sein gutmütiges Lächeln auf den Lippen. Ich schaue in seine Augen, warm wie eh und je, und muss zusehen, wie auch sie in Schwärze versinken. Wie er verblasst, gemeinsam mit Brad. Wie das Wasser höher steigt, bis zu ihrem Hals, ihrem Kinn, ihrer Nase. *Nein …*

In meinem Inneren lodert sengender Schmerz. Er brennt gegen die Kälte an und kann sie doch nicht bezwingen. Er löst mich von innen heraus auf, während ich nur tatenlos zusehen kann, wie Brad und Jenson zwischen den Wellen verschwinden. Einfach untergehen. Sich in Schwärze und nichts auflösen. Ich schreie. Brülle ihre Namen. Oder zumindest glaube ich das, denn mein Körper gehorcht mir nicht. Ich kann nichts tun, außer sie zu verlieren. Wieder und wieder. Ich kann nicht helfen, kann nicht …

»Jonne!«

Ich muss sie festhalten. Rausziehen. Retten. Aber ich …

»Jonne!« Die Stimme klingt alarmiert. Vertraut. Sie löst ein warmes Gefühl in meiner Brust aus, das sich wie ein Schutzschild zwischen das Brennen des Verlusts und die Kälte des Wassers legt, alles besser macht, mein rasendes Herz zu beruhigen scheint. »Jonne, wach auf.« Sie gehört jemandem, der wichtig ist. Besonders. Liebenswert, erfüllend, schön und zart. Ich spüre eine Hand an meiner Wange, ein Gewicht auf meiner Brust. Doch es erdrückt mich nicht, so wie es die Wellen oder der Anblick von Brad und Jenson tun. Es erdet mich, hält mich zusammen, während ich mich unfreiwillig auflöse. »Hey.« Sanfte Finger streichen mir durchs Haar.

Blinzelnd öffne ich die Augen. Lavenders Gesicht ist direkt vor meinem, ein besorgter Ausdruck zeichnet sich darauf ab. Es dämmert draußen, und in dem finsteren Zwielicht ist sie noch schöner als sonst. Es lässt ihre Züge weicher wirken, ihre Sommersprossen sind kaum erkennbare Sprenkel auf ihren Wangen und ihrem Nasenrücken, das Blau ihrer Augen ist farblos und undurchdringlich.

Sie liegt halb auf mir und streicht mir beruhigend über die Schläfe. Es war nur ein Traum. Mal wieder. Nur ein gottverdammter Traum.

Ich schlinge meine Arme um ihren Körper und ziehe sie an mich. Lav atmet erleichtert aus und lässt sich ganz auf mich sinken. Ich vergrabe das Gesicht in ihrem Haar und atme ihren Duft. »Alles okay?«, flüstert sie an meinem Ohr.

Ich brumme nur zustimmend und versuche, das klamme Gefühl abzuschütteln, das mich weiter gefangen hält.

»Hattest du einen Albtraum?«

»Tut mir leid. Ich hätte dich warnen sollen«, sage ich heiser und hole tief Luft, um meinen rasenden Puls weiter zu beruhigen.

»Warnen?«, fragt sie leise. »Passiert das öfter?«

Ich schnaube und drücke sie fester an mich. »Ständig.«

»Seit Jenson …?« Sie bringt den Satz nicht zu Ende.

»Nein. Viel länger.«

Lavender richtet sich auf und schaut mich fragend an. Ich streiche mit den Fingerspitzen über ihre Wange und ihren Nacken. Fuck. Ich fürchte, das ist der Moment, in dem ich ihr gestehen muss, wie kaputt ich wirklich bin. Aber wahrscheinlich schiebe ich das ohnehin schon zu lang auf.

»Ich bin so, seitdem Brad gestorben ist«, gestehe ich leise.

Auf Lavenders Gesicht mischt sich eine ganze Palette an Emotionen. Verwirrung. Schmerz. Schock. »Kanntest du ihn etwa gut?«, fragt sie, und ihre Stimme zittert.

Meine Mundwinkel zucken. Gut … Ja. »Er war mein bester Freund. Seit meiner Geburt. Wir waren unzertrennlich.«

Entsetzen. Das ist es, was jetzt Lavs Gesichtsausdruck übernimmt. »Aber …« Sie ringt um Worte. Öffnet den Mund, schließt ihn wieder. »Warum wusste ich das nicht? Ich war jeden Sommer da! Mit Brad! Und er hat uns einander nie vorgestellt?«

»Das stimmt«, meine ich ruhig. »Aber ich war nicht da. Im Sommer sind Mom und Dad immer mit uns weggefahren, um Verwandte zu besuchen. Normalerweise waren wir die ganzen Ferien unterwegs. Nur in dem Jahr …« Ich atme zitternd aus. »In dem Jahr sind wir plötzlich früher zurück. Meine Eltern wollten uns nicht sagen, warum. Mom meinte, das erzählen sie uns zu Hause. Und als wir dann ankamen …«

Ich unterbreche mich selbst und schließe für einen Moment die Augen. Die Erinnerung überwältigt mich. Wie jedes Mal ist sie heftiger, als ich es erwarte. Diese paar Tage haben sich mit bestürzender Detailtreue in mein Gedächtnis gebrannt. Manchmal höre ich Moms Worte noch heute, als würde sie direkt vor mir knien. Ihre sanfte und zugleich traurige Stimme hallt in meinem Kopf wider. Das Zittern darin bringt meine Welt zum Beben.

»Jonne, es ist etwas Schlimmes passiert.«

Ich saß auf meinem Bett, die Finger in der Decke vergraben, Mom auf dem Boden vor mir, Dad hinter ihr, ihre Gesichtsausdrücke so anders als sonst. So falsch.

»Ich weiß«, habe ich erwidert. Die Worte kamen nur mit Mühe an dem Kloß in meinem Hals vorbei.

Mom griff nach meiner Hand und versuchte gar nicht erst, die Tränen aufzuhalten, die ihr in die Augen stiegen. »Brad ist vor drei Tagen ertrunken«, flüsterte sie. »Er ist am Hillside Beach zu weit rausgeschwommen und kam nicht mehr gegen die Strömung an. Es tut mir leid, Jonne.«

Was danach passiert ist, verschwimmt. Ich weiß es nicht mehr genau. Weiß nur, dass ich meine Mutter angestarrt habe, während es sich so anfühlte, als würde sich unter mir der Boden auftun, mich irgendetwas in die Tiefe reißen, in schwarze Dunkelheit. Es können Sekunden oder Stunden gewesen sein, in denen ich Moms Hände umklammert und stumm geweint habe, genau wie sie. Dad hat sich zu mir gesetzt und mich in den Arm genommen. Ich habe nichts davon wirklich gespürt. Und ich habe gehört, was mit Brad passiert ist, aber es nicht verstanden. Ich verstehe es bis heute nicht. Wie mein bester Freund plötzlich hat weg sein können. Ohne Abschied, ohne irgendeine Warnung. Ich habe ihn allein gelassen, und er ist gestorben. Ich kam zurück, und er war fort. Mit einem Mal war ich selbst allein. Dass da Menschen um mich herum waren, die mir beistanden, machte keinen Unterschied. Da war ein tiefes Loch in meiner Brust und ich hatte das Gefühl, es sei größer als ich selbst.

»Oh, Jonne …« Lavenders Flüstern reißt mich aus meinen Gedanken, und ich realisiere erst jetzt, dass ich gesprochen haben muss. Ihr wohl Bruchstücke dieser Erinnerung erzählt habe, vielleicht auch alles davon. Ich weine. Schon wieder. Immer noch. Selbst nach all den Jahren. Und Lavender tut es ebenfalls. Stumme Tränen rinnen ihr über die Wangen, und sie beißt sich fest auf die Unterlippe. Manchmal vergesse ich, dass auch sie damals jemand Wichtiges verloren hat. Ihren Cousin. Einen Freund. Das haben wir wohl gemeinsam.

»Komm her«, hauche ich, ziehe sie wieder an meine Brust und drehe mich mit ihr auf die Seite. Ich küsse sie auf die Stirn und wische ihr mit dem Daumen eine Träne von der Wange, während meine eigenen weiterfließen. »Ich bin ziemlich angeknackst seit damals«, gestehe ich mit heiserer Stimme. »Es war traumatisch, ihn zu verlieren. Und ich wusste nicht damit umzugehen, habe riesige Verlustängste entwickelt. Wir konnten seitdem nicht mehr im Sommer in den Urlaub fahren, weil ich allein beim Gedanken daran durchgedreht bin. Deswegen bin ich letztens nicht mit nach Vancouver. Ich denke immer noch jedes Mal, wenn ich die Insel länger verlasse, dass irgendetwas Furchtbares passieren wird. Mom und Dad haben mich zur Therapie geschickt, und es hat ein wenig geholfen. Langsam, aber stetig. Es wurde besser, erträglich, und irgendwann hat es sich sogar fast normal angefühlt. Aber Jensons Krankheit hat alles wieder aufgerissen. Nach Brads Tod waren wir immer füreinander da. Ich hab mich um ihn gekümmert und er sich um mich. Wir haben uns verstanden, weil wir denselben Schmerz empfunden haben, und Jenson hat das Loch gefüllt, das Brad hinterlassen hat. Er wurde mein neuer bester Freund. Und dann wurde er krank, und ich konnte ihm nicht helfen. Ich konnte ihn genauso wenig retten wie Brad, und dann war auch er weg. Und ich wieder allein. Es ist einfach nicht fair, weißt du?«

Lavender schluchzt, ihr Körper bebt. Sie hat das Gesicht an meiner Schulter vergraben und weint heftiger, als ich dachte. Hemmungslos. »Nein, ist es nicht«, bringt sie heraus und klammert sich an meinem Shirt fest.

Ich schniefe und streiche ihr durchs Haar. »Super, jetzt habe ich uns beide zum Heulen gebracht.«

»Tut mir leid.« Ihre Worte sind kaum verständlich. Sie klingen abgehackt, atemlos. Ihre Brust hebt und senkt sich zu schnell, und sie zittert in meinen Armen. Vielleicht waren meine Geständnisse zu viel auf einmal. Ich habe mehr Wunden aufgerissen, als ich wollte.

»Hey …« Ich ziehe die Bettdecke über unsere Köpfe, um uns vor dem Licht der Morgendämmerung abzuschirmen, und küsse sanft Lavs Stirn, dann ihre tränenüberströmten Wangen. Ihre Nase. Sanft streiche ich mit den Fingern über ihren Rücken und ihre zitternden Arme. »Dir muss nichts leidtun. Ich bin da, okay?« Noch während ich es sage, rollen ihr weitere Tränen über das Gesicht.

Lavender klammert sich an mir fest, scheinbar unfähig, noch etwas zu sagen. Sie schluchzt und reibt ihre Nasenspitze an meiner Wange, als würde die Nähe, die wir haben, ihr nicht ausreichen. Ich drehe den Kopf zu ihr, und ihre Lippen legen sich auf meine. Heiß, weich. Fordernd. Es sollte nur ein unschuldiger, tröstender Kuss werden, aber es entbrennt schnell zu etwas Tieferem. Fast schon verzweifelt schiebt sie ihre Finger in meine Haare.

»Lav«, versuche ich sie aufzuhalten. »Was wird das?«

Sie atmet bebend aus. Unter der Decke kann ich ihr Gesicht nicht sehen, spüre nur, wie ihre kühlen Hände unter mein Shirt gleiten und ihr heißer Atem mein Kinn streift. »Ich will das nicht fühlen«, haucht sie. »Lenk mich ab.«

Ich schlucke. »Bist du sicher?«

Sie küsst mich wieder. Und wer bin ich, ihr diesen Wunsch zu verwehren? Ich weiche meinem Schmerz mit Sport aus, mit Tatendrang, mit Verdrängung. Es mag nicht gesund sein, weil es auf Dauer nichts besser macht, aber ich kann verdammt gut verstehen, warum Lav das braucht. Und solange es bedeutet, dass wir es gemeinsam durchstehen und sie bei mir ist, ist es mir egal. Sie drängt sich an mich, und ich schiebe meine Hände unter ihr Shirt, das genau genommen mir gehört. Wir müssen nicht alles sofort verarbeiten oder schon morgen mit unserem Schmerz klarkommen. Wir haben noch genug Zeit gemeinsam, um die Vergangenheit zu bewältigen. Und wenn wir sie für den Moment ruhen lassen, uns in etwas anderem verlieren, ist das in Ordnung.

Kapitel 37

LAVENDER

Jonne weiß nicht, dass es ein Abschied ist. Dass es das letzte Mal sein wird, dass wir uns so lieben, so in den Armen liegen, so bedingungslos vertrauen. Wenn er erfährt, was ich getan habe, wird er mir nie verzeihen. Er wird mich nie mehr so ansehen wie jetzt, so voller Zuneigung und Mitgefühl. Er wird auf ewig nur noch an den Schmerz denken, den ich ihm zugefügt habe, wenn er mein Gesicht vor Augen hat. An die Wahrheit, die ich vor ihm verborgen hielt.

Ich fühle mich schmutzig, während wir miteinander schlafen, weil es sich anfühlt, als würde ich ihn ausnutzen. Weil er nicht verdient hat, wer und was ich bin. Weil ich nicht die bin, für die er mich hält, und ich es irgendwie geschafft habe, nicht nur ihn, sondern auch mich selbst zu täuschen. Aber ich brauche das. Ich will ihn noch ein letztes Mal spüren, ein letztes Mal diese tiefe Verbindung erleben, die wir hatten, mich ein letztes Mal ganz fühlen, damit ich mich auf ewig nach diesem Moment zurücksehnen kann. Es tut weh, denn Jonnes Berührungen sind so zärtlich. Es brennt, weil er versucht meinen Schmerz zu lindern, und ich seinen nur schüre. Es fühlt sich falsch an, weil es so richtig scheint. Und es zerreißt mir das Herz.

Während Jonne langsam wegdöst und sein Atem ruhiger wird, liege ich wach und ringe um Fassung. Ich muss meine Emotionen zurückhalten, verhindern, dass sie hier und jetzt aus mir herausbrechen und ihn wecken. Es ist beinahe unmöglich, da mir immer wieder seine Worte ins Gedächtnis kommen, wie viel er gelitten hat. Ich kann mich nicht erinnern, dass mein Cousin Jonne jemals erwähnt hat. Vielleicht habe ich es auch einfach nur verdrängt und bin deshalb naiverweise davon ausgegangen, sie würden sich nicht kennen. Aber Brad war sein bester Freund. Und ich ...

Ich habe ihn ihm weggenommen.

Als ich mir sicher bin, dass Jonne tief und fest schläft, löse ich mich aus seinen warmen Armen und suche meine Sachen zusammen. Nur das Nötigste, weil ich zu viel bei ihm habe. Klamotten. Schlüssel. Geldbeutel. Handy. Eilig ziehe ich mich an und verlasse ganz leise den Bungalow.

Draußen wird es bereits hell. Die Luft ist frisch und kühl, aber meine Kehle ist wie zugeschnürt, und ich habe das Gefühl, als würde ich nichts davon in meine Lungen kriegen. Trotzdem jogge ich die Strecke bis zu Jensons Haus, stürme nach drinnen und werfe ohne nachzudenken sämtliche meiner Habseligkeiten in den offenen Koffer. Ich muss hier weg. Weit weg. Und das, bevor Jonne aufwacht und Fragen stellt, bevor der Blick aus seinen Gewitteraugen noch einmal meinen findet. Ich habe mich getäuscht. Ich habe mich so getäuscht.

Das hier kann nicht mein Zuhause werden. Es war naiv, das zu glauben, denn hier werde ich niemals ablegen können, was damals geschehen ist. Hier werde ich für immer das Mädchen bleiben, das Schuld daran ist, dass ihr Cousin ertrunken ist. Hier werde ich auf ewig die Nichte sein, die daraufhin ging und nicht mehr zurückkam, die ihren Onkel in seinem Schmerz alleinließ, die zu schwach war, um auf irgendjemand anderes als sich selbst zu achten. Hier werde ich immer die Frau sein, die Jonne, ausgerechnet Jonne, so viel Leid beschert hat. Wegen der er jahrelang gelitten hat und es vielleicht auf ewig tun wird. Er hatte Albträume, Verlustängste, musste zur Therapie. Und das alles meinetwegen.

Er vertraut mir, doch ich belüge ihn. Er glaubt, wir könnten den Schmerz gemeinsam durchstehen, aber er weiß nicht, dass wir auf unterschiedlichen Seiten stehen. Dass er in dieser Geschichte das Opfer ist und ich die Täterin. Dass er diesen Schmerz nie gehabt hätte, wäre ich nicht gewesen.

Ich kann das nicht mehr. Ich kann ihn nicht anlügen und ihm vorspielen, da wäre nichts. Ich kann das nicht, weil ich Jonne … liebe. Das Geständnis liegt mir schon seit Tagen auf der Zunge, und jetzt bin ich froh, es ihm nicht gesagt zu haben. Es hätte alles nur noch schlimmer gemacht. Aber ich kann ihm auch nicht die Wahrheit erzählen. Ich kann es nicht, weil ich weiß, dass er mich dann nicht mehr will. Dann wird er mich wieder anschauen wie am Anfang, mit Abscheu und Hass in den Augen. Ich würde ihn verlieren, und das täte noch mehr weh, als zu gehen, obwohl ich bleiben will.

Binnen zehn Minuten habe ich meine Sachen gepackt. Ich lege den Haustürschlüssel draußen unter die Fußmatte und zerre meinen Koffer zum Golf. Sollen sich Sally und die anderen überlegen, was sie mit dem Haus machen. Ich kann das nicht. Ich kann das alles einfach nicht.

Auf der kurzen Strecke bis zum Hafen zittere ich so heftig, dass ich das Gefühl habe, jeden Moment die Kontrolle über den Wagen zu verlieren. Als ich ankomme, will die Fähre gerade ablegen, und ich bringe den Mann an der Schranke mit wildem Hupen dazu, sie für mich offenzulassen.

»Danke«, sage ich keuchend und halte ihm durch das offene Fenster zehn Dollar hin.

Er mustert mich skeptisch, gibt mir das Wechselgeld und bedeutet mir mit einer Handbewegung aufzufahren.

Mein Geld wird nicht lange reichen, aber hoffentlich lang genug, um bis nach Victoria zu kommen und Dad zu überreden, die Studiengebühren und die Kosten fürs Wohnheim zu überweisen. Ich muss ihn anrufen und die Uni. Ob er mir ein Hostel zahlt, bis ich ins Wohnheim kann? Notfalls muss ich so lange im Golf schlafen. So viel schlechter als Jensons Sofa ist das nun auch nicht, oder?

Ich versuche das leichte Schaukeln unter mir zu ignorieren und bringe den Wagen zum Stehen. So früh am Morgen ist die

Fähre wie ausgestorben. Vielleicht sitzen ein paar Leute drinnen, wo einem der Wind nicht so unter die Klamotten zieht. Die meisten Bewohner Sointulas haben ihre Autos in Port McNeill stehen, weil man sie auf der kleinen Insel nicht braucht.

Die Sonne geht soeben auf und taucht die Wellen sowie das Land am Horizont in goldenes Licht. Ich muss an den Sonnenaufgang am Nordstrand denken, den ich vor ein paar Wochen bewundert habe. An Jonne, der zufällig da war und sich einfach vor mir ausgezogen hat, um ins Meer zu springen. Daran, wie fremd wir uns damals waren, und wie vertraut wir uns jetzt sind. Waren. Es fühlt sich an, als lägen Jahre dazwischen. Als wären das andere Menschen gewesen. Als wäre *ich* jetzt anders. Bin ich aber nicht.

Mein Herz wird schwer, und Tränen steigen mir in die Augen. Es ist okay. Es ist vorbei, und das ist in Ordnung.

Die Fähre legt ab und lässt Malcolm Island hinter sich. Die Angst vor den Wellen ist diesmal erträglich, weil der Schmerz überwiegt. Doch es gibt noch eine Sache, die ich erledigen muss, um dem Ganzen endgültig ein Ende zu setzen. Die schwerste von allen.

Ich öffne den Chat mit Jonne und versuche, unsere vorherigen Nachrichten auszublenden. Ebenso wie die Anzeige unter seinem Namen, die mir sagt, wann er zuletzt online war, denn ich fürchte mich davor, er könnte mich auf frischer Tat bei meinem Verrat ertappen. Jonne schläft nie lang. Er ist fast immer vor mir wach, und mir ist klar, dass meine Flucht nicht lange unbemerkt bleiben wird. Also beeile ich mich. Versuche nicht über die Worte nachzudenken, weil es keinen Unterschied machen wird, wie ich sie formuliere.

Doch als ich anfangen will zu tippen, ist mein Kopf wie leergefegt. Ich will, dass er wenigstens weiß, wie sehr es mir leidtut. Und wenn ich die Worte nur schreibe, sie nicht mehr als stumpfe schwarze Pixel auf einem Bildschirm sind, geht das nicht. Stattdessen drücke ich mit bebenden Fingern auf das Voicemail-Symbol und ziehe es nach oben.

»Jonne«, bringe ich heraus, und schon brechen die Wellen über mich herein. Mit tränenverschleierter Sicht fixiere ich den leuchtenden Horizont. Atmen. *Atmen.* »Es tut mir so leid, Jonne, aber ich … ich muss weg, okay? Ich …« Verdammt, warum ist das so schwer? Warum tut das so weh? Warum klingt meine Stimme, als würde sie brechen, und warum fühlt es sich an, als würde ich es ebenfalls tun? »Ich gehöre hier nicht hin, und es tut mir leid, dass ich dich etwas anderes habe glauben lassen. Ich habe es auch geglaubt, aber … das vorhin …« Mein eigenes Schluchzen unterbricht mich. Ich kneife mir selbst in den Arm. *Atmen, Lavender.*

»Ich dachte, ich könnte mit der Vergangenheit umgehen. Mit der Schuld. Aber ich schaffe es nicht. Und ich war nicht ehrlich zu dir. Ich habe dich angelogen, Jonne. Ich bin damals nicht von der Insel abgehauen, weil Brad gestorben ist. Nicht nur. Ich bin geflohen, weil … weil … weil ich schuld daran war. Weil ich mit ihm gewettet habe.« Meine Stimme ist nur noch ein Wimmern. »Ich habe ihn aufgezogen, dass er nicht bis zu dem großen Felsen weiter draußen schwimmen kann. Ich habe ihn so lange geärgert, bis er es gemacht hat. Ich war so dumm, Jonne. Es ist … meine … Schuld. Alles.«

Schluchzer. Es kommen nur noch Schluchzer, doch ich muss mich jetzt zusammenreißen. Ich will nicht sein Mitleid. Ich will, dass er versteht, was ich getan habe. Ich kann nicht länger mit diesem Geheimnis leben. Ich will es auf dieser Insel lassen, gemeinsam mit meinem Herz. Mit allem Guten, was ich je hatte. »Ich habe es niemandem erzählt«, bringe ich hervor und räuspere mich. »Nicht mal Jenson oder meinem Dad. Ich bin davor weggerannt, und ich mache es jetzt wieder, aber ich werde es mir nie verzeihen können. Und es ist okay, wenn du es mir auch nie verzeihen kannst. Ich habe keine Vergebung verdient, das weiß ich. Es tut mir trotzdem leid, dass du meinetwegen so leiden musstest. Und Jenson. Und dass Brad … Dass er …«

Ich sehe, dass Jonne plötzlich online ist, und mein Herz macht einen Satz, beginnt wie wild zu rasen. Dann steht da:

Tippt …

Nein. Nein! Nein, nein, nein … Ich kann das nicht!

Wo bist du?

Ich heule so hemmungslos, dass es meinen ganzen Körper schüttelt, und ich mir sicher bin, kein einziges Wort mehr herauszubringen. Ich will nicht ohne ihn sein. Ohne seine Nähe, seine Unterstützung, sein Verständnis, seinen Halt. Ohne diese Insel. Ohne Auri, Miko, Saana, Sally … Aber ich kann das nicht. Ich kann diese Memo nicht abbrechen und so tun, als wäre nichts passiert. Ich kann nicht zurück, kann nicht bleiben. Ich kann nicht …

Lav? Ist alles okay? Was nimmst du da auf?

»Ich werde nicht zurückkommen«, stoße ich aus, und es fühlt sich an, als würde ich mir gemeinsam mit den Worten eigenhändig das Herz rausreißen. »Vergiss mich einfach, ja? Lebwohl, Jonne.«

Ich sende die Sprachnachricht ab, und noch bevor ich den Chat schließen kann, zeigt mir der Messenger, dass Jonne sie anhört. Und meine Panik wächst.

Meine Finger zittern wie wild. Hektisch drücke ich den Knopf an der Seite meines Smartphones, um es auszuschalten, und rutsche dabei ab.

Den Ersten von Jonnes Anrufen muss ich noch wegdrücken. Die danach kommen nicht mehr durch.

Kapitel 38

JONNE

Das Erste, was ich spüre, ist Wut. Zumindest will ich mir einreden, dass dem so ist, aber es stimmt nicht. Ich *versuche* wütend zu sein. Enttäuscht. Aber alles, was ich wahrnehme, ist der sengende Schmerz, der mir die Luft aus den Lungen drückt. Ich habe die Nachricht noch nicht zu Ende gehört, allerdings weiß ich schon mehr, als ich wissen will.

Lavender ist weg. Sie weint. Sie hat meinen verdammten Anruf weggedrückt und das Handy ausgeschaltet, denn der nächste geht sofort an die Mailbox. Meine Nachrichten kommen nicht mehr an. Sie hat mich ausgesperrt, mir jegliche Möglichkeit genommen, zu reagieren. Das tut nicht nur weh, es kommt mir auch verdammt bekannt vor. Sie macht es genauso wie bei Jenson damals. Sie ... flieht. Vor sich selbst ebenso wie vor mir.

In meinem Kopf herrscht reines Chaos. Trotzdem spiele ich die Nachricht weiter ab und versuche dabei, meine Klamotten zusammenzusuchen. Es ist erstaunlich schwierig, wenn man sich gleichzeitig die furchtbarsten Szenarien ausmalt und Lavender immer herzzerreißender weint. Warum nur? Wie konnte das passieren? Alles war gut ... Was gehört noch mal zu einem vollständigen Outfit? Socken. Shirt. Jeans. Eine verdammte Boxershort wäre nicht schlecht.

»Es tut mir trotzdem leid, dass du meinetwegen so leiden musstest«, tönt ihre Stimme aus dem Lautsprecher, und ich hätte das verdammte Smartphone am liebsten gegen die Wand geworfen. Dass ich leiden *musste*? Was tue ich denn jetzt? Verdammt, warum macht sie das? Warum, warum, warum? Sie ist damals abgehauen und hat es bereut. Zumindest hat sie gesagt, dass sie Jenson nie im Stich lassen wollte. Und jetzt tut sie es erneut?

Lavs Lebwohl zwingt mich in die Knie. Wortwörtlich. Ich muss mich auf die Bettkante setzen, weil meine Beine unter mir nachgeben. »Vergiss mich einfach, ja?« Als ob ich das jemals könnte. Das soll es gewesen sein? Sie hat langsam mein Herz erobert, nur um es jetzt von innen heraus in Stücke zu reißen? Fuck, nein. Das ist nicht in Ordnung. Das akzeptiere ich nicht! So leicht kommt sie nicht davon. Nicht, ohne mir das wenigstens ins Gesicht zu sagen.

Als hätte sie mir nicht erzählen können, was mit Brad passiert ist? Als würde ich ihr die Schuld dafür geben? Für wen hält sie mich denn? Sie war neun, verdammt, und er ein aufmüpfiger Elfjähriger. Ich würde niemanden für so etwas zur Rechenschaft ziehen. Ich wünschte nur, Lavender würde nicht weiterhin dieselben Fehler machen wie damals. Mich genauso dreckig behandeln wie Jenson. Die Wahrheit wieder verdrängen, vor ihr fliehen.

Ich stecke mein Handy ein, raffe mich auf und stürme in den Flur. Noch während ich in meine Schuhe schlüpfe, studiere ich den Fährenfahrplan neben der Tür. Zu meinem Glück hat Lav nur eine Möglichkeit von dieser Insel runterzukommen, und die … hat vor zehn Minuten abgelegt. Kurz bevor Lavender diese Sprachnachricht aufgenommen hat. Fuck.

Ist sie also schon weg?

Vierzig Minuten bis zur nächsten Fähre. Ich versuche erneut, Lavender anzurufen, lande aber wieder bloß auf der Mailbox. Mit dem Fahrrad fahre ich zu Jensons Haus und klingle bereits Sturm, als mir etwas Entscheidendes auffällt.

Der Golf ist weg. Lavender also auch.

Als Nächstes versuche ich es am Hafen, und aus dem Schmerz wird pure Verzweiflung, weil ich sie auch dort nicht finde. Sie ist auf dieser Fähre. Weg. Da bin ich mir sicher. Weg, ohne mich. Weg von mir. Und sie kommt nicht zurück.

Was jetzt?

Lav hat einen Fehler gemacht. Das ist alles, was ich denken kann. Einen riesengroßen, herzzereißenden Fehler.

Der Entschluss, den ich fasse, kommt aus dem Nichts, und ist gleichzeitig das einzig Logische. Er erschließt sich mir glasklar. Es gibt jetzt nur eine Sache, die ich tun kann. Alles andere wäre schlichtweg falsch.

Ich fahre wieder nach Hause.

Kapitel 39

LAVENDER

Mit einem Schmerzensschrei werfe ich mein Smartphone in den Fußraum des Beifahrersitzes, kralle die Finger ins Lenkrad und krümme mich darüber zusammen. Ich habe alles kaputtgemacht. Damals. Heute. Ich habe nicht nur Brads Leben beendet, sondern das von Jonne und Jenson ruiniert. Und dann musste ich wiederkommen, um Jonne endgültig zu zerstören. Denn genau das habe ich getan. Er hat mir vertraut, und er wird daran zerbrechen, wenn er die Wahrheit hört. Ich habe Jonne so übel mitgespielt, dass ich mich am liebsten übergeben würde. Es ist zu viel in mir. Zu viel Schuld, zu viel Reue, zu viele schmerzhafte Erinnerungen und zu viel *Wollen*.

Ein Klopfen an meinem Fenster lässt mich heftig zusammenfahren. Ich schaue auf, blinzle die Tränen weg, versuche mein Schluchzen in den Griff zu kriegen. Jemand hat sich zu mir heruntergebeugt und sieht besorgt in den Wagen – ausgerechnet Saana. Sie ist bestimmt auf dem Weg zur Arbeit, denn sie trägt eine hübsche weiße Bluse und eine schwarze Stoffhose. Ihre sandbraunen Haare sind ordentlich hochgesteckt. Hektisch wische ich mir mit dem Handrücken über das Gesicht und schaue mich im Auto um. Was jetzt? Kein Ausweg. Keine Erklärung. Nur ich. Tränen. Hilflosigkeit.

»Lavender?«, fragt sie vorsichtig. Ich sehe sie wieder an und mir entfährt ein verzweifeltes Lachen, das sich in einen weiteren Heulkrampf wandelt. Saana öffnet die Wagentür und geht vor mir in die Hocke. »Oh, Liebes …«

Ich krümme mich vor Schmerzen, schüttle wie wild den Kopf und mein Schluchzen wird heftiger. Saana beugt sich zu mir vor und nimmt mich fest in den Arm. Die Berührung ist so mütterlich, so tröstlich, dass sie mich nur noch mehr aus der Fassung bringt. Von all den Leuten, denen ich hier hätte begegnen können, muss es ausgerechnet Jonnes Mutter sein. Jonnes Mutter, die mir vertraut hat, und die ich ebenso hintergangen habe wie ihren Sohn.

Dennoch klammere ich mich an ihr fest wie ein kleines Kind und heule ihre Bluse voll. Falls es sie stört, zeigt sie es nicht. Sie reibt mir beruhigend den Rücken und murmelt Worte, die ich nicht verstehe, weil ich zu laut weine. Ihre Position muss furchtbar unbequem sein, aber dennoch bleibt sie dort. Saana rührt sich erst wieder, als ich meine verkrampften Finger nach einigen Minuten von ihr löse. Sie holt ein Taschentuch aus ihrer Handtasche, reicht es mir und streicht mir liebevoll die Haare hinters Ohr.

Ich schnäuze mich, wische verzweifelt über meine nassen Wangen und nehme ein weiteres Tuch von ihr an.

»Lavender, Liebes«, sagt sie sanft. »Was ist denn passiert?«

»Ich bin passiert«, stoße ich aus und fange dabei wieder an zu weinen.

»Wie meinst du das? Ich habe dich schreien hören. Ist etwas mit Jonne? Habt ihr euch gestritten?«

Ich schüttle heftig den Kopf, schlucke schwer und konzentriere mich auf den nassen Fleck an Saanas Schulter. »Sorry, deine Bluse …«

»Das ist doch jetzt egal. Ich möchte lieber wissen, warum du so traurig bist und wie ich dir helfen kann.«

Sie will mir helfen, aber doch nur weil sie keine Ahnung hat, dass ich das nicht verdient habe. »Meinetwegen ist Brad gestorben«, bricht es aus mir heraus, zusammen mit weiteren Tränen. »Meinetwegen hat Jonne so viel gelitten. Und Jenson. Und überhaupt alle. Nur …«

»Oh, Liebes.« Sie nimmt mich wieder in den Arm.

»Er wird mir nie verzeihen«, stoße ich heulend hervor und unterdrücke das Bedürfnis, mich erneut an ihr festzuklammern.

»Hat er das gesagt?«, fragt sie leise.

»Nein, aber ich weiß es auch so. Ich gehöre nicht hierhin, Saana.«

»Lavender.« Sie löst sich von mir, schaut mir ins Gesicht und streicht mir die Tränen von den Wangen. »Nur du selbst bestimmst, wo du hingehörst.«

»Und wie soll ich bleiben, wenn ich mich so schuldig fühle? Und ihm so wehtue?«, frage ich schnaubend.

»Fühlst du dich denn anderswo besser?«

»Anderswo kann ich mir einreden, es wäre nie passiert.«

Sie lächelt traurig. »Das kannst du hier auch, glaub mir. Das hat Jonne lange genug versucht. Aber wäre das richtig?«

Ich zucke entkräftet mit den Schultern und schniefe. »Das ist jetzt egal. Ich kann es sowieso nicht mehr geradebiegen. Es ist alles vorbei. Kaputt.«

»Du sollst auch nichts geradebiegen, Lavender. Was passiert ist, ist passiert. Aber du läufst jetzt wieder davor weg, verstehe ich das richtig? Du gehst?«

»Weil ich ihm wehtue …«

»Jonne?«

»Und mir selbst.«

»Aber du willst nicht weg, oder? Du wünschst dir, du könntest bleiben, aber du kannst es nicht?«

Ich fange schon wieder an zu heulen. Wird das je aufhören?

»Ja«, presse ich hervor. »Aber es bringt doch alles nichts. Ich konnte ihn nicht anlügen. Nicht mehr. Und er wird mich hassen, wenn er es erfährt. Er hat mir vertraut, und ich …«

»Hast du mit ihm geredet?«, füllt Saana meine Pause.

Verzweifelt schüttle ich den Kopf.

»Dann weißt du auch nicht, ob er so reagieren wird. Und ich glaube, du solltest dir darüber klar werden, wovor genau du flüchtest. Vor ihm, vor der Vergangenheit oder vielleicht vor dir selbst. Und ob es nicht besser wäre, sich dem zu stellen oder es wenigstens zu versuchen.«

Meine Brust wird eng, wenn ich nur daran denke, mein Smartphone wieder anzuschalten oder Jonne unter die Augen zu treten. Ich weiß, wie wütend er werden kann, aber das ist es nicht, wovor ich Angst habe. Er würde mir nie etwas tun. Viel schlimmer wäre es jedoch, seinen Schmerz zu sehen. Den Beweis, dass ich ihn noch mehr verletzt habe.

Mir wird noch mulmiger zumute, als der Signalton ertönt, der ankündigt, dass die Fähre gleich anlegen wird. Die Fahrt nach Port McNeill war schneller vorbei, als mir lieb ist. Ich brauche mehr Zeit. Ich … ich kann noch nicht gehen, ich bin nicht bereit.

»Musst du nicht von Bord?«, frage ich atemlos, weil Saana sich ebenfalls nicht von der Stelle rührt.

»Nicht unbedingt. Du?«

Ich könnte jetzt fahren. Einfach den Motor anlassen und fliehen. Bis nach Victoria, bei Dad zu Kreuze kriechen, mich an der Uni einschreiben, und nie mehr zurückschauen.

Mich für immer fragen, was gewesen wäre.

Ob ich hier glücklich geworden wäre.

Mich für immer nach Jonne sehnen.

Für immer mit dieser Schuld und dem Wissen leben, dass er mir wirklich nicht mehr verzeihen kann. Denn wenn ich abhaue, den Kontakt abbreche, ist es endgültig vorbei.

Wahrscheinlich ist es das längst. Haben Jonne und ich überhaupt noch eine Chance, nach allem, was ich gerade getan habe? Nach diesem Fluchtversuch, den seine *Mutter* vereiteln musste, weil ich sonst verzweifelt wäre?

»Du kannst mit ihm reden«, flüstert Saana, als hätte sie meine Gedanken gelesen. »Du kannst immer mit Jonne sprechen, Lavender. Sperr ihn nicht aus, bitte. Er ist nicht so von Wut getrieben, wie es anfangs vielleicht gewirkt hat. Er ist einfach nur verletzt. Und es ist in Ordnung, dass auch du ihm wehtust. Das gehört dazu, hin und wieder. Solange ihr gemeinsam daran arbeitet, dass es besser wird. Du kannst ihn glücklich machen, wenn ihr das beide zulasst. Dessen bin ich mir sicher. Ich kenne ihn und glaube, er kann auch dich glücklich machen, sonst würdest du gerade nicht um ihn weinen und immer noch hier sitzen, obwohl du längst hättest gehen können. Oder liege ich falsch?«

Ich beiße mir auf die Unterlippe, bis sie blutet, und schüttle langsam den Kopf. Saana reicht mir ein weiteres Taschentuch und streichelt mir die Schulter. »Lass uns gemeinsam zurückfahren, hm?«

»Aber du musst doch zur Arbeit …«

»Dann komme ich eben später. Wir haben Gleitzeit, Jari ist noch nicht mal aufgestanden. Ich fahre mit ihm ins Architekturbüro. Mir ist jetzt wichtiger, dass du in Ordnung bist.«

Ich wische mir die Tränen vom Gesicht und putze mir noch einmal die Nase. »Danke«, bringe ich hervor.

»Nicht dafür.«

Ich schlucke schwer. »Ich hab Angst …«

»Ja. Da musst du jetzt durch, fürchte ich.«

Wieder ertönt das Warnsignal. Gleich legt die Fähre wieder ab und bringt uns zurück nach Malcolm Island. Letzte Chance, sagt mein Kopf. Endlich, sagt mein Herz. Es will nicht weg. Es will geradebiegen, was es geradebiegen kann, und danach weiterheulen, entweder vor Trauer oder vor Erleichterung, das weiß ich noch nicht. Es will haben, was es hätte haben können, wäre die Furcht nicht gewesen. Es will behalten, was ich nicht verdiene und trotzdem brauche.

»Willst du dich setzen?«, frage ich heiser und deute auf den Beifahrersitz.

Saana kommt um den Wagen herum und nimmt neben mir Platz. Beim Einsteigen findet sie mein Smartphone im Fußraum, hebt es auf und packt es wortlos in die Mittelkonsole. Ich starre es an. Soll ich es anschalten? Jonne schreiben? Ihn anrufen?

Wieder scheint sie meine Gedanken zu lesen, denn sie schüttelt den Kopf und greift nach meiner Hand. »Beruhig dich erst mal. Am besten sprichst du persönlich mit ihm.«

»Okay.«

»Darf ich dich noch etwas fragen, Lavender?«

»Klar«, bringe ich hervor.

»Hast du mal professionelle Hilfe bekommen? Eine Therapie, meine ich. Oder etwas Vergleichbares?«

Ich atme zittrig ein. »Nur kurz. Direkt nach dem Unfall. Aber ich mochte die Therapeutin nicht. Sie war mit meinem Vater befreundet, und ich dachte, sie würde ihm alles weitersagen, also habe ich ihr nichts erzählt. Danach hat er aufgehört es zu versuchen.«

»Verstehe. Weißt du, ich kenne jemanden in der Nähe von Port McNeill. Ich bin selbst bei ihr, um ehrlich zu sein, und sie ist sehr vertrauenswürdig. Jonne war damals auch dort. Ich meine … nur, falls das für dich infrage kommt. Aber es kann helfen. Und es ist nichts Verwerfliches daran, solche Hilfe zu beanspruchen. Ich glaube, es ist sogar wichtig, dass du mit jemandem reden kannst. Ich möchte es dir nicht aufschwatzen, aber falls du mal eine Schnuppersitzung bei ihr möchtest oder so … Ich schreibe dir ihre Kontaktdaten, okay? Und dann frage ich nicht mehr nach, du kannst damit machen, was du willst.«

»Okay.« Mehr bringe ich nicht heraus, aber ich bin irgendwie gerührt. Und ich glaube, ich würde gern zur Therapie. Wenn ich es mir leisten kann …

»Jonne könnte auch davon profitieren, wenn ich das als Mutter so ungeniert sagen darf. Aber er wehrt sich dagegen.«

»Warum?«

»Weil er immer denkt, stärker sein zu müssen. Dabei ist Schwäche zeigen und sich dazu bekennen das größte Zeichen von Stärke, meinst du nicht?«

Ich atme tief durch. Endlich habe ich das Gefühl, durch die offenen Wagentüren wieder Luft in meine Lunge zu bekommen. Salzige, kalte Morgenluft voll mit Zweifeln und Hoffnung.

»Vielleicht«, sage ich nur. »Ich überlege es mir.«

Saana lächelt mich warm an und drückt meine Finger. »Fühl dich nicht unter Druck gesetzt. Mir ist nur wichtig, dass es euch gut geht. Wie ihr das bewerkstelligt, ist mir gleich.«

Die Fahrt nach Port McNeill verging zu schnell. Die Rückfahrt hingegen fühlt sich an wie eine schmerzhafte Ewigkeit, in der sich meine Ängste vervielfachen. Als wir endlich in Sointula andocken, ist es ein seltsames Déjà-vu an meine Ankunft vor einigen Wochen. Zwar geht statt des strömenden Regens hinter den Baumwipfeln die Sonne auf, aber da ist dieselbe Mischung aus Panik, Furcht und Schuld in meiner Brust. Dasselbe Weltuntergangsgefühl, weil alles in Trümmern liegt und ich absolut ratlos bin, wie ich sie kitten soll. Was soll ich denn zu Jonne sagen? Ich traue mich nicht, ihm gegenüberzutreten, in sein Gesicht zu schauen. Trotzdem wird es das Erste sein, was ich gleich machen muss: ihn suchen, mit ihm sprechen.

Saana sitzt auf dem Beifahrersitz, und ich lenke mit wackligen Knien den Wagen von der Fähre. An der Schranke kommt mir ein silbernes Auto entgegen, das scheinbar auffahren will. Ich rechne damit, dass es mir Platz macht, aber stattdessen hält es mitten im Weg, sodass ich drumherumfahren muss.

Hörbar atmet Saana ein. »Das ist unserer.«

»Was?«, frage ich geistesabwesend, in Gedanken schon bei Jonne. Bei den richtigen Worten, die ich sagen muss, die mir aber einfach nicht einfallen wollen.

»Unser Zweitwagen. Halt an, Lavender.«

Ich werfe einen Blick in den Seitenspiegel, und da entdecke ich ihn. Jonne steigt aus dem Auto und kommt auf uns zu. Ein Teil von mir würde am liebsten das Gaspedal durchdrücken und erneut die Flucht ergreifen, aber ich reiße mich zusammen und trete etwas zu ruckartig auf die Bremse. Zum Glück hat

Saana sich angeschnallt. In meiner Panik würge ich den Motor ab und lasse den Golf versehentlich vorwärtshüpfen, bevor ich es schaffe, die Handbremse zu ziehen. »Was jetzt?«, stoße ich aus und verliere erneut gegen meine Tränen. Jonne kommt zielstrebig näher, die Schultern nach hinten gezogen, den Kopf hoch erhoben.

»Jetzt steigst du aus und redest mit ihm«, sagt Saana und drückt meine Hand. »Los. Du kannst das.«

Ich stoße die Luft aus, öffne die Tür und stolpere auf den Parkplatz. Sofort verhakt sich mein Blick mit Jonnes, und er lässt ihn nicht mehr los, fixiert mich, behält sein Tempo bei. Mit energischen Schritten läuft er auf mich zu. Zwischen seinen Brauen nehme ich vage die steile Falte wahr, die dort viel zu oft ist. In seinen Augen tobt ein Sturm, der seinesgleichen sucht. Der, der bei meiner Ankunft über die Insel gefegt ist. Der, den ich mitgebracht, ich gesät habe. Das Gewitter in Jonnes Augen ist meine Schuld, wie so vieles, und ich weiß nicht, wie ich das je wiedergutmachen soll. Aber ich muss es versuchen.

Gleich hat er mich erreicht. Er sagt kein Wort, hat die Lippen fest zusammengepresst. Ich muss sprechen, bevor er es tut. Wenigstens versuchen, es ihm zu erklären.

»Jonne«, bringe ich hervor. Mein ganzer Körper zittert. Er ist nur noch zwei Meter entfernt, einen, einen halben. »Es tut mir …«

Jonne zieht mich so fest in seine Arme, dass mir die Luft wegbleibt.

»… leid«, beende ich den Satz atemlos und klammere mich verwirrt an sein Shirt. Er zieht mich noch enger an sich, vergräbt das Gesicht an meiner Schulter, hält mich, ohne ein Wort zu sprechen. Und komischerweise bringt mich das noch mehr zum Heulen.

Kapitel 40

JONNE

Ich kann es nicht ertragen, dass sie weint. Meine Gefühle überwältigen mich so sehr, dass sich in meinem Kopf alles dreht, alles wehtut, und gleichzeitig bin ich dermaßen erleichtert. Ich halte Lavender fest, weil ich sonst selbst auseinanderbreche. Halte sie fest, weil ich sie nicht gehen lassen will und kann. Halte sie fest, weil mir gar nichts anderes übrig bleibt.

»Warum ...« Ihre Stimme klingt brüchig und schwach. »Warum machst du das?«

Ich atme tief ihren Duft ein, lehne meinen Kopf gegen ihren, schlucke schwer. »Weil ich nicht anders kann. Und auch gar nicht anders will. Ich bin einfach nur froh, dass du zurückgekommen bist, okay?« Ich wäre ihr nachgefahren, hätte die nächste Fähre genommen und dann Port McNeill abgesucht, um danach ziellos weiterzufahren. Wahrscheinlich wäre ich bis nach Victoria runter, denn von dort kommt man nach Vancouver und so am leichtesten nach Edmonton. Es war kein guter Plan, und das war mir bewusst. Ich hätte sie wahrscheinlich nie gefunden, aber ich musste es versuchen. Darum musste ich nach Hause, ein paar Sachen packen und den Zweitschlüssel für Dads alten Toyota holen – weil wieder tatenlos dabei zu zuschauen, wie ich auch sie verliere, unmöglich gewesen wäre. Und die Erleichterung, die ich eben empfand, als ich ihren rostigen Golf von der Fähre fahren sah ...

»Bist du denn gar nicht wütend?«, flüstert Lav. Sie hört sich so verwirrt an. Ich bin es auch und gleichzeitig nicht. In der

Stunde, die Lavender weg war, ist mir etwas klar geworden, das ich vorher nicht wahrhaben wollte. Aus Angst, wieder verletzt zu werden, wieder nicht genug zu sein.

»Ich will nicht mehr wütend sein«, stoße ich aus, löse mich von ihr und nehme ihr Gesicht zwischen meine Hände, sodass ich sie anschauen kann. In ihren himmelblauen Augen stehen Tränen, ihre Wangen sind gerötet. »Erst recht nicht auf dich. Bitte lauf nicht weg. Ich weiß, es ist hart, aber mir kannst du vertrauen. Ich will dir doch nur helfen.«

Lavender greift meine Handgelenke und umschließt sie mit ihren zierlichen Fingern. Ihre Unterlippe bebt. »Aber du kannst mir nicht vertrauen, Jonne.«

»Kann ich schon. Wenn du mich lässt.«

»Wie? *Wieso?* Ich bin schuld. An allem. Und ich habe dir nichts gesagt. Ich wollte abhauen. Ich habe alles kaputt gemacht.« Ihre Worte gehen in einem Schluchzen unter.

Sanft streiche ich mit den Daumen über ihre Wangen. »Und ich verstehe es. Ich weiß, wie es sich anfühlt, sich die Schuld zu geben. Aber glaubst du wirklich, ich würde dir deswegen einen Vorwurf machen? Für etwas, das vor zwölf Jahren passiert ist? Dafür, dass du mit deinen Gefühlen genauso schlecht umgehen kannst wie ich? Schätzt du mich so ein?«

Lavender schüttelt wild den Kopf. »Ich konnte nicht ... Es war alles zu viel, Jonne.« Ihre Stimme bricht.

Stumm mustere ich sie und habe plötzlich erneut Angst. Angst, dass das hier doch ein Abschied ist und keine Versöhnung. Angst, dass sie das nur loswerden wollte und mit der nächsten Fähre verschwindet. Angst, dass sie mich doch verlässt, obwohl ich ...

»Ich will hierbleiben«, flüstert sie. »Ich will hier leben. Ich will diesen Job. Und ich will dich, Jonne. Ich will dich mehr als alles andere.«

»Dann bleib«, entwischt es mir. »Du kannst alles von mir haben, Lav. Jeden noch so kleinen Fetzen.«

Wieder ein Kopfschütteln. »Es kann nicht so einfach sein.

Du kannst nicht so tun, als wäre nichts gewesen, als hätte ich dich nicht verraten.«

»Es ist nicht einfach«, widerspreche ich ruhig und merke, wie mir selbst eine Träne über die Wange rinnt. »Bei uns wird nie etwas einfach sein, Lav. Aber das interessiert mich kein bisschen. Ich liebe dich trotzdem.«

Sie reißt die Augen auf. »Du …«

Ich lehne meine Stirn gegen ihre. »Ich liebe dich«, wiederhole ich leiser. »Ich erwarte nicht, dass du etwas dazu sagst, aber bitte lauf nicht vor mir weg. Vor uns. Ich will, dass das funktioniert. Ich will dich an meiner Seite, weil du verstehst, wie es sich anfühlt. Weil es mit dir weniger wehtut. Weil du perfekt für mich bist, Lavender Whitcomb, und wenn du weiter glaubst, mich nicht verdient zu haben, würde das auch bedeuten, dass *ich* dich nicht verdient habe, und den Gedanken kann ich nicht ertragen. Also bitte bleib.«

»Jonne …« Sie haucht meinen Namen, lässt ihre Finger von meinen Handgelenken aus über meine Arme wandern, bis ich sie sinken lasse, und Lavender nun ihre Hände an meine Wangen legt. Sie zieht mein Gesicht zu sich hinunter und küsst mich. Ich schmecke salzige Tränen, aber es ist mir egal. Mir ist alles so egal, solange sie bei mir ist. »Ich liebe dich auch«, flüstert sie, und in mir schmerzt alles und heilt gleichzeitig zusammen. »So unfassbar sehr.«

Epilog

LAVENDER

Ich glaube, ich war noch nie so aufgeregt. Nicht mal bei meiner Einschulung oder am ersten Tag im Internat. Nicht, als ich Dad gesagt habe, dass ich von der Uni geflogen bin, und auch nicht bei meiner Ankunft auf der Insel, die sich angefühlt hat wie ein Weltuntergang. Dabei ist das hier ein … Ausbruch. Die Befreiung von meinen Ketten. Der Beginn meines *eigenen* Lebens.

»Du machst mich nervös«, beschwert Jonne sich, der vor dem Kleiderschrank steht und sein schwarzes Hemd zuknöpft. Ich schleiche seit einer halben Stunde hinter ihm her, weil ich es einfach nicht über mich bringe, es endlich zu tun. Kurz bleibe ich hinter ihm stehen, lasse frustriert stöhnend die Stirn gegen seine Schulter sinken und wende mich dann wieder der Schlafzimmertür zu, um erneut eine unruhige Runde durchs Haus zu drehen.

Jonne fasst meinen Arm und hält mich zurück. »Nun ruf ihn schon an.«

»Vielleicht sollte ich es doch lieber heute Abend machen.«

»Wenn Auri dich abgefüllt hat und du gemeinsam mit Sally und Tommys Überresten unter dem Büfetttisch liegst?«

»Du hast gesagt, du verhinderst, dass sie mich abfüllt!«

»Ich habe gesagt, ich *versuche* es. Diesmal entkommst du ihr nicht so leicht wie an Dads Geburtstag. Zurück zum Thema. Du wolltest es unbedingt jetzt machen, schon vergessen?« Er schaut mich besorgt an. Ich fürchte, Jonne hat in den wenigen

Gesprächen, die wir in den letzten beiden Tagen über meinen Vater geführt haben, genug über diesen gelernt, um noch weniger von ihm zu halten als zuvor. »In einer halben Stunde müssen wir zum Club. Jetzt oder nie.«

»Du hast recht. Jetzt.« Ich gehe hinüber zum Nachttisch, auf dem mein Handy liegt, und wähle die Nummer. Schnell, bevor ich es mir anders überlegen kann. Während es tutet, setze ich mich auf die Bettkante. Jonne mustert mich noch einen Moment, bevor er sich weiter für die Cluberöffnung später fertig macht.

Ein Klacken in der Leitung. Eine Männerstimme. »Anwaltskanzlei Reynold Whitcomb, wie kann ich Ihnen behilflich sein?«

»Hallo«, bringe ich hervor und muss mich gleich darauf räuspern. »Ich würde gern mit Mr. Whitcomb sprechen. Ist er heute da?« Es ist Samstag. Ganz sicher ist er da. Und nicht mal seinem Assistenten gönnt er ein Wochenende.

»Ich fürchte, er ist in einem Meeting. Wenn Sie mir Ihren Namen nennen würden, er wird sich dann bei Ihnen melden.«

»Mein Name ist Lavender Whitcomb, und ich muss bitte sofort mit meinem Vater sprechen.« Ich werde sicher nicht wieder wochenlang darauf warten, dass er sich meldet. Sich *erbarmt*. Ich hab das alles so satt.

»Oh«, höre ich. »Ähm, einen Moment bitte.«

Der Anruf wird weitergeleitet. Es dauert ein paar Augenblicke, dann erklingt die strenge Stimme meines Vaters. »Lavender?«

»Hey, Dad.«

Er schweigt. Ich tue es ebenfalls, weil ich darauf warte, dass er etwas sagt. Irgendwas. Wenigstens fragt, ob es mir gutgeht, nachdem er mich vor fast zwei Monaten praktisch auf die Straße gesetzt hat.

»Wo bist du?«, fragt er schließlich, und ich kann mir die patzige Erwiderung nicht verkneifen.

»Das wüsstest du längst, hättest du mich angerufen.«

»Du hättest auch anrufen können«, meint er gedämpft. Ich glaube, er ist wirklich in einem Meeting. Sonst würde er nicht so ruhig bleiben und die Stimme senken, statt mich anzufahren.

»Wozu denn?« Ich recke trotzig das Kinn, was er zwar nicht sieht, Jonne aber schon. Sein fragender Blick gibt mir neue Kraft. Hilft mir, nicht zu weinen. Stark zu bleiben.

»Um dich zu entschuldigen. Deine Zukunft zu besprechen. Denkst du, ich schmeiße dir mein Geld hinterher, nur damit du es in den Sand setzt?«

»Ich will dein Geld nicht mehr, Dad. Ich brauche es nicht mehr. Und ich werde nicht mehr studieren. Zumindest nicht das, was du gern hättest.«

Er will schon etwas erwidern. Sicher irgendein hochgestochenes Geschwafel über die Kanzlei, dass es meine Aufgabe sei, sie zu übernehmen, dass ich die Früchte seiner Arbeit verschenke, bla bla bla. Doch ich falle ihm ins Wort. »Ich wohne in Sointula und leite hier den Jugendclub. Ich bin glücklich hier, egal, wie du das findest. Zum ersten Mal seit Langem. Mach mir das nicht kaputt, okay? Es ist mein Leben, nicht deins, und ich habe viel zu lange akzeptiert, dass du das nicht akzeptiert hast. Ich werde mich nicht mehr bei dir melden. Du kannst mich anrufen, wenn … wenn du mich endlich respektierst. Bye, Dad. Ich … hab dich lieb.« Ich lege auf und spüre meine letzten Worte schwer auf der Zunge. Sie sind wahr, denn er ist nun mal mein Vater. Egal, wie furchtbar er sich verhält, ich werde ihn immer lieben. Gleichzeitig fühlen sie sich falsch an. Gelogen.

Jonne lässt sich neben mir auf die Bettkante sinken und schlingt seinen Arm um mich. »Das war sehr diplomatisch«, raunt er und drückt mir einen Kuss aufs Haar.

»Danke«, flüstere ich und schlucke. »Kann ich so gehen?«

Ich streiche mein geblümtes Kleid glatt, und Jonne folgt der Bewegung mit seinen Fingern. »Von mir aus kannst du auch nackt gehen oder in Jogginghose. Du siehst immer toll aus.«

»Schleimer. Ich glaube, wenn die neue Clubleitung nackt kommt, finden das die Eltern nicht so toll.«

»Die Jungs dafür umso mehr. Jetzt, wo ich so drüber nachdenke, bin ich doch gegen nackt. Ich hab keine Lust auf Nebenbuhler.« Er küsst sich an meiner Schläfe hinab bis zu meinem Hals, und ich schiebe ihn lachend von mir. Etwas Schweres fällt mir von den Schultern, und ich fühle mich leichter als zuvor. Befreit, weil ich zwar immer noch hoffe, dass Dad mich anruft, aber nicht mehr so sehr das Gefühl habe, davon abhängig zu sein. Von ihm. Seiner Zustimmung.

»Wir müssen los«, beschließe ich, stehe auf und ziehe Jonne mit mir.

»Wir haben noch zwanzig Minuten«, beschwert er sich.

»Ich will sichergehen, dass Tommy nicht diese Torte mit meinem Gesicht drauf gebacken hat.«

»Und wenn doch? Was machst du dann, sie aufessen, bevor sie jemand sieht?«

»Nein. Das darf Auri machen, sie ist immerhin daran schuld.«

»Win, win«, murmelt Jonne belustigt und krempelt die Ärmel seines Hemdes zurück. Ich mustere ihn von Kopf bis Fuß. In dem schwarzen Hemd und der dunklen Jeans sieht er umwerfend aus, und ein warmes Gefühl durchströmt mich. Zuneigung. Glück. »Was ist jetzt?«, fragt er und hält mir die Tür auf.

Ich lächle. »Hab ich schon gesagt, dass ich dich liebe?«

Sein Gesichtsausdruck wird weich. Er tritt zu mir und küsst mich. Und das ist mir Antwort genug.

»Es ist mir eine große Freude, heute mit euch die Wiedereröffnung unseres Jugendclubs zu feiern!« Sallys Stimme schallt über den Hof, auf dem sich ganz Sointula versammelt zu haben scheint. Die Spätsommersonne wärmt uns, eine leichte Brise weht vom Meer hoch zum Club. Ich entdecke Saana und Jari ganz vorn. Ein Stück weiter hinten überragt Tommy alle Umstehenden um mindestens einen Kopf, neben ihm erhasche ich einen schwarzen Longbob. Ich stehe gemeinsam mit Sally, Jonne, Miko und den anderen Jugendlichen, die bei der Renovierung dabei waren, auf der Veranda und lausche ihren Worten. »Wir haben lange ignoriert, dass unsere Kinder diesen Ort brauchen, dass er wichtig für sie ist und wir ihn nicht einfach verkommen lassen dürfen. Den jungen Leuten hinter mir ist es zu verdanken, dass Sointula jetzt wieder ein Ort für alle Generationen ist. Ein Ort der Gemeinschaft. Ein Ort der Zukunft und nicht der Vergangenheit. Sie haben sich die Mühe gemacht, alles wiederaufzubauen, und dafür möchte ich euch«, sie dreht sich zu uns um, »im Namen des ganzen Dorfes von Herzen danken. Aber der größte Dank gebührt dir, Lavender. Komm zu mir.« Sie winkt mich zu sich, und ich trete zögerlich die zwei Schritte vor, die mich von ihr trennen. »Ohne Lavender hätte niemand den Einfall gehabt, den Club zu renovieren. Und ohne ihre Empathie, ihr Motivationstalent und ihr Engagement wäre aus der Idee vielleicht nie Wirklichkeit geworden.«

Ich werde rot, aber Sally schlingt ihren Arm um mich und zieht mich näher zu sich, näher zum Publikum. »Deshalb freut es mich umso mehr, euch Lavender Whitcomb hiermit offiziell als unsere neue Clubleitung vorzustellen. Zusammen mit ihr wird endlich wieder Leben in dieses Haus kommen, und wir dürfen alle gespannt sein, was für Projekte in Zukunft verwirklicht werden.« Sie klopft mir stolz auf die Schulter, und ich lächle nervös in die Menge. Sally hat mir geschworen, mir nicht das Wort zu übergeben. Ich wüsste auch beim besten Willen nicht, was ich sagen soll, außer: Danke, ich freue mich. Trotzdem bin ich mir kurz nicht sicher, ob sie es doch tut. Sie schaut mich an, länger, als sie mich anschauen sollte, und schmunzelt in sich hinein.

»Und jetzt ...«, verkündet sie weiter, und ich hebe alarmiert die Brauen. »... übergebe ich das Wort ... an Miko Aalton!«

»Die Schere!«, ruft dieser fast schon panisch von hinten.

»Was? Oh. Äh. Ach ja. Ich übergebe hiermit die Schere ...«

»Nein, *ich* übergebe die Schere!«

»Ach so. Also, Miko übergibt jetzt feierlich die Schere an Lavender! So!«

»Schere?«, wiederhole ich irritiert.

Miko tritt nach vorn und holt dabei eine Küchenschere aus seiner hinteren Jeanstasche. Er legt sie auf seine Handflächen und hält sie mir hin, als wäre sie ein heiliges Schwert oder so.

»Was soll ich damit?«, flüstere ich und nehme sie entgegen. Grinsend deutet er mit dem Kopf auf den Club. Hannah und die anderen machen ein Schritt von der Tür weg und offenbaren ein rotes Band, das davor zu einer Schleife gebunden wurde.

»Lässt du uns rein?«

Mir wird warm ums Herz. Ich trete näher, doch dann zögere ich und drehe mich zu Jonne um. »Hilfst du mir?«

Er runzelt leicht die Stirn. »Das ist dein Verdienst.«

»Nein, es ist unserer. Wir sind ein Team.«

Wieder werden seine Züge weich. Er stellt sich hinter mich, um seine Hand auf meine zu legen, die die Schere hält. Gemeinsam schneiden wir das Band durch, und im Hof brechen Jubel und Beifall los. Ich glaube, Auri in der Menge am lautesten schreien zu hören. »Los«, drängt Hannah, die neben mir auftaucht. »Geht rein! Wir müssen euch alles zeigen!«

Jonne und ich durften das finale Ergebnis immer noch nicht sehen, und ich öffne ungeduldig die Tür. Das Erste, was auffällt, ist das gigantische Büfett, das im Raum aufgebaut ist. Der Tisch hängt kaum merklich durch. Dann entdecke ich kleine Details, die vorher nicht da waren. Alles ist auf Hochglanz geputzt, die Einrichtung wurde mit Deko vervollständigt, Decken und Kissen zieren das Sofa. Man muss den Jugendlichen lassen, dass sie Geschmack haben.

»Es ist toll geworden!«, sage ich ehrlich, und Jonne stimmt mir zu.

»Ihr habt das Beste noch gar nicht entdeckt«, widerspricht Hannah.

»Im anderen Zimmer?«, frage ich und will bereits los, als sie mich am Arm zurückhält. Sie deutet an die Wand neben der Tür. Erst da fallen mir die kleinen Figuren auf, die dort gemalt sind, unverkennbar in Mikos Stil. Zwei größere, eine mit langen lilafarbenen Haaren und eine mit kurzen schwarzen. Und sieben kleine. »Das sind wir«, stelle ich fest und schaue Miko an. »Hast du die gezeichnet?«

Er grinst. »Jap. Und die anderen haben beim auf die Wand übertragen geholfen.«

»Bin ich das?«, fragt Jonne gespielt empört. Ich drehe mich zu ihm um. Er hat sich ein paar Schritte wegbewegt und mustert einen grimmig dreinschauenden Comic-Jonne am Fensterbrett, neben dem in einer Sprechblase steht: Erst die Arbeit, dann noch mehr Arbeit.

»Habt ihr mich schon entdeckt?«, ertönt Auris Stimme. Sie kommt zur Tür rein, hakt sich in einer flüssigen Bewegung bei mir unter und zerrt mich in die Küche. Neben dem Kühlschrank sitzt eine kleine Frau mit schwarzem Longbob auf einem überdimensionalen Käsestück. Ein bisschen Sabber läuft ihr das Kinn runter.

Ich muss lachen. »Perfekt getroffen.«

»Ja, oder? Eventuell habe ich Miko auch überredet, eine Leiter zu zeichnen. Und einen Akkuschrauber mit Delle.« Sie zwinkert mir zu.

Ich werde rot. »Im Ernst?«

»Na aber hallo! Das ist soooo romantisch! Er wollte wissen, warum, aber ich habe geschwiegen wie ein Grab.«

»Und wo sind die?«, frage ich.

Sie grinst. »Verrate ich dir nicht. Die musst du selbst finden. Sie haben überall kleine Zeichnungen versteckt.«

»Das sieht überhaupt nicht aus wie ich!«, höre ich Jonne aus dem Nebenraum.

Auri lacht teuflisch. »Tut es doch.« Sie nimmt meine Hand und zerrt mich wieder aus der Küche. »Los, du musst die Torte sehen, die Tommy gebacken hat!«

Ich stöhne auf. Da Miko und die anderen uns nicht vor der

Eröffnung in den Club gelassen haben, konnte ich das Torten-
desaster nicht mehr verhindern.

Mittlerweile hat sich der Hauptraum gefüllt. Mikos Haare
sehen zerrupft aus, als hätte Jonne ihm mit der Hand durchge-
wuschelt, um sich für die Zeichnungen zu rächen. Leevi, Laina
und Tommy haben sich zu ihnen gesellt. Saana steht am Büfett
und beäugt misstrauisch den Tisch.

Gerade als ich Jonne und die anderen erreiche, kommt Sally
bei ihnen an. Sie hat Richard im Schlepptau, der sich nicht
ganz wohl in seiner Haut zu fühlen scheint.

»Ist es nicht toll geworden, Rich?«, fragt sie ihn. »Noch
schöner als früher.«

Er sieht sich um. »Ja, toll geworden, Sally.«

»Und da ist ja auch schon deine neue Auszubildende!«

Richards Blick findet meinen, und er schaut kurz recht verwirrt drein. »Ach ja. Glückwunsch.« Er schüttelt mir die
Hand. »Das hast du wirklich gut hinbekommen, La…« Er
runzelt die Stirn. »Verzeihung …«

»Lavender«, helfe ich ihm aus, und er lächelt schmallip-
pig.

»Genau. Toll geworden, wie Sally sagt. Wenn ihr mich entschuldigt, ich gehe lieber nach Hause. Mein Rücken macht mir
zu schaffen. Viel Spaß noch.« Er tätschelt meine Hand und
wendet sich ab.

Sally seufzt. »Nimm es ihm nicht übel«, bittet sie mich. »Er
ist ein ganz lieber.«

»Schon in Ordnung«, versichere ich ihr. »Das weiß ich.
Letztens habe ich ihn bei Brenda getroffen. Er hat mich sehr
freundlich nach dem Kakao gefragt, und wir haben uns kurz
unterhalten.«

Ein besorgter Ausdruck tritt auf Sallys Gesicht. »Nach dem
Kakao? Der steht seit über zehn Jahren im selben Regal.«

»Oh. Vielleicht kauft er ihn nicht oft?«

Sally schüttelt den Kopf. »Ich mache mir Sorgen um ihn,
ehrlich gesagt. Sag mal, Leevi. Hast du nicht noch Kontakt zu
seiner Tochter? Ihr wart doch mal so eng befreundet.«

Leevi schaut drein wie ein erschrockenes Kaninchen, das soeben dem Jäger vor die Flinte gelaufen ist. »Zu Riven?«, fragt er überrumpelt.

»Ja. Sie war doch manchmal zu Besuch. Hast du nicht ihre Nummer oder so?«

»Nein!«, sagt er schnell. »Warum sollte ich?«

Sally hebt verwirrt eine Braue. Leevi reibt sich den Nacken und flüchtet mit einem verlegenen Lächeln ans Büfett.

»Richards Ex-Frau wohnt mit den Kindern in Toronto«, erklärt Sally auf meinen fragenden Blick hin. »Riven und Leevi waren in der Schule die dicksten Freunde, aber das hat sich wohl auch im Sand verlaufen. Ich wünschte einfach, er hätte jemanden, der ein bisschen auf ihn Acht gibt. Wenn du in Zukunft mit ihm sprichst, frag ihn doch mal beiläufig, wie es ihm geht, hm?«

»Mache ich.«

»Danke. Aber jetzt genießt die Party. Das habt ihr euch verdient!« Sie klopft mir auf die Schulter und wird sogleich von Saana abgelöst, die meine Hände umfasst und mich ein Stück beiseitezieht. Sie hat Tränen in den Augen, die sie mühsam wegblinzelt. »Jonne hat mir erzählt, dass er zur Therapie will. Deinetwegen. Danke, Lavender.«

Ich schlucke schwer und ringe mir ein Lächeln ab. »Ich werde auch hingehen. Dank *dir*, Saana.« Und dank Jenson und Jonne. Schon am Abend meines ... Fluchtversuchs war ich mir sicher, dass es notwendig ist. Dass ich es brauche, ich endlich Hilfe annehmen muss.

Als ich Jonne davon erzählt habe, hat er die Idee sofort befürwortet. Aber die Kosten haben mir weiterhin Sorgen gemacht, weshalb er mir wieder anbot, es von Jensons Erbe zu bezahlen. Diesmal habe ich angenommen. Weil ich weiß, dass mein Onkel das gewollt hätte. Er hat mir immer helfen wollen. Und jetzt lasse ich ihn das endlich tun.

Ich muss nicht alles allein schaffen, nur weil ich das so lang war. Es ist okay, mir Hilfe zu suchen.

Saana fällt mir um den Hals und drückt mich. »Wir sind alle

so froh, dich hierzuhaben, Lavender. Wirklich. Du bist eine Bereicherung für diese Gemeinschaft, ich hoffe, das weißt du.«

Ich erwidere die Umarmung. Über Saanas Schulter hinweg erhasche ich einen Blick auf Jonne, der am Büfett von Kayleigh belagert wird und besorgt zu uns rüberschaut.

Ich grinse ihn an, und er lächelt zurück. Liebevoll. Sanft. Vertraut. Es tut so gut, ihn so zu sehen. Leichtigkeit breitet sich in mir aus. Ein schwereloses Glücksgefühl bestehend aus prickelnder Wärme. »Ich bin auch froh, euch zu haben«, erwidere ich und lasse zu, dass mein Herz dabei enger wird und schließlich überquillt, da es viel zu voll mit Liebe ist. Die Emotion schwillt an, füllt die Risse in meiner Seele, macht alles langsam wieder heil.

Saana löst sich von mir, und ich gehe auf Jonne zu. Er kommt mir entgegen, schließt mich in die Arme, und ich lege meine Hände an seine Wangen, um ihn zu küssen. Es ist alles richtig so. Denn auf dieser Insel bin ich endlich ganz.

Danksagung

Man sollte meinen, nach dieser Geschichte wüsste ich, wie man große Gefühle in Worte packt. Aber ehrlich gesagt habe ich keine Ahnung, was ich sagen soll. Was ich sagen *kann*, um auszudrücken, was dieses »Ende« mir bedeutet. Es war ein langer, harter Weg hierher. Er war mitunter stressig, anstrengend, manchmal überfordernd. Doch er war auch wunderschön und hat mich mit Menschen zusammengeführt, die heute nicht mehr aus meinem Leben wegzudenken sind und es täglich bereichern. Danke an alle von euch, die mich bis hierher begleitet haben und es auch weiter tun werden. Ohne euch hätte ich es nicht geschafft!

Liebe Sarah, du weißt, ich bin Optimistin. Ich gehe immer vom Besten aus, egal wie unwahrscheinlich es sein mag. Von der Top-Agentur, dem Printvertrag, dem Bestseller. Aber nie hätte ich mir auch nur ausmalen können, ein so unverschämtes Glück zu haben wie mit dir. Ich habe nicht einfach nur eine Agentin gefunden, sondern *die* Agentin. Jemanden, der genauso für meine Geschichten brennt wie ich und notfalls Himmel und Hölle für sie in Bewegung setzt. Eine Rundum-Sorglos-Person, bei der ich mich nicht nur aufgehoben, sondern auch angekommen fühlen kann. Aber am wenigsten habe ich erwartet, in dieser Agentin auch eine Freundin zu finden. Und umso glücklicher macht mich das. Danke für alles! Ich weiß nicht, wo ich oder diese Reihe jetzt ohne dich wären. Aber ich bin mir sicher: Es könnte nicht besser sein.

Liebe Fam, die Widmung hat es schon gesagt, aber ich muss es wiederholen: Seit zwei Jahren bist du mein Leuchtturm, mein sicherer Hafen, mein Fels in der Brandung und die großartigste beste Freundin, die man sich vorstellen kann. Danke, dass du so bist. Danke für deine Unterstützung. Danke, dass du mich verstehst und auch meine schlechten Tage erträgst. Danke für jede Nachricht und jeden Anruf, jeden Besuch und jedes Vermissen. Ohne dich würde mir etwas fehlen, denn niemand kennt mich so, wie du es tust. Und das bedeutet mir die Welt.

Liebe Mareike, du hast seit Beginn an mich, Lavender und Jonne geglaubt und viel Zeit und Herzblut in dieses Buch gesteckt, um es so perfekt zu machen, wie es jetzt ist. Dein Vertrauen bedeutet mir viel, und ich könnte mir keine bessere Lektorin an meiner Seite wünschen! Danke, dass du mich dabei unterstützt, diesen Traum aufs Papier zu bringen, und mir dabei immer mit Rat und Tat zur Seite stehst.

Liebe Natalie, Franzi, Laili und Patty, ohne euch wäre mein Job ein sehr einsamer. Danke für die gemeinsamen Schreibsessions, fürs Gegenlesen, für Zuspruch und Support und eure wundervolle Freundschaft, die hoffentlich noch lange währt.

Lieber Chris, danke, dass du ab dem ersten Wort an mich geglaubt hast. Danke für dein ehrliches Feedback und alles, was du für mich getan hast. Mit dir war der Weg hierher einfacher, und deine Freundschaft bedeutet mir viel.

Liebe Janine, danke, dass auch du weiterhin mein Leben bereicherst und mich hin und wieder vor meinem Schreibtisch rettest. Deine Gesellschaft gibt mir jedes Mal neue Energie.

Danke auch an alle aus dem »Maggie and Beth's«, insbesondere Beth und Karo, für die schöne gemeinsame Zeit und eure Unterstützung. Wie oft wäre ich ohne euch verzweifelt?

Ein großer Dank geht natürlich auch an all meine anderen Freunde, Kollegen und meine wundervolle Familie. Danke, dass ihr mich unterstützt, an mich glaubt und es mir nicht übel nehmt, wenn ich wochenlang in meinem Manuskript versinke. Ohne euch wäre all das nicht möglich gewesen.

Thorina, Marie, Laura, Lena, Marie, Theresa, Alex und noch mal Chris: Tausend Dank fürs Testlesen und euer Feedback. Ihr habt Lavender und Jonne den letzten Schliff gegeben, den sie verdienen.

Danke an Ju und Toni, dass ihr euch die Zeit genommen habt, dieses Buch zu lesen und einen Praise zu schreiben. Und dir, Ju, einen besonderen Dank dafür, dass du dir die Mühe gemacht hast, bei einigen Themen genauer hinzusehen.

Und zuletzt:

Vielen Dank an *dich*. Danke, dass du dieses Buch gekauft hast. Danke, dass du Lavender, Jonne und mir eine Chance gegeben hast. Danke für jede gelesene Seite. Ich hoffe, du fühlst dich auf Malcolm Island genauso zu Hause wie ich und wir sehen uns im nächsten Band wieder. Falls du bis dahin auf dem neuesten Stand bleiben willst, kannst du mir gerne auf Instagram oder Patreon folgen. Ich würde mich freuen! ♡

Liebe Lesende,
dieses Buch behandelt Themen, die potenziell triggernd sein
können. Diese sind:

Verlust und Trauerbewältigung
Umgang mit Traumata
Tod von Familienangehörigen und Freunden
Krebserkrankung
Alkoholismus und Drogenkonsum
Tod durch Ertrinken, Angst vor dem Ertrinken